Über dieses Buch

Mit der »Juliette« führt de Sade seinen Lesern nicht nur eine neue Person, sondern auch eine neue Welt vor: Italien. Mit mysteriösen Empfehlungsbriefen läßt sich die schöne Dirne von Hof zu Hof reichen. Leopold I. von Toscana beehrt Juliette ebenso wie Königin Charlotte von Neapel, eine Prinzessin Borghese in Rom und schließlich der Papst höchstpersönlich. Juliette lernt den Flagellantismus, Schwarze Messen, Prunk, Despotismus und die Loge des Nordens kennen. Immer wieder muß sie neue Schuld auf sich laden, die Ordnung der Gesellschaft herausfordern, Lust und Leere provozieren. Zu den sündhaftesten Träumen der Menschen bekennt sich der Autor hier und beschreibt sie als etwas von vornherein Gegebenes.

In der theoretischen Schrift »Gedanken zum Roman« beschäftigt sich de Sade mit dem Ursprung dieser literarischen Gattung, ihren berühmtesten Beispielen und den Regeln des Schreibens. Sie dokumentiert u. a., wie sehr der Marquis seiner Zeit in der Erkenntnis der Grenzen einer rationalen Erfassung des Schaffensprozesses voraus war.

»An Villeterque« ist eine Entgegnung de Sades auf eine Kritik, in der der Redakteur Villeterque dem Autor der »Verbrechen der Liebe« vorwarf, »Bilder triumphierenden Verbrechens« gezeichnet und in einem noch »scheußlicheren Buch« zum Prinzip erhoben zu haben. Wollte de Sade nicht riskieren, verhaftet zu werden, wenn er sich zu seiner Umwertung von Gut und Böse bekannte, mußte er den Gegner mit den eigenen Waffen schlagen. Und er schlug ihn mit diesem schwungvollen Pamphlet.

Die Herausgeberin

Marion Luckow, geb. 1933, promovierte mit einer Arbeit über Jean Genet »Die Homosexualität in der literarischen Tradition« (Enke Verlag, Stuttgart 1962), übersetzte Klossowski, Genet, Bataille und edierte das Tagebuch de Sades »Der Greis in Charenton« (1972).

Donatien Alphonse François
Marquis de Sade

Ausgewählte Werke 5

Herausgegeben von Marion Luckow

Die Geschichte der Juliette – Gedanken zum Roman – Der Verfasser der »Verbrechen der Liebe« an Villeterque, den Follikular – Kommentare

Fischer
Taschenbuch
Verlag

Fischer Taschenbuch Verlag
November 1972
Für das Taschenbuch zusammengestellte Ausgabe
Umschlagentwurf: Jan Buchholz/Reni Hinsch
unter Verwendung von Ausschnitten aus den Originalgravuren
Fischer Taschenbuch Verlag GmbH, Frankfurt am Main
Lizenzausgabe mit freundlicher Genehmigung
des Merlin Verlages Hamburg

Gesamtherstellung: Hanseatische Druckanstalt GmbH, Hamburg
Printed in Germany
ISBN 3 436 01584 9

Inhalt

Die Geschichte der Juliette
oder
Das Gedeihen des Lasters

Ich bin wie Justine im Kloster von Panthemont erzogen worden. Man weiß vermutlich, wie berühmt diese Abtei ist, und es wird bekannt sein, daß seit vielen Jahren gerade aus ihrem Schoß die schönsten und lasterhaftesten Frauen hervorgegangen sind. Ein junges Mädchen namens Euphrosine, das in der Nachbarschaft meiner Eltern gewohnt hatte, dann aber dem väterlichen Hause entflohen war, um sich in ein ausschweifendes Leben zu stürzen, war in jenem Kloster meine Gefährtin. Ich wollte in ihre Fußstapfen treten. Und da ich von ihr und von einer ihrer Freundinnen – einer Nonne – die ersten Lektionen in jener moralischen Auffassung erhielt, die ich den Berichten meiner Schwester zufolge schon in so jungen Jahren vertrat, so werde ich vor allem sowohl von der einen als auch von der anderen zu erzählen haben ... Ich muß genaue Rechenschaft ablegen über die ersten Augenblicke, während derer ich von diesen beiden Sirenen verführt und verdorben wurde, und ich muß berichten wie der Keim zu allen Lastern tief in meinem Herzen aufging.

Die Nonne, um die es geht, hieß Delbène; sie war seit fünf Jahren die Äbtissin des Stifts und ging gerade in ihr dreißigstes Lebensjahr, als ich sie kennenlernte. Niemand hätte sie an Schönheit übertreffen können; sie war blond, bildhübsch, hatte ein liebliches, himmlisches Gesicht und zwei große blaue Augen voll zärtlicher Anteilnahme; in ihrem Körperwuchs glich sie den Grazien. Mit zwölf Jahren hatte man die junge Delbène als ein Opfer des Ehrgeizes in ein Kloster gesteckt, um dadurch ihren älteren Bruder, den sie aus ganzer Seele haßte, beträchtlich reicher zu machen. Sie befand sich, als man sie hinter die Klostermauern brachte, in einem Alter, in dem sich die Leidenschaften eben zu entfalten beginnen, und obgleich Delbène noch keine bestimmte Wahl getroffen hatte, sondern der Welt und den Menschen ganz allgemein zugetan war, hatte sie sich erst nach harten inneren Kämpfen und nach bewußter Selbstaufopferung zum Gehorsam entschließen können. Delbène war für ihr Alter sehr weit entwickelt; sie hatte alle philosophischen Schriftsteller gelesen und erstaunlich viel nachgedacht, und als sie sich selbst zur Abgeschiedenheit verurteilte, hatte sie sich zwei oder drei Freundinnen vorbehalten. Diese Freundinnen besuchten und trösteten sie. Und da sie sehr reich war, beschaffte man ihr auch weiterhin alle ihr wünschenswert erscheinenden Bücher und Annehmlichkeiten, selbst solche, die besonders dazu geeignet waren, eine ohnehin sehr lebhafte Phantasie anzuregen, die auch in der Abgeschiedenheit keineswegs abkühlte. Euphrosine war fünfzehn Jahre alt, als ich mich ihr anschloß. Sie war seit achtzehn Monaten die Schülerin von Madame Delbène, als mir beide den Vorschlag machten, ihrer Gemeinschaft beizutreten, und zwar geschah dies gerade an dem Tage, an dem ich mein dreizehntes Lebensjahr beginnen sollte. Euphrosine hatte braune Haare, war groß und für ihr Alter, äußerst schlank, mit sehr schönen Augen, viel Geist und sprudelnder Lebhaftigkeit ausgestattet, ohne dabei aber so hübsch und auch nur annähernd so reizvoll wie unsere Oberin zu sein.

Ich brauche gewiß nicht zu erwähnen, daß bei den Frauen, die in Abgeschiedenheit leben, die Neigung zur Lust die einzige Triebkraft für ihre intime Freundschaft darstellt. Nicht die Tugend verbindet sie, sondern die Sekretion. Man gefällt derjenigen, die auf unsereins geil ist, und man wird die Freundin derjenigen, die unsereins wichst. Da ich mit einem höchst regen Temperament begabt war, hatte ich schon seit meinem neunten Lebensjahr meine Finger daran gewöhnt, den Wünschen, die meinem Kopf entsprangen, zu entsprechen, und seither hoffte ich auf das Glück, eine Gelegenheit hierfür zu finden, Erfahrungen zu sammeln und mich auf eine Laufbahn zu stürzen, zu der mir meine frühreife Natur schon so bereitwillig die Pforten geöffnet hatte. Euphrosine und Delbène boten mir, was ich suchte. Die Oberin, die meine Erziehung übernehmen wollte, lud mich eines Tages zum Essen ein ... Euphrosine war ebenfalls anwesend. Es war unglaublich heiß, und diese übermäßige Sonnenglut diente den beiden als Entschuldigung für die nachlässige und dürftige Bekleidung, in der ich sie vorfand. Diese Spärlichkeit ging so weit, daß beide Frauen nur ein leichtes, durchsichtiges, von einer rosa Schleife zusammengehaltenes Seidenhemd trugen, im übrigen aber tatsächlich fast nackt waren.

»Seit Sie in diesem Hause sind«, sagte Madame Delbène zu mir und küßte mich flüchtig auf die Stirn, »habe ich immer gewünscht Sie näher kennenzulernen. Sie sind sehr hübsch, und wie mir scheint, sind Sie auch geistreich; und junge Mädchen wie Sie können bei mir ganz bestimmte Rechte in Anspruch nehmen ... Sie erröten, kleiner Engel, das verbiete ich Ihnen! Die Schamhaftigkeit entspringt einem Irrglauben, sie ist nur das Ergebnis der Sitten und der Erziehung, mit anderen Worten: der Gewohnheit. Da die Natur den Mann und die Frau nackt geschaffen hat, kann sie ihnen unmöglich zur gleichen Zeit die Abneigung oder die Scham eingegeben haben, so zu erscheinen. Wenn der Mensch immer den Grundsätzen der Natur gefolgt wäre, würde er die Schamhaftigkeit nicht kennen: Das ist eine unumstrittene Wahrheit, die beweist, mein liebes Kind, daß es bestimmte Tugenden gibt, die keine andere Wiege gehabt haben als die vollständige Mißachtung der Naturgesetze. Welch eine Wendung würde man der christlichen Moral geben, wenn man auf diese Weise alle Grundsätze prüfen würde, auf denen sie aufgebaut ist. Aber was schwätzen wir über das alles. Wir wollen heute lieber von etwas anderem sprechen; darum ziehen Sie sich erst einmal soweit aus, wie wir es getan haben.«

Nun traten die beiden schamlosen Frauen auf mich zu, und lachend hatten sie mich bald in den gleichen Zustand gebracht, in dem sie selbst sich befanden. Die Küsse von Madame Delbène nahmen einen ganz anderen Charakter an . . .

»Wie schön meine Juliette ist«, rief sie voller Bewunderung aus, »wie ihre süße kleine Brust hervorzuspringen beginnt! Euphrosine, sie hat eine vollere als du . . . Und dabei ist sie kaum dreizehn Jahre alt.«

Die Finger unserer liebenswürdigen Oberin glitten über die Knospen meines Busens, und ihre Zunge strich durch meinen Mund. Sie bemerkte bald, daß ihre Liebkosungen mit solcher Macht auf meine Sinne wirkten, daß ich bereit war, schwach zu werden.

»O köstlicher Saft«, sagte sie und gab jede Zurückhaltung auf, wobei sie mich durch die Kraft überraschte, mit der sie mich drückte. »Heiliger Himmel, welch ein Temperament! Meine Freundinnen, genieren wir uns nicht mehr. Zum Teufel mit allem, was unseren Augen noch die Reize verhüllt, die uns die Natur gegeben hat, damit wir sie verbergen!« Sogleich warf sie das Seidenhemd, in das sie gehüllt gewesen war, weit von sich und erschien vor unseren Augen schön wie die Venus, die einst die Huldigungen der Griechen auf sich lenkte. Man konnte sich keine herrlichere Gestalt, keine weißere und zartere Haut und keine schöneren und besser ausgeprägten Formen vorstellen. Euphrosine, die es ihr fast augenblicklich gleichtat, konnte mir nicht ebenso viele Reize bieten. Sie war nicht so üppig wie Madame Delbène. Vielleicht lag es daran, daß sie ein wenig dunkler war als diese; ganz allgemein mußte sie weniger gefallen. Aber welche Augen! Welch ein Geist! Ich war ergriffen von so vielen Liebreizen; und da ich von den beiden Frauen, die diese Vorzüge besaßen, lebhaft ermuntert wurde, wie sie alle Zügel der Scham abzuschütteln, kann man sich wohl vorstellen, daß ich mich gehenließ. Mitten im zärtlichsten Taumel trug mich Madame Delbène unter verzehrenden Küssen auf ihr Bett.

»Einen Moment«, sagte sie ganz erhitzt, »einen Augenblick, meine Freundinnen, laßt uns ein wenig Ordnung in unsere Freuden bringen; sonst genießt man sie nicht richtig.«

Bei diesen Worten streckte sie mich mit ausgebreiteten Beinen hin und legte sich selbst flach auf den Bauch über das Bett; sie hielt ihren Kopf zwischen meinen Schenkeln und leckte mich, während sie meiner Gefährtin den schönsten Hintern darbot, den man sich vorstellen kann; die Finger dieses hübschen kleinen Mädchens leisteten ihr die nämlichen Dienste, die mir ihre Zunge erwies. Euphrosine wußte sehr wohl, was der Delbène gefiel; und so begleitete sie ihre Unzüchtigkeiten mit kräftigem Platschen auf den Hintern, was, wie mir schien, eine spürbare Wirkung auf den Zustand unserer liebenswürdigen Lehrmeisterin zeigte. Gierig verschlang die durch die Ausschweifung aufs heftigste elektrisierte Hure den Saft, den sie meiner kleinen Votze unentwegt entspringen ließ. Ein paarmal hielt sie ein, um mich zu betrachten ... um mich in meiner Lust zu beobachten.

»Wie schön sie ist!« rief die Tribadin ... »O heiliger Himmel, wie reizend sie ist! Stoße mich, Euphrosine, wichse mich, meine Liebe; trunken von ihrem Saft möchte ich sterben! – Wir wollen alles abwandeln und variieren«, rief sie einen Augenblick später; »liebe Euphrosine, du mußt mir ja schon böse sein. Ich habe gar nicht daran gedacht, dir die Freuden zu erwidern, die du mir schenkst ... Wartet, meine kleinen Engel, ich werde euch beide zugleich wichsen.«

Sie legte uns nebeneinander aufs Bett. Unter ihrer Anweisung kreuzten sich unsere Hände und wir rieben uns gegenseitig. Während dann ihre Zunge in Euphrosines Votze eindrang, kitzelte sie uns mit ihren Händen das Afterloch. Manchmal wandte sie sich von der Votze meiner Gefährtin ab, um die meine auszusaugen, und da jede von uns drei Freuden zugleich empfing, kann man sich wohl vorstellen, wie wir spritzten. Nach einiger Zeit drehte die sittenlose Frau uns um, so daß wir ihr unser Hinterteil darboten; sie wichste uns unten und leckte uns dabei den After. Sie lobte unsere Hintern, klatschte darauf und brachte uns vor Lust fast um. Dann löste sie sich davon wie eine Bacchantin und sagte:

»Nun erwidert mir alles, was ich euch getan habe. Alle beide sollt ihr mich wichsen. Ich will in deinen Armen liegen, Juliette, ich werde deinen Mund küssen, unsere Zungen sollen gegeneinanderstoßen ... sich drücken ... und sich festsaugen. Du wirst mir mit diesem Godemiché in die Scheide dringen«, fuhr sie fort, wobei sie mir diesen Gegenstand gab, »und du, meine Euphrosine, du übernimmst meinen After, du wichst ihn mit diesem kleinen Etui. Er ist unendlich viel kleiner als meine Votze, und also braucht er nichts Größeres ... Du, mein Hühnchen«, sprach sie weiter und küßte mich, »du darfst von meiner Klitoris nicht ablassen. Sie ist der eigentliche Sitz der Lust bei einer Frau: reibe sie, bis sie wund ist. Ich bin abgehärtet ... Ich bin erschöpft, ich brauche etwas Kräftigeres. Ich will mich in Schleim auflösen, mit euch zusammen, ich will zwanzigmal nacheinander spritzen, wenn ich kann.«

O Gott! Wie wir ihr wiedergaben, was sie uns gegeben hatte: mit größerem Eifer konnte man nicht bemüht sein, einer Frau Wollust zu verschaffen ... Und man hätte keine finden können, die sie besser ausgekostet hätte. Dann erholten wir uns.

»Mein Engel«, sagte das reizende Wesen zu mir, »ich kann dir gar nicht sagen, wie sehr ich mich freue, dich kennengelernt zu haben. Du bist ein köstliches Mädchen; ich werde dich an all meinen Freuden teilhaben lassen, und du wirst sehen, daß es möglich ist, dieselben sehr lebhaft zu genießen, obgleich uns die Gesellschaft der Männer versagt ist. Frage nur Euphrosine, ob sie mit mir zufrieden ist.«

»Oh, meine Liebe, meine Küsse sollen es dir beweisen«, sagte unsere kleine Freundin und eilte an Delbènes Busen. »Nur dir verdanke ich es, daß ich mein Wesen kenne. Du hast meinen Geist geformt, du hast ihn von den törichten Vorurteilen der Kindheit befreit: durch dich allein lebe ich wirklich in dieser Welt. Ach, welch ein Glück für Juliette, daß du dich in der gleichen Weise um sie bemühen willst.«

»Ja«, antwortete Madame Delbène, »ja, ich will ihre Erziehung übernehmen. Wie ich es bei dir getan habe, so will ich auch bei ihr jenes schändliche Blendwerk der Frömmigkeit vertreiben, das alles Glück des Lebens trübt. Ich will sie zu den Grundsätzen der Natur zurückführen und sie erkennen lassen, daß alle Märchen, mit denen man ihren Geist eingelullt hat, nur der Verachtung wert sind. Nun wollen wir uns zum Essen setzen, meine Freundinnen, damit wir wieder zu Kräften kommen. Wenn man viel verspritzt hat, muß man für den Verlust auch Ersatz schaffen.«

Über die Unsterblichkeit der Seele

»Aber«, entgegnete ich Madame Delbène, »ist die Lehre von der Unsterblichkeit der Seele für unglückliche Menschen nicht ein tröstlicher Gedanke? Selbst wenn sie nur eine Täuschung ist, wäre sie dann nicht trotzdem eine süße und angenehme Illusion? Ist es nicht eine Wohltat für den Menschen zu glauben, daß er sich selbst überleben und eines Tages im Himmel ein Glück genießen kann, das ihm auf Erden versagt geblieben ist?«

»In der Tat«, antwortete mir meine Freundin, »ich sehe nicht ein, wieso der Wunsch, einige törichte unglückliche Leute zu beruhigen, es wert sein soll, Millionen von ehrenhaften Menschen das Leben zu vergällen. Ist es im übrigen vernünftig, die eigenen Wünsche zum Maßstab der Wahrheit zu machen? Haben Sie ein wenig Mut, beugen Sie sich dem allgemeingültigen Gesetz, fügen Sie sich willig dem Gebot des Schicksals, demzufolge Sie wie alle anderen Lebewesen in den Schmelztiegel der Natur zurückfallen, um bald darauf in anderer Gestalt wieder daraus hervorzukommen: denn es ist eine Tatsache, daß nichts verdirbt im Schoße dieser Mutter des menschlichen Geschlechtes; die Grundstoffe, aus denen wir zusammengesetzt sind, vereinigen sich bald zu anderen Verbindungen; ein ewiger Lorbeer wächst über dem Grab Virgils. Ist diese glorreiche, immerwährende Wandlung nicht ebenso wohltuend, ihr törichten Anhänger eines Gottes, wie eure Alternative zwischen Hölle und Paradies? Denn wenn die letztere dieser Möglichkeiten auch tröstlich wirkt, so wird man mir doch zugestehen, daß die andere schrecklich ist. Sagt ihr nicht, ihr verblendeten Christen, daß es, um gerettet zu werden, der Gnade bedarf, die euer Gott nur sehr wenigen Menschen gewährt? Aber gewiß, so sehen sie aus, die so tröstlichen Gedanken! Und ist es nicht hundertmal besser, in Staub zu zerfallen, als ewig zu brennen? Wer wird nach alledem zu behaupten wagen, daß die Überzeugung, die einen von dergleichen Befürchtungen befreit, nicht tausendmal angenehmer ist als die Ungewißheit, in der uns die Annahme eines Gottes beläßt, der als Herr seiner Gnaden diese nur seinen Bevorzugten zuteil werden läßt und der auf der Gegenseite zuläßt, daß alle anderen sich die ewige Verdammnis verdienen? Nur der Enthusiasmus oder der Wahnsinn kann jemanden veranlassen, ein System zu bevorzugen, das die Verzweifelten nur auf Grund von offensichtlich unwahrscheinlichen Ausnahmen beruhigen kann.«

»Aber was wird aus mir werden?« sagte ich wiederum zu Madame Delbène, »die Finsternis erschreckt mich, das ewige Nichts macht mir Angst.«

»Und was warst du denn, ich bitte dich, bevor du geboren wurdest?« antwortete mir die geistvolle Frau. »Irgendwelche Teile von untergeordneter Materie, die noch keine Gestalt angenommen hatten oder nur eine Gestalt, an die du dich nicht erinnern kannst. Nun, du wirst wieder zu den gleichen Materieteilen werden und diese werden bereit sein, sich zu neuen Wesen zu ordnen, sobald die Gesetze der Natur es für angebracht halten. Hast du Freude gehabt? Nein. Hast du gelitten? Nein. Ist das also ein so elender Zustand? Und wer würde nicht gerne alle seine Freuden gegen die Gewißheit eintauschen, niemals leiden zu müssen? Was wäre er, wenn er sich auf einen solchen Handel einlassen könnte? Ein lebloses Wesen, ohne jede Bewegung und Regung. Was wird er nach dem Tode sein? Just dieses leblose Wesen! Welchen Nutzen hätte es also, sich zu grämen, wenn das Gesetz der Natur dich mit Sicherheit zu genau dem Zustand verurteilt, den du gern freiwillig annehmen würdest, wenn es dir freistünde zu wählen? Ach, Juliette, ist die Gewißheit, nicht immer zu existieren, etwa niederschmetternder als die Gewißheit, nicht immer existiert zu haben? Geh, geh, beruhige dich, mein Engel. Die Angst, einmal nicht mehr zu sein, ist nur für die Vorstellungswelt ein Übel, die auf der widersinnigen Lehre von einem anderen Leben beruht.

Die Seele – oder wenn man will: das rege, belebende Element, das uns beseelt, bewegt und bestimmt – ist nichts anderes als die bis zu einem gewissen Grade geläuterte Materie, die auf diese

Weise jene uns erstaunlich erscheinenden Fähigkeiten erhalten hat. Alle Teile der Materie würden sicherlich nicht in der Lage sein, das gleiche zu bewirken; aber in Verbindung mit dem, was unseren Körper zusammensetzt, werden sie zu Empfindungen fähig, so wie das Feuer zu einer Flamme werden kann, wenn es mit fetthaltigen und brennbaren Stoffen in Verbindung tritt. Kurz gesagt, die Seele kann nur unter zwei Aspekten betrachtet werden, zum einen als handelndes, zum anderen als denkendes Element. Nun wollen wir sie in der einen wie in der anderen Hinsicht durch zwei logische, keinen Widerspruch duldende Schlüsse als Materie nachweisen.

Erstens: Als handelndes Element zerfällt sie in bestimmte Teile, denn das Herz behält noch lange, nachdem es vom Körper getrennt ist, seine Bewegung bei; nun ist aber alles, was sich aufteilen läßt, Materie. Die Seele als handelndes Element gliedert sich auf, also ist sie Materie.

Zweitens: Alles was in Verfall gerät, ist Materie. Was vornehmlich Geist wäre, könnte nicht verfallen. Nun folgt die Seele aber der Entwicklung des Körpers: In früher Kinderzeit ist sie schwach und im Greisenalter wiederum schlaff. Sie unterliegt also den Einflüssen des Körpers. Alles aber, was in Verfall gerät, ist Materie. Die Seele verfällt, also ist sie Materie.

Wir müssen den Mut haben, auszusprechen und unaufhörlich zu wiederholen, daß an dem Phänomen des Denkens nichts Erstaunliches ist; jedenfalls gibt es nichts, was beweisen könnte, daß dieses Denken von der Materie zu trennen wäre, und nichts weist darauf hin, daß die Materie, in einer bestimmten Weise umgeformt oder geläutert, nicht das Denken erzeugen kann. Das ist unendlich viel leichter zu begreifen als die Existenz eines Gottes. Wenn die erhabene Seele tatsächlich das Werk Gottes wäre, warum sollte sie dann dem Einfluß der verschiedenen Änderungen oder Mängel des Körpers unterworfen sein? Mir scheint, als Werk Gottes müßte die Seele vollkommen sein, und gerade das ist sie nicht, wenn sie sich im gleichen Maß wie die so unvollkommene Materie verändert. Wenn diese Seele das Werk eines Gottes wäre, so brauchte sie keine Entwicklungsstufen durchzumachen; sie könnte und dürfte es nicht. Sie würde sich dem Embryo in endgültiger Form zugesellen, und schon in der Wiege hätten Cicero seinen ›Tusculan‹ und Voltaire seine ›Alzire‹ usw. schreiben können. Da dies nicht so ist und nicht so sein kann, durchläuft die Seele die gleichen Entwicklungsstufen wie der Körper; sie besteht also aus Teilen, denn sie wächst oder verfällt und steigert oder verringert sich: Nun ist alles, was aus Teilen besteht, auch Materie; folglich ist die Seele Materie, da sie aus Teilen zusammengesetzt ist. Wir dürfen eingestehen, daß die Seele ohne den Körper unmöglich existieren kann, und umgekehrt ist es ebenso.

Übrigens liegt auch nichts Wunderbares in der absoluten Herrschaft der Seele über den Körper. Ich gebe zu, daß beide nur ein einziges Ganzes bilden, das aus gleichen Teilen zusammengefügt ist; aber dennoch müssen in dieser Einheit die niederen Teile den erhabenen unterworfen sein, wie aus dem gleichen Grunde die Flamme als Materie Herrschaft über das Wachs hat, das ebenfalls Materie ist und das doch von der Flamme verzehrt wird. Darin liegt, wie in unserem Körper, ein Beispiel dafür, daß von zwei aufeinanderstoßenden Materien der erhabenere Teil den niederen beherrscht.

Ich glaube, Juliette, das dürfte mehr als genug sein, dich von der Unwirklichkeit einer Existenz Gottes und von der Nichtigkeit der Lehre von der Unsterblichkeit der Seele zu überzeugen. Wie geschickt sind doch jene Leute gewesen, die diese beiden ungeheuerlichen Glaubenssätze erfunden haben! Und welche Macht gewinnt man nicht über das Volk, wenn man sich als Diener eines Gottes ausgibt, dessen Haß oder Liebe so bedeutsam für das zukünftige Leben ist! Welchen Einfluß gewinnt man nicht auf den Geist von Menschen, die an zu erwartende Strafen oder Belohnungen glauben und gezwungen sind, die Hilfe der Betrüger zu suchen, die als Vermittler eines Gottes auftreten und allein in der Lage scheinen, Strafen abzuwenden und Belohnungen zu verschaffen! Diese Märchen sind alle nur dem Ehrgeiz, dem Stolz und dem Wahnsinn einiger Individuen entsprungen und werden von der Dummheit einiger anderer genährt; aber für uns sind sie nur der Verachtung wert; wir nehmen sie auf und ersticken sie in uns, so daß sie nie wieder emporkommen. Oh! Wie sehr ich dich bitte, meine liebe Juliette, all diese Märchen zu verachten, wie ich es tue. Eine derartige Haltung, sagt man, führt zur Verflachung der Sitten. Aber sind denn die Sitten bedeutender als die religiöse Überzeugung? Die Sitten werden vollkommen durch die geographische Lage eines Landes bestimmt; sie sind also ganz willkürlich und können auch gar nicht anders sein. Von der Natur aus ist uns nichts verboten worden; man hat sich nur berufen gefühlt, dem Volke durch Gesetze einige Schranken zu errichten, die wiederum der Lufttemperatur, den guten oder schlechten klimatischen Gegebenheiten des betreffenden Landes und der Art der Menschen entsprechen, die diesen Gesetzen unterliegen. Aber diese rein menschlichen Fesseln haben nichts Heiliges an sich; in den Augen der Philosophie, deren Flamme alle Irrtümer zerstreut und die für den weisen Menschen nur die Eingebung der Natur gelten läßt, haben sie keine rechtmäßige Gültigkeit. Nichts jedoch ist unmoralischer als die Natur. Niemals hat sie uns Zügel angelegt, niemals hat sie uns Gesetze diktiert. O Juliette! Du wirst mich allen Ketten gegenüber rücksichtslos und feindlich finden. Und ich gehe sogar so weit, ernstlich jene ebenso kindische wie törichte Forderung zurückzuweisen, die uns anhält, keinem anderen etwas zuzufügen, von dem wir nicht wollen, daß er es uns antut. Das ist genau das Gegenteil von dem, was die Natur uns rät; denn ihr einziges Gebot fordert, daß wir uns erfreuen, ganz gleich auf wessen Kosten. Zweifellos kann es bei der Befolgung dieses Grundsatzes passieren, daß unsere Freuden das Glück der anderen stören. Sind die Freuden darum aber weniger intensiv? Ich sage weiter: wären sie ohnedies wirklich ebenso köstlich? Dieses angebliche Gesetz der Natur, an das uns die Dummköpfe binden wollen, ist also genauso eine Chimäre wie jene menschlichen Gesetze, und wir müssen die einen wie die anderen unter unseren Füßen zerstampfen und uns fest davon überzeugen, daß in nichts etwas Böses liegt. Aber wir werden auf alle diese Themen zurückkommen, und ich bin sicher, daß ich dich in den Dingen der Moral ebenso überzeugen werde, wie ich es in bezug auf die Religion getan zu haben glaube. Laßt uns nun unsere Grundsätze in die Tat umsetzen; nachdem ich dir gezeigt habe, daß du alles tun kannst, ohne verbrecherisch zu sein, wollen wir nun Verbrechen begehen – so wenig sie auch tatsächliche Verbrechen sind –, um uns davon zu überzeugen, daß man alles tun kann.«

Von dieser Rede begeistert, warf ich mich in die Arme meiner Freundin. Ich dankte ihr tausend- und abertausendmal für die Mühe, die sie um meiner Erziehung willen auf sich nehmen wollte.

Der Tod der Eltern

»Setz dich zu mir, mein Kind«, sagte Madame Delbène, nachdem wir gegessen hatten, »ich sehe, daß du überrascht bist, mich während des Verbrechens so ruhig zu sehen. Ich möchte, daß die Überlegungen, die ich dir zu diesem Thema mitteilen muß, dich bald genauso teilnahmslos werden lassen wie mich. Ich habe bemerkt, wie sehr du über meine Ruhe inmitten der Ungeheuerlichkeiten, die wir begangen haben, erstaunt warst, und du hast mir vorgeworfen, daß ich kein Mitleid mit der armen Laurette hätte, die wir unseren Ausschweifungen geopfert haben.

O Juliette, du kannst fest überzeugt sein, daß die Natur es war, die alles in den Zustand gebracht hat, in dem wir es vorfinden. Hat sie allen Wesen, die aus ihren Händen hervorgehen, die gleiche Kraft, die gleiche Schönheit und die gleiche Anmut mitgegeben? Zweifellos nicht! Da die Unterschiede in der Beschaffenheit der Wesen nun in ihrer Absicht liegen, will sie auch, daß das Wohl und Wehe der einzelnen verschieden sei. Die Unglücklichen, die uns der Zufall anbietet oder die wir durch unsere Leidenschaften ins Verhängnis stürzen, haben wie die Sterne, die uns gleich ihnen Licht spenden, ihren Platz in dem Plan der Natur, und wenn man diese weise Planung stören würde, so täte man ebensolches Unrecht, als hinderte man den Lauf der Sonne, sofern dieses Verbrechen in unserer Macht stünde ...«

»Aber«, unterbrach ich sie hier, »wenn du unglücklich wärest, Delbène, würde es dir dann nicht willkommen sein, wenn man dir Hilfe zuteil werden ließe ...?«

»Ich würde leiden können, ohne mich zu beklagen«, antwortete diese dem Schicksal ergebene Person, »und ich würde niemanden um Hilfe bitten.

Bin ich denn sicher vor den Übeln der Natur? Wenn ich auch die Armut nicht zu fürchten brauche ... gibt es nicht das Fieber, die Pest, den Krieg, die Hungersnot, die Erschütterungen einer unvorhergesehenen Revolution und alle die anderen Geißeln der Menschheit? Sie mögen nur kommen; ich werde sie mutig empfangen. Glaube mir, Juliette ... und sei überzeugt, daß ich die anderen nur leiden lasse, ohne ihnen zu helfen, weil ich selbst zu leiden gelernt habe, ohne Hilfe in Anspruch zu nehmen. Wir müssen der Natur gehorchen, und ihre Ordnung lehrt uns keineswegs gegenseitige Hilfeleistungen. Sie gibt uns nur das Bestreben ein, für uns allein und zu unserem eigenen Wohle die Kraft zu erwerben, die nötig ist, all die Übel durchzustehen, die sie für uns vorgesehen hat; das Mitgefühl aber bereitet unsere Seele nicht im mindesten auf dergleichen Mißgeschick vor; es schwächt sie nur, macht sie weich und entzieht ihr den Mut, den sie nicht mehr wiederfinden kann, wenn sie ihn später für die eigenen Leiden nötig hat. Wer es versteht, sich am Unglück des anderen abzuhärten, wird auch bald den ihn selbst treffenden Schicksalsschlägen gegenüber unempfindlich, und es ist weit wichtiger, daß man selbst mutig leiden kann, als daß man sich daran gewöhnt, die anderen zu beweinen. O Juliette, je gefühlloser man ist, desto weniger nimmt man sich etwas zu Herzen und desto näher kommt man der wirklichen Unabhängigkeit. Wir können nur zwei Dingen zum Opfer fallen, entweder dem Unglück der anderen oder unserem eigenen: Wir müssen damit beginnen, uns am ersteren zu härten, dann wird uns das letztere nicht mehr rühren; und von diesem Augenblick an kann unsere Ruhe durch nichts mehr gestört werden.«

»Aber«, sagte ich, »diese Gefühllosigkeit muß doch notwendig auch zum Verbrechen führen.«

»Was macht das aus? Man darf sich weder an das Verbrechen noch an die Tugend im besonderen halten, sondern an das, was glücklich machen kann. Und wenn ich einsehen müßte, daß es für mich keine andere Möglichkeit gibt, glücklich zu sein, als mit Hilfe der allerschlimmsten Verbrechen, so würde ich dieselben augenblicklich und ohne zu erschaudern begehen, in der Gewißheit – wie ich dir schon gesagt habe –, daß das oberste Gesetz, das die Natur mich lehrt, von mir fordert, mich zu erfreuen, ganz gleich auf wessen Kosten. Wenn die Natur mir die Veranlagung gegeben hat, meine Lust nur durch das Unglück meines Nächsten finden zu können, so wollte sie damit ihr Ziel der Zerstörung erreichen ... ein ebenso notwendiges Ziel wie jedes andere. Die Natur hat es als dringend erachtet, ein Wesen wie mich zu schaffen, das ihren Absichten dienen kann.«

»Das sind Grundsätze, die schwerwiegende Folgen haben können.«

»Und wenn schon«, antwortete Delbène. »Ich fordere dich auf, mir ein Beispiel dafür zu geben, daß diese Grundsätze gefährlich werden können. Man hat sich erfreut, und mehr ist nicht nötig.«

»Darf man es auf Kosten anderer?«

»Was mich am wenigsten auf der Welt kümmert, ist das Schicksal der anderen. Ich glaube nicht im geringsten an das Band der Brüderlichkeit, von dem mir die Toren dauernd erzählen; und ich bin auf Grund langer Überlegungen zu dieser Haltung gekommen.«

»O Himmel! Zweifeln Sie an diesem ersten Gesetz der Natur?«

»Höre mir zu, Juliette ... Du hast es höchst nötig, auf die rechte Bahn gebracht zu werden ...«

Bis hierhin waren wir in unserer Unterhaltung gekommen, als ein Diener meiner Mutter kam, um der Frau Äbtissin das furchtbare Mißgeschick in unserem Hause und die gefährliche Erkrankung meines Vaters zu berichten. Man verlangte nach meiner Schwester und nach mir; wir mußten sofort aufbrechen ...

»O Himmel«, rief Madame Delbène, »ich habe ganz vergessen, deine Jungfräulichkeit wiederherzustellen. Warte, mein Engel, warte; nimm diesen Napf. Er enthält einen Extrakt aus Myrten, mit dem du dich morgens und abends einreiben mußt; neun Tage genügen: du kannst sicher sein, daß du am zehnten Tage genauso jungfräulich sein wirst, als wäre dir nie etwas widerfahren.«

Dann schickte sie nach meiner Schwester und übergab uns beide dem Mann, der gekommen war, um uns abzuholen. Sie sagte uns noch, daß wir sobald als möglich zurückkehren sollten. Wir umarmten sie und machten uns auf den Weg.

Mein Vater starb. Man weiß bereits, welche Verhängnisse dem Tod meines Vaters folgten: der Tod meiner Mutter, der einen Monat später eintrat, und die völlige Hilflosigkeit, in der wir uns befanden. Justine, die meine geheime Verbindung mit der Äbtissin nicht kannte, wußte nichts von dem Besuch, den ich ihr einige Tage nach unserer gänzlichen Verarmung abstattete, und da die Gefühle, die ich damals an dieser einzigartigen Frau entdeckte, ihren wahren Charakter vollständig enthüllten, ist es vielleicht gut, meine Freunde, wenn ich von jenem Besuch erzähle. Das erste Zeichen der Härte dieser Delbène mir gegenüber war, daß sie mir die Tür zum Innern des Hauses verschlossen hielt und sich nur bereit fand, einen kurzen Augenblick durch das Gitter mit mir zu sprechen.

Als ich nun, erstaunt über die Gleichgültigkeit, die sie mir gegenüber bezeugte, auf unsere Verbindung hinweisen wollte, sagte sie:

»Mein Kind, all diese elenden Dinge müssen vergessen werden, sobald man nicht mehr zusammenlebt, und ich kann Ihnen nur versichern, daß ich mich meinerseits nicht an den geringsten Umstand jener Geschehnisse erinnern kann, von denen Sie sprechen. Was die Sie bedrohende Armut betrifft, so denken Sie an das Schicksal von Euphrosine: sie hat sich auf den Weg der Ausschweifung begeben, ohne es nötig zu haben: Sie müssen es ihr aus Notwendigkeit gleichtun. Das ist der einzige Ausweg, der Ihnen bleibt, und auch der einzige, zu dem ich Ihnen raten kann. Aber auch wenn Sie ihn eingeschlagen haben, sollten Sie mich nie wieder aufsuchen: Vielleicht könnten Sie in dieser Laufbahn keinen Erfolg haben, vielleicht werden Sie Geld brauchen oder meinen Einfluß in Anspruch nehmen wollen, und ich könnte Ihnen weder das eine noch das andere zusagen.«

Mit diesen Worten beendete Delbène die Unterredung und ließ mich in großer Verwunderung zurück, die bei einiger philosophischer Einsicht gewiß weniger stark gewesen wäre. Meine Überlegungen waren verhängnisvoll ... Ich machte mich sogleich mit dem festen Entschluß auf den Weg, dem Rat dieser verderbten Kreatur zu folgen, wie gefährlich er auch sein mochte. Glücklicherweise erinnerte ich mich an den Namen und die Adresse jener Frau, von der Euphrosine zu einer Zeit gesprochen hatte – du meine Güte –, als ich noch weit davon entfernt war, voraussehen zu können, wie sehr ich diese schändliche Quelle brauchen würde. Dorthin also eilte ich, und Madame Duvergier empfing mich aufs beste. Das vorzügliche Heilmittel von Madame Delbène, das sogar ihre Kenneraugen täuschen konnte, ermöglichte ihr, so manche anderen Leute zu betrügen. Zwei oder drei Tage bevor ich in jenes Haus eintrat, trennte ich mich von meiner Schwester, um einem Lebensweg zu folgen, der von dem ihren weit abwich.

Da mein Leben seit dem Unglück, das mich getroffen hatte, allein von meiner neuen Gastgeberin abhing, schickte ich mich in alles, was sie mir anempfahl. Aber kaum war ich einen Augenblick allein, so dachte ich wiederum darüber nach, wie schmählich Madame Delbène mich im Stich gelassen hatte und wie undankbar sie gewesen war. ›Ach‹, sagte ich mir, ›warum ist sie auf mein Unglück hin so abweisend geworden? Sind denn die reiche und die arme Juliette zwei verschiedene Wesen? Woraus entsteht denn diese eigenartige Laune, die uns den Überfluß lieben und die Armut fliehen läßt?‹ Ach, ich begriff noch nicht, wie sehr die Armut dem Reichtum lästig sein muß; ich wußte nicht, wie sehr der Reichtum die Armut fürchtet, wie sehr er sie flieht und wie aus der Furcht, sie lindern zu müssen, die Gleichgültigkeit ihr gegenüber entsteht. ›Aber‹, so fuhr ich in meinen Überlegungen fort, ›warum fürchtet diese verderbte, ja verbrecherische Frau nicht die Indiskretion von denen, die sie so hochmütig behandelt?‹ Das war eine weitere kindliche Dummheit meinerseits. Ich kannte noch nicht die Unverschämtheit und Dreistigkeit des Lasters, das sich auf Reichtum und Ansehen stützen kann. Madame Delbène war Oberin einer der berühmtesten Abteien von Paris, sie verfügte über eine Rente von sechzigtausend Pfund, ihr Einfluß reichte über die ganze Stadt und bis zum königlichen Hof: wie sehr mußte sie da ein armes Mädchen wie mich verachten, das, jung, ein Waisenkind und ohne das geringste Vermögen, ihren Ungerechtigkeiten gegenüber nur Ansprüche anmelden konnte, die bald für nichtig erklärt würden, oder das nur Klagen hätte vorbringen können, die auf der Stelle als Verleumdungen angesehen würden und demjenigen, der den Mut besaß, diese Klagen vorzutragen, den ewigen Verlust seiner Freiheit einbringen konnte!

Erstaunlicherweise war ich schon so weit verdorben, daß dieses schlagende Beispiel einer Ungerechtigkeit, unter der ich doch selbst zu leiden hatte, mir eher gefiel als mich zu bessern. ›Nun gut‹, sagte ich mir, ›ich brauche also nur danach zu streben, auch meinerseits reich zu werden, dann kann ich bald ebenso unverschämt sein wie jene Frau, und ich werde die gleichen Rechte und die gleichen Freuden genießen wie sie. Wir müssen uns also davor hüten, tugendhaft zu sein, denn triumphieren tut immer nur das Laster. Wir müssen die Armut scheuen, denn sie wird stets verachtet ...‹ Aber ich besaß nichts; wie sollte ich da das Elend vermeiden? Natürlich nur durch verbrecherisches Verhalten. Was machte das aus? Die Ratschläge von Madame Delbène haben mein Herz und meinen Geist schon früh verdorben. Ich glaube seither, daß an nichts etwas Böses sein kann; ich bin überzeugt, daß das Verbrechen ebenso den Zwecken der Natur dient wie die Tugend und die Anständigkeit. Stürzen wir uns also in diese pervertierte Welt, in der diejenigen die größere Macht gewinnen, die am meisten Erfolg haben. Kein Hindernis soll uns im Wege stehen; es gibt keine anderen Unglücklichen als diejenigen, die auf der Strecke bleiben. Da sich die Gesellschaft nur aus Betrogenen und Betrügern zusammensetzt, entscheiden wir uns für die Rolle der letzteren: es schmeichelt der Eigenliebe weit mehr, wenn man betrügt, als wenn man selbst betrogen wird.

Der Bankier Noirceuil

Fünfzehn oder sechzehn weitere Männer von ähnlichem Geschmack, aber gesund und kräftig, gingen mir einen Monat lang über den Körper, alle mit mehr oder weniger bemerkenswerten Eigenarten, bevor ich zu einem Mann geschickt wurde, bei dem jede einzelne sodomitische Handlung so absonderlich ist, daß ich davon erzählen muß. Mit welchem Interesse wird man es übrigens aufnehmen, wenn man erfährt, daß dieser Mann Noirceuil ist, der uns nur für die kurze Zeit verlassen hat, die ich benötigen werde, um diese Abenteuer zu erzählen, die für ihn schon allzu bekannt sind, als daß er sie nochmals zu hören brauchte. In einem Überschwang von unbegreiflicher Zügellosigkeit, die dieses liebenswürdigen Mannes, von dem ich erzählen muß, wohl würdig ist, wollte Noirceuil, daß seine Frau die Zeugin seiner Ausschweifung sei, daß sie ihm dabei helfen und sich später selbst dazu hergeben solle. Hierbei muß beachtet werden, daß man mich noch immer für eine Jungfrau hielt, und daß Noirceuil es nur mit Mädchen zu tun haben wollte, die wenigstens an jenem bewußten Körperteil jungfräulich waren.

Madame de Noirceuil war eine sehr schöne Frau und höchstens zwanzig Jahre alt. Da sie ihrem Gatten bereits in sehr jungen Jahren ausgeliefert worden war, während er schon ungefähr vierzig Jahre zählte und sich zügelloser Ausschweifung hingab, überlasse ich es jedem selbst, sich auszumalen, was dieses reizende Wesen gelitten hat, seit sie die Sklavin dieses Wüstlings ist. Alle beide befanden sich in dem Boudoir, in dem man mich empfing. Kaum war ich eingetreten, als auch schon geläutet wurde und gleich darauf zwei etwa siebzehn oder achtzehn Jahre alte Jungen fast nackt erschienen.

»Es wird behauptet, meine Liebe, daß Sie den schönsten Arsch der Welt haben«, sagte Noirceuil zu mir, sobald seine Gesellschaft sich versammelt hatte. »Madame«, fuhr er fort und wandte sich an seine Gattin, »ich bitte Sie, lassen Sie ihn mich sehen.«

»Wirklich, Monsieur«, antwortete die arme kleine Frau ganz beschämt, »was für Dinge Sie verlangen.«

»Sehr einfache, Madame; und seit Sie dieselben ausführen, sollten Sie sich an sie gewöhnt haben: Ihre Pflichten mir gegenüber habe ich in großzügiger Weise erweitert, und ich bin sehr erstaunt darüber, daß Sie dies immer noch nicht eingesehen haben.«

»Oh, das werde ich niemals einsehen.«

»Bei meinem Wort, das ist schlimm für Sie; wenn etwas unausweichlich ist, dann ist es tausendmal besser, sich freiwillig und gern zu fügen, als sich jeden Tag eine Marter daraus zu bereiten. Nun, Madame, entkleiden Sie die Kleine also!«

Ich errötete für die arme Frau und wollte ihr die auferlegte Pein ersparen, indem ich mich selbst auszog; aber Noirceuil hinderte mich daran und fuhr so auf seine Gattin ein, daß sie keine andere Wahl hatte und gehorchen mußte. Während dieser Vorspiele ließ Noirceuil sich von seinen Lustknaben liebkosen, wobei er beide mit seinen Händen erregte: Einer der beiden rieb ihm das Afterloch, der andere die Rute. Als ich nackt ausgezogen war, bot Madame de Noirceuil auf Geheiß ihres Gatten diesem meinen Hintern zum Küssen dar, was der Lüstling in schändlichster Weise tat; auf seine wiederholten Anweisungen wurden die beiden Knaben bald genau wie ich ganz ausgezogen – immer von den Händen der gehorsamen Gattin, die nach dieser Arbeit schließlich daranging, sich selbst gleichfalls nackt auszuziehen. Auf diese Weise fand sich der ebenfalls entkleidete Noirceuil also umgeben von zwei hübschen Frauen und zwei schönen Knaben. Ohne Rücksicht auf das Geschlecht empfing zunächst der von ihm bevorzugte Altar eines jeden der Anwesenden die ersten Ehrerbietungen seiner Lust; ich glaube, daß keine Ärsche jemals so schändlich geküßt wurden. Der Schurke nahm sich uns immer in neuer Reihenfolge vor und legte manchmal einen Knaben über eine Frau, um einen besseren Vergleich zu haben. Als er schließlich genügend erregt war, befahl er seiner Gattin, mich bäuchlings flach auf dem Sofa des Boudoirs auszustrecken und dann seine Rute eigenhändig in meinen After einzuführen, nachdem sie diese vorsorglich belutscht hatte, um das Eindringen zu erleichtern. Noirceuil hatte, wie man weiß, einen Apparat von sechs Zoll Umfang und elf Zoll Länge; so konnte ich ihn nur mit unerhörten Schmerzen empfangen: dennoch drang er bis zu den Hoden ein, immer unter Mithilfe seines traurigen Opfers. Unsere beiden Helfershelfer ließen abwechselnd ihre Ruten in seinem Hintern verschwinden. Alsdann legte der Wüstling seine Frau neben mich, und zwar in die gleiche Lage, in der ich mich befand, und forderte, daß sie den gleichen Schändlichkeiten unterworfen werde, die er sich auf meinem Körper erlaubte; denn ein Schwanz war jeweils frei; Noirceuil ergriff diesen und führte ihn, während er selbst in meinen Hintern eindrang, in den reizenden After seiner zarten Ehehälfte. Einen Augenblick lang wollte sie widerstehen, aber ihr grausamer Gatte drückte sie mit festem Arm nieder und konnte sie schnell seinem Willen unterwerfen.

»Nun bin ich befriedigt«, sagte er, als alles auf diese Weise im Gange war, »ich werde gefickt, ich dringe in den Hintern einer Jungfrau ein, und meine Frau lasse ich sodomieren; nichts fehlt mehr an meinen ungestümen Freuden.«

»Oh, Monsieur!« seufzte die ehrenwerte Gattin dieses Wüstlings, »liegt Ihnen denn wirklich daran, mich zur Verzweiflung zu bringen?«

»Unendlich viel sogar, Madame, und in aller Offenheit, die Sie von mir kennen, gestehe ich Ihnen, daß ich viel weniger Genuß hätte, wenn Sie sich besser dreinschickten.«

»Sie sind ein Mensch ohne Sitten.«

»Oh! Ohne Glauben, ohne Gott, ohne Grundsätze, ohne Religion, also ein abscheulicher Mensch; nur weiter, Madame, fahren Sie nur fort, mich zu beschimpfen; Sie können sich gar nicht vorstellen, wie die Flüche einer Frau meinen Orgasmus beschleunigen können. Ah! Juliette, halten Sie sich gut, es kommt.« Und während er fickte, gefickt wurde und sich das Ficken ansah, schleuderte er mir einen Einlauf in die Gedärme, dessen spätere Verwendung ich bei weitem noch nicht ahnte. Als sich alle entladen hatten, lösten sie sich aus ihren Stellungen. Aber Noirceuil, der seine Gattin weiter tyrannisierte und bei dem es schon wieder einer Quälerei bedurfte, um sich für neue Freuden in Erregung zu bringen, Noirceuil befahl seiner Frau, sich auf etwas vorzubereiten, das ihr wohl bekannt sei ...

»Aber wie, Monsieur«, antwortete die Unglückliche, »soll das heißen, daß Sie diese abscheuliche Schweinerei immer wieder verlangen?«

»Immer wieder, Madame, sie ist für meine Lust unerläßlich.« Und der Schändliche streckte seine Gattin auf dem Sofa aus und zwang sie, den Schleim, den er in meinem After hinterlassen hatte, in ihrem Mund aufzunehmen. Da ich mich fügen mußte, ließ ich die ganze Ladung fahren, nicht ohne ein kleines boshaftes Vergnügen darüber zu empfinden, daß das Laster die Tugend so grausam demütigte. Die Arme mußte schlucken: ich glaube, sonst hätte ihr Gemahl sie erwürgt.

Angesichts dieser Schändlichkeit fand der grausame Gatte die nötigen Kräfte wieder, weitere derartige Akte zu vollziehen. Madame de Noirceuil mußte sich wieder niederlegen und in ihrem Hintern abwechselnd die Rute ihres Gatten und der beiden Lustknaben empfangen. Man kann sich kaum vorstellen, wie rasch die drei Lüstlinge einander in dem schönen ihnen dargebotenen Arsch ablösten. Während Noirceuil meinen Hintern fingerte oder küßte, fickte er schließlich seine Knaben, wobei er die Hinterbacken seiner Frau vor Augen hatte. Während er dem ersten im Hintern steckte, zwang er uns – den zweiten Knaben und mich –, je eine der Hinterbacken seiner Frau vorzunehmen und die Fleischkugeln nicht zu schonen, die er uns in die Hände gab; jedesmal, wenn er sich bei diesem Wechselspiel in den After des einen oder des anderen entladen hatte, mußte das bedauernswerte Wesen mit dem Mund den Schleim empfangen, den er dort hinterlassen hatte.

Zum Abschluß wurden die Schändlichkeiten noch ärger; Noirceuil versprach demjenigen von uns dreien zwei Louis, der seine unglückliche Frau am besten quälte: Faustschläge, Fußtritte, Backpfeifen und Püffe, alles durften wir anwenden, und der Schurke wichste sich angesichts dieser Schinderei und feuerte uns an. Man kann sich nicht vorstellen, was die beiden Knaben und ich alles erfanden, um die Unglückliche zu quälen; wir ließen erst von ihr ab, als sie ohnmächtig war. Nun traten wir nahe an den erhitzten Noirceuil heran, umgaben ihn mit unseren Hintern und wichsten ihn über dem wundgeschlagenen Körper des armen Opfers seiner Leidenschaft. Dann überließ mich Noirceuil den beiden Knaben: während der eine mich in den Hintern fickte, ließ der andere mich seinen Schwanz lutschen; manchmal hatte ich zwischen beiden ihre beiden Werkzeuge in meiner Votze, oder ich nahm das eine von vorn und das andere von hinten auf.

Ich erinnere mich, daß Noirceuil, der nicht wollte, daß ein Teil meines Körpers frei war, bei dieser Gelegenheit seine Rute in meinen Mund drückte und seine letzte Ladung hineinfließen ließ, während meine Scheide und mein After von den beiden Knaben versorgt wurden; es ging bei uns allen gleichzeitig los, und ich habe noch nie eine solche Lust gespürt.

Noirceuil, dem mein Körper und meine kleinen Bosheiten gefallen hatten, behielt mich mit seinen beiden Jungen zum Essen dort. Wir nahmen die Mahlzeit in einem reizenden kleinen Kabinett ein und wurden dabei nur von Madame de Noirceuil bedient, die ganz nackt war und der von ihrem Gatten eine noch viel schlimmere Szene als die soeben durchstandene angedroht wurde, falls sie ihre Arbeit nicht gut ausführen würde.

Wie Sie wissen, ist Noirceuil sehr geistreich, und niemand rechtfertigt seine Ausschweifungen besser als er selbst; ich wollte es wagen, einige Einwände gegen sein Verhalten seiner Frau gegenüber anzubringen.

»Nichts ist so ungerecht«, sagte ich zu ihm, »wie das, was Sie dieses arme Wesen erdulden lassen ...«

»Ja, das ist sehr ungerecht«, antwortete Noirceuil, »aber nur in bezug auf meine Frau; ich sage Ihnen, daß in bezug auf mich selbst nichts so recht und billig ist wie das, was ich mit ihr treibe, und der Beweis dafür wird dadurch erbracht, daß nichts auf der Welt mich ebenso erfreuen kann. Alle leidenschaftlichen Handlungen haben zwei Seiten, Juliette: die eine Seite ist sehr ungerecht, nämlich für das Opfer; die andere ist einzigartig gerecht, nämlich für den, der sie ausführt. Die Leidenschaften, so ungerecht sie auch für ihre Opfer sein mögen, sind dennoch nichts anderes als das Werkzeug der Stimme der Natur; nur aus ihrer Hand empfangen wir diese Leidenschaften, nichts als ihre Kraft gibt sie uns ein; durch die Leidenschaften nämlich begehen wir die Ungerechtigkeiten, die in der Natur notwendig sind; und ihre Gesetze, deren Motive wir freilich nicht kennen, fordern wenigstens ebenso viele Laster wie Tugenden vorhanden sind. Wenn jemand also keine Neigung zur Tugend verspürt, so soll er sich blind der ihn beherrschenden Hand überlassen in der völligen

Gewißheit, von der Hand der Natur geführt zu werden und von ihr dazu auserwählt zu sein, das Gleichgewicht zu erhalten.«

»Aber«, sagte ich zu diesem unverbesserlichen Freidenker, »wenn der Rausch geschwunden ist, spüren Sie dann nicht irgendwelche heimlichen Neigungen zur Tugend hin ... die Sie, wenn Sie ihnen folgen würden, sicher zum Guten zurückführen könnten?«

»Ja«, antwortete Noirceuil, »ab und zu spüre ich diese heimlichen Neigungen; sie entstehen gelegentlich in leidenschaftslosen Stunden. Und ich glaube, dergleichen Anwandlungen können auf folgende Weise erklärt werden: Ist es wirklich die Tugend, die in mir das Laster bekämpfen will? Und selbst wenn wir annehmen, daß sie es sei, soll ich mich dann ihren Forderungen beugen? Um diese Frage zu beantworten, und zwar unparteiisch zu beantworten, versetze ich meinen Geist in einen möglichst vollständigen Ruhezustand, so daß keine der beiden Parteien sich beklagen kann, die andere sei bevorzugt worden; sodann frage ich mich, was die Tugend eigentlich sei. Wenn ich finden sollte, daß ihre Existenz eine Realität ist, werde ich diese Existenz analysieren; und wenn es mir erscheinen sollte, daß sie dem Laster vorzuziehen ist, so werde ich sie zweifellos annehmen. Ich erkenne dann in meinen Überlegungen, daß man mit dem Namen der Tugend alle die verschiedenen Wesensarten eines Menschen bezeichnet, durch die er sich, ohne Rücksicht auf seine Lust und seine Interessen, dem Wohl der Gemeinschaft verschreibt: daraus ergibt sich, daß ich, um tugendhaft zu sein, alles vergessen muß, was mir gehört und mich angeht, um mich nur noch mit dem zu beschäftigen, was den anderen nützt; und so muß ich mich gegen Menschen verhalten, die gewiß nicht das gleiche für mich tun werden; aber selbst wenn sie es täten, wäre das ein Grund, wie sie zu handeln, wenn alle Anlagen meines Wesens sich in mir einer solchen Lebensweise widersetzen? Übrigens, wenn man das eine Tugend nennt, was der Gemeinschaft nützt, und wenn man diese Definition isoliert betrachtet, so wird man mit diesem Namen alles bezeichnen, was den Interessen der Gemeinschaft entgegenkommt, woraus sich ergibt, daß die Tugend des einzelnen oft das Gegenteil der Tugend der Gemeinschaft ist; denn die Interessen des einzelnen sind fast immer den Interessen der Gemeinschaft entgegengesetzt; somit ist nichts allgemeingültig, und die Tugend – eine völlig willkürliche Angelegenheit – bietet nichts eindeutig Feststehendes. Wenn ich nun dem Grund des Kampfes nachgehe, den ich in mir spüre, wenn ich mich dem Laster zuwende, obwohl ich überzeugt bin, daß die Tugend keine reale Existenz besitzt, so finde ich mit Leichtigkeit heraus, daß es nicht die Tugend ist, die in mir kämpft; die schwache Stimme, die für einen Augenblick vernehmbar wird, ist vielmehr nur die Stimme der Erziehung und des Vorurteils. Nachdem ich dies festgestellt habe, vergleiche ich die Freuden; ich nehme mir zunächst die Freuden der Tugend vor und koste sie in ihrem ganzen Umfang aus. Welch ein Mangel an Bewegung! Welch eisige Kälte! Nichts rührt mich dort, nichts erregt mich; und wenn ich dem Grund dafür aufrichtig nachforsche, so erkenne ich, daß der Genuß ganz auf seiten des Menschen liegt, dem ich dienlich bin, und daß ich von ihm dagegen nichts als kühle Dankbarkeit erhalte. Ich frage nun: heißt das genießen? Was für ein Unterschied auf der entgegengesetzten Seite! Wie werden meine Sinne gereizt und meine Organe erregt! Schon bei dem Gedanken an die Ausschweifung entwerfe ich Pläne, ein göttlicher Saft pulsiert in meinen Adern, eine Art Fieber ergreift mich; der Taumel, in den dieser Gedanke mich stürzt, verbreitet einen herrlichen Schein über alle Aspekte meines Planes; ich mache mich an seine Ausführung und freue mich daran; ich koste ihn in allen Einzelheiten aus und bin berauscht; es ist nicht mehr das gleiche Leben und die gleiche Seele, die mich in Bewegung halten; mein Geist ist in der Glut der Freude geschmolzen, und ich atme nur noch für die Wollust.«

»Monsieur«, sagte ich zu diesem Libertin, dessen Reden mich, wie ich gestehen muß, außerordentlich begeisterten, und dem ich nur widersprach, auf daß er sich noch mehr offenbare: »Ah! Monsieur, der Tugend die Existenz absprechen heißt doch, wie mir scheint, das Ziel allzuschnell erreichen zu wollen und dabei Gefahr zu laufen, es dadurch zu verfehlen, daß man zu leicht über die Prinzipien hinweggleitet, die einem die Folgerungen nahebringen sollten.«

»Also gut«, entgegnete Noirceuil, »meinetwegen, gehen wir in unseren Überlegungen mit mehr Methode vor. Deine durchdachten Einwände beweisen mir, daß du mich verstehen kannst. Ich spreche gerne mit Leuten deinesgleichen.«

»Bei allem, was uns im Leben widerfährt«, fuhr Noirceuil fort, »wenigstens bei allen Begebenheiten, die uns eine freie Entscheidung erlauben, empfinden wir zwei Eindrücke oder, wenn man das lieber will, zwei Eingebungen: Die eine möchte uns veranlassen, das zu tun, was die Menschen die Tugend nennen, die andere möchte das vorziehen, was sie das Laster nennen. Man muß diesen Widerstreit genauer untersuchen. Das Schwanken wäre ohne unsere Leidenschaften nicht vorhanden, sagt der ehrenwerte Mensch; von der Hand der Natur unseren Seelen eingegeben, sind sie das Gegengewicht der Tugend: beherrscht eure Leidenschaften und ihr hört auf zu schwanken. Aber wer hat diesem Menschen, der so zu mir spricht, bewiesen, daß die Leidenschaften nur die Folge sekundärer Bewegungen, und daß die Tugenden die Folge der primären sind; welche sicheren Beweise seiner Hypothese kann er mir geben? Um die Wahrheit zu entdecken und mich zu vergewissern, welchem der beiden Gefühle tatsächlich die Priorität zusteht, welche für mich bestimmend sein muß (denn es ist sicher, daß ich derjenigen von den beiden Stimmen, die zuerst spricht, nachgeben muß, da sie zweifellos die Eingebung der Natur darstellt, während die zweite nur die Verderbtheit ist), um also diese Priorität zu erkennen, prüfe ich nicht die Völker im einzelnen, denn ihre Sitten können ihre Tugenden der Natur entfremdet haben, sondern ich beobachte die gesamte Masse der Menschheit; ich studiere das Herz der Menschen, zunächst das wilde, dann das zivilisierte: Da finde ich das Buch, das mich sicher lehren wird, ob ich die Tugend oder das Laster vorziehen soll, und welcher von diesen beiden Eingebungen die Priorität zukommt. Nun entdecke ich bei dieser Untersuchung zunächst den fortwährenden Gegensatz des besonderen zum allgemeinen Wohl. Ich sehe, daß wenn der Mensch das allgemeine Wohl vorzieht und folglich tugendhaft ist, er sein ganzes Leben lang sehr unglücklich sein wird, und daß er dagegen, wenn er sein eigenes Wohl über das allgemeine erhebt, vollkommen glücklich wird, sofern ihn die Gesetze in Frieden lassen. Aber die Gesetze gehören nicht zur Natur und dürfen daher bei unserer Untersuchung nicht in Betracht kommen. Diese von den Gesetzen absehende Untersuchung zeigt uns unwiderlegbar, daß der Mensch im Laster glücklicher ist als in der Tugend. Da die Priorität der stärkeren Bewegung gehört, nämlich derjenigen, die zum Glück führt, schließe ich daraus, daß diese Bewegung unbestreitbar die natürliche ist und daß die andere nur ihre verderbte Kehrseite darstellt. Es wird offenbar, daß die Tugend keineswegs dem allgemeinen Gefühl der Menschen entspricht, sondern daß sie nur das erzwungene Opfer darstellt, das er der Gemeinschaft bringen muß, in der er lebt, und zwar ohne Rücksicht auf alle Erkenntnisse, die ihm, wenn er sich nach ihnen richten würde, großes Glück einbrächten und alle Entbehrungen ausgleichen würden. So muß er wählen: entweder die lasterhafte Eingebung, die sicher von der Natur ausgeht, ihm aber der Gesetze wegen vielleicht nicht ein ganz vollständiges, sondern nur ein getrübtes Glück bieten kann, ... oder die Scheinwelt der Tugend, die überhaupt nicht natürlich ist, ihm aber vielleicht, da sie ihn zu gewissen Opfern zwingt, einen kleinen Schadenersatz dafür bietet, daß er die ersten Eingebungen gezwungenermaßen grausam in seinem Herzen ersticken mußte. Was aber das Gefühl der Tugend in meinen Augen noch schlimmer macht, ist, daß es nicht nur keine erste natürliche Regung darstellt, sondern auf Grund seiner Definition sogar eine schlechte und eigennützige Bewegung ist, die zu sagen scheint: Ich gebe dir, auf daß du es mir vergiltst. Daraus ist zu ersehen, wie sehr uns das Laster innewohnt; es steht so fest als oberstes Gesetz der Natur, daß auch die schönste aller Tugenden sich, wenn man sie untersucht, als egoistisch erweist und selbst zu einem Laster wird. Alles im Menschen ist also lasterhaft; das Wesen der Natur und ihres Aufbaus ist also nur das Laster. Der Mensch ist lasterhaft, wenn er sein Wohl dem der anderen vorzieht; er ist aber auch selbst im Schoße der Tugend lasterhaft, denn diese Tugend, dieses Opfer seiner Leidenschaften, ist in ihm entweder nur eine Regung des Stolzes oder der Wunsch, ein ruhigeres Glück zu finden als dasjenige, welches der Weg des Verbrechens ihm bietet. Immer aber sucht er sein eigenes Glück; nur das beschäftigt ihn fortwährend. Es ist unsinnig zu sagen, es gäbe eine uneigennützige Tugend, deren Ziel es wäre, das Gute ohne eine bestimmte Absicht zu tun. Eine solche Tugend ist ein Hirngespinst. Du kannst sicher sein, daß der Mensch die Tugend nur übt, weil er sich daraus Gutes für sich selbst verspricht oder Dankbarkeit erwartet. Man halte mir nicht die Tugenden der Mäßigung entgegen; diese sind genauso egoistisch wie die anderen; denn derjenige, der sie übt, hat kein anderes Verdienst als das, sein Herz einer Regung zu überlassen, die ihm gefällt. Untersuche jede beliebige Tat und du wirst sehen, ob du nicht immer irgendein eigennütziges Motiv entdecken kannst. Der Lasterhafte arbeitet in der gleichen Absicht, aber mit mehr Aufrichtigkeit, und also ist er höher zu schätzen; ohne die Gesetze würde er sein Ziel anders und viel besser als sein tugendhafter Rivale erreichen. Die Gesetze aber sind schändlich, denn während sie das Glück des einzelnen schmälern, um das Glück der Allgemeinheit zu wahren, nehmen sie mehr als sie geben.«

Über die Dankbarkeit

»Dankbarkeit, Juliette, nennt man das Gefühl der Erwiderung einer empfangenen Wohltat. Nun frage ich, welches ist das Motiv des Menschen, der eine Wohltat gewährt? Handelt er für sich oder für uns? Wenn er für sich handelt, wirst du mir eingestehen, daß wir ihm nichts schuldig sind; wenn er es für uns tut, kann die Macht über uns, die er aus dieser Tat erwirbt, niemals Dankbarkeit bei uns erzeugen, sondern nur Eifersucht wecken, denn er hat unseren Stolz verletzt. Was aber ist sein Ziel, wenn er sich uns verpflichtet? Wie kommt es, daß man dasselbe nicht sofort erkennt? Wer sich einem anderen verpflichtet, wer hundert Louis aus seiner Tasche zieht, um sie einem leidenden Menschen zu geben, hat es keineswegs zum Wohl dieses Unglücklichen getan; er mag nur auf den Grund seines Herzens hinabsteigen; er wird sehen, daß er lediglich seinem Stolz geschmeichelt hat, daß er nur um seiner selbst willen gehandelt hat, sei es, daß er eine heimliche Freude daran findet, diese hundert Louis einem Armen zu geben, was schmeichelhafter ist als sie für sich zu behalten, sei es, daß er sich einbildet, durch diese in der Öffentlichkeit vollzogene Tat könne er sich einen guten Ruf erwerben. In jedem Fall sehe ich nur Egoismus. Nun sage mir also, was ich einem Menschen schuldig bin, der nur zu seinem eigenen Vorteil gehandelt hat. Wenn es dir gelingen sollte, mir zu beweisen, daß er nur das Wohl des Menschen im Sinn hatte, den er sich durch seine Handlungsweise verpflichtete, daß seine Tat im geheimen geschah und niemals bekannt werden wird, daß er keine Freude gehabt hat, als er die hundert Louis gab, weil er im Gegenteil durch diese Gabe selbst in Verlegenheit geriet, daß also seine Tat mit einem Wort so selbstlos war, daß man keinerlei Egoismus dabei entdecken kann, so würde ich dir zunächst darauf antworten, daß dergleichen unmöglich ist und daß man, wenn man die Tat des Wohltäters gründlich untersuchen würde, doch immer irgendeine heimliche Freude entdecken könne, die er für sich daraus gewonnen habe, wodurch der Wert der Tat geschmälert würde. Aber nehmen wir sogar an, daß die von dir unterstellte Selbstlosigkeit vollkommen wäre, so würde für dich doch noch nicht die Voraussetzung der Dankbarkeit geschaffen; denn jener Mensch hat sich durch seine Handlungsweise über dich erhoben, er hat deinen Stolz verletzt und damit ein Gefühl gedemütigt, das dergleichen Beleidigungen niemals verzeiht. Was immer dieser Mensch auch für dich getan haben mag, er erwirbt, sofern du aufrichtig bist, von diesem Augenblick an kein Recht, als deine dauernde Abneigung. Du wirst seinen Dienst ausnutzen, aber den Menschen verachten, der dir diesen Dienst erwiesen hat. Sein Dasein wird auf dir lasten; du kannst ihm nicht ohne zu erröten unter die Augen treten. Wenn du von seinem Tode hörst, wirst du innerlich frohlocken, und es wird dir vorkommen, als seiest du von einer schweren Last und von einer drückenden Knechtschaft befreit worden, und die Gewißheit, von einem Wesen erlöst zu sein, vor dessen Antlitz du nicht mehr ohne eine gewisse Scham hintreten konntest, wird für dich notwendigerweise zu einer Freude werden – was sage ich: Wenn deine Seele wirklich unabhängig und stolz ist, so gingest du vielleicht viel weiter, vielleicht solltest du es sogar ... Ja, du gingest so weit, jenes Leben, das dich störte, selbst auszulöschen; du würdest dich von dem Leben dieses Menschen befreien wie von einer ermüdenden Bürde. So hat der erwiesene Dienst nicht etwa Freundschaft für den Wohltäter in dir hervorgerufen, sondern er hat, wie man sieht, nur einen unerbittlichen Haß erzeugt. O Juliette! Ist diese Überlegung nicht geeignet, zu beweisen, wie lächerlich und wie gefährlich es ist, den Menschen irgendwelchen Dienst zu erweisen?

Nachdem ich die Dankbarkeit auf diese Weise untersucht habe, solltest du nun zu erkennen versuchen, meine Liebe, ob ich deine Dankbarkeit will oder ob ich mich nicht im Gegenteil davor hüten muß, mich dir gegenüber auf die Seite des erwiesenen Dienstes zu stellen. Ich wiederhole dir also: Wenn ich deine Ketten gesprengt habe, so nicht deinetwegen; ich handle nur für mich allein und für keinen anderen; also laß uns gehen.«

Der Minister Saint-Fond

Monsieur de Saint-Fond war ein Mann von ungefähr fünfzig Jahren: er hatte Geist und einen sehr falschen, heimtückischen, leichtfertigen, wilden und hochmütigen Charakter, und er verstand die Kunst, Frankreich im höchsten Grade zu betrügen und Verhaftungsbefehle nur zu verteilen, um seinen lockeren Leidenschaften Vorschub zu leisten. Mehr als zwanzigtausend Individuen beiderlei Geschlechts und jeden Alters stöhnten unter seinen Befehlen in den verschiedenen königlichen Festungen, von denen es in Frankreich sehr viele gibt. »Und unter diesen zwanzigtausend Lebewesen«, sagte er mir eines Tages gutgelaunt, »schwöre ich dir, gibt es niemanden, der schuldig ist.« Auch d'Albert, der erste Präsident des Parlaments von Paris, war bei diesem Abendessen anwesend. Erst beim Hereinkommen verständigte mich Noirceuil davon.

»Du schuldest dieser Persönlichkeit«, sagte er, »dieselbe Achtung wie der anderen; es ist noch keine zwölf Stunden her, daß er Gebieter deines Lebens war; dein Dienst ist die Gegenleistung für die Achtung, die er dir entgegengebracht hat.« Konnte ich mich besser erkenntlich zeigen?

Vier charmante Mädchen bildeten zusammen mit Madame de Noirceuil und mir den Harem, der diesen Herren geboten wurde. Diese Geschöpfe, noch Jungfrauen, hatte die Duvergier ausgesucht. Eglée, die Jüngste, war blond, dreizehn Jahre alt und hatte ein bezauberndes Gesicht. Es folgte Lolotte; sie war das Abbild der Flora in Person. Niemals sah man soviel Frische; sie war kaum fünfzehn Jahre alt. Henriette war sechzehn und vereinigte in sich mehr Reize, als die Dichter je den drei Grazien zugeschrieben haben. Lindane war siebzehn; sie war zum Malen schön, hatte Augen von einem einzigartigen Ausdruck und den wohlgebautesten Körper, den man je gesehen hat. Sechs nackte, als Damen frisierte Jünglinge, fünfzehn bis zwanzig Jahre alt, bedienten uns. Jeder der Wüstlinge, die an diesem Abend teilnahmen, hatte, wie Sie aus diesem Arrangement erkennen, vier Luxusgegenstände zu seiner Verfügung: zwei Frauen und zwei Jünglinge. Da diese noch nicht im Salon waren, als ich dort ankam, zogen mich d'Albert und Saint-Fond, nachdem sie mich umarmt, liebkost und eine Viertelstunde lang gelobt hatten, wegen meines Abenteuers auf.

»Sie ist eine charmante kleine Hexe«, sagte Noirceuil, »die sich durch die blindeste Unterwerfung unter die Leidenschaften ihrer Richter für das Leben bei ihnen bedankt, das sie ihr gelassen haben.«

»Es hätte mir sehr leid getan, wenn ich sie ihm genommen hätte«, sagte d'Albert: »Nicht umsonst trägt Themis eine Augenbinde. Und Sie werden zugeben, daß wir sie immer vor den Augen haben sollten, wenn es sich darum handelt, hübsche kleine Wesen wie diese zu beurteilen.«

»Ich verspreche ihr völlige Straflosigkeit auf Lebenszeit«, sagte Saint-Fond. »Sie kann absolut alles machen, was sie gern möchte. Ich habe ihr fest versprochen, sie bei allen Seitensprüngen zu beschützen und mich, wenn sie will, an denen zu rächen, die ihr diese Vergnügen streitig machen wollen, was für Verbrechen es auch sein mögen.«

»Ich schwöre ihr das gleiche«, sagte d'Albert. »Ich habe ihr außerdem versprochen, daß sie morgen einen Brief des Kanzlers erhält, der sie vor allen Verfolgungen schützen wird, die gegen sie, durch welches Gesetz auch immer, in ganz Frankreich beabsichtigt sind. Aber, Saint-Ford, ich fordere noch mehr. Alles, was wir hier tun, dient nur dazu, sie vom Verbrechen loszusprechen; wir müssen sie ermutigen. Ich bitte dich daher, ihr Pensionsscheine von zwei- bis fünfundzwanzigtausend Francs für die Verbrechen zuzuweisen, die sie begehen wird.«

»Juliette«, sagte Noirceuil, »ich glaube, das wird dich anspornen, sowohl deinen Leidenschaften das Ausmaß zu geben, das sie haben können, als auch, uns keinen deiner Seitensprünge zu verbergen. Und man muß zugeben, meine Herren«, fuhr mein Liebhaber sogleich fort, ohne mir Zeit zum Antworten zu geben, »Sie machen da einen wunderbaren Gebrauch von der Autorität, die Ihnen kraft der Gesetze und von dem Monarchen anvertraut wurde.«

»Den bestmöglichen«, antwortete Saint-Fond. »Man handelt niemals besser, als wenn man für sich selbst arbeitet. Diese Autorität wurde uns anvertraut, um den Menschen zu ihrem Glück zu verhelfen. Arbeiten wir etwa nicht daran, indem wir das unsrige und das dieses liebenswerten Kindes machen!«

»Als man uns mit dieser Autorität ausstattete«, sagte d'Albert, »hat man uns nicht gesagt: Sie haben diesem oder jenem Individuum unabhängig von diesem oder jenem zum Glück zu verhelfen. Man hat uns einfach gesagt: die Macht, die wir Ihnen übertragen, ist dazu bestimmt, die Menschen glücklich zu machen. Nun, es ist unmöglich, alle gleichzeitig glücklich zu machen. Aber da es unter uns einige gibt, die zufrieden sind, ist unser Ziel erreicht.«

»Aber«, sagte Noirceuil, der nur widersprach, um vor seinen Freunden desto mehr zu brillieren. »Sie arbeiten vor allem für das allgemeine Unglück, wenn Sie den Schuldigen schützen und den Unschuldigen strafen.«

»Das ist es ja, was ich leugne«, sagte Saint-Fond. »Das Laster macht glücklicher als die Tugend. Ich diene daher dem allgemeinen Glück weit besser, wenn ich das Laster beschütze, als wenn ich die Tugend belohne.«

»Das sind Systeme, die zu solchen Schurken passen, wie Sie einer sind«, sagte Noirceuil.

»Mein Freund«, sagte d'Albert, »da sie auch Ihnen Freude machen, sollten Sie sich nicht darüber beschweren.«

»Sie haben recht«, sagte Noirceuil. »Es scheint mir außerdem, daß wir etwas mehr handeln als schwatzen sollten. Möchten Sie Juliette einen Augenblick allein haben, bevor die anderen kommen?«

»Nein, ich nicht«, sagte d'Albert. »Ich habe nicht die geringste Lust auf Tête-à-têtes; mein größter Wunsch in diesen Dingen ist immer, zu warten, bis alle hier sind.«

»Ich denke ganz und gar nicht so«, sagte Saint-Fond. »Ich werde Juliette in der hinteren Ecke des Boudoirs einen Augenblick unterhalten.«

Kaum waren wir dort angelangt, als Saint-Fond mir befahl, mich auszuziehen. Ich gehorchte.

»Man hat mir versichert«, sagte er währenddessen, »daß Sie von blinder Gefälligkeit für meine Sinne sein würden. Sie sind ein wenig schwer zu wecken, ich weiß es, aber ich rechne mit Ihrem Verständnis. Sie wissen, daß ich nicht wieder tun werde, was ich für Sie getan habe. Sie sind böse, rachsüchtig. Nun gut«, fuhr er fort, indem er mir sechs Verhaftungsbefehle in blanko übergab, die nur noch auszufüllen waren, um jemandem die Freiheit zu nehmen, bei dem mir dies gut erschien, »um Ihnen eine Freude zu machen. Nehmen Sie außerdem diesen Tausend-Louis-Diamanten, mit dem ich das Vergnügen bezahlen möchte, heute abend Ihre Bekanntschaft gemacht zu haben ... Nehmen Sie, nehmen Sie; all das kostet mich nichts. Das ist Geld des Staates.«

»Wirklich, Monseigneur, ich bin ganz verwirrt über Ihre Güte.«

»Oh! Es wird nicht dabei bleiben. Ich möchte, daß Sie mich besuchen; ich brauche eine Frau, die wie Sie zu allem fähig ist. Ich möchte Sie mit der Verteilung der Gifte betrauen.«

»Wie, Monseigneur, Sie bedienen sich derartiger Dinge?«

»Man muß es wohl; es gibt so viele Leute, die man sich vom Halse schaffen muß ... Sie haben doch wohl keine Skrupel, will ich hoffen?«

»Aber nicht im geringsten, Monseigneur. Ich schwöre Ihnen, daß es kein Verbrechen der Welt gibt, das mich erschrecken könnte, und daß es keines gibt, das ich nicht mit Wonne beginge.«

»Ah, küssen Sie mich. Sie sind zauberhaft«, sagte Saint-Fond. »Gut! Um der Zusage willen, die Sie mir soeben gegeben haben, erneuere ich Ihnen das Versprechen, das ich Ihnen gemacht habe, nämlich, Ihnen völlige Straflosigkeit zu verschaffen. Tun Sie nun getrost all das, was Ihnen gut erscheint. Ich versichere Ihnen, daß ich Sie vor allen bösen Abenteuern, die Ihnen daraufhin drohen könnten, bewahren werde. Aber ich muß nun schleunigst prüfen, ob Sie fähig sind, auszuführen, wofür ich Sie bestimmt habe. Hier«, sagte er, indem er mir eine kleine Dose überreichte, »ich werde heute abend ein Mädchen neben Sie setzen, bei dem es mir Freude bringen würde, einen Versuch zu machen. Seien Sie so nett wie irgend möglich zu ihr. Die Verstellung ist der Mantel des Verbrechens. Täuschen Sie sie so geschickt Sie können und schütten Sie beim Dessert diesen Puder in eines der ihr servierten Weingläser. Die Wirkung wird nicht lange auf sich warten lassen. Ich werde das, wenn Sie meiner würdig sind, belohnen. In diesem Fall erwartet Sie der Ihnen zugesagte Platz.«

»Oh, Monseigneur«, erwiderte ich hitzig, »geben Sie her, geben Sie her, Sie werden zufrieden sein.«

»Charmant ... Charmant ...! Amüsieren wir uns nun, mein Fräulein, Ihre Verderbtheit erregt mich. Erlauben Sie noch, daß ich Sie vor allem auf eine Förmlichkeit aufmerksam mache, die Sie unbedingt einhalten müssen. Ich warne Sie, nie den tiefen Respekt zu vernachlässigen, den ich verlange, und dem ich mehr als einen Titel verdanke. Ich lege darauf allergrößten Wert. Sie werden niemals hören, daß ich Sie duze. Tun Sie es mir nach, nennen Sie mich vor allen Dingen nie anders als Monseigneur. Sprechen Sie in der dritten Person so oft Sie können und zeigen Sie mir gegenüber immer den nötigen Respekt. Ganz abgesehen von dem hervorragenden Platz, den ich einnehme, bin ich von höchster Geburt; mein Reichtum ist enorm und mein Ansehen größer als das des Königs. Es ist unmöglich, nicht sehr viel Stolz zu haben, wenn man so weit gekommen ist. Auch der mächtigste Mann, der einer falschen Volkstümlichkeit wegen damit einverstanden ist, daß man sich ihm allzusehr nähert, erniedrigt sich und würdigt sich bald herab. Die Natur hat den bedeutenden Menschen auf Erden ihren Platz zugewiesen wie den Gestirnen am Firmament. Sie sollen den Mond erhellen und niemals herunterfallen. Mein Stolz ist so groß, daß ich nur auf Knien bedient werden und nur durch einen Dolmetscher mit dem gemeinen Gesindel sprechen möchte, das sich Volk nennt. Ich verachte alles, was nicht meine Größe hat.«

»Wenn dem so ist«, sagte ich, »so müssen Monseigneur die ganze Welt hassen, denn es gibt nur wenige Lebewesen hier unten, die sich mit Monseigneur messen könnten.«

»Sehr wenige, Sie haben recht, mein Fräulein. Ich verabscheue das ganze Universum, mit Ausnahme der beiden Freunde, mit denen Sie mich gesehen haben, und einiger anderer. Den Rest hasse ich ausnahmslos.«

»Aber Monseigneur, darf ich mir die Freiheit nehmen, einem solchen Despoten zu sagen, daß die Eigenheiten der Ausschweifung, der Sie sich hingeben, Ihnen ein wenig von jener Größe nehmen, in der Sie sich, wie mir scheint, immer befinden möchten?«

»Nein«, sagte Saint-Fond, »all das paßt gut zusammen, und für

Köpfe unserer Art dient die Erniedrigung gewisser Akte der Ausschweifung als Mittel zum Stolz.«*

Ich war jetzt nackt.

»Oh, der schöne Hintern, Juliette«, sagte der Wollüstling zu mir und betrachtete ihn. »Man hat mir schon gesagt, daß er außerordentlich ist, aber er übersteigt seinen Ruf.«

Über die Eifersucht

»Ich habe mich manchmal gefragt«, sagte Noirceuil, »ob die Eifersucht eine schmeichelhafte oder eine ungünstige Eigenschaft für eine Frau ist, und ich gestehe, nie daran gezweifelt zu haben, daß dieses Gefühl nur selbstsüchtig ist; ganz gewiß hatten die Frauen nichts zu gewinnen bei der Wirkung, die sie in der Seele ihrer Liebhaber hervorruft. Es hat gar nichts zu bedeuten, daß man eine Frau sehr liebt, wenn man auf sie eifersüchtig ist, sondern daß man die Demütigung fürchtet, die durch ihren Wandel hervorgerufen wird. Und der Beweis dafür, daß es bei dieser Leidenschaft nur um reinen Egoismus geht, liegt darin, daß es keinen aufrichtigen Liebhaber gibt, der nicht zugeben würde, seine Mätresse lieber tot als untreu sehen zu wollen. Es ist also vielmehr ihre Unbeständigkeit als ihr Verlust, was uns bekümmert, und daher ist es nur schwer unser eigenes Ich, das wir in dieser Angelegenheit berücksichtigen. Daraus schließe ich, daß es bei der unverzeihlichen Extravaganz, in eine Frau verliebt zu sein, zweifellos das Größte wäre, was man tun könnte, daß man eifersüchtig auf sie ist. Dieses Gefühl ist unhöflich ihr gegenüber, da es ihr beweist, daß man sie nicht schätzt. Es ist traurig für einen selbst und stets unbrauchbar, denn es ist mit größerer Sicherheit das Mittel, eine Frau neidisch darauf zu machen, uns einen Fehler nachzuweisen, als das Mittel, sie unsere Befürchtung merken zu lassen, daß dergleichen bei ihr vorkommt. Die Eifersucht und die Angst vor der Hahnreischaft sind zwei Dinge, die absolut zu unseren Vorurteilen über den Genuß der Frauen gehören. Ohne die verfluchte Gewohnheit, in dieser Angelegenheit törichterweise immer die Moral mit dem Physischen verbinden zu wollen, würden wir uns leicht von diesen Vorurteilen befreien. Und ist es etwa nicht möglich, mit einer Frau zu schlafen, die man nicht liebt? Oder ist es etwa unmöglich, sie zu lieben, ohne mit ihr zu schlafen? Welche Notwendigkeit gibt es also dafür, daß das Herz beteiligt ist, wo nur der Körper allein handelt? Das sind zwei Wünsche, zwei ganz

* Das ist leicht zu verstehen. Man tut, was niemand sonst tut. Man ist daher einzig in seiner Art. Das ist die Nahrung des Stolzes.

verschiedene Bedürfnisse, scheint mir. Araminthe hat den schönsten Körper der Welt, ihr Gesicht ist wollüstig, ihre Augen sind voll Feuer und versprechen mir ein reichliches Ausspritzen ihres Samens, wenn durch das Reiben meines Gliedes die Scheidewände ihrer Vagina oder ihres Afters heftig elektrisiert werden; wenn ich mich daran erfreue, hält sie, was sie verspricht. Was für eine Notwendigkeit gibt es, ich bitte Sie, daß die Gefühle meines Herzens den Akt begleiten, der mir den Körper dieses Geschöpfes unterwirft! Ich habe schon einmal den Eindruck gehabt, daß es eine ganz andere Sache ist, zu lieben als zu genießen, und daß es nicht nur nicht notwendig ist, zu lieben, um zu genießen, sondern daß es sogar genügt zu genießen, um nicht zu lieben. Denn die Gefühle der Zärtlichkeit stimmen überein mit den Beziehungen des Gemüts und der Harmonie, aber sie hängen nicht von der Schönheit einer Brust oder der köstlichen Rundung eines Hinterns ab. Und diese Objekte, die unserem Geschmack entsprechend heftige physische Zuneigungen erregen können, haben dennoch nicht, wie mir scheint, das gleiche Recht auf moralische Zuneigung. Ich will meinen Vergleich vervollständigen: Bélise ist häßlich, sie ist vierzig Jahre alt, hat keine Anmut. Aber Bèlise besitzt Geist, einen feinen Charakter, eine Million Dinge, die meine Gefühle und meinen Geschmack fesseln. Ich werde nicht den Wunsch haben, mit Bélise zu schlafen, aber ich werde sie nicht weniger heftig lieben. Ich verlange stark nach Araminthe, aber ich verabscheue sie von Herzen, sobald das Fieber des Verlangens vorbei ist, weil ich in ihr nur einen Körper gefunden habe und keine moralischen Qualitäten, die meine Herzenszuneigung verdienten. Es gibt daher keine Frage mehr in dieser Sache, und die Untreue, die Saint-Fond dir erlaubt, ruft bei ihm ein ganz anderes Gefühl der Ausschweifung hervor als die Erklärung, die du dir gerade selbst geben wolltest. Saint-Fond erfreut sich an dem Gedanken, dich in den Armen eines anderen zu wissen. Er selbst versetzt dich dort hin, es erregt ihn, dich dort zu sehen. Du verdoppelst seine Freuden durch die Vergrößerung deiner eigenen. Und du wirst von Saint-Fond niemals mehr geliebt werden, als wenn du das äußerste getan haben wirst, was dir den Haß eines anderen zuziehen würde. So sehen die Ausschweifungen seines Kopfes aus, die nur wir kennen, die deswegen aber nicht weniger köstlich sind.«

Über den Schmerz

»›Der Schmerz, logisch betrachtet, ist nichts anderes als ein Gefühl der Abneigung, das die Seele gegenüber irgendwelchen Bewegungen empfindet, die ihrer eigenen Beschaffenheit entgegengesetzt sind und die sie von dem Körper empfängt, den sie belebt.‹ So jedenfalls sagt Nicole, der im Menschen eine luftförmige Substanz ausfindig machte, die er Seele nannte und die sich von der materiellen Substanz, die wir Körper nennen, unterscheidet. Was mich betrifft, der ich diese vermessene Belehrung nicht akzeptiere, sondern im Menschen nur eine absolut materielle Pflanzenart sehe, so sage ich nur, daß der Schmerz eine Folge der geringen Beziehung des fremden Gegenstandes zu den uns zusammensetzenden organischen Molekülen ist; die von den fremden Gegenständen ausströmenden Atome verbinden sich hierbei nicht mit denen unseres Nervenlaufs, wie dies bei der Erregung der Freude der Fall ist, sondern sie stellen ihnen statt dessen nur Hindernisse entgegen, sie bedrängen sie, stoßen sie zurück, verketten sich aber niemals. Aber obwohl es abweisende Wirkungen sind, bleiben es doch Wirkungen. Ob es nun Freude oder Schmerz ist, was uns geboten wird, immer findet eine gewisse Erregung der Nervenströmung statt. Nun, wer sagt denn, daß die Bewegung des Schmerzes, die unendlich viel stärker und aktiver als die der Freude ist, nicht die gleiche Erregung in dieser Strömung hervorzurufen vermag, wie diejenige, die durch das Verketten der Atome, die ein Gegenstand der Freude ausgelöst hat, hervorgerufen wird? Und wenn ich mich errege, um erregt zu sein, wer sagt dann, daß ich mich nicht daran gewöhnen kann, mich bei zurückstoßenden Atomen ebenso wohl zu fühlen wie bei zusammenhaltenden? Warum sollte ich mich, abgestumpft gegen die Wirkungen der einen, die nur eine einfache Empfindung hervorruft, nicht genauso daran gewöhnen, durch die Wirkung der anderen Freude zu empfangen, deren Empfindung stechend ist? Der eine und der andere Schlag werden von der gleichen Stelle registriert. Der einzige Unterschied, den es gibt, ist der, daß der eine heftig, der andere weich ist. Ist aber übersättigten Leuten der erste nicht unendlich viel lieber als der zweite? Sieht man nicht jeden Tag Menschen, die ihren Gaumen an eine ihnen gefallende Erregung gewöhnt haben, Seite an Seite mit anderen Menschen, die diese Erregung keinen Augenblick lang aushalten können? Ist es nun aber nicht wahr (wenn man meine Hypothese einmal hingenommen hat), daß es eine Gewohnheit des Menschen ist, hinsichtlich seiner Freuden die seiner Freude dienenden Objekte zu dem bewegen zu suchen, was ihm selbst entspricht, und daß man dieses Verhalten in der Metaphysik der Freude die Verwirklichung der Freiheit nennt? Was ist denn Besonderes an einem die beschriebenen Organe besitzenden Menschen, wenn er mit dem gleichen Verhalten wie sein Gegenüber und nach den gleichen Prinzipien der Verfeinerung danach trachtet, das seiner Freude dienende Objekt mit eben den Mitteln in Bewegung zu setzen, die ihn selbst erregen? Er hat nicht mehr Unrecht begangen als der andere, er hat nur das getan, was auch der andere getan hat. Die Folgen sind verschieden: das gebe ich zu; aber die anfänglichen Motive sind dieselben. Der eine war nicht grausamer als der andere, und keiner von beiden hat unrecht. Beide haben bei dem Objekt ihrer Freuden die gleichen Mittel angewandt, deren sie sich bedienen, um sich Freude zu schaffen.

Aber wird daraufhin das von gemeiner Wollust bewegte Wesen sagen, diese Art gefällt mir nicht. Gut, es bleibt also herauszufinden, ob ich Sie zwingen kann oder nicht. Wenn ich es nicht kann, ziehen Sie sich zurück und lassen mich allein. Wenn aber mein Geld, mein Ansehen oder meine Position es vermögen, mir entweder einige Autorität über Sie zu verschaffen oder mir Sicherheit zu verleihen, daß ich Ihre Klagen niederschmettern kann, dann haben Sie ohne ein Wort zu sagen alles zu dulden, was Ihnen aufzuerlegen mir gefällt; denn ich muß genießen, und ich kann nur genießen, wenn ich Sie quäle und Ihre Tränen fließen sehe. Aber wundern Sie sich in keinem Fall, rügen Sie mich nicht; denn ich folge der Bewegung, die die Natur in mich gesetzt hat, der Richtung, die sie mir gegeben hat. Mit einem Wort, wenn ich Sie zu den harten und brutalen Wollüstigkeiten zwinge, die allein es vermögen, mir ein Höchstmaß an Freuden zu bringen, handle ich nach den gleichen Prinzipien der Verfeinerung wie der verweichlichte Liebhaber, der nur die Rosen eines Gefühls kennt, an dem für mich nur die Dornen interessant sind. Denn während ich Sie quäle und zerschinde, während ich allein erregt werde, tue ich Ihnen das gleiche, das er tut, indem er seine Mätresse auf langweilige Weise liebt, wodurch allein er angenehm erregt wird. Ich gönne ihm diese verweichlichte Verfeinerung, denn es ist unmöglich, daß sie so stark konstruierte Organe wie die meinigen erregen kann. Ja, meine Freunde«, fuhr Noirceuil fort, »seien Sie versichert, es ist für ein die Wollust und die Geilheit wirklich liebendes Wesen unmöglich, eine Verfeinerung damit zu verbinden, die nur das Gift der Freuden ist, und die demjenigen, der genießen will, eine unmögliche Aufteilung zumutet. Jeder geteilte Genuß wird schwächer. Das ist eine anerkannte Wahrheit. Versuchen Sie, das Objekt genießen zu lassen, das Ihren Freuden dient. Sie werden sofort erkennen, daß dies nur zu Ihren Lasten geschieht. Es gibt keine Leidenschaft, die egoistischer ist als die Geilheit, keine, die ernster genommen werden will. Man muß sich nur mit sich selbst beschäftigen, wenn man erregt ist, und darf nie an das Objekt denken, das uns dient wie ein Opfer, das für den Höhepunkt dieser Leidenschaft bestimmt ist. Verlangen Sie nicht alle nach Opfern? Nun, das passive Objekt ist beim Akt der Wollust das unserer geilen Passion. Je weniger es geschont wird, um so besser wird das Ziel erreicht. Je stärker die Schmerzen dieses Opfers, je größer seine Entwürdigung, je tiefer seine Erniedrigung sind, um so vollendeter ist unser Genuß. Nicht Freuden sind es, die wir diesem Objekt bereiten müssen, sondern Eindrücke müssen wir bei ihm hervorrufen. Und da die Eindrücke des Schmerzes stärker sind als die der Freude, ist es unbestreitbar, daß die durch dieses fremde Schauspiel in unseren Nerven hervorgerufene Bewegung durch den Schmerz besser erreicht wird als durch die Freude. Dadurch wird die Manie jener Libertins erklärt, die wie wir zur Erektion und Ausstoßung des Samens nur gelangen, wenn sie die abscheulichsten Grausamkeiten begehen und sich am Blut der Opfer berauschen. Einige von ihnen würden auch nicht die leichteste Erektion erfahren, wenn sie nicht das traurige, ihren geilen Leidenschaften ausgelieferte Opfer in den Ängsten des heftigsten Schmerzes betrachten würden und wenn sie nicht selbst der Grund dieser Ängste wären. Man möchte, daß die eigenen Nerven eine heftige Erregung erleben, man fühlt sich sehr wohl, daß diejenige des Schmerzes stärker sein wird als die der Freude, man benutzt sie, und man fühlt sich wohl. Aber die Schönheit, widersprach mir ein Dummkopf, ist anziehend, interessant. Sie lädt zur Weichheit ein, zum Verzeihen. Wie kann man den Tränen eines hübschen Mädchens widerstehen, das mit gebundenen Armen ihren Henker anfleht? Wahrhaftig, das eben ist ja, was man verlangt, aus diesem Zustand schöpft der Libertin seine köstlichsten Freuden. Es wäre sehr zu beklagen, wenn es sich um ein träges Wesen handeln würde, das nichts empfindet. Dieser Einwand ist ebenso lächerlich wie der eines Mannes, der mir versichert, man dürfe kein Hammelfleisch essen, weil das Schaf ein zahmes Tier ist. Die Leidenschaft der Geilheit will gestillt werden. Sie fordert, sie tyrannisiert, und sie soll dementsprechend befriedigt werden, unter vollkommener Unabhängigkeit von jeglicher Überlegung. Die Schönheit, die Tugend, die Unschuld, die Aufrichtigkeit, das Unglück, nichts von alledem soll demnach als Schutz für das von uns begehrte Objekt dienen. Im Gegenteil, die Schönheit erregt uns nur noch mehr, die Unschuld, die Aufrichtigkeit und die Tugend verschönern das Objekt. Das Unglück führt es zu uns und macht es uns gefügig. Alle diese Eigenschaften dürfen nur dazu dienen, uns stärker zu erregen, und wir dürfen sie nur als Vehikel unserer Leidenschaften ansehen. Hier gilt es noch eine Fessel mehr zu sprengen. Unser Vorgehen verschafft uns das Vergnügen, das nur die Entweihung oder Schändung von den Dingen vermitteln kann, die eigentlich unsere Verehrung herausfordern müßten. Jenes hübsche Mädchen ist ein Objekt für die Unterwürfigkeit für die Dummköpfe. Wenn ich sie für meine stärkste und härteste Leidenschaft auswähle, so empfinde ich doppelte Freude, dieser Leidenschaft sowohl ein schönes als auch ein des öffentlichen Kults würdiges Objekt zu weihen. Sollten wir nicht bei diesem Gedanken noch länger verweilen, um über ihn in Begeisterung zu geraten? Aber man hat dergleichen Objekte nicht immer zur Hand. Nichtsdestoweniger hat man sich an den Genuß durch Tyrannei gewöhnt; und man möchte jeden Tag genießen.

Also schön. Man muß wissen, wie man sich durch andere kleine Freuden dafür entschädigen kann. Die Seelenhärte den Unglücklichen gegenüber, die Weigerung, sie zu unterstützen, die Vorkehrungen mittels derer man sie selbst ins Unglück stürzt, ersetzen, wenn man diese Dinge beherrscht, in gewisser Weise den herrlichen Genuß, ein Opfer der Wollust leiden zu lassen. Das Elend dieser Unglücklichen ist ein Schauspiel, das die Erregung bereits vorbereitet, die wir durch den Eindruck des Schmerzes zu empfangen gewohnt sind. Sie flehen uns an, wir helfen ihnen nicht. Das ist schon fast eine Erregung. Ein Schritt weiter, und das Feuer brennt; aus alldem entstehen Verbrechen, und nichts trägt mehr zum Genuß bei als das Salz des Verbrechens. Aber ich habe meine Aufgabe erfüllt. Wie, so haben Sie mich gefragt, kann man zum Genuß gelangen: durch leiden oder durch leiden lassen? Ich habe es theoretisch demonstriert. Lassen wir uns nun durch ihre Praxis überzeugen. Die Martern dieser Mädchen müssen also, darum bitte ich Sie, der Darstellung entsprechend so heftig sein, wie wir sie nur erfinden können.«

Die Tribadin Clairwil

Über die Empfindsamkeit

»Ist es nicht wahr, mein Engel«, sagte Clairwil zu mir, während sie meine Brust küßte, »daß zwei Frauen wie wir uns beim Lieben kennenlernen sollten?«

Und indem die Tribadin dies sagte und zugleich meinen Rock aufschürzte, hatte sie ihre erregte Zunge bereits so weit als möglich in meinen Schlund gesteckt ... Die wollüstigen Finger erreichten ihr Ziel. »Sie ist da, die Lust«, sagte sie zu mir, »sie schläft auf einem Rosenbett. Meine zarte Liebe, willst du, daß ich sie wecke? Oh, Juliette, erlaubst du mir, daß ich mich im Feuer der bei dir entflammten Verzückung errege?

Spitzbübin, dein Mund antwortet mir, deine Zunge ruft die meine, sie lädt zur Wollust ein. Ah! Gib mir zurück, was ich dir gegeben habe, und laß uns sterben vor Freude.«

»Entkleiden wir uns«, sagte ich zu meiner Freundin; »die Schlemmereien der Wollust sind nur gut, wenn man nackt ist. Ich kann nichts von dir erkennen, und ich will alles sehen. Befreien wir uns von diesen lästigen Schleiern. Sind die der Natur nicht schon mehr als genug? Ah, wenn ich dich in Verzückung versetze, möchte ich dein Herz schlagen sehen.«

»Was für eine Idee«, sagte Clairwil. »Das zeigt mir deinen Charakter; Juliette, ich bete dich an. Tun wir alles, was du verlangst.«

Gleich war meine Freundin nackt wie ich. Zuerst sahen wir uns einige Minuten schweigend an. Clairwil berauschte sich an dem Anblick der Schönheiten, die mir die Natur verliehen hatte. Ich hielt mich nicht zurück, auch die ihren zu bewundern. Nie hat man eine hübschere Figur, nie eine so feste Brust gesehen ... Diese Hinterbacken! Oh, Gott. Das war der von den Griechen angebetete Hintern der Venus. Nie habe ich köstlichere Öffnungen gesehen. Ich konnte nicht satt werden, soviel Liebreiz zu küssen, und nachdem meine Freundin sich zunächst mit Wohlgefallen dem hingegeben hatte, gab sie mir die Zärtlichkeiten hundertfach zurück, mit denen ich sie überhäuft hatte.

»Laß mich dir beweisen, mein Liebling, daß ich weiß, wie man einer Frau Genuß verschafft«, sagte sie schließlich zu mir, nachdem sie mich mit weitgeöffneten Schenkeln auf das Sofa gelegt hatte.

Zwei ihrer Finger bearbeiteten meine Klitoris und mein Afterloch, während ihre weit in meine Votze steckende Zunge gierig die Soße einsog, den ihr Kitzeln hervorrief. Ich bin niemals in meinem Leben so geliebt worden. Dreimal hintereinander entlud ich in ihren Mund, mit solchen Zuckungen, daß ich glaubte ohnmächtig zu werden. Mit größter Leichtigkeit und Geschicklichkeit änderte die auf meine Soße gierige Clairwil für das viertemal all ihre Manöver. Einen ihrer Finger steckte sie in meine Votze, mit dem anderen rieb sie meine Klitoris, und ihre weiche und wollüstige Zunge steckte sie in mein Afterloch ...

»Was für eine Kunst! Was für eine Wonne!« rief ich aus ... »Oh! Clairwil, ich sterbe.«

Und neue Ergüsse waren das Resultet der göttlichen Verfahren dieser wollüstigen Kreatur.

»Also«, sagte sie zu mir, als ich mich wieder hingesetzt hatte, »glaubst du, daß ich eine Frau lieben kann? Ich bete Frauen an, warum sollte ich nicht die Kunst beherrschen, ihnen Freude zu geben? Was willst du, meine Liebe, ich bin verdorben. Ist es mein Fehler, daß die Natur mir Genüsse zugewiesen hat, die von denen der anderen abweichen? Ich kenne nichts Ungerechteres als das Gesetz, demzufolge die Geschlechter sich vermischen müssen, um eine reine Wollust hervorzurufen. Und welches Geschlecht kennt die Kunst, uns Lust zu verschaffen, besser als unser eigenes? Wir geben uns zurück, was wir für unsere Lust tun, wenn wir uns für uns selbst ergötzen. Sollte man das nicht besser verstehen als das von uns verschiedene Wesen, das uns nur eine Wollust bieten kann, die weit entfernt ist von der, die unsere Daseinsform verlangt?«

»Wie, Clairwil, du liebst die Männer nicht?«

»Ich bediene mich ihrer, weil mein Temperament es so will, aber ich verabscheue und verachte sie. Ich möchte alle diejenigen töten können, in deren Augen ich mich erniedrigt habe.«

»Was für ein Stolz!«

»Mit diesem Stolz verbinde ich Offenheit. Das ist das Mittel, später von dir verstanden zu werden.«

»Was du da sagst, läßt Grausamkeit vermuten. Wenn du dir wünschst, was du gerade eben ausgesprochen hast, so setze es durch, wenn du kannst.«

»Wer hat dir gesagt, daß ich es nicht getan habe? Meine Seele ist hart, und ich bin weit davon entfernt, daran zu glauben, daß die Sensibilität der glücklichen Apathie, die ich genieße, vorzuziehen ist. Oh, Juliette, du irrst dich vielleicht, was diese gefährliche Empfindsamkeit betrifft, die von so vielen Dummköpfen verherrlicht wird.

Die Empfindsamkeit, meine Liebe, ist der Herd aller Laster wie auch aller Tugenden. Sie war es, die Cartouche an den Galgen brachte, als sie den Namen Titus in Goldbuchstaben in die Annalen der Wohltätigkeit schrieb. Aus Empfindsamkeit werfen wir uns den Tugenden in die Arme. Aus Empfindsamkeit unterstützen wir das Verbrechen. Das Individuum, dem die Empfindsamkeit genommen wurde, ist eine rohe Masse, die gleich unfähig ist, das Gute wie das Böse zu tun und die vom Menschen nur das Gesicht hat. Die nur körperliche Empfindsamkeit hängt von der Übereinstimmung unserer Organe ab, von der Verfeinerung unserer Sinne und vor allem von der Natur des Nervensystems, in dem nach meiner Meinung gewöhnlich alle Gefühle des Menschen entstehen. Die Erziehung und an zweiter Stelle die Gewohnheit bestimmen diese von Natur gegebene Quantität an Empfindsamkeit an diesem oder jenem Sinne. Und der Egoismus, die Sorge um unser Leben haben der Erziehung und Gewohnheit geholfen, sich für diese oder jene Wahl zu entscheiden. Aber da die Erziehung uns, seit sie beendet ist, fast jeden Tag betrügt, entsteht die Beeinflussung unserer Gewohnheiten zum Guten oder Bösen durch das, was wir die Wirkung der Leidenschaften nennen, nämlich durch die Entzündung des Funkens, die durch den elektrischen Fluß, durch die Reaktion der äußeren Objekte ausgelöst wird. Wenn diese Entzündung wegen der Plumpheit der dem gewaltsamen Druck des äußeren Objekts auf den Nervenfluß ausgesetzten Organe oder wegen der geringen Beschleunigung, mit der das Gehirn ihm die Wirkung dieses Druckes signalisiert, oder wegen der geringen Veranlagung dieses Flusses, in Bewegung versetzt zu werden, nur mittelmäßig ist, so entscheiden wir uns auf Grund der Wirkung dieser Empfindsamkeit für die Tugend. Wenn aber im Gegenteil die Wirkung der äußeren Objekte auf unsere Organe sehr stark ist, wenn sie mit Heftigkeit auf sie eindringen, wenn sie die in den Höhlungen der Nerven zirkulierenden Partikel des Nervenstromes in eine rasche Bewegung versetzen, so entscheiden wir uns in diesem Fall auf Grund der Auswirkungen unserer Empfindsamkeit für das Laster. Wenn die

Aktion noch stärker wird, führt sie uns zum Verbrechen und schließlich zu Grausamkeiten, wenn die Stärke der Wirkung den letzten Kräftegrad erreicht hat. Aber man sieht, daß die Empfindsamkeit in jedem Fall nur mechanisch ist, daß aus ihr alles hervorgeht und daß sie es ist, die uns zu allem veranlaßt. Wenn wir bei einer jungen Person diese Empfindsamkeit extrem ausgebildet antreffen, so stellen wir unbekümmert deren Horoskop und überzeugen uns, daß diese Empfindsamkeit eines Tages beim Verbrechen endet. Denn es ist nicht, wie man annehmen könnte, die Art der Empfindsamkeit, die zum Verbrechen oder zur Tugend führt, es ist ihr letzter Grad. Und das Individuum in dem sie langsam reagiert, wird ebenso dem Guten ausgeliefert sein, wie es sicher ist, daß derjenige, in dem diese Reaktion Verwüstung hervorruft, notwendigerweise dem Bösen zugeführt wird, da das Schlechte prickelnder und lockender ist als das Gute. Demzufolge müssen die heftigen Wirkungen sich gegen ihn wenden; das entspricht dem großen Prinzip, das alle Wirkungen immer in gleicher Weise mit der Moral und der Physik in Einklang bringt.

Es ist daher gewiß, daß das notwendige Vorgehen in einem ähnlichen Fall, bei der Formung einer jungen Person sein würde, diese Empfindsamkeit abzustumpfen; denn sie zu dirigieren ist fast unmöglich. Sie verlieren beim Abstumpfen vielleicht einige schwache Tugenden, aber sie erhalten sich sehr wohl die Laster, und unter einer die Laster hart bestrafenden, die Tugenden jedoch nie belohnenden Regierung ist es unendlich viel mehr wert, daß man lernt, das Schlechte nicht zu tun, als daß man sich daran klammert, das Gute tun zu wollen. Es bedeutet nicht die geringste Gefahr, das Gute nicht zu tun, aber es ist sehr wohl eine, das Schlechte zu tun, bevor man so alt ist, die Notwendigkeit einsehen zu können, daß man verbergen muß, wozu uns die Natur unbestreitbar erzieht. Ich sage darüber hinaus, daß es die unwichtigste Sache der Welt ist, das Gute zu tun, und die wichtigste Sache, das Schlechte nicht zu tun. Nicht in bezug auf sich selbst, denn die größtmögliche Wollust entwickelt sich sehr oft nur aus dem Exzeß des Bösen; auch nicht in bezug auf die Religion, denn es gibt nichts Absurderes als denjenigen, der an einen Gott glaubt; sondern einzig und allein in bezug auf die Gesetze, deren entdeckte Übertretung, wie köstlich sie auch sein mag, uns immer ins Unglück führt, wenn es uns an Erfahrung fehlt.

Es würde daher keine Gefahr bedeuten, das junge Individuum, von dessen Erziehung wir hier ausgehen, in jenen Seelenzustand zu versetzen, daß es wirklich nie eine gute Tat täte, als Verdienst aber aufzuweisen hätte, nie an eine schlechte gedacht zu haben ... wenigstens solange es noch nicht das Alter erreicht hat, in dem seine eigene Erfahrung ihm die Heuchelei als Notwendigkeit erscheinen läßt. Nun, wenn Sie einen ähnlichen Fall in die Tat umsetzen wollen, müßten Sie so vorgehen, daß seine Empfindsamkeit radikal abgestumpft wird, sobald sie merken, daß deren allzu ausgeprägte Lebhaftigkeit zum Laster führen könnte. Ich nehme zwar sogar an, daß die Leidenschaftslosigkeit, in die Sie seine Seele versetzen, einige Gefahren mit sich bringen könnte. Diese Gefahren sind jedoch immer geringer als diejenigen, die durch seine zu große Empfindsamkeit entstehen. Die Verbrechen, die im Falle der Verhärtung des empfindsamen Teiles vorkommen, werden immer kaltblütig begangen werden, und der Schüler wird also Zeit haben, sie zu verbergen und die nächsten daraus zu entwickeln, während die in Aufregung begangenen ihn ganz in Anspruch nehmen, ohne daß er Zeit hat, sich während des letzten Exzesses vor dem Unglück zu schützen. Die ersteren werden vielleicht viel argwöhnischer, aber sie werden auch geheimnisvoller sein; denn das Phlegma, mit dem sie begangen sein werden, läßt genügend Zeit, sie vorzubereiten, ohne die Folgen fürchten zu müssen. Die anderen dagegen, die öffentlich und ohne Überlegung begangen sind, werden ihren Urheber aufs Schafott bringen. Und dafür tut oder läßt Ihr inzwischen zum Mann gewordener Schüler nicht ein Verbrechen, das Ihnen anhaftet, weil das Verbrechen tatsächlich ein Unfall der Natur ist, bei dem der Mensch das unfreiwillige Instrument ist und bei dem er sich selbst zum Trotze zum Spielzeug wird, wenn seine Organe ihn dazu zwingen. Sie müssen hingegen darauf hinarbeiten, daß dieser Schüler das am wenigsten gefährliche Verbrechen begeht, und zwar mit Rücksicht auf die Gesetze des Landes, in dem er lebt; wenn dort das schwächste bestraft wird und das schrecklichste nicht, so muß es das schrecklichste sein, das man ihn begehen läßt. Denn, um es noch einmal zu sagen, es ist nicht das Verbrechen, vor dem man ihn bewahren muß, es ist das Schwert, das den Urheber des Verbrechens bedroht. Das Verbrechen bringt nicht die geringste Unannehmlichkeit mit sich, die Bestrafung aber hat deren viele. Es ist für das Glück eines Menschen gleichgültig, ob er Verbrechen begeht oder nicht. Aber es ist für das gleiche Glück äußerst notwendig, daß er für die begangenen Verbrechen nicht bestraft werden kann, von welcher Art und welcher Abscheulichkeit diese Verbrechen auch gewesen sein mögen. Die erste Aufgabe eines Erziehers muß es also sein, dem ihm anvertrauten Schüler die notwendigen Verhaltensmaßregeln zu geben, mit deren Hilfe er sich von zwei Übeln demjenigen hingeben kann, das weniger gefährlich ist; denn es entspricht unglücklicherweise der Wahrheit, daß er sich dem einen oder dem anderen zuwenden muß. Und die Erfahrung zeigt Ihnen ohne Schwierigkeiten, daß die Laster, die aus der Verhärtung der Seele kommen können, viel weniger gefährlich sein werden als diejenigen, die durch den Exzeß der Empfindsamkeit hervorgerufen wurden. Und zwar deshalb, weil die Kaltblütigkeit, mit der man die einen begeht, die Mittel verschafft, sich vor der Strafe zu schützen, während es sich als unmöglich erwiesen hat, daß derjenige ihr entkommen kann, der sich blind der Aufregung seiner Sinne hingibt und keine Zeit zum Vorbereiten und Vorbeugen hatte. Im ersteren Fall möchte ich also sagen, daß eine junge Person, wenn ich ihr ihre ganze Empfindsamkeit lasse, einige gute Handlungen begehen wird, deren Gebrauch sich als unnütz erwiesen hat. Im zweiten Fall wird sie keine gute Handlung begehen, was ihr indessen auch nicht die kleinste Unannehmlichkeit bringen wird. Die Manieren, die man ihr beigebracht hat, lassen sie nur die Art von Gesetzesübertretungen begehen, die wahrscheinlich nicht mit der Gefahr verbunden sind. Aber Ihr Schüler wird grausam werden ... Und was werden die Auswirkungen dieser Grausamkeit sein? Sie werden darin bestehen, daß er sich ständig mit einem gewissen Nachdruck gegen die Auswirkungen eines Mitleids sträubt, das ihm auf Grund Ihrer Seelenbehandlung nicht erlaubt ist. Darin liegt kaum Gefahr. Einige Tugenden sind dann zuwenig, aber sie sind die unnötigste Sache der Welt, denn einerseits ist die Tugend mühselig für denjenigen, der sie ausübt, andererseits wird sie in unseren Breiten niemals irgendwie belohnt. Mit einer starken und harten Seele wird die Anwendung seiner Grausamkeit sich durch einige heimliche Verbrechen äußern, deren heftige, durch die Reibung der elektrischen Partikel des Nervenstromes entstehenden Rückwirkungen diese entflammen und vielleicht das Leben einiger obskurer Wesen kosten. Was macht das schon? Das Aufbrausen seiner Leidenschaft hat sein Beurteilungsvermögen nicht geändert; er wird so heimlich ... mit solcher Kunst vorgegangen sein, daß die Fackel der Themis in diese geheimsten Winkel niemals wird hineinleuchten können. Er wird daher glücklich gewesen sein, ohne etwas riskiert zu haben. Ist das nicht alles, was man braucht? Nicht das Schlechte ist gefährlich, sondern der Skandal. Und das gemeinste aller Verbrechen bringt, wenn es gut versteckt wird, unendlich viel weniger Unannehmlichkeiten mit sich als die kleinste entdeckte Schwäche. Betrachten wir nun den anderen Fall. Mit der ganzen Ausbildung seiner Empfindsamkeit ausgerüstet stößt unser Schüler auf ein Objekt, das ihm gefällt. Die Eltern schlagen es ihm ab. Da er gewohnt ist, seiner Empfindsamkeit den denkbar größten Ausdruck zu geben, wird er töten und alles vergiften, was seinen Absichten um dieses Objekt herum im Wege sein könnte, und er wird gerädert werden. Ich nehme immer, wie Sie an diesen beiden Beispielen sehen, das Schlimmste an. Ich gebe nur je ein Beispiel für die Gefahren der einen und der anderen Situation und überlasse es dem Geist, sich die übrigen auszudenken. Wenn Sie, nachdem Sie Ihre Überlegungen abgeschlossen haben und, woran ich fest glaube, die Ausschaltung jeglichen Gefühls bei einem Schüler gutheißen, so ist der erste Zweig des Baumes, den Sie herausschneiden müssen, das Mitleid. Was aber ist das Mitleid in Wirklichkeit? Ein ganz egoistisches Gefühl, das uns veranlaßt, das den anderen widerfahrende Schlechte zu bedauern, das wir für uns selbst fürchten. Nennen Sie mir nur ein Wesen auf der Welt, das durch seine Natur von allen Übeln der Menschheit ausgeschlossen wäre. Dieses Wesen würde nicht nur keine Art von Mitleid empfinden, sondern es würde auch selbst keines ernten. Ein noch größerer Beweis dafür, daß das Mitleid nur eine passive Erregung ist, die auf Grund oder im Verhältnis des unseresgleichen zugestoßenen Unglücks auf das Nervensystem drückt, ist der Umstand, daß wir für ein Unglück, das unter unseren Augen einem sogar unbekannten Menschen geschehen ist, immer wesentlich empfindlicher sind als für eines, das hundert Meilen entfernt den besten unserer Freunde ereilt hat. Woher käme dieser Unterschied, wenn nicht erwiesen wäre, daß dieses Gefühl nur das physische Resultat der Aufregung unserer Nerven durch den Unfall ist? Nun, ich frage mich, ob ein solches Gefühl für einen selbst etwas Anerkennenswertes haben kann und ob man es anders als mit dem Wort Schwäche bezeichnen darf. Es ist einmal ein sehr schmerzhaftes Gefühl, denn es entsteht in uns durch nichts anderes als durch einen Vergleich, der uns an das Unglück erinnert. Seine Aufhebung andererseits ruft ein freudiges Gefühl hervor, denn sie läßt uns kaltblütig einen Zustand erkennen, von dem wir ausgeschlossen sind, und der uns daher einen Vergleich zu unserem Vorteil erlaubt ... Dieser wird sofort zerstört, sobald wir zu erweichen beginnen und das Unglück beklagen, das wir nur aus dem grausamen Gedanken heraus zu tun unterlassen, uns könnte vielleicht morgen das gleiche geschehen. Trotzen wir dieser falschen Befürchtung, bieten wir dieser uns selbst drohenden Gefahr ohne Furcht die Stirn und beklagen wir sie nicht länger bei anderen.

Ein anderer Beweis dafür, daß dieses Gefühl nur aus Schwäche und Kleinmut besteht, ist seine besondere Erscheinungsform den Frauen und Kindern gegenüber und sein Fehlen bei denen, deren Organe die angemessene Kraft und Härte angenommen haben. Aus dem gleichen Grund hat der Arme, der dem Unglück näher ist, eine offene Seele für das Übel, das die Hand des Schicksals seinen Blicken darbietet. Da ihm sein Übel näher ist, empfindet er mehr Mitleid dafür. All das beweist also, daß das Mitleid, weit entfernt davon eine Tugend zu sein, nur eine aus der Furcht und dem Unglück entstandene Schwäche ist, eine Schwäche, vor der man seinen Schüler bewahren soll, wenn man die mit den Maximen der Philosophie unvereinbare übergroße Empfindsamkeit der Nerven verhindern will.

Das also, Juliette, sind die Prinzipien, die mich zu dieser Stille, zu dieser Ruhe der Leidenschaften, zu diesem Stoizismus gebracht haben und die mir nun erlauben, alles zu tun, und alles ohne Bewegung zu ertragen. Beeile dich daher, mit diesen Mysterien vertraut zu werden ...«

Juliettes erster Mord

Angeregt durch all das, was ich gesehen und gehört hatte, wurde es mir einige Zeit später unmöglich, meinen heißesten Wunsch, selbst ein Verbrechen zu begehen, länger aufzuschieben. Ich war natürlich sehr gespannt zu erfahren, ob ich mit der Straflosigkeit, die mir versprochen worden war, wirklich etwas anfangen könne. Ich entschloß mich zu einer Schreckenstat, die der täglich empfangenen Unterweisungen würdig war. Um gleichzeitig meinen Mut und meine Grausamkeit auszuprobieren, verkleidete ich mich als Mann und wartete allein, mit zwei Pistolen in meinen Taschen, in einer Seitenstraße auf den ersten Passanten, der mir in die Arme laufen würde; es war mein Wunsch, ihn zu bestehlen und zu meinem Vergnügen zu erwürgen. An eine Mauer gelehnt, befand ich mich in jener Art von Verwirrung, die durch die großen Leidenschaften hervorgerufen wird und die einen Schock auf unseren animalischen Geist ausübt, der notwendigerweise die Grundlage der ersten Lust zum Verbrechen ist. Ich horchte ... Jedes Geräusch vergrößerte meine Hoffnung. Bei der kleinsten Bewegung bildete ich mir ein, endlich mein Opfer nahen zu sehen, da wird ein Jammergeschrei hörbar ... Ich gehe auf das Geräusch zu; ich unterscheide deutliche Klagerufe; ich komme näher: eine arme Frau, die sich quer vor eine Tür gelegt hatte, stieß die Seufzer aus, die ich gehört hatte.

»Wer sind Sie?« fragte ich, nachdem ich ganz an diese Kreatur herantrat.

»Die unglücklichste aller Frauen«, antwortete mir die Ärmste weinend. Sie schien keine dreißig Jahre alt zu sein. »Und wenn Sie mir den Tod bringen, erweisen Sie mir einen großen Gefallen.«

»Aber welche Art von Sorgen haben Sie?«

»Schreckliche, zweifeln Sie nicht daran«, antwortete die Frau, indem sie sich so weit erhob, daß ich ihre sanften und interessanten Züge erkennen konnte. »Ja ... Ja, meine Sorgen sind furchtbar. Seit acht Tagen haben wir keine Arbeit mehr, wir konnten unsere kleine Miete für das Zimmer, das wir in diesem Haus hatten, nicht bezahlen. Keinen Monat Nahrung mehr für unser Kind ... Man hat dieses arme Geschöpf ins Krankenhaus gebracht und meinen Mann ins Gefängnis. Nur durch die Flucht bin ich der Wut der Unmenschen entgangen, die uns mit soviel Härte behandelt haben. Sie sehen mich auf der Schwelle der Tür eines Hauses liegen, das mir einmal gehörte. Nicht immer ging es mir so schlecht. Ich hatte es sehr viel besser; ach ja! Ich unterstützte die Armen; vergelten Sie mir, was ich für jene getan habe?« Bei diesen Worten ging ein Feuer durch meine Adern ... Oh, heiliger Gott, sagte ich mir, was für eine Gelegenheit für ein abscheuliches Verbrechen und wie es meine Sinne erregt.

»Steh auf«, sagte ich zu der Frau. »Du siehst, daß ich ein Mann bin; ich will mich an deinem Körper erfreuen.«

»Oh, mein Herr, bin ich in dem Zustand, unter Tränen und Unglück Freuden zu entfachen?«

»Das ist es gerade, was die meinen erregt. Beeil dich also, mir zu gehorchen.«

Und indem ich sie am Arm packte, zwang ich sie, sich die Untersuchung gefallen zu lassen, die ich mit ihr vorhatte. Man kann sich kaum vorstellen, was ich unter ihrem Rock fand: sehr festes, weißes und rundes Fleisch ...

»Reibe mich«, sagte ich zu ihr, indem ich ihre Hand an meine Votze führte, »ich bin eine Frau, aber eine Frau, die sich für ihr eigenes Geschlecht erregt und die mit dir genießen will.«

»O Himmel! Lassen Sie mich ... lassen Sie mich los ... Ich zittere vor all Ihren Zoten. Ich bin züchtig, sogar im Unglück; erniedrigen Sie mich nicht noch weiter.«

Sie will entwischen, aber ich halte sie an den Haaren fest und drücke ihr das Ende meiner Pistole an die Schläfe.

»Schurkin«, sagte ich zu ihr, »geh und erzähl in der Hölle von Juliettes Probeschuß.«

Sie fällt nieder, in ihr Blut getränkt ... Und ich muß es gestehen, meine Freunde, ja, ich muß Ihnen von der Wirkung, die ich erfuhr, berichten; die starke Erregung des Nervenstroms, die durch diese Tat verursacht wurde, führte dazu, daß ich mich von Samen durchnäßt fühlte, während ich sie beging. Das ist also das Resultat des Verbrechens, sagte ich mir. Wie sehr hat man recht gehabt, es mir so köstlich auszumalen! Gott! Wie groß ist seine Macht über einen Kopf wie den meinen und wie sehr dient es der Lust! Einige Fenster, die auf meinen Schuß hin geöffnet wurden, ließen mich an meine Sicherheit denken. Von allen Seiten hörte ich den Ruf: »Polizei!« Kaum war es Mitternacht, wurde ich verhaftet; man findet meine Pistolen; der Verdacht wächst, man fragt mich, wer ich sei.

»Sie werden das beim Minister erfahren«, antwortete ich frech; »bringen Sie mich in das Haus von Saint-Fond.«

Der durch mein Auftreten überraschte Polizist wagte nicht zu widersprechen. Man fesselt mich ... man knebelt mich ... und ich genieße noch immer. Die Ketten des Verbrechens, das man liebt, sind köstlich; während man sie trägt, ist man erregt. Saint-Fond war noch nicht schlafen gegangen. Man informiert ihn, ich werde vorgeführt. Saint-Fond erkennt mich.

»Das genügt«, sagt er zu dem Polizisten. »Sie wären gehängt worden, wenn Sie mir diese Frau nicht ins Haus gebracht hätten. Gehen Sie an Ihre Arbeit zurück, mein Herr, Sie haben Ihre Pflicht getan. Was hier geschah, ist ein Geheimnis, das Sie nichts angeht.«

»Nur zu, laß die vier Frauen kommen, vor allem aber die Ruten, wenn du meinen Orgasmus sehen willst.«

»Ruten! Du prügelst also, mein Liebling!«

»Oh, bis aufs Blut, meine Gute ... Und ich selbst lasse mich auch peitschen. Es gibt kaum eine köstlichere Leidenschaft für mich, kaum etwas, das meinen ganzen Körper mit größerer Sicherheit erregen könnte. Niemand zweifelt heute noch daran, daß der passive Flagellantismus nicht von größter Wirkung auf die Wiederherstellung der durch die Exzesse der Wollüstigkeit geschwächten Lebenskräfte ist. Man darf daher nicht überrascht sein, wenn alle durch die Wollust erschöpften Leute in der schmerzhaften Ausübung des Flagellantismus gierig das Hauptheilmittel suchen gegen die Erschöpfung, die Schwäche ihrer Lenden und den totalen Verlust ihrer Kräfte oder für einen kalten, lasterhaften und schlecht organisierten Körper. Diese Handlung übt auf die erschlafften Partien notwendigerweise eine heftige und wollüstige Erregung aus, die sie entflammt und dadurch bewirkt, daß der Samen mit unendlich viel größerer Kraft ausgestoßen wird: Das lebhafte Schmerzgefühl der geschlagenen Partien verflüssigt und verschnellert das Blut, vergrößert den Andrang, erzeugt in den Zeugungsorganen eine übermäßige Hitze, regt dadurch den Geist an und hilft somit schließlich dem nach Genuß strebenden sinnlichen Wesen, den Akt der Libertinage ungeachtet der Natur zu vollziehen und seine unzüchtigen Freuden außerhalb der Schranken dieser stiefmütterlichen Natur zu vermehren. Was den aktiven Flagellantismus anbelangt, kann es da auf der Welt überhaupt eine größere Wollust für Leute geben, die so abgebrüht sind wie wir? Gibt es etwas, das die Grausamkeit besser versinnbildlicht, das, in einem Wort, diese Neigung zur Mordlust, die wir von der Natur empfangen haben, besser befriedigt? ... Oh, Juliette! Machen wir uns für diese Erniedrigung ein junges, interessantes und sanftes Objekt gefügig, das, soweit nur irgend möglich, einige Ähnlichkeit mit uns hat. Lassen wir es auf das härteste diese Art der Marter erfahren, an der alle Anstößigkeiten die Wollust zum Sinnbild haben. Freuen wir uns an seinen Tränen, erregen wir uns an seinen Schmerzen, reizen wir uns auf an seinen Sprüngen, entflammen wir uns an seinem Aufbäumen, an seinen wollüstigen Drehungen,* die der Schmerz dem geplagten Opfer abnötigt. Lassen wir sein Blut und seine Tränen fließen. Ergötzen wir uns daran, auf seinem hübschen Gesicht die Verzerrungen des Schmerzes und die durch die Verzweiflung verursachten Muskelreflexe zu genießen. Ernten wir von seiner Zunge jene purpurnen Ströme, die sich so gut gegen die Lilienfarbe einer zarten und weißen Haut

* Ausdruck von Brantôme, den man später noch einmal zitieren wird.

abheben. Tun wir so, als ruhten wir uns für einen Augenblick aus, um danach mit neuen Drohungen Schrecken zu verbreiten, und setzen wir diese Drohungen mit nur noch anderen, weit schimpflicheren und weit grausameren Einfällen in die Tat um. Lassen wir nichts aus in unserem Zorn. Setzen wir auch die empfindlichsten Teile der gleichen Wut aus, selbst diejenigen, die die Natur offenbar nur um der Verherrlichung der Dummköpfe willen geschaffen hat, nämlich die Brust und das Innere der Vagina. Sogar das Gesicht, oh, Juliette, welche Wonne! Kommt man da nicht fast an die Rechte des Henkers heran? Spielt man nicht dessen Rolle und reicht nicht diese Vorstellung allein schon aus, das Ausspritzen des Samens zu bewirken bei Leuten, die wie wir von allen gewöhnlichen und einfachen Dingen übersättigt sind und diese ausgesuchten Maßnahmen nötig haben, um wiederzufinden, was durch Exzesse verlorengegangen ist? Diese Lust darf dich bei einer Frau nicht überraschen. Derselbe Brantôme, von dem wir vorhin eine Formulierung erwähnten, gibt uns mit Treuherzigkeit und Naivität verschiedene Beispiele, die diese Grundsätze bekräftigen. *

›Es gab‹, sagte er, ›eine Dame von Welt, die ebenso reich wie schön und seit mehreren Jahren Witwe war. Nichts war ihr gleichgültiger als die Verderbtheit der Sitten. Umgeben von sehr hübschen jungen Mädchen erfreute sie sich daran, diese sich ausziehen zu lassen und sie mit eigener Hand so heftig wie nur möglich auf den Hintern zu schlagen. Sie erfand ein von ihnen begangenes Unrecht, demzufolge sie das Recht hatte, sie zu bestrafen. Sie schlug sie alsdann mit Ruten, und ihre ganze Wollust bestand darin, sie unter ihren Schlägen zappeln zu sehen. Je mehr sie sich wanden, je mehr sie sich beklagten, je mehr sie bluteten, je mehr sie weinten, desto glücklicher war die Hure. Gelegentlich befriedigte sie sich auch, wenn die Mädchen bekleidet und nicht nackt waren, wobei das Hochheben ihrer Röcke und das sie Umfassen ihr noch größeren Genuß verschaffte als die Leichtigkeit des Vorganges im Zustand völliger Nacktheit.‹

›Seltsamerweise‹, sagte er etwas später, ›empfindet ein vornehmer Herr die gleiche Freude daran, seine Frau zu peitschen, ebensowohl nackt wie angezogen.‹ ›Eine Mutter«, fügte er hinzu, ›schlug regelmäßig ihre Tochter. Sie tat dies zweimal täglich, und zwar nicht für einen Fehler, den das Mädchen begangen hatte, sondern aus reiner Freude, sie bei ihren Schmerzen zu beobachten. Als das junge Mädchen vierzehn Jahre alt war, entflammte sie die Begierde der Mutter so sehr, daß keine vier Stunden vergingen, ohne daß sie grausam gepeitscht wurde!‹«

»Aber«, fuhr Clairwil fort, »wenn wir es mit unseren eigenen

* Band I des ›Lebens der galanten Damen‹ seiner Zeit, Londoner Ausgabe, 1666, Kapitel 12. Vielleicht hätten wir den Autor Wort für Wort zitieren sollen. Zwei Gründe haben uns davon abgehalten. Der erste ist, daß die Zitate immer ein unerfreuliches Durcheinander bewirken, und der zweite, daß Brantôme nur flüchtig hingeworfen hat, was wir mit mehr Ausgiebigkeit darstellen wollten, ohne uns dabei von der Wahrheit zu entfernen.

Erfahrungen, mit den viel interessanteren Beispielen genug sein lassen, die wir selbst auf diesem Gebiet finden werden, und wenn dein Freund Saint-Fond keinen Tag verstreichen läßt, ohne seine Tochter zu peitschen, könnte das nicht unseren neuesten Untersuchungen die Krone aufsetzen?«

»Ich war das Opfer dieser Lust«, antwortete ich, »und trotzdem habe ich sie zugelassen, um vielleicht eines Tages deinem Beispiel zu folgen. O ja, Clairwil, ich will all deine Neigungen teilen, ich möchte dir gleichen, wenn ich kann. Es gibt für Juliette kein größeres Glück auf dieser Welt, als alle deine Laster übernommen zu haben.«

Die vier Frauen kamen herein. Sie waren nackt, wie meine Freundin es gewünscht hatte, und sie boten ihr sicherlich den Anblick einer der schönsten Zusammenstellungen, die die Geilheit je gesehen hat. Die Älteste war noch keine achtzehn Jahre alt, die Jüngste fünfzehn. Es wäre schwierig gewesen, schönere Körper und angenehmere Gesichter zu finden.

»Sie sind gut«, sagte Clairwil und untersuchte sie dabei oberflächlich. Und da jede von ihnen ein Bündel mitgebracht hatte, nahm Clairwil ihnen die Ruten ab und legte sie alle vier neben sich.

»Komm näher«, sagte sie danach zu der Jüngsten (je nach dem Alter rief sie eine nach der anderen zu sich) . . . »Ja, komm näher, wirf dich zu meinen Füßen nieder und bitte um Vergebung für deine Dummheiten, die du gestern begangen hast.«

»Oh, gnädige Frau, ich habe gar nichts getan.«

Eine kräftige Ohrfeige war die Antwort von Clairwil. »Ich sage dir, daß du Dummheiten gemacht hast, und ich befehle dir, mich auf Knien um Verzeihung zu bitten.«

»Also dann, gnädige Frau«, sagte das kleine Mädchen und gehorchte: »Ich bitte Sie von ganzem Herzen darum.«

»Ich vergebe dir erst, wenn du bestraft bist. Erhebe dich und biete mir gefälligst deine Hinterbacken.«

Nachdem sie den hübschen Arsch mit der hohlen Hand leicht gerieben hatte, gab Clairwil ihr einen so heftigen Klaps darauf, daß ihre fünf Finger sich dort abzeichneten. Tränen begannen über die hübschen Wangen dieses armen kleinen Mädchens zu fließen, die dergleichen nicht im geringsten erwartet und noch nie etwas Ähnliches erlitten hatte und die sich von diesem Empfang auf das schmerzhafteste berührt fühlte. Clairwil musterte sie und küßte ihr die Augen, nachdem sie die Tränen in ihnen gesehen hatte. Ihre Augen funkelten, ihr Atem wurde kürzer, ihre hübsche Brust schien in ihrem Auf- und Niedergehen den Schlägen ihres Herzens zu folgen. Sie steckte ihre Zunge in den Mund des jungen Mädchens, küßte sie sehr lange, wurde durch diese Zärtlichkeit noch erregter und gab ihr noch einen zweiten Klaps auf den Hintern, kräftiger als das erste Mal.

»Du bist eine kleine Hure«, sagte sie zu ihr, »ich habe dich gestern überrascht, als du Schwänze wichstest. Ich dulde nicht, daß du die guten Sitten dermaßen verletzt. Ich liebe die Sittsamkeit; ich wünsche Züchtigkeit bei einem jungen Mädchen.«

»Ich antworte Ihnen, Madame ...«

»Schluß mit den Entschuldigungen, Dirne«, unterbrach sie Clairwil und versetzte dem jungen Mädchen einen kräftigen Faustschlag in den Bauch. »Schuldig oder nicht, ich habe dich zu quälen und mich zu amüsieren. Kleine und so verächtliche Personen wie du eine bist, sind für nichts anderes gut als für die Freuden einer Frau meinesgleichen.«

Während sie dies sagte, kniff Clairwil dem Opfer in die festeren Partien des schönen kleinen Körpers, um das Mädchen zum Schreien zu bringen. Und als die Arme einen Schrei ausstieß, erstickte unsere Libertine denselben, indem sie ihr den Mund zuhielt. Ihre Wut stieg; von ihren schmutzigen Lippen kamen jetzt die schändlichsten und liederlichsten Worte und die infamsten Schwüre, unterbrochen nur von ihren Seufzern. Sie legte das Opfer auf das Sofa, prüfte wollüstig dessen Hintern, öffnete ihn und steckte ihre Zunge hinein; dann wandte sie sich wieder den Hinterbacken zu und biß sie an vier verschiedenen Stellen, was das junge Mädchen nicht ohne Sprünge und Bewegungen ihres Körpers aushielt, die meine Freundin sehr belustigten und ihr ein böses Gelächter entlockten, das aber mehr in der Grausamkeit als in der Freude seinen Ursprung hatte.

»Komm, du Luder, du wirst jetzt ausgepeitscht werden«, sagte sie dann zu ihr. »Ja, heiliger Schuft von einem Gott, ich werde dich prügeln und wünsche mir, daß jeder Schlag, den du von meiner Hand auf deinem bösen Hintern erhalten wirst, unauslöschliche Spuren hinterlassen wird.«

Sie ergriff ein Bündel Ruten, ließ das junge Mädchen sich erheben, umfaßte ihren Körper mit ihrem linken Arm, setzte ihr ein Knie in den Bauch und ließ sie so ihren Hintern in der schönsten Position sich darbieten. Sie schaut ihn in dieser Lage einen Augenblick lang prüfend an und versetzt ihr dann, indem sie mit ihrer rechten Hand zu prügeln anfängt, ohne Vorbereitung und ohne Vorsicht, zunächst einmal fünfundzwanzig Schläge, die ihren frischen und rosigen Arsch so malträtierten, daß kaum noch ein Teil zu sehen war, der nicht mit Peitschenhieben bedeckt war. Eine nach der anderen ruft sie nun die drei anderen Frauen heran; sie läßt sich von jeder die Zunge in den Mund stecken, gibt ihnen Anweisung, auf welche Weise sie geküßt werden will, daß man ihre Arschbacken heftig bearbeiten, das Afterloch reiben, die von ihr vorgenommene Züchtigung mit Lobreden begleiten, und daß man ihr vor allen Dingen neues Unrecht der Missetäterin ankündigen solle.

»Nenne mir also einige ausgefallene Gewohnheiten, ich möchte sie unter das mischen, was wir zu tun gedenken. Beim Glockenklang des Wahnsinns schlagen die Stunden der Venus.«

»Es ist heiß«, antwortete ich ihm, »ich möchte, daß du dich wie ein Wilder kleidest, daß die Arme, die Schenkel, der Hintern und das Glied frei sind. Du wirst dir eine Schlangenfrisur auf den Kopf setzen, dein Gesicht wird rot angemalt werden, wir werden dir einen Schnurrbart anpassen, ein großes Wehrgehänge wird alle notwendigen Waffen enthalten, die du bei den Martern an deinen Opfern ausprobieren willst; dieses Kostüm wird alle Welt in Schrecken versetzen, und Schrecken muß man verbreiten, wenn man sich im Verbrechen suhlen will.«

»Du hast recht, Juliette, ja, du hast recht. Du wirst mich auf diese Weise verkleiden.«

»Sei sicher, daß diese Kleidung Eindruck macht. Denk nur daran, was für Schauspieler zum Beispiel die Richter sind. Ähneln sie nicht den Helden einer Komödie oder Scharlatanen, wenn sie in ihrem Gericht auftreten?«

»Ich wünschte, sie wären tausendmal erschreckender und blutdürstiger! Glaube mir, Juliette, es gelingt einem nur, die Menschen zu beherrschen, wenn man ihr Blut vergießt.«

Das Abendessen wurde serviert. Wir setzten uns zu zweit an den Tisch und die Konversation setzte sich im gleichen Ton fort.

»Ja, gewiß«, fuhr der Minister fort, »die Gesetze sollten härter sein. Es gibt keine besser regierten Länder als diejenigen, in denen die Inquisition herrscht. Es sind die einzigen, die ihrem Herrscher wirklich untertan sind. Mit priesterlichen Ketten bindet man die der Politik; die Macht des Zepters hängt von der Macht der Geistlichkeit ab. Jede dieser Autoritäten hat das größte Interesse an wechselseitigen Machtanteilen und wenn sie die Macht miteinander teilen, wird es niemals passieren, daß das Volk das Joch abschüttelt. Nichts macht das Volk so gefügig wie die Gottesfurcht. Es ist gut, daß man den Leuten ewige Martern verheißt, falls sie sich gegen den König auflehnen; und das ist auch der Grund dafür, daß die Mächte Europas immer in gutem Einvernehmen mit Rom leben. Wir anderen Großen der Erde verachten diesen fabulösen Bannstrahl des verächtlichen Vatikans und trotzen ihm, sorgen jedoch dafür, daß unsere Sklaven ihn fürchten. Das ist, um es noch einmal zu sagen, das einzige Mittel, sie unter dem Joch zu halten. Den Prinzipien des Machiavelli folgend ist es mein Wunsch, daß die zwischen den Königen und dem Volk liegende Distanz die gleiche sei wie die zwischen den Gestirnen und der Ameise; eine Geste des Herrschers muß genügen, das Blut um seines Thrones willen fließen zu lassen, und verehrt wie ein Gott auf Erden, darf ihm das Volk sich nur auf Knien zu nähern wagen. Welches Wesen sollte wohl so verblendet sein, auch nur den Körper eines Monarchen mit dem eines Mannes aus dem Volk zu vergleichen? Ich möchte wohl glauben, daß die Natur beiden die gleichen Bedürfnisse gegeben hat; ebenso hat der Löwe dieselben Bedürfnisse wie der Wurm; aber ähneln sie sich deswegen?

O Juliette, bedenke, daß, wenn die Könige in Europa ihr Ansehen zu verlieren begännen, ihre Humanität sie verdorben hätte. Wenn sie unter dem Schleier blieben wie die Herrscher Asiens, so würde ihr Name allein schon die Erde erzittern lassen. Man wird vertraut mit dem, was man alle Tage sieht, und Tiberius soll die Römer von Capri aus mehr in Schrecken versetzt haben als Titus inmitten von Rom, als er die Armen tröstete.«

»Aber dieser Despotismus«, sagte ich zu Saint-Fond, »der Ihnen so gefällt, weil Sie selbst Macht haben – glauben Sie, daß auch der Schwächliche sich seiner erfreut?«

»Er gefällt allen, Juliette«, antwortete mir Saint-Fond. »Alle Menschen neigen zum Despotismus. Das ist der allererste Wunsch, den die Natur uns eingibt, die weit von jenem lächerlichen Gesetz entfernt ist, das man ihr zuschreibt und dessen Sinn es ist, dem anderen nicht etwas anzutun, von dem wir nicht wollen, daß es uns selbst angetan werde ... aus Furcht vor Wiedervergeltung, hätte man hinzufügen sollen, denn ganz gewiß hat nur die Furcht vor der Vergeltung der Natur eine Sprache zugeschrieben, die von ihren Gesetzen so weit entfernt ist. Ich versichere dir also, daß die erste und lebendigste Neigung des Menschen unumstößlich darin besteht, seine Mitmenschen an Ketten zu legen und sie aus ganzer Kraft zu tyrannisieren. Das Kind, das in die Brust seiner Amme beißt ... das jeden Augenblick sein Spielzeug zerschlägt, zeigt uns, daß die Zerstörung, das Schlechte und die Unterdrükkung die ersten Neigungen sind, die uns die Natur in unser Herz gegraben hat und deren wir uns mit mehr oder weniger Heftigkeit entledigen, je nach dem Grad der uns angeborenen Empfindlichkeit. Es ist demnach völlig sicher, daß alle von einem Menschen als angenehm empfundenen Freuden, alle Genüsse, an denen er Geschmack finden kann, alles, was seine Leidenschaften intensiver genießen läßt, dem Wesen nach auf dem Despotismus beruht, mit dem er die anderen belasten kann. Wenn das wollüstige Asien die Objekte seiner Freuden sorgfältig hinter Gittern hält, demonstriert es uns dadurch nicht, daß die Lust durch die Unterdrückung und die Tyrannei gewinnt und daß die Leidenschaften sich viel stärker entflammen an allem, was durch Zwang erreicht wird, als an dem, was durch guten Willen herbeigeführt wird? Seit sich gezeigt hat, daß mit der Gewalttätigkeit der begangenen Handlung das Glücksgefühl des Handelnden sich ändert, und zwar deswegen, weil das Nervensystem desto heftiger erregt wird, je stärker diese Dosis ist, seit sich das gezeigt hat, sage ich, ist bewiesen, daß die größtmögliche Dosis an Glück in der größtmöglichen Wirkung der Gewaltanwendung und der Tyrannei bestehen wird; und daraus folgert, daß der härteste, grausamste, heimtückischste und böseste Mensch notwendigerweise auch der glücklichste sein wird. Denn wie dir auch Noirceuil schon oft gesagt hat, liegt das Glück weder im Laster noch in der Tugend. Es liegt in der Art, in der wir veranlagt sind, das eine oder das andere zu empfinden, und in der Wahl, die wir dieser Veranlagung entsprechend treffen. Nicht die gebotene Mahlzeit macht meinen Appetit aus; nur das Bedürfnis ist meines; die Mahlzeit jedoch wird von zwei Personen sehr verschieden aufgenommen. Sie ruft Wollust hervor bei dem, der Hunger hat, und Widerwillen bei dem, der gerade gesättigt ist. Da es jedoch gewiß ist, daß die Empfindung je nach der verursachten Erregung unterschiedlich ist, daß die durch das Laster hervorgerufene in dem dafür veranlagten Individuum viel stärker ist und daß die Tugend sie einem Wesen nicht verschaffen kann, dessen Organe für sie aufnahmebereit sind; da es gewiß ist, daß, obwohl die Seele von Vespasian gut war und die von Nero böse und obwohl nichtsdestoweniger beide empfindsam waren, dennoch ein großer Unterschied vorherrschte zwischen der Härte dieser Seelen, und zwar je nach dem Ursprung der Empfindsamkeit, die sie zusammensetzte, denn die von Nero war unbestreitbar mit einer größeren Empfindsamkeit ausgerüstet als die von Vespasian; da alles das gewiß ist, sage ich, steht fest, daß Nero viel glücklicher gewesen sein muß als Vespasian. Und das aus der Gewißheit, daß etwas besonders Erregendes den Menschen immer besonders zufrieden macht. Es ist sicher, daß ein starkes Wesen, das nur veranlagt ist, die Eindrücke des Lasters stärker zu empfangen als die der Tugend, viel eher glücklich sein wird, als ein weiches und ruhiges Wesen, dessen schwache Beschaffenheit es ihm nur ermöglicht, die stumpfsinnige und monotone Ausübung der guten Sitten zu absolvieren. Was für ein Verdienst würde also in der Tugend liegen, wenn das Laster ihr nicht vorgezogen würde? Demnach sind Vespasian und Nero beide so glücklich gewesen, wie sie nur sein konnten; Nero aber mußte es sehr viel mehr sein, da seine Genüsse die sehr viel stärkeren waren; und wenn Vespasian dafür war, sich einem Armen gegenüber als wohltätig zu erweisen, und zwar weil, wie er sagte, ›auch die Armen leben sollen‹, so war er dabei unendlich weniger bewegt als Nero, der, eine Leier in der Hand, hoch vom Turm Antonia herab Rom brennen sah. Aber, wird man sagen, der eine verdiente einen Altar, der andere einen Scheiterhaufen. Nun gut, wenn Sie wollen. Was ich beurteile, ist nicht die Wirkung der Seele auf die anderen, sondern es sind die inneren Gefühle des einen und des anderen je nach den verschiedenen Neigungen, die dem einen oder anderen mitgegeben wurden, es sind die verschiedenen Erschütterungen, die sie empfanden. Und in diesem Sinne wird unbestreitbar derjenige der glücklichste Mann der Erde sein, der seiner Seele, durch welche Handlung auch immer, die heftigsten ihm möglichen Stöße versetzt. Und da die Stöße des Lasters stärker und heftiger wirken als die der Tugend, so wird unvermeidlich der sich den infamsten, liederlichsten und kriminellsten Gewohnheiten widmende und diese so oft wie möglich erneuernde und sie jeden Tag mit Macht verdoppelnde und verdreifachende Mensch der glücklichste sein.«

Über das Böse

»Einige Kirchengelehrte haben behauptet, Jesus sei in die Hölle hinabgestiegen. Wie viele Widerlegungen hat es nicht schon für diese Behauptung gegeben! Wir wollen nicht auf die verschiedenen Abhandlungen eingehen, die wegen dieses Themas geschrieben wurden. Sie würden in den Augen der Philosophie zweifellos unhaltbar sein, und nur von ihr sprechen wir. Es ist eine Tatsache, daß weder die Schrift noch irgendeiner ihrer Ausleger sich weder über den Ort der Hölle noch über die Qualen, die man dort erfährt, positiv äußert. Nachdem das feststeht, gibt uns also das Wort Gottes keinerlei Erklärung; denn das, was die Schrift uns lehrt, soll positiv und genau ausgedrückt sein, vor allem, wenn es sich um ein Objekt von größter Wichtigkeit handelt. Nun, es ist ganz sicher, daß es weder in den hebräischen Texten noch in den griechischen und lateinischen Versionen ein einziges Wort gibt, das die Hölle auf die Weise beschreibt, die uns geläufig ist, das heißt, als ein Ort der für die Sünder bestimmten Qualen. Ist dieser Beweis nicht schlagend gegenüber der Meinung derjenigen, die an der Realität dieser Qualen festhalten? Wenn in der Schrift keine Rede von der Hölle ist, mit welchem Recht, bitte ich Sie, läßt man eine solche Vorstellung dann zu? Sind wir in der Religion gezwungen, etwas anderes zuzulassen als das, was geschrieben steht? Nun, wenn diese Meinung nicht existierte, wenn es sie nirgendwo gäbe, woher würden wir sie dann nehmen? Wir brauchen unseren Geist nicht mit etwas zu beschäftigen, das nirgends offenbart wurde. Und alles von dieser Art kann von uns rechtmäßig nur als Fabel, vage Annahme, menschliche Tradition oder Täuschungsmanöver betrachtet werden. Wenn man ernstlich nachforscht, findet man nichtsdestoweniger, daß es in der Nähe von Jerusalem ein Tal mit dem Namen Hinnomtal gibt, in dem man die Verbrecher hinrichtete, und in das man auch die Tierkadaver hineinwarf. Von diesem Ort will Jesus in seinen Gleichnissen sprechen, wenn er sagt: illic erit fletus et stridor dentium. Dieses Tal war ein Ort der Martern und Qualen; und in seinen Gleichnissen, in seinen unverständlichen Reden sprach Jesus unbestreitbar von ihm. Dieser Gedanke ist um so wahrscheinlicher, als in diesem Tal auch die Marter durch Feuer angewandt wurde. Man verbrannte dort die Schuldigen bei lebendigem Leibe, und manchmal stellte man sie bis zu den Knien in den Mist. Man legte um ihren Hals ein Stück Stoff, an dem zwei Männer zogen, jeder von einer Seite, um sie zu würgen und ihnen den Mund zu öffnen, in den man ihnen heißes Blei hineingoß, das ihre Eingeweide verbrannte. Das ist das Feuer, das ist die Qual, von der der Galiläer spricht. Diese Sünde, sagt er häufig, verdient die Strafe der Feuerqual, und das heißt, daß der Missetäter im Hinnomtal verbrannt oder in den Schuttabladeplatz geworfen und mit den dort liegenden Tierkadavern verbrannt werden soll. Aber das Wort ›ewig‹, das Jesus so oft gebrauchte, wenn er vom Feuer sprach, hat das nicht die Meinung derer geprägt, die da glauben, daß die Flammen der Hölle niemals ein Ende haben werden? Zweifellos nicht. Dieses Wort ›ewig‹, das in der Schrift sehr oft benutzt wird, hat und nichtsdestoweniger immer nur die Vorstellung abgeschlossener Vorgänge gegeben. Gott hatte mit seinem Volk ein ewiges Bündnis gegründet; und trotzdem ist dieses Bündnis abgelaufen. Die Städte Sodom und Gomorrha sollten ewig brennen; und trotzdem hat dieser Brand schon seit langem aufgehört.*

Außerdem ist allgemein bekannt, daß das im Hinnomtal in der Nähe von Jerusalem brennende Feuer Tag und Nacht brannte. Wir wissen auch, daß die Schrift häufig Übertreibungen benutzt und daß man niemals glauben soll, was geschrieben steht. Muß man auf Grund dieser Übertreibungen den wahren Sinn der Dinge verfälschen, wie man es tut? Und sind unter diesen Schönrednern nicht die allerbestimmtesten Feinde der wohlverstandenen Vernunft?

Aber was hat es nun auf sich mit dem Feuer, mit dem man uns droht?

1. Es kann nicht körperlich sein, denn man sagt uns, daß unser Feuer nur ein schwaches Abbild davon sei.

2. Ein körperliches Feuer schafft Helligkeit an dem Ort, an dem es sich befindet; man versichert uns jedoch, daß die Hölle eine lichtlose Stätte sei.

3. Das körperliche Feuer verschlingt alsbald alle brennbaren Materien und endet dadurch, daß es sich selbst verbraucht, wogegen das Höllenfeuer immer währen und ewig verschlingen soll.

* Das Tote Meer liegt genau über Sodom und Gomorrha, deren Feuer es nicht mehr gibt. Die Flammen, die von Zeit zu Zeit dort gesehen werden, kommen aus den Vulkanen, von denen das Meer umgeben ist. Ebenso brennen der Ätna und der Vesuv auch heute noch. Die Städte, um die es sich hier handelt, haben niemals anders gebrannt.

4. Das Feuer der Hölle ist unsichtbar; es kann daher nicht körperlich sein, da es unsichtbar ist.

5. Das körperliche Feuer erlischt in Ermangelung von Nahrung, das Höllenfeuer aber, so wie unsere absurde Religion es darstellt, erlischt niemals.

6. Das Höllenfeuer bleibt ewig und das körperliche nur vorübergehend.

7. Man sagt, der Verlust Gottes sei für die Verdammten die schwerste aller Strafen. Wir machen jedoch in diesem Leben die Erfahrung, daß körperliches Feuer eine viel größere Strafe für uns ist als die Abwesenheit Gottes.

8. Schließlich hat ein körperliches Feuer auf Geister keine Wirkung. Nun, die Dämonen sind die Geister, auf die allein das Höllenfeuer wirkt. Zu sagen, Gott könne erreichen, daß ein materielles Feuer auf die Geister wirkt, er könne diese Geister ohne Nahrung leben und ernähren lassen und er könne das Feuer ohne brennbare Materien erhalten, das heißt zu jenen wundersamen Annahmen zurückzukehren, für die es keine Bürgen gibt als nur die dummen Träumereien der Theologen und die demzufolge nur deren Dummheit und Böswilligkeit beweisen.

Daraus zu schließen, daß für Gott alles möglich sei, daß Gott alles Mögliche tun könne, ist zweifellos eine seltsame Form der Vernunft. Die Menschen sollten sich davor hüten, ihre Träumereien auf die Allmacht Gottes zu gründen, solange wir noch nicht einmal wissen, was überhaupt Gott ist. Um diese Schwierigkeiten zu umgehen, versichern andere Theologen, das Höllenfeuer sei nicht körperlich, sondern geistlich. Was ist, bitte ich Sie, ein Feuer, das kein bißchen materiell ist? Welche Vorstellungen können sich diejenigen davon machen, die uns darüber berichten? An welchem Ort hat Gott ihnen erklärt, wie dieses Feuer beschaffen ist? Um die Dinge unter einen Hut zu bringen, haben dennoch einige Gelehrte gesagt, es sei teils geistlich und teils körperlich. So gibt es also zwei verschiedene Arten von Feuer in der Hölle. Welche Absurdität! Wo muß der Aberglaube Zuflucht nehmen, wenn er seine Lügen etablieren will!

Der Plunder lächerlicher Meinungen, die er selbst erfinden mußte, als man etwas Wahrscheinliches über den Ort der fabulösen Hölle festlegen wollte, ist unerhört. Das natürlichste Gefühl sagte, sie müsse sich in den tiefsten Regionen der Erde befinden. Aber wo sind, bitte ich Sie, diese Regionen auf einer Erdkugel, die sich um sich selbst dreht? Andere haben gesagt, sie befinde sich im Zentrum der Erde, das heißt 1500 Meilen von uns entfernt. Aber wenn die Schrift recht hat, wird die Erde zerstört werden. Und wenn sie zerstört ist, wo wird sich dann die Hölle befinden? Sie sehen also, in welche Faseleien man verwickelt wird, wenn man sich auf die Ausschweifungen des Geistes der anderen Leute beruft. Weniger extravagante Klugschwätzer behaupten, die Hölle bestehe, wie ich schon sagte, in dem Verlust der Ansichtigkeit Gottes. In diesem Fall beginnt die Hölle bereits auf Erden, denn von diesem Gott, um den es sich handelt, ist dort nichts zu sehen. Wir sind jedoch nicht sehr betrübt darüber. Und wenn es diesen bizarren Gott wirklich so gäbe, wie man ihn uns darstellt, so würde er uns zweifellos nicht überzeugen können, daß für die Menschen eine Hölle besteht. All diese Ungewißheiten und die geringe Übereinstimmung der Theologen untereinander zeigen Ihnen, daß sie im dunkeln umherirren und daß sie, wie betrunkene Menschen, keinen Halt finden können. Und ist es etwa nicht überraschend, daß sie sich über ein so wichtiges Dogma nicht einig werden können, das, wie sie sagen, im Wort Gottes so klar zum Ausdruck gebracht wird?

Gestehen Sie also, Sie mit der Tonsur versehene Kanaille, daß dieses so furchtbare Dogma grundlos, daß es das Produkt Ihrer Habsucht, Ihres Ehrgeizes und das Kind der Verirrungen Ihres Geistes ist und daß es nichts hat, worauf es sich stützen kann, als nur die Ängste der gewöhnlichen Dummheit, der Sie ohne überprüft zu werden alles lehren, was Ihnen zu sagen beliebt. Sehen Sie endlich ein, daß es die Hölle nur in Ihrem Hirn gibt und daß die Qualen, die man dort aushält, nichts als die Schmerzen sind, die Sie den Sterblichen, die sich von Ihnen leiten lassen, gern auferlegen wollen. Von diesen Grundsätzen durchdrungen, wollen wir ein für allemal einer Doktrin entsagen, die für die Menschen furchtbar und für die Gottheit schimpflich ist, und von der nichts, in einem Wort, sich dem Geist als vernünftig erweist.

Es bieten sich noch andere Argumente an. Ich fühle mich verpflichtet, sie zu bekämpfen.

1. Die Furcht, sagt man, die jeder Mensch im Innern seiner selbst vor einer gewissen Strafe empfindet, die ihm bevorsteht, ist ein unzweifelhafter Beweis für die Realität dieser Strafe. Aber diese Furcht ist nicht angeboren, sie ist nur Folge der Erziehung. Sie ist weder in allen Ländern noch bei allen Menschen in gleicher Weise vorhanden. Bei denjenigen, in denen die Leidenschaften alle Vorurteile vernichtet haben, existiert sie nicht. Das Gewissen, in einem Wort, wird nur durch die Gewohnheit verändert.

2. Die Heiden haben das Dogma von der Hölle gekannt ... Gewiß nicht so wie wir. Und angenommen, sie hätten es gekannt, müßten wir, da wir ihre Religion zurückweisen, nicht also auch ihre Dogmen zurückweisen? Aber gewiß haben die Heiden niemals an die Ewigkeit der Qualen eines anderen Lebens geglaubt. Sie haben niemals die bejammernswerte Fabel der Auferstehung des Körpers bewundert. Und also verbrannten sie diese Körper und bewahrten ihre Asche in Urnen auf. Sie glaubten an die Seelenwanderung, an die Wandlung des Körpers, und das ist eine sehr wahrscheinliche Auffassung, in der wir alles Streben der Natur bestätigt finden. Niemals aber glaubten die Heiden an die

Auferstehung. Dieser absurde Gedanke gehört ausschließlich dem Christentum, und gewiß war das Christentum seiner auch würdig. Es scheint festzustehen, daß unsere Gelehrten bei Plato und Virgil die Vorstellungen über die Hölle, das Paradies und das Fegefeuer vorgefunden und diese hernach auf ihre Art zurechtgemacht haben. Mit der Zeit sind die ungewissen Träumereien aus der Vorstellungswelt der Dichter in Glaubenssätze umgewandelt worden.

3. Der gesunde Verstand verbürgt das Dogma der Hölle und der Ewigkeit der Qualen. Gott ist gerecht, er muß also die Verbrechen der Menschen bestrafen ... O nein, niemals könnte der gesunde Verstand ein Dogma zulassen, das ihn so empfindlich kränkt.

4. Aber die Gerechtigkeit Gottes wird dadurch kompromittiert ... Eine andere Abscheulichkeit: das Schlechte ist notwendig auf Erden. Es entspricht also der Gerechtigkeit Gottes, wenn er existiert, etwas nicht zu bestrafen, was er selbst vorgeschrieben hat. Wenn unser Gott derart mächtig ist, hat er es dann nötig, das Schlechte zu bestrafen, um es zu verhindern? Könnte er es nicht gänzlich ausrotten unter den Menschen? Wenn er das nicht getan hat, so ist der Grund dafür, daß er es für wichtig für die Aufrechterhaltung des Gleichgewichts hält. Und wie können Sie, gemeiner Gotteslästerer, dann behaupten, Gott könne etwas bestrafen, das für die Gesetze des Universums wesentlich ist?

5. Alle Theologen stimmen darin überein, an die Qualen der Hölle zu glauben und darüber zu predigen ... Beweist das etwas anderes, als daß die Priester, so uneinig sie untereinander sind, sich miteinander allemal verständigen, wenn es darum geht, die Menschen irrezuführen? Und sollen überdies die ehrgeizigen und eigennützigen Träumereien der römischen Priester die Meinungen der anderen Sekten bestimmen dürfen? Ist es vernünftig, zu fordern, daß alle Menschen an das glauben, was ihrer verachtenswertesten und kleinsten Gruppe zu erfinden Spaß gemacht hat? Soll man sich also nicht weniger auf diese Schurken als auf die Vernunft, den Verstand und die Wahrheit berufen? Der Wahrheit soll man folgen und nicht der Menge; man soll sich eher an einen Mann halten, der die Wahrheit spricht, als an alle Menschen verschiedenen Alters, die Lügen verstreuen.

Die anderen Argumente, die es gibt, sind dermaßen schwächlichen Charakters, daß man nur Zeit verlieren würde, wenn man versuchte, sie zu widerlegen. Alle diese Argumente, die sich weder auf die Schrift noch auf die Tradition stützen, müssen sich notwendigerweise selbst zu Fall bringen. Man führt die allgemeine Übereinkunft an. Kann man das, wenn es nicht zwei Menschen gibt, die sich über eine Frage einig sind, die uns dennoch als die wichtigste unseres Lebens erscheint?

In Ermangelung guter Gründe drohen Ihnen all diese Schrekken Gottes; aber man weiß seit langem, daß die Drohung eine Waffe des Schwachen und der Einfallslosigkeit ist. Verstand müßt ihr haben, törichte Kinder Jesu, ja, Verstand und keine Drohungen. Wir wollen nicht, daß ihr uns sagt: Ihr werdet diese Qualen spüren, da ihr nicht an sie glauben wollt. Wir wollen, daß ihr sie uns nachweist – und das ist es eben, womit ihr nicht fertig werdet – auf Grund wessen ihr wirklich vorhabt, uns an sie glauben zu lassen. Die Furcht vor der Hölle, mit einem Wort, ist durchaus kein Schutzmittel gegen die Sünde ... Sie ist wirklich nirgendwo angedeutet ... Sie ist augenscheinlich nichts als die Frucht der ungenauen Vorstellung der Priester, das heißt, der die gemeinste und böswilligste Klasse der Gesellschaft bildenden Individuen ... Wozu dient sie also? Ich glaube nicht, daß man es mir sagen kann. Man versichert uns, die Sünde sei eine außerordentliche Schuld und müsse daher unendlich bestraft werden. Nichtsdestoweniger hat Gott selbst nur eine endgültige Strafe daran knüpfen wollen, und diese Strafe ist der Tod.

Wir schließen also aus alledem, daß das kindische Dogma von der Hölle eine Erfindung der Priester ist, eine grausame Unterstellung, aufs Geratewohl verkündet von Bäffchen tragenden Spitzbuben, die den Anfang damit gemacht haben, einen ebenso nichtssagenden und verachtenswerten Gott zu schaffen wie sie selbst, um auf diese Weise das Recht zu haben, dieses verabscheuungswerte Idol all das sagen zu lassen, was ihren Leidenschaften am meisten zugute kommt und ihnen in erster Linie Mädchen und Geld, mithin die einzigen Objekte einbringen wird, nach denen es diese den gemeinen Auswurf der Gesellschaft bildende Faulenzerbande gelüstet, die radikal auszurotten das klügste wäre, was die Gesellschaft tun könnte.*

Verbannen Sie aus Ihrem Herzen ein für allemal eine Lehre, die gleichzeitig Ihrem Gott und Ihrer Vernunft widerspricht. Das ist unbestreitbar das Dogma, das die meisten Atheisten auf Erden hervorgebracht hat, auf der es keinen einzigen Menschen gibt, der nicht lieber nichts glauben, als den wirren Haufen derart gefährlicher Lügen hinnehmen würde. Daher also fühlen sich viele ehrenhafte und empfindsame Seelen gezwungen, in der absoluten Gottlosigkeit Trost und Hilfe gegen die Schrecken zu suchen, die ihnen aufzudrängen die infame christliche Lehre sich bemüht. Befreien wir uns also von diesen unnützen Schrecken. Verachten

* Wer sind die einzigen und wirklichen Störenfriede der Gesellschaft? – Die Priester. Wer sind diejenigen, die jeden Tag unsere Frauen und Kinder verführen? – Die Priester. Wer sind die gefährlichsten Feinde jeder Regierung? – Die Priester. Wer sind die Helfershelfer und Aufhetzer zu den Bürgerkriegen? – Die Priester. Wer vergiftet uns ständig durch Lügen und Heucheleien? – Die Priester. Wer bestiehlt uns bis zu unserem letzten Atemzug? – Die Priester. Wer nutzt unseren guten Glauben und unsere Leichtgläubigkeit in aller Welt aus? – Die Priester. Wer arbeitet unablässig an der totalen Vernichtung des menschlichen Wesens? – Die Priester. Wer beschmutzt sich am meisten mit Verbrechen und Schmähungen? – Die Priester. Wer sind die gefährlichsten, die rachsüchtigsten und die grausamsten Menschen der Erde? – Die Priester. Und wir zögern noch, dieses pestartige Gesindel total von der Oberfläche der Erde zu entfernen! ... Wir verdienen daher all unsere Übel.

wir für alle Zeiten die Dogmen, die Zeremonien und die Mysterien dieser abscheulichen Religion. Der tief wurzelnde Atheismus ist mehr wert als ein Kult, aus dem man Gefahren entspringen sieht. Ich weiß nicht, welche Unannehmlichkeit dadurch entstehen sollte, daß man an nichts glaubt; aber gewiß kenne ich all diejenigen nur zu gut, die mit der Annahme dieser gefährlichen Gedankengänge entstehen.

Das ist es also, mein lieber Saint-Fond, was ich dir über das infame Dogma der Hölle sagen wollte. Möge es aufhören, dich zu erschrecken und deine Freuden erkalten zu lassen. Es gibt keine andere Hölle für den Menschen als die Dummheit und die Schlechtigkeit seiner Mitbürger. Aber wenn es einmal mit ihm zu Ende ist, dann ist auch alles gesagt: Seine Zerstörung gilt für die Ewigkeit und nichts wird von ihm überleben. Wie töricht wäre es nach alledem, seinen Leidenschaften irgend etwas zu verweigern! Ist man doch nur ihretwegen und dazu geschaffen, sie bei jedem Exzeß, zu dem sie einen hinreißen, zu befriedigen und alle Wirkungen dieser Leidenschaften, welcher Art sie auch sein mögen, auszukosten. Das sind die Mittel, durch die wir der Natur dienen, deren Handlanger wir ständig sind, ohne es zu ahnen und ohne daß wir uns dagegen wehren können.

Ich überlasse Ihnen nun die Vorstellung eines Gottes, dessen ich mich nur für einen Augenblick bedient habe, um den Gedankengang der ewigen Qualen zu bekämpfen. Es gibt weder einen Gott, noch einen Teufel, kein Paradies und keine Hölle. Die einzigen Pflichten, die wir auf dieser Welt zu erfüllen haben, sind die unserer Vergnügungen, wohlgemerkt, wenn man von den sozialen Interessen absieht und das muß man, denn es gibt unter ihnen keines, das wir nicht angesichts unserer leisesten Wünsche opfern sollten. Ich hoffe, dir die Absurdität des Prinzips, aus dem du deine überflüssige Grausamkeit herleitest, deutlich genug bewiesen zu haben. Soll ich seine Möglichkeiten prüfen? Nein, in allen Ehren, es lohnt sich nicht. Wie konntest du glauben, daß eine mit Blut geschriebene Unterschrift von vornherein mehr Wirkung hat als eine andere und daß alsdann dieses in den Arsch gesteckte Papier, das heißt, dieses ein wenig mit Scheiße behaftete Material zu einem Geleitbrief Gott oder dem Teufel gegenüber werden könnte, das heißt einem Wesen gegenüber, das gar nicht existiert? Das Ganze ist eine Verkettung so einzigartiger Vorurteile, daß es wahrhaftig nicht die Ehre einer Widerlegung verdient. Ersetze die deinen Kopf betäubende wollüstige Idee, diese Idee, die Martern ein und desselben Objekts über den Tod hinaus verlängert zu wissen, ersetze sie durch eine größere Zahl von Mordtaten. Töte nicht ein und dasselbe Individuum allzulange; das ist unmöglich; bringe statt dessen mehrere um; das ist sehr leicht zu machen. Gibt es etwas so Kleinliches, wie dich mit sechs Opfern pro Woche zu begnügen? Bediene dich der Bemühungen und der Intelligenz von Juliette, um diese Anzahl zu verdoppeln oder zu verdreifachen, gib ihr das nötige Geld. Nichts wird dir fehlen und deine Leidenschaften werden befriedigt werden.«

»Großartig«, antwortete Saint-Fond, »diesen letzten Vorschlag nehme ich an. Und von jetzt an, Juliette, wünsche ich mir statt dreier Opfer pro Abendessen deren sechs, und statt zweier Abendessen werde ich im gleichen Abstand deren vier einnehmen; das erhöht die Anzahl der Opfer auf vierundzwanzig pro Woche, von denen ein Drittel Männer und zwei Drittel Frauen sein sollen. Sie werden dementsprechend bezahlt werden. Aber, meine Damen, ich ergebe mich nicht so ohne weiteres Ihrer tiefgründigen Auseinandersetzung der Nichtigkeit der Höllenqualen; ich erkenne die Gelehrsamkeit an, die man dabei hat regieren sehen ... ihrem Zweck entsprechend ... in einigen ihrer Folgerungen: Sie hinnehmen, das kann ich nicht, und hier haben Sie, was ich dagegen einwende. Es scheint zunächst einmal, als suchten Sie von Anfang bis zum Ende Ihrer Ausführungen Gott wegen der Barbarei des Dogmas von der Hölle zu entschuldigen. Wenn Gott existiert, sagen Sie fast in jedem Satz, so sind die Qualitäten, mit denen er ausgerüstet sein sollte, sämtlich mit diesem abscheulichen Dogma unvereinbar. Aber genau da begehen Sie meiner Meinung nach den größten Fehler, und zwar in Ermangelung einer genügend tiefgründigen und aufgeklärten Philosophie, die Ihnen ermöglichen könnte, in dieser Materie klar zu sehen. Das Dogma von der Hölle hindert Ihre Freuden, und Sie wenden sich davon ab, um dafür einzutreten, daß es keine Hölle gibt. Was soll man Ihrer Meinung nach von einer so egoistischen Ansicht halten? Um das auf Gewißheit beruhende Dogma der ewigen Qualen zu bekämpfen, fangen Sie ohne jeden Grund damit an, alles zu zerstören, was dieses Dogma stützt: es gibt keinen Gott, wir haben keine Seele, also braucht man auch keine Martern in einem anderen Leben zu befürchten. Es erscheint mir, daß Sie hier mit dem größten Fehler beginnen, den man in der Logik machen kann, indem Sie das voraussetzen, was in Frage gestellt werden soll. Da ich von Ihrer Denkweise weit entfernt bin, erkenne ich ein höheres Wesen und noch beharrlicher die Unsterblichkeit unserer Seelen an. Und da Ihre reizende Frömmigkeit bei diesem ersten Versuch Sie nicht davon abhalten wird, sich einzubilden, aus mir einen Bekehrten gemacht zu haben, so zweifle ich, daß meine Gedankengänge Ihnen gefallen werden; aber um Ihnen aus einer gewissen Extravaganz heraus Gelegenheit zu geben, diese prüfen zu können, werde ich sie Ihnen trotzdem anbieten.

Ich erhebe meine Augen zum Universum, ich sehe das Böse, die Unordnung und das Verbrechen dort allenthalben despotisch regieren. Ich senke meine Augen nieder auf das interessanteste Wesen dieses Universums, und ich finde es gleichfalls voller Laster, Widersprüche und Niederträchtigkeit. Welche Gedanken sind das Ergebnis dieser Befragung? Das, was wir fälschlicherweise das Böse nennen, ist es in Wirklichkeit gar nicht; und dieses Böse ist für die Absichten des Wesens, das uns geschaffen hat, so notwendig, daß es aufhören würde der Meister seiner eigenen Schöpfung zu sein, wenn es das Böse nicht allenthalben auf der Erde geben würde. Da ich von diesem Gedankengang überzeugt bin, sage ich mir: es gibt einen Gott.

Irgendeine Hand hat notwendigerweise alles das geschaffen, was ich sehe, aber sie hat es nur für das Böse geschaffen, sie erfreut sich nur am Bösen. Das Böse ist ihre Substanz und alles Böse, was sie uns begehen läßt, entspricht unbedingt ihren Plänen. Und was kümmert es sie, ob ich unter dem Bösen leide, da es ihr doch notwendig erscheint. Sieht es nicht so aus, als wäre ich ihr Lieblingskind? Wenn das Mißgeschick, mit dem ich vom Tage meiner Geburt an bis zu meinem Tode überhäuft werde, mir ihre Unbekümmertheit beweist, so kann ich mich sehr wohl irren in dem, was ich das Böse nenne. Das, was ich auf mich bezogen in dieser Weise charakterisiere, ist sehr wahrscheinlich äußerst gut, wenn man es auf das Wesen bezieht, das mich in die Welt gesetzt hat. Und wenn ich das Böse der anderen einstecke, so genieße ich andererseits das Recht, es ihnen zurückzuzahlen, ja ich habe sogar die Möglichkeit, es ihnen als erster anzutun. Somit ist das Böse seither ein Vorteil für mich, wie es dies auch für den Urheber meiner Tage im Verhältnis mir gegenüber ist. Ich bin genauso glücklich über das Böse, das ich den anderen antue, wie Gott über das glücklich ist, was er mir antut. Es gibt nur noch einen Fehler in dem Gedankengang und der hängt mit dem Wort zusammen. Denn tatsächlich, wenn das Böse einerseits notwendig ist und wenn das Böse andererseits Freude macht, warum sollte ich es dann nicht gut nennen?

Seien wir uns darüber im klaren, daß das Böse oder doch das, was wir so bezeichnen, absolut nützlich für die fehlerhafte Organisation dieses traurigen Universums ist. Der Gott, der es erschaffen hat, ist ein sehr rachsüchtiges, grausames, böses, ungerechtes, unmenschliches Wesen, und zwar, weil die Rache, die Barbarei, die Bosheit, die Ungerechtigkeit und die Ruchlosigkeit notwendige Erscheinungsformen seines umfangreichen Werkes sind, über die wir uns nur beschweren, wenn sie uns schaden: Die Duldenden verletzt das Verbrechen, für die Handelnden hat es recht. Nun, wenn das Böse, oder wenigstens das, was wir so bezeichnen, sowohl das Wesen des Gottes ausmacht, der uns geschaffen hat, als auch das Wesen der Individuen, die nach seinem Ebenbild geformt sind, warum sollte man dann nicht sicher sein, daß das Böse sich in alle Ewigkeit fortsetzen muß? Im Bösen hat er die Welt erschaffen und durch das Böse erhält er sie; für das Böse verewigt er sie. Vom Bösen durchtränkt soll die Kreatur existieren, und in den Schoß des Bösen kehrt sie zurück, wenn sie zu existieren aufgehört hat. Die Seele des Menschen ist nichts als die Auswirkung des Bösen auf die zarte Materie, die nur auf seine Einwirkung hin geeignet ist, sich zu organisieren. Nun, diese Form, die sowohl die Seele des Schöpfers als auch die der Kreatur ist, existierte vor dieser aus ihr erschaffenen Kreatur, und sie wird auch nach ihr existieren. Alles soll böse, grausam, unmenschlich wie Ihr Gott sein: Wer ihn erfreuen will, soll die Laster annehmen, ohne damit jedoch irgendeine Hoffnung zu verbinden, daß er dadurch gefallen könnte; denn das Böse, das immer schadet, das Böse, das das Wesen Gottes ausmacht, wird weder für die Liebe noch für die Anerkennung empfänglich sein. Wenn dieser den Mittelpunkt des Bösen und der Grausamkeit bildende Gott peinigt und den Menschen sein Leben lang von der Natur und von anderen Menschen peinigen läßt, warum soll jener dann zögern ebenso zu handeln, und zwar vielleicht unfreiwillig auf Inspiration dessen hin, der ihn überlebt und der, wie ich schon sagte, nichts anderes als das Böse selbst ist? Aber wie, werden Sie fragen, kann das Böse durch das Böse gequält werden? Dadurch, daß es sich vermehrt, indem es auf sich selbst zurückfällt und dadurch, daß der hinnehmende Teil notwendigerweise durch den austeilenden zerstört werden muß und zwar deswegen, weil die Schwäche immer der Stärke unterliegen muß. Das, was das natürlicherweise böse Wesen überlebt und es überleben muß, da es seinem Wesen entspricht, das schon vor ihm da war und notwendigerweise auch nach ihm da sein wird, weil es in den Schoß des Bösen zurückfällt, das wird, wenn es nicht mehr die Kraft hat, sich zu verteidigen, wenn es ohnmächtig wurde, ewig durch das Wesen des Bösen gequält werden, mit dem es wieder vereinigt werden wird. Und das sind jene bösartigen Moleküle, die in der Verschmelzung dessen, was sie vereint, was wir den Tod nennen, das darstellen, was Dichter und eine lebhafte Vorstellungsgabe als Dämonen bezeichnen. Kein Mensch kann, wie Sie sehen, diesem schrecklichen Schicksal entrinnen, von welcher Art auch immer sein Benehmen auf Erden sein mag; denn all das, was aus dem Schoß der Natur, das heißt, aus dem Schoß des Bösen kommt, muß dorthin zurückkehren. Das ist das Gesetz des Universums. So werden die abscheulichen Elemente des bösen Menschen vom Zentrum der Bosheit, wo Gott ist, aufgesogen, um bei der Rückkehr andere Wesen zu beseelen, die um so verdorbener geboren werden, als sie eine Frucht der Verderbtheit sind. Was wird, werden Sie fragen, aus einem guten Wesen werden? Aber es gibt kein gutes Wesen. Derjenige, den Sie tugendhaft nennen, ist nicht gut. Und wenn er es Ihnen gegenüber ist, ist er es sicher nicht Gott gegenüber, der nichts als das Böse ist, der nur das Böse will und der nur das Böse fordert. Der Mensch, von dem Sie sprechen, ist nur schwach, und die Schwäche ist ein Übel. Dieser Mensch wird viel stärker leiden, da er viel schwächer als das absolut und vollkommen lasterhafte Wesen ist, und weil er daher viel eher durch die bösartigen Moleküle verschmolzen wird, mit denen seine elementare Zersetzung ihn vereinigt. Das sollte alle Leute veranlassen, auf Erden so lasterhaft und bösartig wie nur irgend möglich zu sein und den Molekülen recht ähnlich zu werden, mit denen sie sich eines Tages vereinen müssen, so daß sie bei diesem Akt der Vereinigung unter deren Gewicht unendlich viel weniger zu leiden haben. Die Ameise, die in eine wilde, alles, was ihr in den Weg kommt, zerstörende Herde von Tieren gefallen ist, hätte wegen des geringen Widerstandes, den sie leistet, unendlich viel mehr bei diesem Zusammenstoß zu leiden als ein großes Tier, das, da es sich besser verteidigen kann, mit mehr Behutsamkeit fortgerissen würde. Je mehr Laster und Freveltaten der Mensch auf dieser Welt unter Beweis stellt, desto mehr wird er sich seinem unveränderlichen Ziel genähert haben, das die Bosheit ist. Wenn er sich mit der Bosheit vereinigt, die ich als die wichtigste Materie bei der Zusammensetzung der Welt betrachte, so wird er demnach weniger zu leiden haben als der Mensch, der seine Tugend pflegt, um den schrecklichen Übeln nicht ausgesetzt zu werden; denn, da die Tugend die dem System der Welt entgegengesetzte Form darstellt, werden alle diejenigen, die sie zu ihrer Sache gemacht haben, nach diesem Leben unglaubliche Martern zu erdulden haben, da sie in den Schoß des Bösen zurückkehren müssen ... des Urhebers und Regenerators alles dessen, was wir sehen.

Wenn ihr erkannt habt, daß alles auf Erden lasterhaft und kriminell ist – so wird das höchste Wesen zu euch sagen –, warum habt ihr euch dann auf die Pfade der Tugend verführen lassen? Habe ich euch nicht gesagt, daß diese Welt geschaffen wurde, um es mir angenehm zu machen? Hätte nicht das ständige Unglück, mit dem ich das Universum übersäe, euch überzeugen müssen, daß ich nur die Unordnung liebe und daß man mich nachahmen muß, wenn man mir gefallen will? Habe ich euch nicht jeden Tag das Beispiel der Zerstörung gegeben? Warum habt ihr nicht zerstört? Die Plagen, unter denen ich die Erde zermalme, um euch zu beweisen, daß meine ganze Freude das Böse ist, hätten sie euch nicht veranlassen sollen, meinen Plänen mittels des Bösen zu dienen? Man hat euch gesagt, die Menschheit solle mich befriedigen. Und wo ist eine von mir veranlaßte Tat, bei der ihr mich wohltätig gesehen habt? Etwa als ich euch die Pest, Bürgerkriege, Krankheiten, Erdbeben und Gewitter schickte? Etwa, indem ich unablässig alle Schlangen der Zwietracht über eure Köpfe schüttete und euch weismachte, das Gute sei mein Wesen? Dummkopf! Warum hast du mich nicht nachgeahmt? Warum hast du dich den Leidenschaften entzogen, mit denen ich dich ausgestattet hatte, um dir zu beweisen, wie notwendig das Böse für mich war? Du solltest der Stimme dieser Leidenschaften folgen, solltest wie ich der Witwe und dem Waisenkind mitleidlos die Haut abziehen, die Erbschaft des Armen an dich reißen, in einem Wort, den Menschen all deinen Launen unterordnen, wie ich es tue. Was wirst du nun davon haben, daß du wie ein Dummkopf einen entgegengesetzten Weg eingeschlagen hast, und wie werden nun die weichen, bei deiner Zersetzung entstehenden Elemente, ohne zu zerbrechen, unter für dich entsetzlichen Schmerzen in den Schoß der Bösartigkeit und des Verbrechens zurückkehren?

Da ich ein größerer Philosoph bin, als Sie es sind, Clairwil, so sehen Sie, daß ich mich nicht wie Sie auf diesen Schurken Jesus, noch auf den platten Roman der Heiligen Schrift beziehe, um Ihnen mein System zu demonstrieren. Nur im Studium des Universums suche ich die Waffen, um mit Ihnen zu streiten und nur aus der Art und Weise, in der regiert wird, erkenne ich, wie unerläßlich die Notwendigkeit des ewigen und universalen Übels auf dieser Welt ist. Der Urheber des Universums ist das böseste, das grausamste, das unerträglichste aller Wesen. Seine Werke können nichts anderes sein als das Resultat und der Antrieb zur Ruchlosigkeit. Ohne den äußersten Zustand der Bosheit erreicht zu haben, kann nichts im Universum sich halten. Nichtsdestoweniger ist das Böse ein moralisches Wesen und nicht ein geschaffenes Wesen. Es ist ein ewiges und nicht vergängliches Wesen. Es existierte vor der Welt. Es schuf das furchtbare und ruchlose Wesen, das eine so bizarre Welt erschaffen konnte. Es wird also auch noch nach den Lebewesen bestehen, die die Welt bevölkern; und alle werden sie zu ihm zurückkehren, um andere noch bösere Wesen wiederzuerschaffen. Und also sagt man, daß alles verfällt, daß alles mit dem Altern verderbt wird. Das ist nur die Folge der Rückkehr und des ständigen Aufbruchs der bösen Elemente in den Schoß der bösartigen Moleküle.

Sie werden mich nun vielleicht fragen, wie ich selbst unter dieser Voraussetzung darauf komme, ein Wesen mittels eines in den Arsch eingeführten Papiers länger leiden lassen zu können? Das ist die einfachste Sache der Welt, und ich wage sogar zu sagen, daß es die sicherste und die am wenigsten widerlegbare ist. Wenn ich das eine Schwäche genannt habe, so nur, weil ich nicht glaubte, daß Sie mich dazu bringen würden, Ihnen meine Gedankengänge aufzudecken. Ich will meine Methode nun rechtfertigen und ihr Gutes beweisen.

Meine Opfer, die im Schoße des Bösen mit den Beweisen dafür angekommen sind, daß sie in meinen Händen all das erlitten haben, was man aushalten kann, kehren jetzt in die Klasse der tugendhaften Wesen zurück. Ich verbessere ihre Lage durch meine Handlung. Sie bringt ihnen unter großen Schwierigkeiten bösartige Moleküle, so daß die Schmerzen unerhört groß werden. Und durch die im Wesen der Natur liegenden Anziehungsgesetze müssen diese von der gleichen Art sein wie diejenigen, die ich sie auf der Welt habe ertragen lassen. Ebenso wie der Liebende das Feuer anzieht, wie die Schönheit die Fleischeslust hervorruft, so ziehen die Schmerzen A, C und B einander an und vereinigen sich. Das von mir durch den Schmerz B vernichtete Wesen wird in den Schoß der bösartigen Moleküle nur durch den Schmerz B zurückkehren. Und wenn dieser Schmerz B der schrecklichste von allen ist, so bin ich sicher, daß mein Opfer ähnliches erleiden wird bei der Wiedervereinigung im Schoß des Bösen, die notwendigerweise alle Menschen erwartet und bei der sie wegen der Anziehungsgesetze, von denen ich schon sprach, nur in der gleichen Art und Weise aufgenommen werden, in der sie das Universum verlassen haben. Aber das Papier ist nur eine Formalität, ich gebe es zu . . . Unnütz vielleicht, aber es befriedigt meinen Geist und kann nichts dem sicheren Erfolg meiner Handlung wirklich Entgegengesetztes bewirken.«

»Das ist das erstaunlichste, das einzigartigste, ich wage zu sagen: das bizarreste aller Systeme, die dem Geist des Menschen jemals präsentiert wurden«, sagte Clairwil.

»Es ist weniger außergewöhnlich als das, was Sie uns unterbreitet haben«, antwortete Saint-Fond. »Sie sind, um Ihres aufrechtzuerhalten, verpflichtet, Gott von seinem Unrecht zu befreien oder ihn zu leugnen. Ich für mein Teil lasse ihn mit allen seinen Lastern zu, und in den Augen derer, denen alle Verbrechen, alle Schrecken gut vertraut sind, die dieses seltsame Wesen verbreitet, das die Menschen nur aus Furcht anbeten und gut nennen, in den Augen dieser Leute, sage ich, erscheinen meine Ideen gewiß weniger absonderlich als diejenigen, die Sie unterbreitet haben.«

»Dein System«, sagte Clairwil, »hat keine andere Quelle als den tiefsten Schrecken, den du Gott gegenüber empfindest.«

»Das ist wahr, ich verabscheue ihn. Aber nicht der Haß, den ich für ihn empfinde, hat mein System hervorgebracht. Es ist nur das Ergebnis meiner Klugheit und meiner Überlegungen.«

»Ich ziehe es vor, nicht an Gott zu glauben«, sagte Clairwil, »als mir einen zu erdichten, um ihn zu hassen. Wie denkt Juliette darüber?«

»Da ich durch und durch Atheistin bin«, antwortete ich, »und eine Feindin des Dogmas von der Unsterblichkeit der Seele, so werde ich dein System immer dem von Saint-Fond vorziehen. Ich liebe die Gewißheit des Nichts mehr als die Furcht vor ewigen Schmerzen.«

»Immer dieser perfide Egoismus«, sagte Saint-Fond, »der die Ursache aller Irrtümer der Menschen ist. Man bildet sich seine Vorstellungen nach seinem Geschmack, nach seinen Launen, und immer entfernt man sich dabei von der Wahrheit. Man muß seine Leidenschaften beiseite lassen, wenn man ein System der Philosophie prüft.«

»Oh, Saint-Fond«, sagte Clairwil, »wie leicht würde es sein zu beweisen, daß dein System nur die Frucht eben der Leidenschaften ist, denen wir bei unseren Überlegungen entsagen sollen. Wenn du weniger Grausamkeit in deinem Herzen trügest, wären deine Dogmen weniger blutrünstig. Du ziehst es sogar vor, für dich selbst das Risiko ewiger Verdammnis auf dich zu nehmen, als auf den herrlichen Genuß zu verzichten, andere damit zu erschrecken.«

»Genau das, Clairwil«, unterbrach ich sie, »ist sein einziges Ziel, während er dieses System entwickelt. Es handelt sich nur um seine eigene Bosheit; aber er glaubt nicht daran.«

»Sie irren sich, ich glaube daran. Und Sie sehen, daß meine Handlungen dem entsprechen, was ich denke. Da ich überzeugt bin, daß die Qual der Vereinigung mit den bösartigen Molekülen nur sehr mittelmäßig sein wird für ein Wesen, das ebenso bösartig ist wie sie, decke ich mich auf dieser Welt mit Verbrechen ein, um in der anderen weniger zu leiden.«

»Was mich anbetrifft«, sagte Clairwil, »so beschmutze ich mich damit, weil sie mir gefallen und weil ich glaube, daß sie eine der Möglichkeiten darstellen, der Natur zu dienen; und da nichts von mir mich überlebt, kommt es nicht darauf an, wie ich mich auf Erden verhalten habe.«

Juliette lernt

Es gab in der Nähe meines Schlosses eine heruntergekommene Hütte, die einem sehr armen Bauern gehörte, der sich Martin Des Granges nannte. Er war Vater von acht Kindern und hatte eine Frau, die man wegen ihrer Weisheit und Sparsamkeit einen Schatz nennen konnte. Glauben Sie wohl, daß diese Zufluchtsstätte des Unglücks und der Tugend meine wilde Wut und meine Bösartigkeit erregte? Es ist wahr, das Verbrechen ist eine köstliche Sache, es ist das Feuer, das uns entflammt, die Fackel, an der sich unsere Wollust entzündet ... ja, um diese köstliche Leidenschaft in uns zu wecken, um ihr den höchstmöglichen Grad an Intensität zu verleihen, ist nichts weiter als das Verbrechen notwendig.

Elvire und ich hatten Phosphor aus Boulogne mitgebracht, und ich hatte dieses flinke und geistreiche Mädchen beauftragt, die ganze Familie zu unterhalten, während ich das Phosphor geschickt unter das Stroh eines Schobers streute, der sich über dem Zimmer jener Unglücklichen befand. Als ich zurückkehre, umarmen mich die Kinder, die Mutter erzählt mir voller Gutmütigkeit von allen kleinen Vorkommnissen ihres Hauses, der Vater lädt mich ein, mich zu erfrischen, er bemüht sich, mich aufs beste zu bewillkommnen ... Doch nichts von alledem rührt mich, nichts macht mich weich. Ich prüfe mich selbst, und weit entfernt von diesem langweiligen Gefühl des Mitleids empfinde ich nur ein köstliches Erschauern im ganzen Körper. Die jämmerlichste Berührung hätte mich zehnmal fertig gemacht. Ich verdoppele meine Zärtlichkeiten für diese interessante Familie, in deren Kreis ich den Mord gebracht habe. Meine Falschheit erreicht ihren Höhepunkt, je mehr ich jetzt vortäusche, um so erregter werde ich. Ich schenke der Mutter Bänder und den Kindern Bonbons. Wir verabschieden uns, aber meine Erregung ist so stark, daß ich nicht nach Hause gehen kann, ohne Elvire zu bitten, den fürchterlichen Zustand, in dem ich mich befinde, zu mildern. Wir kriechen in einen Busch, ich ziehe meinen Rock hoch, ich spreize die Schenkel ... sie bearbeitet mich ... Kaum hat sie mich berührt, als ich auch schon fertig bin.

Niemals zuvor hatte ich mich in einem so furchtbaren Wahnsinn befunden.

Elvire, die nichts ahnte, konnte sich den Zustand, den sie bei mir beobachtete, nicht erklären.

»Komm ... komm ...« stöhnte ich, indem ich an ihrem Mund saugte. »Ich bin heute morgen in einer ungeheuren Aufregung. Gib mir deine Votze, damit ich sie auch kitzele und damit wir in den Fluten des Saftes schwimmen.«

»Und was haben Madame getan?«

»Abscheulichkeiten ... Grausamkeiten. Ah, der Saft läuft so köstlich, wenn seine Fluten aus der Quelle des Frevels emporschießen. Komm also her mit deiner Hand, Elvire, ich muß einfach befriedigt werden.« Sie gleitet zwischen meine Beine, sie leckt mich.

»Oh, du Nutte«, sagte ich zu ihr, »wie gut du das machst. Du merkst, daß ich viel nötig habe, und du tust das entsprechende ...«

Und ich überschwemme ihre Lippen.

Wir kehrten zurück. Ich befand mich in einem Zustand, den man nicht beschreiben kann. Es schien mir, als ob alle Liederlichkeiten und alle Laster auf einmal anrückten, um mein Herz zu verderben. Es gab nichts, was ich nicht getan hätte, keine Unzucht, mit der ich mich nicht beschmutzt hätte. Ich war aufs tiefste betrübt, nur einen so kleinen Teil der Menschheit erreicht zu haben, ich hätte gerne gewollt, daß die ganze Natur an meinen Verirrungen teilgehabt hätte. Ich ließ mich nackt auf das Sofa eines meiner Boudoirs fallen und befahl Elvire, alle meine Männer herzubringen und ihnen vorzuschlagen, mit mir alle zu machen, was sie wollten – vorausgesetzt, daß sie mich mit Schmähungen überhäuften und mich wie eine Nutte behandelten. Ich wurde mit der Hand bearbeitet, liebkost, geschlagen, geprügelt. Meine Votze, mein Hintern, meine Brust, mein Mund, alles stand ihnen zur Verfügung. Ich wünschte noch zwanzig weitere Opfer, um mich ihnen darzubieten. Sie brachten einige Kameraden mit, die ich nicht kannte. Ich wehrte mich gegen nichts, ich wurde zur Dirne aller, und ich verlor Fluten von Saft bei dieser Wollust. Einer dieser plumpen Wüstlinge (ich hatte ihnen alles erlaubt) unterstand sich zu sagen, daß er mich nicht auf dem Sofa, sondern im Dreck ficken wolle ... Ich ließ mich von ihm auf einen Misthaufen ziehen und streckte mich dort wie eine Sau aus. Ich regte ihn an, mich noch mehr zu erniedrigen. Der Schurke tat es und verließ mich nicht eher, bevor er mir nicht auf das Gesicht geschissen hatte ... Und ich war glücklich. Je mehr ich mich in dem Schmutz und der Infamie suhlte, desto mehr erregte sich meine Phantasie durch die Wollust und desto größer wurde mein Wahnsinn. In weniger als zwei Stunden wurde ich mehr als zwanzigmal bestiegen, während Elvire mich immer kitzelte ... Und nichts ... nein, nichts besänftigte den grausamen Zustand, in den mich die Vorstellung von dem Verbrechen, das ich begangen hatte, tauchte.

Als wir in mein Boudoir zurückgekehrt waren, bemerkten wir einen hellen Widerschein in der Luft.

»Oh, Madame«, sagte mir Elvire, als sie ein Fenster öffnete, »sehen Sie doch nur, Feuer ... Feuer, wo wir heute morgen waren.«

Da wurde ich beinahe ohnmächtig.

Allein geblieben mit dem schönen Mädchen, beschwor ich sie, mich noch einmal zu bearbeiten ...

»Gehen wir hinaus«, sagte ich zu ihr, »ich glaube, ich höre Schreie. Gehen wir, Elvire, um dieses köstliche Schauspiel zu genießen. Das ist mein Werk. Komm und mach dich fertig bei mir, bis du nicht mehr kannst ... Ich muß alles sehen, ich muß alles hören, ich möchte nicht, daß mir irgend etwas entgeht.«

Wir gingen beide mit fliegenden Haaren, zerknittert und berauscht hinaus. Wir ähnelten den Priesterinnen des Bacchus.

Zwanzig Schritte von der Schreckensszene entfernt, hinter einem Erdhügel, der uns vor den Blicken der anderen verbarg, ohne uns daran zu hindern, alles zu sehen, falle ich in Elvires Arme, die fast genauso erregt ist wie ich. Wir rieben uns aneinander im Lichte der mörderischen Flammen, die meine Grausamkeit entfachten, bei den schrillen Schreien des Unglücks und der Verzweiflung, die meine Wollust wachsen ließen. Und ich war die glücklichste aller Frauen.

Schließlich erheben wir uns, um meine Freveltat zu begutachten. Voller Schmerz bemerkte ich, daß zwei meiner Opfer entkommen waren: die Leichen der übrigen erkannte ich, ich drehte sie mit den Füßen um. »Diese Geschöpfe lebten noch heute morgen«, sagte ich zu mir, »in ein paar Stunden habe ich das alles zerstört ... alles, um meinen Saft loszuwerden ... Das ist also der Mord: ein bißchen durcheinandergeratene Materie, ein paar Veränderungen der herkömmlichen Ordnungen, einige Moleküle, die zerbrochen sind und zurücktauchen in den Schoß der Natur, die sie in einigen Tagen in anderer Form der Welt wieder zurückgeben wird. Und was ist nun so schlecht daran? Wenn ich einem Ding das Leben nehme, gebe ich es dem anderen: worin besteht denn also meine Schuld?« Diese kleine Revolte meines Geistes gegen mein Herz elektrisierte meine Nerven außerordentlich ... Und meine Votze benetzt noch einmal die Finger meiner Tribadin. Wenn ich ganz allein gewesen wäre, ich wüßte nicht, wohin mich meine Liederlichkeit gebracht hätte. Da ich grausam wie die Menschenfresser bin, hätte ich vielleicht meine Opfer verspeist. Sie lagen dort zugedeckt ... nur der Vater und eines der Kinder waren entkommen. Die Mutter und die sieben anderen Kinder lagen vor meinen Augen. Und ich sagte mir, indem ich sie betrachtete und sie sogar anfaßte ... ich war es, die diese Mordtaten begangen hat. Sie sind ausschließlich mein Werk. Und bei dem Gedanken wurde ich noch einmal fertig ... Was das Haus anbetrifft, so blieb nichts davon übrig. Kaum, daß man den Platz noch erkennen konnte, an dem es gestanden hatte.

Würden Sie, meine Freunde, nun glauben, daß Clairwil mir versicherte, als ich ihr diese Geschichte erzählte, ich hätte das Verbrechen nur eben berührt und ich hätte mich wie ein Feigling benommen?

»Es gibt drei oder vier schwere Fehler in der Ausführung dieses Abenteuers«, sagte sie mir. »Erstens (und ich gebe Ihnen hier alles wieder, damit Sie den Charakter dieser Frau besser beurteilen können), erstens fehlte es dir an Haltung. Wenn unglücklicherweise jemand hinzugekommen wäre, der deine Verwirrung und deine Aufregung beobachtete, hätte man dich als kriminell bezeichnet. Hüte dich vor diesem Fehler: soviel Begierde du auch innerlich haben magst, trage nach außen hin die größte Kaltblütigkeit zur Schau. Wenn du die Wollust verbirgst, wird sie um so stärker werden.

Zweitens hast du die Sache im großen und ganzen nicht begriffen, denn du wirst zugeben, daß, wenn man unter seinem Fenster die enorme Ansammlung von sieben oder acht Dörfern liegen hat, man klug und umsichtig sein sollte. Man darf sich nicht auf ein einziges Haus in einem sehr isolierten Gebiet beschränken, denn wenn die Flammen die Möglichkeit haben, sich auszubreiten, können sie den Umfang deiner kleinen Missetat erhöhen. Man merkt, daß du bei der Durchführung der Sache gezittert hast. Also hast du etwas versäumt, denn die Freuden des Verbrechens gestatten keine Zurückhaltung. Ich kenne diese Freuden. Wenn die Phantasie nicht alles begriffen hat, wenn die Hand nicht alles ausgeführt hat, ist es unmöglich, daß die Wollust vollständig gewesen ist, weil immer ein Gewissensbiß bleibt: ›Ich hätte es besser machen können, ich habe es nicht getan.‹ Und die Gewissensbisse der Tugend sind geringfügig gegen die des Lasters.

Wenn man tugendhaft ist und man begeht eine Schlechtigkeit, stellt man sich immer vor, daß die Mehrzahl der guten Werke diesen Fehler auslöscht. Und da man sich ja leicht das einredet, was man glauben möchte, beruhigt man sich schließlich. Aber derjenige, der sich wie wir mit großen Schritten an das Laster heranmacht, verzeiht sich eine versäumte Gelegenheit nie, denn nichts entschädigt für sie, die Tugend kommt ihm nicht zu Hilfe, und die Entscheidung, noch etwas Schlimmeres tun zu wollen, die er trifft, indem er seine Gedanken noch mehr am Schlechten erhitzt, die tröstet ihn sicherlich nicht über die entgangene Gelegenheit hinweg.

Wenn man deinen Plan daher mit Vorbehalt betrachtet«, fuhr Clairwil fort, »gibt es noch einen großen Fehler. Ich hätte den Des Granges verfolgen lassen. Er wäre dann als Brandstifter verbrannt worden. Und du kannst dir vorstellen, daß ich darauf an deiner Stelle nicht verzichtet hätte. Wenn das Feuer das Haus eines Mannes in untergeordneter Stellung wie dieser angreift – weiß du denn nicht, daß du dann das Recht hast, durch deine Gendarmen untersuchen zu lassen, ob er nicht schuldig ist? Wer hat dir gesagt, daß dieser Mann sich nicht von seiner Frau und seinen Kindern trennen wollte, um außerhalb des Landes betteln zu gehen? Nachdem er den Rücken gedreht hat, mußte man ihn als Flüchtigen und Brandstifter festnehmen und ihn der Justiz ausliefern. Mit einigen Louis hättest du Zeugen gefunden. Elvire hätte dir dazu dienen können. Sie würde sagen, daß sie am Morgen diesen Mann in seinem Schober sinnlos hat herumirren sehen, daß sie ihn angesprochen habe und daß er nicht auf ihre Fragen antworten konnte. Und in acht Tagen wäre man gekommen, um dir das wollüstige Schauspiel zu bieten, den Mann vor deiner Tür zu verbrennen. Diese Lektion möge dir dienlich sein, Juliette. Begeh nie ein Verbrechen, ohne es auszuweiten, und wenn du bei der Ausführung bist, schmücke deine Ideen noch aus.«

Die Gesellschaft der Freunde des Verbrechens

Endlich kam der Tag, an dem ich in den Club von Clairwil eingeführt wurde. Man nannte diese Vereinigung ›Die Gesellschaft der Freunde des Verbrechens‹. Schon am Morgen brachte mir meine Einführerin die Statuten dieses Vereins. Ich finde sie merkwürdig genug, um sie Ihnen zu zeigen. Hier sind sie:

Die Gesellschaft bedient sich des Wortes ›Verbrechen‹, um sich nach den allgemeinen Bräuchen zu richten, aber sie erklärt, daß sie selbst keinerlei Handlung, was es auch immer sein möge, so bezeichnet.

Da sie vollkommen davon überzeugt ist, daß die Menschen nicht frei sind und daß sie, durch die Gesetze der Natur an Ketten gelegt, alle Sklaven eben dieser Gesetze sind, billigt sie alles, erlaubt sie alles und betrachtet diejenigen als ihre eifrigsten Anhänger, die ohne Gewissensbisse sich einer größeren Anzahl jener heftigen Aktionen hingeben, die die Dummen schwächlicherweise als Verbrechen bezeichnen. Die Gesellschaft ist überzeugt, daß man der Natur dient, wenn man sich diesen Aktionen hingibt, die durch sie vorgeschrieben werden, und daß das, was wirklich ein Verbrechen charakterisieren würde, der Widerstand wäre, den der Mensch aufbringen würde, um sich allen Eingebungen der Natur, welcher Art sie auch immer sein mögen, zu widersetzen. Deshalb beschützt die Gesellschaft alle ihre Mitglieder. Sie verspricht allen Hilfe, Sicherheit, Zuflucht, Schutz und Ansehen gegen die Ausschreitungen des Gesetzes. Sie beschützt alle diejenigen, die es hintergehen, und betrachtet sich als über ihm stehend, weil das Gesetz das Werk der Menschen ist und die Gesellschaft, Tochter der Natur, nicht auf es hört und nur der Natur folgt.

1. Es gibt keinen Unterschied zwischen den Individuen, aus denen diese Gesellschaft zusammengesetzt ist. Nicht, daß sie glaubt, daß alle Menschen in den Augen der Natur gleich sind (sie ist weit entfernt von diesem populären Vorurteil, Frucht der Schwäche und der falschen Philosophie). Aber sie ist überzeugt, daß jeglicher Unterschied für die Freuden der Gesellschaft hemmend ist und daß er sie notwendigerweise früher oder später stört.*

2. Das Individuum, das in die Gesellschaft aufgenommen werden will, muß jeder Religion, welche es auch immer sein mag, entsagen. Es soll auf Versuche gefaßt sein, bei denen sich seine Verachtung für diese menschlichen Kulte und ihr trügerisches Objekt bestätigen muß. Durch den kleinsten Rückfall in diese Dummheiten wird es sofort ausgeschlossen.

3. Die Gesellschaft läßt keinen Gott zu. Man muß beweisen, daß man Atheist ist, um eintreten zu können. Den einzigen Gott, den sie kennt, ist die Freude. Ihm widmet sie alles. Sie erlaubt alle erdenklichen Ausschweifungen, sie betrachtet alles als gut, was ergötzt. Alle Genüsse sind erlaubt in ihrem Schoß. Es gibt keinen, den sie ablehnt, keinen, den sie nicht vorschlägt und beschützt.

* Nur der Schwache wird dieses absurde System der Gleichheit predigen. Es kann nur demjenigen gefallen, der sich nicht in die Klasse der Starken erheben kann und der sich entschädigt, indem er diese Klasse für sich herabsetzt. Aber es gibt nichts Absurderes, nichts Widernatürlicheres als dieses System. Man wird es nur bei Gesindel finden, und selbst das wird ihm entsagen, da es seine Lumpen wegwerfen kann.

4. Die Gesellschaft zerschlägt alle Bindungen der Heirat und vernichtet alle des Blutes. Man kann in ihren Foyers die Frau seines Nächsten genauso wie die eigene genießen. Seinen Bruder, seine Schwester, seine Kinder, seine Neffen wie diejenigen der anderen. Der kleinste Widerstand gegen diese Regeln bedeutet einen Ausschluß aus der Gesellschaft.

5. Ein Ehemann ist verpflichtet, seine Frau einzuführen, ein Vater seinen Sohn oder seine Tochter, ein Bruder seine Schwester, ein Onkel seinen Neffen oder seine Nichte, etc.

6. Man nimmt keinen in die Gesellschaft auf, der nicht wenigstens fünfundzwanzigtausend Pfund Rente aufweisen kann, denn man geht davon aus, daß die jährlichen Ausgaben zehntausend Francs pro Mitglied betragen. Dieser Betrag setzt sich aus allen Ausgaben für das Haus, Miete, die Harems, die Fahrzeuge, Büros, die Versammlungen, die Abendessen und die Beleuchtung zusammen. Wenn der Schatzmeister am Ende des Jahres noch Geld übrig hat, teilt er es unter den Brüdern auf. Wenn die Ausgaben die Einnahmen übersteigen, wird zusammengelegt, um die Forderungen des Schatzmeisters zu begleichen, die stets ohne Prüfung anerkannt werden.

7. Sieben Künstler oder Literaten werden für den geringen Beitrag von tausend Pfund pro Jahr aufgenommen. Die Gesellschaft schützt die Künste und will ihnen diese Ehrerbietung erweisen. Sie bedauert, daß ihre Mittel es ihr nicht erlauben, für diesen mäßigen Betrag eine größere Anzahl Künstler aufzunehmen, die sie so sehr gern unter sich wüßte.

8. Die Freunde dieser Gesellschaft, vereint wie im Schoße einer Familie, teilen alle Sorgen wie auch alle Freuden miteinander. Sie helfen sich und unterstützen sich untereinander in allen Lebenslagen. Aber jegliche Almosen, Opfergaben, Hilfen für Witwen, Waisenkinder oder Arme sind absolut verboten sowohl innerhalb als auch außerhalb der Gesellschaft. Jedes Mitglied, bei dem man auch nur einen Verdacht wegen angeblicher guter Werke schöpft, wird ausgeschlossen.

9. Es gibt als Reserve immer einen Betrag von dreißigtausend Pfund, der bestimmt ist für ein Mitglied, das die Hand des Schicksals in irgendeine schlimme Situation gebracht hat.

10. Der Präsident wird durch geheime Abstimmung gewählt und regiert nicht länger als einen Monat. Es ist mal eine Frau, mal ein Mann, er beaufsichtigt zwölf Versammlungen (es finden drei pro Woche statt). Seine einzige Aufgabe besteht darin, darauf zu achten, daß die Gesetze der Gesellschaft respektiert werden und daß die Korrespondenz, die durch ein ständiges Komitee ausgeführt wird, dem der Präsident vorsteht, aufrechterhalten wird. Der Schatzmeister und zwei Sekretärinnen der Versammlung sind Mitglieder des Komitees, die Sekretärinnen müssen wie der Präsident jeden Monat neu gewählt werden.

11. Jede Sitzung wird durch eine Rede eröffnet, die Werk eines der Mitglieder ist. Der Geist dieser Rede steht im Gegensatz zu Sitte und Religion. Wenn die Rede es wert ist, wird sie sofort auf Kosten der Gesellschaft gedruckt und archiviert.

12. In den Stunden, die dem Genuß gewidmet sind, sind alle Brüder und Schwestern nackt. Sie mischen sich untereinander, sie genießen unterschiedslos, und niemals darf sich jemand durch eine Absage den Freuden des anderen entziehen. Wer aufgefordert wird, soll mitmachen, soll alles tun. Hat er nicht auch dasselbe Recht einen Augenblick später? Jemand, der sich den Freuden seiner Brüder verweigert, wird mit Gewalt gezwungen und hinterher ausgeschlossen werden.

13. Im Schoße der Versammlung darf keine Grausamkeit, es sei denn Prügel auf den Hintern, ausgeübt werden. Es gibt Harems, die der Gesellschaft gehören, in denen die grausamen Leidenschaften voll ausgeübt werden können. Aber im Schoße ihrer Brüder sind nur schwelgerische, blutschänderische, sodomitische und wohltuende Wollüstigkeiten erlaubt.

14. Unter den Brüdern herrscht größtes Vertrauen. Sie sollen sich untereinander ihre Genüsse und ihre Schwächen angeben, gegenseitiges Vertrauen genießen und damit Mittel finden, die ihre Freuden noch mehr nähren. Ein Wesen, das der Gesellschaft Geheimnisse vorenthält oder das einem ihrer Brüder die Schwächen oder Passionen, die das Glück seiner Wollüstigkeit ausmachen, verweigert, wird sofort ausgeschlossen.

15. Neben dem öffentlichen Saal der Genüsse gibt es einsame Kabinette, in die man sich zurückziehen kann, um sich den Ausschweifungen hemmungslos hinzugeben. Man kann dort, zu wieviel Personen auch immer, bleiben. Man findet dort alles vor, was man braucht. In jedem sind ein junges Mädchen und ein Jüngling, die bereit sind, allen Leidenschaften der Mitglieder der Gesellschaft zu dienen, sogar denjenigen, die nur im Innern des Harems erlaubt sind, denn diese Kinder sind von der gleichen Art wie diejenigen, die man in den Harems opfert. Sie können daher genauso behandelt werden.

16. Alle Ausschweifungen bei Tisch sind erlaubt. Einem Bruder, der sich ihnen hingibt, läßt man jede Hilfe und jede Unterstützung angedeihen. Alle möglichen Hilfsmittel, um sich zu befriedigen, sind im Innern bereitgestellt.

17. Keine gerichtliche Entehrung, keine öffentliche Verachtung, keine Diffamation macht es unmöglich, in die Gesellschaft aufgenommen zu werden. Ihre Prinzipien basieren auf dem Verbrechen. Wie kann also das, was vom Verbrechen herrührt, jemals hindern? Jene Geschöpfe, die die Welt ausgestoßen hat, finden Trost und Freude in einer Gesellschaft, die sie achtet und die sie immer mit Vorzug behandelt. Je mehr ein Geschöpf von der Welt verachtet wird, um so mehr wird es an der Gesellschaft

Freude haben. Geschöpfe solcher Art werden an dem Tage, an dem sie aufgenommen werden, zum Präsidenten gewählt und sie werden ohne Probezeit in den Harems zugelassen.

18. Bei allen vier großen Versammlungen findet ein öffentliches Bekenntnis statt. Die Versammlungen finden zu jenen Zeiten statt, die von den Katholiken als die vier größten Feste des Jahres bezeichnet werden. Jeder ist dann verpflichtet mit lauter und deutlicher Stimme zuzugeben, was er alles getan hat. Wenn sein Verhalten rein ist, wird er getadelt. Wenn es unregelmäßig war, überhäuft man ihn mit Lobreden. Wenn es schrecklich ist, voll von Frevel und Abscheulichkeiten, wird er belohnt. Aber für diesen Fall muß er Zeugen vorbringen. Die Preise, die jeweils unter die Anwesenden verteilt werden, belaufen sich auf zweitausend Francs.

19. Die Tagungsstätte der Gesellschaft, über die nur die Mitglieder Bescheid wissen dürfen, ist außerordentlich schön. Herrliche Gärten umgeben sie. Im Winter ist es sehr warm in den Sälen. Die Versammlungen dauern von fünf Uhr abends bis zwölf Uhr mittags des nächsten Tages. Gegen Mitternacht wird ein herrliches Essen serviert, und man reicht Erfrischungen während der ganzen übrigen Zeit.

20. Alle Glücksspiele sind in der Gesellschaft verboten. Da sie sich mit den angenehmeren Entspannungen der Natur befaßt, verschmäht sie alles, was die vergötterten Leidenschaften der Ausschweifung fernhält, die einzigen, die einen Menschen wirklich zu elektrisieren vermögen.

21. Der Aufzunehmende, welchen Geschlechts er auch immer ist, hat einen Monat Probezeit. Er untersteht während dieser Zeit der Befehlsgewalt der Gesellschaft. Er dient ihr als Zielscheibe des Spottes, er darf nicht in die Harems eintreten, noch hat er sonst irgendwo das Recht sich zurückzuziehen. Wenn er sich irgendwelchen Anträgen, die ihm gemacht werden, widersetzt, so werden Todesqualen über ihn verhängt.

22. Alle Ämter werden in geheimer Wahl gewählt. Stänkereien sind strengstens untersagt. Diese Ämter sind: das des Präsidenten, die der beiden Sekretärinnen, das des Zensors, die der beiden Direktoren des Serails, das des Schatzmeisters, das des Verwalters, die der beiden Ärzte, die der beiden Chirurgen, das des Geburtshelfers, das des Sekretariatsdirektors, letzterem unterstehen die Schreiber, die Drucker, der Revisor, der Zensor der Veröffentlichungen sowie der Oberaufseher für die Eintrittskarten.

23. Aufgenommen werden keine Männer über vierzig und keine Frauen über fünfunddreißig. Doch können diejenigen, die in der Gesellschaft älter werden, dort ihr ganzes Leben lang bleiben.

24. Jedes Mitglied, das man ein Jahr lang nicht in der Gesellschaft gesehen hat, wird ausgeschlossen, es sei denn, sein öffentliches Auftreten und seine Belastungen können diese Abwesenheit legitimieren.

25. Jedes Werk gegen die Sitten oder gegen die Religion, das durch ein Mitglied der Gesellschaft präsentiert wird, ob es von ihm selbst zusammengestellt ist oder nicht, wird sofort der Bibliothek des Hauses übergeben, und man belohnt denjenigen, der es angeboten hat, für den Wert des Werkes und für den Nutzen, den man davon haben wird.

26. Kinder, die in der Gesellschaft gezeugt wurden, werden sofort in das Novizenhaus des Serails gebracht, um dort zu Mitgliedern gemacht zu werden, sobald die Jungen zehn und die Mädchen sieben Jahre alt sind. Doch werden eine Frau oder ein Mädchen, die Kinder haben wollen, sofort ausgeschlossen. Fortpflanzung entspricht nicht dem Geist dieser Gesellschaft, die wirkliche Ausschweifung verabscheut die Fortpflanzung. Deshalb unterdrückt sie die Gesellschaft. Die Frauen zeigen die Männer an, die der Manie zeugen zu wollen unterliegen, und wenn man sie als unverbesserlich erkennt, werden sie ebenfalls aufgefordert, sich bald zurückzuziehen.

27. Die Tätigkeit des Präsidenten besteht darin, daß er als eine Art Polizei die Versammlung überwacht. Er hat den Zensor unter sich. Beide sollen die Ruhe, die Laune der Handelnden, die Unterwerfung derjenigen, die sich hinzugeben haben, das Schweigen aufrechterhalten und das Lachen, die Unterhaltungen und alles, was nicht dem Geist der Ausschweifung entspricht und ihm schadet, beschwichtigen.

Während seiner Präsidentenschaft hat er die Harems unter sich. Im Verlauf seiner Sitzung kann er das Büro nicht verlassen, ohne sich durch seinen Vorgänger vertreten zu lassen.

28. Schwüre und vor allem Gotteslästerungen sind erlaubt. Man darf sie bei jeder Gelegenheit anwenden. Man darf sich nur duzend unterhalten.

29. Eifersuchtsszenen, Streitereien, Szenen oder Liebesgeständnisse sind absolut verboten. All das schadet der Ausschweifung, und man soll sich einzig und allein mit der Ausschweifung beschäftigen.

30. Jeder Ruhestörer, jeder Duellant wird ohne Mitleid ausgeschlossen. Die Feigheit wird hier wie in Rom verehrt. Der Feigling lebt mit den Menschen in Frieden. Er ist deshalb schon schlechthin zum Wüstling geeignet, und nur das zählt bei der Gesellschaft.

31. Niemals darf die Anzahl der Mitglieder vierhundert übersteigen, und man hält immer, soweit möglich, ein gleiches Zahlenverhältnis zwischen den Geschlechtern ein.

32. Diebstahl ist in der Gesellschaft erlaubt, Mord nur in den Harems.

33. Ein Mitglied braucht Hilfsmittel, die für die Ausschweifung notwendig sind, nicht mitzubringen. Das Haus liefert diese Dinge im Überfluß, in großer Auswahl und in tadellosem Zustand.

34. Abscheuliche Gebrechen werden nicht geduldet. Jemand, der davon befallen ist, wird bestimmt nicht aufgenommen. Und wenn derartige Krankheiten bei Mitgliedern auftreten, die bereits aufgenommen sind, werden sie aufgefordert, ihre Entlassung einzureichen.

35. Ein Mitglied, das von einer Geschlechtskrankheit befallen ist, wird gezwungen, sich zurückzuziehen, bis seine vollkommene Gesundung durch die Ärzte und Chirurgen des Hauses attestiert ist.

36. Kein Fremder wird aufgenommen, nicht einmal Einwohner der Provinz. Dieses Etablissement existiert ausschließlich für die Leute, die in Paris oder in den Vororten leben.

37. Die Herkunft hat keinen Einfluß auf die Aufnahme. Sie dient nur dazu zu beweisen, ob man das Vermögen hat, das notwendig ist und das oben erwähnt wurde. Wie schön auch immer eine Frau sein mag, sie wird nicht aufgenommen, wenn sie nicht das erforderliche Vermögen hat. Dasselbe gilt für jeden jungen Mann, wie schön er auch immer sein mag.

38. Die Schönheit und die Jugend haben kein Exklusivrecht in der Gesellschaft. Diese Rechte stören bald die Gleichheit der Sitten, die dort regieren sollen.

39. Jedes Mitglied, das die Geheimnisse der Gesellschaft verrät, wird mit Todesqualen bestraft. Es wird überall verfolgt werden.

40. Die Ungezwungenheit, die Freiheit, die Verderbtheit, die Schwelgerei, alle wüsten Ausschweifungen, alle Wollust, Genußsucht, alles, was man in einem Wort als Verkommenheit bezeichnet, regiert gebieterisch in dieser Versammlung.

41. Es gibt immer hundert Brüder, die dienen. Sie werden vom Haus gehalten, sind jung und hübsch und können für unzüchtige Szenen benutzt werden. Doch spielen sie niemals eine andere als die dienende Rolle. Die Gesellschaft besitzt sechzehn Kutschen, zwei Reiter und fünfzig Diener. Sie hat eine Druckerei, zwölf Kopisten und vier Lektoren. Nicht eingeschlossen ist, was die Serails benötigen.

42. In den Sälen, die für die Genüsse bestimmt sind, wird keine Waffe, keine Prügelei toleriert. Beim Eintreten läßt man all seine Sachen in einem großen Vorzimmer, wo ehrliche Frauen Sie entkleiden und auf Ihre Sachen aufpassen. In der Nähe des Saals gibt es mehrere Kabinette für Ihre Bedürfnisse, dort wird man von jungen Mädchen und Jünglingen bedient, die verpflichtet sind, sich allen Ausschweifungen hinzugeben, sie sind von der gleichen Art wie diejenigen in den Harems. Sie haben Klistierspritzen, Bidets, sehr feine Wäsche, Parfums und gewöhnlich alles, was vor, nach oder während der Notdurft nötig ist, anzubieten. Ihre Zunge ist hinterher zu Ihren Diensten.

43. Es ist absolut verboten, sich in die Angelegenheiten der Regierung zu mischen. Jede politische Unterhaltung ist verboten.

Die Gesellschaft respektiert die Regierung, unter der sie lebt. Wenn sie sich über die Gesetze hinwegsetzt, so deshalb, weil nach ihrem Dafürhalten der Mensch nicht die Macht hat, Gesetze zu schaffen, welche lästig sind und welche sich der Natur widersetzen. Aber die Verirrungen ihrer Mitglieder sollen niemals nach außen dringen und weder die Regierten noch die Regierenden verärgern.

44. Zwei Harems stehen den Mitgliedern der Gesellschaft zur Verfügung, und ihre Baulichkeiten bilden die beiden Flügel des großen Hauses. Einer besteht aus dreihundert jungen Männern im Alter von sieben bis fünfundzwanzig Jahren, der andere aus einer ähnlichen Anzahl von Mädchen von fünf bis einundzwanzig Jahren. Diese Mädchen und jungen Männer wechseln ständig, und es vergeht keine Woche, in der nicht dreißig Mitglieder eines jeden Harems ausgetauscht werden, damit den Mitgliedern der Gesellschaft neue Objekte zur Verfügung stehen. Dort in der Nähe befindet sich ein Haus, in dem man Mitglieder großzieht, die für diese Auswechslungen bestimmt sind. Sechzig Kupplerinnen sind mit diesen Auswechslungen beauftragt. Und es gibt einen sogenannten Inspektor für jeden Harem. Die Harems sind bequem und gut eingeteilt. Man tut dort alles, was man will. Den grausamsten Leidenschaften wird dort gehuldigt. Alle Mitglieder sind dort zugelassen, ohne daß sie dafür etwas zu zahlen hätten. Lediglich für Morde müssen hundert Taler gezahlt werden. Diejenigen Mitglieder, die dort speisen wollen, brauchen bloß zu bestellen. Die Eintrittskarten werden vom Präsidenten verteilt, er kann sie niemandem verweigern, der seinen Probemonat hinter sich hat. Die größte Bereitwilligkeit regiert in den Harems. Klagen, die man wegen mangelnder Unterwerfung oder Gefälligkeit vorzutragen hat, werden sofort dem Inspektor des Harems oder dem Präsidenten gemeldet. Man bestraft den Betreffenden sofort durch eine Quälerei, die Sie zu bestimmen das Recht haben und bei der Sie selbst mitwirken dürfen, wenn es Sie amüsiert. Es gibt zwölf Marterkabinette pro Harem, in denen nichts fehlt, das dem Opfer die grausamsten und größten Qualen bereiten wird.

Man darf die Geschlechter vermischen und ganz nach Belieben Männer zu Frauen oder Frauen zu Männern bringen.

Es gibt auch zwölf Gefängnisse in jedem Harem für diejenigen, denen es Spaß macht, ihre Opfer dort hinsiechen zu lassen. Es ist verboten, eines der Opfer der beiden Harems zu sich selbst oder in die Säle mitzunehmen. In jenen Pavillons findet man auch Tiere jeder Art für diejenigen, die Gefallen an den Freuden der Sodomie finden: Das ist eine schlichte Leidenschaft – natürlich muß man sie genauso respektieren wie alle anderen auch.

Drei Beschwerden gegen ein und dieselbe Person bewirken, daß diese aus der Gesellschaft ausgeschlossen wird. Wird dreimal der Tod einer Person gefordert, so wird sie unverzüglich getötet. In jedem Harem gibt es vier Henker, vier Gefangenenwärter, acht Auspeitscher, vier Abdecker, vier Hebammen und vier Chirurgen, sie alle stehen den Mitgliedern zur Verfügung, die während ihrer Ausschweifungen die Dienste derartiger Leute nötig haben könnten. Wohlverstanden: die Hebammen und Chirurgen sind lediglich dazu da, Todesqualen zu bereiten und nicht dazu, Hilfe zu leisten. Sobald jemand die leisesten Anzeichen einer Krankheit aufweist, wird er ins Krankenhaus eingewiesen, das Haus darf er dann nicht mehr betreten. Die beiden Harems sind von hohen Mauern umgeben. Alle Fenster sind vergittert, und niemals können die jungen Mädchen und die jungen Männer, die den Mitgliedern zu Diensten stehen, heraus. Zwischen dem Gebäude und der hohen Mauer, die es umgibt, befindet sich ein Zwischenraum von zehn Fuß Breite, den eine Zypressenallee einnimmt, dort lassen die Mitglieder der Gesellschaft manchmal ihre Opfer hinuntersteigen, um sich auf dieser einsamen Promenade den düstersten und oft schrecklichsten Leidenschaften hinzugeben. Am Fuße einiger Bäume gibt es Löcher, in die das Opfer sofort verschwinden kann. Man speist manchmal unter diesen Bäumen, manchmal auch in den Löchern. Es gibt deren ganz besonders tiefe, in die man nur mit Leitern hinuntersteigen kann, und in diesen kann man sich mit derselben Ruhe und in derselben Stille allen möglichen Schweinereien hingeben, als ob man im Schoße der Erde wäre.

45. Niemand kann aufgenommen werden, der nicht vorher sowohl den zu leistenden Schwur als auch die Bedingungen unterschrieben hat, die je nach Geschlecht verschieden sind.

Als es soweit war, fuhren wir los. Ich war geschmückt wie die Göttin. Clairwil war, da sie die Rolle meiner Patin spielte, mit weniger Koketterie zurechtgemacht. Während der Fahrt empfahl sie mir im voraus äußerste Fügsamkeit gegenüber den Wünschen der Mitglieder. Sie riet mir auch, nicht ungeduldig zu werden, wenn ich als Novizin einen Monat lang nicht an den Freuden des Harems teilnehmen könne.

Das Haus befand sich in einem der einsamsten und menschenleersten Vororte von Paris. Wir brauchten fast eine Stunde für die Fahrt. Das Herz schlug mir, sobald ich den Wagen in einen sehr dunklen, von großen Bäumen umgebenen Hof einbiegen sah, dessen Tore sich sofort hinter uns schlossen. Ein Junker empfing uns beim Aussteigen aus unserem Wagen und begleitete uns in den Saal. Clairwil mußte sich nackt ausziehen, ich sollte mich erst bei der Zeremonie entkleiden. Die Räumlichkeiten waren prächtig und herrlich erleuchtet. Wir konnten nur eintreten, indem wir über ein großes Kruzifix schritten, das über und über mit heiligen Hostien bestreut war. Ganz am Ende befand sich die Bibel, die man mit den Füßen treten mußte. Sie werden mir glauben, daß keine dieser Schwierigkeiten mich zurückhielt.

Ich trat ein. Eine sehr hübsche Frau von fünfunddreißig Jahren präsidierte. Sie war nackt, herrlich gekämmt. Alle, die um sie herumstanden, waren ebenfalls nackt. Mehr als dreihundert Personen hatten sich schon nackt vereint. Man vögelte in die Votze, man rieb sich aneinander, man peitschte sich, man erregte sich mit den Händen, man sodomierte, man ergoß sich, und all das mit größter Ruhe. Man hörte kein anderes Geräusch als das, welches die Umstände hervorriefen. Einige gingen zu zweit oder allein spazieren. Viele beobachteten die anderen und befingerten sich geil angesichts dieser Schauspiele. Mehrere Gruppen hatten sich gebildet, einige bestanden aus acht oder zehn Personen. Viele Männer beschäftigten sich allein mit Männern, viele Frauen gaben sich nur Frauen hin. Es gab mehrere Frauen zwischen zwei Männern, und mehrere Männer, die sich mit zwei Frauen beschäftigten. Sehr angenehme Duftkräuter brannten in den Räucherpfannen und verbreiteten berauschende Dämpfe, die eine Art wollüstige Mattigkeit hervorriefen. Ich sah mehrere Personen, die gemeinsam die Kabinette der Ungezwungenheit verließen. Einen Augenblick später erhob sich die Präsidentin und bat mit leiser Stimme, daß man ihr, wenn man könne, einen Moment zuhören möchte. Einige Minuten darauf umkreisten mich alle. Ich war in meinem Leben noch nie so geprüft worden. Jeder – und ich wage zu sagen, daß ich nicht übertreibe –, jeder brach in Lobreden aus. Große Komplotte und Projekte bildeten sich durch mich und um mich herum. Ich zitterte schon im voraus vor der Verpflichtung, all diesen Wünschen, die meine Jugend und mein Charme hervorriefen, gerecht werden zu müssen. Schließlich ließ mich die Präsidentin auf ein kleines Podest vor sich hintreten. Und dort, durch eine Balustrade von der Versammlung getrennt, befahl sie, daß man mich nackt ausziehe. Zwei dienende Brüder kamen herbei, und in weniger als drei Minuten hatte ich kein Kleidungsstück mehr am Körper. Ich gebe zu, daß ich mich ein wenig schämte, als die Brüder sich zurückzogen und mich absolut nackt der Versammlung auslieferten. Aber der große Beifall, den ich hörte, gab mir bald meine Schamlosigkeit zurück.

Und hier sind dann die Fragen, die die Präsidentin an mich richtete, und wie ich sie beantwortete:

»Versprechen Sie, ewig den größten Ausschweifungen zu leben?«

»Ich schwöre es.«

»Erscheinen Ihnen alle wollüstigen Handlungen, sogar die abscheulichsten, einfach und natürlich?«

»Ich betrachte sie alle unterschiedslos.«

»Und werden Sie sie alle begehen, sobald Sie das leiseste Verlangen danach spüren?«

»Ja, alle.«

»Versprechen Sie, sich genau an all das zu halten, was Ihnen durch Ihre Patin als Statuten unserer Gesellschaft vorgelesen wurde? Und unterwerfen Sie sich den Strafen, die in diesen Statuten erwähnt werden, wenn Sie sie verletzen sollten?«

»Ich schwöre und verspreche alles, was verlangt wird.«

»Sind Sie verheiratet?«

»Nein.«

»Sind Sie Jungfrau?« –

»Nein.«

»Sind Sie schon im Hintern befriedigt worden?«

»Öfter.«

»In den Mund gefickt?«

»Öfter.«

»Geprügelt?«

»Manchmal.«

»Wie heißen Sie?«

»Juliette.«

»Wie alt sind Sie?«

»Achtzehn Jahre.«

»Haben Sie schon mit Frauen geschlafen?«

»Öfter.«

»Haben Sie Verbrechen begangen?«

»Mehrere.«

»Haben Sie nach dem Leben Ihrer Mitbürger getrachtet?«

»Ja.«

»Versprechen Sie, immer dieses Außenseitertum beizubehalten?«

»Ich schwöre es.«

(Hier hörte man neuen Beifall.)

»Werden Sie in diese Gesellschaft alle einführen, die mit Ihnen blutsverwandt sind?«

»Ja.«

»Versprechen Sie, niemals die Geheimnisse der Gesellschaft zu verletzen?«

»Ich schwöre es.«

»Versprechen Sie den Launen und allen geilen Einfällen der Mitglieder unserer Gesellschaft größtes Entgegenkommen?«

»Ich verspreche es.«

»Wen lieben Sie mehr, die Männer oder die Frauen?«

»Ich liebe die Frauen sehr, um mit den Fingern herumzuspielen und danach liebe ich es dann unendlich, wenn die Männer kommen und mich richtig ficken.«

(Diese Naivität ließ alle in Lachen ausbrechen.)

»Lieben Sie die Peitsche?«

»Ich benutze sie gern und ich empfange sie gern.«

»Welchen Genuß lieben Sie mehr, vorn oder hinten gefickt zu werden?«

»Ich habe mich manchmal einem Manne versagt, der meine

Votze ficken wollte, aber nie demjenigen, der meinen Hintern wollte.«

(Es erschien mir, daß diese Antwort auch großen Anklang fand.)

»Was halten Sie von Wollüstigkeiten im Mund?«

»Ich liebe sie abgöttisch.«

»Lieben Sie es, wenn man Ihre Votze leckt?«

»Unsagbar.«

»Und lecken Sie auch die anderen gut?«

»Sehr zart.«

»Lutschen Sie also auch gern am Schwanz?«

»Und ich schlucke den Saft herunter.«

»Haben Sie schon Kinder gemacht?«

»Niemals.«

»Wollen Sie sich davon fernhalten?«

»Soweit ich es eben kann.«

»Sie verabscheuen also die Fortpflanzung?«

»Ich hasse sie.«

»Falls Sie schwanger werden sollten, hätten Sie den Mut, eine Abtreibung machen zu lassen?«

»Sicher.«

»Hat Ihre Patin die Summe bei sich, die Sie zahlen müssen, bevor Sie aufgenommen werden?«

»Ja.«

»Sind Sie reich?«

»Unsagbar.«

»Und haben Sie nie gute Werke getan?«

»Ich hasse sie.«

»Sie haben sich keiner religiösen Handlung seit Ihrer Kindheit hingegeben?«

»Keiner.«

Clairwil übergab gleich darauf der Sekretärin die vereinbarte Summe und nahm ein Schriftstück in Empfang, das ich laut vorlesen mußte. Dieses Schriftstück war betitelt: ›Instruktionen für die Frauen, die in der Gesellschaft der Freunde des Verbrechens aufgenommen sind‹.

›Meine lieben Freunde‹, sagte Madame de Lorsange, ›es ist einfach zu interessant, als daß ich es Ihnen vorenthalten möchte:*

In welchem Zustand oder unter welcher Bedingung auch immer diejenige geboren ist, die hier unterschreiben wird, da sie nun mal eine Frau ist, ist sie von jetzt an einzig und allein für die Freuden des Mannes erschaffen. Es muß ihr daher ein Verhalten vorgeschrieben werden, das ihr zugleich für ihre Börse und für ihre

* Wollüstige und philosophische Frauen, die Ihr uns zu lesen geruht, dies ist wieder an Sie adressiert. Profitieren Sie davon und lassen Sie unsere Bemühungen, die wir unternommen haben, um Sie aufzuklären, nicht als unnütz erscheinen. Nie werden Sie nämlich die wahren Freuden erkennen ohne die blindeste Unterwerfung unter diese hervorragenden Ratschläge. Glauben Sie, daß wir, indem wir sie Ihnen geben, nur Ihr Glück im Auge haben.

Wollust nützlich ist. Wir setzen voraus, daß Sie verheiratet sind, denn diejenigen, die nicht verheiratet sind, trotzdem aber mit einem Manne leben, sei es dauernd als Mätresse, sei es, daß er sie für eine Weile aushält, befinden sich in denselben Ketten wie diejenigen, die unter dem Zwang der Jungfräulichkeit leben, Sie werden in den folgenden Ratschlägen die richtigen Ansichten finden, um jenen Ketten zu entgehen oder um sie zu lockern. Man erklärt daher, daß das Wort Mann, wenn es in diesem Schreiben angewandt wird, gewöhnlich Liebhaber, Ehemann oder Unterhalter bedeuten soll, in einem Wort, jedes Individuum, das sich Rechte bei einer Frau anmaßt. In welcher Lage sie auch immer sei, und wenn sie millionenschwer wäre, so sollte sie trotzdem immer Geld aus ihrem Körper schlagen. Das wichtigste Gesetz für alle Frauen besteht darin, nur um der Wollust und des geschäftlichen Interesses willen zu ficken. Und da sie auch öfter diejenigen bezahlen muß, die ihr Freude machen, sollte sie sich ein Kapital anlegen durch Mittel, die sie aus Prostitutionen nimmt, bei denen sie sich solchen hingeben muß, die ihr keine Freude machen. Wohlverstanden, all dies betrifft nur erst ihr Verhalten in der Welt. Die Statuten, denen sie geschworen hat, bestimmen, was sie in der Gesellschaft beachten muß.

1. Um die Unempfindlichkeit erhalten zu können, die notwendig ist, um für Geld oder aus Freude zu ficken, ist es als erstes notnotwendig, daß sie ihr Herz immer vor der Liebe bewahrt. Denn wenn sie fickt, weil sie verliebt ist, hat sie zu wenig davon. Sie ist ganz davon eingenommen, Freuden zu geben, und das wird sie daran hindern, selbst zu genießen. Und wenn sie sonst für Geld fickt, so wird sie es niemals wagen, denjenigen auszupressen, den sie liebt. Deshalb soll es vor allem ihre Beschäftigung sein, mit dem Mann zu ficken, der ihr zahlt.

2. Abgesehen nun von jedem metaphysischen Gefühl wird sie daher, wenn sie zum Vergnügen fickt, immer demjenigen den Vorrang geben, der sie am besten erregt und den schönsten Schwanz hat. Und wenn sie aus geschäftlichem Interesse fickt, demjenigen, der ihr am meisten zahlt.

3. Sie soll immer sorgfältig das vermeiden, was man heimlich begünstigte Liebhaber nennt. Diese Sippschaft zahlt genauso schlecht wie sie fickt. Sie halte sich besser an Diener und Lastträger. Das sind Hosen, in denen Begierde steckt ... Geister, die das Geheimnis bewahren ... man wechselt sie wie ein Hemd, und es gibt niemals Indiskretionen zu befürchten.

4. Wer auch immer der Mann ist, der sie so sehr fesselt, daß sie glaubt, ihm treu sein zu müssen, diese kindliche und romantische Vorstellung ist nur dazu da, eine Frau in ihrem Wert zu mindern und ihr viel Kummer zu bereiten. Sie kann sicher sein, daß ihr das nie irgendwelche Freude bringt. Aus welchem Grunde sollte sie schließlich treu sein, es ist doch gewiß, daß es keinen einzigen

Mann auf der Welt gibt, der es selbst ist. Ist es denn nicht lächerlich, daß das schwächste Geschlecht, dasjenige, das ständig zur Freude hinreißt, dem tägliche Verführungen erlauben, sich hinzugeben, dasjenige sein soll, das widersteht, während das andere nur seiner eigenen und einzigen Bosheit frönt und das Schlechte tut? Wozu dient also die Treue einer Frau? Wenn ihr Mann sie wirklich liebt, soll er vorsichtig genug sein, ihre Schwächen zu tolerieren und sogar aus Idealismus die Genüsse, die sie bietet, teilen. Wenn er sie nicht liebt, was für eine Narrheit wird sie begehen, sich an jemanden zu ketten, der sie täglich betrügt! Die Untreue der Frau ist das Unrecht der Natur, die des Mannes das Unrecht seines Betruges und seiner Schlechtigkeit.

Die Frau, um die es sich hier handelt, verweigert also keine Untreue. Im Gegenteil, sie wird jede Gelegenheit wahrnehmen, so oft wie möglich, und sie wird danach trachten, sie täglich zu vermehren.

5. Schlechtigkeit ist ein bedeutender Charakterzug bei einer Frau. Von jeher war sie die Waffe des Schwachen. Und da sie immer ihrem Herrn unterlegen ist, wie wollte sie sich gegen die Unterdrückung ohne Lüge und ohne Heuchelei wehren? Sie soll also ohne Furcht ihre Waffen benutzen, die ihr von der Natur gegeben sind, um sich gegen alle Handlungen ihrer Unterdrücker zu verteidigen. Die Männer wollen betrogen werden, ein angenehmer Irrtum ist viel harmloser als eine traurige Wirklichkeit. Ist es nicht besser, daß sie ihr Unrecht verbirgt, als es zuzugeben?

6. Eine Frau sollte vor sich selbst nie Charakter haben wollen. Sie muß die Leute, die sie benötigt, sei es für ihre Geilheit, sei es für ihren Geiz, geschickt und schonend behandeln, jedoch ohne daß diese Nachgiebigkeit ihre notwendige Energie behindert, mit der sie sich in alle Arten von Verbrechen stürzt, die ihre Leidenschaften verschönen oder die ihnen dienen sollen – etwa dasjenige des Ehebruchs, der Blutschande, des Kindermordes, der Vergiftung, des Diebstahls, des Mordes, all diejenigen, die ihr angenehm sein können und denen sie sich, unter der Maske der Falschheit und des Betruges – die wir ihr anraten – ohne Furcht oder Gewissensbisse hingeben kann, weil sie von der Natur in das Herz der Frauen gelegt sind und weil die Vorurteile, die man bei der Erziehung mitbekommen hat, sie nur daran hindern, sie jeden Tag auszukosten, wie sie es tun sollte.

7. Die übertriebenste, die neueste, die grausamste Ausschweifung soll – weit davon entfernt, sie zu erschrecken – die Basis ihrer köstlichsten Beschäftigungen werden. Wenn sie auf die Natur hören will, wird sie sehen, daß sie von ihr mit den heftigsten Neigungen für diese Art von Freude ausgestattet ist und daß sie sich daher ihr täglich ohne Furcht hingeben soll. Je mehr sie fickt,

desto mehr dient sie der Natur, sie verletzt sie nur durch ihre Keuschheit.*

8. Sie verweigere sich nie einem wollüstigen Akt, der ihr von einem Manne vorgeschlagen wird. Tiefstes Einverständnis bildet in diesem Fall immer das sicherste Mittel, denjenigen zu fangen, den sie gerne behalten möchte. Die Beschäftigung mit einer Frau ermüdet einen Mann rasch. Was geschieht, wenn sie nicht die Geschicklichkeit besitzt, ihn wieder zu beleben? Er ekelt sich und verläßt sie. Derjenige aber, der bei einer Frau die größten Bemühungen verspürt, seine Genüsse zu erraten und sie zu erhalten, ihn damit zu fesseln, derjenige, sage ich, der den Besitz einer Frau jeden Tag neu erlebt, bleibt viel eher bei ihr. Daher wird es der Frau dann leichter sein, ihn zu betrügen. Und das soll die Person, deren Aufgaben wir hier erklären, immer anstreben.

9. Diese charmante Person vermeide sorgfältig Prüderie und Bescheidenheit, wenn sie mit einem Manne zusammen ist. Es gibt nämlich nur wenige Männer, die so etwas lieben, und man riskiert sofort, diejenigen zu verlieren, die es gar nicht lieben. Sie kann sich dieser Maske bedienen, um damit die Welt zu täuschen, wenn sie glaubt, daß es nötig ist. Schließlich ist alles, was zur Heuchelei tendiert, gut. Sie ist ein weiteres Hilfsmittel beim Betrügen, und es gibt keines, das sie dabei auslassen darf.

10. Man kann ihr nicht genug raten, Schwangerschaften zu vermeiden, sei es, indem sie viel Gebrauch von all den Arten der Befriedigung macht, bei denen der Samen von der Gebärmutter ferngehalten wird, sei es, indem sie das Embryo zerstört, sobald sie von seiner Existenz ahnt. Eine Schwangerschaft verwandelt sie zu ihrem Nachteil, verdirbt die Figur und ist in keiner Hinsicht gut. Sie gebe sich mehr dem Vergnügen ohne Folgen hin. Dieser köstliche Genuß garantiert ihr zugleich Freude und Sicherheit. Fast alle Frauen, die es ausprobiert haben, bleiben dabei. Der Gedanke, auf diese Weise den Männern mehr Lust zu bereiten, soll wegen seiner Köstlichkeit ein mächtiges Motiv dafür sein, daß sie keine andere Art mehr anwendet.

11. Ihre Seele sei absolut abgehärtet und lasse sich niemals von Empfindsamkeit leiten. Eine sensible Frau muß stets auf jedes Unglück gefaßt sein, denn da sie schwächer und zerbrechlicher als die Männer ist, wird alles, was ihre Empfindsamkeit berührt, sie grausam zerreißen. Und von dem Zeitpunkt gibt es keine Freuden mehr für sie. Ihre Leibesbeschaffenheit führt sie zur Wollust. Wenn sie sich in einem Ausbruch von Empfindsamkeit, die wir ja zu zerstören suchen, an einen einzigen Mann kettet, verzichtet sie im selben Augenblick auf alle Reize der Ausschweifung; die einzigen, die wirklich für sie bestimmt sind und die sie mit Wollust über-

* Fast alle keuschen Frauen sterben jung oder werden verrückt, gelähmt, geschwächt zur Zeit ihrer Blutungen. Sie haben daher alle einen bitteren, herrschsüchtigen Charakter, der sie in der Gesellschaft unerträglich macht.

schütten sollen, gemäß der Rolle, die ihr die Natur bestimmt hat.

12. Sie vermeide sorgfältig jede Ausübung von Religion. Diese Widerwärtigkeiten, die sie schon seit langem mit Füßen getreten haben soll, könnten sie, indem sie ihr Gewissen einschüchtern, nur an einen Zustand der Tugend erinnern, den sie nicht wiedererlangen würde, ohne verpflichtet zu sein, ihren sämtlichen Gewohnheiten und Freuden zu entsagen. Diese schrecklichen Platitüden sind nicht die Opfer wert, die sie ihnen darbringen müßte. Und wie ein Hanswurst würde sie, indem sie ihnen huldigt, die Wirklichkeit für bloßen Schein hergeben. Atheistisch, grausam, verworfen, hemmungslos, sodomitisch, tribadisch, blutschänderisch, rachsüchtig, mörderisch, heuchlerisch und falsch, das sind die Grundzüge des Charakters einer Frau, die sich für die Gesellschaft der Freunde des Verbrechens entschieden hat. Das sind die Laster, die sie annehmen muß, wenn sie hier das Glück finden will.‹

Die Energie, mit der ich diese Prinzipien las, überzeugte die Gesellschaft davon, daß sie bereits alle im Innern meines Herzens aufgenommen waren und brachte mir erneut Beifall ein, dann ging ich hinunter in den Saal.

Die Bibliothek eines Mönches

Während wir auf die Rückkehr des Mönches warteten, unterhielten wir uns damit, seine Wohnung zu durchsuchen.

Man kann sich gar nicht vorstellen, was wir dort an Kupferstichen und obszönen Büchern fanden. Das erste, das wir entdeckten, hieß ›Der Portier der Kartäuser‹. Ein mehr zotenhaftes als ausschweifendes Werk, das, obwohl Harmlosigkeit und guter Glaube in ihm regierten, der Autor auf dem Totenbett bereut hat, wie man erzählt. Was für eine Dummheit! Der Mensch, der fähig ist, in jenem Augenblick zu bereuen, was er während seines Lebens zu sagen oder zu schreiben wagte, ist ein Feigling, dem die Nachwelt kein gutes Andenken bewahren darf.

Das zweite Buch hieß ›Die Akademie der Damen‹. Ein Werk, dessen Anlage gut ist, die Ausführung aber ist schlecht. Es war von einem furchtsamen Mann geschrieben, der die Wahrheit zu fühlen schien, aber nicht wagte, sie zu sagen. Daher voller Geschwätz.

›Die Erziehung von Laura‹ hieß das dritte. Ein weiteres Werk, dem es durch falsche Rücksichten an Gewicht fehlte. Wenn der Autor doch die Wollüstigkeiten ausgesprochen hätte, die er ahnen läßt, die Blutschande, um die er herumredet, ohne sie zuzugeben! Wenn er die wollüstigen Szenen doch verdoppelt hätte ... wenn er die grausamen Genüsse, die er nur im Vorwort andeutet, ausgeführt hätte, dann wäre das Werk, das voller Phantasie ist, köstlich. Aber die ängstlichen Menschen bringen mich zur Verzweiflung. Und ich würde es hundertmal vorziehen, wenn sie überhaupt nicht schrieben, als uns nur halbe Ideen zu geben.

›Therese philosophiert‹ stellte bildlich dar. Ein charmantes Werk vom Marquis d'Argens,* das einzige, das sich dem Ziel näherte, ohne es jedoch ganz zu erreichen, das einzige, das die Wollust mit der Verderbtheit angenehm verband und das dem Publikum fast das gab, was der Autor beabsichtigt hatte – es vermittelte schließlich wenigstens die Vorstellung eines unmoralischen Buches.

Der Rest bestand aus jenen schlechten kleinen Broschüren, die in Cafés oder in Bordellen geschrieben werden und die gleichzeitig zwei Lücken bei ihren kleinlichen Autoren aufweisen: diejenige des Geistes und diejenige des Magens. Die Wollust, Tochter des Überflusses und der Überlegenheit, kann nur durch Leute einer gewissen Art behandelt werden ... nur durch Leute nämlich, die einmal von der Natur und dann auch vom Glück begünstigt worden sind, die also selbst erlebt haben, was uns ihr geiler Pinsel zeigt. Nun, das wird dem Pöbel ganz unmöglich sein, der uns mit den verachtenswerten Broschüren überhäuft, von denen ich rede, wobei ich nicht einmal Mirabeau ausschließe, der ein Wüstling sein wollte, um etwas darzustellen, und der doch gar nichts ist und der vor allem sein ganzes Leben lang nichts sein wird.**

Im Verlauf unserer weiteren Durchsuchung bei dem Mönch fanden wir noch Gummitröster, Präservative, Klopfpeitschen, alles Instrumente, die uns überzeugten, daß Pater Claude uns nur empfangen hatte, um sich der Ausschweifung auszuliefern.

Juliette lernt weiter

»Juliette«, sagte Saint-Fond zu mir, indem er mich gierig küßte, »das war es also, was ich dir versprochen hatte. Ich muß dir sagen, meine Liebe: erst heute bin ich zu der Überzeugung gelangt, daß du unserer würdig bist.«

»Ich denke da ganz anders«, sagte Clairwil, »ich finde bei ihr immer noch denselben Fehler. Sie begeht das Verbrechen nur in Erregung, sie muß sich dabei abreagieren. Und man soll sich ihm

* Das war der berühmte Caylus, der die Kupferstiche gravierte.

** Sicherlich nicht einmal ein Schrittmacher; einer der besten Beweise für den Wahnsinn und die Unvernunft, die in Frankreich das Jahr 1789 charakterisieren, ist der lächerliche Enthusiasmus, der diesen verachtenswerten Spion der Monarchie inspirierte. Welche Vorstellung blieb schon von diesem unmoralischen und geistlosen Mann zurück? Die eines Betrügers, Verräters und Ignoranten.

doch nur ganz kaltblütig hingeben. Dem Verbrechen muß die wollüstige Leidenschaft folgen, bei ihr ist es aber umgekehrt: sie begeht das Verbrechen im Zustand der Leidenschaft.«

»Der Unterschied ist allerdings bedeutend«, sagte Saint-Fond, »denn das Verbrechen ist damit nur Nebensache und es soll immer Hauptsache sein.«

»Ich denke genauso wie Clairwil, meine liebe Juliette«, sagte Noirceuil. »Sie haben noch einige Ermutigungen nötig. Man muß die Sensibilität, die Sie behindert, verringern.«

»Alle Verirrungen, zu denen uns unsere Phantasie anregt«, fuhr Noirceuil fort, »werden zu sicheren Beweisen unseres Geistes. Seine Lebhaftigkeit, sein Elan erlauben ihm nicht, vor irgend etwas zurückzuschrecken. Je mehr Hindernisse er überwinden muß, um so mehr Genüsse schöpft er. Aber das ist nicht etwa ein Beweis dafür, daß er sich verschlechtert, wie die Dummen sich das einbilden. Das ist vielmehr ein Beweis dafür, daß er sich festigt. Sie sind jetzt in das Alter gekommen, Juliette, wo dieser Bezirk unseres Seins sich am heftigsten äußert. Sie haben sich auf diese Zeit durch nützliche Übungen, solide Überlegungen, durch ein totales Sichabwenden von allen Bindungen und Vorurteilen der Kindheit gut vorbereitet. Zweifeln Sie nicht im geringsten daran: diese so gut vorbereitete Hoffnung läßt Sie jetzt alle Schranken niederreißen! Ein begieriges und heftiges Temperament, eine robuste Gesundheit, große Geilheit, ein sehr kaltes Herz werden diesem kochenden, wohlunterrichteten und von allen Zügeln befreiten Geist zu Hilfe kommen. Seien wir versichert, daß Juliette so weit gehen wird, wie sie nur kann. Aber daß sie nicht auf halbem Wege stehen bleibe! Umdrehen darf sie sich nur, um sich über ihre geringen Fortschritte Vorwürfe zu machen, keinesfalls um über die Länge des Weges, den sie zurückgelegt hat, zu staunen.«

»Ich möchte mehr«, sagte Clairwil, »ich wiederhole, daß ich von ihr fordere, daß sie das Schlechte nicht tut, um ihre Geilheit zu steigern – wie ich glaube, daß sie es getan hat – sondern, daß sie es aus reiner Freude am Schlechten tut. Ich möchte, daß sie im Schlechten, das jeglicher Wollust beraubt ist, den gleichen Genuß findet, der für sie in der Wollust steckt. Ich möchte, daß sie keine Unterstützung nötig hat, um das Schlechte auszuführen. Wenn sie erst einmal in dieser Situation ist, wird sie dabei schon rechtzeitig alle pikanten Lockungen der Ausschweifung durchprobieren. Aber ich will nicht, daß sie es nötig hat, sich besteigen zu lassen, um ein Verbrechen begehen zu können, aus diesem Verhalten resultiert doch, daß, sobald ihr Temperament in Mitleidenschaft gezogen wird, sie nicht wagt, sich noch irgendeiner anderen Verirrung hinzugeben. Nur duch das Mittel, das ich erwähnt habe, wird sie die Genüsse im Verbrechen wiederfinden. Sie wird es nicht mehr nötig haben sich besteigen zu lassen, um ein Verbrechen zu begehen. Aber während sie dann dieses Verbrechen begeht, möchte sie sich besteigen lassen. Ich glaube es ist unmöglich, sich klarer auszudrücken.«

»Gerade weil ich deine Philosophie so gut verstehe, meine Liebe«, sagte ich zu Clairwil, »muß ich dir wohl versichern, daß ich alle diese Prinzipien angenommen habe und daß ich sie Wort für Wort verstanden habe. Ich bin bereit, es dir zu beweisen, durch eine Prüfung, die du mir auferlegen wirst. Wenn du mich besser beobachtet hättest, was du bei dem Vorgang eben nicht getan hast, würdest du mir keinen Vorwurf machen, dessen bin ich sicher. Ich liebe jetzt das Schlechte um seiner selbst willen. Nur in seinem Schoße gedeihen meine Freuden, und es gäbe keine Wollust für mich, wenn das Verbrechen sie nicht würzte. Ich möchte Sie jetzt noch in einem Punkt um Rat fragen. Es gibt bei mir keine Gewissensbisse, und ich versichere Ihnen, daß ich auch nicht im geringsten berührt werde, wie groß auch immer die Scheußlichkeit sein mag, der ich mich hingebe. Aber ich schäme mich manchmal. Ich erröte wie Eva nach ihrem Sündenfall. Es scheint mir, daß ich, mit Ausnahme von Ihnen und unseren Freunden, nicht möchte, daß jemand von den Ausschweifungen, denen wir uns hingeben, erfährt. Erklären Sie mir bitte, warum ich von beiden Gefühlen das schwächere empfinde, obwohl ich für das stärkere nicht anfällig bin. Was ist, in einem Wort, der Unterschied zwischen Schamhaftigkeit und Gewissensbissen?«

»Die Schamhaftigkeit ist die schmerzhafte Folge der Wirkung einer schlechten Handlung auf die öffentliche Meinung«, sagte Saint-Fond. »Und Gewissensbisse sind diese Folge auf unser eigenes Gewissen. Deshalb ist es also möglich, sich einer Handlung zu schämen, die keine Gewissensbisse mit sich bringt, wenn diese Handlung nur gegen die althergebrachten Bräuche verstößt, ohne das Gewissen zu streifen. Es ist genauso möglich, Gewissensbisse zu haben, ohne sich zu schämen, wenn die begangenen Aktionen mit den Gesetzen und Gebräuchen unseres Landes übereinstimmen, obwohl sie unserem Gewissen widerstreben. Ein Mann, zum Beispiel, würde erröten, wenn er ganz nackt in den Alleen der Tuilerien spazieren ginge, obwohl nichts an dieser Handlung ist, was ihm Gewissensbisse bringen könnte. Und ein Armeegeneral wird vielleicht Gewissensbisse haben, daß er zwanzigtausend Menschen im Kampf getötet hat, obwohl es nichts bei dieser Handlung gibt, worüber er sich schämen sollte. Aber diese beiden ärgerlichen Gefühle werden durch Gewöhnung schwächer. Die Gesellschaft der Freunde des Verbrechens, in die Clairwil Sie eingeführt hat, wird bei Ihnen dieses kleinliche Gefühl der Schamhaftigkeit tilgen. Die Gewöhnung wird diese Schwäche bald in Zynismus auflösen. Und um sie zu überwinden, schlage ich Ihnen vor, Ihre Ausschweifungen öffentlich zu demonstrieren, sich häufig nackt sehen zu lassen und danach zu streben, sich sehr liederlich zu kleiden. Schließlich werden Sie wegen nichts mehr erröten. Wenn sich zu der Lebensart, die ich Ihnen anrate, starke Prinzipien gesellen, wird sich alles nach und nach geben, und Sie werden nur noch Freude empfinden, wo Sie bisher unter Schamgefühlen litten.«

Ernstere Dinge folgten dieser Diskussion. Saint-Fond sagte mir, daß die Ehe seiner Tochter Alexandrine mit seinem Freund Noirceuil endlich geschlossen würde und daß, in Übereinstimmung mit seinem Schwiegersohn, die junge Person drei Monate in meinem Hause weilen würde, um dort unterrichtet und auf den Geschmack des neuen Wesens, mit dem man sie vereinigen wird, vorbereitet zu werden.

»Wir bitten Sie, Noirceuil und ich«, fuhr Saint-Fond fort, »diese kleine Seele auf denselben Stand zu bringen wie die Ihre ... Verweigern Sie ihr keine Fürsorge, keinen Rat, kein Beispiel. Vielleicht wird Noirceuil sie behalten, wenn er sie genauso gut wie Sie findet. Bestimmt aber wird er sie nicht lange behalten, wenn sie prüde oder spröde ist. Sehen Sie zu, Juliette, daß Ihnen die Erziehung Ehre macht, und seien Sie versichert, daß Ihre Bemühungen nicht umsonst sein werden.«

Ostermessen

Die Osterzeit nahte, Clairwil war die erste, die mich an unser Treffen mit den Karmelitern erinnerte. Nachdem wir zusammen mit Elvire und Charmeil, meinen beiden hübschesten Tribadinnen, in das Innere des Klosters geführt worden waren, begann der Prior uns über Neuigkeiten von Claude auszufragen. Er wäre nicht mehr wiedergekommen, versicherte er uns, seitdem wir ihn eingeladen hätten. Wir erklärten dem guten Mönch, daß wir uns überhaupt nicht um das Schicksal seines Mitbruders kümmern würden, daß aber bei der Ausschweifung, die wir bei ihm festgestellt hätten, es sehr wahrscheinlich wäre, daß er die Kutte in die Brennesseln geworfen habe. Er stellte weiter keine Fragen mehr darüber. Wir gingen in einen großen Saal, und dort zeigte uns der Prior die Reihe seiner Mitkämpfer. Eusèbe ließ sie einen nach dem anderen vorbeimarschieren. Sie gerieten in die Hände meiner beiden Frauen, die sie bearbeiteten und uns ihre Schwänze zeigten. Jeder, der nicht wenigstens sechzehn Zentimeter Umfang und vierundzwanzig Zentimeter Länge hatte, wurde abgelehnt. Ebenso alle Männer über fünfzig. Man hatte uns nur dreißig versprochen, aber es gab vierundsechzig Mönche und zehn Novizen, alle mit Apparaten ausgerüstet, deren kleinster die Proportionen hatte, die schon erwähnt wurden, und manche maßen sogar siebenundzwanzig mal achtunddreißig Zentimeter. Die Zeremonie begann.

Clairwil und ich, immer noch in demselben Saal, wurden auf große, elastische und tiefe Kanapees gelegt, die Beine herunterhängend, die Lenden durch dicke Kissen angehoben, absolut nackt; wir boten bei dieser ersten Nummer unseren Besteigern die Votze. Die Tribadinnen führten die Schwänze der Größe nach zu uns heran, mit dem kleinsten wurde begonnen. Man gab uns die Schwänze nur in die Hand, damit sie bis kurz vors Spritzen kamen, und es wurde darauf geachtet, daß wir in jeder Hand einen der beiden Nachfolger dessen bearbeiteten, der uns gerade vögelte. Sobald eine Hand einen in die Votze geführt hatte, kam sofort ein neuer Schwanz in diese Hand, wir hatten also jede immer drei Männer an unserem Körper. Derjenige, der außer Gefecht war, zog sich in einen Nebensaal zurück, wo er auf neue Befehle wartete. Alle waren nackt, und alle spritzten in einen Pariser, mit dem der Schwanz überzogen war. Sie kamen nacheinander von Clairwil zu mir. Wir wurden daher jede vierundsechzigmal gefickt. Während der letzten Male waren unsere Frauen in den Nebensaal gegangen, wo sie die Mönche neu erregten. Der zweite Teil begann, ... wieder jede vierundsechzigmal. Dasselbe noch ein drittes Mal, aber nun präsentierten wir unseren Hintern, und unsere Athleten machten es diesmal so, daß wir immer einen Schwanz im Hintern und einen im Mund hatten. Denjenigen, der aus unserem Hintern kam, saugten wir anschließend, um ihn für die vierte Nummer vorzubereiten. Das ging abwechselnd vor sich, das heißt, während ich den Schwanz saugte, der aus dem Hintern von Clairwil kam, saugte sie denjenigen, der aus meinem Hintern kam. Man wiederholte das Ganze noch einmal, so daß wir nach der ersten Runde jede einhundertundachtundzwanzigmal in der Votze und einhundertundachtundzwanzigmal im Hintern gefickt worden waren, was zusammen zweihundertundsechsundfünfzigmal macht.

Man servierte Plätzchen und spanischen Wein. Dann bildeten sich Gruppen.

Nun nahmen wir jede acht Männer auf einmal. Wir hatten einen Schwanz unter jedem Arm, einen in jeder Hand, einen zwischen den Brüsten, einen im Mund, den siebten in der Votze und den achten im Hintern. Jetzt gab es keine Pariser mehr. Alle mußten spritzen, wir wollten an allen Stellen unseres Körpers mit Saft überflutet werden, man sollte ihn von allen Seiten auf uns schäumen sehen. Jede Abteilung dieser acht wiederholte das Ganze, indem sie die Frau und die Art zu ficken wechselte, dadurch erlebten wir dann noch acht ähnliche Besteigungen, nach deren Ende wir nichts mehr forderten. Wir beide, die wir uns ihrer Geilheit angeboten hatten, erklärten den Männern, daß sie zwischen Clairwil und mir wählen und sich, so wie sie wollten, amüsieren könnten. Clairwil wurde dann noch fünfzehnmal im Mund, zehnmal in die Votze und neununddreißigmal im Hintern gefickt. Und ich sechsundvierzigmal im Hintern, achtmal im Mund und zehnmal in die Votze. Jede zusammen zweihundertmal.*

Der Tag brach an und da es Ostern war, gingen die Schweine, nachdem sie uns so behandelt hatten, ihre Messe lesen und kamen hinterher zurück. Man kündigte uns das Abendessen an. Wir sprachen bei dem Prior den Wunsch aus, vorher mit den kleinen verabredeten Ausschweifungen fortfahren zu dürfen. Zuschauer unserer Geilheiten war Eusèbe, der nur die Männer liebte. Er gab sich damit zufrieden, uns Schwänze zuzureichen und bei einigen seiner Mitbrüder in den Hintern zu kommen, während wir gefickt wurden.

»Ich werde jetzt selbst das heilige Meßopfer in der Kapelle der Jungfrau zelebrieren«, sagte er uns. »Wie wünschen Sie dessen Ablauf?«

»Ein anderer Mönch muß neben Ihnen zelebrieren«, sagte Clairwil. »Diese beiden Messen sollen auf den Votzen unserer Tribadinnen gelesen werden. Ein Mönch wird sie in den Mund ficken, während er seinen Hintern dem Zelebrierenden präsentiert. Und er wird auf den Bauch des Mädchens scheißen, wenn die Hostie geheiligt wird. Danach wird der Pater den kleinen Gott in diesen Kothaufen halten. Meine Freundin und ich werden ihn dort suchen. Wir werden einen Teil davon verbrennen. In den anderen Teil stechen wir mit dem Messer. Aus dem Rest wird man vier Teile machen, zwei von ihnen werden beim Stoßen in den Hintern der beiden Zelebrierenden eingeführt. Der Rest wird auf die gleiche Art in den Hintern von Juliette und mir gestoßen. Nach einem Augenblick wird der geheiligte Wein in vier kleine Klistierspritzen gefüllt, und man wird diese vier Portionen in den Hintern der beiden Pater und in unsere beiden spritzen. Man wird uns alle vier wieder in den Hintern ficken und dort hinein spritzen. Ihre schönsten Kruzifixe werden während dieser Handlung unter unseren Bäuchen und unter unseren Füßen liegen. Und wir scheißen darauf, genauso in Ihre Monstranzen und Ihre Kelche, nachdem wir zu Ende gefickt sind.«

Alles geschah so, wie es meine Freundin gewünscht hatte.

»Ich bin zufrieden«, sagte sie, »ich weiß sehr wohl, daß das Kindereien und Nutzlosigkeiten sind, aber sie steigen mir zu Kopf: und ist das nicht genug? Die Wollüstigkeiten sind nur das, was die Phantasie aus ihnen macht, und die köstlichste ist immer nur diejenige, die am meisten Freude macht.«

Alle Geschmäcker kommen in der Natur vor, der beste ist der, den man hat.

* So wurden die beiden ehrenhaften Geschöpfe, mit Ausnahme in den Mund, was ja keine so bedeutende Sensation ist, daß man das zählen müßte, bis dahin einhundertfünfundachtzigmal (Clairwil) und einhundertzweiundneunzigmal (Juliette) gefickt, teils in die Votze, teils in den Hintern. Wir glaubten, diese Rechnung aufstellen zu müssen, um den Frauen eine Mühe zu ersparen; sie hätten die Rechnung sonst versäumt, weil sie an dieser Stelle nicht unterbrechen wollten. Vielen Dank, meine Damen, und machen Sie es unseren Heldinnen nach, das ist alles, was wir von Ihnen wollen, denn Ihre Unterrichtung, Ihre Sensationen und Ihr Glück sind wirklich das einzige Ziel unserer ermüdenden Arbeiten. Und wenn Sie uns bei Justine verflucht haben, hoffen wir, daß Sie uns bei Juliette loben.

Eusèbe und die vier Mönche, die uns vorher erfreut hatten, waren die einzigen, die zu dem herrlichen Abendessen zugelassen waren, das uns serviert wurde. Wir ruhten uns zwei Stunden aus. Und dann begannen die Orgien von neuem.

Von den beiden Tribadinnen, die diesmal über Clairwils Kopf lagen, bot eine ihre Votze und die andere ihren Hintern dar. Ich sollte die vierundsechzig Schwänze steif machen und sie einen nach dem anderen zuerst in die Vagina und danach in den After meiner Gefährtin einführen, die sie, auf dem Rücken liegend und die Beine in der Luft an den Pfosten eines Bettes hochgebunden, erwartete. Sie durften sich nur in der Votze erregen und waren alle verpflichtet, im Hintern zu spritzen. Hinterher nahm ich den Platz von Clairwil ein, sie erwies mir denselben Dienst. Diese Wüstlinge hatten, indem sie so genossen, nicht nur das Vergnügen. auf zwei Arten ficken zu können, sondern dasjenige, daß ihnen, während sie uns fickten, geholfen wurde, sie wurden durch schöne Hände bedient und konnten einen Mund küssen, eine Votze oder einen Hintern, ganz nach ihrem Belieben. Alle vergossen Samen.

Bei der zweiten Runde bearbeitete jede der beiden Tribadinnen einen Schwanz auf unserem Gesicht, wir bearbeiteten einen mit jeder Hand, und zwei Mönche spielten an unserem Kitzler. Wir saßen auf dem Gesicht desjenigen, der mit seiner Zunge bei uns im Arschloch war. Zwischen unseren knienden Beinen lag einer, der uns die Votze leckte. Der siebte und der achte erwarteten, den Schwanz in der Hand, unsere Befehle. Und sie fickten uns in die Votze oder in den Hintern in dem Moment, da wir, durch die Finger am Kitzler genügend erregt, ihnen das Zeichen zum Reinstecken gaben. Auf diese Art kamen wir noch zu weiteren acht Nummern.

Meine Begleitung und ich waren erschöpft, als Clairwil etwas einfiel, was ihrer Ausschweifung würdig war.

»Wenn man geschickt ist«, sagte sie, »ist es möglich, daß zwei Männer bei einer Frau gleichzeitig in die Votze kommen. Diejenigen, die noch erregt sind, mögen herkommen, damit der bessere ihn mir reinsteckt, indem er mich auf sich liegen läßt und der andere soll ihn mir von hinten reinstecken und dabei mit den Fingern mein Arschloch bearbeiten. Ein dritter möge kommen, sich saugen zu lassen. All das hindert mich nicht, noch zwei weitere zu bearbeiten.« Clairwil war glücklicherweise weit genug gebaut für die Ausführung ihres Planes. Und so von zwei riesigen Apparaten hin- und hergestoßen, von denen der eine sich immer zurückhielt, während der andere bis zu den Haaren versank,* länger als

* Wir garantieren aus Erfahrung den Frauen, die gut genug konstituiert sind, daß diese Art Geilheit auszuprobieren so erregend, so voller Würze ist, daß es sehr schwierig ist, sie zu ertragen, ohne in Ohnmacht zu fallen. Wenn Sie noch einen dritten Mann ertragen können, der Sie während der Zeit im Hintern fickt, können Sie sicher sein, die heftigste Freude genossen zu haben, die sich unserem Geschlecht bieten kann.

(Diese Anmerkung stammt von einer dreißigjährigen Frau, die es mehr als hundertmal in ihrem Leben versucht hat.)

drei Stunden lang ununterbrochen von insgesamt sechsundzwanzig Mönchen, die steif genug dazu waren, so gefickt, ging die Nutte wie eine Rasende aus diesem Exzeß hervor. Ihre Augen glitzerten, ihr Mund schäumte, sie war in Schweiß gebadet. Und sie wünschte sich noch jede Steigerung, die ihr einfiel. Man sah sie wie eine Betrunkene die Reihen ablaufen und die Schwänze saugen, um sie zu neuen Anstrengungen instandzusetzen. Da ich zu jung und zu zart war, um mir die gleichen Obszönitäten erlauben zu können, die meine Gefährtin ausführte, amüsierte ich mich während dieser Orgie damit, die Schwänze vorzubereiten, es war mir aber nicht mehr möglich, noch irgend etwas selbst zu tun. Ich spürte in der einen und der anderen Zone der Freude eine solche Hitze, ein so beträchtliches Brennen, daß ich kaum mehr sitzen konnte.

Wir speisten zu Abend ... Es war spät. Clairwil sagte, daß sie im Kloster schlafen wolle.

»Du wirst mir eine Matratze auf den Hochaltar legen lassen«, sagte sie zu dem Prior, »ich will die ganze Nacht lang da ficken. Juliette wird es mir nachmachen. Es ist heiß, dort wird es angenehmer sein. Oder sie kann auch in die Kapelle gehen, die diese widerwärtige christliche Religion der Nutte errichtet hat, die, wie man behauptet, die Mutter Gottes war. Juliette, du schläfst auf dem Altar und nimmst dir die Geilheit dieser Hure, bei der du zu Gast sein wirst, als Beispiel. Anstatt der Soldaten der Garnison von Jerusalem, denen sich dieses Luder jeden Tag hingab, wirst du dir Mönche unter denjenigen aussuchen, bei denen du noch etwas Begierde vermutest.«

»Oh, ich kann nicht mehr ficken«, schrie ich.

»Na gut. Dann wirst du es mit der Hand tun, sie werden dich kitzeln. Du wirst sie saugen, sie werden dich lecken. Es wird immer Saft zu verspritzen geben auf den ruchlosen Altären dieser schrecklichen Nutte.«

»Was mich anbetrifft«, fuhr sie fort, »ich bin ganz anders als du. Bis zu welchem Punkt auch immer ich gescheuert worden bin, ich brenne immer noch vor Begierde, weitergefickt zu werden. Die Samenergüsse, die mir Hintern und Votze überschwemmt haben, haben nichts weiter getan, als mich entflammt. Ich brenne ... Je mehr man fickt in meinem Alter, desto mehr will man ficken. Nur der Saft stillt die Hitze, die durch das Ficken hervorgerufen worden ist. Und wenn eine Frau ein Temperament hat, wie es mir die Natur gegeben hat, kann sie nur beim Ficken glücklich sein. Die Geilheit ist die Tugend der Frauen. Wir sind nur zum Ficken geschaffen. Schlecht ist diejenige dran, die eine stupide Tugend noch an dumme Vorurteile fesselt. Opfer ihrer Ansichten und einer kalten Achtung, wird sie fast immer umsonst auf die Männer warten, sie wird leben ohne Freude und sterben, ohne bedauert zu werden. Die Ausschweifung der Frauen wurde auf der ganzen Welt geehrt, überall hatte sie Anhänger und Tempel. Oh, wie sehr ich ihre Anhängerin geworden bin! Ich schwöre und verspreche, für den Rest meines Lebens Nutte zu sein ...! Zu welchem Dank ich doch denen verpflichtet bin, die mir den Weg des Lasters geebnet haben! Ihnen allein verdanke ich das Leben. Von meinen Eltern habe ich es nur von unwürdigen Vorurteilen besudelt empfangen, das Feuer der Leidenschaft hat sie alle verschluckt. Und da kein Tag in meinen Augen rein war, bevor ich nicht die Kunst zu ficken kennenlernte, habe ich erst seit jener Zeit das Leben gelebt ... Schwänze! Ja, verdammt noch mal, Schwänze! Hört, meine Götter! Meine Eltern! Meine Freunde! Ich atme einzig und allein für den heiligen Schwanz ...! Und wenn er weder in meiner Votze noch in meinem Hintern ist, dann ist er so gut in meinem Kopf untergebracht, daß man ihn bei mir, wenn man mich eines Tages seziert, im Gehirn finden wird.«

Über die Liebe

»Liebe nennt man das Gefühl in unserem Innern, das uns, sozusagen gegen unseren eigenen Willen, zu irgendeinem Objekt hinzieht, das uns heiß wünschen läßt, uns mit ihm zu vereinen, dauernd in seiner Nähe zu sein, das uns schmeichelt, uns berauscht, wenn wir die Vereinigung erreichen, und uns enttäuscht zerreißt, wenn irgendwelche Umstände uns zwingen, die Vereinigung aufzulösen. Wenn diese Narretei uns immer nur zum Genuß hinreißen würde, den wir dieser Begierde, diesem Taumel entnehmen können, so wäre sie ja nur eine Lächerlichkeit. Da sie aber zu einer gewissen Übersinnlichkeit führt, die dem Liebenden Handlungen, Bedürfnisse, Wünsche eingibt, die er genauso stark empfindet wie seine eigenen, wird sie dadurch außerordentlich gefährlich. Sie trennt uns zu sehr von uns selbst, und sie läßt uns unsere Interessen zugunsten derjenigen des geliebten Objektes vernachlässigen. Indem wir uns sozusagen mit diesem Objekt identifizieren, läßt sie uns sein Unglück, seine Sorgen übernehmen und folglich vermehrt das die Summe der unsrigen. Außerdem quält uns die Furcht, entweder dieses geliebte Objekt zu verlieren oder es erkalten zu sehen ohne Unterlaß. Und das ruhigste Leben vertauschen wir allmählich – indem wir diese Ketten annehmen – mit dem grausamsten, das man sich auf der Welt nur vorstellen kann. Wäre die Belohnung oder die Entschädigung für so viele Sorgen etwas anderes als ein gewöhnlicher Genuß, würde ich vielleicht noch raten, sie zu riskieren. Aber alle Sorgen, alle Qualen, alle Schmerzen der Liebe führen nur zu dem, was man auch ohne sie leicht erhalten kann. Worin also besteht die Notwendigkeit ihrer Ketten?

Wenn sich mir eine schöne Frau anbietet und wenn ich mich in sie verliebe, existiert bei mir keine andere Absicht als bei demjenigen, der sie sieht und sie nur begehrt, ohne irgendeine Art von Liebe zu empfinden. Wir beide wollen mit ihr schlafen. Er möchte nur ihren Körper und ich – indem ich mich durch eine falsche und stets gefährliche Übersinnlichkeit über das wahre Motiv, das in Wirklichkeit nicht anders aussieht als das meines Konkurrenten, hinwegtäuschen lasse –, ich bilde mir ein, daß ich nur das Herz will, daß jeglicher Gedanke an Genuß ausgeschlossen ist. Ich lasse mich so gut täuschen, daß ich mit dieser Frau gern die Abmachung eingehe, sie nur um ihrer selbst willen lieben zu wollen, ihr Herz zu erlangen, indem ich alle meine körperlichen Wünsche opfere. Das ist der grausame Grund meines Irrtums, das wird mich in den schrecklichen Abgrund der Sorgen stürzen. Das wird mein Leben zerstören. Alles wird sich in jenem Augenblick ändern. Argwohn, Eifersucht und Unruhe werden die grausame Nahrung meiner unglücklichen Existenz sein. Und je mehr ich mich meinem Glück nähern werde, desto mehr wird sich herausstellen, daß die fatale Furcht, es zu verlieren, meine Tage vergiftet.

Wenn ich mich auch den Stacheln dieses gefährlichen Gefühls entziehe, glauben Sie nicht, daß ich seinen Rosen entsage. Ich werde sie einfach ohne Risiko pflücken. Ich nehme nur die Blüte, alles Störende werde ich entfernen. Ich werde den Körper bekommen, den ich begehre, und nicht die Seele, die mir nichts nützt. Würde der Mann sich mehr um seine wahren Interessen kümmern, würde er sein Herz mit diesem grausamen Fieber, das es verbrennt und austrocknet, verschonen! Wenn er sich überzeugen könnte, daß es nicht nötig ist, geliebt zu werden, um zu genießen, daß die Liebe viel eher dem Genusse schadet, als ihm zu dienen, würde er sich diesem übersinnlichen Gefühl entziehen, das ihn blind macht; er würde sich dem schlichten Genuß des Körpers hingeben, würde das wirkliche Glück kennen und für immer von dem Kummer, der mit seiner gefährlichen Empfindsamkeit untrennbar verbunden ist, verschont bleiben.

Es ist allerdings wahr, eine so gänzlich unbestimmte Leidenschaft wie die Empfindsamkeit der Liebe verschafft uns körperliche Begierde. Deshalb kann sie von gewissem Wert für das Prinzip der Freude sein: Es ist die Geschichte aller Illusionen, sie machen sich gegenseitig immer schöner. Aber die Empfindsamkeit ist nutzlos, ja sogar schädlich, wenn es nur um die Befriedigung der Sinne geht.

In diesem Augenblick, sehen Sie, wird die Liebe ganz unnütz, und der vernünftige Mann sollte im Gegenstand seines Vergnügens nur noch etwas sehen, das seine Nerven durch ein gewisses Fluidum gereizt hat, ein völlig unbestimmtes Geschöpf, das sich einzig der Befriedigung rein körperlicher Wünsche widmen soll – jener Feuersbrunst, die durch sein Fluidum entfacht wurde. Nachdem dieses Geschöpf dann Befriedigung gegeben und empfangen hat, gewinnt es in den Augen des anständigen Mannes jenen Status zurück, den es vorher innehatte.

Es ist nicht einzig in seiner Art. Man kann genauso gute, genauso erfreuliche finden. Er lebte gut, bevor er sie kannte, warum sollte er nicht hinterher genauso leben? Wie sollte die Untreue dieser Frau ihn bekümmern können, worin sie auch immer bestehen mag? Nimmt sie dadurch irgend etwas ihrem Liebhaber weg, daß sie ihre Gunst einem anderen gibt? Er hat seinen Teil gehabt, worüber beschwert er sich? Warum sollte ein anderer nicht das gleiche haben, und was wird er an diesem Geschöpf verlieren, was er nicht sofort bei einer anderen wiederfinden kann? Wenn sie ihn daher mit einem Rivalen betrügt, kann sie genauso auch diesen Rivalen mit ihm betrügen. Dieser zweite Liebhaber wird deshalb nicht mehr geliebt werden als der erste. Warum sollte er also eifersüchtig sein, da doch der eine nicht besser behandelt wird als der andere? Diese Klagen wären alle verzeihlich, wenn diese Lieblingsfrau ganz einzigartig wäre. Sie sind aber närrisch, weil doch ihr Verlust zu ersetzen ist.

Wenn ich mich also hier einen Augenblick in die Lage des ersten Liebhabers versetze: Was ist also an diesem Geschöpf, ich bitte Sie, was mir derartigen Kummer bereitet? Ein wenig Beachtung für mich, ein bißchen Widerhall meiner Gefühle: nur Illusionen gaben mir Kraft – die Begierde, diese Frau zu besitzen, die Neugierde waren es, die sie in meinen Augen verschönten, und wenn der Genuß sie mir nicht öffnet, so deshalb, weil ich entweder noch nicht genug genossen hatte oder weil ich noch ein Überbleibsel meiner ersten Irrtümer gewesen war –, eine rosa Brille, die aufzusetzen ich mir angewöhnt habe, bevor ich genieße, die mich wider mein besseres Wissen immer wieder täuscht: ich setze sie nicht ab! Das ist Schwäche . . . Kleinmut. Demaskieren wir doch nach dem Genuß jene Göttin, die mich vorher blendete . . .

Nutzen wir den Augenblick der Ruhe und der Erschöpfung, um sie kaltblütig zu betrachten, verweilen wir einen Augenblick, wie Lukrez sagte, hinter den Kulissen des Lebens. Nun, wir sehen dieses angebetete Geschöpf, das uns den Kopf verdreht, mit denselben Wünschen, denselben Bedürfnissen, denselben Körperformen, denselben Gelüsten ausgerüstet . . . denselben Schwächen behangen wie alle anderen Wesen seines Geschlechts. Und wenn wir uns bei dieser kaltblütigen Prüfung von dem lächerlichen Enthusiasmus loslösen, der uns an dieses Geschöpf kettet, das doch allen anderen seiner Art gleicht, so erkennen wir, indem wir es nicht mehr besitzen, daß wir nur das verloren haben, was wir leicht ersetzen können.

Erwähnen wir hier nicht die Annehmlichkeiten des Charakters.

Diese Tugenden, die nur in das Gebiet der Freundschaft gehören, sollen auch nur von ihr anerkannt werden. In der Liebe betrüge ich mich, wenn ich glaube, daß es der Charakter war, weswegen ich entschieden habe. Nur den Körper liebe ich, nur den Körper misse ich ungern, obwohl ich ihn in jeder Hinsicht ersetzen kann. Wie sind also meine Klagen närrisch!

Wagen wir es zu sagen: die Frau ist keinesfalls für das vollkommene Glück des Mannes gemacht. Vom Gesichtspunkt des Genusses aus betrachtet, dient sie ihm bestimmt nicht umfassend, denn der Mann findet einen viel lebhafteren Genuß bei seinesgleichen. Und in der Freundschaft stehen ihre Falschheit, ihre Unterwürfigkeit oder vielmehr ihre Minderwertigkeit im Gegensatz zum vollkommenen Gefühl der Freundschaft. In der Freundschaft müssen Offenheit und Gleichheit herrschen. Wenn einer der beiden Freunde den anderen dirigiert, wird die Freundschaft zerstört. Nun, die Überlegenheit eines Geschlechtes über das andere, die fatal für die Freundschaft ist, existiert nun einmal notwendigerweise zwischen zwei Freunden verschiedenen Geschlechts. Die Frau ist also weder als Mätresse noch als Freundin geeignet. Wirklich gut eingeordnet ist sie nur im System der Sklaverei, wie es die Orientalen anwenden. Sie ist nur für den Genuß gut, außerhalb desselben muß man, wie der gute König Chilperich sagte, sich ihrer so schnell wie möglich entledigen.

Wie leicht es doch ist zu beweisen, daß die Liebe nur ein nationales Vorurteil ist, da doch Dreiviertel der Erdbevölkerung, bei dem es Sitte ist, die Frauen einzusperren, nie diese Verirrung der Phantasie gekannt hat. Indem wir also den Ursprung dieses Vorurteils aufzeigen, wird es uns leicht sein – und wir versichern, daß wir ganz gewiß keine Schwierigkeit darin sehen –, ihn zu heilen. Übrigens ist es sicher, daß unser Kavaliersgeist, der lächerlicherweise jenes Geschöpf unserer Würdigung nahebringt, das doch nur für unsere Bedürfnisse geschaffen ist – also ich meine, es ist sicher, daß dieser Geist nur einem antiken Respekt entspringt, den unsere Ahnen einst ihren Frauen erwiesen, weil sie sich in den Städten und auf dem Lande der Wahrsagerei widmeten. Aus Furcht vor dem Zauber erwies man seinen Respekt, und der Kavaliersgeist wuchs im Schoße des Aberglaubens. Aber dieser Respekt lag niemals in der Natur begründet, man würde seine Zeit verlieren, wollte man ihn dort suchen. Die Unterlegenheit dieses Geschlechts unter das unsrige ist zu deutlich, als daß es jemals in uns irgendeinen echten Grund gäbe, es zu respektieren. Und die Liebe, die aus dem blinden Respekt geboren wurde, ist, wie er selbst, nur ein Vorurteil.

Der Respekt gegenüber den Frauen wächst, weil die Gesetzgebung ihn fördert, indem sie von den Prinzipien der Natur abweicht. Solange die Männer nur diesen ursprünglichen Prinzipien folgen, dürfen sie die Frauen zutiefst verachten. Jedoch werden sie zu Göttinnen, wenn sich die Männer herabwürdigen, denn dann wird der Mann schwächer und notwendigerweise ergibt es sich, daß der Schwächere befiehlt, wenn der Stärkere sich unter ihn herabwürdigt. So ist die Regierung denn immer schwach, wenn die Frauen regieren. Erwähnen Sie mir ja nicht die Türkei! Wenn die Regierung dort schwach ist, so doch erst seit jener Zeit, da die Intrigen des Serails ihre Haltung bestimmt haben! Die Türken haben das Reich von Konstantinopel zerstört, als sie das gefesselte Geschlecht zurückließen und als Mohamed II. Irene im Angesicht seiner Armee enthauptete, da man von ihr annahm, daß sie das Reich zu sehr auf ihrer Seite hatte. Es bedeutet Erniedrigung und Verderbtheit, den Frauen auch nur die geringste Verehrung zu erweisen, eine solche Verehrung ist selbst im Augenblick der Trunkenheit unmöglich, wie kann man sie also hernach noch empfinden? Wenn aus dem, was einem dient, ein Gegenstand der Anbetung wird, so muß man auch seinen Ochsen, seinen Esel, seinen durchlöcherten Stuhl usw. anbeten.

Das, was man Liebe nennt, ist, mit einem Wort, nichts anderes, als der Wunsch zu genießen, und solange er existiert, ist Verehrung überflüssig; wenn er jedoch befriedigt ist, ist sie unmöglich: das beweist, daß es sicherlich nicht Verehrung ist, die den Respekt erwirkt hat, sondern durch den Respekt entstand die Verehrung. Nehmen Sie zum Beispiel die entwürdigenden Situationen, in denen sich dieses Geschlecht früher befand und in denen es bei einem großen Teil der Erdbevölkerung noch immer lebt, dann werden Sie zu der Überzeugung gelangen, daß die übersinnliche Leidenschaft der Liebe dem Mann keineswegs angeboren ist, sondern daß sie die Frucht seiner Vorurteile und Gewohnheiten ist und daß der Gegenstand dieser Leidenschaft, die allgemein verachtet wird, ihn niemals blind hätte machen dürfen.

Diese Verachtung existiert bei den Kroaten, die den Geographen unter dem Namen Uskoken und Morlaken genauer bekannt sind,* dergestalt, daß sie, wenn sie von ihren Frauen sprechen wollen, denselben vulgären Ausdruck benutzen, dessen sich das Volk für ein niedriges Tier bedient.**

Nie dulden sie sie in ihrem Bett, sie schlafen auf der Erde, sind verpflichtet, auf das kleinste Zeichen hin zu gehorchen, und beim geringsten Ungehorsam werden sie durch Schläge mit dem Ochsenziemer zerrissen. Ihre Unterwerfung, ihre Lebensordnung, ihre langweiligen täglichen Beschäftigungen werden nie unterbrochen, auch nicht während ihrer Schwangerschaft: häufig sieht man sie auf dem Felde niederkommen, ihre Kinder von der Erde aufnehmen, sie im ersten Rinnsal waschen, sie nach Hause tragen und ihre Arbeit fortsetzen. Man hat bemerkt, daß in diesem Land die

* Das ist das Volk, das ehemals dem österreichischen Hause unter dem Namen ›Panduren‹ diente. Es bewohnt den mittleren Teil des österreichischen Kroatien. Pandur bedeutet soviel wie: großer Dieb.

** Mit Ihrer Erlaubnis.

Kinder viel gesünder, viel robuster und die Frauen viel treuer waren ... Es scheint, als wolle die Natur ihre Rechte nicht verlieren, die ihr in unseren Regionen unser Luxus und unsere falsche Empfindlichkeit zu nehmen versuchen – ohne doch dadurch andere Folgen heraufzubeschwören als eine Erniedrigung unseres Geschlechts, dem man gleichstellt, was die Natur nur zum Sklavendasein erschaffen hat.

Bei den zaporianischen Kosaken sind die Frauen aus der Volksgemeinschaft absolut ausgeschlossen. Diejenigen, die zur Fortpflanzung dienen, sind auf einsame Inseln verbannt, und die Männer bedienen sich ihrer, wenn sie sie nötig haben, jedoch ohne auszuwählen, ohne Unterschiede zu machen, nur der Zweck soll erfüllt werden. Weder Alter noch das Aussehen oder Abstammung bedeuten etwas. So kommt es, daß der Vater Kinder von seiner Tochter hat, der Bruder von seiner Schwester; es gibt keine anderen Gesetze bei diesen Völkern als die, welche die Notwendigkeiten geschaffen haben.

Es gibt Länder, in denen die Frauen, wenn sie ihre Regel haben, wie Tiere behandelt werden. Man sperrt sie fest ein, und man wirft ihnen von weitem etwas zu essen hin, als ob sie Tiger oder Bären seien. Glauben Sie, daß diese Völker ihre Frauen wohl sehr lieben?

Im Königreich von Luango in Afrika werden die schwangeren Frauen noch mehr mißhandelt. Sind sie einmal in diesem Zustand, werden sie als höchst unrein, höchst verunstaltet und höchst ekelerregend empfunden. Und wirklich, gibt es denn etwas Schrecklicheres als eine schwangere Frau? Um sich den Schrecken, den dieses Geschlecht hervorruft, gut einzuprägen, meine ich, daß es verpflichtet werden müßte, stets nackt zu sein, und dann müßte es in diesem Zustand seinen Anhängern gezeigt werden. Die Neger von Barré verkehren nur mit ihren Frauen vier Jahre, nachdem sie niedergekommen sind.

Die Frauen von Maduré sprechen von ihren Männern nur mit Hilfe von Umschreibungen, die ihnen gegenüber tiefen Respekt ausdrücken.

Die Römer und die Kelten hatten bei ihren Frauen das Recht über Leben und Tod, und sie gebrauchten es oft. Dieses Recht ist uns von Natur aus gegeben; wir sind ihr ungehorsam und mißachten ihre Gesetze, wenn wir es nicht anwenden.

Ihr Sklaventum ist in fast ganz Afrika schrecklich. Sie sind indessen in diesem Land sehr glücklich, wenn nur der Ehemann ihre Fürsorge zu akzeptieren geruht. Im Königreich von Juida werden sie so schlecht behandelt und sind so unglücklich, daß diejenigen, die man anwirbt, um den Harem des Herrschers aufzufüllen, sich lieber töten, wenn sie es nur können, als sich mitnehmen zu lassen. Dieser Prinz genießt seine Frauen nur, so sagt man, indem er ihnen abscheuliche Martern auferlegt.

Werfen wir einen Blick auf die herrlichen Besitztümer in Asien.

Wir sehen dort hochmütige Despoten, die ihre Wünsche durch Befehle befriedigen, die reinste Schönheit den schmutzigen Launen ihrer Phantasie gefügig machen und die jene stolzen Gottheiten, die unsere Niedrigkeit beweihräuchert, auf das äußerste entwürdigt.

Die Chinesen verachten die Frauen zutiefst. Sie sagen, man muß sich beeilen, sie sofort loszuwerden, nachdem man sich ihrer bedient hat.

Wenn der Herrscher von Golkonda spazieren gehen will, bilden zwölf der größten und stärksten Mädchen seines Harems, indem sie sich übereinander legen und stellen, eine Art Dromedar. Die vier größten bilden die Beine. Man setzt Seine Majestät auf die Hüften der Mädchen, und dann gehen sie los. Ich überlasse es Ihnen, sich die Sitten dieses Monarchen im Innern seines Harems vorzustellen. Wie erstaunt wäre er, wenn man käme und ihm sagte, daß diese Kreaturen, deren er sich für seine Bedürfnisse bedient, in Europa Gegenstand der Anbetung sind.

Die Moskoviten wollen nichts von dem essen, was durch eine Frau getötet worden ist.

Oh, glauben Sie mir, meine Brüder, die Natur hat uns nicht deshalb mit Kraft ausgestattet, um uns von einem so niedrigen Gefühl wie dem der Liebe herabwürdigen zu lassen, im Gegenteil deshalb, um diesem schwachen und trügerischen Geschlecht zu befehlen, um es zu zwingen, unseren Wünschen zu dienen. Und wir vergessen vollkommen ihre Absichten, wenn wir jenen Wesen, die sie uns unterworfen hat, irgendeine Macht überlassen. Wir bilden uns ein, das Glück in der Zärtlichkeit zu finden, die wir bei den Frauen für uns vermuten. Aber dieses Gefühl ist immer nur gespielt, immer nur nach dem Bedürfnis bemessen, das sie nach uns zu haben meinen, oder es ist eine Leidenschaft, mit deren Hilfe sie uns schmeicheln. Wenn das Alter naht oder wenn das Glück sich wendet und wir können nicht mehr ihren Freuden oder ihrem Hochmut dienen, so verlassen sie uns augenblicklich und werden häufig unsere tödlichsten Feindinnen. Bestimmt haben wir nichts Grausameres als Frauen, selbst wenn sie uns aufrichtig anbeten. Wenn wir sie genießen, tyrannisieren sie uns. Wenn wir sie verachten, rächen sie sich, und es endet immer damit, daß sie uns schädigen. Man sieht, daß von allen männlichen Leidenschaften die Liebe die gefährlichste ist, vor der man sich sorgfältigst schützen soll.

Aber genügt nicht die Blindheit des Mannes, um seine Narrheit zu beurteilen? Braucht es noch etwas anderes als diese fatale Illusion, um deretwillen er für das Geschöpf, das er beweihräuchert, soviel Charme aufwendet? Da gibt es kein Unrecht, das nicht zu einer Tugend wird, keinen Fehler, der nicht eine Schönheit wäre, keine Lächerlichkeit, die nicht Begnadung wäre. Oh, und wenn der Rausch vorbei ist und der Mann Klarheit gewinnt, wenn er das miserable Objekt seiner Anbetung kaltblütig betrachtet, sollte er dann nicht wenigstens, während er über seinen unwürdigen Irrtum errötet, die feste Absicht fassen, nie wieder blind zu werden?

Unbeständigkeit und Ausschweifung, meine Brüder, das sind die beiden Gegengifte der Liebe. Indem sie uns an den Umgang mit den falschen Gottheiten gewöhnen, lassen sie unmerklich die Illusion verschwinden. Man betet nicht mehr an, was man alle Tage sieht. Durch die Gewöhnung an Unbeständigkeit und Ausschweifung verliert das Herz unmerklich seine gefährliche Weichheit, die es empfindlich macht für Liebesgefühle, es stumpft ab, es verhärtet sich, und bald folgt die Heilung. Also weshalb sollte ich mich am eisigen Wesen dieses Geschöpfes, das mir trotzt, erkälten, wo mir doch etwas Überlegung sagt, daß mir zwei Louis ohne Schwierigkeiten den Besitz eines Körpers, der ebenso schön ist wie der ihre, verschaffen können?

Lassen wir nie aus den Augen, daß die Frau, die uns am meisten zu umgarnen versucht, gewiß Fehler verbirgt, die uns bald anekeln würden, wenn wir sie kennenlernten. Auf daß unsere Phantasie sie sehe, diese Kleinigkeiten – daß sie sie vermute und daß sie sie errate; wenn die erste Einsicht in dem Augenblick gewonnen wird, da die Liebe erwacht, hilft sie vielleicht, sie auszulöschen. Wenn sie noch Mädchen ist, strömt von ihr bestimmt ein ungesunder Geruch aus, wenn nicht zu der einen Zeit, dann zu der anderen. Ist es etwa der Mühe wert, sich für eine Kloake zu begeistern? Wenn sie Frau ist, können die Nachwirkungen eines anderen, das gebe ich zu, unsere Wünsche für einen Augenblick erregen, aber unsere Liebe? ... Und warum sollten wir sie also anbeten ... die dicke Eselin mit zehn Kindern? Stellen Sie sie sich vor, wenn sie entbindet, diese Gottheit Ihres Herzens! Sehen Sie, wie die unförmige Fleischmasse stinkend und klebrig dort herauskommt, wo Sie das Glück zu finden glauben. Ziehen Sie schließlich, auch zu einer anderen Zeit, dieses Idol Ihrer Seele aus. Sollten etwa diese beiden kurzen und gebogenen Schenkel Ihren Kopf verdrehen? Oder dieser unreine und stinkende Schlund, den sie umschließen? Ah, vielleicht wird es diese gekräuselte Schürze sein, die, in Wogen auf dieselben Schenkel fallend, Ihre Phantasie erregt? Oder diese beiden aufgeweichten Kugeln, die bis zum Nabel hängen?

Aber vielleicht wendet sich Ihre Anbetung ja der Kehrseite der Medaille zu. Diese beiden gelben und schlaffen Fleischstücke, die sich um ein bleifarbenes Loch schließen, das sich mit dem anderen vereinigt, beten Sie an ... O ja, das sind sicherlich die Reize, an denen sich Ihr Geist ergötzt! Um sie zu genießen, begeben Sie sich unter das Niveau der dümmsten Tiere! ... Aber, ich irre mich, nichts von alledem zieht Sie an: Viel größere Vorzüge fesseln Sie. Es ist dieser falsche und doppelbödige Charakter, dieser ewige Zustand der Lüge und der Schurkerei, dieser zänkische Ton, diese katzenähnliche Stimme, diese Hurenhaftigkeit oder Prüderie (denn niemals befindet sich eine Frau außerhalb dieser beiden Extreme), diese Verleumdung, diese Boshaftigkeit, diese Widersprüche, diese Inkonsequenz ... Ja, ja, ich weiß, das sind die Verlockungen, die Sie binden, und zweifellos sind sie es wert, daß Sie deswegen mit verdrehtem Kopf herumlaufen.

Über die Phantasie

Außer Noirceuil und Saint-Fond gab es wenige Leute, die genauso verdorben waren wie Belmor. Er war es aus Prinzip, aus Temperament, aus Geschmack, und seine perfide Phantasie ließ ihn manchmal Dinge erfinden, die alles überstiegen, was ich je ersonnen hatte ... Wohlverstanden bis jetzt.

»Diese Phantasie, die Sie bei mir herausstreichen, Juliette«, sagte er mir eines Tages, »ist genau das, was mich bei Ihnen gereizt hat, man wird kaum eine unzüchtigere ... eine reichere ... eine mannigfaltigere als die Ihre finden. Und Sie müssen bemerkt haben, daß meine süßesten Genüsse mit Ihnen jene sind, die entstehen, wenn unsere Phantasie mit uns durchgeht und Möglichkeiten der Wollust erfindet, deren Existenz unglücklicherweise nicht möglich ist.

Oh, Juliette, wie köstlich sind die Freuden der Phantasie! Sollte man nicht wollüstig alle Wege beschreiten, die uns ihr Feuerwerk anbietet? Geben Sie zu, mein Engel, man hat ja keine Ahnung von dem, was wir erfinden, was wir in den göttlichen Augenblicken erschaffen, da unsere brennenden Seelen nur noch in dem unreinen Organ der Wollust existieren, mit welchen Köstlichkeiten man spielt, wenn man sich gegenseitig bei der Erregung dieser Phantome aufgeilt, wie man sie verzückt liebkost! ... wie man sie umkreist! ... wie man sie durch tausend obszöne Episoden vergrößert. In diesen köstlichen Augenblicken gehört uns die ganze Welt; nicht eine Kreatur verweigert sich uns. Alles bietet unseren erregten Sinnen die Freude an, für die unsere kochende Phantasie sie empfänglich hält. Man verwüstet die Welt ... man bevölkert sie mit neuen Geschöpfen, die man wieder tötet. Alle verbrecherischen Mittel stehen uns zur Verfügung, wir benutzen sie alle, wir verhundertfachen den Schrecken, und die Gedanken aller höllischsten und bösesten Geister holen uns in ihrer schlimmsten Verwirklichung nicht dort ein, wohin uns unsere Wünsche zu tragen wagen ...

Glücklich, hundertmal glücklich, sagt Lamettrie, sind diejenigen, deren lebendige, wollüstige Phantasie die Sinne stets im Vorgeschmack auf die Freude hält. Tatsächlich, Juliette, ich weiß nicht, ob die Wirklichkeit den Trugbildern ebenbürtig ist und ob die Genüsse dessen, was man gar nicht besitzt, nicht hundertmal diejenigen aufwiegen, die einem tatsächlich gehören. Zum Beispiel deine Hinterbacken, Juliette, die habe ich vor Augen, ich finde sie schön, aber da meine Phantasie immer üppiger und immer geschickter ist als die Natur, wage ich es zu sagen: Sie erschafft noch viel schönere. Und ist die Freude, die mir diese Illusion verleiht, nicht jener anderen vorzuziehen, die mir die Wirklichkeit beschert? Was du mir bietest, ist nur schön, was ich erfinde, ist überwältigend. Ich werde mit ihnen nichts anderes tun als das, was alle Welt tun kann, und es kommt mir so vor, daß ich mit diesem Hintern, der das Werk meiner Phantasie ist, Dinge tun würde, die selbst Götter nicht erfinden würden ...«

Die Giftmischerin La Durand

»Hör zu«, sagte Clairwil eines Tages zu mir, »ich besitze die Adresse einer sehr außergewöhnlichen Frau. Wir müssen dort einmal gemeinsam hingehen. Sie stellt Gifte aller Art zusammen und verkauft sie und außerdem sagt sie die Zukunft voraus und dabei verfehlt sie selten die Wahrheit.«

»Und gibt sie das Rezept der Gifte, die sie verkauft, preis?«

»Für fünfzig Louis.«

»Ausprobiert?«

»Vor den eigenen Augen, wenn man will.«

»Natürlich komme ich mit, Clairwil. Ich habe schon immer den Gedanken an Gifte geliebt.«

»Oh, mein Engel, es ist köstlich, Herr über das Leben anderer zu sein.«

»Ich bin ganz sicher, das muß bestimmt ein großer Genuß sein, im selben Augenblick, als du mir von diesem Vorhaben erzähltest, habe ich meine Nerven zusammenzucken gefühlt, eine unanständige Hitze erfaßte sie, und wenn du mich jetzt anfaßtest, würdest du mich noch ganz naß finden.«

»Oh, verdammt«, sagte Clairwil, indem sie meinen Rock hochhob, um sich zu vergewissern, »was bist du doch für ein Mensch, meine Liebe ... wie ich dich liebe ... du bist ein Gott für mich ... Aber hast du mir nicht gestanden, daß Saint-Fond dir einen vollen Geldkasten anvertraut habe? Was hast du damit gemacht?«

»Der ist leer, und ich wage nicht mehr, ihn um weiteres Geld zu bitten.«

»Wie, du hast es verbraucht?«

»Alles.«

»Für seine Bedürfnisse?«

»Höchstens ein Drittel, den Rest für meine Leidenschaften.«

»Für Racheakte?«

»Einiges, aber viel für Geilheiten.«

»Du köstliches Geschöpf!«

»Oh, Clairwil, du könntest dir nie vorstellen, was für Schreckenstaten ich auf diesem Gebiet ausgeführt habe ... die Wollust, die mich diese Seitensprünge kennenlernen ließ! Verkleidet, mit einer Schachtel vergifteter Dragées in meiner Tasche, durchquerte ich zu Fuß die öffentlichen Spazierwege, die Straßen, die Bordelle, ich verteilte gleichgültig diese unheilvollen Bonbons. Ich trieb die Abscheulichkeit so weit, daß ich sie vorzugsweise Kindern gab. Später vergewisserte ich mich meiner Missetaten, fand ich eine Bahre vor der Tür jenes Geschöpfes, dem ich tags zuvor meine grausamen Scherzartikel verabreicht hatte, so rann ein himmlisches Feuer durch meine Adern ... ich war nicht mehr bei mir ... ich mußte mich und die Natur bremsen, die, zweifellos weil ich das brauche, mich mit einer unaussprechlichen Ekstase belohnte, die eine Gemeinheit in mir glaubte reichlich beschimpfen zu müssen.«

»Nichts ist leichter zu verstehen«, antwortete mir Clairwil, »und die Verhaltensregeln, die Saint-Fond, Noirceuil und ich dir seit langer Zeit gegeben haben, müssen dir bei alledem die Geheimnisse der Natur enthüllen. Es ist nicht ungewöhnlicher, dorthin zu gelangen, als gerne auszupeitschen, es ist das gleiche verfeinerte Vergnügen, und da es erwiesen ist, daß sich durch die Schmerzen, die andere empfinden, all unsere Nerven in Schwingung versetzen lassen, wodurch notwendigerweise Geilheit hervorgerufen wird, werden alle möglichen Maßnahmen, die Schmerz bereiten können, für uns dadurch zu Freuden, und wenn wir mit den harmlosen Dingen anfangen, landen wir bald bei den Greueltaten. Die Ursachen sind stets die gleichen, nur die Auswirkungen unterscheiden sich. Durch eine unmerkliche Steigerung – die notwendige Folge der Naturgesetze und vor allem des Überdrusses – beginnt man mit einem Piekser und endet mit einem Dolchstoß. Übrigens ist die Verwendung von Gift eine Art Niedertracht, die die Genüsse einzigartig steigert. Du bist jetzt deinen Lehrmeistern überlegen, Juliette, ich habe vielleicht mehr ersonnen, aber nicht soviel ausgeführt ...«

»Mehr ersonnen«, sagte ich zu meiner Freundin. »Und was, zum Teufel, bitte ich dich, könntest du noch ersinnen?«

»Ich möchte«, sagte Clairwil, »ein Verbrechen finden, das sich ununterbrochen auswirkt, so daß es, selbst wenn ich nicht mehr handeln würde, keinen Augenblick in meinem Leben geben würde, auch nicht, wenn ich schlafe, in dem ich nicht die Ursache irgendeiner Unordnung bin, und daß sich diese Unordnung derart ausbreitet, daß sie eine allgemeine Verderbtheit zur Folge haben würde oder eine so wesentliche Zerrüttung, daß sie sich noch über die Dauer meines Lebens hinaus auswirken würde.«

»Um deinen Gedanken hierüber beizupflichten, mein Engel: ich sehe darin nichts anderes als den moralischen Mord, zu dem man durch Ratschläge, Schriften oder Handlungen vorstößt«, sagte ich. »Belmor und ich haben über dieses Thema diskutiert. Es gibt kaum eine Einbildungskraft wie die seine, und hier ist eine kleine Berechnung von ihm, die ausreicht, um dir zu beweisen, mit welcher Geschwindigkeit diese Seuche sich ausbreitet und wie wollüstig es sein kann, sie zu produzieren, wenn es wahr ist – woran weder du noch ich zweifeln –, daß die Empfindung im Verhältnis zur Abscheulichkeit des Verbrechens wächst.«

Madame de Lorsange erklärte ihren Freunden die von Belmor aufgestellte Rechnung:

»Ein Wüstling, der sich zu dieser Art von Handlung entschlossen hat, kann im Laufe eines Jahres leicht dreihundert Kinder verderben. Nach dreißig Jahren wird er dann neuntausend verdorben haben, und wenn jedes von ihm verdorbene Kind nur ein Viertel seiner Verderbtheiten nachahmt, was mehr als wahrscheinlich ist, und wenn jede Generation so gehandelt hat, wird der Wüstling, der zwei Generationen voller Verderblichkeit heranwachsen gesehen haben wird, am Ende seiner dreißig Jahre fast neun Millionen Wesen entweder persönlich oder durch die Verhaltensregeln, die er erteilt hat, verdorben haben.«

»Charmant«, antwortete mir Clairwil, »aber da wir uns dieser Sache angenommen haben, müssen wir sie auch ausführen.«

»Nicht nur die dreihundert Opfer müssen regelmäßig jedes Jahr verdorben werden«, sagte ich, »sondern man muß auch, soviel man kann, zu der Verderblichkeit der anderen beitragen.«

»O verdammt«, sagte Clairwil, »wenn sich zehn Personen mit demselben Plan befassen würden, was sehr gut möglich ist, würde sich das Ausmaß der Verderblichkeit unter ihren Augen sogar schneller ausbreiten als die heftigste Pest oder das bösartigste Fieber.«

»Gewiß«, antwortete ich »aber wenn man eine solche Sache unternimmt, dann muß man gleichzeitig, um den Erfolg soweit wie möglich zu sichern, jene drei Mittel anwenden, die ich bereits nannte: Ratschläge, Handlungen, Schriften.«

»Wie gefährlich das alles sein kann«, sagte Clairwil.

»Das stimmt«, antwortete ich, »aber erinnere dich an Machiavellis Ausspruch, daß es mehr wert ist, ungestüm als behutsam zu sein, weil die Natur eine Frau ist, bei der man nur zum Ziel kommen kann, wenn man sie quält. Man weiß aus Erfahrung, so fährt derselbe Schriftsteller fort, daß sie ihre Gunst eher den wilden Menschen als den kalten Menschen schenkt.«

»Weißt du«, fuhr Clairwil fort, »daß dein Belmor köstlich sein soll?«

»Das ist er auch«, antwortete ich, »es gibt kaum Männer, die liebenswerter sind. Es gibt kaum welche, die ausschweifender sind.«

»Er wird die Einkäufe, die wir machen werden, lieben. Man wird sie ihm sehr teuer weiterverkaufen müssen.«

»Du glaubst also, daß wir, wie sehr wir auch immer einen Mann lieben und wie auch immer seine Beziehungen zu uns aussehen, ihn trotzdem immer gleichweg betrügen sollen?« sagte ich.

»Ganz gewiß«, antwortete Clairwil, »schon weil er ein Mann ist, sind wir verpflichtet, ihn genauso zu behandeln wie er uns, wenn es sich um uns dreht, und da es doch keinen einzigen aufrichtigen Mann gibt, warum sollten wir dann aufrichtig mit ihnen sein? Ergötze dich an den Neigungen deines Liebhabers, wenn sie deinen Launen passen, erfreue dich an seinen moralischen und körperlichen Fähigkeiten, erhitze dich an seinem Geist, an seinen Begabungen. Aber vergiß nie, daß er zu einem Geschlecht gehört, welches dem deinen als erklärter Feind gegenübersteht; daß du niemals die Gelegenheit versäumen sollst, dich an den Beleidigungen zu rächen, die dein Geschlecht von ihm empfangen hat und du alle Tage wieder empfängst. Mit einem Wort: er ist ein Mann, und du sollst ihn hintergehen ... Du bist noch immer von einer unglaublichen Gutmütigkeit in dieser Beziehung, du achtest die Männer, während man sich ihrer doch nur bedienen und sie betrügen soll. Du nimmst Saint-Fond nicht zu einem Viertel so aus, wie ich es an deiner Stelle täte. Bei der großen Schwäche, die er für dich hat, würde ich ihm jeden Tag Millionen abnehmen.«

Und da diese Unterhaltung in Clairwils Wagen stattfand, der uns zu der Zauberin führte, zwangen uns die Pferde, die wir anhalten fühlten, sie einstweilen abzubrechen.

In einem einsamen, zwischen einem Hof und einem Garten gelegenen Haus am Ende des Vororts Saint-Jacques wohnte die Abenteurerin, die wir konsultieren wollten. Unsere Leute klingelten, eine alte Dienerin wurde über unsere Wünsche informiert und führte uns, sobald sie konnte, in einen tiefgelegenen Saal, indem sie uns bat, unseren Leuten zu befehlen, mit unserem Wagen in ein entfernteres Wirtshaus zu fahren und dort auf uns zu warten, was sofort geschah.

Nach einer Viertelstunde erschien die Durand. Sie war eine sehr schöne Frau von vierzig Jahren mit sehr ausgeprägten, erstaunlich gut bewahrten Formen, von stattlicher Größe mit einem römischen Kopf, sehr ausdrucksvollen Augen, sehr gutem Auftreten und noblen Manieren. Und allgemein mit all dem, was Anmut, Erziehung und Geist verheißt.

»Madame«, sagte meine Freundin zu ihr, »Leute, die Sie sehr gut kennen und die Sie zufriedengestellt haben, schicken uns zu Ihnen ... Sagen Sie uns zuerst, was uns die Zukunft bringt. Hier sind fünfundzwanzig Louis dafür. Danach müssen Sie uns Mittel geben, diese Zukunft zu meistern, indem Sie uns eine vollständige Kollektion aller Gifte, die Sie herstellen, verkaufen.«

»Hier ist die Summe«, fuhr Clairwil fort, indem sie ihr fünfzig weitere Louis gab, »die Sie gewöhnlich nehmen, wenn Sie die Zusammensetzung dieser Gifte lehren und Ihr Kabinett und Ihren Garten mit den giftigen Pflanzen zeigen. Seien Sie versichert, daß es dabei nicht bleiben wird.«

»Das erste, was ich feststelle, ist«, antwortete die Durand, »daß Sie zwei sehr hübsche Damen sind und daß Sie sich, bevor Sie erhalten, was Sie erbeten haben, einleitenden Zeremonien unterwerfen müssen, die Ihnen vielleicht nicht gefallen werden.«

»Um was handelt es sich, Madame?« fragte Clairwil.

»Sie müssen mir«, antwortete die Zauberin, »in ein sehr dunkles Kabinett folgen, wohin ich Sie geleiten werde, und dort werden Sie beide, vollkommen ausgezogen, von mir ausgepeitscht werden.«

»Heftig?«

»Bis aufs Blut, meine lieben Freundinnen ... ja, bis aufs Blut. Ich bewillige niemals etwas ohne vorherige Gefälligkeit, ich brauche Ihr Blut, um Ihnen die Zukunft zu deuten, und zwar das Blut, welches von einer einleitenden Auspeitschung herrührt.«

»Nun gut«, sagte ich zu Clairwil, »unter derartigen Umständen soll man sich gegen nichts sträuben.«

Das Kabinett, in das wir eindrangen, war zu einzigartig, als daß es nicht eine besondere Beschreibung verdiente, und obwohl es nur durch eine einzige Lampe erhellt wurde, konnten wir die Gegenstände dort genug erkennen, um Einzelheiten darüber berichten zu können. Dieses Kabinett, das schwarz gestrichen war, maß ungefähr zwanzig Fuß im Quadrat. Die ganze rechte Seite stand voller Brennkolben, Öfen und anderen Instrumenten aus der Chemie. Links sah man Bretter, auf denen eine große Anzahl Glasgefäße und Bücher standen. Darunter standen einige Tische. An der Vorderseite verbarg ein schwarzer Vorhang ein Zimmer, von dem ich später noch sprechen werde, und die Mitte wurde von einer Holzsäule geschmückt, die mit schwarzem Samt verkleidet war und an die Madame Durand uns in einer Weise fesselte, daß wir einander ins Gesicht sahen.

»Nun«, sagte uns die Vollstreckerin, »sind Sie entschlossen, einige Schmerzen zu erleiden, um die Instruktionen zu bekommen, die Sie gerne haben möchten?«

»Handeln Sie«, antworteten wir beide, »handeln Sie, Madame, wir sind zu allem bereit.«

Und die Durand küßte uns dann beide ganz verliebt auf den Mund, befühlte unsere Hinterbacken und band uns eine Binde vor die Augen. Danach herrschte äußerstes Schweigen. Man näherte sich uns leise, und ohne recht zu wissen, wer uns schlug, erhielten wir abwechselnd erst einmal jede fünfzig Schläge. Man benutzte Ruten, aber sie waren so scharf und hart, und man ging mit solcher Heftigkeit zu Werk, daß, obwohl Clairwil und ich an diese Freuden gewöhnt waren, ich ganz sicher glaube, daß bereits Blut kam. Währenddessen sagte man kein Wort, und wir wagten nicht, uns zu beklagen. Unsere Hinterbacken wurden betastet, aber bestimmt waren es nicht die Hände von Madame Durand, die sie anfaßten.

Man begann von neuem. Diesmal konnten wir keinen Zweifel daran haben, welchen Geschlechts der Peiniger war. Ein Schwanz näherte sich unserem Hintern, man rieb ihn in dem Blut, das daraus hervorfloß, ein paar Seufzer, ein bißchen wollüstiges Stöhnen ließ sich hören und zwei- oder dreimal wurde unser Afterloch geküßt, sogar eine Zunge drang dort für einige Augenblicke ein. Eine dritte Wiederholung fand statt, aber man nahm jetzt keine Ruten mehr. Obwohl unsere Hintern gefühllos geworden waren, konnten wir doch leicht erkennen, daß die Schläge, die man uns gab, nur von sehr scharfen Klopfpeitschen herrühren konnten. Sie mußten es zweifellos sein, denn ich fühlte bald, daß meine Schenkel und meine Beine von Blut überströmt waren. Der Schwanz näherte sich, man fühlte wieder die Zunge, und dann war die Zeremonie beendet. Man nahm uns die Binde von den Augen, und wir erblickten nur Madame Durand, eine Untertasse in der Hand, die sich bald mit Blut füllte, nachdem sie sorgfältig unter unsere Hinterbacken gestellt worden war. Madame Durand band uns los, betupfte uns unseren Hintern mit Wasser und Essig und fragte uns dann, ob wir gelitten hätten.

»Das ist gleichgültig«, antworteten wir, »müssen wir noch andere Dinge tun?«

»Ja«, antwortete die Durand, »Sie müssen sich Ihren Kitzler streicheln lassen, ich kann Ihnen keine Vorhersage machen, wenn ich Sie nicht in freudiger Erregung gesehen habe.«

Danach legte uns die Zauberin dicht nebeneinander auf ein Sofa und zwar so, daß unsere Köpfe hinter dem Vorhang lagen, von dem ich bereits gesprochen habe, und sich also nicht mehr in demselben Zimmer befanden. Die Herrin des Hauses kam dorthin, wo unsere Köpfe lagen und band uns mit einer Schnur unterhalb unserer Brüste fest, wodurch sie uns daran hinderte, uns zu erheben und zu erkennen, mit wem wir verkehren würden.

Halbnackt saß sie neben uns. Ihr herrlicher Busen war fast in Höhe unseres Gesichts. Sie erfreute sich daran, ihn sich küssen zu lassen. Sie beobachtete uns und betrachtete die von unserem Blut gefärbte Untertasse. Man streichelte uns zuerst den Kitzler, danach sehr geschickt die Scheide und das Afterloch. Man leckte uns diese beiden Öffnungen, dann, nachdem man unsere Beine hochgehoben und mit Schnüren, die sie in der Luft festhielten, gebunden hatte, kam ein ziemlich mittelmäßiger Schwanz bei uns abwechselnd in unsere Votzen und unsere Hintern.

»Madame«, sagte ich zu der Durand, sobald ich diese Hinterlist bemerkt hatte, »sind Sie wenigstens des Mannes sicher, der uns erlebt?«

»Einfältiges Geschöpf«, antwortete die Durand, »es ist kein Mann, der sich an Ihnen erfreut, es ist Gott.«

»Sie sind verrückt, Madame«, sagte Clairwil, »es gibt keinen Gott, und wenn es einen gäbe, würde er einem vielleicht in den Hintern kommen, da ja alles, was er machen würde, der Vollkommenheit nahekäme, aber er würde keine Frauen ficken.«

»Schweigen Sie«, sagte die Durand, »geben Sie sich ganz den Empfindungen des Fleisches hin, ohne sich über diejenigen zu beunruhigen, durch die Sie sie fühlen. Wenn Sie noch ein Wort sagen, ist alles verloren.«

»Wir werden nichts sagen«, antwortete ich, »aber bedenken Sie vor allem, daß wir weder eine Geschlechtskrankheit noch Kinder haben wollen.«

»Bei Gott ist keines dieser Dinge zu befürchten«, sagte die Durand. »Ich bitte noch einmal um Ruhe, denn ich kann Ihnen nichts mehr antworten.«

Und ich fühlte sehr deutlich den Schwanz der Person, die sich meiner bediente, wie er sich in meinem Hintern überreichlich entleerte. Er fluchte auch, er tobte, er wurde wütend, und in diesem Augenblick wurden wir, fast ohne es zu bemerken, mitsamt dem Sofa in die Höhe gehoben.

Wir fanden uns in einem unmöblierten Zimmer wieder, das uns, während wir emporgehoben wurden, äußerst hoch liegen zu müssen schien. Dort trennten keine Vorhänge mehr unsere Köpfe von unseren Körpern. Die Durand war uns gefolgt, sie war gleichfalls durch eine Falltür neben uns nach oben gekommen. Zwei kleine Mädchen im Alter von dreizehn bis vierzehn Jahren befanden sich im Zimmer, sie waren an Sessel festgebunden ... An ihrem Benehmen und an ihrer Blässe konnten wir leicht erkennen, daß diese Geschöpfe im größten Elend geboren sein mußten. Neben ihnen lagen in einer Wiege zwei kleine Jungen von neun Monaten. In dem Zimmer befand sich ein großer Tisch, und auf diesem Tisch lagen viele Pakete, die denen ähnelten, die in einer Apotheke Drogen enthalten. Es gab außerdem in diesem Zimmer eine größere Anzahl Glasgefäße, als wir in dem anderen Zimmer gesehen hatten.

»Hier werde ich zu Ihnen sprechen«, sagte die Durand und band uns los. »Sie, Clairwil«, sagte sie, indem sie ihre Augen auf die Untertasse richtete, die deren Blut enthielt, »(beachten Sie, daß ich Ihren Namen kenne, ohne daß Sie ihn mir gesagt haben), Sie, Clairwil, werden nur noch fünf Jahre leben. Sie würden ohne Ihre Ausschweifungen sechzig Jahre alt werden. Ihr Reichtum wird sich in dem gleichen Verhältnis vermehren wie Ihre Gesundheit geschwächt wird, und an dem Tag, an dem der Bär an der Waage vorüberzieht, werden Sie den Verlust der Frühlingsblumen bedauern.«

»Ich verstehe Sie nicht«, sagte Clairwil.

»Schreiben Sie sich meine Worte auf«, sagte die Durand, »und Sie werden sehen, daß sie eines Tages richtig sein werden. Und nun zu Ihnen, Juliette ... (und wer hat mir Ihren Namen gesagt, bitte sehr), Sie, Juliette, werden durch einen Traum aufgeklärt werden. Ein Engel wird Ihnen erscheinen, der Ihnen unbegreifliche Wahrheiten enthüllen wird. Aber was ich Ihnen inzwischen voraussagen kann, ist, daß, wenn die Ausschweifung aufhört, das Unglück kommen wird.«

Hierbei erhob sich eine dichte Wolke im Zimmer. Die Durand fiel in Ohnmacht, sie schrie, machte seltsame Verrenkungen, während derer ihr schöner Körper ganz nackt erschien, und kam wieder zu sich, sobald die Wolke sich auflöste. Der Dampf hatte in dem Zimmer ein Duftgemisch aus Ambra und Schwefel hinterlassen. Man gab uns unsere Kleider zurück. Sobald wir sie wieder angezogen hatten, fragte uns die Durand, welche Arten von Gift wir haben wollten.

»Ihre Voraussage quält mich«, sagte Clairwil, »... in fünf Jahren sterben ...!«

»Vielleicht werden Sie dem entgehen«, antwortete die Durand, »ich habe das gesagt, was ich gesehen habe, meine Augen täuschen mich manchmal.«

»Ich klammere mich an diese Hoffnung«, sagte Clairwil, »sie erscheint mir nötig ... Was machte es schließlich aus, selbst wenn ich nur noch acht Tage zu leben hätte, sie müssen mit Verbrechen besudelt werden! Zeigen Sie mir also alle Gifte, die Sie haben. Wir wollen Ihre Glasgefäße und alle seltsamen Pflanzen in Ihrem Garten sehen. Sie werden uns die Eigenschaften all dieser Dinge erklären, wir werden dann diejenigen heraussuchen, die uns gefallen. Sie werden uns hinterher dafür die Rechnung geben.«

»Ich muß noch fünfundzwanzig Louis haben«, sagte die Zauberin, »alles wird extra berechnet. Wenn Sie Versuche machen wollen, können Sie sie bestimmen; die beiden kleinen Mädchen, die Sie dort sehen, stehen Ihnen zur Verfügung. Wenn sie Ihnen nicht ausreichen, werde ich Ihnen für fünfzig Louis pro Person Männer oder Frauen nach Wunsch liefern.«

»Sie sind köstlich, Madame«, sagte ich, indem ich der Durand um den Hals fiel »... ja, Sie sind eine anbetungswürdige Frau, und Sie werden mit uns zufrieden sein.«

Die Zauberin nahm nun einen Ebenholzstab und begann, indem sie der Größe nach alle Flaschen herunterholte, die sich auf dem Regal befanden, mit der Erklärung der den Geschlechtstrieb erhöhenden Mittel und der Liebestränke sowie der Abtreibungsmittel und der den Geschlechtstrieb hemmenden Elixiere. Wir ließen einen reichhaltigen Vorrat dieser ersten Mittel beiseite stellen, darunter viele Kanthariden, Ginseng und einige Fläschchen des japanischen Likörs der Freude, für den wir der Durand wegen der Seltenheit und der berückenden Wirkung zehn Louis pro Fläschchen bezahlen mußten.

»Fügen Sie auf meine Rechnung einige dieser Fläschchen hinzu«, sagte Clairwil, »es gibt viele Männer, denen ich mit Freude davon geben werde.«

»Und nun zu den Giften«, sagte die Durand. »Wenn es auch manchmal schön ist, an der Nachkommenschaft des menschlichen Geschlechts zu arbeiten, so ist es doch viel öfter köstlich, das zu hemmen.«

»Messen Sie diese beiden Handlungen nicht mit demselben Maß«, sagte ich zu der Durand, »die eine ist schrecklich, die andere göttlich. Nicht wegen der Nachkommenschaft kaufen wir diese Liebestränke, sondern um unsere Geilheit zu verdoppeln. Und um diese Nachkommenschaft, die wir gründlich verachten, mit Freuden zu zerstören, werden wir jetzt das weitere kaufen.«

»Umarmen Sie mich«, sagte die Durand, »solche Frauen liebe ich. Je näher wir uns kennenlernen, desto mehr werden wir uns gegenseitig gefallen.«

Es gab eine große Anzahl von Giften, die jedes nach seiner Art klassifiziert waren. Im ersten Katalog, den wir durchsahen, machte uns die Durand besonders auf das Pulver der grünen Kröte aufmerksam. Die Wirkungen, von denen sie uns erzählte, erregten so sehr unsere Phantasie, daß wir auf der Stelle die Durand darum baten, einen Versuch zu machen.

»Gerne«, sagte sie uns, »suchen Sie sich eines der beiden Mädchen aus, die uns begleiten.«

Und nachdem wir diejenige losgebunden hatten, die uns passend erschien, fragte sie uns, ob wir daran dächten, sie, während sie vergiftet wird, von einem Mann ficken zu lassen. Wir antworteten, daß uns dies ergötzen würde. Die Durand schellte. Ein großer, hagerer, blasser und grantiger Mann von ungefähr fünfzig Jahren erschien in ziemlich großer Verwirrung.

»Das ist«, sagte ich ganz leise zu meiner Begleiterin, »der Mann, der sich an uns ergötzt hat.«

»Das glaube ich auch«, antwortete mir Clairwil.

»Alzamor«, sagte die Durand, »diese Jungfrau soll entjungfert werden, während diese Damen sie mit diesem Pulver vernichten werden. Bist du erregt?«

»Überlassen Sie mir das Kind«, sagte Alzamor, »ich werde sehen, was ich machen kann.«

»Madame«, sagte ich zu der Durand, »wer ist dieser Mann?«

»Er ist ein alter Luftgeist«, antwortete mir die Durand, »möchten Sie, daß ich ihn mit einem Wort verschwinden lasse?«

»Ja«, sagte ich.

Die Durand sprach zwei schreckliche Worte aus, die ich unmöglich wiedergeben kann, und wir sahen nur noch Rauch.

»Lassen Sie den Luftgeist wieder zurückkommen«, sagte Clairwil.

Ein fast ähnliches Wort und eine zweite Wolke brachten ihn zurück. Diesmal war der Luftgeist erregt, sein Schwanz stand hoch, als er sich des Kindes bemächtigte. Dieser Mann war von außerordentlicher Rüstigkeit. Innerhalb von zwei Minuten entjungferte er das junge Mädchen und ließ das Blut im Zimmer fließen. In dem Augenblick ließ Clairwil das kleine Mädchen das Pulver der grünen Kröte in einer Brühe einnehmen. Ihre Krämpfe traten sofort ein. Inmitten dieser Krämpfe drehte Alzamor sie um, um in ihren Hintern zu kommen. Jetzt erhöhten sich ihre Verrenkungen und ihre Schreie: es war schrecklich, sie anzusehen. Sie verreckte nach sechs Minuten, und der Luftgeist entleerte sich erst in ihrem Hintern, als sie vollkommen tot war. Ihre Todesqualen waren entsetzlich. Er selbst stieß schreckliche Schreie aus, und bei der Heftigkeit dieser Ekstase wurden wir vollends davon überzeugt, daß dieser Mann derselbe war, der sich an uns erfreut hatte. Das entsetzliche Wort wurde wiederholt, Alzamor verschwand und mit ihm das Opfer.

Die Durand fuhr mit ihren Giften fort, und wir erhielten einige Instruktionen über die zweite Sorte.

»Hier ist«, sagte sie uns, »getrocknetes Fleisch eines Engri, einer Art äthiopischen Tigers. Seine Wirkung ist so durchtrieben, daß sie verdient, durch so neugierige Damen, wie Sie es sind, beachtet zu werden.«

»Machen wir also einen Versuch«, sagte Clairwil, »aber an einem jungen Mann.«

»Wie alt soll er sein?« fragte die Durand.

»Achtzehn oder zwanzig Jahre.«

Sogleich erschien ein Jüngling, wohl gebildet, mit einem herrlichen Glied, aber abgerissen und elend, so daß sofort klar wurde, aus welcher Klasse unsere Hexe ihre Opfer zu holen pflegte.

»Wollt ihr euch seiner bedienen?« fragte die Durand.

»Ja«, sagte ich, »aber du sollst dich beteiligen, er soll uns alle drei ficken.«

»Was, ihr habt Lust, mich ficken zu sehen?«

»Große Lust!« versetzte ich.

»Ich bin eine Schurkin, ich werde euch erschrecken.«

»Aber nein, Dirne«, sagte Clairwil und fiel ihr um den Hals, »nein, du kannst uns gar nicht erschrecken; du bist unserer würdig, und wir brennen darauf, dich in Aktion zu sehen.«

Ohne jede Formalität wirft sich Clairwil über den jungen Mann; sie erregt ihn, während ich die Durand schürze und mit den Augen, den Händen, der Zunge sämtliche Teile ihres schönen Körpers verschlinge. Es ist nicht möglich, einen schöneren Körper zu haben als sie, frischeres, festeres, weißeres Fleisch. Vor allem jedoch besaß die Durand die schönsten Hinterbacken und Brüste, die ich je gesehen habe, und eine Clitoris ... oh, noch niemals war uns eine vorgekommen, die so lang und so steif gewesen wäre. Ich gestehe, daß ich seit diesem Augenblick eine unbesiegbare Zuneigung für diese Frau gefaßt hatte; ich streichelte und kitzelte sie bereits mit ganzer Hingabe, als Clairwil den jungen Mann am Ende seines Gliedes herbeiführte, mich zur Seite schob, um das Glied in die Votze der Hexe einzuführen: sie aber prallte zurück mit furchtbarem Schrei:

»Was, diese Scheußlichkeit wollt ihr von mir verlangen? Ich mag das Ficken in der Votze nicht, übrigens kann ich es auch gar nicht: glaubt ihr denn, ich sei eine gewöhnliche Frau?«

Der Moskovit Minski

Die Person, die mit uns sprach – 3,10 Meter groß, mit enormen Schnurrbartenden, die sich über ein ebenso braunes wie erschreckendes Gesicht schwangen –, ließ uns einen Augenblick glauben, daß wir es mit dem Herrn der Finsternis zu tun hätten ... Da ihn die Art, wie wir ihn betrachteten, überraschte, sagte er:

»Was, Sie kennen also den Eremiten des Apennin nicht?«

»Bestimmt nicht«, sagte Sbrigani, »wir haben noch nie von einem so erschreckenden Tier, wie du es bist, reden gehört.«

»Also gut«, sagte der Eremit, »folgen Sie mir alle vier. Ich werde Ihnen noch erstaunlichere Dinge zeigen. Die Beschäftigungen, bei denen ich Sie überrascht habe, verraten mir, daß Sie würdig sind, das zu betrachten, was ich Ihnen zu zeigen habe und alles mit mir zu teilen.«

»Riese«, sagte Sbrigani, »wir lieben alle außerordentlichen Dinge, und um sie zu beobachten, gibt es zweifellos nichts, was wir nicht täten. Aber wird die große Kraft, mit der du, wie mir scheint, ausgerüstet bist, unserer Freiheit nicht schaden?«

»Nein, denn ich halte Sie meiner Partnerschaft für würdig«, sagte diese einzigartige Person. »Ohne das würde ich Ihrer Freiheit ganz bestimmt schaden. Seien Sie also beruhigt und folgen Sie mir.«

Zu allem entschlossen, um den weiteren Verlauf dieses Abenteuers zu erleben, ließen wir zuvor unsere Leute benachrichtigen, daß sie in den Gasthof zurückkehren und dort auf uns warten sollten, bis wir sie wieder mitnähmen. Nachdem diese Vorkehrung getroffen war, gingen wir unter der Führung unseres Riesen los.

»Werden Sie weder ungeduldig noch müde«, sagte unser Führer.

»Wir haben noch einen langen Weg vor uns, aber es sind noch sieben Stunden Tag, und wir werden ankommen, bevor sich die Schleier der Nacht über die Welt herabgesenkt haben.«

Danach herrschte tiefes Schweigen und ich hatte Zeit, den Weg und den Zugang zu der Behausung, zu der er uns führte, zu verfolgen.

Nachdem wir die Vulkanebene von Pietra-Mala verlassen hatten, erstiegen wir in einer Stunde einen hohen Berg, der sich zur Rechten befand. Vom Gipfel dieses Berges sahen wir in Abgründe, die mehr als dreitausendachthundert Meter tief waren, dorthin führte unser Marsch. Die ganze Gegend dort war von so buschigem und dichtem Gehölz überwuchert, daß man Mühe hatte, seinen Weg zu bahnen. Als wir mit Hilfe von Picken in drei Stunden hinabgestiegen waren, erreichten wir das Ufer eines großen Sees. Auf einer Insel, die in seiner Mitte lag, sahen wir den Turm des Palastes, der unserem Führer als Wohnsitz diente. Die Mauern, die ihn umgaben, waren so hoch, daß man nur das Dach erkennen konnte. Sechs Stunden lang waren wir marschiert, ohne einer Behausung zu begegnen ... kein Mensch war uns unter die Augen gekommen. Am Ufer des Sees erwartete uns eine schwarze Barke, die den venezianischen Gondeln glich. Von dort unten konnten wir den schrecklichen Talkessel betrachten, in dem wir uns befanden: er war von allen Seiten von Gebirgen eingeschlossen, deren Gipfel und steile Hänge mit Kiefern, Lärchen und Steineichen bedeckt waren. Es war unmöglich, sich irgend etwas Wilderes und Düstereres vorzustellen, man glaubte sich am Ende der Welt. Wir bestiegen die Barke, der Riese lenkte sie selbst. Bis zum Tor des Schlosses waren es noch sechshundert Meter. Wir legten am Fuße eines Eisentores an, welches in die dicken Mauern, die das Schloß umgaben, eingelassen war, von hier aus sahen wir dreieinhalb Meter breite Gräben, die wir mittels einer Brücke überquerten, welche sich, nachdem wir hinübergegangen waren, in die Luft hob. Eine zweite Mauer bot sich unseren Blicken, wir durchschritten wieder ein eisernes Tor und befanden uns dann in einem so dichten Gestrüpp, daß wir glaubten, es sei nun unmöglich, weiterzugehen. Wir vermochten es auch wirklich nicht mehr. Dieses Gestrüpp, das von einer Hecke gebildet wurde, zeigte nichts als Dornen und bot nirgendwo Durchlaß. In seiner Mitte befand sich der letzte Schutzwall des Schlosses. Er war dreieinviertel Meter dick. Der Riese wälzte einen riesigen Stein fort, den nur er selbst bewegen konnte, eine Wendeltreppe tat sich unter uns auf. Der Stein verschloß die Öffnung wieder und durch einen unterirdischen Gang gelangten wir (immer im Dunkeln) mitten in die Keller des Hauses, von wo aus wir durch eine Öffnung, die durch einen ähnlichen Stein gesichert wurde, wie die, von der wir bereits sprachen, wieder emporstiegen. Schließlich befanden wir uns in einem tiefgelegenen Saal, der rundum mit Skeletten dekoriert war. Die Sessel dort bestanden nur aus Knochen, und man setzte sich widerwillig auf Totenschädel. Wir glaubten schreckliche Schreie zu vernehmen und erfuhren bald, daß sich in den Seitengewölben dieses Saales Gefängnisse befanden, in denen die Opfer des Ungetüms stöhnten.

»Ich behalte euch«, sagte er zu uns, nachdem wir uns gesetzt hatten, »Sie sind in meiner Macht. Ich will mit Ihnen tun, was mir Spaß macht. Erschrecken Sie aber nicht. Die Handlungen, die ich Sie begehen sah, sind meiner Art zu denken zu ähnlich, als daß ich Sie nicht für würdig hielte, die Freuden meines Wohnsitzes kennenzulernen und zu teilen. Hören Sie mir zu, ich habe vor dem Essen Zeit, Sie zu unterrichten. Man kocht, während ich mit Ihnen sprechen werde. Ich bin Moskovit und bin in einer kleinen Stadt am Ufer der Wolga geboren. Man nennt mich Minski. Mein Vater hinterließ mir, als er starb, unendliche Reichtümer, und die Natur, die durch mein Vermögen günstig beeinflußt wurde, setzte meine körperlichen Fähigkeiten und meine Neigungen ins richtige Verhältnis zueinander. Da ich mich nicht dafür gemacht hielt, in der Tiefe einer dunklen Provinz – also dort, wo ich geboren bin – dahinzuvegetieren, reiste ich. Das Universum selbst erschien mir für das Ausmaß meiner Wünsche noch nicht groß genug, es setzte mir Grenzen: die wollte ich nicht. Schon ausschweifend, ruchlos, verderbt, blutrünstig und grausam geboren, durchquerte ich die Welt nur, um Laster kennenzulernen, und ich habe diese nur angenommen, um sie noch zu verfeinern. Ich fing mit China, der Mongolei und der Tartarei an. Ich besuchte ganz Asien. Über Kamtschatka kam ich nach Amerika, indem ich die berühmte Beringstraße überquerte. Ich durchzog diesen großen Teil der Welt, war abwechselnd bei den Zivilisierten und bei Wilden und ahmte nur die Verbrechen der einen und die Laster und Grausamkeit der anderen nach. Ich brachte in unser Europa so gefährliche Neigungen mit zurück, daß ich in Spanien verurteilt wurde, verbrannt zu werden, in Frankreich sollte ich gerädert werden, in England gehängt und in Italien massakriert werden: meine Reichtümer bewahren mich vor alledem.

Ich war in Afrika. Dort erkannte ich, daß das, was Sie dummerweise Verderbtheit nennen, nur der natürliche Zustand des Menschen ist und öfter noch das Ergebnis des Bodens, auf dem er geboren ist. Diese tüchtigen Kinder der Sonne machten sich über mich lustig, als ich ihnen die Roheit, die sie bei ihren Frauen anwendeten, vorwarf. Was ist denn eine Frau anderes, antworteten sie mir, als ein Haustier, das uns die Natur gegeben hat, um gleichzeitig unsere Bedürfnisse und unser Verlangen zu befriedigen. Welches Anrecht haben sie darauf, für uns wertvoller zu sein als das Vieh in unseren Ställen. Der einzige Unterschied, den wir erkennen können, so sagten mir diese gescheiten Völker, ist, daß unsere Haustiere wegen ihrer Freundlichkeit und ihres Gehorsams Nachsicht verdienen, während die Frauen angesichts ihrer ewigen Betrügereien, ihrer Bösartigkeit, Hinterlist und Untreue nur Härte und Brutalität verdienen. Wir ficken sie deshalb, und was kann man mit einer Frau, die man gefickt hat, noch Besseres machen, als sich ihrer entweder als Ochse oder als Esel zu bedienen oder sie zu töten, um sich davon zu nähren?

Mit einem Wort, dort lernte ich den Menschen kennen, der lasterhaft aus Temperament, grausam aus Instinkt und blutdürstig aus Genußsucht ist. Dieser Charakter gefiel mir, ich fand, daß er der Natur am nächsten kommt, und ich zog ihn der einfachen Grobheit des Amerikaners, der europäischen Schurkerei und der zynischen Schwäche des Asiaten vor. Nachdem ich den ersten Menschen bei der Jagd getötet hatte, mit dem zweiten getrunken und gelogen und mit dem dritten viel gefickt hatte, verspeiste ich mit diesem hier Menschen. Ich habe diesen Geschmack beibehalten. Alle Überreste von Kadavern, die Sie hier sehen, sind nichts weiter als Überbleibsel von Kreaturen, die ich verschlungen habe. Ich ernähre mich nur mit Menschenfleisch. Ich hoffe, daß Sie mit dem Festmahl zufrieden sein werden, das ich Ihnen davon zubereiten lassen möchte. Man hat für unser Essen einen fünfzehnjährigen Jüngling getötet, den ich gestern gefickt habe und der ganz köstlich sein muß. Nachdem ich zehn Jahre herumgereist war, kehrte ich in mein Vaterland zurück. Meine Mutter und meine Schwester lebten noch. Ich war der natürliche Erbe von beiden, und da ich nicht noch einmal nach Rußland kommen wollte, hielt ich es in meinem Interesse für notwendig, in den Besitz der Erbschaft beider zu kommen: ich schändete und massakrierte sie noch am selben Tag. Meine Mutter war noch sehr schön und ebenso groß wie ich; und obwohl meine Schwester nur etwas über zwei Meter groß war, war sie doch das erlesenste Geschöpf, das man in ganz Rußland sehen konnte. Ich nahm das, was ich von diesen beiden Erbschaften gebrauchen konnte, und da ich jedes Jahr fast zwei Millionen verschlang, ging ich nach Italien zurück, um mich dort niederzulassen. Aber ich suchte einen einzigartigen, wilden und mysteriösen Ort, an dem ich mich allen perfiden Ausschweifungen meiner Phantasie hingeben konnte; und diese Ausschweifungen sind bestimmt nicht gewöhnlich: wenn wir einige Tage miteinander verbringen können, so werden Sie sie kennenlernen, hoffe ich. Es gibt keine einzige wüste Leidenschaft, die mein Herz nicht liebt, und keine Qual, die mich nicht amüsiert. Wenn ich noch nicht mehr Verbrechen begangen habe, so nur aus Mangel an Gelegenheit. Ich kann mir jedenfalls keine Vorwürfe machen, auch nur ein einziges außer acht gelassen zu haben. Und ich habe all diejenigen ausgeweitet, die nicht mit genug Gewalt begangen wurden. Wenn ich das Glück gehabt hätte, die Summe meiner Gewalttaten zu verdoppeln, so wären mir angenehmere Erinnerungen geblieben, denn von den Genüssen des Verbrechens kann man nicht genug haben.

Dieses Debüt wird mich in Ihren Augen als Wüstling erscheinen lassen. Was Sie in diesem Hause sehen werden, wird, so hoffe ich, diesen Eindruck bestätigen. Sie können sich keine Vorstellung von der Größe dieses Hauses machen. Es ist riesig und beherbergt zweihundert kleine Jungen im Alter von fünf bis sechzehn Jahren, die gewöhnlich von meinem Bett in meine Fleischerei wandern und fast genau die gleiche Anzahl junger Leute, die dazu bestimmt sind, mich zu ficken. Ich liebe dieses Gefühl unendlich. Es gibt nichts Süßeres auf der Welt, als wenn der Hintern heftig gescheuert wird, während man sich selbst auf eine ähnliche Art köstlich amüsiert.

Die Freuden, die ich Sie so sehr am Rande des Vulkans genießen sah, beweisen mir, daß auch Sie diese Art Saft zu verspritzen schätzen. Und deshalb spreche ich ganz offen zu Ihnen: ohne diesen Umstand würde ich ganz einfach Opfer aus Ihnen machen.

Ich habe zwei Harems. Der erste enthält zweihundert kleine Mädchen im Alter von fünf bis zwanzig Jahren. Ich esse sie, wenn sie durch die Kraft meiner Wollust genügend zerschunden sind; zweihundert Frauen im Alter von zwanzig bis dreißig sind im zweiten. Sie werden sehen, wie ich mit ihnen umgehe. Fünfzig Diener beiderlei Geschlechts sind mit den Diensten an dieser beträchtlichen Zahl meiner Wollustopfer betraut, und ich habe als Anwerber hundert Agenten, die in allen großen Städten der Welt verstreut sind. Würden Sie glauben, daß bei der außerordentlichen Bewegung, die das alles mit sich bringt, es dennoch nur einen Weg gibt, um auf meine Insel zu gelangen, nämlich den, den Sie gekommen sind? Man kann sich die Zahl der Kreaturen, die diesen mysteriösen Pfad durchwandern, bestimmt nicht vorstellen.

Niemals werden die Schleier, die ich über alledem ausbreite, zerrissen werden. Ich habe nicht das geringste zu befürchten. Dieses hier gehört zu den Besitzungen des Großherzogs von Toskana. Man kennt dort alle Auswüchse meines Verhaltens, das Geld, das ich verteile, beschützt mich vor allem.

Ich muß Ihnen jetzt, um meine Vorstellung abzuschließen, noch ein paar Enthüllungen über meine Person machen. Ich bin fünfundvierzig Jahre alt, meine sexuellen Fähigkeiten sind so groß, daß ich niemals schlafen gehe, ohne zehnmal gespritzt zu haben. Es ist wahr, daß die große Menge Menschenfleisch, die ich esse, sehr zur Mehrung und Verdickung der Samenflüssigkeit beiträgt. Wer auch immer diese Lebensweise ausprobiert, seine geschlechtlichen Fähigkeiten werden sich ganz sicher verdreifachen, unabhängig von der Stärke, der Gesundheit und der Frische, die diese Nahrung ihm verleihen wird. Ich erzähle Ihnen nichts vom Vergnügen, es möge Ihnen genügen zu wissen, daß, wenn man einmal davon gekostet hat, es unmöglich ist, wieder etwas anderes zu essen, und daß es kein einziges Fleisch, weder von Tieren noch von Fischen gibt, das mit diesem verglichen werden kann. Man muß zunächst einmal den ersten Widerwillen überwinden, und wenn man das geschafft hat, kann man sich nicht satt genug daran essen. Da ich hoffe, daß wir uns zusammen entleeren werden, ist es unbedingt notwendig, daß ich Ihnen die erschreckenden Symptome dieses Höhepunktes bei mir im voraus sage. Entsetzliches Geheul geht ihm voraus, begleitet ihn, und die Stöße des Samens, die in die Höhe schießen, spritzen oft fünfzehn- oder zwanzigmal hintereinander bis unter die Decke. Niemals erschöpft mich die Vielzahl der Freuden. Meine Ausspritzungen sind beim erstenmal genauso stürmisch und reichlich wie beim zehntenmal. Und ich habe niemals am nächsten Morgen die Ermüdungen des Vorabends gespürt. Was das Glied anbetrifft, von dem all das kommt, hier ist es«, sagte Minski, indem er eine Rute hervorholte, die fünfundvierzig Zentimeter lang war und zweiundvierzig Zentimeter Umfang hatte; obenauf saß ein purpurner Champignon, der so groß war wie ein randloser Hut ... »Ja, das ist es, es ist immer in dem Zustand, den Sie jetzt sehen, selbst wenn ich schlafe oder spazierengehe ...«

»Oh, gerechter Himmel«, schrie ich, indem ich dieses Werkzeug sah ... »Aber, mein lieber Gastgeber, Sie töten also genauso viele Frauen und Knaben, wie Sie zu Gesicht bekommen ... ?«

»Ungefähr«, antwortete mir der Moskovit. »Und da ich das esse, was ich ficke, brauche ich keinen Schlachter. Es bedarf großer Philosophie, um mich zu verstehen ... ich weiß das: ich bin ein Ungetüm, das die Natur ausgespien hat, damit ich mit ihr gemeinsam an den Zerstörungen arbeite, die sie fordert ... Ich bin einzig in meiner Art ... ein ... O ja, ich kenne alle Schmähungen, mit denen man mich überhäuft, aber da ich mächtig genug bin, um auf niemanden angewiesen zu sein, klug genug, um mich an meiner Einsamkeit zu erfreuen, um alle Menschen zu verachten, um ihrem Urteil zu trotzen und mich über ihre Gefühle für mich lustig zu machen, genug unterrichtet, um auf alle Kulte zu verzichten, um alle Religionen zu verhöhnen und mich von allen Göttern am Arsch lecken zu lassen, stolz genug, um alle Regierungen zu verabscheuen, mich keinen Zügeln, keinen Ketten, keinen moralischen Prinzipien zu unterwerfen, bin ich glücklich in meinem kleinen Reich. Ich habe hier alle Rechte eines Herrschers, ich genieße alle Freuden der Willkür, ich fürchte keinen Menschen, und ich lebe zufrieden. Ich habe wenige Besucher, oder gar keine, es sei denn, ich treffe bei meinen Spaziergängen Wesen, die, wie Sie, mir philosophisch genug erscheinen, um sich bei mir einige Zeit zu amüsieren. Das sind die einzigen, die ich einlade, und davon treffe ich wenige. Die Kräfte, die mir die Natur gegeben hat, lassen mich sehr weite Spaziergänge machen. Es gibt keinen Tag, an dem ich nicht siebzig oder achtzig Kilometer zurücklege ...«

»Und daher einige Fänge«, unterbrach ich ihn.

»Fänge, Diebstähle, Brände, Morde, alles, was sich mir an Verbrechen bietet, führe ich aus, denn die Natur hat mir die Neigung und die Fähigkeit zu allen Verbrechen gegeben und es gibt keines, das ich nicht liebe und bei dem ich nicht die süßesten Freuden erlebe.«

»Und die Justiz?«

»Sie ist in diesem Land gleich null. Deshalb habe ich mich ja hier niedergelassen. Mit Geld kann man alles machen ... und ich gebe viel aus.«*

Zwei männliche Sklaven von Minski, sonnenverbrannt und von scheußlicher Gestalt, kamen, um zu verkünden, daß das Essen serviert war. Sie fielen vor ihrem Meister in die Knie und küßten ihm ehrerbietig die Eier und das Afterloch; wir gingen in einen anderen Saal hinüber.

»Es ist nichts Besonderes für Sie vorbereitet«, sagte der Riese. »Wenn alle Könige der Erde mich besuchen kämen, so würde ich doch nicht von meinen Gewohnheiten abweichen.«

Aber die Art und die Ausstattung des Saales, den wir betraten, verdienen einige Beschreibungen.

»Die Möbel, die Sie hier sehen«, sagte uns unser Gastgeber, »sind lebendig. Alle werden sich bei dem kleinsten Zeichen in Bewegung setzen.«

Minski gab ein Zeichen.

Der Tisch bewegte sich vorwärts. Erst befand er sich in einer Ecke des Saales, nun stand er in der Mitte. Fünf Sessel stellten sich um ihn herum. Zwei Lüster kamen von der Decke und schwebten über der Mitte des Tisches.

»Der Mechanismus ist einfach«, sagte der Riese, indem er uns von nahem das Material, aus dem diese Möbel gemacht waren, sehen ließ. »Sie sehen, daß dieser Tisch, diese Lüster, diese Sessel, nur aus Mädchengruppen bestehen, die kunstvoll arrangiert sind. Meine Gerichte werden ganz heiß auf die Hüften dieser Geschöpfe gestellt, meine Kerzen stecken in ihren Votzen, und mein Hintern wird, wenn er sich in den Sessel niederläßt, genauso wie der Ihre, von den weichen Gesichtern oder den weißen Brüsten dieser Mädchen gestützt werden. Deshalb bitte ich Sie, meine Damen, ihre Röcke hochzuheben und Sie, meine Herren, ihre Hosen herun-

* Es würde in einem Staat nur sehr wenige Hindernisse geben, den reichen Leuten zu erlauben, für Geld alles zu tun, was sie wollen, gegen Hergabe ihrer Schätze könnten sie von allen Verbrechen freigesprochen werden. Das wäre bestimmt besser, als sie auf dem Schafott zugrunde gehen zu lassen. Dieses letzte Mittel bringt der Regierung gar nichts; das andere könnte jedoch eine Quelle sehr beachtlicher Reichtümer werden, mit deren Hilfe man eine Unzahl unerwarteter Ausgaben decken könnte, die man so nur bezahlen kann, indem man die drückenden Steuern vermehrt, die auf dem Schuldigen genauso wie auf dem Unschuldigen lasten, während das, was ich vorschlage, nur den Schuldigen belasten würde.

terzuziehen, damit, nach den Worten der Heiligen Schrift, das Fleisch auf dem Fleische ruhen kann.«

»Minski«, sagte ich zu unserem Moskoviten, »die Rolle dieser Mädchen ist ermüdend, vor allem, wenn Sie lange Zeit zu Tisch sitzen.«

»Es kann sein«, sagte Minski, »daß einige von ihnen krepieren. Diese Verluste sind zu leicht zu ersetzen, als daß ich mich auch nur einen Augenblick damit aufhalte.«

In dem Augenblick, da wir unsere Röcke aufhoben und die Männer ihre Hosen herunterließen, forderte Minski, daß ihm unsere Hinterbacken gezeigt würden. Er befühlte sie, er biß hinein und wir bemerkten, daß von unseren vier Hintern der von Sbrigani, auf Grund einer besonderen Laune, wie sie leicht bei einem solchen Mann vermutet werden kann, am meisten gefeiert wurde. Er liebkoste ihn eine Viertelstunde lang. Nach dieser Zeremonie setzten wir uns mit der bloßen Haut auf die Brüste und Gesichter der Sultaninnen oder vielmehr der Sklavinnen Minskis.

Zwölf Mädchen im Alter von zwanzig bis fünfundzwanzig Jahren servierten uns die Schüsseln auf den lebenden Tischen und da sie aus Silber und sehr heiß waren und die Hintern und Brüste der Geschöpfe, die diese Tische bildeten, verbrannten, entstand eine sehr lustige zuckende Bewegung, die dem Rollen der Meereswogen glich. Mehr als zwanzig Vorgerichte oder Fleischplatten garnierten den Tisch und auf Beistelltischchen, die jeweils aus vier Mädchen gebildet wurden und die sich auf das kleinste Zeichen hin näherten, wurden Weine jeder Art bereitgestellt.

»Meine Freunde«, sagte uns unser Gastgeber, »ich habe Ihnen vorausgesagt, daß man sich hier nur von Menschenfleisch ernährt. Kein Gericht, das Sie hier sehen, besteht aus etwas anderem.«

»Wir werden es probieren«, sagte Sbrigani. »Der Widerwille dagegen ist absurd: er entsteht nur aus Mangel an Gewohnheit. Alle Fleischarten sind dazu da, den Menschen zu ernähren, zu diesem Zweck hält die Natur sie für uns bereit, es ist nicht ungewöhnlicher, einen Menschen zu essen als ein Huhn.«

Und während er das sagte, drang mein Begleiter mit einer Gabel in den Teil des Jungen, der ihm besonders gut erschien. Und nachdem er wenigstens zwei Pfund auf seinen Teller gelegt hatte, verschlang er sie. Ich ahmte ihn nach. Minski ermutigte uns. Und da sein Appetit seinen Leidenschaften gleichkam, hatte er bald ein Dutzend Schüsseln geleert.

Minski trank wie er aß. Er war schon bei der dreißigsten Flasche Burgunder, als man die Zwischengerichte servierte, die er mit Champagner übergoß. Aleatico, Falerne und andere kostbare Weine Italiens wurden zum Dessert hinuntergespült.

Mehr als dreißig weitere Weinflaschen wurden noch in die Eingeweide unseres Menschenfressers geschüttet, ehe der Wüstling seine Sinne durch diese körperlichen und moralischen Ausschwei-

»Das ist egal«, sagte er zu uns, »sie wird sich jetzt nicht mehr wehren, man braucht sie nicht mehr zu fesseln.«

Indem er die Tote umdrehte, sodomierte der Wüstling sie und erwürgte gleichzeitig eines der Mädchen, die das Abendessen serviert hatten, nachdem sie sich ihm auf ein Zeichen hin genähert hatte ...

»Ah! So!« sagte ich, nachdem er sich ein zweites Mal erleichtert hatte, »Sie genießen also diese Freude nur, wenn sie das Leben eines Menschen kostet?«

»Mindestens«, antwortete mir der Riese. »Ein menschliches Wesen muß sterben, während ich ficke. Ich würde nicht ohne den Zusammenklang der Todesseufzer und der Seufzer meiner Geilheit spritzen, ich verdanke die Ausspritzung meines Saftes nur dem Gedanken an den Tod, den ich verursache.

Gehen wir in einen anderen Saal«, fuhr dieser Menschenfresser fort, »Eis, Kaffee und Liköre erwarten uns dort.« Und er sagte, indem er sich an meine beiden Männer wandte: »Meine Freunde, Sie haben mich vollendet gefickt. Sie haben meinen Hintern sehr weit gefunden, nicht wahr? Es macht nichts, ich bin überzeugt, daß er Ihnen Freude bereitet hat, der Saft, den Sie vergossen haben, beweist es mir. Was Sie, charmante Frauen, anbetrifft, Ihre Hinterbacken haben mich außerordentlich ergötzt, und um Ihnen meine Anerkennung zu beweisen, werde ich Ihnen zwei Tage lang alle die Schönheiten meines Serails überlassen, damit Sie sich bequem mit Wollust übersättigen können.«

»Liebenswerter Mann«, sagte ich zu dem Riesen, »das ist alles, was wir wollen. Die Wollust soll die Unzucht krönen, die Belohnungen für die Ausschweifungen sollen nur von der Lüsternheit vergeben werden.«

Wir gingen hinein. Wir stellten bald fest, daß der Geruch, der in diesem Saal herrschte, von der Art des Eises herrührte, das uns angeboten wurde. In fünf weißen Porzellannäpfen waren zwölf oder fünfzehn Kothaufen von schönster Form und größter Frische arrangiert.

»Das Eis, das ich nach dem Essen zu mir nehme«, sagte uns der Riese, »fördert wie nichts anderes die Verdauung, und nichts macht mir gleichzeitig so viel Freude. Diese Kothaufen kommen aus den schönsten Hintern meines Serails, Sie können sie ganz beruhigt essen.«

»Minski«, sagte ich, »es dauert lange, bis man sich an dieses Gericht gewöhnt hat. Vielleicht können wir es in einem Augenblick der Ausschweifung zu uns nehmen, aber so ist es unmöglich.«

»Zur rechten Zeit«, sagte der Riese, indem er sich eines Napfes bemächtigte und den Inhalt verschlang, »ganz wie Sie wollen, ich zwinge Sie nicht. Hier sind die Liköre. Ich nehme mir später davon.«

Es gibt nichts Grausigeres als die Beleuchtung dieses Saales, sie war dem Drumherum würdig: Vierundzwanzig Totenköpfe umschlossen das Licht, dessen Strahlen aus den Augenhöhlen und Kinnbacken entwichen, ich habe in dieser Beziehung niemals etwas Schrecklicheres gesehen. Hier nun wollte sich der Riese, der erregt war, mir nähern. Ich wandte große Kunst auf, um ihn abzuhalten, indem ich seine Wünsche ablenkte. Zwei Jünglinge bedienten in diesem Saal; ich ließ ihn in den Hintern eines Zwölfjährigen kommen, der tot war, als er ihn aus seinen Armen entließ.

Minski bemerkte schließlich, daß wir vor Müdigkeit nicht mehr mit ihm mithalten konnten. Er ließ uns von seinen Sklaven in eine herrliche Galerie führen, wo sich vier einander gegenüberliegende Spiegelnischen befanden, die die Betten enthielten, die wir jetzt nötig hatten, um uns auszuruhen. Eine Anzahl Mädchen war beauftragt, bei uns zu wachen, um Insekten fernzuhalten und während unseres Schlafes duftende Kräuter zu verbrennen.

Es war schon spät, als wir aufwachten. Unsere Wächterinnen zeigten uns die Badezimmer, wo wir dank ihrer Hilfe herrlich erfrischt wurden. Danach führten sie uns zu den Toiletten und ließen uns dort auf eine so bequeme und wollüstige Art scheißen, daß wir außer uns waren. Sie befeuchteten ihre Finger mit Rosenwasser und führten sie dann in den After und entfernten lieb und zart alles, was sich dort drin befand ... so kunstvoll und mit so wunderbarer Gewandtheit, daß man alle Freude an der Handlung hatte, ohne einen Schmerz zu verspüren. Nachdem das beendet war, reinigten sie alle Teile mit ihrer Zunge und das mit einer Leichtigkeit und Geschicklichkeit, die nicht ihresgleichen hat.

Um elf Uhr ließ uns Minski sagen, daß wir die Ehre hätten, an sein Bett zu treten. Wir traten ein, sein Schlafzimmer war sehr groß, man sah dort herrliche Fresken, die zehn Gruppen bei Ausschweifungen darstellten und deren Komposition gut als das non plus ultra der Obszönität gelten darf.

Am Ende dieses Saales befand sich eine große Nische, die ganz mit Spiegeln ausgekleidet war und die sechzehn schwarze Marmorsäulen schmückten, an die je ein junges Mädchen gebunden war, das man von hinten erblickte. Mit Hilfe von zwei Schnüren, die wie Klingelschnüre am Kopfende des Bettes unseres Helden hingen, konnte er jeden der Hintern, die sich ihm zeigten, auf andere Art martern lassen; die Marter dauerte so lange, wie er die Schnur nicht losließ. Abgesehen von diesen sechzehn jungen Mädchen gab es noch sechs weitere und zwölf Jünglinge, die ebenso kräftig wie geduldig waren und sich für den ausschweifenden Dienst an ihrem Meister bei Nacht in zwei Nebenräumen aufhielten. Zwei Aufpasserinnen überwachten all das während seines Schlafes.

Das erste, was er tat, als wir uns ihm näherten, war, daß er uns zeigte, wie erregt er war. Er grinste schrecklich, als er uns seinen ungeheuren Apparat zeigte. Er verlangte unsere Hintern, wir gehorchten. Indem er den von Augustine streichelte, versicherte er, daß er vor Ende des Tages noch bei ihr hereinkäme. Die Unglückliche erbebte. Er bearbeitete Sbrigani sehr viel und schien sich über seine Hinterbacken zu amüsieren. Sie leckten sich gegenseitig den After und hatten größte Freude daran. Er fragte uns, ob wir sehen wollten, wie er gleichzeitig alle sechzehn Mädchen, die an die Säulen gefesselt waren, verletzen könne. Ich bat ihn inständig, uns diese einzigartige Maschinerie zu zeigen. Er zog an seinen unheilvollen Schnüren, und die sechzehn Unglücklichen erhielten, indem sie alle gleichzeitig aufschrien, jede eine andere Verletzung. Die einen wurden gestochen, verbrannt, ausgepeitscht; die anderen mit glühenden Zangen gezwickt, angeschnitten, gekniffen oder gekratzt, und all das so stark, daß überall Blut floß.

»Wenn ich das verdoppeln würde«, sagte uns Minski, »und das passiert mir manchmal, das hängt davon ab, in welchem Zustand meine Eier sind, aber nun, wenn ich das also verdoppelte, würden im selben Augenblick diese sechzehn Nutten vor meinen Augen umkommen. Ich liebe es, mit dem Gedanken einzuschlafen, daß ich beim leisesten Verlangen danach sechzehn Morde auf einmal begehen kann.«

»Minski«, sagte ich zu meinem Gastgeber, »Sie besitzen genug Frauen, um dieses kleine Opfer zu bringen: meine Freunde und ich bitten Sie inständig, uns diese charmante Szene vorzuführen.«

»Ich stimme zu«, sagte Minski, »aber ich möchte während der Tat spritzen, lassen Sie mich Ihre Begleiterin sodomieren, während ich ihr meinen Saft in den Hintern stoße, werden Sie meine sechzehn Frauen umkommen sehen.«

»Daraus werden dann siebzehn werden«, schrie Augustine, indem sie uns anflehte, sie nicht diesem Ungetüm auszuliefern.

»Wie soll ich das aushalten?«

»Das ist das Einfachste auf der Welt«, sagte Minski. Und nachdem er sie durch seine Frauen hatte entkleiden lassen, brachte er sie sofort in die Stellung, die ihm für seine Wünsche günstig erschien.

»Haben Sie keine Angst«, fuhr er fort, »niemals hat mir eine Frau widerstanden, ich ficke jeden Tag noch viel jüngere als Sie.«

Da wir den Augen des Moskoviten entnahmen, daß eine Weigerung ihn nur aufreizen würde, wagten wir nicht, ihm die Qual zu bezeugen, die uns ein solcher Wunsch zufügte.

»Lassen Sie mich es tun«, sagte Minski ganz leise zu mir, »ich habe Ihnen gesagt, dieses Mädchen reizt mich, es hat einen Hintern, der mich in Wut bringt. Wenn ich sie töte oder wenn ich sie verstümmele, werde ich sie Ihnen durch zwei unendlich schönere ersetzen.«

Und während er das sagte, bereiteten zwei seiner jungen Mädchen, die in diesem Zimmer Dienst hatten, die Öffnung vor, befeuchteten den Apparat und führten ihn ans Loch heran. Minski war an diese Schrecken so gewöhnt, daß es für ihn eine Sache von Sekunden war. Zwei Stöße ließen den Dolch so schnell und so tief in den Hintern des Opfers eindringen, daß ihn unsere Augen kaum entschwinden sahen: der Wüstling lachte währenddessen. Augustine wurde ohnmächtig und ihre Schenkel wurden von Blut überströmt. Der nackte Minski entflammte sich nur noch mehr daran. Vier Mädchen und ebenso viele Jungen umgaben ihn. Sie waren alle so gut an die Wünsche gewöhnt, die es in diesem Augenblick zu befriedigen galt, daß innerhalb einer Sekunde alles zur Stelle war. Augustine wurde bedeckt, wir sahen sie nicht mehr. Der Riese stößt Gotteslästerungen aus, er ist fast am Ziel, er spritzt: die Schnüre bewegen sich, sechzehn verschiedene Todesarten stießen die sechzehn gefesselten Geschöpfe hinab in die ewige Nacht. Sie schrien nur auf, und alle kamen im selben Augenblick um, die eine durch Dolchstöße, die andere durch Erwürgen und die dritte durch eine Kugel. Mit einem Wort, jede wurde auf andere Art umgebracht, und alle verschieden auf einmal.

»Ihre Augustine, glaube ich, hatte recht«, sagte uns Minski kalt, als er aus ihrem Hintern kam, »ja, gewiß, sie hatte tatsächlich recht, als sie sagte, daß sie die siebzehnte sein würde ...«

Und wir sahen die Unglückliche, die gleichzeitig erwürgt und von zwölf Dolchstößen durchbohrt war. Der Wüstling hatte seine Operation durchgeführt, ich weiß nicht wie, wir hatten es nicht geahnt.

»Es gibt nichts, was ich so sehr liebe, als sie zu erwürgen, während ich sie ficke«, sagte dieser schreckliche Wüstling phlegmatisch ... »Keine Klagen, ich habe Ihnen versprochen, Ihnen zwei schönere dafür zu geben, ich werde mein Wort halten ... Aber sie mußte diesen Weg gehen, ihr Fick-Arsch verdrehte mir den Kopf, und meine Wünsche an die Opfer meiner Ausschweifungen sind immer Todesurteile.«

Die Wächterinnen warfen die Leiche meiner unglücklichen Freundin in die Mitte des Zimmers; man gesellte ihr diejenigen der sechzehn Mädchen, die an den Pfeilern festgebunden gewesen waren, hinzu, und Minski bestimmte, nachdem er diesen Haufen einen Augenblick geprüft hatte, nachdem er eine nach der anderen befühlt und in einige Hintern und Brüste gebissen hatte, drei der Leichen für seine Küche, unter denen sich die der Unglücklichen befand, die wir verloren hatten.

»Man soll sie für unser Mittagessen zubereiten«, sagte er, »währenddessen werde ich für ein Tête-à-tête mit Juliette in einen meiner Säle gehen.«

Hier sagte mir Sbrigani ins Ohr, daß er es für richtig halte, daß wir uns von so einem Ungetüm entfernen und daß wir ihn besser bitten sollten, uns so schnell wie möglich aus seinem Staat zu entlassen. Da ich es für genauso gefährlich hielt zu bleiben, wie um unsere Verabschiedung zu bitten, begnügte ich mich damit, indem ich den Saal betrat, in den er uns führte, ihm durch meine Kälte darzutun, daß die Abscheulichkeit seiner Handlungen mich ahnen ließ, was er sich vielleicht bald mit meiner Person erlauben würde.

»Hören Sie zu«, sagte der Riese, indem er mich neben sich in einen Sessel drückte, »ich halte Sie für philosophisch genug, dieses Mädchen nicht zu beklagen, und um zu wissen, daß die Rechte der Gastfreundschaft für eine Seele wie die meine nichts bedeuten.«

»Sie werden diesen Verlust niemals wiedergutmachen.«

»Warum denn nicht?«

»Ich liebte sie.«

»Wenn Sie in der Geilheit noch so unerfahren sind, daß Sie das Geschöpf lieben, das Ihnen dient, so habe ich gewiß nichts mehr zu sagen. Ich würde umsonst nach Vernunftgründen suchen, die Sie überzeugen: gegen die Dummheit ist kein Kraut gewachsen.«

»Ach was! Ich habe Angst um mich selbst, weil Sie nichts respektieren. Was bewahrt mich vor der Behandlung, die meine Freundin erlitten hat?«

»Nichts, absolut nichts«, sagte Minski, »wenn ich Lust darauf hätte, Sie umzubringen, würden Sie keine Viertelstunde mehr leben. Aber ich habe Sie für genauso schuftig wie mich gehalten, und da Sie mir ähneln, möchte ich Sie lieber als meine Komplicin denn als mein Opfer betrachten. Die beiden Männer, die Sie begleiten, scheinen mir genauso zu sein, ich halte auch sie für weniger geeignet, meinen Geilheiten zu dienen, als sie zu teilen: Ihre Sicherheit liegt in dieser Hypothese. Augustines muß also nicht darin gelegen haben. Ich kenne mich in Gesichtern aus; da sie eher nachgiebig als kriminell war, ließ sie sich das gefallen, was Sie wünschten, aber sie durfte nicht das machen, was sie sich wünschte. Oh, Juliette, nichts ist heilig für mich. Sie alle vier zu verschonen hätte geheißen, daß ich an die Rechte der Gastfreundschaft glaube ... Der Anschein ... ja, nur der Gedanke an eine Tugend jagt mir Schrecken ein. Ich mußte diese Rechte verletzen ... wenigstens auf irgendeine Art. Jetzt bin ich befriedigt, seien Sie beruhigt.«

»Minski, Sie sprechen so offen mit mir, daß auch ich es mit Ihnen tun muß. Ich fürchte mich mehr, als daß ich Augustine beklage. Glauben Sie ja nicht, daß ich fähig bin, um einen Gegenstand der Ausschweifung zu trauern. Ich habe viele in meinem Leben geopfert, und ich schwöre Ihnen, daß ich keinen bedauere.« Und als Minski sich erheben wollte, sagte ich zu ihm, indem ich ihn bat, sich wieder zu setzen: »Sie haben sich gegen die Tugend der Gastfreundschaft ausgesprochen, Minski. Ich liebe Prinzipien. Offenbaren Sie mir die Ihrigen, was diese Sache anbetrifft. Obwohl ich keinerlei Tugend anerkenne, habe ich mich von den Grundsätzen der Gastfreundschaft nicht getrennt. Vielleicht würde ich es sogar wagen, sie als unverletzlich zu betrachten. Zerstören, kämpfen, entwurzeln Sie, Minski, ich höre.«

»Die größte aller Narrheiten«, sagte der Riese – indem er so wirkte, als wäre er mir für den Anstoß sich zu offenbaren dankbar –, »ist zweifellos die, die uns den Menschen, den seine Neugierde, seine Bedürfnisse oder der Zufall in unsere Räume führt, als heilig betrachten läßt. Immer ist es nur ein persönliches Motiv gewesen, das uns in diesen Irrtum stürzte. Je naturverbundener ein Volk ist, desto weniger kennt es die Rechte der Gastfreundschaft. Eine Unzahl von Wilden neigt zum Gegenteil, sie stellen den Reisenden Fallen, um sie anzulocken. Und sobald sie sie haben, erwürgen sie sie.

Einige schwache und ungeschliffene Völker handeln anders. Sie bemühen sich im Gegenteil, diejenigen zu feiern, die sie besuchen, und erweisen ihnen sogar die Ehre, daß sie ihnen ihre Frauen und Kinder beiderlei Geschlechts anbieten. Lassen wir uns von dieser Lebensart nicht täuschen: sie ist auch nur Egoismus. Die Völker, die sich so verhalten, suchen Hilfe und Protektion bei den Fremden, die sie besuchen. Da sie sie schöner und stärker als sich selbst finden, wünschen sie sich, daß diese Fremden sich in ihrem Lande niederlassen, entweder um sie zu verteidigen, oder damit sie ihnen mit ihren Frauen Kinder machen, die ihr Volk regenerieren. Das ist das Ziel dieser verlockenden Gastfreundschaft, die die Dummen zu loben wagen. Seien Sie überzeugt, kein anderes Gefühl hat sie hervorgebracht.

Andere Völker erwarten Genüsse von den Gästen, die sie empfangen, und sie umschmeicheln sie, um sich ihrer zu bedienen: sie ficken sie. Aber kein Volk, dessen seien Sie gewiß, übt die Gastfreundschaft umsonst aus. Lesen Sie die Geschichte aller, und Sie werden bei allen die Motive entdecken, die sie veranlassen, ihre Gäste großzügig zu empfangen.

Und was gibt es tatsächlich Lächerlicheres, als in seinem Haus jemanden zu empfangen, von dem man nichts erwartet? Aus welchem Grund ist ein Mensch verpflichtet, einem anderen Menschen Gutes zu tun? Läßt die wesensmäßige oder rein äußerliche Ähnlichkeit zweier Körper den einen dieser Körper es für notwendig halten, dem anderen Gutes zu tun? Ich schätze die Menschen, die mir dienen, sehr. Ich verachte und verabscheue sie aber, wenn sie mir nicht dienen können; denn was haben sie mir dann anderes entgegenzusetzen als ihre Laster, und da die in meinen Augen nur fürchterlich sind, muß ich sie meiden wie wilde Tiere, weil sie, von diesem Augenblick an, mir nur noch schaden können.

Die Gastfreundschaft ist die Tugend, die der Schwache predigt: ohne Zufluchtsort, ohne Energie, nur auf seinen Wohlstand wartend wie alle anderen, muß er natürlich eine Tugend preisen, die ihm Obdach gibt. Aber wozu hat der Starke das nötig . . . ? Da sie täglich von ihm gewährt wird, wäre er da nicht betrogen, wenn er sich ihr unterwürfe, ohne jemals etwas herauszuholen? Nun, ich frage Sie, kann irgendeine Handlung wirklich als Tugend angesehen werden, wenn sie nur einer Gesellschaftsklasse dient?

Und in welche Gefahren stürzen diejenigen, die sie gewähren, die Armen, die sie empfangen! Wenn sie sie ans Nichtstun gewöhnen, verderben sie die moralischen Qualitäten dieser faulen Gäste, die bald dazu übergehen werden, mit Gewalt in ihren Häusern zu wohnen, wenn ihre Großzügigkeit ihnen nichts mehr anbietet, so wie auch die Almosenempfänger dazu übergehen, sie zu bestehlen, wenn sie ihnen keine Almosen mehr geben. Nun, ich bitte Sie, was wird aus einer Handlung, die, wenn man sie analysiert, sich einerseits als unnütz und andererseits als gefährlich herausstellt? Antworten Sie mir ehrlich, Juliette, wollen Sie es wagen, so eine Handlung eine Tugend zu nennen? Würden Sie, wenn Sie gerecht sind, diese Handlung nicht viel eher als Laster einordnen? Seien wir uns darüber im klaren, daß die Gastfreundschaft genauso gefährlich ist wie das Almosen. Alles, was zur Wohltätigkeit führt – diesem Gefühl, das von Schwäche und Hochmut herrührt –, ist generell schädlich wegen einer Unmenge von Fehlern, die jedes solche Gefühl nach sich zieht, der kluge Mensch, der sein Herz diesen kleinmütigen Beweggründen verschließt, schützt sich sehr sorgfältig vor den finsteren Folgen, die sie uns bringen.

Die Bewohner einer der Zykladen sind so große Feinde der Gastfreundschaft, daß sie überhaupt keine Fremden an sich herankommen lassen. Sie fürchten sich vor ihnen und sie verachten sie so, daß sie niemals das anfassen, was diese ihnen anbieten, sie nehmen es zwischen zwei grünen Blättern in Empfang und befestigen es dann sofort am Ende eines Stabes. Wenn durch Zufall ein Fremder ihre Haut berührt, reinigen sie sie sofort, indem sie die Stelle mit Kräutern abreiben.

Mit einem gewissen Stamm von Brasilianern verhandelt man nur in einem Abstand von hundert Schritten und hat dabei immer Waffen in der Hand.*

Die Afrikaner von Sansibar sind derartige Feinde der Gastfreundschaft, daß sie mitleidlos alle massakrieren, die ihr Land betreten.**

Die Thraker und die Einwohner von Thauris beraubten und töteten jahrhundertelang alle diejenigen, die sie besuchten.***

Die Araber reißen noch heute allen Leuten, die die Winde an ihre Küsten verschlagen, die Kleider vom Leibe und machen sie zu Sklaven.

Ägypten war lange Zeit unzugänglich für die Fremden. Die Regierung befahl, alle diejenigen, die man an der Küste entdeckte, zu Sklaven zu machen oder zu töten.

* Siehe die zweite Reise von Cook.
** Siehe Ramusio Dapper.
*** Siehe »Geschichte der Europäischen Völker«, Band III.

In Athen und in Sparta war die Gastfreundschaft verboten. Man bestrafte diejenigen mit dem Tode, die sie ausübten.*

Mehrere Regierungen maßten sich Rechte über die Fremden an: Sie verurteilten sie zum Tode und beschlagnahmten ihre Sachen.

Der König von Achem bemächtigte sich aller Schiffe, die an seinen Küsten Schiffbruch erlitten.

Die Ungeselligkeit verhärtet das Herz des Menschen und macht es dadurch viel geeigneter für große Taten. Raub und Mord werden dabei zu Tugenden und die wenigen Nationen, bei denen das geschah, weisen große Taten und große Männer auf.

In Kamtschatka ist Mord an Fremden eine gute Tat. Die Neger von Luango empfinden soviel Greuel vor den Tugenden der Gastfreundschaft, daß sie es nicht einmal zulassen, daß man einen Fremden in ihrem Land begräbt.

Mit einem Wort, die ganze Welt gibt uns Beispiele für den Haß ihrer Völker auf die Tugend der Gastfreundschaft. Und wir können diesen Beispielen und unseren Überlegungen entnehmen, daß es nichts Verderblicheres und nichts den eigenen Interessen Entgegenstehenderes gibt als eine Tugend, deren Ziel es ist, den Reichen zu verpflichten, dem Armen Obdach zu gewähren, wodurch ihm und dem Geschöpf, dem er es gibt, nur Schaden entsteht. Nur zwei Dinge ziehen die Fremden an: Neugierde oder die Freude daran, die Leute zu betrügen. Im ersten Fall müssen sie zahlen, im zweiten müssen sie bestraft werden.«

»Oh, Minski«, antwortete ich, »Sie haben mich überzeugt. Seit langer Zeit empfinde ich über die Wohltätigkeit und das Wohlwollen Grundsätze, die den Ihren über die Gastfreundschaft zu ähnlich sind, als daß wir in diesem Fall verschiedener Meinung sein könnten. Aber es gibt noch etwas, worüber ich Sie mich aufzuklären bitte. Augustine, die mir seit langer Zeit gehörte, hat arme Eltern. Als wir aufbrachen, bat sie mich, daß ich mich um ihre Eltern kümmern solle, falls sie ihnen während der Reise verloren gehen sollte. Muß ich ihnen irgendeine Entschädigung geben?«

»Ganz gewiß nicht«, antwortete Minski. »Aus welchem Grund sind Sie den Eltern Ihrer Freundin etwas schuldig? Was für einen Anspruch haben sie auf Ihre Wohltaten? Sie haben den Unterhalt dieses Mädchens bezahlt, solange es Ihnen gedient hat. Sie sind ihren Eltern absolut nichts schuldig. Wenn Ihre Auffassungen über die Nichtigkeit der Brüderlichkeit unter den Menschen aufgeklärt genug sind, wie Ihre Philosophie es mir beweist, wenn in Ihrem Gehirn diese Auffassungen gereift sind, müssen Sie verstehen, daß zwischen Augustine und den Diensten, die sie Ihnen dargebracht hat, keine Verbindung mehr besteht, denn diese Dienste gab es nur in der Vergangenheit und diejenige, die sie dargebracht hat,

* Siehe Herodot.

kann nicht mehr handeln. Es gibt daher nur noch eine Illusion, ein Trugbild von ihr und von ihren Handlungen. Das einzige Gefühl, das uns bleiben könnte, wäre das der Anerkennung, und Sie wissen, daß eine stolze Seele keine Anerkennung kennt. Derjenige, der den Dienst eines anderen zurückweist oder der, nachdem er ihn empfangen hat, glaubt, nichts schuldig zu sein, weil der Dienst nur dem Stolz des Wohltäters gedient hat, derjenige, sage ich, ist viel größer als der andere, der sich an den Wohltäter fesseln läßt, der ihm die Freude bereitet, ihn triumphierend als sein Opfer hinter sich herzuschleppen. Ich gehe noch weiter, vielleicht hat man Ihnen das schon gesagt: man muß den Tod des Wohltäters wünschen, dessen man sich nicht entledigen kann; wenn man sogar so weit geht, ihn mit eigener Hand zu töten, so würde ich mich nicht wundern. Oh, Juliette, wie sehr Beobachtung und Überlegung doch dazu dienen, das Menschenherz kennenzulernen, und wie sehr man sich wünscht, den menschlichen Prinzipien zu trotzen, wenn man erst weiß, wer sie erschuf; denn alles gehört dem Menschen und alles kommt vom Menschen. Und mit welchem Recht wollen Sie mich zwingen, etwas zu respektieren, was nur das Werk meinesgleichen ist? Ja, ich wiederhole, wenn diese Beobachtung erst getan ist, sind viele Verbrechen, die dem Dummen furchtbar erscheinen, für uns ganz einfach. Daß man den gemeinen Seelen doch sage, daß Petrus, als er von Paulus hundert Louis erhalten hatte, die er dringend brauchte, ihm zum Dank einen Dolch in die Hüften stieß . . . Die Dummen werden sich davon distanzieren, werden über die Grausamkeit klagen, und doch wird die Seele dieses Mörders viel größer sein als die seines Gegners, weil der eine, indem er so zuvorkommend war, nur aus Stolz gegeben hat, und weil der andere seinen Stolz nicht länger gedemütigt sehen konnte; und schon ist also die Undankbarkeit gerechtfertigt!

Schwache Sterbliche, die ihr euch blindlings die Laster und die Tugenden zurechtzimmert, wo doch schon die kleinste Prüfung die einen sofort als die anderen entlarvt! Juliette, du kannst dir nicht vorstellen, wie stark mein Hang zur Undankbarkeit immer gewesen ist. Sie ist die Tugend meines Herzens; und ich habe mich jedesmal gewehrt, wenn man mich dazu bringen wollte. Ich sagte eines Tages zu jemandem, der mir seine Dienste anbot: Oh, seien Sie vorsichtig, daß ich Sie nicht beim Wort nehme, wenn Sie nicht wollen, daß ich Sie verachte.

Fällt diese Art von Wohltätigkeit, die Sie den armen Eltern von Augustine erweisen wollten, nicht außerdem unter die Ärgernisse der Almosen und des Mitleids, von denen Sie so wenig wissen wollten? Juliette, die Wohltätigkeit betrügt nur die Leute, das Wohlwollen bringt nur Unangenehmes, seien Sie von diesem Mechanismus überzeugt, und trösten Sie sich, da ich Sie doch nicht sein Opfer werden ließ.«

»Diese Prinzipien machen auch mich glücklich«, sagte ich dem Riesen. »Immer hat mich die Tugend entsetzt, niemals erweckte sie irgendeine Freude in meinem Innern.«

Und um den Moskoviten davon zu überzeugen, erzählte ich ihm, bei welch furchtbarer Katastrophe ich all mein Vermögen verloren hatte, als ich einen Tag lang tugendhaft gewesen war.

»Ich habe mir keine ähnlichen Vorwürfe zu machen«, sagte Minski, »seit meiner Kindheit hat mein Herz nicht einen Augenblick etwas für diese kleinmütigen Gefühle, deren Auswirkungen so gefährlich sind, übrig gehabt. Ich hasse die Tugend ebenso wie die Religion, ich halte sie beide für unheilvoll, und niemals wird man mich unter ihrem Joch sehen. Ich kenne keine anderen Gewissensbisse als diejenigen, nicht genügend Verbrechen begangen zu haben. Mit einem Wort, das Verbrechen ist mein Element, nur dieses läßt mich leben und inspiriert mich, ich lebe nur dafür, und ich könnte nur noch auf der Erde dahinvegetieren, würde ich aufhören, stündlich wenigstens eines zu begehen.«

»Mit dieser Art zu denken«, antwortete ich dem Riesen, »waren Sie sicherlich der Henker Ihrer Familie.«

»Ach! Ich habe meinen Vater verpaßt, darüber bin ich verzweifelt. Ich war zu jung, als er starb. Aber alle übrigen sind durch meine Hände dahingegangen. Ich habe Ihnen bereits über den Mord an meiner Mutter und meiner Schwester erzählt. Ich würde sie gerne wiederauferstehen sehen, um die Freude zu haben, sie noch einmal zu massakrieren. Ich bin jetzt überaus unglücklich, daß mir nur noch gewöhnliche Opfer zur Verfügung stehen. Mein Herz ist abgestumpft, ich genieße nicht mehr.«

»Oh, Minski, wie glücklich Sie sind«, schrie ich. »Ich habe, wie Sie, diese Freuden gekostet, aber nicht in einem solchen Ausmaß ... Mein Freund, Sie erhitzen meine Phantasie bis zu einem wunderbaren Punkt, ich möchte Sie um etwas bitten, und zwar, daß Sie mich Ihre unzähligen Besitztümer bequem genießen lassen. Machen Sie mir dieses weite Feld der Verbrechen und der Geilheit zugänglich, auf daß ich es mit Saft und Kadavern dünge.«

»Das will ich schon«, sagte Minski, »aber ich stelle eine Bedingung: Ich habe nicht vor, Sie zu sodomieren, denn Sie würden durch mich krepieren, aber ich fordere von Ihnen, daß Sie diesen jungen Mann hergeben«, sagte er und meinte Zephyr damit.

Ich schwanke ... sofort richtet sich ein Dolch gegen meinen Schoß.

»Wählen Sie«, sagte dieser furchtbare Mann, »zwischen dem Tod oder den Freuden, die dieses Haus Ihnen geben kann.«

Nun, trotz meiner Anhänglichkeit für Zephyr gab ich nach ... Was sollte ich anderes tun!

Wir betraten ein anderes Appartement. Ein herrliches Essen, Früchte, Kuchen, Milch und warme Getränke wurden uns durch hübsche, halbnackte Jünglinge gereicht, die, während sie uns die

Schüsseln richteten, tausend Verrenkungen, tausend Unanständigkeiten vollführten, von denen die einen noch ausschweifender waren als die anderen. Meine beiden Männer und ich aßen reichlich. Für Minski wurden kräftigere Dinge serviert. Acht oder zehn aus dem Blut von Jungfrauen gemachten Rotwurstenden und zwei Hodenpasteten gelang es, ihn zu sättigen; achtzehn Flaschen griechischer Wein weichten diesen Mundvorrat in seinem ungeheuren Magen auf. Ein Dutzend jener kleinen Mundschenken peitschte er bis aufs Blut, nachdem er ohne irgendeinen Grund Streit mit ihnen gesucht hatte. Einem von ihnen, der Widerstand geleistet hatte, brach er mit der gleichen Kaltblütigkeit, mit der er die einfachste Sache der Welt erledigt hätte, beide Arme. Zwei andere erdolchte er; dann begannen wir mit unserer Inspektion.

In dem ersten Saal, den wir betraten, befanden sich zweihundert Frauen im Alter von zwanzig bis fünfunddreißig Jahren. Wir waren kaum erschienen, so bemächtigten sich – und dies entsprach einem geheiligten Brauch – zwei Henker eines Opfers und erhängten es sofort nackt vor unseren Augen. Minski trat an diese gehängte Kreatur heran, bearbeitete ihren Hintern und biß hinein; im gleichen Augenblick gruppierten sich alle Frauen in sechs Reihen. Wir durchquerten diese Reihen und schritten sie ab, um diejenigen besser sehen zu können, die sie bildeten. Die Art, in der diese Frauen gekleidet waren, nahm keiner ihren Charme. Ein einfaches, in Falten gelegtes Tuch umhüllte sie und bedeckte weder ihre Brust noch ihren Hintern, doch ihre Scheide sah man nicht. Diese Raffinesse, die den Wünschen Minskis entsprach, verbarg seinen libertinen Augen einen Tempel, in dem sein Weihrauch kaum brannte.

An einem Ende dieses Saales befand sich ein anderer, kleinerer, in dem fünfundzwanzig Betten standen. Dorthin legte man die Frauen, die durch die Unmäßigkeiten des Riesen verwundet worden oder die krank waren.

»Wenn die Unpäßlichkeit zu groß wird«, sagte Minski zu mir, indem er eines der Fenster dieses Saales öffnete, »so befördere ich sie dorthin.«

Aber wie groß war unsere Verwunderung, als wir den Hof sahen, auf den dieses Fenster sich öffnete: Er war voller Bären, Löwen, Leoparden und Tiger.

»Gewiß«, sagte ich, als ich diesen schrecklichen Ort sah, »das sind Mediziner, die sie sofort kurieren dürften.«

»Ganz sicher. An diesem Ort sind sie in weniger als einer Minute geheilt. Ich vermeide dadurch die schlechte Luft. Wozu kann im übrigen eine von einer Krankheit befallene, verwelkte Frau für die Geilheit von Nutzen sein? Ich spare Unkosten durch dieses Verfahren. Denn Sie werden zugeben, Juliette, daß eine kranke Frau nicht das wert ist, was sie kostet.« Das gleiche Gesetz wurde auch in den anderen Serails angewendet.

Minski überprüfte die Kranken. Sechs von ihnen, die nur ein wenig kränker als die anderen waren, wurden mitleidlos aus ihren Betten gezogen und vor unseren Augen in die Menagerie geworfen; in weniger als drei Minuten waren sie verschlungen.

»Das ist«, sagte Minski leise zu mir, »eine der Qualen, die meine Phantasie am meisten erregen.«

»Mir geht es genauso, mein Lieber«, antwortete ich dem Riesen, während ich das Schauspiel mit den Augen verschlang, »lege deine Hand dorthin«, fuhr ich fort, indem ich sie an meine Votze führte, »und du wirst sehen, daß ich deine Raserei teile ...«

Ich hatte einen Orgasmus.

Da Minski vermutete, daß ich es gerne sehen würde, wenn man das Schauspiel wiederholte, ging er noch einmal durch die Betten und ließ diesmal die unglücklichen Mädchen forttragen, die nur wegen einiger fast verheilter Wunden dort waren. Sie zitterten, als sie sahen, welches Schicksal ihnen bevorstand. Um uns länger und grausamer zu amüsieren, ließ er sie zunächst die wütenden Tiere beobachten, für die sie der Fraß sein würden. Minski verletzte sie am Gesäß, und ich stach ihnen in die Brüste. Man warf sie hinaus. Der Riese und ich wichsten uns während der Marter. Nie in meinem Leben habe ich so wollüstig Samen verloren.

Wir durchquerten die anderen Säle, in denen sich verschiedene Szenen abspielten, die einander an Grausamkeit übertrafen und bei denen Zephyr umkam, der ein Opfer dieses Ungetüms wurde.

»Nun«, sagte ich zu dem Riesen, als meine Leidenschaft befriedigt war, »stimmen Sie mir zu, daß alles, was Sie sich hier erlauben und was ich in bescheidenen Ausmaßen nachgemacht habe, eine abscheuliche Ungerechtigkeit darstellt?«

»Setzen wir uns«, sagte der Libertin zu mir, indem er mich zur Seite nahm, »und hören Sie mir zu. Bevor Sie mich wegen meiner Handlungsweise verurteilen, weil Sie in dieser Handlungsweise einen Anflug von Ungerechtigkeit sehen, sollte man sich, so scheint mir, darüber klarwerden, was man unter gerecht und unter ungerecht versteht. Nun, wenn Sie über die Begriffe nachdenken, die durch diese Worte gegeben werden, so werden Sie erkennen, daß sie nur relativ sind und daß sie in sich selbst nichts Reelles haben. Ähnlich wie die Begriffe des Lasters und der Tugend sind sie nur örtlich und geographisch bestimmt, so daß etwas, das in Paris lasterhaft ist, in Peking als eine Tugend gilt, und das, was in Isfahan gerecht ist, in Kopenhagen ungerecht wird. Die Gesetze eines Landes, die Interessen eines einzelnen sind die Basis der Gerechtigkeit. Aber diese Gesetze stehen im Verhältnis zu den Sitten der Regierung, unter der es sie gibt, und auch die Interessen stehen im Verhältnis zu den Veranlagungen des einzelnen, der sie hat. Somit ist der Egoismus, wie Sie sehen, die einzige Richtschnur für das Gerechte und das Ungerechte, somit wird es sehr gerecht sein, in Befolgung eines solchen Gesetzes einen einzelnen in diesem

Land für eine Handlung sterben zu lassen, für die er woanders gepriesen worden wäre, genauso wie jenes Einzelinteresse eine Handlung für gerecht hält, die nichtsdestoweniger von demjenigen, den sie schädigt, als sehr widerrechtlich empfunden wird. Führen wir einige Beispiele an: In Paris bestraft das Gesetz die Diebe, in Sparta belohnt es sie. Demnach ist also eine Handlung in Griechenland gerecht, die in Frankreich ganz illegal ist, und daraus folgert, daß die Gerechtigkeit genauso trügerisch ist wie die Tugend. Ein Mensch bricht beide Arme seines Feindes. Nach seiner Meinung hat er eine vollkommen gerechte Handlung begangen. Fragen Sie das Opfer, ob es ebenso darüber denkt. Themis ist also eine Göttin der Sagenwelt, deren Waagschale sich immer zu demjenigen hinneigt, der sie zum Sinken bringt, und auf deren Augen man mit Recht eine Binde gelegt hat.«

»Aber Minski«, antwortete ich, »ich habe immer sagen gehört, daß es eine Art natürlicher Gerechtigkeit gibt, von der sich der Mensch niemals frei macht oder wenn, so nur unter Gewissensbissen.«

»Das ist falsch«, sagte der Moskovit, »diese angebliche natürliche Gerechtigkeit ist nur die Folge seiner Schwäche, seiner Unwissenheit oder seiner Vorurteile, solange er kein Interesse an der Sache hat. Wenn er der Schwächere ist, so schlägt er sich ganz mechanisch auf diese Seite und findet alle Verletzungen, die der Starke den Individuen seiner Klasse zufügt, ungerecht. Wenn er der Stärkere wird, so ändern sich seine Auffassungen über die Gerechtigkeit sofort. Es wird nur noch das gerecht sein, was ihm schmeichelt, und nur noch das wird ihm billig erscheinen, was seinen Leidenschaften dient. Diese angebliche natürliche Gerechtigkeit wird, wenn man es recht untersucht, immer nur diejenige seiner Interessen sein. Richten wir unsere Gesetze immer nach der Natur, das ist das Mittel, uns niemals zu täuschen. Nun, wie viele Ungerechtigkeiten sehen wir sie nicht jeden Tag begehen! Gibt es etwas so Ungerechtes wie die Hagelstürme, durch die ihre Hand die Hoffnung des Armen zugrunde richtet, während dank ihrer plötzlichen Laune die Ernte des Reichen repektiert wird? Und die Kriege, durch die sie wegen des alleinigen Interesses eines Tyrannen die ganze Erde verwüstet? Und die Reichtümer, die nur der Schuft genießen darf, während der ehrenhafte Mann im Elend lebt? Diese Krankheiten, durch die sie ganze Provinzen entvölkert, diese vielfachen Triumphe, die sie dem Laster gönnt, während sie die Tugend Tag für Tag erniedrigt, diese Protektion, die sie täglich aufs neue dem Starken gegenüber dem Schwachen gewährt, ist all das gerecht, frage ich, und können wir uns als schuldig ansehen, wenn wir es nachahmen?

Es ist also nicht im geringsten schlecht, alle diese imaginären Prinzipien der Gerechtigkeit der Menschen zu verletzen, um sich eine Gerechtigkeit für den eigenen Gebrauch zusammenzustellen, die immer die beste sein wird, wenn sie unseren Leidenschaften und unseren Interessen dient; denn nur das ist heilig auf dieser Welt, und wir begehen nur wahrhaft Unrecht, wenn wir die Trugbilder den Gefühlen vorziehen, die uns die Natur gegeben hat; wir würden sie wirklich schimpflich beleidigen durch die Opfer, die wir diesen Chimären schwächlicherweise bringen könnten. Es ist falsch, wie unser Halbphilosoph Montesquieu behauptet, daß die Gerechtigkeit ewig ist und daß sie zu allen Zeiten und an allen Orten unveränderlich ist. Sie hängt nur von den menschlichen Konventionen, den Charakteren, den Temperamenten und den moralischen Gesetzen eines Landes ab. Wenn dem so wäre, fährt derselbe Autor fort,* wenn die Gerechtigkeit nur eine Folge der menschlichen Konventionen, der Charaktere, der Temperamente usw. wäre, so würde das eine schreckliche Wahrheit sein, die man sich selbst verheimlichen müßte. Aber warum sollte man sich solche wichtigen Wahrheiten verheimlichen? Gibt es eine einzige Wahrheit, die der Mensch meiden sollte? Diese würde gefährlich sein, fährt Montesquieu fort, weil sie bewirken würde, daß immer ein Mensch sich vor dem anderen Menschen fürchten müsse und weil wir uns niemals unserer guten Eigenschaften, unserer Ehre und unseres Lebens sicher wären. Aber was für eine Notwendigkeit gibt es, dieses miserable Vorurteil hinzunehmen und dermaßen große und wichtige Wahrheiten nicht einsehen zu wollen!

Würde uns jemand helfen, der uns in einen Wald gehen sähe und wüßte, daß wir dort von Dieben angefallen werden und der uns nicht vor den uns drohenden Gefahren warnen würde? Ja, ja, wagen wir den Menschen zu sagen, daß die Gerechtigkeit ein Trugbild ist und daß jedes Individuum nur immer seine eigene hat. Wagen wir es ihnen ohne Furcht zu sagen. Indem wir es ihnen ankündigen und sie dadurch alle Gefahren des menschlichen Lebens ahnen lassen, bringen wir sie gleichzeitig dazu, sich zu schützen und sich selbst mit Ungerechtigkeit zu wappnen; denn nur, wenn sie genauso ungerecht und lasterhaft wie die anderen werden, können sie sich vor ihren Fallen hüten. Die Gerechtigkeit, fährt Montesquieu fort, ist ein Zeugnis der Übereinstimmung, die sich zwischen zwei Dingen wirklich feststellen läßt, wer auch immer das Wesen sei, das diese Dinge betrachtet. Gibt es auf der ganzen Welt einen größeren Sophismus als diesen? Die Gerechtigkeit ist niemals ein Zeugnis der Übereinstimmungen gewesen, die sich zwischen zwei Dingen wirklich feststellen lassen. Die Gerechtigkeit hat überhaupt keine wirkliche Existenz, sie ist die Gottheit aller Leidenschaften. Der eine findet sie in der einen Sache, der andere in der anderen, und obwohl diese Dinge sich widersprechen, halten beide sie für gerecht. Hören wir also auf, an die Existenz dieses Trugbildes zu glauben, und es bleibt nichts übrig

* Auf Seite 192 seiner »Persischen Briefe«.

von dem Gott, in dem die Dummen es verkörpert sehen. Es gibt weder Gott, noch die Tugend, noch die Gerechtigkeit auf dieser Welt. Es gibt an Gutem, Nützlichem und Notwendigem nur unsere Leidenschaften. Es gibt an Respektablem nur ihre Auswirkungen.

Ich gehe noch weiter und betrachte die Ungerechtigkeiten als unumgänglich für die Aufrechterhaltung des Universums, das notwendigerweise durch eine gerechte Ordnung der Dinge gestört würde. Wie sollte ich mich, wenn diese Wahrheit feststeht, den von meinem Geist ersonnenen Ungerechtigkeiten widersetzen, wo doch bewiesen ist, daß sie für die allgemeine Lage nützlich sind? Ist es mein Fehler, wenn von meiner Hand kommt, was der Natur gefällt, sich zur Aufrechterhaltung der Ordnung in der Welt dienen zu lassen? Nein, gewiß nicht; und wenn man dieses Ziel nur durch Abscheulichkeiten, Schrecken und Verwünschungen erreichen kann, so wollen wir uns dem ohne Furcht widmen. Wir haben, indem wir uns ergötzen, das Ziel der Natur erreicht.«

Wir fuhren mit der Besichtigung der Räumlichkeiten fort und setzten dabei die Grundsätze in die Tat um, die mir der Riese gerade entwickelt hatte. Die Verwünschungen, die wir dort hinter uns brachten, ermüdeten mich so sehr, daß ich bei Minski den Wunsch aussprach, mich für den Rest des Tages der Ruhe hinzugeben.

»Gerne«, sagte er zu mir, »ich werde es also bis morgen aufschieben, Ihnen zwei weitere Teile meines Hauses zu zeigen, die Sie noch nicht kennen und deren Vorkehrungen und deren Besichtigung Sie zweifellos in Erstaunen versetzen wird.«

Ich zog mich mit Sbrigani zurück und war nun allein mit dem einzigen Reisekameraden, der mir geblieben war.

»Mein Freund«, sagte ich zu ihm, »es genügt nicht, in das Haus des Lasters und Schreckens hereingekommen zu sein; wir müssen auch wieder hinauskommen. Mein Vertrauen in den Riesen ist nicht groß genug, als daß ich unseren Aufenthalt bei ihm noch verlängern möchte. Ich habe sichere Mittel, mich dieser Person zu entledigen; nach seinem Tod würde es uns leichtfallen, uns seiner Reichtümer zu bemächtigen und zu fliehen. Aber dieser Mann ist zu nützlich für die Menschlichkeit; er hat genau die gleichen Prinzipien wie ich selbst; ich möchte ihn dem Universum nicht rauben. Es hieße hier, die Rolle des Gesetzes zu spielen, der Gesellschaft zu dienen, wenn wir diesen Schuft entfernen würden. Und ich liebe die Tugend nicht genug, um ihr bis zu diesem Punkt zu dienen. Ich werde den für das Verbrechen notwendigen Mann leben lassen. Nicht der Freund des Verbrechens wird es sein, der dessen Anhänger umbringt. Man muß ihn bestehlen, das ist wesentlich. Er hat mehr Geld als wir und die Gleichheit ist immer die Grundlage unserer Prinzipien gewesen. Wir müssen fliehen. Aus Freude und vielleicht auch wegen des Genusses, uns selbst ans Messer geliefert zu haben, würde er uns mit Sicherheit töten.

Erreichen wir also unsere beiden Ziele zugleich, indem wir ihn leben lassen. Ich habe Tollkraut in der Tasche; wir wollen ihn einschläfern, bestehlen, seine beiden schönsten Mädchen nehmen und fliehen.«

Sbrigani kämpfte einige Zeit gegen meinen Plan an. Das Tollkraut könne bei einem so dicken Körper nicht wirken, eine Dosis starken Giftes erschiene ihm sicherer. Wie gut auch meine Überlegungen zu sein schienen, so mußten sie doch hinter unserer Sicherheit zurückstehen, und wie auch Sbrigani sagte, war diese nicht vollkommen gegeben, solange der Riese lebte. Aber da ich an meinem Entschluß festhielt, solange mir dies möglich sein würde, niemals diejenigen durch meine Machenschaften zugrunde zu richten, die ebenso böse waren wie ich selbst, bestand ich weiter auf meinem Plan. Wir kamen überein, daß wir den Riesen am nächsten Morgen bei unserem gemeinsamen Frühstück einschläfern und ihn für tot erklären wollten, damit es von seiten seiner Leute kein Hindernis gäbe, uns seiner Reichtümer zu bemächtigen; sobald unser Vorhaben ausgeführt sein würde, wollten wir sofort aufbrechen.

Der erstaunlichste Erfolg krönte unser Vorhaben. Einige Minuten, nachdem Minski die Schokolade hinuntergeschluckt hatte, der wir das Schlafmittel unbemerkt beigesetzt hatten, fiel er in eine so tiefe Betäubung, daß wir keine Mühe hatten, die anderen von seinem Tod zu überzeugen. Sein Verwalter war der erste, der uns bat, seinen Platz einzunehmen. Wir taten so, als wollten wir das Angebot annehmen, und nachdem wir ihn veranlaßt hatten, uns den Tresor zu öffnen, ließen wir zehn Männer mit allem, was er an Kostbarkeiten enthielt, beladen. Von dort aus gingen wir in das Serail der Frauen. Elise und Raymonde, zwei charmante Französinnen im Alter von siebzehn bis achtzehn Jahren, wurden sofort von uns ausgewählt, und während wir zu unseren Fahrzeugen gingen, versicherten wir dem Verwalter Minskis, daß wir nicht zögern würden, zurückzukommen und ihn mit dem Rest mitzunehmen. Wir versicherten ferner, daß wir seinem Meister natürlich in jeder Hinsicht nacheifern wollten; es wäre jedoch notwendig, die vielen herrlichen Besitztümer in die Ebene zu transportieren und darauf zu verzichten, wie die Bären in einem so schrecklichen Schlupfwinkel zu leben. Der liebenswerte Mann machte uns alles leicht, akzeptierte alles und ist dafür sicherlich von dem Riesen belohnt worden, als dieser bei seinem Erwachen seine Verluste und unsere Flucht bemerkte.

Erlauben Sie nun, meine Freunde, daß ich Sie einen Augenblick lang mit der herrlichen Stadt unterhalte, in die wir bald kamen. Diese Einzelheiten werden ihre Phantasie wieder beruhigen, die allzulange durch meine obszönen Ausführungen beschmutzt wurde. Eine solche Ablenkung kann, scheint mir, nur noch pikanter werden lassen, was die Wahrheit, die Sie von mir verlangt haben, vielleicht später notwendig machen wird.

Florenz, das Werk der Soldaten Syllas, verschönert durch die Triumviren, zerstört von Totila, wiedererbaut von Karl dem Großen, vergrößert auf Kosten der alten Stadt Fiesole, von der man heute nur noch die Ruinen sieht, lange Zeit inneren Revolutionen ausgesetzt, unterjocht durch die Medici und von ihnen nach zwei Jahrhunderte langer Regentschaft schließlich dem Hause Lothringen überlassen, wird heute, genau wie die Toskana, deren Hauptstadt es ist, durch Erzherzog Leopold regiert, den Bruder der Königin von Frankreich,* einem despotischen Prinzen, hochmütig, widerlich, liederlich und libertin wie seine ganze Familie, was meine Ausführungen bald genug beweisen werden.

Die erste Beobachtung politischer Art, die ich nach unserer Ankunft in dieser Hauptstadt machte, war der überzeugende Eindruck, daß die Florentiner den Verlust der Fürsten ihrer Nation noch immer bedauerten und daß sie sich den Fremden nur mit Widerstreben unterworfen hatten. Das einfache Äußere Leopolds imponiert niemandem. Der ganze deutsche Dünkel kommt zum Vorschein, trotz seines populären Anzuges, und wer den Geist des Hauses Österreich kennt, der weiß sehr wohl, daß es ihm immer bequemer wird, Tugenden zu heucheln, als sie zu erwerben.

Florenz liegt am Fuße des Apennin und wird durch den Arno geteilt. Der mittlere Teil der Hauptstadt der Toskana ähnelt ein wenig dem von der Seine abgeschnittenen Teil von Paris. Aber die Stadt ist nicht ebenso bevölkert und ebenso groß wie die, mit der wir sie einen Augenblick lang vergleichen. Die braune Farbe der Steine, aus denen ihre Paläste konstruiert sind, gibt ihr einen Anstrich von Traurigkeit, der sie für das Auge unangenehm werden läßt. Wenn ich eine Kirchenliebhaberin wäre, hätte ich Ihnen zweifellos sehr schöne Beschreibungen liefern können. Aber meine Abneigung gegen alles, was zur Religion gehört, ist so stark, daß ich es mir selbst nicht erlaube, irgendeinen dieser Tempel zu betreten. Über die herrliche Galerie des Großherzogs dachte ich anders. Ich besuchte sie am Morgen meiner Ankunft. Ich werde Ihnen niemals die Begeisterung beschreiben können, die ich in-

* Man muß bemerken, daß diese Einzelheiten exakt waren, als Madame de Lorsange Italien bereiste. Man wird die Veränderungen kennen, die seitdem sowohl in der Stadt als auch in anderen Teilen dieses schönen Landstriches vorgenommen wurden.

mitten aller dieser Werke verspürte. Ich liebe die Künste, sie erhitzen meinen Kopf. Die Natur ist so schön, daß man alles lieben muß, was sie nachahmt ... Oh, man sollte doch jene Leute mehr ermutigen, die sie lieben und sie kopieren. Die einzige Art, ihr einige ihrer Mysterien zu entziehen, ist, sie dauernd zu studieren. Das kann man nur, indem man sie unablässig studiert, sie bis in ihre geheimsten Winkel erforscht, und wenn man die Zerstörung aller Vorurteile erreicht hat. Ich bete eine Frau an, die Talent hat. Die Erscheinung verführt, aber die Talente fesseln, und ich glaube, das eine schmeichelt der Eigenliebe mehr als das andere.

Wie Sie sich leicht vorstellen können, versäumte mein Führer es nicht, mich in dem zu dieser berühmten Galerie gehörenden Raum festzuhalten, in dem Cosimus I. von Medici bei einer ziemlich einzigartigen Handlung überrascht wurde ... Der berühmte Vasari malte das Gewölbe dieses Raumes aus, als Cosimus mit seiner Tochter dort eintrat, in die er sehr verliebt war. Da er nicht bemerkt hatte, daß der Künstler in dem Gewölbe arbeitete, liebkoste der blutschänderische Fürst das Objekt seiner Begierde auf ziemlich eindeutige Weise. Ein Sofa stand dort, Cosimus machte davon Gebrauch, und der Akt vervollkommnete sich unter den Augen des Malers, der im nächsten Augenblick Florenz verließ, da er überzeugt war, daß man wirksame Mittel ihm gegenüber anwenden würde, um ein solches Geheimnis zu ersticken und daß derjenige, dem es bekannt war, bald nicht mehr in der Lage sein würde, darüber zu reden. Vasari hatte recht; er lebte in einem Jahrhundert und in einer Stadt, wo der Machiavellismus an Boden gewann. Es war klug von ihm, sich nicht den grausamen Auswirkungen dieser Doktrin auszusetzen.

Nicht weit davon zeigte man mir einen Altar aus massivem Gold, der mit schönen und kostbaren Steinen geschmückt war, die ich nicht ansehen konnte, ohne sie zu begehren. Dieser unvorstellbare Schatz war, wie man mir erklärte, ein Votivbild, das der 1630 verstorbene Großherzog Ferdinand II. dem heiligen Charles-Borromée für die Wiederherstellung seiner Gesundheit dargebracht hatte. Das Geschenk befand sich seit dem Tode des Prinzen unterwegs. Denn die Erben beschlossen in ziemlich philosophischer Weise, daß sie den Heiligen, da er den Wunsch nicht erhört hatte, nicht zu entschädigen hätten und ließen den Schatz zurückkommen. Was für Narrheiten entstehen nicht aus den Früchten des Aberglaubens und mit welcher Berechtigung kann man nicht versichern, daß von allen menschlichen Dummheiten diese den Geist und die Vernunft zweifellos am meisten herabsetzt!

Ich ging von dort zu der berühmten Venus von Tizian, und ich gestehe, daß meine Sinne bei der Betrachtung dieses göttlichen Bildes mehr in Bewegung gerieten, als durch das Votivbild von Ferdinand. Die Schönheiten der Natur interessieren die Seele, die religiösen Narrheiten lassen sie frösteln.

Die Venus von Tizian ist eine schöne Blonde mit den schönsten Augen, die man sich vorstellen kann; ihre Züge sind ein wenig zu stark ausgeprägt für eine Blonde, bei der es scheint, daß die Hand der Natur den Charme wie auch den Charakter aufheitern muß. Man sieht sie auf einer weißen Matte; mit einer Hand verstreut sie Blumen, mit der anderen verbirgt sie ihren hübschen kleinen Hügel. Ihre Haltung ist wollüstig, und man kann die Schönheiten dieses göttlichen Gemäldes im Detail nicht aufmerksam genug betrachten. Sbrigani fand, diese Venus gliche in erstaunlicher Weise Raymonde, einer unserer beiden neuen Freundinnen. Er hatte recht. Diese schöne Kreatur errötete vor Unschuld, als er das zu uns sagte. Ein feuriger Kuß, den ich ihr auf ihren rosigen Mund gab, überzeugte sie, bis zu welchem Punkt ich dem Vergleich meines Mannes beipflichtete.

Wir gingen in den folgenden Raum hinüber, den man das Kabinett der Idole nannte. Eine Unmenge von Gemälden von Tizian, Paolo Veronese und Guide hingen dort. In diesem Saal hat man eine seltsame Idee verwirklicht: Es ist dort eine Grabstätte voller Kadaver zu sehen, an denen man alle verschiedenen Grade der Auflösung beobachten kann, vom Augenblick des Todes bis zur völligen Zerstörung des Individuums. Diese düstere Darstellung ist aus so natürlich gefärbtem Wachs angefertigt, daß die Natur nicht ausdrucksvoller und wirklicher sein könnte. Der Eindruck bei der Betrachtung dieses Werkes ist so stark, daß die Sinne einander gegenseitig warnen. Man führt, ohne es zu wollen, die Hand an die Nase. Meine grausame Phantasie amüsierte sich über dieses Schauspiel. An wie vielen Wesen hat meine Bösartigkeit diese schrecklichen Steigerungen sich vollziehen lassen? Fahren wir fort. Die Natur wird mich zweifellos weiter zu diesen Verbrechen führen, da sie mich von neuem ergötzt, wenn ich nur daran zurückdenke.

Nicht weit von da entfernt befindet sich eine andere Grabstätte von Pestkranken, an der man die gleiche Auflösung beobachten kann. Man sieht dort vor allem einen Unglücklichen, der – ganz nackt – einen Kadaver herbeibringt, den er zu den anderen wirft, und der, selbst erstickt durch den Geruch und das Schauspiel, hintenüber fällt und stirbt. Diese Gruppe ist von einer erschrekkenden Wahrheit.

Wir gingen nun zu fröhlicheren Objekten. Der die Tribüne genannte Saal bot uns die berühmte Venus Medicis, die am Ende dieses Raumes stand. Wenn man dieses herrliche Stück sieht, kann man auch die leichteste Rührung nicht verhindern. Man sagt, ein Grieche habe sich für eine Statue entflammt ... Ich gebe zu, daß ich es ihm bei dieser hier nachgemacht hätte. Wenn man die Schönheiten dieses berühmten Werkes im Detail genau betrachtet, so glaubt man ohne weiteres, daß der Urheber, wie es die Überlieferung berichtet, fünfhundert Modelle brauchte, um es zu beenden. Die Proportionen dieser göttlichen Statue, die Anmut ihres Gesichtes, die göttlichen Konturen jedes Gliedes, die anmutigen Rundungen der Brust und der Hinterbacken sind Spuren von Genie, das sich mit der Natur messen könnte, und ich zweifele daran, daß die dreifache Zahl von Modellen, die unter allen Schönheiten der Erde ausgewählt würden, heutzutage eine Kreatur hervorbringen könnte, die bei einem Vergleich nicht doch zu verlieren hätte. Man nimmt allgemein an, daß diese Statue die Meeresvenus der Griechen darstellt. Ich will nicht länger des langen und breiten über ein Stück reden, von dem es so viele Kopien gibt. Alle Welt kann sie besitzen, zweifellos, aber niemand wird sie so schätzen wie ich ... Früher hat eine abscheuliche Frömmigkeit dieses schöne Stück zerschlagen lassen ... Was für Dummköpfe! Sie beteten den Urheber der Natur an und glaubten ihr zu gefallen, indem sie ihr schönstes Werk zerstörten. Über den Namen des Bildhauers ist man sich nicht einig. Allgemein glaubt man, Praxiteles habe das Werk geschaffen; andere behaupten, es stamme von Cleomeses. Aber das ist gleichgültig; sie ist schön und man bewundert sie; mehr braucht man nicht für die Phantasie, und wer auch immer der Urheber war, die Freude, die man bei der Betrachtung dieses Werkes hat, ist in jedem Fall eine der angenehmsten, die man genießen kann.

Meine Augen wanderten von dort zu dem Hermaphroditen. Sie werden wissen, daß die Römer, die dieser Art von Ungetüm leidenschaftlich zugeneigt waren, Hermaphroditen vorzugsweise bei ihren libertinen Orgien zuließen. Der hier aufgestellte ist zweifellos einer von denen, auf die der Ruf der Wollüstigkeit am wenigsten paßt. Es ist ärgerlich, daß der Künstler, indem er die Beine überkreuzte, nicht sehen lassen wollte, wodurch das doppelte Geschlecht charakterisiert wird. Man sieht ihn auf einem Bett liegen und den schönsten Hintern der Welt zeigen ... einen wollüstigen Hintern, den Sbrigani begehrte, wobei er mir versicherte, daß er den einer ähnlichen Kreatur gehabt habe und daß es keinen köstlicheren Genuß auf dieser Welt gäbe.

Dicht in der Nähe steht eine Gruppe, die ›Caligula seine Schwester liebkosend‹ darstellt. Diese stolzen Herren des Universums waren weit davon entfernt, ihre Laster zu verbergen; sie ließen sie durch die schönen Künste verewigen. In diesem Saal sieht man auch das berühmte Standbild des Priapus, an dem die jungen Mädchen verpflichtet waren, anbetungsvoll die Schamlippen ihrer Vagina zu reiben. Er ist von einem solchen Ausmaß, daß die Einführung ganz gewiß unmöglich gewesen wäre, wenn sie zufälligerweise zu den Mysterien gehört hätte.

Über das schönste Verbrechen

»Nachdem ich Ihnen eine kleine Strafpredigt gehalten habe, werde ich Ihnen nun, meine schöne Freundin, das besonders hübsche Geheimnis anvertrauen, wie Sie feststellen können, welche Art von Verbrechen Ihr Temperament am meisten amüsiert; denn das wird Ihnen in dieser Sache immer von Nutzen sein. Sie streben an, daß das Verbrechen Sie unaufhörlich erregen soll. Bevor ich Ihnen mein Geheimnis anvertraue, will ich Ihnen erklären, warum ich also über Ihr Temperament nachdenke.

Das Übermaß Ihrer Empfindsamkeit ist außerordentlich, und Sie haben die Auswirkungen dessen auf eine solche Art gelenkt, daß für Sie jetzt nur noch das Laster möglich ist. Alle äußeren Objekte, die irgendeine Art von Einmaligkeit besitzen, bringen die elektrischen Teilchen Ihres Nervenstroms in gewaltige Erregung, und die heftige Erschütterung, die von der Masse Ihrer Nerven registriert wird, teilt sich augenblicklich denjenigen mit, die dem Sitz der Wollust benachbart sind. Sie verspüren dort sofort ein Kitzeln. Dieser Eindruck gefällt Ihnen, Sie begünstigen und erneuern ihn. Die Stärke Ihrer Phantasie veranlaßt Sie, sich Steigerungen, Einzelheiten auszudenken ... Die Erregung wird heftiger, und Sie würden so, wenn Sie dies wollten, Ihre Genüsse bis ins Unendliche vervielfachen.

Das Wesentliche für Sie ist es also zu vergrößern, zu verstärken ... Ich will Ihnen etwas sehr viel Kräftigeres verraten. Und da Sie alle Schranken beseitigt haben und durch nichts mehr zurückgehalten werden, müssen Sie es darin weit bringen. Ihre Phantasie wird sich also von nun an nicht mehr an der stärksten, abscheulichsten und an den göttlichen und menschlichen Gesetzen am meisten entgegengesetzten Ausschweifung entflammen. Mäßigen Sie sich also; unglücklicherweise nämlich bieten sich uns die Verbrechen nicht im Verhältnis zu dem Bedürfnis an, das wir haben, sie zu begehen; da die Natur uns mit feurigen Seelen geschaffen hat, sollte sie uns mindestens ein wenig Nahrung zukommen lassen. Ist es nicht richtig, meine schöne Freundin, daß Sie bereits entdeckt haben, daß Ihre Wünsche Ihre Mittel übersteigen?«

»Oh, ja, ja«, antwortete die Gräfin seufzend. »Ich kenne diesen schrecklichen Zustand. Er ist das Unglück meiner Tage. Aber hier ist mein Gegenmittel.* Beschäftigen Sie sich fünfzehn Tage nicht mit Wollüstigkeiten, zerstreuen Sie sich, amüsieren Sie sich mit anderen Dingen. Aber lassen Sie bis zum fünfzehnten Tag keine

* Alle Leute, die eine Neigung zum Verbrechen haben, werden ihr Porträt in diesem Paragraphen erkennen. Mögen sie also von allem vorher schon Gesagten und von allem, was über die Methode folgen wird, den Genuß der Lebensweise zu vervollkommnen, für die sie die Natur geschaffen hat, gewissenhaft ihren Nutzen ziehen und mögen sie überzeugt sein, daß die Hand, die diese Ratschläge gibt, sie aus eigener Erfahrung kennt.

ausschweifenden Gedanken aufkommen. Nach dieser Zeit legen Sie sich alleine ins Bett, ganz in Ruhe und im tiefsten Dunkel. Erinnern Sie sich dort an alles, was Sie in der Zwischenzeit aus Ihren Gedanken verbannt hatten und überlassen Sie sich ganz widerstandslos und mit Nonchalance diesem leichten Samenerguß, durch den niemand sich oder andere erregt als Sie selbst. Geben Sie danach Ihrer Phantasie die Freiheit, sich zu steigern und Ihnen verschiedene Arten von Ausschweifungen zu bieten. Durchlaufen Sie sie in allen Einzelheiten. Mustern Sie sie nacheinander. Seien Sie fest davon überzeugt, daß Ihnen die ganze Welt gehört ... daß Sie das Recht haben, alle Wesen zu verwandeln, zu verstümmeln, zu vernichten und umzustürzen, wie auch immer es Ihnen gut erscheinen mag. Sie haben nichts zu befürchten. Wählen Sie, was Ihnen Freude macht, aber ohne Ausnahme, lassen Sie nichts aus, üben Sie keine Rücksicht, für wen auch immer. Keine Kette darf Sie gefangennehmen, kein Zügel Sie zurückhalten. Überlassen Sie Ihrer Phantasie alle Kosten des Versuchs. Und vor allem bewegen Sie sich nicht zu stark. Ihre Hand soll Ihrem Kopf gehorchen und nicht Ihrem Temperament. Ohne daß Sie es bemerken, wird eines der verschiedenen Bilder, die Sie an sich vorüberziehen lassen, Sie heftiger fesseln als die anderen, und zwar mit solcher Stärke, daß Sie es weder auswischen noch ersetzen können. Die durch dieses Ihnen anvertraute Mittel in Ihnen entstandene Vorstellung wird Sie beherrschen und gefangennehmen. Der Wahnsinn wird sich Ihrer Sinne bemächtigen, und da Sie sich bereits am Werk glauben, werden Sie sich wie eine Messaline entleeren. Nachdem dies geschehen sein wird, zünden Sie Ihre Kerzen wieder an und vermerken Sie auf Ihrem Schreibtäfelchen die Art der Ausschweifung, die Sie soeben erregt hat, ohne dabei irgendeinen der für die Einzelheiten bedeutsamen Umstände zu vergessen. Schlafen Sie nun, lesen Sie Ihre Notizen am nächsten Morgen noch einmal; wiederholen Sie die ganze Sache noch einmal von Anfang an und fügen Sie all das hinzu, was Ihre gegen den Gedanken, der sie bereits Samen gekostet hat, ein wenig abgestumpfte Phantasie Ihnen an Möglichkeiten eingeben kann, Ihre Erregung noch weiter zu steigern. Bilden Sie jetzt ein Ganzes aus diesen Gedanken und fügen Sie, während sie alles ins reine schreiben, wiederum alle Episoden hinzu, zu denen Ihr Kopf Ihnen raten wird. Begehen Sie dann das Verbrechen, und Sie werden feststellen, daß dies die Ausschweifung ist, die Ihnen am besten gefällt und die Sie mit dem größten Genuß ausführen werden. Ich fühle, daß mein Geheimnis ein wenig ruchlos ist, aber es wirkt mit Sicherheit, und ich würde es Ihnen nicht raten, wenn ich nicht schon selbst Erfolg damit gehabt hätte.«

Die Prinzessin Borghese

Nach meiner Ankunft bot sich mir in Rom die Bekanntschaft zweier Frauen. Die eine davon war die Prinzessin Borghese. Schon nach weniger als zwei Tagen ließ sie mich von ihren Augen den Wunsch ablesen, daß wir uns näher kennenlernen möchten. Sie war dreißig Jahre alt, lebhaft und libertin, hatte reizende Gesichtszüge, Geist, ausdrucksvolle Augen, die allerschönste Figur, herrliches Haar, Phantasie, und sie war zuvorkommend. Da haben Sie, was mir die erste zu bieten hatte.

Die Herzogin Grillo war bescheidener, jünger, schöner und weiser; sie zeigte eine majestätische Haltung, war züchtig, zurückhaltend und weniger lebhaft; sie hatte weniger Phantasie, aber unendlich viel mehr Zärtlichkeit, war tugendhaft und empfindsam. Ich fühlte mich von beiden Frauen gleich stark eingenommen, und nach dem Bild, das ich mir gemacht hatte, ergab es sich von selbst, daß die eine meinen Kopf heftig erregte, während die andere alle Neigungen meines Herzens besiegte.

Nachdem wir uns acht Tage kannten, bat mich die Prinzessin zum Abendessen in ihr kleines Haus in der Nähe von Rom.

»Wir werden allein sein«, sagte sie zu mir. »Du scheinst mir eine köstliche Frau zu sein, meine liebe Gräfin, und ich möchte mich unbedingt mit dir verbinden.«

Sie können sich leicht vorstellen, daß dergleichen Annäherungsversuche bald alle Förmlichkeiten verbannt hatten. Es war außerordentlich heiß. Nach einem ebenso reichhaltigen wie üppigen Essen, das uns von fünf charmanten Mädchen in einer Rosen- und Jasminlaube serviert wurde, die von Kaskaden umgeben war, deren angenehmes Plätschern und deren wohltuende Frische allen Charme der Natur mit allen Reizen der Kunst vereinigten, zog mich die Prinzessin, der von ihren Nymphen geleuchtet wurde, in einen einsamen unter ihn beschattenden Pappeln stehenden Pavillon. Wir betraten einen runden Saal, den rundherum ein kreisförmiges Sofa beherrschte, das nur acht Zoll hoch und vollkommen mit Kissen belegt war. Bis ins Unendliche vervielfältigende Spiegel machten diesen kleinen Ort zu einem der hübschesten Tempel, die Venus in Italien hatte. Nachdem die jungen Mädchen mehrere mit wohlriechendem Öl gefüllte Lampen entzündet hatten, deren Flammen durch grüne Gaze gedämpft waren, so daß die Augen nicht geblendet wurden, zogen sie sich zurück.

»Meine Liebe«, sagte die Prinzessin zu mir, »wir wollen uns nur noch bei unseren Mädchennamen nennen. Ich verabscheue alles, was mich an das Ungemach der Ehe erinnert. Olympe ist der Name meiner Kindheit, gib mir keinen anderen. Ich werde dich nur noch Juliette nennen. Du bist doch einverstanden, nicht wahr, mein Engel?«

Und sogleich drückte sie mir einen besonders heftigen Kuß auf meine Lippen.

»Liebe Olympe«, sagte ich, diese bezaubernde Kreatur in meine Arme nehmend, »in was würde ich dir zuliebe nicht einwilligen! Hat dich die Natur, indem sie dir soviel Charme mitgab, nicht mit Macht über alle Herzen ausgestattet und mußt du nicht notwendigerweise alle Wesen verführen, die von deinen Augen in Brand gesetzt werden?«

»Du bist göttlich, meine liebe Juliette, küsse mich tausend und abertausendmal«, sagte Olympe zu mir, indem sie sich auf das Sofa fallen ließ. ». . . Oh, meine zärtliche Freundin, ich fühle, daß wir viele Dinge zusammen unternehmen werden . . . Aber ich fürchte, ich muß dich erst einmal über mich selbst aufklären; darüber, wie ausschweifend ich bin. Täusche dich nicht, meine liebe Seele, ich bete dich an. Aber ich begeistere mich jetzt nicht aus Liebe für dich. Ich kenne keine Liebe in der Geilheit, ich akzeptiere nur die Wollüstigkeit.«

»Oh, Himmel«, rief ich, »ist es möglich, daß die Natur fünfhundert Meilen voneinander entfernt zwei so ähnliche Seelen erschaffen hat?«

»Wie, Juliette«, antwortete mir Olympe lebhaft, »auch du bist ausschweifend? Wir werden uns wichsen, ohne uns zu lieben, wir werden uns entleeren wie Schurken, ohne Zurückhaltung, ohne Zartgefühl, wir werden Dritte an unseren Freuden teilnehmen lassen . . . Oh, ich möchte dich verschlingen, mein Engel, dich tausendfach küssen. Es ist die Übersättigung, die dahin führt . . . Es ist die Gewohnheit, der große Reichtum, in dem wir beide leben. Da wir gewohnt sind, daß uns nichts ausgeschlagen wird, sind wir von allem übersättigt, und die Dummköpfe verstehen nicht, wohin diese Gleichgültigkeit der Seele führt.«

So plaudernd, entkleidete mich Olympe; dann zog sie sich selbst aus. Als wir beide nackt waren, lagen wir uns bald in den Armen. Das erste, was die Borghese tat, war, sich vor mir hinzuknien, meine Schenkel zu öffnen, ihre beiden Hände auf meinen Hintern zu legen und ihre Zunge soweit als möglich in meine Scheide zu stecken. Ich befand mich in einem solchen Rausch, daß die Tribadin bald triumphierte. Sie verschlang meinen Samen. Ich drehte sie um, und nachdem wir uns auf die Kissen geworfen hatten, mit denen dieses Boudoir bedeckt war, legte ich mich in entgegengesetzter Richtung auf sie und während ich, meinen Kopf zwischen ihren Beinen, sie mit ganzer Kraft leckte, gab mir die Schurkin den gleichen Dienst zurück. So entleerten wir uns fünf- oder sechsmal.

»Wir werden uns nicht damit zufriedengeben«, sagte Olympe zu mir. »Es ist unmöglich, daß zwei Frauen einander allein befriedigen. Lassen wir die Mädchen kommen, die uns bedient haben. Sie sind hübsch, die Älteste ist noch keine siebzehn Jahre alt, die

Jüngste vierzehn. Es vergeht kein Tag, an dem sie mich nicht wichsen. Willst du sie?«

»Natürlich, ich liebe all das wie du. Wer immer zur Ausschweifung beiträgt, ist wertvoll für meine Sinne.«

»Daß man diese Erkenntnis nicht weiter verbreiten kann«, sagte Olympe erregt zu mir, »kommt daher, daß nichts so banal ist, wie die schüchternen, zurückhaltenden oder zarten Frauen, die ohne Liebe niemals Vergnügen haben und die sich dummerweise einbilden, daß man sich anbeten müsse, um sich zu wichsen.«

Da die Prinzessin geläutet hatte, kamen die fünf jungen Mädchen ganz nackt in unsere wollüstige kleine Manege. Nichts war hübscher als ihre Gesichter, nichts frischer und besser geformt als ihre Körper und als sie Olympe umgaben, glaubte ich einen Augenblick die Grazien zu sehen, die Venus umtanzten.

»Juliette«, sagte die Prinzessin zu mir, »ich werde mich dir gegenüber setzen, diese fünf Mädchen werden dich umgeben und durch sehr zärtliches Kitzeln und wollüstige Stellungen werden sie dich zum Orgasmus bringen. Ich werde dir zusehen, wie du dich entleerst; das ist alles, was ich will. Du kannst dir nicht die Freude vorstellen, die ich empfinde, wenn ich eine schöne Frau im Rausch beobachte. Ich wichse mich währenddessen selbst und lasse meine Gedanken wandern, und ich sage dir, sie werden weit wandern.«

Der Vorschlag begünstigte meine Wollust zu sehr, als daß ich ihn hätte abschlagen können. Olympe arrangierte die Gruppen. Eines der hübschen Mädchen, das sich auf mich hockte, ließ mich seine hübsche kleine Scheide saugen. Da ich selbst durch eine Art Bandage emporgehalten wurde, die aus gepolsterten, mit schwarzem Satin bezogenen Gurten bestand, hing mein Hintern über dem Gesicht eines zweiten Mädchens, das mein Afterloch leckte. Das dritte Mädchen, das ausgestreckt auf mir lag, leckte mich, und mit jeder Hand wichste ich je eine der beiden anderen. Dem ganzen Schauspiel gegenübersitzend und sich daran weidend, hielt Olympe eine Seidenkordel in der Hand, die an den mich tragenden Gurten befestigt war. Und dadurch, daß sie diese Kordel sanft bewegte, gab sie meinem Körper eine vor- oder zurücktreibende Bewegung, die die von mir ausgeteilten oder empfangenen Zungenschläge verlängerte oder beschleunigte und durch diese köstliche Bewegung eine unglaubliche Steigerung der Wollust bewirkte. Ich glaube, daß ich in meinem Leben nie zuvor so viel Genuß empfunden hatte. Bis zu der mir von Olympe bescherten Steigerung der Wollust hatte ich nicht bemerkt, daß eine leise Musik erklang, von der man aber nicht wußte, woher sie kam. Die Vorstellungen des Korans verwirklichten sich; ich glaubte mich in sein Paradies versetzt und dort von jenen Huries umgeben, die er seinen Anhängern verheißt, und mir schien, daß sie mich liebkosten, um mich in den größten Überfluß köstlichster Wollust zu tauchen. Die Bewegungen, in die Olympe mich versetzte, wurden nur noch im Rhythmus ausgeführt, ich befand mich im siebenten Himmel und existierte nur noch durch das tiefe Gefühl meiner Wollust: Nach einer Stunde des Rausches legte sich Olympe in die Schaukel; sie ließ sich in der gleichen Weise von den fünf Mädchen umgeben. Die Musik, die immer wieder andere uns erregende zarte Weisen spielte, versetzte mich in süßeste Bewegung und ich ließ sie eineinviertel Stunden lang in dieser wollüstigen Maschine Unzucht treiben. Nachdem wir uns dann einen Augenblick ausgeruht hatten, variierten wir unsere Freuden.

Wir legten uns beide auf die Kissen, die den Boden dieses reizenden Boudoirs bedeckten, und placierten das hübscheste Mädchen zwischen uns. Sie wichste uns mit beiden Händen. Zwei andere Mädchen, die zwischen unseren Schenkeln lagen, leckten uns, und die beiden letzten, die auf unserer Brust hockten, boten uns ihre Votze, damit wir daran saugten. Wir gaben uns so fast eine Stunde lang der wollüstigsten Ekstase hin. Dann wechselten die Mädchen. Wir leckten diejenigen, die uns vorher gesaugt hatten, und diejenigen, die durch uns geleckt worden waren, leckten nun uns. Die Musik wurde fortgesetzt. Olympe fragte mich, ob ich wolle, daß man die Musiker hereinkommen lasse.

»Ich bin damit einverstanden«, antwortete ich, »ich wünschte, das ganze Universum könnte mich in dem Rausch sehen, in dem ich mich befinde.«

»Oh, meine Gute, meine liebe Gute«, sagte Olympe zu mir und küßte meinen Mund aufs heftigste, »du bist so liederlich, ich bete dich an. So sollten alle Frauen sein. Wie dumm nur diejenigen sind, die nicht alles ihren Freuden zuliebe opfern. Wie stupide sind doch diejenigen, die noch andere Götter als Venus anerkennen, und andere Sitten befolgen als die, sich unaufhörlich jedem Geschlecht, jedem Alter, jeder lebenden Kreatur hinzugeben. Oh, Juliette, das heiligste Gesetz meines Herzens ist die Ausschweifung. Ich atme nur, um Samen zu vergießen. Ich kenne weder andere Bedürfnisse noch andere Freuden. Ich möchte mich prostituieren, aber nur für sehr wenig Geld. Dieser Gedanke erhitzt meinen Kopf in einer unsagbaren Weise. Ich möchte, daß man mich sehr schwer zufriedenstellenden Libertins vorführt. Ich möchte gerne gezwungen sein, tausend Mittel anzuwenden, um sie zum Leben zu erwecken. Ich möchte ihr Opfer sein. Sie sollen mit mir alles machen, was sie wollen ... Ich werde alles erdulden ... Auch Qualen ...

Juliette, prostituieren wir uns ... verkaufen wir uns ... geben wir uns hin ... seien wir mit allen unseren Körperteilen ausschweifend ... Oh, verflucht mein Engel, ich verliere meinen Kopf. Wie ein aufbrausendes Streitroß stürze ich mich selbst in den Wurfspieß, der mich durchbohrt. Ich eile meinem Untergang entgegen, ich fühle es, er ist unausbleiblich ... und ich verachte ihn. Fast bedaure ich die Titel und das Ansehen, die meine Ausschweifungen verbergen. Ich möchte, daß alle Welt sie kennt. Ich wünschte, daß sie mich wie die verworfenste Kreatur fortreißen könnten zu dem Schicksal, zu dem ihre Haltlosigkeit sie führt ... Glaubst du noch, daß ich dieses Schicksal fürchte? ... Nein, nein, wie auch immer es sein mag, ich würde ihm ohne Furcht entgegeneilen ... Auch das Schafott würde für mich der Thron der Wollüstigkeiten sein; ich würde dort dem Tod hohnlachen und mich entleeren bei dem Genuß der Freude, als Opfer meiner Missetaten zu sterben und dadurch einen Tag des Universums mit Schrecken zu erfüllen.«

Über die Freiheit

»Die Fähigkeit, die verschiedenen Arten des Handelns miteinander zu vergleichen und sich für diejenige zu entscheiden, die uns am besten erscheint, das ist, was man Freiheit nennt. Hat nun der Mensch diese Fähigkeit, sich zu entscheiden, oder hat er sie nicht? Ich wage zu behaupten, daß er sie nicht hat und daß er sie unmöglich haben kann. Alle unsere Einfälle verdanken ihren Ursprung physischen und materiellen Ursachen, die uns gegen unseren Willen fortreißen, denn diese Ursachen hängen von unserer Organisation und von den äußeren Umständen ab, die uns betreffen. Unsere Motive sind das Resultat dieser Ursachen, und also ist unser Wille nicht frei. Hin und hergerissen zwischen verschiedenen Motiven, schwanken wir; aber der Augenblick, in dem wir uns entscheiden, unterliegt nicht unserem Einfluß. Er ist erzwungen; er wird durch die verschiedenen Veranlagungen unserer Organe notwendig gemacht. Immer werden wir durch sie zu etwas hingerissen, und niemals hat es von uns abgehangen, daß wir lieber die eine Partei als die andere ergriffen haben. Da wir immer von einer Notwendigkeit bewegt werden, da wir immer Sklaven der Notwendigkeit sind, ist selbst der Augenblick, in dem wir unsere Freiheit am besten bewiesen zu haben glauben, zugleich auch derjenige, in dem wir am unüberwindlichsten fortgerissen wurden. Die Unschlüssigkeit, die Ungewißheit lassen uns an unsere Freiheit glauben, aber diese vorgebliche Freiheit bezeichnet nur den Augenblick der Gleichheit der Gewichte auf der Waage. Und wenn die Wahl getroffen worden ist, so hatte eine der beiden Seiten sich als schwerer erwiesen als die andere, und nicht wir sind die Ursache der Ungleichheit, sondern es sind die physischen Umstände, die auf uns wirken und uns zum Spielzeug aller menschlichen Konventionen machen, zum Spielzeug der treibenden Kraft der Natur, deren Spielzeug auch die Tiere und die Pflanzen sind. Alles liegt im Verhalten des flüssigen Nervenstroms begründet, und der Unterschied zwischen einem ruchlosen und einem ehrenhaften Mann liegt nur in der mehr oder weniger großen Aktivität der animalischen Gaben, aus denen dieser flüssige Körper zusammengesetzt ist.

Ich fühle, hat Fénelon gesagt, daß ich frei bin, daß ich mich unbedingt in der Hand meiner eigenen Entschlüsse befinde. Diese großzügige Behauptung kann man unmöglich beweisen. Wer versichert dem Erzbischof von Cambrai, daß er, wenn er sich für die angenehme Doktrin der Madame de Guyon entschieden hat, auch frei sei, die Gegenpartei zu wählen? Er wird mir kaum beweisen können, daß er schwankend gewesen sei und ich wette, er kann mich bestimmt nicht überzeugen, daß er frei war, die Gegenpartei zu ergreifen, nachdem er nun einmal die andere gewählt hat. Ich verändere mich selbst mit Gott, fährt dieser Autor fort, ich bin die wirkliche Ursache meines eigenen Wollens. Aber Fénelon hat, während er das sagte, nicht darauf geachtet, daß Gott, da er der Stärkere ist, ihn dazu gebracht hat, zur wirklichen Ursache aller Verbrechen zu werden. Er hat ferner nicht bedacht, daß nichts die Macht Gottes sicherer zerstören würde als die Freiheit des Menschen, denn die Macht Gottes, an die Sie glauben und die ich Ihnen für einen kurzen Augenblick zugestehe, besteht in Wirklichkeit in nichts anderem als darin, daß Gott alle Dinge von Anfang an geregelt hat, und aufgrund dieser unveränderlichen Regel kann der Mensch nur ein passives Wesen sein, das an den empfangenen Regungen nichts ändern kann und das daher nicht frei ist. Wenn es frei wäre, so könnte es diese zuerst festgelegte Ordnung jederzeit zerstören und wäre daher ebenso mächtig wie Gott. Das hätte ein Gefolgsmann Gottes wie Fénelon reiflicher überlegen sollen.

Newton setzte sich über diese große Schwierigkeit einfach hinweg. Er wagte weder, sie zu untersuchen, noch sich dafür einzusetzen. Der viel scharfsinnigere, aber viel weniger unterrichtete Fénelon fügte hinzu: Wenn ich eine Sache will, bin ich Herr darüber, sie nicht zu wollen. Wenn ich sie nicht will, bin ich Herr darüber, sie zu wollen. Nein. Denn Sie haben nicht gemacht, was Sie haben machen wollen, weil Sie nämlich nicht Herr darüber waren, es zu machen, und weil alle physischen Ursachen, die das Gleichgewicht bewirken sollen, Sie diesmal zu der Seite der Sache, die Sie gemacht haben, überwältigten, und Sie nicht mehr Herr waren zu wählen, nachdem Sie sich einmal entschieden hatten. Also sind Sie nicht frei gewesen. Sie haben geschwankt, aber Sie sind nicht frei gewesen, und Sie sind es niemals. Wenn Sie sich der einen der beiden Parteien überlassen, die Sie gewählt haben, so deshalb, weil es unmöglich war, die andere zu ergreifen. Ihre Ungewißheit hatte Sie blind gemacht; Sie glaubten Herr über die Wahl zu sein, weil Sie sich als Herr des Gleichgewichts fühlten. Aber diese Ungewißheit, eine physische Auswirkung zweier äußerer, zur gleichen Zeit gegebener Umstände, und die Freiheit, zwischen beiden zu wählen, sind zwei sehr verschiedene Dinge.«

»Ich bin nun überzeugt«, sagte Olympe. »Der Gedanke, ich könnte die Verbrechen, denen ich mich gewidmet habe, auch gelassen haben, quälte manchmal mein Gewissen. Nachdem meine Fesseln erwiesen sind, bin ich ruhig, und ich werde ohne Gewissensbisse fortfahren.«

Über den Vatermord

»Wie köstlich ist doch das Verbrechen«, sagte Olympe zu mir, »ich kenne nichts, was mich so erregt wie das Verbrechen. Die Liebe ist im Gegensatz dazu so dumm. Oh, liebe Freundin«, fuhr die Frau erregt fort, »ich befinde mich an dem Punkt, wo ich keine Verbrechen mehr finde, die schwer genug für mich sind. Die einen, die ich aus Rache begangen habe, kommen mir nicht so gut vor wie die anderen, die ich aus Wollust begangen habe und die kennengelernt zu haben ich dir verdanke. Ich liebe sie mehr als alles andere.«

»Du hast recht«, antwortete ich, »die köstlichsten Verbrechen, die man begehen kann, sind diejenigen, die kein Motiv haben. Das Opfer muß vollkommen unschuldig sein. Seine Fehler rechtfertigen, was wir ihm antun, und lassen unserer Ungerechtigkeit nicht mehr die köstliche Freude, sich frei zu üben. Man muß unbedingt Böses tun, man muß unrecht haben. Ist das aber möglich, wenn das Opfer selbst befleckt ist? Ich liebe in diesem Fall die Undankbarkeit«, fuhr ich fort, »denn sie bewirkt in der Seele desjenigen, dem man Gewalt antut, eine gewisse Reue, die ich hervorzubringen liebe. Wir zwingen das Opfer, darüber betrübt zu sein, uns Freude gemacht zu haben; und nichts ist köstlicher als das.«

»Ich stimme dem zu«, antwortete Olympe, »und in dieser Hinsicht hätte ich etwas sehr Gutes auszuführen.

Mein Vater lebt, er überhäuft mich mit Reichtümern und Liebe, er betet mich an und ich habe allein bei dem Gedanken, diese Bindungen zu brechen, fünfmal einen Orgasmus gehabt. Ich liebe die Erkenntlichkeit überhaupt nicht; ihr Gewicht bedrückt mein Herz allzusehr; ich atme nur, um mich dessen zu entledigen. Man hat mir noch dazu versichert, daß der Vatermord ein ziemlich schweres Verbrechen ist, und ich brenne danach, mich damit zu beschmutzen ... Aber höre, Juliette, sieh selbst, wie weit meine verderbte Phantasie geht: du mußt mit mir die Rolle tauschen. Wenn jemand anders dir ein ähnliches Geständnis machen würde, so würdest du ihm die Karriere des Verbrechens ebnen, um ihn zu ermutigen. Du würdest ihm beweisen, daß nichts Schlechtes daran ist, seinen Vater zu töten, und da du viel Geist hast, würden deine Schlußfolgerungen bald überzeugen. Ich beschwöre dich, hier ganz anders vorzugehen. Wir wollen uns einschließen; du wirst mich wichsen. Währenddessen wirst du mich den ganzen Schrecken des Verbrechens fühlen lassen, um das es sich handelt. Du wirst mir die Martern schildern, die auf Vatermord stehen ... Du wirst mir vor allem Furcht machen. Je mehr du mich zu bekehren versuchst, desto mehr werde ich mich in dem Gedanken des geplanten Verbrechens bestärken, und aus diesem Kampf, aus dem ich siegreich hervorgehen werde, entstehen für mich so heftig wollüstige Regungen, daß mein Rausch grenzenlos sein wird.«

»Damit der Auftritt, den du vorhast, köstlich wird«, antwortete ich, »sollten unbedingt Dritte einbezogen werden. Es genügt nicht, daß ich dich während der Zeit wichse, ich muß dich zurechtweisen ... Ich muß dich peitschen.«

»O du hast recht, tausendmal recht«, sagte Olympe. »Deine Auffassungen sind viel gewissenhafter als die meinen. Aber was für Dritte schlägst du vor?«

»Meine beiden Frauen. Sie werden dich saugen, sie werden dich während meiner Rede auf das köstlichste wichsen, und ich selbst werde dich auspeitschen.«

»Und dann führen wir das Verbrechen aus?«

»Hast du die Mittel dazu?«

»Ja.«

»Was für welche?«

»Drei oder vier verschiedene Sorten Gift. Diese Drogen werden in Rom allgemein angewandt; man verweigert sie niemandem, wer auch immer es sei.«

»Sind sie stark?«

»Nein, sie wirken ziemlich langsam.«

»Das wird nicht nach deinem Geschmack sein. Damit man sich gut ergötzt, muß das Opfer in diesem Fall leiden. Seine Qualen müssen fürchterlich sein. Man wichst sich, während das Opfer erblaßt, und wie sollte man zum Orgasmus kommen, wenn die Schmerzen nicht erbärmlich sind! Hier«, fuhr ich fort, indem ich Olympe eines der stärksten Gifte der Durand gab, »gib das dem Urheber deiner Tage ein. Seine Ängste werden vierzig Stunden dauern, sie werden unerträglich sein, und sein Körper wird sich unter deinen Augen auflösen.«

»O verdammt! Beeilen wir uns, Juliette, beeilen wir uns, ich entleere mich. Ich könnte dir unmöglich länger zuhören, ohne in ein Delirium zu fallen.«

Elise und Raymonde treten ein. Olympe beugt sich über sie und bietet mir ihre wundervollen Hinterbacken. Ich peitsche sie kunstvoll, zuerst sanft, später aus Leibeskräften, und während dieser Zeremonie halte ich ihr ungefähr den folgenden Vortrag:

»Wenn es ein schreckliches Verbrechen auf dieser Welt gibt«, sagte ich zu ihr, »so ist es sicherlich jenes, die Tage des Wesens beenden zu wollen, das uns die unsrigen genießen läßt. Was sind wir ihm als das einzige Objekt seiner Zärtlichkeit und seiner Fürsorge nicht an Dankbarkeit schuldig? Gibt es für uns eine heiligere Aufgabe, als sein Leben zu verlängern? Jeder dem entgegengesetzte Gedanke kann nur ein Verbrechen sein. Das Wesen, das dieses Verbrechen begeht, soll auf der Stelle durch die schärfste Marter bestraft werden; keine Qual kann stark genug sein für eine derartige Schreckenstat. Unsere Ahnen brauchten Jahrhunderte, um sie überhaupt begreifen zu können, und erst in der neueren Zeit wurden Gesetze erlassen, um den Schurken zurückzuhalten, der seinen Vater umbringt. Das Ungeheuer, das die Gefühle der Natur bis zu diesem Punkt mißachten kann, verdient, daß man seinetwegen neue Qualen erfindet. Alles, was man sich an Grausamkeiten vorstellen kann, scheint mir noch zu milde zu sein angesichts dieser Abscheulichkeit. Weiß man etwas, das schrecklich genug ist, denjenigen abzuschrecken, der durch Barbarei, Undank und das Fehlen jeglichen Pflichtgefühls und jeglichen Prinzips an den Punkt gelangt, nach dem Leben des Wesens zu trachten, das ihm das Leben gab? Furien des Tartarus, kommt hervor aus eurem Versteck, kommt herbei und bereitet die Qualen, die eine so empörende Scheußlichkeit verdient. Was ihr erfindet, mag so schrecklich sein wie es will, es wird immer weniger schlimm sein als diese Sünde.« Währenddessen peitschte und prügelte ich meine Hure, und trunken vor Ausschweifung, Verbrechen und Wollüstigkeit ergoß sie sich hundertmal wieder und wieder unter den geschickten Händen, die sie entweihten.

»Du sagst gar nichts über die Religion«, fragte sie mich, »ich möchte, daß du mir vorhältst, welche Schmach mein Verbrechen, wie man sagt, dem göttlichen Wesen zufügt ... Ich möchte, daß du von Gott sprichst, daß du mir sagst, wo ich ihn beleidige, daß du unter meinen Augen den Scheiterhaufen errichtest, den die Zeugen für mich bereiten werden, wenn die Menschen meinen Körper massakriert haben werden ...«

»Oh«, rief ich also, »seien Sie sich über die Größe der Beleidigung im klaren, die Sie dem höchsten Wesen zufügen, indem Sie diese Schandtat vollenden. Dieser mächtige Gott, das Abbild aller Tugenden, dieser Gott, der in eigener Person unser Vater in dieser Welt ist, wie sollte er sich nicht über eine Sünde entrüsten, die sich auch gegen ihn in aller Schwere richtet? Oh, seien Sie sicher, daß für das von Ihnen geplante Verbrechen die größten Martern der Hölle reserviert sind und daß der gerechte Zorn Gottes Sie, unabhängig von den Gewissensbissen, die Sie auf dieser Welt schon verschlingen werden, an jenem künftigen Ort des Schreckens durch alles, was es an böser Materie gibt, zerreißen wird ...«

»Das ist noch nicht alles«, sagte die lasterhafte Frau zu mir,

»sprich mir jetzt ebenso von den physischen Schmerzen der mich erwartenden Martern, wie auch von der Schande, die für immer auf meine Familie und mich zurückfällt.«

»Unglückliche«, rief ich nun, »gibt es also nichts in deinen Augen als die ewige Schande, mit der dieses abscheuliche Verbrechen deine Sippe für immer bedecken wird? Sieh deine unglückliche Nachkommenschaft, die nicht wagt, das durch so viele Freveltaten beschmutzte Haupt aufrecht zu tragen. Wirst du nicht in der Tiefe des Grabes, in das deine Verbrechen dich führen, wirst du dort nicht hören, wie sie dir den schrecklichen Schandfleck zum Vorwurf machen, mit dem du sie besudelt hast? Siehst du, wie dieser so schöne Name durch deine Schreckenstaten entehrt wird? Und sag, begreift deine Phantasie die schreckliche Qual, die für dich vorgesehen ist? Fühlst du das Eisen, das der Henkersknecht dir anlegt? Fühlst du die heftigen Schmerzen, unter denen dieser schöne Kopf von dem unreinen Körper getrennt wird, den die widerwärtigen Wollüstigkeiten bis zu einem Punkt haben erregen können, an dem ein solches Verbrechen möglich wurde? Diese Schmerzen werden schrecklich sein. Und sie halten lange an, auch nachdem schon der Kopf vom Rumpf getrennt ist. Aber auch, wenn es nicht so käme, so bedenke, daß die durch dich so sehr beleidigte Natur ein Wunder geschehen ließe, das dein Ungemach sogar bis über die Ewigkeit hinaus verlängern würde.«

Hier fiel die Borghese in einen so heftigen Freudentaumel, daß sie ohnmächtig wurde ... Sie erinnerte mich an Donis von Florenz, der nach dem Leben seiner Tochter und seiner Mutter trachtete.

»Oh, was für Köpfe sind doch die Italiener!« rief ich. »Ich mußte erst in dieses Land kommen, um Bestien zu treffen, die mir ähneln.«

»O heiliger Gott, was für eine Freude habe ich gehabt«, sagte Olympe, als sie zu sich kam und sich die Wunden, die meine Ruten auf ihrem Hintern hinterlassen hatten, mit Weingeist abrieb. »Da ich jetzt ruhig bin, wollen wir einen Augenblick über die Tatsachen reden. Glaubst du, daß es wirklich ein Verbrechen ist, seinen Vater zu töten?«

»Sei sicher, daß ich weit davon entfernt bin, das anzunehmen«, antwortete ich.

Indem ich nun all das zitierte, was Noirceuil mir einmal in dieser Sache gesagt hatte, als Saint-Fond sich seines Vaters entledigen wollte, beruhigte ich die reizende Frau so vollständig wegen aller ihr gebliebenen Befürchtungen, daß damit für den nächsten Morgen alles entschieden war. Ich selbst stimmte mit ihr die Dosen ab, die ihr Vater schlucken sollte, und mit hundertmal größerem Mut, als die Brinvilliers jemals gezeigt hatte, setzte Olympe Borghese den Tagen des Urhebers ihres Lebens ein Ende; wollüstig sah sie seinen schrecklichen Qualen zu, die ihm die von mir verschriebene verhängnisvolle Droge zufügte.

Nachdem die Tat vollbracht war, kam sie zu mir.

»Hast du dich gewichst?« fragte ich sie ...

»Das kannst du mir glauben«, antwortete mir die Schurkin. »Vollkommen erschöpft habe ich mich neben seinem Bett ... Niemals sind die Parzen mit so viel Sekret benetzt worden, und wenn ich mich an seine Worte und seine Verrenkungen erinnere, vergieße ich noch immer welches. Oh, Juliette, verlängere meine Freude. Ich komme, um ihre Erneuerung in deinen Armen zu suchen. Bring mich zum Orgasmus, Juliette. Die Gewissensbisse des Verbrechens muß man im Schleim ersticken ...«

»Gewissensbisse! Empfindest du etwa welche?«

»Niemals, niemals ... Wichse mich trotzdem. Ich muß mich betäuben, ich muß mich entleeren ...«

Ich hatte sie noch nie so lebhaft gesehen. Oh, meine Freunde, wie sehr verschönt doch das Verbrechen eine Frau! Olympe war nur hübsch. Aber nachdem sie diese Tat vollbracht hatte, war sie schön wie ein Engel. Ich wurde dadurch gewahr, wie groß der Genuß ist, den einem ein Wesen verschafft, das über allen Vorurteilen steht und von allen Verbrechen befleckt ist. Wenn mich Grillo wichste, so empfand ich nur eine gewöhnliche Erregung, war ich aber in den Händen von Olympe, so drehte es sich mir im Kopf, und ich war außer mir.

Der Polizeipräfekt Ghigi

»Von den beiden Männern, die du dort siehst«, sagte Olympe, während sie mir ihre Gäste vorstellte, »ist der eine (und es war der ältere, von dem sie jetzt sprach) Monseigneur Ghigi; er ist mit mehreren Fürsten verwandt, die seit langer Zeit den päpstlichen Stuhl besetzen. Er steht heute an der Spitze der Stadtpolizei von Rom, und er ist derjenige, von dem ich dir erzählte, daß er es auf das Projekt der Feuersbrunst abgesehen hat, und der mir für die Ausführung desselben hunderttausend Taler zahlt. Der andere ist Graf Bracciani. Er übernimmt in seiner Eigenschaft als bedeutendster Physiker Europas die Ausführung.« Dann näherte sie sich meinem Ohr: »Beide sind meine Freunde, Juliette; schlag' ihnen nichts ab, wenn sie etwas von dir fordern sollten, ich bitte dich inständig darum.«

»Gehöre ich nicht dir?« antwortete ich.

Nachdem die Prinzessin strikte Anweisung gegeben hatte, daß wir allein bleiben wollten, wurde die Diskussion eröffnet.

»Ich werde Sie«, sagte Olympe, »mit einer der berühmtesten Schurkinnen Frankreichs zum Abendessen zusammenführen. Sie zeigt uns hier jeden Tag neue Musterfälle des Verbrechens. Fürchten Sie sich also nicht, meine Freunde, ihr gegenüber unser Vorhaben zu bekennen.«

»In Wirklichkeit, Madame«, sagte der Polizeipräfekt, »bezeichnen Sie hier als ein Verbrechen, was zweifellos eine sehr normale Handlung ist. Ich betrachte die Krankenhäuser als die gefährlichste Sache in einer großen Stadt. Sie absorbieren die Arbeitskraft des Volkes, sie fördern den Müßiggang, sie verweichlichen den Mut und sind mit einem Wort in jeder Beziehung schädlich. Der Hilfsbedürftige ist für den Staat, was der überflüssige Zweig für den Obstbaum ist. Er trocknet ihn aus, er ernährt sich von seinem Saft und bringt nichts ein. Was tut der Landwirt, wenn er diesen Zweig bemerkt? Er schneidet ihn sofort und ohne Gewissensbisse ab. Möge also der Staatsmann hier ebenso handeln wie der Landwirt. Eines der wichtigsten Gesetze der Natur ist, daß es nichts Unnützes auf der Welt gibt. Seien Sie versichert, daß der ohnehin schädliche Bettler sich nicht nur dadurch gegen den Staat versündigt, daß er von der Gruppe der nützlichen Menschen profitiert, sondern daß er bald selbst gefährlich werden wird, wenn ihre Almosen ihm fehlen werden. Ich will, daß man sich, statt diesen Unglücklichen Almosen zu geben, im Gegenteil damit beschäftigt, sie gänzlich auszurotten. Ich möchte, daß man sie vernichtet. Muß ich es gerade heraussagen? Ich will, daß man sie tötet, wie man dies mit einer giftigen Tierart tun würde. Das also ist der erste Grund dafür, daß ich der Prinzessin Borghese hunderttausend römische Taler versprochen habe, wenn sie diese Häuser vernichtet. Der zweite ist, daß ich anstelle dieser Krankenhäuser ein großes Gebäude errichten werde, das so aussieht, als ob es diese ersetze, das jedoch nichtsdestoweniger nur ein Hospiz für Reisende sein wird, was überhaupt keine Schwierigkeiten macht. Ich verlange für dieses Haus die für die Krankenhäuser bestimmten Mittel. Ich bekomme sie, und ich werde daraus hunderttausend Taler Rente abzweigen. Damit also wäre das erste Jahr des Einkommens gesichert, das ich Madame de Borghese geben will, die, wie sie sagt, in dem Grafen Bracciani den Mann gefunden hat, der Rom in die Lage zu bringen versprochen hat, dieser Häuser entledigt zu sein und an ihrer Stelle das zu wünschen, was ich sogleich entwerfen werde und für das ich ohne Schwierigkeit die durch die Zerstörung der Krankenhäuser bestimmungslos gewordenen Einkünfte bekommen werde.*

Es gibt achtundzwanzig dieser Häuser in der Stadt«, fuhr Ghigi fort, »und dazu neun Lehranstalten, in denen sich achtzehnhundert arme junge Mädchen befinden, die ich, wie Sie sich vorstellen können, in mein Abschaffungsvorhaben einschließe. All das muß zur selben Zeit brennen. Es werden dreißig- oder vierzigtausend

* Dieses Projekt wurde tatsächlich entworfen, als ich in Rom war. Nur die Namen der handelnden Personen wurden geändert.

Nichtstuer geopfert werden: erstens zum Wohle des Staates, zweitens für die Freuden von Olympe, die bei dieser Angelegenheit hunderttausend Taler in ihre Kassette zählen kann, und drittens zugunsten meines Vermögens; und mit dem, was ich schon habe, werde ich einer der reichsten Geistlichen von Rom sein, wenn mein Projekt gelingt.«

»Es scheint mir«, sagte Bracciani, »daß ich, der ich es ausführen soll, der Unglücklichste von allen bin; denn es ist Ihnen überhaupt noch nicht in den Sinn gekommen, mir auch nur eine Zechine von dem Profit anzubieten, den Sie daraus ziehen werden.«

»Ghigi hat geglaubt«, sagte Olympe, »daß wir das Geld teilen sollten. Aber er irrt sich; ich bekomme mit dem, was er mir gibt, durchaus nicht zuviel, und ich möchte, daß der Graf das gleiche erhält. Oder könnte Ghigi etwa anderswo Komplicen finden?«

»Sachte«, sagte Monseigneur, »wir wollen uns nicht schon zu Anfang eines so gewichtigen Unternehmens überwerfen; es würde dann nicht gelingen können und uns allen im Gegenteil nur schaden. Ich biete dem Grafen die gleiche Summe wie Madame de Borghese, und außerdem gebe ich dieser reizenden Dame hunderttausend Francs Schmiergeld«, fuhr Ghigi fort, wobei er auf mich zeigte. »Die Freundin von Olympe soll ihr gleichgestellt sein und es in dieser Eigenschaft verdienen, als eine Komplicin behandelt zu werden.«

»Sie hat Mut«, sagte die Prinzessin, »und ich garantiere Ihnen, daß Sie zufrieden mit ihr sein werden. Aber um damit zum Ende zu kommen«, fuhr die Borghese fort: »Ich akzeptiere das Angebot, das Sie meinen beiden Freunden gemacht haben. Wir wollen uns jetzt nur noch damit beschäftigen, zum Ziel zu gelangen.«

»Wofür ich mich als zuständig betrachte«, sagte Bracciani, »und zwar so, daß keines der durch die umsichtige Politik oder vielmehr durch die wollüstige Boshaftigkeit von Ghigi zum Tode verurteilten Opfer entkommt.«

»Aber womit sollen die Mediziner in Zukunft ihre Versuche machen?« fragte ich die Gesellschaft.

»Es ist ganz sicher«, sagte Olympe, »daß fast alle nur diese eine Möglichkeit hatten, ein Medikament auszuprobieren und daß für sie wirklich eine Lücke entstehen wird. Ich muß Ihnen«, fuhr sie fort, »was dieses Thema betrifft, erzählen, was mir eines Tages mein Arzt, der junge Iberti, sagte, der mich einmal besuchte, als er von einem seiner Experimente kam.

›Was liegt dem Staat an der Existenz der verächtlichen Wesen, die gewöhnlich diese Häuser bevölkern?‹ antwortete er mir auf meinen vorgeblichen Tadel, durch den ich nur hatte erforschen wollen, was er zu seiner Rechtfertigung sagen würde. ›Man würde die Gesellschaft außerordentlich schädigen, wenn man den Leuten nicht erlauben würde, sich an diesem sie entehrenden Abschaum in ihrer Kunst zu üben. Die Natur zeigt uns durch die dort veranlaßte Schwäche, welchen Gebrauch wir davon machen sollen, und es hieße, ihren Absichten nicht zu entsprechen, wenn wir uns dem entzögen.‹

›Aber‹, sagte ich, die Frage ein wenig abwandelnd, ›wenn, in einem anderen Fall, irgendein niedriges Interesse einen durch seine Reichtümer oder durch seine Stellung ausgezeichneten Mann dazu verleitet, von dem Zustand eines Kranken zu profitieren, um das Verbrechen zu verschleiern, das er an dieser Person zu begehen plant, und wenn dieser Mann einem Arzt vorschlägt, die letzten Augenblicke dieses Kranken zu beschleunigen, macht sich dann der Arzt einer Untat schuldig, indem er akzeptiert?‹

›Zweifellos nicht‹, antwortete mir mein junger Äskulap, ›ganz gewiß nicht, wenn er gut bezahlt wird ... Und er wird für die sichere Diskretion des Toten sorgen, die eine Gegenüberstellung ausschließt, wie sie mit dem, der ihn zum Handeln veranlaßte, möglich ist. Wozu würde es ihm dienen, seinen Komplicen zu betrügen, da er sicher ist, daß diese Gegenüberstellung niemals stattfinden kann? Die Operation abzuschlagen, würde einem Schwindel des Arztes gleichkommen, denn er würde es niemals wagen, sich eines von einem nicht ehrenhaften Mann gemachten Vorschlages zu rühmen. Er würde also von seiner Ablehnung nur einen einsamen und intellektuellen Genuß haben, der weit kleiner wäre als der, den die angebotene Summe ihm brächte. Sogar wenn er sich rühmen würde, den Vorschlag abgeschlagen zu haben, trüge er kein Lob davon. Man würde sagen, er habe seine Pflicht getan.

Und da er niemals eine Anerkennung für diejenigen gibt, die sie tun, so ist es vollkommen unnütz, sich den Zwang anzutun, danach zu trachten. Wenn er miteinander vergleicht, was er selbst von der Annahme oder Absage hätte, so wird er sehen, daß die Absage entweder seine gute Handlung einem ewigen Vergessen anheimgibt und ihm dadurch jeden Genuß raubt oder daß sie zu einem Skandal führt, wobei er dann jedoch seinen Komplicen verliert (und was gewinnt er, wenn er lieber seinen Komplicen als den Kranken verliert?) und ihm keinen anderen Genuß einbringt, als sagen zu hören: er hat seine Pflicht getan. Nun frage ich, ob dieses schwache Lob und der geringe Genuß, die er daraus ziehen wird, nur ein Viertel der Summe wert sind, die ihm für das Vergehen hätte angeboten werden können? Er wäre also ein Dummkopf, da noch zu schwanken. Er soll handeln und schweigen und sich bezahlen lassen.‹

Das also sagte Iberti, der hübscheste, geistreichste und liebenswerteste Arzt von Rom.*

Und Sie werden gewiß verstehen, daß er keine große Mühe

* Laß mich diese Huldigung dir bringen, charmanter Freund, den ich nie vergessen werde. Du bist der einzige, dessen Name ich in diesen Memoiren nicht ändern wollte. Die Rolle des Philosophen, die ich dir zu spielen gebe, gefällt dir zu gut, als daß du mir nicht verzeihen würdest, dich nicht dem gesamten Universum zu empfehlen.

hatte, mich zu überzeugen. Aber kommen wir auf unser Vorhaben zurück«, fuhr Olympe fort.

»Sind Sie sich Ihrer Sache sicher, Bracciani? Und fürchten Sie nicht, daß die geplanten Auswirkungen durch hinterlistige Hilfsmaßnahmen behindert werden? Ich fürchte die Menschlichkeit genauso wie ich sie verabscheue. Ihre verderblichen Auswirkungen haben schon viele glückverheißende Verbrechen gestört.«

»Ich fürchte nichts«, sagte der Graf, »ich operiere vom Gipfel eines Berges aus, der sich in der Mitte Roms befindet. Die siebenunddreißig unsichtbaren Bomben, die ich auf die siebenunddreißig Krankenhäuser richte, werden neu konstruiert, und meinem Verfahren zufolge kann niemand sie bemerken. Ich werde in die Geschosse Zeitzünder einbauen, wie sie für die Hilfsmaßnahmen erforderlich sind, so daß der Brand sich jeweils ausbreitet aufgrund der Mittel, die man benutzen wird, um ihn zu löschen, und denen zufolge sich das Feuer immer wieder im Verhältnis zu den angewendeten Löschmaßnahmen neu entzünden wird.«

»Graf«, sagte Olympe zu ihm, »Sie würden also eine ganze Stadt durch dieses entsetzliche Verfahren in Feuer setzen können?«

»Gewiß«, antwortete der Physiker, »und es ist sehr wohl möglich, daß durch das, was wir unternehmen werden, die Hälfte der Stadt zugrunde geht.«

»Es gibt«, sagte Ghigi, »Krankenhäuser, die sich in den ärmsten Vierteln von Rom befinden. Diese Stadtteile werden unfehlbar zugrunde gehen.«

»Halten dergleichen Überlegungen Sie zurück?« fragte Olympe.

»Überhaupt nicht, Madame«, antworteten die beiden Akteure dieser Scheußlichkeit zur gleichen Zeit.

»Die Herren scheinen mir ihrer Sache sicher zu sein«, sagte ich zu Madame de Borghese. »Ich habe den Eindruck, daß ihre Überlegungen abgeschlossen sind und daß für sie das Verbrechen, das sie begehen werden, eine sehr einfache Angelegenheit ist.«

»Es ist nichts Verbrecherisches an dem, was wir planen«, sagte Ghigi. »Alle unsere moralischen Irrtümer kommen von der Absurdität unserer Gedanken über das Gute und Böse.

Wenn wir von der Gleichgültigkeit aller unserer Handlungen überzeugt wären, wenn wir überzeugt wären, daß diejenigen, die wir als richtig bezeichnen, dies in den Augen der Natur ganz und gar nicht sind, daß aber vielleicht diejenigen, die wir als widerrechtlich bezeichnen, von ihr als die vernünftigsten und billigsten Maßnahmen angesehen werden, so würden wir bestimmt viel weniger falsche Überlegungen anstellen. Aber die Vorurteile unserer Kindheit betrügen uns und werden niemals aufhören, uns zu Irrtümern zu verleiten, solange wir so schwach sind, sie zu erhören. Es scheint, daß die Flamme der Vernunft uns nur leuchtet, wenn deren Strahlen uns nicht mehr von Nutzen sind, und immer erst, wenn wir Dummheiten über Dummheiten begangen haben, entdecken wir schließlich die Quelle alles dessen, was die Unwissenheit uns anrichten ließ. Fast bis heute dienen uns noch die Gesetze der Regierung als Richtschnur dafür, das Gerechte vom Ungerechten zu unterscheiden. Wir sagen, das Gesetz untersagt diese Handlung, also ist sie ungerecht. Es ist unmöglich, etwas Betrügerisches zu finden, als diese Art des Urteils; denn das Gesetz richtet sich nach dem allgemeinen Interesse, und nichts steht mehr im Gegensatz zum allgemeinen Interesse als das Einzelinteresse, und nichts ist gleichzeitig gerechter als das Einzelinteresse. Daher gibt es nichts Ungerechteres als das Gesetz, das alle einzelnen Interessen dem allgemeinen Interesse opfert. Aber der Mensch, sagt man, will in der Gesellschaft leben, und er muß also einen Teil seines Einzelglücks opfern für das Glück der Allgemeinheit. Das mag sein. Aber wie soll er einen solchen Pakt abgeschlossen haben, ohne sicher zu sein, daraus wenigstens so viel herausziehen zu können, wie er hineingesteckt hat? Nun, er zieht gar nichts aus dem Pakt, den er abschließt, indem er den Gesetzen zustimmt. Denn sie belasten ihn unendlich viel mehr, als sie ihn zufriedenstellen, und wenn ihm das Gesetz bei einer Gelegenheit hilft, so gibt es tausend Gelegenheiten, bei denen es ihn hindert. Er sollte daher nicht den Gesetzen zustimmen, sondern sie unendlich viel milder werden lassen. Die Gesetze haben nur dazu gedient, die Abschaffung der Vorurteile zu verzögern und uns länger unter dem schändlichen Joch des Irrtums zu halten. Das Gesetz ist eine Fessel, die der Mensch dem Menschen gegeben hat, als er sah, wie leicht es war, alle anderen zu zerreißen; wie konnte er danach noch glauben, daß diese stellvertretende Fessel jemals zu etwas dienen könne? Es gibt Strafen für den Schuldigen. Nun gut. Ich sehe darin nur Grausamkeiten, aber keine Mittel, den Menschen besser zu machen, und es scheint mir, daß nur das die Arbeit lohnen würde. Man entgeht übrigens diesen Strafen, solange man will, und diese Gewißheit ermutigt die Seele dessen, der alle Gesetze übertreten hat. Überzeugen wir uns also davon ein für allemal: die Gesetze sind nur unnütz und gefährlich. Ihre einzige Absicht ist es, die Verbrechen zu vermehren oder dadurch, sie zur Geheimhaltung zu zwingen, zu bewirken, daß sie in Sicherheit begangen werden. Man kann sich nicht vorstellen, wie groß der Glanz und die Herrlichkeit wären, in denen die menschlichen Kenntnisse heute erstrahlen würden, wenn es nicht die Gesetze und die Religionen gäbe. Es ist unerhört, wie diese widerrechtlichen Fesseln den Fortschritt aufgehalten haben. Das ist die einzige Aufgabe, die man ihnen gegeben hat. Man wagt, gegen die Leidenschaften aufzurufen; man wagt, sie durch die Gesetze zu unterjochen. Aber man möge die einen mit den anderen vergleichen. Man möge feststellen, ob die Leidenschaften oder die Gesetze den Menschen mehr Gutes gebracht haben. Wer zweifelt daran, daß die Leidenschaften, wie Helvetius sagt, in der Moral nur das sind, was die

Bewegung in der Physik ist? Nur den starken Leidenschaften verdanken wir die Erfindungen und die Wunder der Kunst. Sie muß man, so fuhr der gleiche Autor fort, als den produktiven Kern des Geistes und als mächtige Triebkraft der großen Taten betrachten. Individuen, die nicht durch starke Leidenschaften animiert werden, sind nur mittelmäßige Wesen. Immer nur aus großen Leidenschaften werden große Menschen entstehen können. Man wird stumpf, wenn man nicht leidenschaftlich ist oder wenn man aufhört, es zu sein. Von diesem Standpunkt aus frage ich mich, welche Gefahr nicht also Gesetze darstellen, die die Leidenschaften hemmen? Wenn man die Jahrhunderte der Anarchie mit denen vergleicht, in denen die strengsten Gesetze in Kraft waren, so wird man sich leicht davon überzeugen können, daß, bei welcher Regierung auch immer, stets nur im Zustand des Schweigens der Gesetze besonders bedeutende Handlungen zu verzeichnen sind. Wenn die Gesetze ihre Gewaltherrschaft wieder aufnehmen, überfällt eine gefährliche Lethargie die Seele aller Menschen. Und wo man keine Laster mehr sieht, entdeckt man auch kaum eine Tugend. Die Triebkräfte werden rostig, und die Revolutionen bereiten sich vor.«

»Aber«, unterbrach Olympe, »Sie wollen also, daß es keine Gesetze mehr geben soll in einer Staatsmacht.«

»Nein. Wenn die Menschen in den Zustand der Natur zurückversetzt würden, so behaupte ich, wären sie viel glücklicher, als sie es unter dem absurden Joch der Gesetze sein können. Ich will nicht, daß der Mensch auf irgendeinen Teil seiner Kraft und seiner Macht verzichten soll. Er braucht die Gesetze überhaupt nicht, um sich sein Recht zu verschaffen. Die Natur hat ihm den Instinkt und die Energie gegeben, die notwendig sind, es sich selbst zu verschaffen. Und das, was er selbst sich verschafft, wird er stets schneller und wirksamer erhalten als das, was er sich von der schmachtenden Hand des Menschen erhoffen kann; denn in diesem Akt der Gerechtigkeit berücksichtigt er nur sein eigenes Interesse und den Schaden, der ihm zugefügt wurde, ebenso wie die Gesetze eines Volkes immer nur die Masse und das Resultat der Interessen aller Gesetzgeber vertreten, die an dem Erlaß dieser Gesetze zusammengearbeitet haben.«

»Aber ohne die Gesetze werden Sie unterdrückt werden?«

»Was macht es schon, unterdrückt zu werden, wenn ich das Recht habe, die Unterdrückung zurückzugeben. Ich möchte lieber von meinem Nachbarn unterdrückt werden, den ich meinerseits wieder unterdrücken kann, als durch das Gesetz, gegen das ich keine Macht habe. Die Leidenschaften meines Nachbarn sind mir unendlich viel weniger gefährlich als die Ungerechtigkeiten des Gesetzes; denn die Leidenschaften dieses Nachbarn werden durch die meinen in Grenzen gehalten, während die Ungerechtigkeiten des Gesetzes durch nichts zurückgehalten und keinem Zwang unterworfen werden. Alle Fehler des Menschen entsprechen der Natur. Demnach können die besten Gesetze nur die der Natur sein. Denn es gebührt keinem Menschen, etwas zu unterdrücken, das von der Natur herkommt. Nun, die Natur hat keine Gesetze gemacht. Sie prägt dem Herzen aller Menschen nur eines ein, nämlich, uns zu befriedigen, unseren Leidenschaften nichts abzuschlagen, auch nicht, wenn es auf Kosten der anderen geht. Lassen Sie sich also nicht einfallen, die Triebkräfte dieses universellen Gesetzes zu behindern, wie auch immer die Auswirkungen sein mögen. Sie haben nicht das Recht, sie zu unterdrücken. Überlassen Sie diese Fürsorge demjenigen, den sie belästigen werden. Wenn Sie ihn schädigen, wird er schon wissen, wie er Sie daran hindern kann. Die Menschen, die der Meinung waren, daß aus der Notwendigkeit, sich zu vertragen, die Notwendigkeit folgere, sich Gesetze zu machen, befanden sich in einem großen Irrtum. Sie haben keine Gesetze nötig, weder vereinigt noch isoliert. Ein Schwert der allgemeinen Gerechtigkeit ist unnütz. Dieses Schwert hat natürlicherweise alle Welt selbst in Händen.«

»Aber keiner wird sich dessen angemessen bedienen, und die schwerste Ungerechtigkeit wird allgemein werden ...«

»Das ist unmöglich; niemals wird Pierre ungerecht gegenüber Paul sein, wenn er weiß, daß Paul sich sogleich für seine Ungerechtigkeit rächen kann. Er wird jedoch ungerecht werden, wenn er weiß, daß er nur die Gesetze zu befürchten hat, die er umgehen oder denen er sich entziehen kann. Ich gehe noch weiter; ich räume Ihnen ein, daß die Summe der Verbrechen sich ohne die Gesetze erhöhen würde, daß ohne die Gesetze das Universum wie ein Vulkan war, aus dem jede Minute abscheuliche Missetaten hervorquollen: dennoch würde es weniger Unannehmlichkeiten in diesem Zustand der ständigen Verletzungen geben; zweifellos gäbe es deren viel weniger als unter der Herrschaft der Gesetze; denn sehr oft trifft das Gesetz den Unschuldigen, und zu der Masse der Opfer, die der Verbrecher hervorgebracht hat, sollte man auch die hinzurechnen, die durch die schwere Ungerechtigkeit des Gesetzes bewirkt wurden. In einer Anarchie werden Sie diese Opfer weniger haben. Zweifellos wird es die geben, die dem Verbrechen zum Opfer fallen; aber Sie werden nicht diejenigen haben, die durch die schwere Ungerechtigkeit des Gesetzes preisgegeben werden. Denn der Unterdrückte, der das Recht hat, sich selbst zu rächen, wird ganz gewiß nur seinen Unterdrücker bestrafen.«

»Aber die Anarchie, die der Willkür alle Türen öffnet, ist notwenigerweise das grausame Spiegelbild des Despotismus.«

»Schon wieder ein Irrtum. Der Mißbrauch des Gesetzes führt zum Despotismus. Der Despot ist derjenige, der das Gesetz erlassen hat, der es sprechen läßt, wo es ihm für seine Interessen dienlich ist. Nehmen Sie dem Despoten dieses Mittel des Mißbrauchs, und es wird keinen Tyrann mehr geben. Es gibt nicht einen Tyrannen, der sich nicht auf die Gesetze stützt, um seine Grausamkeiten auszuführen. Überall, wo die Rechte des Menschen in gleicher Weise verteilt sein werden, damit sich jeder für die Ungerechtigkeiten selbst rächen kann, die man ihm zugefügt haben wird, kann gewiß kein Despot aufkommen, denn schon bei dem ersten Opfer, das zu unterdrücken er sich herausnehmen würde, brächte man ihn zum Schweigen. Niemals entstehen Tyrannen in einer Anarchie; nur im Schatten der Gesetze werden Sie sehen, wie sie emporkommen oder durch sie zu Ansehen gelangen. Die Herrschaft der Gesetze ist also lasterhaft. Sie ist also minderwertiger als die der Anarchie. Der größte Beweis für das, was ich behaupte, ist der Zwang der Regierung, sich selbst in die Anarchie zu stürzen, wenn sie ihre Verfassung ausbessern will. Um ihre alten Gesetze aufzuheben, ist sie gezwungen, ein revolutionäres Regime zu etablieren, in dem es keine Gesetze gibt. Aus diesem Regime entstehen schließlich neue Gesetze. Aber dieser zweite Staat ist notwendigerweise weniger unverdorben als der erste, von dem er abstammt, von dem er das erste Gut, die Anarchie, aufgeben mußte, um zu dem zweiten Gut der Konstitution des Staates zu gelangen. Die Menschen sind nur im natürlichen Zustand rein. Wenn sie sich davon entfernen, würdigen sie sich herab. Kommen Sie davon ab, sage ich Ihnen, kommen Sie von der Idee ab, den Menschen durch die Gesetze zu bessern; Sie machen ihn durch sie nur betrügerischer und böser ... niemals tugendhafter.«

»Aber das Verbrechen ist eine Plage auf Erden. Je mehr Gesetze es geben wird, desto weniger Verbrechen wird es geben.«

»Wiederum eine Tölpelei. Die Menge der Gesetze bewirkt erst die Verbrechen.«

Papst Pius VI.

Seit fünf Monaten war ich in Rom, ohne daß noch einmal die Rede von dem Besuch beim Papst war, den die Kardinäle Bernis und Albani mich bei der Borghese hatten erhoffen lassen, als ich einige Tage nach diesem Abenteuer endlich ein kleines galantes Briefchen von Bernis erhielt; er erwartete mich am nächsten Morgen frühzeitig, um mich seiner Heiligkeit vorzustellen; obwohl der Heilige Vater mich seit langem habe sehen wollen, wäre sein Wunsch dennoch nicht früher zu erfüllen gewesen. Man empfahl mir die einfachste, zugleich aber eleganteste Kleidung und keine Parfums. »Braschi wie auch Henri IV.«, schrieb mir der Kardinal, »möchte, daß alles riecht, wie es riechen soll. Er verabscheut die Kunst und hält sich an die Natur. Es ist daher wichtig, daß Sie sogar auf das Bidet verzichten.« In allen Punkten gehorsam, war ich gut vorbereitet noch vor zehn Uhr morgens im Palast von Bernis.

Pius erwartete uns im Vatikan.

»Heiliger Vater«, sagte Bernis zu ihm, indem er mich vorstellte, »hier ist die junge Französin, die Sie gerne sehen wollten. Da sie durch die Gunst, die Sie ihr erweisen, außerordentlich geehrt wird, verspricht sie Ihnen, sich allem, was Eurer Heiligkeit zu befehlen gefallen wird, zu unterwerfen.«

»Sie wird ihre Freundlichkeit nicht bereuen«, sagte Braschi. »Bevor wir uns den Unzüchtigkeiten, um die es sich handelt, hingeben, ist es mir sehr lieb, sie einen Augenblick allein zu sehen. Gehen Sie, Kardinal, und sagen Sie den Hofkammerfrauen, daß heute alle Tore für jedermann geschlossen sein werden . . .«

Bernis zieht sich zurück, und Seine Heiligkeit, indem er mich an die Hand nimmt, führt mich durch riesige Räumlichkeiten in ein einsames Kabinett, in dem die Pracht und die Bequemlichkeit unter den braunen Farben der Religion und der Bescheidenheit dennoch der Wollust alles boten, was ihre Neigungen begünstigen konnte. Das Ganze vermischte sich unterschiedslos. Neben einer Theresia in Ekstase sah man, wie Messalina gearschfickt wurde, und unter dem Bild von Christus befand sich eine Leda . . .

»Ruhen Sie sich aus«, sagte Braschi zu mir. »An diesem Ort vergesse ich die Unterschiede; ich lächle das Laster an und erlaube ihm, wenn es ebenso liebenswürdig ist wie Sie, sich neben der Tugend niederzulassen.«

»Stolzes Trugbild«, antwortete ich dem alten Despoten, »die Gewohnheit, mit der du die Menschen betrügst, führt dazu, daß du dich selbst zu betrügen suchst. Wo wirst du Teufel die Tugend suchen, wenn du mich hierher kommen läßt, um dich mit Lastern zu beschmutzen?«

»Ein Mann wie ich beschmutzt sich nie, mein liebes Mädchen«, antwortete mir der Papst. »Da ich Nachfolger der Jünger Gottes bin, umgeben mich die Tugenden der Ewigkeit, und ich bin sogar dann nicht ein Mensch, wenn ich einen Augenblick die Fehler der Menschen annehme.«

Nach einem Lachanfall, den ich nicht verhindern konnte, rief ich aus:

»Bischof von Rom, laß doch ab von diesem unverschämten Dünkel einer Frau gegenüber, die philosophisch genug ist, dich zu beurteilen. Höre zu und willige ein, daß ich mit dir zusammen einen Augenblick lang deine Macht und deine Ansprüche analysiere.

Es wurde in Galiläa eine Religion gegründet, und deren Grundlagen sind Armut, Gleichheit und der Haß gegen die Reichen. Die Prinzipien dieser heiligen Doktrin besagen, daß es für einen Reichen genauso unmöglich ist, ins Himmelreich zu gelangen, wie es für ein Kamel unmöglich ist, durch ein Nadelöhr zu kommen; denn der Reiche ist wegen seines Reichtums verdammt. Es ist den Jüngern dieses Kultes verboten, jemals irgendwelche Entschädigung zu bekommen. Ihr Chef Jesus sagt: ›Ich bin nicht gekommen, um bedient zu werden, sondern um zu dienen ... Es wird unter euch nie einen Ersten oder einen Letzten geben ... Derjenige von euch, der sich selbst erhöhen möchte, wird erniedrigt werden; wer der Erste sein will, wird der Letzte sein.‹*

Die ersten Apostel dieser Religion verdienten ihren Lebensunterhalt im Schweiße ihres Angesichts. Ist all das wahr, Braschi?«

»Ja, gewiß.«

»Gut, ich frage dich jetzt, was für eine Beziehung gibt es zwischen diesen ersten Institutionen und den riesigen Reichtümern, die du dir in Italien geben läßt. Kommt es vom Evangelium oder von der Schurkerei deiner Vorgänger, daß du so viele Güter besitzt? ... Armer Mensch! Und du glaubst, uns immer noch damit zu imponieren?«

»Atheistin, respektiere wenigstens den Nachkommen vom heiligen Petrus.«

»Du hast niemals von ihm abgestammt, und niemals hat der heilige Petrus Rom betreten. Es hat auch keinen Bischof gegeben in den ersten Jahrhunderten einer Kirche, die erst gegen Ende des zweiten Jahrhunderts unseres Zeitalters bekannt und gefestigt wurde. Wie kannst du wagen zu behaupten, daß Petrus in Rom war, während er doch in Babylon war und schrieb?**

Glaubst du noch, der Kritik ausweichen zu können, indem du sagst, Rom und Babylon seien dasselbe gewesen? ... Armer Narr! Man glaubt dir nicht mehr, man verachtet dich. Und war Petrus etwa dein Vorbild? ... Wird dein Vorgänger uns nicht als ein Armer dargestellt, der die Armen in der Glaubenslehre unterwies? Du wirst zugeben, Braschi, daß er dann zu jenen Ordensstiftern gehört hat, die in Armut lebten, deren Nachfolger aber in Gold

* Es ist seltsam, daß die Jacobiner der Französischen Revolution die Altäre eines Gottes zugrunde richten wollten, der absolut ihre Sprache sprach. Noch außerordentlicher ist es, daß diejenigen, die die Jacobiner verachten und sie vernichten wollen, es im Namen eines Gottes tun, der ebenso spricht wie die Jacobiner. Wenn das nicht das nec plus ultra der menschlichen Narrheiten ist, so bitte ich inständig, daß man mir sage, was es sonst ist.

** Der Petrus der Christen ist nichts anderes als der Annac, Hermes oder Janus der alten Griechen und Römer. Das sind alles Individuen, denen man die Fähigkeit zuerkannte, die Tore irgendeiner Glückseligkeit zu öffnen. Das Wort Petrus heißt im Phönizischen oder Hebräischen ›öffnen‹. Und Jesus, der mit dem Wort spielte, konnte zu Petrus sagen: »Da du Petrus bist, nämlich der Mann, der öffnet, wirst du die Pforten zum Paradies öffnen.« Wenn er dem Wort ›pierre‹ [= Stein] nur die Bedeutung des Wortes ›cepha‹ der Orientalen unterlegte, das Stein zum Bauen heißt, so sagte er: »Du bist Petrus und auf diesen Stein werde ich meine Kirche aufbauen.« Das lateinische Verb ›aperire‹ hat fast genau denselben Klang wie das Wort ›pierre‹. Man nennt ›mine‹ [im Französischen = Mine und Erz], was aus einer ›mine‹ kommt. Konnte man nicht ebenso etwas ›Eröffnung‹ nennen, was von der Laufbahn kommt, der man primitiverweise den Namen Eröffnung gab? So gesehen können die Worte ›öffnen‹ und ›Stein‹ die gleiche Bedeutung gehabt haben, und auf diese Weise kann das Wortspiel des törichten Jesus entstanden sein, der, wie man sagt, stets nur durch Logogriphen sprach. Das alles sind fade Allegorien, bei denen die Anlässe den Namen gegeben haben und der Name die Anlässe und bei denen die Tatsachen immer der Illusion geopfert wurden. Auf jeden Fall ist das Wort ›Apostel‹ viel älter. Es existierte lange vor dem Petrus der Christen. Alle Mythologen haben erkannt, daß dieses Wort für eine Person steht, die mit der Sorge um die Eröffnung beauftragt ist.

schwammen. Ich weiß, daß die Nachfolger Petri bald gewonnen und bald verloren haben. Es ist nicht weniger wahr, daß der Aberglaube und die Leichtgläubigkeit groß genug sind, dir noch dreißig oder vierzig Millionen Anhänger zu lassen. Aber glaubst du nicht, daß ihnen die Fackel der Philosophie bald die Augen öffnen wird? Glaubst du, sie werden noch lange damit einverstanden sein, sich einen drei- oder vierhundert Meilen entfernten Herren zu wählen? Sie werden noch lange Zeit nur denken, urteilen und handeln, wie du es willst? Sie werden ihre Güter noch lange nur unter der Bedingung behalten, dir Tribut zu zahlen? Sie werden nur den heiraten, der ihnen gut erscheint, wenn du dich einverstanden erklärt hast? Nein, nein, bilde dir nicht ein, ihr Irrtum könnte noch lange währen. Ich weiß, daß diese lächerlichen Rechte ehemals noch weiter gingen. Ihr standet noch über den Göttern; die Götter wurden nur geduldet, damit ihr über Reiche verfügen konntet; und ihr verfügt tatsächlich darüber. Aber ich sage dir noch einmal, Braschi, all das verschwindet, all das wird unsichtbar werden. Und wirklich, mein lieber Papst, wie sollte man sich nicht wundern, wenn man sieht, bis zu welchem Punkt der Aberglaube die einfachsten Dinge entstellen kann! Du wirst zugeben, daß man nicht weiß, was man mehr bewundern soll, die Blindheit der Völker oder die furchtbare Unverschämtheit derjenigen, die sie betrügen. Wie geht es an, daß man euch nach allen Liederlichkeiten, mit denen ihr euch vor aller Welt beschmutzt habt, noch so verehren kann, wie ihr es werdet? Und wie kommt es, daß ihr noch immer Proselyten habt? Nur dank der Dummheit der Fürsten und der Völker hat die Größe der Päpste sich gefestigt; nur diese Dummheit hat ihnen die außerordentliche Kühnheit gegeben, sich Ansprüche anzumaßen, die dem Geist ihrer Religion genauso entgegengesetzt, wie für die Vernunft empörend und für die Politik schädlich sind. Wer das Reich des Aberglaubens kennt, dürfte nichtsdestoweniger einigermaßen erstaunt sein über seine Erfolge. Es gibt keine Verirrungen, keine Schwachsinnigkeiten, für die die Frömmigkeit nicht empfänglich wäre. Einige politische Motive kamen hinzu, die Auswirkungen des Aberglaubens zu vertiefen. Während des Verfalls des Reiches waren die mit sehr kostspieligen und langwierigen Kriegen beschäftigten Oberhäupter gezwungen, euch zu schonen, weil sie euch im Besitz des Geistes der Völker wußten. Indem sie ihre Augen vor euren Unternehmungen verschlossen, ließen sie, ohne davon zu ahnen, zu, daß diese zur Zerstörung ihres Reiches führten. Die barbarischen Horden übernahmen in völliger Unkenntnis das politische System der Herrscher, und so wurdet ihr nach und nach die Gebieter eines Teils der Völker von Europa.

Das Gebiet der Wissenschaften blieb in den Händen der Mönche, eurer würdigen Verteidiger. Niemand konnte die Allgemeinheit aufklären. Man unterwarf sich dem, was man nicht verstand, und die Krieger, die die Welt durchquerten, fanden es einfacher, euch Verehrung zu bezeugen, als euch zu analysieren. Im fünfzehnten Jahrhundert wandelte sich der Geist. Die Morgenröte der Philosophie kündigte den Sturz des Aberglaubens an. Die Wolken zerteilten sich, und man wagte, euch ins Angesicht zu sehen. Bald genug sah man in euch und euresgleichen nur noch Betrüger und Schurken. Einige noch durch ihre Priester unterjochte Nationen blieben euch treu. Aber die Fackel der Vernunft leuchtet endlich auch ihnen. Oh, mein Lieber, deine Rolle ist beendet. Um die wichtige Revolution zu beschleunigen, die für immer die Säulen deines abergläubischen Reiches umstürzen soll, muß man die Augen auf die Geschichte deiner Vorgänger werfen. Ich werde eine Skizze von Deinesgleichen zeichnen, Braschi. Meine Kenntnisse werden dir zeigen, daß die Frauen meiner Nation über diesen Punkt Bescheid wissen und daß diese Nation, auf die ich stolz bin, sich deinem lächerlichen Joch nicht mehr lange unterwerfen wird.

Was sehe ich während der Anfänge deines christlichen Zeitalters? Kämpfe, Tumulte, Aufstände, Massaker sind die einzigen Früchte der Gier und des Ehrgeizes der Schurken, die nach deinem Thron strebten. Schon fuhren die stolzen Bischöfe deiner ekelhaften Kirche im Triumph durch Rom; schon beschmutzten Luxus und Wollust sie; schon hüllte der Purpur sie ein. Nicht auf deine Feinde weise ich dich hin, um dir die Vorwürfe einzuprägen, die man euch entgegenbrachte, sondern auf eure Gefolgsleute und auf die Väter deiner Kirche selbst. Höre Hieronymus und Basilius: ›Als ich in Rom war‹, sagte der erstere, ›wollte ich der Sprache des Mitleids und der Tugend Gehör verschaffen. Die Pharisäer, die den Papst umgaben, folterten mich. Ich verließ den Palast von Rom, um in die Katakombe Jesu zurückzukehren.‹ So beschrieben euch schon damals eure Anhänger, die von der Stärke der Wahrheit durchdrungen waren. Mit welcher Kraft wirft euch der gleiche Hieronymus an anderer Stelle die Skandale vor, die eine Folge eurer Ausschweifungen, eurer Schurkereien, eurer Intrigen waren, Geld von den Reichen zu erhalten, indem ihr euch in das Testament der Großen und vor allem der Damen Roms eintragen ließet, die ihr betrogt, nachdem ihr sie genossen hattet. Werde ich dir in den Edikten der Herrscher wiederbegegnen? Sieh selbst, mit welcher Kraft die des Valentinian, des Valens und des Gratianus euren Geiz, eure Libertinage und euren Ehrgeiz niederzudrücken versuchten. Aber fahren wir mit unserer Skizze fort und zeichnen wir in großen Zügen. Glaubst du, Braschi, glaubst du, daß man an deiner Heiligkeit zu zweifeln beginnt ... an deiner Unfehlbarkeit,

wenn man einen Liberius sieht, der aus Furcht und Schwäche die ganze Kirche zum Arianismus hinüberführt,

wenn man einen Gregorius sieht, der die Wissenschaften und die Künste ächtet, weil er sagt, daß nur die Unkenntnis die Absurditäten seiner widerlichen Religion begünstigen kann ... der es wagt, die Unverschämtheit so weit zu treiben, die Königin Brunhilde zu umschmeicheln, jenes Ungetüm, über das Frankreich noch heute errötet,

wenn man einen Stephan VII. sieht, der seinen Vorgänger Formosa als so von Verbrechen beschmutzt betrachtet, daß er sich grausamer- und lächerlicherweise verpflichtet fühlt, noch dessen Leichnam der Marter zu unterziehen,

wenn man einen Sergius sieht, der von allen Arten der Ausschweifung befleckt ist und sich stets von Schurken verführen läßt,

wenn man einen Johannes XI. sieht, der ein Sohn eines dieser Schurken ist und der selbst in blutschänderischer Weise mit Marosia, seiner Mutter, zusammenlebt,

wenn man einen Johannes XII. sieht, den götzendienerischen Zauberer, der sich sogar des Gottestempels für seine verschwiegenen Ausschweifungen bedient,

wenn man einen Bonifacius VII. sieht, der so sehr von der Tiara beeindruckt war, daß er Benedikt VI. erwürgte, um seine Stelle einzunehmen,*

wenn man einen Gregorius VII. sieht, der herrschsüchtiger als alle Könige war und sie kommen ließ, um an seiner Pforte um Gnade zu bitten ... der Blut in Deutschland strömen ließ, nur um seines Hochmuts und seines Ehrgeizes willen ... der, mit einem Wort, behauptete, daß jeder Papst unfehlbar und heilig sei, und daß es genügte, auf dem Stuhl Petri gesessen zu haben, um ebenso mächtig wie Gott selbst zu sein,

wenn man einen Paschalis II. sieht, der es in Befolgung jener verachtenswerten Prinzipien wagt, einen Herrscher gegen seinen eigenen Vater zum Kriege zu rüsten,

wenn man einen Alexander III. sieht, der Heinrich II., König von England, schändlich auspeitschen läßt für einen Mord, den dieser Fürst niemals begangen hatte ... der zu einem so blutigen Kreuzzug gegen die Albigenser aufruft,

wenn man einen Cölestin III. sieht, der aus Ehrgeiz und Willkür mit seinem Fuß die Krone auf das Haupt Heinrichs VI. zu setzen wagt, der vor ihm einen Fußfall tut; darauf stößt er mit einem Fußtritt die gleiche Krone wieder herab, um dem Herrscher zu demonstrieren, was er zu erwarten habe, wenn er dem Papst nicht den nötigen Respekt bezeuge,

wenn man einen Innozenz IV. sieht, den Vergifter des Kaisers Friedrich während der endlosen Kriege zwischen Welfen und Ghibellinen, die durch euren Hochmut und eure Leidenschaften veranlaßt worden waren und die Italien so lange Zeit demoralisierten,

* Es gab in Rom einen gewissen Gérard Brazet, der als der Vergifter im Auftrage des Heiligen Stuhls betrachtet wurde. Er hatte acht Päpste im Auftrage jener vergiftet, die deren Stelle einnehmen wollten. Die Päpste waren demnach, wie Baronius sagt, so große Schurken, daß kein anderes Zeitalter ähnliche Ungetüme hervorgebracht hat, und daß es niemals sonst je eine so große Anzahl von Schreckensszenen gab.

wenn man einen Clemens IV. sieht, der einen jungen Fürsten köpfen ließ, damit er nicht das Erbe seiner Väter beanspruchen könne,

wenn man einen Bonifacius VIII. sieht, den durch seine Zwistigkeiten mit den Königen Frankreichs berühmt gewordenen, gottlosen, ehrgeizigen Erfinder jener heiligen Farce, die unter dem Namen Jubeljahr bekannt wurde und deren einziges Ziel es war, die päpstlichen Geldschränke zu füllen,*

wenn man einen Clemens V. sieht, der schurkisch genug war, Kaiser Heinrich VI. mit einer Hostie vergiften zu lassen,

wenn man einen Benedikt XII. sieht, der die Schwester des berühmten Petrarka für Geld kauft, um sie zu seiner Mätresse zu machen,

wenn man einen Johannes XXIII. sieht, berühmt durch seine Narrheiten, der all diejenigen wie Ketzer verurteilte, die behaupteten, Jesus Christus habe in Armut gelebt, der über Kronen verfügte, Gerechtes in Ungerechtes umwandelte und den Wahnsinn soweit trieb, die Engel zu exkommunizieren,

wenn man einen Sixtus IV. sieht, der aus den Bordellen, die er in Rom eingerichtet hatte, erhebliche Steuern zog, und der den Schweizern eine rote Fahne schickte und sie veranlaßte, sich zum Heile der römischen Kirche untereinander zu erwürgen,

wenn man einen Alexander VI. sieht, bei dem es genügte, seinen Namen zu nennen, um die gerechte Entrüstung und den Schrekken derjenigen aufzuwiegeln, die etwas über seine Geschichte wußten. Ein Schurke, der weder Redlichkeit, Ehre, guten Glauben, Mitleid, noch Religion kannte und dessen wollüstige Ausschweifungen, Grausamkeiten und Vergiftungen alles übertreffen, was uns Sueton über Tiberius, Nero und Caligula berichtet. Ein Libertin, mit einem Wort, der mit Lukretia, seiner Tochter, schlief,** der sich daran erfreute, fünfzig völlig nackte Dirnen auf Händen und Füßen laufen zu lassen, um durch die verschiedenen Stellungen, die sie dadurch einzunehmen verpflichtet waren, seine Phantasie anzuregen,

wenn man einen Leo X. sieht, der, um die Verderbtheiten seiner Vorgänger wiedergutzumachen, die Erfindung machte, Ablaßbriefe zu verkaufen, und der nichtsdestoweniger so ungläubig war, daß er dem Kardinal Bembo, seinem Freund, der ihm eine Passage aus der Heiligen Schrift zitiert hatte, antwortete: ›Was zum Teufel wolltest du mir mit deinen Fabeln über Jesus Christus sagen?‹,

wenn man einen Julius III. sieht, einen wahren weichlichen Wollüstling, der die Unverschämtheit soweit trieb, daß er seinen Strichjungen zum Kardinal erhob; der, als er eines Tages nackt in seinem Zimmer war, seine soeben eintretenden Kardinäle ver-

* Von ihm sagte man: Er hat den Thron bestiegen wie ein Fuchs, er hat wie ein Löwe regiert, und er ist wie ein Hund gestorben.

** Von ihr sagt uns der Dichter Sannazar, der Petrarka von Neapel: Hoc jacet in Tumula Lucretia nomine sedra, Thais Alexandri filia, sponsa nurus.

pflichtete, sich gleichfalls zu entkleiden, wobei er zu ihnen sagte: ›Meine Freunde, wenn wir so durch die Straßen von Rom gingen, würde man uns nicht so verehren. Nun, wenn also nur unsere Kleidung Respekt einflößt, so haben wir den Leuten gegenüber auch keine Verpflichtung, etwas zu sein.‹,

wenn man einen Pius V. sieht, den wie einen Heiligen verehrten, fanatischen, grausamen Anstifter aller Protestantenverfolgungen in Frankreich; den Aufhetzer zu den Grausamkeiten des Herzogs von Alba; den Mörder des Paleario, dessen einziges Verbrechen es war, gesagt zu haben, daß die Inquisition einen Dolch habe, der dazu bestimmt sei, die Schriftsteller zu treffen; den Mann, der schließlich behauptete, niemals so in Verzweiflung wegen seines Heils gewesen zu sein, als seit er Papst war,

wenn man einen Gregorius XIII. sieht, jenen schrecklichen Lobredner der Pariser Bluthochzeit, der Karl IX. in persönlichen Briefen zu dem beglückwünschte, was er selbst von den Protestanten geraubt hatte,

wenn man einen Sixtus V. sieht, der erklärte, daß man sich während der Hundstage in Rom soviel man wolle sodomieren lassen könne, und der in dieser großen Stadt nur Ordnung und Polizei etablierte, um sie mit Blut zu überschwemmen,

wenn man einen Clemens VII. sieht, den Urheber der berühmten Pulververschwörung,

wenn man einen Paulus V. sieht, der gegen Venedig Krieg führte, weil ein ziviler Magistrat einen Mönch bestrafen wollte, der ein zwölfjähriges Mädchen vergewaltigt und erwürgt hatte,

wenn man einen Gregorius XV. sieht, der an Ludwig XIII. schrieb: ›Erwürgen Sie, köpfen Sie alle, die mich verleugnen‹,

wenn man einen Urban VIII. sieht, einen Mitschuldigen an den Massakern in Irland, bei denen hundertfünfzigtausend Protestanten umkamen, usw. usw. ... Das also, mein Freund, sind deine Vorgänger. Und du willst nicht, daß wir eine gerechte Abscheu empfinden vor den unverschämten oder verdorbenen Oberhäuptern einer solchen Sekte? Könnten doch alle Völker recht bald einsehen, wie sehr sie sich in ihrer Meinung über diese päpstlichen Idole geirrt haben, die ihnen bis jetzt nur Sorgen, Armut und Unglück brachten! Könnten doch alle Völker der Erde, die seit vielen Jahrhunderten vor den von dergleichen Schurken hervorgebrachten Auswirkungen zittern, denjenigen schleunigst entthronen, der diesen allen nachfolgt, und könnten sie gleichzeitig die stumpfsinnige, barbarische, götzendienerische, blutschänderische und gottlose Religion stürzen, die es ermöglichte, daß diese Leute sich für einen Augenblick so erheben konnten.«

Als ich geendet hatte, sah mich Pius VI., der mir sehr aufmerksam zugehört hatte, mit größter Überraschung an.

»Braschi«, sagte ich zu ihm, »du bist erstaunt, mich so gut unterrichtet zu finden. Du mußt wissen, daß man jetzt alle Kinder meines Vaterlandes so erzieht. Die Jahrhunderte des Irrtums sind vorüber. Entschließe dich also, alter Despot, und zerschlage dein Kreuz, verbrenne deine Hostien und trete deine Bilder und Reliquien mit Füßen. Nachdem die Völker von dem Schwur der Treue für ihre Herrscher entbunden sind, entbinde auch du die deinen nun von den Irrtümern, in denen du sie hieltest. Glaube mir und steige von deinem Thron herab, wenn du nicht unter seinen Trümmern begraben werden willst. Es ist mehr wert, den Platz einem Stärkeren zu überlassen, als zu sehen, wie er sich dessen gegen den eigenen Willen bemächtigt. Die Meinung regelt alles auf der Welt. Sie wandelt sich auf deine Kosten und auf die Kosten all deiner Mummenschanzereien. Wandle dich wie sie. Bei erhobener Sense ist es weiser, den Kopf wegzudrehen, als auf den Schlag zu warten. Du hast genug zum Leben, werde wieder Bürger von Rom. Wechsele das düstere Kostüm dieses ganzen Pöbels, der die Mönchskutte trägt und der dich umgibt, verabschiede deine Mönche, öffne die Klöster, gib deinen Nonnen die Freiheit zurück, sich zu verheiraten und laß sie nicht den Keim von hundert Generationen mit ins Grab nehmen. Europa wird überrascht sein und dich bewundern; dein Name wird in die Säulen der Gedächtnisstätten eingraviert werden, in die du niemals aufgenommen werden wirst, wenn du nicht bald die traurige Ehre, Papst zu sein, gegen eine andere vertauschst, die im höheren Maße kostbar ist, nämlich gegen die, Philosoph zu sein.«

»Juliette«, sagte Braschi zu mir, »man hatte mir wohl gesagt, daß du Geist hättest, aber ich dachte nicht, daß es so viel wäre. Eine so hohe Entwicklung der Gedanken ist bei einer Frau außerordentlich selten. Ich sehe sehr wohl, daß man dir gegenüber nicht zu heucheln braucht und lege die Maske ab. Sieh den Mann, sieh den, der dich zu welchem Preis auch immer genießen will.«

»Höre mir zu, du alter Affe«, antwortete ich, »ich bin nicht hierhergekommen, um die Vestalin zu spielen; nachdem ich so weit gegangen bin, mich in die geheimsten Zimmer deines Palastes führen zu lassen, will ich dir versichern, daß ich keine Lust habe, dir zu widerstehen. Aber anstatt in mir eine liebenswürdige Frau zu haben, eine feurige Frau, die deinen Neigungen entgegenkommt und sie liebt, wirst du nur ein kaltes Idol haben, wenn du nicht vier Dingen zustimmst, die ich von dir fordern werde.

Ich fordere zuerst als ein erstes Zeichen des Vertrauens, daß du mir die Schlüssel deiner geheimsten Zimmer übergibst. Ich möchte alles sehen, ich will nicht, daß mir ein einziges Kabinett entgeht.

Das zweite, was ich mir wünsche, ist eine philosophische Erörterung des Mordes. Ich habe mich oft mit dieser Handlung beschmutzt, und ich möchte wissen, zu was sie mich führt. Was du mir darüber sagen wirst, soll meine Denkweise für immer festlegen. Nicht, daß ich an deine Unfehlbarkeit glaube, aber ich habe Vertrauen in die Studien, die du hast treiben müssen, und da du meine philosophische Haltung kennst, bin ich sicher, daß du nicht wagen wirst, mich zu betrügen.

Meine dritte Bedingung ist, daß du mir einen Beweis deiner tiefen Verachtung für alle heiligen Mummenschanzereien des christlichen Kultes lieferst, indem du mich nirgends sonst als auf dem Altar des heiligen Petrus genießt, nachdem du durch deine Kaplane die Messe auf dem Hintern eines Chorknaben hast zelebrieren lassen und nachdem du mir mit deinem heiligen Glied den kleinen Gott aus Brot in das Afterloch hineingestoßen hast, der zu diesem verachtenswerten Meßopfer dazugehört. Ich habe alle diese Narrheiten schon hundertmal mitgemacht, aber es erregt mich, wenn ich sie dich machen sehe, und ohne diese Bedingung zu erfüllen, wirst du mich nie berühren.

Die vierte Bedingung ist, daß du mir in einigen Tagen zusammen mit Albani, Bernis und meiner Freundin Borghese ein Souper gibst, und daß du bei diesem Souper mehr Wollüstigkeit und Libertinage ausbrechen läßt, als deine Vorgänger jemals zur Schau getragen haben. Ich möchte, daß diese Mahlzeit tausendmal mehr Scheußlichkeiten nach sich zieht als die, die Alexander VI. seiner Tochter Lukretia bieten ließ.«

»Das sind gewiß merkwürdige Bedingungen«, sagte Braschi.

»Entweder wirst du mich niemals in deinem Leben besitzen, oder du akzeptierst sie allesamt.«

»Bedenke, daß du hier in meiner Gewalt bist und daß ein Wort ...«

»Ich weiß, daß du ein Tyrann bist und daß du ein Schurke bist. Du würdest den Platz, auf dem du sitzt, ohne diese Qualitäten nicht innehaben. Aber da ich ebenso schurkisch bin wie du, respektierst du mich, liebst du mich. Du freust dich zu sehen, bis zu welchem Punkt die Schurkerei in jeder Beziehung den Geist einer Frau beherrschen und erfüllen kann. Und deswegen, mächtiger Braschi, wirst du mich lieben ... wirst du mich befriedigen.«

»Oh, Juliette«, sagte Pius VI. zu mir, indem er mich umarmte, »du bist eine sehr eigenartige Kreatur, dein Einfluß überwältigt mich, ich werde dein Sklave sein. Bei deinem Kopf, wie du ihn mir gezeigt hast, erwarte ich von dir die erlesensten Freuden ... Hier sind meine Schlüssel ... Sieh dir alles an ... Ich überlasse alles dir. Im Anschluß an die Gunstbezeigungen, die ich von dir erwarte, verspreche ich dir die Abhandlung, auf die du neugierig bist. Du kannst mit dem Souper rechnen, das du von mir verlangst, und in dieser Nacht wird sogar die Schändung stattfinden, die du von mir forderst. Ich glaube an diesen geistlichen Mummenschanz nicht mehr als du, mein Engel. Aber du kennst unsere Verpflichtung, den Schwächlingen damit Ehrfurcht einzuflößen. Ich bin wie der Scharlatan, der seine Drogen verteilt: Wenn ich sie verkaufen will, muß ich so tun, als glaubte ich daran.«

»Damit wäre bewiesen, daß du ein Schurke bist«, sagte ich,

Braschi unterbrechend. »Wenn du ehrenhaft wärst, würdest du die Menschen lieber aufklären, als sie zu betrügen. Du würdest das Band, das ihre Augen bedeckt, zerreißen, statt es zu verdichten.«

»Aber ich würde Hungers sterben!«

»Und welche Notwendigkeit besteht, daß du lebst? Ist es also dringend, daß fünfzig Millionen Menschen sich im Irrtum befinden, damit deine Verdauung arbeitet?«

»Ja, denn für mich zählt nur meine Existenz, und die fünfzig Millionen Menschen bedeuten mir nichts ... Denn das erste aller Naturgesetze lautet, sich zu erhalten, ganz gleich auf wessen Kosten ...«

»Du bist entlarvt, Papst; das war alles, was ich wollte. Geben wir uns die Hand; wir sind also beide gleich betrügerisch und es gibt daher zwischen uns nichts mehr zu verbergen.«

»Ich stimme dir bei«, sagte der Papst, »wir wollen uns nun nur noch mit den Freuden beschäftigen.«

»Fange zunächst einmal damit an, die erste deiner Versprechungen einzulösen«, antwortete ich. »Beordere deinen Führer herbei, mit allen Schlüsseln dieses Palastes; ich will alles sehen.«

»Ich selbst werde dieser Führer sein«, sagte Braschi. »Dieses herrliche Haus«, sagte er zu mir, während wir aufbrachen, »wurde als Ersatz für jenes andere gebaut, in dem Nero sich damit amüsierte, seine Gärten mit den Leichen der ersten Christen zu beleuchten. Er ließ sie in gewissen Abständen niederlegen, um sich ihrer als Feuerpfannen zu bedienen.*

»Oh, mein Freund«, unterbrach ich ihn, ich wäre dieses Schauspiels würdig. Ich würde es gerne mit ansehen. Mein Haß gegen deine infame Sekte würde es mir zu einem Vergnügen machen.«

* Hören wir, was Tacitus dazu sagt: »Er ließ die Christen als Aufruhrstifter der Stadt Rom grausam sterben. Diese Christen«, fährt Tacitus fort, »wurden gehaßt wegen ihrer Ehrlosigkeit und aufgrund eines Betrügers namens Christus, der ihr Begründer war und der unter den größten Martern während der Herrschaft des Tiberius starb. Aber diese verderbliche Sekte schändete, nachdem sie einige Zeit unterdrückt worden war, alles von neuem, und zwar nicht nur am Geburtsort, sondern in Rom selbst, ihrem Treffpunkt, der als Sammelbecken aller Unreinlichkeiten der Welt dient. Man bemächtigte sich zuerst derer, die sich auf diese infame Sekte beriefen; durch ihre Bekenntnisse entdeckte man eine Unzahl anderer ähnlicher Schurken, die sowohl abscheulicher Verbrechen überführt waren, als auch sich den Haß des ganzen Menschengeschlechts zugezogen hatten. Der Beweis dafür, wie sehr man sie haßte, wird dadurch erbracht, daß man über ihren Tod spottete, indem man sie mit der Haut wilder Tiere bedeckte und sie von Hunden auffressen ließ, oder indem man sie an Kreuze schlug, manchmal sogar, indem man sie wie Reisigbündel verbrannte, um die Straßen und die großen Wege zu beleuchten (deshalb könnte man sagen: lux in luce). Nero stellte für diese Schauspiele gerne seine Gärten zur Verfügung. Man sah ihn dort unter dem Volk, oder selbst auf dem Wagen sitzend. Diese Marterung der Christen amüsierte ihn unendlich, und er arbeitete oft selbst daran mit.« Hören wir nun, was Lucian über die gleiche Sekte schrieb: »Sie ist«, sagte er, »eine Versammlung von zerlumpten Vagabunden, die wild anzusehen sind, sich wie Besessene betragen, Seufzer ausstoßen, Verrenkungen machen, auf den Sohn Gottes schwören, dem Reich tausenderlei Unglück vorhersagen und alle diejenigen verfluchen, die nicht so denken wie sie.« Das also war die christliche Religion seit ihrer Entstehung. Eine Horde von Betrügern und Schurken, gefolgt von Huren. Das Mißgeschick dieser Sekte endete dadurch, daß sie wie üblich die schwachen Leute anzog. Hätte man sie nicht verfolgt, so würde man niemals etwas von ihnen gehört haben. Es ist seltsam, daß ein solcher Plunder von Betrügereien und Abscheulichkeiten unsere Väter solange hat blenden können. Wann werden wir weise genug sein, sie zu vernichten und unwiderruflich zu zerschmettern?

»Vergiß nicht, Schurkin«, sagte der Heilige Vater zu mir, »daß du mit dem Oberhaupt dieser Religion sprichst ...«

»Dieses Oberhaupt liebt sie nicht mehr als ich«, antwortete ich. »Es anerkennt sie nur des eigenen Vorteils wegen. Seine Achtung besteht nur wegen der Steuern, die ihm daraus zufließen. Mein Freund, wenn du könntest, würdest du die Feinde dieser dich reich machenden Religion genauso behandeln.«

»Gewiß, Juliette. Die Intoleranz ist das erste Gesetz der Kirche; ohne den übertriebensten Rigorismus wären ihre Tempel bald zerstört. Das Schwert muß zuschlagen, wenn das Gesetz nichts mehr ausrichtet.«

»Oh, Braschi, was für ein Despot du bist!«

»Wie willst du, daß die Fürsten ohne Gewaltherrschaft regieren? Ihre Macht besteht nur in der Meinung. Wenn sie wechselt, sind sie verloren. Ihr einziges Mittel, sie festzuhalten, besteht darin, die Seelen in Schrecken zu versetzen und die Augen aller mit dem Band des Irrtums zu bedecken, damit die Pygmäen wie Riesen erscheinen.«

»Braschi, die Völker klären sich auf. Die Tyrannen werden bald allesamt umkommen; die Zepter, die sie tragen, die Fesseln, die sie auferlegen, all das wird vor den Altären der Freiheit zerbrochen werden wie der Zederbaum, der beim Nordwind knickt, der ihn hin und her schüttelt. Seit allzulanger Zeit schon hat der Despotismus die Rechte der Völker herabgewürdigt; sie müssen sie sich wieder nehmen. Eine allgemeine Revolution muß ganz Europa entflammen, und die Liebhabereien der Religion und des Thrones werden, nachdem sie auf Nimmerwiedersehen begraben sind, sowohl durch die Kraft der beiden Brutus als auch durch die Tugenden der beiden Cato für immer ersetzt werden.«

Wir gingen noch immer.

»Es ist keine Kleinigkeit, diesen Palast zu durchschreiten«, sagte Braschi zu mir. »Er enthält viertausendvierhundertzweiundzwanzig Zimmer, zweiundzwanzig Höfe und riesige Gärten. Fangen wir hier mit der Besichtigung an«, sagte der Papst, indem er mich in eine Galerie führte, die oberhalb des Vestibüls der Kirche des heiligen Petrus lag. »Von hier«, sagte der Papst, »erteile ich meinen Segen über das ganze Universum ... Von hier exkommuniziere ich die Könige ... Ich entbinde die Völker von dem Treueschwur, den sie ihrem Fürsten geleistet haben.«

»Verachtenswerter Possenspieler«, antwortete ich mit Nachdruck, »dein auf der Absurdität der Nationen dieser Erde gegründetes Theater steht auf schwankendem Boden. Die Philosophie wird es abschaffen.«

Wir gingen weiter und betraten die berühmte Galerie. Kein Raum in ganz Europa ist so lang wie dieser, nicht einmal die Galerie des Louvre. Bestimmt keiner enthält so viele schöne Beispiele der Malkunst. Während ich den ›Heiligen Petrus mit den drei Schlüsseln‹ am Ende des Raumes bewunderte, sagte ich zu Braschi:

»Pontifex, dies hier ist also noch ein Denkmal deines Hochmuts?«

»Es ist ein Sinnbild der Macht ohne Grenzen«, antwortete mir der Papst, »die sich Gregorius VII. und Bonifacius VIII. anmaßten.«

»Heiliger Vater«, sagte ich zu dem alten Bischof, »wechsele dieses Sinnbild aus, lege eine Peitsche in die Hände deines Pförtners und zeige deinen alten Arsch, um Schläge zu bekommen. Damit wirst du dir das Verdienst einer Weissagung erwerben.«

Wir gingen von dort in eine Bibliothek, die in Form eines T gebaut war. Man sah viele Schränke in dieser Bibliothek, aber nur wenige Bücher.

»Alles bei dir ist gefälscht«, sagte ich zu Braschi. »Ihr verschließt die Hälfte dieser Fächer, damit man nicht ahnt, daß sie leer sind. Der Wunsch zu imponieren und die Menschen zu betrügen ist überall eure Devise.«

Mit Freude entdeckte ich in diesem Asyl der Musen ein Manuskript von Terenz, auf dem zu Anfang jedes Stückes die Masken der Komödianten gezeichnet waren. Ich sah dort mit Genugtuung auch die Originalbriefe Heinrichs VIII. an seine Tochter, Anna von Boylen, in die er verliebt war und die er gegen den Willen des Papstes heiratete. (Welch' denkwürdige Epoche der Reform Englands.)

Wir durchquerten von dort aus die Gärten, in denen ich die schönsten Orangenplantagen, die angenehmsten Myrtenbüsche und die frischesten und sprudelndsten Wasserkünste sah.

»Der andere Teil dieses Palastes, in den wir nun gehen werden«, sagte der Heilige Vater zu mir, »dient als Unterkunft für einige Objekte der Wollust beiderlei Geschlechts, die ich dort eingesperrt halte. Sie werden bei dem Souper erscheinen, das ich dir versprochen habe. Gehen wir weiter.«

»Ah, Braschi«, sagte ich voller Begeisterung, »du hältst also Objekte gefangen ... Ich hoffe wenigstens, daß du ihnen das Leben ein wenig schwer machst ... Peitschst du?«

»Man muß dahinkommen, wenn man alt ist«, antwortete der ehrenwerte Braschi. »Das ist der süßeste Genuß für Leute meines Alters. Und tatsächlich ist es auch der schönste.«

»Wenn du prügelst, so bist du grausam. Das Auspeitschen ist bei einem Libertin nichts als der Ausbruch seiner Grausamkeit. Nur um ihr ein Ventil zu geben, greift er dazu. Er würde noch anderes tun, wenn er es wagte.«

»Ich wage es«, sagte der Heilige Vater erfreut, »ja, ich wage es manchmal, du wirst es sehen, Juliette, du wirst es sehen.«

»Mein Freund«, sagte ich zum Papst, »es bleiben noch die Schatzkammern zu besichtigen. Du mußt doch Gold haben; ich weiß, daß du geizig bist, ich bin es auch. Es gibt nichts auf der Welt, was ich ebenso liebe wie das Gold. Ich möchte eine Minute lang mit dir auf den Stücken dieses Metalls schwimmen.«

»Wir sind nicht weit von dem Ort entfernt, an dem es aufbewahrt wird«, sagte mir der Papst und führte mich durch einen dunklen Flur zu einer kleinen Eisentür, die er öffnete. »Hier befindet sich tatsächlich alles, was der Heilige Stuhl besitzt«, fuhr mein Führer fort, indem er mich in einen kleinen Gewölbesaal eintreten ließ, in dessen Mitte wohl fünfzig bis sechzig Millionen in Talern und in Zechinen liegen mochten. »Ich habe mehr ausgegeben, als ich hineingetan habe. Sixtus V. hat diesen auf die Dummheit der Christen gegründeten Tresor als erster eingerichtet.«

»Da ja eure Krone nicht erblich ist«, sagte ich, »seid ihr recht töricht, so viel anzuhäufen. Ich an eurer Stelle hätte schon längst alle Gelder verschwendet. Bereichert eure Freunde, vervielfältigt eure Freuden, versagt euch keinen Genuß, das ist mehr wert als diese Summen für eure Bezwinger sich anhäufen zu lassen; denn ihr werdet unterworfen werden. Pontifex, ich prophezeie Ihnen, daß einige freie und der monarchischen Fessel entbundene Nationen sich eurer bemächtigen werden, und Sie sind, ich wage es Ihnen zu versichern, der letzte Papst der römischen Kirche. Wie dem auch sei, wieviel darf man hier nehmen?«

»Tausend Zechinen.«

»Alter Hundsfott«, antwortete ich, »hier ist eine Waage; wiege mich, wenn meine Taschen voll sein werden und bedenke, daß ich dreimal soviel wegtragen möchte wie mein eigenes Gewicht beträgt. Es steht dir wohl an, die Vorzüge einer Frau wie ich es bin zu einem so niedrigen Preis zu regeln.«

»Laß diese Art der Rechnung«, sagte Braschi, »sie würde unausführbar sein. Hier ist ein Bon über zehntausend Zechinen, bei Sicht meines Tresorwärters zahlbar.«

»Ein solches Zeichen der Großzügigkeit rührt mich wenig. Du gibst das Geld für Venus aus; ich bin dir nicht im geringsten zu Dank verpflichtet ...«

Beim Verlassen dieses Raumes, aus dem ich nicht weniger mitnahm, als ich beabsichtigt hatte, machte ich mit der Kerze einen Abdruck des Schlosses. Braschi merkte nichts, und wir kehrten in das Zimmer zurück, in dem er mich empfangen hatte.

»Juliette«, sagte er nun zu mir, »obwohl ich erst eine einzige Bedingung erfüllt habe, solltest du, scheint mir, mit mir zufrieden sein. Wir wollen jetzt sehen, ob ich es mit deinen Gefälligkeiten ebenfalls sein werde.«

Und schon knöpfte der Wollüstling die Schnüre meiner Röcke auf.*

* Wer mich kennt, weiß, daß ich Italien mit einer sehr hübschen Frau durchreist habe, und daß ich diese Frau nur mittels der Grundsätze der Philosophie der Wollust beim Großherzog von Toskana, beim Papst, bei der Borghese, beim König und bei der Königin von Neapel bekannt gemacht habe. Sie dürfen daher überzeugt sein, daß alles, was die Wollust betrifft, exakt beschrieben ist, daß ich die ziemlich gleichartigen Sitten der angegebenen Persönlichkeiten zeichne und daß diese, wenn sie Zeugen dieser Szenen gewesen wären, sie nicht genauer hätten beschrieben sehen können. Ich ergreife die Gelegenheit, dem Leser zu versichern, daß dies genauso für die Beschreibungen wie für die Reisen gilt. Sie sind von äußerster Genauigkeit.

»Aber«, sagte ich, »und der Rest?«

»Da ich die erste Versprechung eingehalten habe, Juliette, darfst du mir glauben, daß ich die anderen ebenso ausführen werde ...«

Und schon hielt mich der alte Hundsfott wie es seinen Absichten entsprach. Ich wurde auf ein Sofa gebeugt, und mit einem Knie auf der Erde prüfte der Schelm ganz bequem und mit Muße jenen Körperteil, der ihn besonders zu interessieren schien.

»Er ist herrlich«, rief er aus. »Albani hat mir schon Gutes davon erzählt, aber ich glaubte nicht an einen so vollkommenen Grad ...«

Nach und nach wurden die Küsse des Priesters immer heftiger. Seine Zunge drang in das Innere, und ich sah, daß eine seiner Hände sich in die Gegend seiner kraftlosen Menschlichkeit begab. Ich brannte darauf, den Schwanz des Papstes zu sehen. Ich drehte mich um, bemerkte jedoch nichts.

»Wenn Sie sich einen Augenblick stören lassen wollten«, sagte ich, »so könnten wir eine bequemere Haltung einnehmen. Ich könnte Ihnen bei Ihrem Vorhaben behilflich sein, ohne Ihre Bewunderung irgendwie abzulenken.«

Nachdem ich ihm geholfen hatte, sich selbst auf das Sofa zu legen, näherte ich meinen Hintern seinem Gesicht, beugte mich vor und wichste seinen Schwanz, wobei die Hand, die dafür nicht vonnöten war, sich zu seinem Hintern verirrte und sich daran begab, seinen Anus zu streicheln. Bei diesen verschiedenen Beschäftigungen war es mir gleichzeitig möglich, den Heiligen Vater genau anzusehen, und ich werde ihn nun so gut wie möglich beschreiben.

Braschi hat einen kleinen Bauch, sein Hintern ist dick, fest und fleischig, aber dadurch, daß er gewohnt ist, Auspeitschungen zu empfangen, so hart und fest, daß Nadelspitzen in ihn ebensowenig eindringen könnten wie in die Haut eines Seehundes. Das Loch seines Arsches ist außerordentlich weit, und wie sollte es das auch nicht sein, da er gewohnt ist, sich fünfundzwanzig- oder dreißigmal täglich sodomieren zu lassen. Sein Schwanz ist, wenn er einmal in die Höhe steht, nicht ohne Schönheit; er ist trocken, nervig, gut abgekappt und mag acht Zoll Länge und sechs Zoll Umfang haben. Er stand nicht, bevor nicht die päpstlichen Leidenschaften mit Kraft zum Ausdruck kamen. Da er sein Gesicht dicht an meinem Hintern hatte, bekam ich bald seine Zähne und hernach auch seine Nägel zu fühlen. Solange das nur ein Spiel war, sagte ich nichts; sobald der Heilige Vater sich jedoch vergaß, drehte ich mich um.

»Braschi«, sagte ich zu ihm, »ich bin gerne deine Komplicin, aber ich möchte nicht dein Opfer sein.«

»Wenn ich erregt bin und wenn ich zahle«, antwortete mir der Papst, »bemerke ich all diese Unterschiede kaum ... Nun, scheiße, scheiße ... Juliette, das wird mich beruhigen. Ich bete den Kot an, und ich werde ganz sicher einen Orgasmus haben, wenn du mir davon gibst ...«

Ich setze mich wieder hin. Da es mir möglich ist, zu gehorchen, tue ich es. Der päpstliche Schwanz verhärtet sich so sehr, daß ich seine Entleerung nahen sehe.

»Komm, gib dich her, nur weiter mit der Schweinerei; ich muß dich sodomieren ...«

»Nein, nein«, sage ich, »du würdest deine Kraft verlieren, und unsere nächtlichen Orgien würden darunter leiden.«

»Du irrst«, sagte der Papst, der meinen Hintern noch immer in Beschlag hielt, »ich komme öfter in dreißig oder vierzig Hintern, ohne meinen Samen zu verlieren ... Dreh' dich her, sage ich dir, ich muß in deinen Hintern kommen.«

Da ich gar keinen Grund hatte zu bestreiten, daß dies den Zustand nicht ändern würde, in dem ich ihn sah, bot ich ihm meinen Arsch an. Braschi kam ohne Vorbereitung hinein. Dieses aus Schmerz und Freude gemischte Aneinanderreiben, die aus dem Gedanken resultierende moralische Erregung, in meinem Arsch den Schwanz eines Papstes zu haben, all das verschaffte mir alsbald Genuß. Ich entleerte mich. Mein Schuft, der das bemerkte, zog mich heftig an sich, küßte und wichste mich. Aber da er vollkommen Herr über seine Leidenschaften war, ließ der Hundsfott sie sich nur erregen, ohne ihnen irgendein Ergebnis zu erlauben. Nach einer Viertelstunde zog er sich zurück.

»Du bist köstlich«, sagte er zu mir, »ich habe niemals einen wollüstigeren Hintern bearbeitet. Wir wollen nun speisen. Ich werde die nötigen Anordnungen für die Durchführung der Szene geben, die deinem Wunsch entsprechend auf dem Altar des heiligen Petrus stattfinden soll. Ein Gang des Palastes führt zur Kirche; wir werden hinübergehen, wenn wir vom Tisch aufgestanden sind.«

Braschi speiste unter vier Augen mit mir, und während dieser Mahlzeit trieben wir hundert Narrheiten. Nur wenige Individuen auf der Welt sind so geil wie Braschi. Keines versteht sich besser auf alle ausgesuchten Arten der Ausschweifung. Mehrfach mußte ich die Nahrungsmittel zerkauen, die er essen wollte. Ich durchtränkte sie mit meinem Speichel und gab sie ihm hernach in seinen Mund. Der meine wurde mit den Weinen ausgespült, die er trinken wollte. Manchmal spritzte er mir den Wein in den Hintern und trank ihn anschließend. Wenn er sich hierbei zufälligerweise mit Kot vermischte, brachte ihn das außer sich.

»Oh, Braschi«, rief ich in einem Augenblick der Nüchternheit, »was würden die Menschen, denen du imponierst sagen, wenn sie dich inmitten dieser Schändlichkeit sehen würden?«

»Sie würden mir die Verachtung entgegenbringen, die ich für sie empfinde«, antwortete Braschi, »und trotz ihres Hochmuts würden sie ihre Torheit einsehen. Was soll's, fahren wir fort, ihnen etwas vorzugaukeln. Die Herrschaft des Irrtums wird nicht lange dauern, man muß sie genießen.«

»Ja, ja«, rief ich, »betrügen wir die Menschen, das ist einer der größten Dienste, die wir ihnen leisten können ... Braschi, werden wir, wenn wir in den Tempel gehen, ein paar Menschen opfern?«

»Gewiß«, sagte der Heilige Vater zu mir: »Blut muß fließen, wenn die Orgien gut sein sollen. Da ich auf dem Thron des Tiberius sitze, ahme ich ihn in meinen Wollüstigkeiten nach. Und seinem Beispiel folgend kenne ich keinen köstlicheren Orgasmus als den, dessen Seufzer sich mit den jammernden Gesängen des Todes vermischen.«

»Gibst du dich öfter diesen Ausschweifungen hin?«

»Es vergeht kaum ein Tag, an dem ich mich nicht in sie hineinstürze; oh, Juliette! Es gibt keinen Tag, an dem ich mich nicht mit Blut besudele.«

»Und woher kommt diese ungestüme Neigung?«

»Von der Natur, mein Kind. Der Mord ist eines ihrer Gesetze. Jedesmal, wenn sie das Bedürfnis dazu verspürt, gibt sie uns diese Neigung ein, und wir gehorchen unwillkürlich. Ich kann durchaus noch schlagendere Argumente beibringen, um dir die Nichtigkeit dieses sogenannten Verbrechens zu beweisen. Wenn du willst, werde ich es tun. Die gewöhnlichen Philosophen haben den Menschen der Natur unterworfen, um sich den überkommenen Gedanken anzupassen. Wenn wir uns zu einem etwas kühnerem Flug aufschwingen, werde ich dir, wenn du willst, beweisen, daß es davon überhaupt nicht abhängt.«

»Mein Freund«, antwortete ich, »dann erinnere ich dich also an dein Versprechen. Diese Erörterung ist, wie du weißt, eine der Klauseln unseres Paktes; erfülle sie also, wir haben Zeit dazu.«

»Ich bin einverstanden«, sagte der die Mitra tragende Philosoph, »höre mir gut zu; die Sache verlangt allergrößte Aufmerksamkeit.

Von allen Narrheiten, zu denen der Mensch durch seinen Hochmut geführt wurde, war die absurdeste zweifellos der kostbare Wert, den er seinem Individuum beizumessen wagte. Von Kreaturen umgeben, die ebensoviel und mehr wert waren als er, glaubte er sich erlauben zu können, ungestraft nach dem Leben jener Wesen trachten zu dürfen, von denen er sich einbildete, daß sie ihm untergeordnet seien, und er stellte sich vor, daß nichts als irgendeine Strafe, als irgendeine Qual das Verbrechen desjenigen sühnen könne, der ihm selbst nach dem Leben trachtete. Zu der ersten Torheit, zu der ihn eben dieser Hochmut verführt hatte, zu der Dummheit, die aus dem Glauben kam, er stamme von einer Göttlichkeit ab, die daher kam, daß er sich eine unsterbliche Seele andichtete, die das himmlische Werk jener weisen Fügung wäre, zu dieser abscheulichen Verblendung muß man zweifellos noch die andere hinzufügen, nämlich sich auf Erden zu glauben, ohne dafür einen Preis zahlen zu müssen. Und wie hätte das geliebte Werk einer wohlwollenden Göttlichkeit, der Favorit des Himmels tatsächlich anders denken können! Die heftigsten Strafen hätten unwiderruflich gegen den Konstrukteur einer so schönen Maschine erlassen werden sollen. Diese Maschine war heilig. Eine Seele, das strahlende Abbild einer noch strahlenderen Göttlichkeit, belebte diese Maschine, deren Zerstörung das schrecklichste Verbrechen sein müßte, das man begehen konnte. Und während er all das bedachte, steckte er das friedfertige und ruhige Schaf, eine Kreatur, die von derselben Hand geschaffen war wie er und über die er nur dank einer anderen Konstruktion die Oberhand gewann, an seinen Bratspieß, um seinen Gaumen zu befriedigen, tat er es in einen Topf und ließ es kochen, um seinen Hunger zu stillen. Mit ein wenig mehr Denken hätte er weniger von sich gehalten. Eine mehr philosophische Betrachtung jener Natur, die er verleugnete, hätte ihm gezeigt, daß er, das schwache und unförmige Produkt aus den Händen dieser blinden Mutter, allen anderen Kreaturen ähnelte, daß er unüberwindlich mit allen anderen verbunden war, daß er notwendig wie alle anderen und daß er also nicht gemacht war, um sich höher einzuschätzen.

Kein Wesen hienieden ist ausdrücklich von der Natur gestaltet, keines ist absichtlich von ihr gemacht. Alle sind das Resultat ihrer Gesetze und ihrer Handlungen, so daß es in einer Welt, die wie die unsere gemacht ist, notwendigerweise Kreaturen geben mußte wie diejenigen, die wir dort sehen. In diesem Gewimmel von Himmelskörpern, von denen der Raum erfüllt ist, gibt es auf einem anderen Globus ganz andere. Aber diese Kreaturen sind weder gut noch schön, weder kostbar noch ersonnen. Sie sind der Abschaum, sie sind das Resultat der blinden Gesetze der Natur; sie sind wie die Dämpfe, die aus der Flüssigkeit aufsteigen, die in einem Gefäß über dem Feuer verdünnt wird, wobei aus dem Wasser die Luft herausgezogen wird, die dieses Wasser enthält. Dieser Dampf ist nicht geschaffen, er ist das Resultat, er ist heterogen, er nimmt seine Existenz von einem fremden Element und hat durch sich selbst keinen Wert. Er kann existieren oder nicht, ohne daß das Element, aus dem er entweicht, darunter leidet. Er ist diesem Element nichts schuldig, und dieses Element ist ihm nichts schuldig. Wenn eine andere Erschütterung als die der Hitze dieses Element verändert hätte, würde er auch bei dieser neuen Abart existieren, und der Dampf, der das Resultat der ersten war, würde es nicht bei der zweiten sein. Wenn sich die Natur anderen Gesetzen unterworfen sieht, werden die Kreaturen, die aus den augenblicklichen Gesetzen stammen, unter den neuen Gesetzen nicht mehr existieren; die Natur wird jedoch immer existieren, wenn auch unter verschiedenen Gesetzen. Die Beziehungen des Menschen zur Natur und der Natur zum Menschen sind also gleich Null. Die Natur kann den Menschen durch kein Gesetz binden, der Mensch hängt durch nichts von der Natur ab; keiner schuldet dem anderen etwas, und sie können sich weder etwas übelnehmen noch einander helfen. Der eine hat gegen seinen Willen von diesem Augenblick an irgendeine wirkliche Beziehung geschaffen; der andere ist gegen seinen Willen geschaffen worden; und also gibt es keine Beziehung. Wenn er erst einmal angelegt ist, gehört der Mensch nicht mehr der Natur. Wenn die Natur ihn erst einmal angelegt hat, vermag sie nichts mehr über den Menschen. Alle ihre Gesetze sind jeweils besonders. Durch die erste Anlegung erhält der Mensch seine direkten Gesetze, denen er nicht wieder entfliehen kann. Diese Gesetze sind die seiner persönlichen Erhaltung ... die seiner Vermehrung; es sind Gesetze, die ihm gehören, die von ihm abhängen, die aber für die Natur überhaupt nicht notwendig sind, denn er gehört nicht mehr der Natur, er ist von ihr getrennt. Er ist so vollkommen anders als sie, daß sie für sein Vorwärtskommen gar nicht nützlich ist ... gar nicht notwendig für seine Berechnungen, so daß er weder seine Gattung vervierfachen, noch sie vollkommen vernichten könnte, ohne daß das Universum auch nur die leiseste Veränderung daraus erführe. Wenn er sich vernichten würde, so würde er sich selbst immer schaden. Aber in den Augen der Natur ändert sich das alles. Wenn er sich vervielfacht, schadet er ihr; denn er raubt der Natur die Ehre eines neuen Phänomens, das Resultat ihrer Gesetze, die notwendigerweise Kreaturen schaffen. Wenn diejenigen, die einmal angelegt sind, sich gar nicht fortpflanzen, so würde sie neue Wesen anlegen und eine Fähigkeit genießen, die sie nicht mehr hat. Nicht, daß sie diese Fähigkeit nicht noch haben könnte, wenn sie es wollte, aber sie tut niemals etwas Unnützes, und solange sich die ersten einmal angelegten Wesen durch die Fähigkeiten vermehren, die sie in sich selbst haben, tut sie es nicht mehr. Unsere Vermehrung, die sich als nur eines der mit uns verbundenen Gesetze erweist, ist daher für die Phänomene, zu denen die Natur fähig ist, entschieden schädlich. So wird das, was wir als Tugend betrachten, in ihren Augen zum Verbrechen. Im Gegenteil, wenn die Kreaturen einander vernichten würden, so hätten sie in den Augen der Natur recht; denn sie würden ohne durch ein ihnen auferlegtes Gesetz aufhören, dazu veranlaßt zu sein, eine empfangene Fähigkeit zu gebrauchen, und sie würden der Natur zu der Notwendigkeit zurückverhelfen, eine ihrer schönsten Fähigkeiten zu entwikkeln, die sie sich bei der Nutzlosigkeit ihrer Betätigung versagt. Sie werden dagegen vielleicht einwenden, daß sie ihren Kreaturen diese Möglichkeit, sich zu vermehren, nicht hätte geben sollen, wenn diese Möglichkeit ihr schadet. Aber dann bedenken Sie, daß sie nicht Herrin, sondern daß sie durch ihre Gesetze gebunden ist, und daß eines ihrer Gesetze der Eifer der einmal geschaffenen Kreaturen und die Möglichkeit dieser einmal angelegten Kreaturen ist, sich zu vermehren. Aber wenn sich diese Kreaturen einmal nicht mehr vermehren oder sich vernichten würden, so würde die Natur zu den primären Rechten zurückkehren, die durch nichts behindert werden könnten; wenn wir uns aber vermehren und nicht zerstören, so binden wir sie an ihre sekundären Gesetze und berauben sie ihrer stärksten Kraft. So stehen alle von uns gemachten Gesetze, sei es um die Bevölkerung zu ermutigen oder die Zerstörung zu bestrafen, notwendigerweise im Gegensatz zu allen ihrigen. Und jedesmal, wenn wir diese Gesetze anwenden, beleidigen wir geradezu ihre Wünsche. Auf der anderen Seite können wir sicher sein, daß wir ihr gefallen, wenn wir uns entweder hartnäckig der von ihr verabscheuten Vermehrung widersetzen, oder wenn wir uns mit jenen Mordtaten beschäftigen, die sie ergötzen und ihr dienen ... Wir können gewiß sein, damit nach ihren Ansichten zu handeln. Nun, beweist sie uns nicht, bis zu welchem Punkt unsere Vermehrung sie hindert, wie sehr sie Lust hätte, noch einmal zuzuschlagen, indem sie sie zerstört? ... Beweist sie es uns nicht durch die Landplagen, mit denen sie uns unaufhörlich überzieht, durch den Streit, durch die Zwietracht, die sie zwischen uns sät? ... Durch die Neigung zum Mord, die sie uns jeden Augenblick einflößt? Diese Kriege, diese Hungersnöte, mit denen sie uns überhäuft, die Pest, die sie uns von Zeit zu Zeit auf die Erde schickt, um uns zu zerstören, die Schurken, die sie vermehrt, dieser Alexander, dieser Tamerlan, dieser Gengis, alle diese Helden, die unsere Erde verwüsten, beweist all das nicht, sage ich, beweist es uns nicht unwiderlegbar, daß alle unsere Gesetze im Gegensatz zu den ihren stehen und daß sie nur danach trachtet, sie auszuschalten? Auch die Mordtaten, die nach unseren Gesetzen so hart bestraft werden, diese Mordtaten, die wir als die größte Schmach betrachten, die man der Natur antun kann, verletzen nicht nur, wie Sie sehen, keines ihrer Rechte und können das auch nicht tun, sondern sie werden in ihren Augen sogar auf eine gewisse Art und Weise nützlich; wir sehen sie diese Taten oft nachahmen, und es ist ganz sicher, daß sie dergleichen nur tut, weil sie die totale Vernichtung der einmal angelegten Kreaturen wünscht, um die ihr eigene Fähigkeit zu genießen, daraus neue zu schaffen. Der größte Schurke der Erde, der abscheulichste, grausamste, barbarischste Mörder ist also nur ein Organ ihrer Gesetze, nur die Triebkraft ihrer Launen und der sicherste Anstoß ihrer Ausschweifungen. Gehen wir noch weiter. Dieser Mörder glaubt, daß er zerstört, er glaubt, daß er vernichtet. Und von daher kommen gelegentlich seine Gewissensbisse. Wir wollen ihn in dieser Sache aber vollkommen beruhigen, und wenn das von mir gerade entwickelte System ihm noch nicht zugänglich ist, so werden wir ihm durch die vor seinen Augen vorüberziehenden Tatsachen beweisen, daß er selbst nicht die Ehre hat, zu zerstören, sondern daß es die Vernichtung – mit der er sich brüstet, sofern er gesund ist, oder vor der er zittert, wenn er krank ist – überhaupt nicht gibt und daß es ihm also unglücklicherweise unmöglich ist, darin Erfolg zu haben.

Die unsichtbare Kette, die alle physischen Wesen zusammenhält, die absolute Abhängigkeit der drei Kräfte untereinander beweist, daß alle drei sich in den Augen der Natur im gleichen Zustand befinden, daß alle drei wohl das Resultat ihrer primären Gesetze, daß sie jedoch weder erschaffen noch notwendig sind. Die Gesetze dieser Kräfte sind untereinander gleich. Alle drei erschaffen und vernichten sich maschinell, denn alle drei bestehen aus denselben Elementen, die sich bald auf diese, bald auf jene Art verbinden. Aber diese Gesetze sind unabhängig von denen der Natur. Die Natur hat nur einmal auf sie eingewirkt, sie hat sie angelegt. Seit sie da sind, haben sie aus sich selbst gehandelt. Sie haben durch ihre eigenen Gesetze gehandelt, deren erstes eine ständige Seelenwanderung, eine Veränderung, ein ständiger Austausch ist.

Das Prinzip des Lebens ist – bei allen Wesen – kein anderes als das des Todes. Wir empfangen beides und nähren in uns beides zur gleichen Zeit. In dem Augenblick, den wir den Tod nennen, scheint sich alles aufzulösen. Wir glauben dies wegen der außerordentlichen Verschiedenheit, in der sich dann dieser nicht mehr zu leben scheinende Teil der Materie befindet. Aber dieser Tod ist nur eingebildet, er existiert nur symbolisch und ohne jegliche Realität. Die Materie wird dadurch nicht vernichtet, daß ihr jener subtile Teil genommen wurde, der ihr die Bewegung gab. Sie wechselt nur die Form, sie geht in Fäulnis über, und das ist schon ein Beweis für eine Bewegung, die sie behält. Sie liefert der Erde Säfte, düngt sie und dient zur Regeneration der anderen Kräfte, wie auch zur eigenen Regeneration. Es gibt letzten Endes keinen wesentlichen Unterschied zwischen dem ersten Leben, das wir erhalten, und dem zweiten, das mit dem gleichbedeutend ist, was wir Tod nennen. Denn das eine entsteht durch die Gestaltung der Materie, die sich in der Gebärmutter der Frau organisiert, und das andere entsteht gleichfalls aus dieser Materie, die sich im Innern der Erde erneuert und reorganisiert.

Auf diese Weise wird die erloschene Materie in der neuen Gebärmutter wieder zum Keim jener Partikel aus ätherischer Materie, die ohne sie in ihrer scheinbaren Trägheit verblieben wären. Das ist also die ganze Wissenschaft der drei Gesetze dieser drei Kräfte; es sind von der Natur unabhängige Gesetze, Gesetze, die sie bei ihrer ersten Freisetzung empfangen haben, Gesetze, die den dieser Natur inhärenten Willen, neue Triebe hervorzubringen, einengen. Das sind die einzigen Medien, aus denen die jenen Kräften innewohnenden Gesetze entstehen. Die erste Entstehung, die wir Leben nennen, ist für uns eine Art Muster. Die besagten Gesetze kommen bei dieser ersten Entstehung durch die Erschöpfung zur Wirkung, bei der anderen durch die Zerstörung. Die erste braucht eine Art verdorbener Materie, die zweite eine in Fäulnis übergegangene Materie. Und da haben wir den einzigen Anlaß jener Unermeßlichkeit aufeinanderfolgender Schöpfungen. Sie entsprechen hier wie da nur diesen ersten Prinzipien der Erschöpfung oder der Zerstörung, woraus ersichtlich wird, daß der Tod ebenso notwendig ist wie das Leben, daß es gar keinen Tod gibt und daß alle Plagen, von denen wir sprachen, die Grausamkeit der Tyrannen und die Verbrechen des Schurken, für die Gesetze dieser drei Kräfte ebenso notwendig sind wie der Akt der Wiederbelebung. Indem die Natur sie auf die Erde entsandt hat, um jene Kräfte zu zerstören, die ihr die Fähigkeit zur Erschaffung neuer Lebewesen nahmen, begeht sie nur einen Akt der Machtlosigkeit; denn schon die ersten Gesetze, denen jene Kräfte vom ersten Entwurf an unterliegen, haben ihnen diese ewig dauernde produktive Fähigkeit verliehen, und die Natur wird dieselbe nur vernichten, indem sie sich selbst total zerstört; darüber aber ist sie nicht Herr; denn sie selbst ist der Macht von Gesetzen unterworfen, denen sie unmöglich entkommen kann und die ewig dauern werden. So hilft der Schurke durch seine Mordtaten nicht nur den Absichten der Natur, die diese von sich aus jedoch niemals erreichen kann, sondern er hilft sogar auch jenen Gesetzen, die den Kräften beim ersten Anlauf mitgegeben wurden. Ich sage beim ersten Anlauf, um das Verstehen meines Systems zu erleichtern; denn da es niemals eine Schöpfung gegeben hat und da die Natur ewig ist, sind die Anläufe etwas Immerwährendes, solange es Wesen gibt. Sie würden es aufhören zu sein, wenn es deren keine mehr gäbe, und damit würden sie die zweiten Anläufe begünstigen, nämlich diejenigen, die die Natur sich wünscht, zu denen sie jedoch nur gelangen kann durch jene totale Zerstörung, die das Ziel ist, das auch die Verbrechen im Auge haben. Daraus ergibt sich, daß derjenige Verbrecher der Natur am besten gedient hätte, der die drei Kräfte zugleich stürzen könnte, indem er sie selbst und ihre produktiven Fähigkeiten vernichtet. Betrachten Sie Ihre Gesetze jetzt unter dem Gesichtspunkt dieser erstaunlichen Wahrheit, und Sie werden ihre Richtigkeit erkennen.

Wenn es keine Zerstörung gibt, so gibt es keine Nahrung für die Erde und infolgedessen wächst die Möglichkeit für den Menschen, sich vervielfältigen zu können. Das ist eine fatale Wahrheit, zweifellos; denn sie beweist auf unwiderlegbare Weise, daß die Laster und Tugenden unseres unsozialen Systems nichts bedeuten, und daß sogar die Laster notwendiger sind als die Tugenden, denn sie erzeugen etwas, während die Tugenden nur etwas Erzeugtes sind; oder wenn Sie das lieber mögen: weil sie die Ursachen, und die Tugenden nur die Auswirkungen sind ... Weil eine allzu vollkommene Harmonie noch unangenehmer wäre als die Unordnung; denn wenn der Krieg, die Zwietracht und die Verbrechen von der Erde verbannt würden, so würde die zu groß gewordene Macht der drei Kräfte ihrerseits alle anderen Gesetze der Natur zerstören. Die Himmelskörper würden stehen bleiben, die Einflüsse würden durch die zu groß gewordene Macht eines von ihnen unterbrochen werden. Es würde weder Schwerkraft noch Bewegung mehr geben. Also sind es die Verbrechen des Menschen, die dadurch, daß sie Unordnung in den Einfluß der drei Kräfte bringen, diesen Einfluß daran hindern, zu einem alle anderen in Unordnung bringenden Punkt der Überlegenheit zu gelangen, und daß sie so das Universum in jenem perfekten Gleichgewicht halten, das Horaz die Eintracht aller Dinge nannte. Das Verbrechen ist also notwendig in dieser Welt. Am nützlichsten aber sind zweifellos diejenigen, die am meisten verwirren, etwa durch die Weigerung zur Vermehrung oder durch die Zerstörung. Alle anderen bedeuten gar nichts oder vielmehr: nur diese beiden verdienen, als Verbrechen bezeichnet zu werden. Das also sind die Verbrechen, die für die Gesetze der Kräfte und für die Gesetze der Natur wesentlich sind. Ein Philosoph des Altertums bezeichnete den Krieg als die Mutter aller Dinge. Ebenso notwendig wie diese Plage, ist die Existenz der Mörder. Ohne sie würde im Universum alles in Unordnung geraten. Es ist absurd, sie zu tadeln oder sie zu bestrafen und noch lächerlicher, die ganz natürlichen Neigungen zu unterdrücken, die uns unabsichtlich zu dergleichen Taten fortreißen; denn es werden niemals genug Mordtaten auf der Welt begangen werden angesichts der heftigen Begierde, die die Natur danach empfindet. Unglücklicher Sterblicher, maße dir also nicht an, zerstören zu können; diese Handlung geht über deine Kräfte. Du kannst die Formen verändern, niemals aber würdest du sie vertilgen können. Du könntest die Elemente der Materie nicht verschwinden lassen, und wie könntest du sie vernichten, da sie doch ewig sind? Du verwandelst die Formen, du veränderst sie, aber diese Auflösung dient der Natur; denn sie setzt jene zerstörten Teile wieder zusammen. Jede Verwandlung, die durch den Menschen in dieser geordneten Materie bewirkt wird, dient der Natur mehr, als daß sie ihr widerspricht. Aber was sage ich da! Um ihr zu dienen, müssen vollständigere Vernichtungen vorgenommen werden ... Vollkommenere als diejenigen, die wir ausführen können. Abscheulichkeit und Geschicklichkeit sind das, was sie in den Verbrechen wünscht. Je mehr unsere Zerstörungen von dieser Art sind, desto angenehmer sind sie für die Natur. Um ihr noch besser zu dienen, müßte man die Regeneration, die aus dem von uns begrabenen Leichnam resultiert, verhindern können. Der Mord beseitigt nur das erste Leben des Individuums, das wir niederschlagen. Er müßte ihm auch das zweite nehmen können, wenn er der Natur noch nützlicher sein wollte; denn sie will die Vernichtung; es steht nicht in unserer Macht, unseren Mordtaten das Ausmaß an Wirksamkeit zu geben, das sie sich wünscht. Oh, Juliette, vergiß niemals, daß es gar keine wirkliche Zerstörung gibt, daß sogar der Tod keine ist, daß er nur, physisch und philosophisch gesehen, eine andere

Umwandlung der Materie ist, in der das aktive Prinzip oder, wenn man will, das Prinzip der Bewegung niemals zu handeln aufhört, wenn es auch auf weniger wahrnehmbare Weise handelt. Die Geburt des Menschen ist also ebensowenig der Anfang seiner Existenz, wie der Tod ihr Ende ist. Und die Mutter, die ihn gebiert, schenkt ihm ebensowenig das Leben, wie der Mörder, der ihn tötet, ihm den Tod gibt. Die eine bringt die eine auf ihre Weise geordnete Art Materie hervor, der andere gibt Gelegenheit zur Wiedergeburt einer anders geordneten Materie, und alle beide erschaffen etwas.

Nichts wird geboren und nichts vergeht seinem Wesen nach, alles ist nur Aktion und Reaktion der Materie. Die Meereswellen heben und senken sich in jedem Augenblick, ohne daß es weder einen Verlust noch eine Vermehrung der Wassermenge gibt. Es ist eine ständige Bewegung, die immer da war und die immer da sein wird und der wir, ohne uns dessen bewußt zu sein, die hauptsächlichsten Antriebskräfte verdanken auf Grund unserer Laster und unserer Tugenden. Es ist eine unendliche Wandlung. Tausend und abertausend Teile verschiedener Materien, die in allen Formen erscheinen, verzehren sich und erneuern sich in anderen Formen, um sich wieder zu verlieren und sich wieder zu erneuern. Das Prinzip des Lebens ist nur das Ergebnis der vier Elemente. Beim Tod kehrt jeder in seine Sphäre zurück, ohne vernichtet zu werden, sondern bereit, sich wieder von neuem zusammenzufügen, solange das Gesetz der Kräfte es fordert. Nur das Ganze wechselt die Form, die Teile bleiben zusammen, und aus diesen dem großen Ganzen wieder einverleibten Teilen entstehen in jedem Augenblick wieder neue Wesen. Aber das Prinzip des Lebens existiert als einzige Frucht der Zusammenstellung der Elemente nicht durch sich selbst; es würde in dieser Vereinigung nichts sein, und es verändert sich völlig, wenn diese aufhört; das heißt, es verliert oder gewinnt an Vollkommenheit im Verhältnis zu dem neuen Werk, das aus den Überresten des alten geschaffen wurde. Nun, da diese Wesen sowohl untereinander, als auch nicht nur der Natur, sondern sogar auch den Gesetzen der Kräfte gegenüber vollkommen indifferent sind, macht doch wohl der Wechsel nicht viel aus, den ich bei den Wandlungen der Materie bewirke. Was macht es, wie Montesquieu sagt, daß ich aus einer runden Kugel ein Viereck mache. Was macht es, daß ich aus einem Menschen einen Kohlkopf mache, eine Rübe, einen Schmetterling oder einen Wurm. Ich übe hierbei nur das mir verliehene Recht aus, und ich kann also alle Wesen stören oder zerstören, ohne mir sagen zu müssen, daß ich den Gesetzen der Kräfte, und also auch nicht denen der Natur widerspreche. Ich diene ihnen im Gegenteil, sowohl den einen wie den anderen. Den ersteren, indem ich der Erde einen nährenden Saft gebe, der ihre anderen Hervorbringungen erleichtert, der für sie unerläßlich ist und ohne den ihre

Hervorbringungen nicht möglich würden. Den zweiten diene ich, indem ich den von der Natur gegebenen, immerwährenden Absichten der Zerstörung entsprechend handele, deren Motiv es ist, zur gleichen Zeit neue Triebe zu entwickeln, deren Möglichkeiten durch den Zwang zunichte gemacht werden, den die primären Triebe ihnen auferlegen.

Könnten Sie sich vorstellen, daß diese Ähre, dieses Würmchen, und schließlich dieses Kraut zu dem der Kadaver sich verwandelt, dem ich das Leben genommen habe, einen verschiedenen Wert für die Gesetze der Kräfte haben können, die doch, da sie alle drei in sich einschließen, nicht für irgendeines eine Vorliebe haben können? Wie kann in den Augen der Natur, die alle diese Triebe unterschiedslos hervorbringt, die eine oder andere Anlage dieser Triebe mehr wert sein! Genauso könnte man sagen, daß von den Millionen Blättern, die an dieser alten Eiche wachsen, eines von dem Stamm mehr begünstigt wird als die anderen, weil es vielleicht ein wenig größer ist. ›Es ist unser Stolz‹, fährt Montesquieu fort, ›der uns daran hindert, unsere Geringfügigkeit zu bemerken, und der – ob wir es wollen oder nicht – dazu führt, daß wir im Universum beachtet, dort etwas darstellen und ein wichtiges Objekt sein wollen. Wir bilden uns ein, daß der Verlust eines Wesens von der Perfektion des unseren die ganze Natur schädigen würde, und wir begreifen nicht, daß ein Mensch mehr oder weniger auf der Welt, daß alle Menschen zusammen, daß hundert Millionen Erdkugeln wie die unsere nichts als kleinste und feinste, der Natur gänzlich gleichgültige Atome sind.‹ Quälen, vernichten, zerstören, massakrieren, verbrennen, zerschmettern, zerschmelzen Sie also, und Sie verwandeln letzten Endes nur auf hunderttausenderlei Weise alle Hervorbringungen der drei Kräfte; Sie werden ihnen immer nur gedient haben, Sie werden ihnen immer nur nützlich gewesen sein.«

Die Messe im Vatikan

Riesige Wandschirme umgaben den freistehenden Altar des heiligen Petrus und bildeten einen Saal von ungefähr hundert Quadratfuß, in dessen Mitte sich der Altar befand, der auf diese Weise keine Verbindung mehr mit der übrigen Kirche hatte. Zwanzig auf den Stufen sitzende junge Mädchen und Jünglinge schmückten die vier Seiten dieses herrlichen Altars. In jeder der vier Ecken, zwischen dem Durchgang und den Stufen befand sich ein kleiner, auf griechische Art gebauter Altar, der für die Opfer bestimmt war. Neben dem ersten sah man ein junges Mädchen von fünfzehn Jahren, neben dem zweiten eine schwangere Frau im Alter von ungefähr zwanzig Jahren, neben dem dritten einen Jüngling von vierzehn Jahren und neben dem vierten einen jungen Mann von achtzehn Jahren, schön wie der lichte Tag. Drei Priester standen vor dem Altar, bereit, das Meßopfer zu vollziehen, sechs gänzlich nackte Chorknaben, bereit, ihnen zu dienen. Zwei lagen ausgestreckt auf dem Altar, ihre Hintern sollten als heilige Steine dienen. Braschi und ich lagen auf einem Sofa, welches sich über einer zehn Fuß hohen Estrade erhob, zu der man nur über Stufen gelangen konnte, die mit herrlichen türkischen Teppichen belegt waren. Diese Estrade bildete ein Theater, in dem zwanzig Personen sich bequem aufhalten konnten. Sechs kleine, völlig nackte Ganymeden im Alter von sieben oder acht Jahren saßen auf den Stufen und hatten auf das geringste Zeichen hin für die Durchführung der Befehle des Heiligen Vaters Sorge zu tragen. Verschiedene Kostüme, ebenso geschmackvoll wie malerisch, verschönten die Männer; diejenigen der Frauen jedoch waren zu köstlich, um nicht eine besondere Beschreibung zu verdienen. Sie waren mit einem Hemd aus Rohgaze bekleidet, das lässig um ihren Körper wehte, ohne ihn zu verdecken. Eine Halskrause schmückte ihren Hals, und die Tunika, die ich soeben beschrieben habe, wurde durch ein breites rosa Band unterhalb ihrer Lenden zusammengebunden, wobei sie diese jedoch völlig unbedeckt ließ. Über diesem Hemd trugen sie ein Schleppkleid aus blauem Taft, das nach hinten flatterte und somit das Vorderteil überhaupt nicht verbarg. Eine einfache Rosenkrone schmückte ihre Haare, die in Locken auf ihre Schultern fielen. Dieses Negligé erschien mir von einer solchen Eleganz, daß ich mich auf der Stelle damit kleiden wollte. Die Zeremonie begann.

Sobald der Heilige Vater einen Wunsch äußerte, flogen die sechs Gehilfen, die auf den Stufen unserer Estrade saßen, sofort, um ihn zu erfüllen. Es wurde um drei Mädchen gebeten. Der Papst setzte sich auf das Gesicht der einen und befahl ihr, seinen Hintern zu bearbeiten. Die zweite saugte an seinem Schwanz. Die dritte streichelte seine Hoden. Währenddessen wurde mein Hintern das Objekt der Küsse des Heiligen Vaters. Die Messe wurde gelesen und der Befehl erteilt, daß meine Wünsche mit der gleichen Geschwindigkeit ausgeführt werden sollten wie diejenigen des Bischofs. Sobald die Hostie geweiht war, brachte der Akoluth sie auf die Estrade und legte sie voller Hochachtung auf die Spitze des päpstlichen Gliedes. Sobald er sie dort sah, kam der Kerl damit in meinen Hintern. Sechs junge Mädchen und sechs schöne Knaben präsentierten ihm danach unterschiedslos sowohl ihr Geschlecht als auch ihren Hintern. Ich selbst wurde von unten her von einem sehr hübschen jungen Mann bearbeitet, dessen Schwanz ein Mädchen rieb. Wir konnten dieser Verwicklung der Geilheit nicht widerstehen. Die Seufzer, das Stampfen mit den Füßen, die

Schwüre von Braschi kündeten mir seine Ekstase an und entschieden die meine. Wir entleerten uns, wobei wir vor Freude schrien. Vom Papst sodomiert, den Leib Jesu Christi im Hintern, oh, meine Freunde, welche Köstlichkeit! Es schien mir, als ob ich noch niemals in meinem Leben so genossen hatte. Wir fielen erschöpft zwischen die heiligen Objekte der Geilheit, die uns umgaben, zurück, und das Meßopfer ging zu Ende.

Man mußte erst einmal wieder zu Kräften kommen. Braschi wollte nicht mit den Martern anfangen, bevor er nicht wieder erregt war. Während zwanzig Mädchen und ebensoviele Jungen damit beschäftigt waren, ihn wieder zum Leben zu erwecken, ließ ich mir unter den Augen des Papstes inmitten einer Gruppe junger Leute ungefähr dreißig Schläge geben. Ich erregte gleichzeitig vier von ihnen, während ich das Objekt der Liebkosungen von zweien war. Braschi genoß diese Exzesse meiner Ausschweifung. Er ermutigte mich, die Anstrengungen zu verdoppeln. Eine neue Messe wurde zelebriert, und diesmal, nachdem die Hostie auf dem schönsten Glied des Saales herbeigebracht worden war, wurde sie in den Hintern des Heiligen Vaters eingeführt, der sich wieder zu erregen begann und bei mir in den Hintern kam, wobei er sich mit Hintern umgab.

»Gut«, sagt er, als er sich nach einigen Stößen wieder zurückzieht. »Ich wollte mich nur erregen. Bringen wir nun Menschenopfer dar.«

Er befiehlt die erste Marter. Sie soll an dem jungen Mann von achtzehn Jahren ausgeführt werden. Wir lassen ihn sich uns nähern, und nachdem wir ihn gestreichelt, geküßt, geschändet und gesaugt haben, erklärt Braschi ihm, daß er ihn wie den heiligen Petrus kreuzigen werde, mit dem Kopf nach unten. Er nimmt sein Urteil mit Resignation entgegen und unterwirft sich ihm mit Mut. Ich bearbeitete Braschi während der Hinrichtung. Und raten Sie, wer die Henker waren! Dieselben Priester, die gerade die Messen zelebriert hatten. Der auf diese Weise behandelte junge Mann wurde mit seinem Kreuz an einer der gewundenen Säulen des Altars des heiligen Petrus befestigt, und dann ging man zu dem fünfzehnjährigen Mädchen über. Nachdem auch sie sich uns genähert hatte, kam der Papst in ihren Hintern. Ich bearbeitete sie. Sie wurde zuerst zur allerheftigsten Auspeitschung verurteilt, dann an die zweite Altarsäule gehängt.

Der kleine Junge von vierzehn Jahren erschien; Braschi kam ebenfalls in seinen Hintern. Da er diesen Jungen mit der Hand umbringen wollte, gab es keine Qualen, keine Schrecken, die er ihn nicht erleiden ließ. Hier bemerkte ich die ganze grausame Schurkerei dieses Ungetüms. Es genügt, auf dem Thron zu sein, um diese Infamien zum Höhepunkt treiben zu können. Die Straflosigkeit dieser gekrönten Schurken reißt sie zu Neigungen hin, die andere Menschen niemals erfinden würden. Schließlich reißt dieser Bösewicht, trunken vor Geilheit, das Herz des Kindes heraus und verschlingt es, indem er seinen Samen verliert. Es blieb noch die schwangere Frau übrig.

»Amüsiere du dich mit dieser Schurkin«, sagte Braschi zu mir, »ich überlasse sie dir. Ich fühle, daß ich mich nicht wieder errege, aber ich werde dich mit der größten Wollust genießen sehen. In welchem Zustand ich auch immer bin, das Verbrechen amüsiert mich immer. Verschonen Sie sie also nicht.«

Die Unglückliche nähert sich.

»Von wem stammt dieses Kind?« frage ich sie.

»Von einem der Geliebten seiner Heiligkeit.«

»Und ist es unter seinen Augen gemacht worden?«

»Ja.«

»Ist der Vater hier?«

»Der dort ist es.«

»Kommen Sie«, sagte ich zu dem jungen Mann, »schlitzen Sie selbst den Bauch derjenigen auf, die ihre Frucht trägt. Eine furchtbare Marter erwartet Sie, wenn Sie nicht sofort gehorchen.«

Der Unglückliche gehorcht. Ich entleere mich, während ich mit Dolchstichen den Körper des Opfers durchlöchere. Dann ziehen wir uns zurück.

Die Geschichte des Brisa Testa

des Bruders von Clairwil

»Wenn die Schamhaftigkeit noch im Innern meiner Seele wohnte, würde ich gewiß zögern, Ihnen meine Liederlichkeit zu enthüllen; da ich aber seit langem bei dem Grad der moralischen Korruption angelangt bin, bei dem man über nichts mehr errötet, habe ich überhaupt keine Bedenken, Ihnen die kleinsten Ereignisse eines Lebens, das von Verbrechen und Greueln durchdrungen ist, anzuvertrauen. Die liebenswürdige Frau, die Sie hier als meine Ehefrau sehen, ist gleichzeitig meine Frau und meine Schwester. Wir stammen beide von dem berühmten Borchamps ab, der durch seine Veruntreuungen genauso berühmt geworden war wie durch seine Reichtümer und seine Zügellosigkeit. Mein Vater hatte sein vierzigstes Lebensjahr erreicht, als er meine Mutter heiratete, die damals zwanzig Jahre alt und viel reicher als er war. Ich wurde im ersten Ehejahr geboren. Meine Schwester Gabrielle erblickte das Licht der Welt erst sechs Jahre danach.

Ich war sechzehn, meine Schwester zehn Jahre, als Borchamps den Rest meiner Erziehung offenbar allein selbst in die Hand nehmen wollte. Als wir in das väterliche Haus zurückgekehrt waren, lernten wir dort nur noch Annehmlichkeiten kennen. Von diesem Augenblick an war das wenige, was man uns über die Religion gelehrt hatte, durch die Fürsorge meines Vaters vergessen; die angenehmsten Fähigkeiten ersetzten die finsteren Unklarheiten der Theologie. Wir bemerkten bald, daß diese Entwicklung meiner Mutter überhaupt nicht gefiel. Von Natur sanft, fromm und tugendhaft, war sie weit davon entfernt zu glauben, daß die Prinzipien, die uns mein Vater einprägte, eines Tages unser Glück machen sollten; und voll von ihren kleinen Ideen, durchkreuzte sie soviel sie konnte die Pläne ihres Mannes, der, da er sich letzten Endes über sie mokierte, nicht nur weiterhin alle Prinzipien der Religion in uns zerstörte, sondern sogar die der Moral völlig verleugnete. Die heiligsten Grundlagen des Naturgesetzes wurden ebenfalls aufgelöst, und dieser liebenswürdige Vater, der sich wünschte, daß wir ebensolche Philosophen würden wie er selbst, versäumte überhaupt nichts, was uns unempfindlich gegen Vorurteile und die Gewissensbisse machen könnte. Um derartige Maximen nicht durch eventuelle Widersprüche zu erschüttern, war er darauf bedacht, uns in größter Einsamkeit zu halten. Einer seiner Freunde und die Familie dieses Freundes kamen manchmal, um diese Einsamkeit zu versüßen, und um diesen Bericht verständlich zu machen, muß ich einen Augenblick diesen würdigen Freund beschreiben. Monsieur de Breval, fünfundvierzig Jahre alt, fast ebenso reich wie mein Vater, hatte, wie er, eine junge, tugendhafte, sensible Frau und charmante Kinder, von denen das eine, Auguste, fünfzehn Jahre alt wurde und das andere, Laurence, elf Jahre alt und wahrhaft schön wie der lichte Tag war. Jedesmal, wenn Breval meinen Vater besuchte, brachte er seine Frau und seine Kinder mit. Man brachte uns dann zusammen unter Aufsicht einer Gouvernante, die Pamphyle hieß, zwanzig Jahre alt und sehr hübsch war und die Gunst meines Vaters vollkommen besaß. Da wir alle vier gleich erzogen waren und absolut dieselben Prinzipien hatten, gingen unsere Gespräche und unsere Spiele weit über die unserer Altersgenossen hinaus. Und diejenigen, die uns zugehört hätten, hätten unsere geheimen Zusammenkünfte vielmehr für Philosophiekomitees als für Kinderbelustigungen gehalten. Durch die Annäherung an die Natur gehorchten wir bald ihrer Stimme und, was sehr außergewöhnlich war, sie veranlaßte uns durchaus nicht, uns zu vermischen. Jeder blieb in seiner Familie. Auguste und Laurence liebten sich, vertrauten sich mit der gleichen Aufrichtigkeit und der gleichen Freude ihre Gefühle an, wie Gabrielle und ich sich die unserigen kundgaben. Die Blutschande widerspricht also überhaupt nicht den Gesetzen der Natur, da ihre ersten Regungen sie uns eingeben. Ebenfalls ziemlich erstaunlich war es, daß die Eifersucht in unseren jungen Lieben nicht ausbrach. Dieses lächerliche Gefühl ist gar kein Beweis der Liebe. Als einzige Frucht des Stolzes und des Egoismus fürchtet es sich vielmehr davor, ein anderes Objekt vorgezogen zu sehen als das angebetete zu verlieren. Obwohl Gabrielle mich mehr liebte als Auguste, umarmte sie ihn mit nicht weniger Heftigkeit. Und obwohl ich Gabrielle anbetete, empfand ich nichtsdestoweniger die heftige Begierde, von Laurence geliebt zu werden. Sechs Monate vergingen auf diese Weise, ohne daß wir irgend etwas Weltliches mit der Metaphysik unserer Seelen vermischten. Nicht die Lust fehlte uns, sondern die Belehrung, und unsere Väter, die uns mit Sorgfalt beobachteten, beeilten sich bald, der Natur zu helfen.

Eines Tages, als es sehr heiß war und als unsere Eltern, wie üblich, beisammen waren, um einige Stunden miteinander zu verbringen, schlug uns mein Vater, der halb nackt war, vor, in das Zimmer zu kommen, in dem er sich mit seinen Freunden aufhielt. Wir gehorchten ihm. Die junge Gouvernante folgte. Und dort, stellen Sie sich unsere Überraschung vor, sahen wir Breval auf meiner Mutter und seine Frau einen Augenblick später unter meinem Vater.

›Schaut euch aufmerksam diesen Mechanismus der Natur an‹, sagte uns die junge Pamphyle, ›profitiert vor allem davon, daß eure Eltern euch in diese Mysterien der Geilheit zu eurer Belehrung und zu eurem Glück einweihen wollen. Tretet an diese Gruppen heran, und ihr werdet sehen, daß diejenigen, die sie bilden, die Wollüstigkeiten der Natur genießen. Befleißigt euch, sie nachzuahmen ...‹

Eine stupide Aufmerksamkeit erfaßte uns zuerst. Das ist die gewöhnliche Wirkung dieses Schauspiels auf den Geist der Kinder. Ein großes Interesse bemächtigte sich bald unserer Herzen, und wir kamen näher. Erst jetzt bemerkten wir den Unterschied in der Situation unserer vier Schauspieler. Die zwei Männer genossen mit Wollust, die beiden Frauen gaben sich nur hin, und das sogar mit Widerwillen.

Pamphyle zeigte, erklärte, nannte die Dinge beim Namen und bestimmte sie.

›Behaltet das alles im Gedächtnis‹, sagte sie uns, ›denn ihr werdet es bald ausüben ...‹

Sie ging danach in die ausführlichsten Details. Die Szene wurde dann einen Augenblick unterbrochen, was ihr, weit entfernt davon, sie abzukühlen, nur noch mehr Reiz gab. Mein Vater verließ in voller Erregung den Hintern von Madame de Breval (denn diese Herren fickten nur im Hintern), ergriff uns, zog uns an sich und ließ uns vier seine Maschine berühren, indem er uns beibrachte, wie man sie reiben mußte. Wir lachten und führten es aus, und Breval beobachtete uns, während er fortfuhr, meine Mutter zu sodomieren. ›Pamphyle‹, sagte dann mein Vater, ›helfen Sie ihnen, damit sie in denselben Zustand kommen wie wir. Es ist Zeit, der Theorie der Natur ein wenig Praxis beizufügen ...‹

Im Nu waren wir nackt. Breval verließ diesmal seinen Genuß, ohne ihn zu Ende zu führen, und schon beginnen beide Väter, uns ohne Unterschied zu liebkosen, uns mit Berührungen und Lutschereien zu überhäufen, ohne Pamphyle zu vergessen, die die Schurken beide je nach Lust bearbeiteten und küßten.

›Was für eine Abscheulichkeit‹, rief Madame de Breval, ›wie kann man es wagen, sich solche Dinge mit seinen eigenen Kindern zu erlauben!‹

›Ruhe, Madame‹, schrie ihr Mann sie hart an, ›glauben Sie mir, Sie haben sich beide auf die passiven Rollen zu beschränken, die Ihnen vorgeschrieben sind. Sie sind bei uns, um sich etwas machen zu lassen und nicht, um uns abzukanzeln ...‹

Nachdem sich der Wüstling und sein Freund mit Ruhe wieder ans Werk gemacht hatten, fuhren sie in ihren Untersuchungen mit dem gleichen Phlegma fort, als ob dieses Übermaß an Gewissenlosigkeit die beiden Mütter gar nicht gekränkt hätte.

Da ich das einzige Objekt für die Liebkosungen meines Vaters war, schien er alle anderen meinetwegen zu vernachlässigen. Gabrielle, wenn man will, interessierte ihn wohl auch. Er küßte sie, er bearbeitete sie. Aber seine wollüstigen Liebkosungen richteten sich nur auf meine jungen Reize. Nur ich schien ihn erregen zu können. Ich war der einzige, bei dem er diese wollüstige Liebkosung mit der Zunge am Hintern vornahm, die ein sicheres Zeichen der Vorliebe eines Mannes für einen anderen, ein sicherer Beweis für die sehr verfeinerte Geilheit ist, die wahren Sodomiter kaum an die Frauen verschwenden, aus Furcht vor dem abscheulichen Widerwillen, dem das Benachbarte sie aussetzt. Zu allem entschlossen, nahm mich der Schurke in seine Arme, legte mich auf den Bauch meiner Mutter, ließ mich dort von Pamphyle halten, die, auf seinen Befehl nackt, ihn während der Handlung den schönstmöglichen Hintern bearbeiten ließ. Sein Mund befeuchtete den Tempel, den er durchbohren wollte. Sobald er glaubte, daß der Eingang ausgeweitet genug war, erschien dort seine Maschine ... stieß ... kam hinein ... kam tiefer und entjungferte mich, wobei er vor Freude starb.

›Oh, Monsieur‹, schrie ihn meine Mutter an, ›welcher Abscheulichkeit geben Sie sich hin. Ist Ihr Sohn dafür da, das Opfer Ihrer abscheulichen Zügellosigkeit zu werden! Und bemerken Sie überhaupt nicht, daß das, was Sie zu machen wagen, gleichzeitig unter zwei oder drei Kategorien von Verbrechen fällt, für deren geringstes das Schafott bestimmt ist!‹

›Wirklich, Madame‹, antwortete mein Vater kalt, ›genau das, was Sie mir sagen, läßt mich am köstlichsten zur Entleerung kommen. Fürchten Sie übrigens nichts, Ihr Sohn ist genau in dem Alter, diese mittelmäßigen Angriffe auszuhalten. Schon vor vier Jahren hätte das gemacht werden sollen. Ich entjungfere auf diese Art jeden Tag noch viel jüngere Kinder. Gabrielle kommt bald an die Reihe, obwohl sie erst zehn Jahre alt ist. Nichts ist weniger dick als mein Schwanz und meine Geschicklichkeit ist unglaublich.‹ Wie dem auch sei, ich blutete. Samenfluten stillten das Blut, und mein Vater beruhigte sich, ohne jedoch die Liebkosungen bei meiner Schwester zu unterbrechen, die an meine Stelle gerückt war.

Währenddessen verlor Breval keine Zeit. Da er hingegen in seine Tochter mehr verliebt war als in seinen Sohn, fing er mit Laurence an, und die junge Person, die gleichfalls auf dem Schoße ihrer Mutter lag, empfing dort ihre ersten Weihen.

›Ficke deinen Sohn‹, schrie mein Vater ihn an, ›ich werde in den Hintern meiner Tochter kommen. Alle vier sollen heute unsere Brutalitäten befriedigen. Es ist Zeit, sie die einzige Rolle spielen zu lassen, die die Natur für sie bestimmt hat. Es ist Zeit für sie, zu wissen, daß sie nur geboren sind, um uns als Dirnen zu dienen und daß wir sie ohne die Hoffnung, sie zu ficken, vielleicht niemals gezeugt hätten . . .‹

Die beiden Opfer wurden gleichzeitig gebracht. Zur Rechten sah man, wie Breval seinen Sohn entjungferte, während er das Afterloch seiner Frau küßte und den Hintern seiner Tochter bearbeitete, der noch immer mit seinem Samen überschwemmt war. Zur Linken kam mein Vater in den Hintern von Gabrielle, während er meinen Hintern leckte und den seiner Frau mit einer Hand belästigte, während er mit der anderen den After von Pamphyle rieb. Alle beide entleerten sich, und es trat wieder Ruhe ein.

Den Rest des Abends benutzte man dazu, uns Lektionen zu erteilen. Man verheiratete uns. Mein Vater vereinigte mich mit meiner Schwester. Breval tat das gleiche mit seinen Kindern. Sie erregten uns, bereiteten die Wege vor und festigten die Verbindungen. Und während sie uns auf diese Weise vorne behandelten, erforschten sie nach und nach unsere Hintern, indem sie sich gegenseitig den Platz überließen, so daß Breval in meinen Hintern kam, während Borchamps Auguste fickte, und gleichzeitig boten die beiden Mütter, die gezwungen waren, sich der Zeremonie dieser Orgien hinzugeben, den beiden Wüstlingen ihre Reize dar. Das gleiche mußte auch Pamphyle tun. Mehrere andere wollüstige Szenen folgten; die Phantasie meines Vaters war unerschöpflich. Sie legten die Kinder auf ihre Mütter, und während der Mann der einen in den Hintern der Frau des andern kam, zwangen sie die Kinder, ihre Mütter zu bearbeiten. Pamphyle durchlief die Ränge, sie feuerte die Kämpfer an, half den Kämpfern und diente ihnen. Man sodomierte auch sie, und nachdem die köstlichste Entleerung die Geister beruhigt hatte, trennte man sich. Einige Tage danach ließ mich mein Vater in sein Kabinett kommen.

›Mein Freund‹, sagte er zu mir, ›nur du allein wirst von nun an mein einziger Genuß sein. Ich bete dich an und möchte nur noch dich ficken. Ich werde deine Schwester in das Kloster zurückbringen.

Sie ist zweifellos sehr hübsch, ich habe viel Freude an ihr gehabt, aber sie ist eine Frau, und das ist ein großer Nachteil in meinen Augen. Ich würde daher eifersüchtig auf die Freuden sein, die du mit ihr genießen würdest. Ich will nur dich um mich haben. Du wirst in dem Zimmer deiner Mutter wohnen. Sie muß dir weichen. Jede Nacht werden wir zusammen schlafen; ich werde mich in deinem schönen Hintern erschöpfen, du wirst dich in dem meinen entleeren ... Wir werden uns mit Wollüstigkeiten betrinken. Die Versammlungen, die du gesehen hast, werden nicht mehr stattfinden. Breval, der in seine Tochter verliebt ist, wird sich so mit ihr verhalten, wie ich es mit dir tue. Wir werden weiterhin Freunde bleiben, aber da wir jetzt zu eifersüchtig auf unsere gegenseitigen Genüsse sind, trachten wir nicht mehr danach, sie zu vermischen.‹

›Aber meine Mutter, Monsieur‹, antwortete ich, ›wird sie nicht über dieses Vorhaben böse sein?‹

›Mein Freund‹, antwortete mein Vater, ›höre aufmerksam zu, was ich dir darüber zu sagen habe. Du hast genug Geist, um mich zu verstehen.

Diese Frau, die dir das Leben geschenkt hat, ist die Kreatur, die ich auf der Welt wohl am meisten verachte. Die Fesseln, die sie an mich binden, lassen sie mir noch tausendmal verachtenswerter erscheinen. Breval ist mit der seinigen an dem gleichen Punkt angelangt. Was du uns mit diesen Frauen machen siehst, ist nur das Ergebnis des Ekels und des Unwillens. Weniger, um uns mit ihnen zu amüsieren, sondern um sie zu erniedrigen prostituieren wir sie auf diese Weise. Wir kränken sie durch Haß und durch eine Art grausamer Wollüstigkeit, die du eines Tages, wie ich hoffe, begreifen wirst, und deren Ziel es ist, uns ein unaussprechliches Vergnügen zu verschaffen durch die Qualen, die dem Objekt zugefügt werden, das man zu sehr genossen hat.‹

›Aber, Monsieur‹, sagte ich mit Überlegung, ›Sie werden mich also auch quälen, wenn Sie meiner überdrüssig sind?‹

›Das ist etwas ganz anderes‹, antwortete mein Vater. ›Nicht die Gebräuche, nicht die Gesetze verbinden uns, sondern die Übereinstimmung des Geschmacks und der Neigungen ... es ist die Liebe. Diese Vereinigung ist übrigens, nach Ansicht der Menschen, ein Verbrechen, und niemals wird man des Verbrechens überdrüssig.‹«

Die Loge des Nordens

Fortsetzung der Geschichte von Brisa Testa

»Bei meiner Ankunft in Schweden befand sich die Hauptstadt wie auch das ganze Königreich durch zwei mächtige Parteien in heftigen Aufruhr versetzt. Die eine, unzufrieden mit dem Hof, verlangte brennend danach, die Macht an sich zu reißen; die andere, diejenige von Gustav III., schien fest entschlossen, alles zu opfern, um den Despotismus auf dem Thron zu halten. Der Hof und alles, was zu ihm gehörte, bildeten diese letzte Partei. Die erstere bestand aus dem Senat und einigen Teilen des Militärs. Der Augenblick einer neuen Herrschaft schien den Unzufriedenen günstig. Man wird besser mit einer jungen Autorität fertig, als mit einer gefestigten Macht. Die Senatoren fühlten es und planten, auf nichts Rücksicht zu nehmen, um die Rechte zu behalten, die sie seit langer Zeit sich anzueignen bemühten. Ihre Vormundschaft war hart. Sie trieben es so weit, die Briefe des Königs in ihren Versammlungen zu öffnen, um darauf zu antworten oder sie nach ihrer Weise zu interpretieren. Nach und nach gedieh die Macht dieser Magistrate so weit, daß Gustav kaum über sein Königreich verfügen konnte.

So also war der Zustand in Schweden, als ich mich dem Senator vorstellte, der in gewisser Weise die Seele der Senatspartei war. Ich wurde von dem jungen Verwaltungsbeamten und seiner Frau mit den angenehmsten Höflichkeitsbezeugungen empfangen, und ich wage zu sagen, mit größtem Interesse. Man verübelte es mir, daß ich meine Begleitung nicht vom ersten Tag an mitgebracht hatte. Erst als ich für uns beide das Abendessen für den nächsten Tag akzeptierte, gelang es mir, die Vorwürfe des jungen Senators zu beschwichtigen.

Emma, die als meine Frau galt und die all das in sich vereinigte, was die Köstlichkeiten der guten Gesellschaft ausmachen, wurde auf angenehmste Weise empfangen. Und sogleich verband die zärtlichste Zuneigung diese charmante Kreatur mit der liebenswürdigen Frau des Senators.*

Wenn der junge Schwede von siebenundzwanzig Jahren mit Recht als einer der liebenswürdigsten, reichsten und geistreichsten Herren von Schweden gelten konnte, so kann man ohne Übertreibung versichern, daß Ernestine, seine Frau, ganz gewiß die hübscheste Kreatur war, die es in allen nordischen Königreichen gab. Neunzehn Jahre alt, die schönsten blonden Haare, die stattlichste Figur ... die hübschesten schwarzen Augen ... die weichesten und zartesten Züge, dies waren die Reize, mit denen die Natur diese himmlische Frau ausgestattet hatte, die, nicht zufrie-

* Der Leser sei darüber aufgeklärt, daß die Namen der Verschwörer dieser berühmten Affäre hier alle geändert sind.

den mit so vielen Vorzügen, ihren physischen Reizen noch den zauberhaftesten Geist, den festesten Charakter und die bestimmteste Philosophie hinzufügte.

Als wir uns zum viertenmal sahen, fragte mich Steno, an wen die anderen Empfehlungsbriefe gerichtet gewesen seien, die man mir gegeben hatte. Ich zeigte sie ihm, und als er auf den Anschriften die Namen mehrerer Höflinge gesehen hatte, sagte er:

›Liebenswürdiger Franzose, wenn Sie diese Briefe dorthin tragen, werden wir auf die Freude verzichten müssen, uns zu sehen. Mächtige Interessen trennen mein Haus von denjenigen, zu denen Sie gehen sollen. Da wir geschworene Feinde des Despotismus bei Hofe sind, empfangen meine Mitbrüder, meine Freunde, meine Eltern niemanden, der diesem Despotismus dient oder daran teilnimmt.‹

›Oh, Monsieur‹, sagte ich, ›Ihre Art zu denken entspricht der meinigen zu sehr, als daß ich nicht sofort alles mit Leichtigkeit opfern würde, was mich an die Partei zu binden scheint, die der Ihrigen widerspricht. Ich verabscheue die Könige und ihre Tyrannei. Ist es denn anzunehmen, daß die Natur den Händen eines solchen Wesens die Sorge anvertraut haben kann, die Menschen zu regieren? Die Leichtigkeit, mit der ein einzelnes Individuum verführt und betrogen werden kann, – reicht sie nicht aus, um alle weisen Leute die monarchistische Macht verachten zu lassen? Beeilen Sie sich, tapfere Senatoren, dem schwedischen Volk die Freiheit wiederzugeben, die Gustav ihm nach dem Beispiel seiner Ahnen zu entreißen versucht. Auf daß die jetzt von Ihrem jungen Prinzen unternommenen Anstrengungen, seine Autorität zu vergrößern, genauso nichtig werden wie diejenigen, die zuletzt von Adolph versucht wurden. Aber, Monsieur‹, fuhr ich hitzig fort, ›damit in Ihrem Geist in Zukunft kein Zweifel mehr aufkommt an dem aufrichtigen Versprechen, das ich Ihnen gegeben habe, Ihrer Partei während des ganzen Aufenthaltes in Schweden anzugehören, gebe ich Ihnen hier die Briefe, die für die Freunde Gustavs bestimmt waren; verbrennen wir sie gemeinsam, und erlauben Sie mir, mich bei der Wahl der Freunde, die ich in dieser Stadt treffen werde, nur auf Sie zu beziehen ...‹ Steno umarmt mich, und seine junge Frau, Zeugin dieser Unterhaltung, kann nicht widerstehen, mir gleichfalls in der heftigsten Art zu bezeugen, wie froh sie ist, für ihre Partei einen so wichtigen Mann wie mich gefunden zu haben.

›Borchamps‹, sagte Steno zu mir, ›Sie haben sich mit so viel Freimütigkeit eröffnet, daß ich nicht mehr an Ihrer Denkart zweifeln kann. Sind Sie wirklich fähig, sich unseren Interessen anzuschließen und mit uns durch alle Verwicklungen zu gehen, die Verschworene und aufrichtige Freunde miteinander verbinden?‹

›Senator‹, antwortete ich heftig, ›ich lege hiermit den heiligen Eid ab, bis zum letzten Tyrannen der Erde mit Ihnen zu kämpfen, wenn mir der zu ihrer Vertilgung bestimmte Dolch von Ihnen in die Hand gelegt wird.‹

Und ich erzählte dem Senator sofort mein Abenteuer mit der holländischen Prinzessin, das bestens geeignet war, ihm zu beweisen, bis zu welchem Punkt ich die Tyrannei und ihre Handlanger verabscheue.

›Mein Freund‹, sagte mir der Senator, ›denkt Ihre Frau auch wie Sie?‹

›Werden Sie noch zweifeln‹, sagte ich, ›wenn Sie erfahren, daß sie sich aus demselben Grunde wie ich von der holländischen Prinzessin getrennt hat, die sie mit Gunstbezeugungen überhäufte?‹

›Also gut‹, sagte Steno zu mir, ›kommen Sie morgen abend alle beide zum Souper mit meinen Freunden, und Sie werden dort Dinge erfahren, die Sie überraschen werden.‹

Ich teilte Emma diese Unterhaltung mit.

›Bevor wir uns dort binden, mein Freund‹, sagte sie zu mir, ›überlege gut, wohin uns das führen kann. Erinnere dich vor allem daran, daß du dich vielmehr, wie mir scheint, wegen der Abneigung gegen die Staatsaffären, als wegen des Geistes der Partei widersetzt hast, der Sache von Sophie zu dienen.‹

›Nein‹, sagte ich, ›du irrst dich; wenn ich mich sorgfältig prüfe, so habe ich seitdem gefühlt, daß der einzige Abscheu, den ich mein ganzes Leben lang vor dem Despotismus eines einzelnen hatte, mich zu der Weigerung getrieben hat, die ich der Frau des Statthalters entgegenbrachte. Bei anderen Ansichten als den ihrigen hätte ich vielleicht alles akzeptiert ...‹

›Aber, mein Freund‹, sagte mir Emma, ›ich sehe überhaupt gar keine Übereinstimmung in deinen Prinzipien. Du bist ein Tyrann, und du verachtest die Tyrannei. Der Despotismus lebt in deinen Neigungen, deinem Herzen, deiner Phantasie, und du lehnst dich gegen seine Maxime auf. Erkläre mir diese Widersprüche, oder ich weigere mich, dir zu folgen.‹

›Emma‹, sagte ich zu meiner Freundin, ›ich möchte dir hier nur Scharfsinn beweisen. Behalte im Gedächtnis, was ich dir sagen werde. Nicht wegen des Schreckens vor der Tyrannei ist der Senat von Schweden bereit, sich gegen den Herrscher aufzulehnen, sondern wegen der Eifersucht, diesen Despotismus in anderen Händen als den seinigen zu sehen. Wenn erst einmal die Macht in seinen Händen sein wird, kannst du sicher sein, daß er den Despotismus nicht länger verachten und daß er, im Gegenteil, ihn anwenden wird, um sein Glück zu vervollkommnen. Indem ich den Vorschlag von Steno akzeptiere, spiele ich dieselbe Rolle wie er, und wie er möchte ich nicht das Zepter zerschlagen, sondern mich dessen bedienen. Glaube mir, daß ich diese Gesellschaft sofort verlasse, wenn ich sie von anderen Prinzipien glaube ausgehen zu sehen. Beschuldige mich also nicht mehr des Widerspruches, Emma, beschuldige auch nicht länger diejenigen, die du die Tyrannei nur mittels des Despotismus bekämpfen siehst. Der Thron gefällt jedem, und nicht der Thron ist es, den man verachtet, sondern denjenigen, der darauf sitzt. Ich fühle die Fähigkeit in mir, eine Rolle in der Welt zu spielen. Man braucht weder Vorurteile noch Tugenden, um Erfolg zu haben. Eine eiserne Stirn, eine verdorbene Seele, einen festen Charakter, all das habe ich. Das Glück reicht mir die Hand, ich schlage ein. Mach dich morgen zurecht, sei stolz, geistreich und liederlich. Das sind, glaube ich, die Qualitäten, die man bei Steno braucht. Sie werden meinen Freunden gefallen; zeige sie, du hast sie, und vor allem fürchte nicht das geringste.‹

Wir fanden uns zur festgelegten Stunde ein und bemerkten, daß sobald wir eingetreten waren, ein Lakai dem Portier sagte: ›Sie sind alle da, lassen Sie niemanden mehr herein.‹

Die Gesellschaft war in einem Pavillon versammelt, der sich am Ende des Gartens dieses riesigen Palastes befand. Große Bäume umgaben diesen Ort, den man für einen Tempel hätte halten können, der für den Gott des Schweigens errichtet wurde. Ein Diener, der uns nicht begleitet, begnügt sich damit, uns den Ort zu zeigen, an den man sich begeben muß. Wir treten ein, und hier sind die Persönlichkeiten, die wir versammelt fanden:

Steno und seine Frau sind Ihnen bekannt; sie erhoben sich, um uns zu empfangen, und stellten uns den sechs Personen vor, die ich beschreiben werde. Es waren drei Senatoren und ihre Frauen. Der älteste der Männer mag fünfzig Jahre alt gewesen sein; man nannte ihn Eric-Son. Er sah edel und stattlich aus, hatte aber einen etwas harten Blick und eine rauhe Sprache. Seine Frau hieß Friedegunde; sie war fünfunddreißig Jahre alt, mehr schön als anmutig. Sie hatte ein wenig männliche, dabei stolze Züge. Kurz, sie war, was man eine schöne Frau nennt. Der zweite Senator war vierzig Jahre alt; er nannte sich Volf. Er war äußerst lebhaft, hatte unendlich viel Geist, in seinen Zügen lag jedoch eine ausgeprägte Bösartigkeit. Amalie, seine Frau, war kaum dreiundzwanzig Jahre alt; sie hatte bei weitem das anziehendste Gesicht, die angenehmste Figur, den frischesten Mund, die kokettesten Augen und die schönste Haut, die man auf der Welt sehen konnte; es gab zur selben Zeit weder mehr Geist noch eine heftigere Phantasie, weder größere Zügellosigkeit noch mehr Köstlichkeit. Amalie imponierte mir, muß ich gestehen. Der dritte Senator nannte sich Brahé; er war kaum dreißig Jahre alt, schmal, trocken, hatte einen tückischen Blick, eine zerstreute Miene und war viel überheblicher, zynischer und abscheulicher als die anderen Mitbrüder. Ulrike, seine Frau, war eine der schönsten Frauen von Stockholm, aber gleichzeitig die bösartigste und geistreichste, die der Senatspartei am meisten zugetan und am ehesten befähigt war, sie zu vertreten. Sie war zwei Jahre jünger als ihr Mann.

›Meine Freunde‹, sagte Steno, sobald die Türen verschlossen

waren, ›wenn ich diesen französischen Mann und seine Frau unser nicht für würdig gehalten hätte, würden Sie sie heute nicht in diesem Haus sehen. Ich bitte Sie daher dringend, sie in Ihrer Gesellschaft aufzunehmen.‹

›Monsieur‹, sagte Brahé zu mir, indem er sich mit ebensoviel Energie wie Noblesse an mich wandte, ›das, was Steno uns über Sie mitteilt, ist dazu angetan, Vertrauen einzuflößen. Aber wir wollen es Ihnen dennoch nicht verheimlichen, daß dieses noch besser gefestigt wird, wenn Sie öffentlich auf die verschiedenen Fragen, die Ihnen gestellt werden, geantwortet haben werden.‹

F.: ›Welche Gründe veranlassen Sie, den Despotismus der Könige zu verachten?‹

A.: ›Die Eifersucht, der Ehrgeiz, der Hochmut, die Verzweiflung, beherrscht zu werden, der Wunsch, selber die anderen zu tyrannisieren.‹*

F.: ›Haben Sie das Glück der Völker im Auge?‹

A.: ›Ich sehe nur mein eigenes.‹

F.: ›Und welche Rolle spielen die Leidenschaften bei Ihrer Weise, die Politik zu betrachten?‹

A.: ›Die größte. Ich habe niemals geglaubt, daß derjenige, den man einen Staatsmann nennt, andere wirkliche Neigungen haben könnte als die weitestgehende Befriedigung seiner Wollüstigkeiten. Seine Pläne, die Verbindungen, die er eingeht, seine Vorhaben, seine Steuern und seine Gesetze, alles dient seiner individuellen Glückseligkeit, niemals dringt das allgemeine Glück in seine Überlegungen ein und das, was das stumpfsinnige Volk ihn tun sieht, ist immer nur etwas, das ihn noch mächtiger und noch reicher macht.‹

F.: ›So daß Sie, wenn Sie das eine oder andere wären, diese Vorteile nur für Ihre Freuden und Ihre Genüsse anwenden würden?‹

A.: ›Das sind die einzigen Götter, die ich kenne, die einzigen Genüsse meiner Seele.‹

F.: ›Und als was betrachten Sie dabei die Religion?‹

A.: ›Als die erste Triebfeder der Tyrannei, diejenige, die der Despot immer bewegen muß, wenn er seinen Thron festigen will. Die Flamme des Aberglaubens war immer die Morgenröte des Despotismus, und immer mit gesegnetem Schwert machte der Tyrann das Volk gefügig.‹

F.: ›Sie ermutigen sich also, davon Gebrauch zu machen?‹

A.: ›Ja, gewiß; wenn Sie regieren wollen, muß ein Gott für Sie sprechen, und die Menschen werden Ihnen gehorchen. Wenn sein Zorn, der in Ihren Händen liegt, sie erzittern läßt, werden Sie bald ihre Reichtümer und ihr Leben haben. Reden Sie ihnen ein, daß alles Unglück, das sie unter dem Regime empfinden, welches Sie ihnen ausreden wollen, nur von ihrer Gottlosigkeit kommt. Las-

* Geist der Revolution von Stockholm, sind Sie nicht zufällig in Paris vorübergekommen?

sen Sie sie zu Füßen des Trugbildes niederfallen, das Sie ihnen anbieten, und sie werden bald als Stufen für Ihren Ehrgeiz, Ihren Stolz und Ihre Wollust dienen.‹

F.: ›Sie glauben also nicht an Gott?‹

A.: ›Gibt es ein vernünftiges Wesen auf der Welt, das solchen Lügen Glauben schenken könnte? Braucht die Natur, die immer in Bewegung ist, einen Motor? Ich möchte, daß der Schurke, der als erster von diesem abscheulichen Trugbild sprach, zur Todesstrafe den abgeschiedenen Seelen aller Unglücklichen, die dafür umkamen, lebendig überlassen werde.‹

F.: ›Wie betrachten Sie die Handlungen, die man als kriminell bezeichnet?‹

A.: ›Als Eingebungen der Natur, denen zu widerstehen närrisch ist; als die sichersten Mittel, deren sich ein Staatsmann bedienen kann, um sich all das zu verschaffen, was sein Glück ausmacht; als die Triebräder aller Regierungen; als die einzigen Gesetze der Natur.‹

F.: ›Haben Sie schon welche begangen?‹

A.: ›Es gibt keine, mit der ich mich nicht beschmutzt habe und die noch einmal zu begehen ich nicht bereit bin.‹

Hier gab Brahé eine kurze Analyse über die Geschichte der Templerorden. Nachdem er energisch seine Ansichten über die ebenso ungerechte wie abscheuliche Marter geäußert hatte, die Philipp der Schöne, König von Frankreich, Molay, ihrem letzten Großmeister, auferlegen ließ, nur in der Absicht, sich der Besitztümer des Ordens zu bemächtigen, sagte er:

›Sie sehen in uns die Oberhäupter der Loge des Nordens, die Molay selbst in der Tiefe seines Gefängnisses in der Bastille gegründet hat. Wenn wir Sie bei uns aufnahmen, dann nur unter der ausdrücklichen Bedingung, bei dem Opfer, das Ihnen präsentiert wird, die Rache dieses großen respektablen Meisters zu schwören und gleichzeitig die Eidesformeln zu erfüllen ... Lesen Sie und sprechen Sie deutlich:‹

›Ich schwöre‹, sagte ich, ›alle Könige der Erde zu vernichten, einen ewigen Krieg gegen die katholische Kirche und den Papst zu führen, die Freiheit der Völker zu rühmen und eine universale Republik zu gründen.‹

Man hörte einen furchtbaren Donnerschlag. Der Pavillon, in dem wir uns befanden, erzitterte. Durch eine Falltür erschien das Opfer; es hielt in seinen Händen den Dolch, mit dem ich es treffen sollte, und übergab ihn mir. Es war ein schöner junger Mann von sechzehn Jahren, vollkommen nackt. Ich nahm die Waffe, und stieß sie dem Opfer ins Herz. Brahé ergriff einen Kelch aus Gold, nahm das Blut auf, ließ mich davon als erster trinken, präsentierte den Kelch allen, die da waren, und jeder trank, indem er ein barbarisches Wort aussprach, dessen Sinn lautete: Wir werden eher sterben als einander verraten. Die Falltür wurde wieder zugeschlagen, der Kadaver verschwand, und Brahé fuhr mit seinen Fragen fort.

F.: ›Sie haben sich unserer würdig gezeigt‹, sagte er. ›Sie haben gesehen, daß unsere Entschlossenheit der Ihrigen entspricht und daß selbst unsere Frauen unerschütterlich waren. Ist Ihnen das Verbrechen, welches Sie gerade begangen haben, gleichgültig genug, um es sogar als Genuß zu betrachten?‹

A.: ›Es erhöht ihn, es erregt ihn. Ich habe es immer als Seele der geilen Wollüstigkeit betrachtet. Seine Auswirkungen auf die Phantasie sind enorm, und die Geilheit ist nichts, wenn die Verderbtheit des Geistes nicht ihre Fackeln entzündet.‹

F.: ›Lassen Sie Beschränkungen in den physischen Freuden zu?‹

A.: ›Ich kenne sie selbst nicht.‹

F.: ›Sind also alle Geschlechter, alle Altersstufen, alle Zustände, alle Verwandtschaftsbeziehungen und alle Arten, diese verschiedenen Individuen zu genießen, in Ihren Augen unterschiedlos?‹

A.: ›Absolut.‹

F.: ›Aber gibt es dennoch Lieblingsfreuden in Ihren Augen?‹

A.: ›Ja, die größten; die, welche die Damen als unnatürlich, kriminell, lächerlich, skandalös, gesetzwidrig, gesellschaftswidrig, abscheulich bezeichnen. Das sind die Genüsse, die ich vorziehe und die immer das Glück meines Lebens ausmachen werden.‹

›Bruder‹, sagte mir Brahé, ›nehmen Sie Platz unter uns, die Gesellschaft nimmt Sie auf ...‹

Und sobald ich mich gesetzt hatte, fuhr Brahé fort:

›Wir berufen uns nur auf Sie, um zu erfahren, ob Ihre Frau dieselben Prinzipien hat wie Sie.‹

›Ich schwöre den Eid für sie‹, antwortete ich ...

›Hören Sie mir also zu‹, sagte der Senator zu mir.

›Die Loge des Nordens, dessen Oberhäupter wir sind, ist in Stockholm angesehen. Aber die einfachen Maurer kennen unsere Sitten, unsere Geheimnisse, unsere Gebräuche nicht; sie berufen sich auf uns und gehorchen. Ich muß Ihnen nur noch etwas über zwei Dinge sagen, mein Bruder: über unsere Gebräuche und unsere Absichten.

Unsere Absichten bestehen darin, den schwedischen Thron wie auch alle übrigen Throne des Universums und vor allem diejenigen, die die Bourbonen regieren, zu stürzen. Aber unsere Brüder in den anderen Teilen der Welt werden diese Aufgabe erfüllen. Wir beschäftigen uns nur mit unserem Vaterland. Wenn wir erst einmal den Thron der Könige bestiegen haben, wird keine Art von Tyrannei jemals der unsrigen gleichen, niemals wird ein Despot die Augen des Volkes mehr verblenden als wir. Die wesentliche Unkenntnis, in der wir es belassen werden, wird es uns bald gefügig machen, Blutströme werden fließen, unsere Brüder selbst werden nur noch Diener unserer Grausamkeiten sein, und nur in uns wird sich die höchste Macht konzentrieren. Alle Freiheiten werden in Ketten gelegt, die Pressefreiheit, die Freiheit der Kulte und sogar die Gedankenfreiheit werden aufs brutalste unterdrückt. Man muß sich davor hüten, das Volk aufzuklären oder seine Fesseln zu zerschlagen, wenn es sich darum handelt, es zu führen.

Sie werden an dieser Autorität keinen Anteil haben, Borchamps, Ihre fremde Nationalität schließt Sie davon aus. Aber wir werden Ihnen die Herrschaft über die Armeen, vor allem über die Räuber anvertrauen, die zunächst einmal Schweden mit Mordtaten und Plünderungen überziehen werden, um dort unsere Macht zu festigen. Werden Sie, wenn die Zeit gekommen sein wird, uns den Treueeid schwören?‹

›Ich tue es im voraus.‹

›Nun bleibt uns also nur noch übrig, über unsere Sitten zu sprechen.

Ihre Verderbtheit, mein Bruder, ist schrecklich. Der wichtigste moralische Schwur, der uns bindet, – nächst dem der Politik, von dem soeben die Rede war, – besteht darin, unsere Frauen uns gegenseitig zu überlassen, desgleichen unsere Schwestern, unsere Mütter und unsere Kinder, alle diese Wesen durcheinander zu genießen ... einen nach dem anderen und vorzugsweise auf die Art, die Gott, so sagt man, in Sodom bestraft hat. Opfer beiderlei Geschlechts dienen unseren Orgien, und auf sie beziehen sich unsere ausgefallensten Begierden. Ist Ihre Frau auch wie Sie zu der Ausführung dieser Unsittlichkeiten entschlossen? ...‹

›Ich schwöre es‹, sagte Emma.

›Das ist nicht alles‹, fuhr Brahé fort, ›entsetzliche Zügellosigkeiten erfreuen uns, es gibt keinen Exzeß, dem wir uns nicht hingeben. Wir treiben die Abscheulichkeit oft so weit, daß wir stehlen, in den Straßen morden, Brunnen und Flüsse vergiften, Brände anlegen, Hungersnöte hervorrufen, die Tiere mit Tod zu überziehen, und all das weniger, um uns zu amüsieren, als vielmehr beim Volk Überdruß gegenüber der augenblicklichen Regierung zu erwecken und es heftig die Revolution wünschen zu lassen, die durch unsere Hände vorbereitet wird. Sind Sie gegen diese Aktionen oder teilen Sie sie ohne Gewissensbisse mit der Gesellschaft?‹

›Das Gefühl, das Sie da nennen, war meinem Herzen immer fremd. Wenn das ganze Universum von meinen Händen zerstört würde, würde ich keine Träne vergießen ...‹

Hier empfing ich die brüderliche Umarmung von der ganzen Versammlung. Danach wurde mir befohlen, meinen Hintern zu zeigen, und jedes Mitglied beiderlei Geschlechts küßte ihn, streichelte ihn und führte danach seine Zunge in meinen Mund. Emma wurde bis zur Taille entblößt. Ihre Röcke wurden an den Schultern mit Bändern befestigt, und sie erhielt dieselben Huldigungen. Aber so schön sie auch war, sie erhielt kein Lob. Alle Lobreden waren durch die Gesetze dieser Versammlung verboten, teilte man mir mit.

›Entkleiden wir uns‹, sagte Brahé, der die Funktionen des Großmeisters ausübte. ›Wir werden danach in den benachbarten Saal gehen.‹

Zehn Minuten reichten für diese Toilette aus, und dann betraten wir einen riesigen Saal, der von türkischen Sofas umgeben und mit Kissen und Matratzen bedeckt war. Die Statue von Jaques Molay, dessen Körper auf dem Scheiterhaufen verbrannte, schmückte die Mitte dieses Zimmers.

›Er ist es, den wir rächen müssen‹, sagte mir der Großmeister. ›Tauchen wir, während wir auf diese glückliche Epoche warten, in den Ozean der Genüsse, die er selbst seinen Brüdern bereitete ...‹

Eine wohltuende Wärme herrschte in diesem angenehmen Versteck, das von Lichtquellen, die unter Schleiern versteckt waren, geheimnisvoll erleuchtet wurde. Alle vermischten sich, alle vereinigten sich augenblicklich. Ich stürzte mich auf die liebenswürdige Amalie. Ihre Augen hatten mich erregt, und ich war nur ihretwegen entflammt. Ihre Begierden kommen mir zuvor, sie ist in meinen Armen, bevor die meinen sie erreichen. Ich würde Ihnen ihre Reize schlecht beschreiben; sie erregten mich zu sehr, um sie beschreiben zu können. Niemals gab es einen frischeren Mund, einen so schönen Hintern. Amalie beugte sich nieder und zeigte mir selbst den Tempel, von dem sie wußte, daß ich ihn entblößen würde, und sei es aus Gewohnheit, sei es aus Neigung, ich bemerkte bald, daß die Schelmin mehr aus Sinnlichkeit als aus Gefälligkeit handelte, und daß kein anderer Angriff ihr mehr gefallen würde. Der Wunsch, bei den drei anderen Frauen und selbst ihren Ehemännern in den Hintern zu kommen, hielt mich davon ab, meinen Samen in dem köstlichen Hintern von Amalie zu verlieren. Ich warf mich auf Steno, der Emma sodomierte. Begeistert von seinem Glück, bot mir der Senator den schönsten Hintern der Welt, den ich dennoch bald verließ, um den seiner Frau Ernestine zu durchbohren. Diese schöne und wollüstige Kreatur bearbeitete ich lange Zeit. Friedegunde zog mich an. Soviel Annehmlichkeit und Köstlichkeit Ernestine in ihre Genüsse gelegt hatte, soviel schien diese an Leidenschaft und Aufwallung hineinzulegen. Nachdem ich sie verlassen hatte, stürmte ich auf ihren Mann zu. Eric-Son, fünfzig Jahre alt, zappelte unter meinem Schwanz wie die Taube unter dem Täuberich, und der Schurke brachte so viel Würze in seinen Genuß, daß er meinen Samen losriß. Aber Brahé rief mich und wußte, indem er mich heftig saugte, meiner Maschine bald die Energie wiederzugeben, die sie in dem schönen Hintern von Eric-Son gerade verloren hatte, und der seine, den er mir präsentierte und dessen Afterloch ich untersuchte, ließ mich bald alle Freuden vergessen, die ich genossen hatte. Ich bearbeitete Brahé fast eine Viertelstunde und verließ ihn nur für Volf, der Ulrike sodomierte, deren köstlicher Hintern bald meinen Samen empfing. Was für eine Zügellosigkeit! Was für eine Unzucht in dieser letzten Person. Alles, was die Wollust an Pikantestem, alles, was die Unzucht an Zügellosestem hatte, wurde von dieser Messaline angewandt. Während sie sich meines Gliedes bemächtigte, sobald es sich entleert hatte, gab es nichts, was die Schurkin nicht tat, um es wiederzubeleben und in ihre Scheide einzuführen. Aber es gelang ihr nicht, mich zu besiegen. Da ich ein unverbrüchlicher Anhänger der Gesetze der Gesellschaft war, drohte ich Ulrike, sie zu denunzieren, wenn sie noch länger versuchen würde, mich zu verführen. Wütend stieß sich die Schurkin meinen Schwanz wieder in den Hintern und mühte sich so heftig ab, daß mein Samen ins Zimmer spritzte.

Während ich so in alle Hintern des Saales kam, hatte Emma, die genauso gefeiert wurde, keinen Schwanz ausgelassen ...«

Über das Duell

Bei unserer Rückkehr fanden wir Sbrigani verwundet und in seinem Bett. Man hatte ihn unseretwegen überfallen. Irgendwelche Unterhaltungen hatten in einem Café stattgefunden. Ein Franzose, der uns zu kennen vorgab, hatte uns für Dirnen gehalten. Obwohl tatsächlich wenige Dinge der Welt zutreffender waren, wollte Sbrigani es aus Anhänglichkeit nicht zugeben, und um die Lügen zu unterstützen, hatte sich der Einfältige zwei schwere Degenstöße in den Bauch geben lassen.

Nachdem wir ihm erste Hilfestellungen gegeben hatten, mußte unsere Unterhaltung natürlich auf das Duell zurückkommen.

»Oh, was für eine Dummheit«, sagte Clairwil, »sein Leben in einem einmaligen Kampf mit einem Mann zu riskieren, der uns entschieden beleidigt hat. Wenn dieser Mann«, fuhr unsere Freundin fort, indem sie um Erlaubnis bat, sich einen Augenblick an die Stelle eines Geschlechtes zu setzen, dessen Funktionen sie im Bedarfsfalle so gut ausfüllte, »wenn, sage ich, dieser Mann mich wesentlich beleidigt hat, bin ich ihm eine derartige Gunst schuldig wie die, ihn für so ehrenhaft zu halten, mich mit ihm zu messen? Und warum muß ich mich in die Lage versetzen, seine Beleidigung zu verdoppeln, indem er mich verwundet oder sogar tötet, nachdem er mich angegriffen hat? Mir muß Genugtuung zukommen, und um sie zu erhalten, soll ich mein Leben riskieren! Wenn ich mich anders verhalten würde und mich, da es unbedingt sein muß, mit diesem Mann schlage, wenn ich mich panzere und mich so sichere, daß er nur Sorge um seine Verteidigung hat und nicht mehr daran denken kann, mich noch einmal zu beleidigen, wenn, sage ich, ich mich so verhalten würde, hielte man mich für einen Schurken. Ich glaube, daß es schwierig ist, eine Logik zu finden, die mehr im Gegensatz zur Vernunft steht als diese hier.

Derjenige, der beleidigt hat, soll sich dem Kampf nackt präsentieren, und sein Gegner soll gepanzert kommen. Das schreiben der Verstand und die Vernunft vor. Der Angreifer soll augenscheinlich einen Vorteil weniger haben. Gemäß den Gebräuchen aller anderen Nationen des Universums hat er sich in die Lage gebracht, sich durch denjenigen ermorden zu lassen, den er beleidigt hat. So sollte, was auch die frivolen Gesetze der Ehre in einer ähnlichen Situation sonst noch vorschreiben mögen, der Kampf stattfinden, wenn Sie ihn unbedingt wollen: in einem großen Mißverhältnis zwischen den beiden Kämpfern. Und weit entfernt von dem Gedanken, seine Beleidigungen zu erneuern, sollte und könnte sich derjenige, der beleidigt hat, nur mit seiner eigenen Verteidigung beschäftigen. Was für ein Recht kann er denn haben, noch einmal anzugreifen, nach dem, was er getan hat? Unsere Gebräuche in dieser Sache sind von einer abscheulichen Ungerechtigkeit, und wir werden zum Gespött der drei anderen Teile der Welt, die weise genug sind, um zu empfinden, daß, wenn man soweit geht, sich rächen zu müssen, man es tun soll, ohne sein Leben zu riskieren.«

»Ich gehe noch weiter«, antwortete ich Clairwil, »und ich finde, daß der Kampf eine genauso absurde wie lächerliche Angelegenheit ist. Es ist widerwärtig, daß ein Mann sein Leben riskiert, weil er beleidigt worden ist. Die Vernunft und die Natur schreiben uns daher nur vor, uns unseres Feindes zu entledigen und keineswegs uns selbst mit ihm auseinanderzusetzen, wenn er uns eine Genugtuung schuldet. Unsere Ahnen, die viel weiser waren, bekämpften sich durch Bevollmächtigte. Kämpfer, die eine bestimmte Summe erhalten hatten, präsentierten sich, um den Streit zu schlichten, und das Recht blieb dem Stärkeren. Es gab wenigstens bei dieser Vereinbarung eine Art Billigkeit, selbst nichts zu riskieren, und obwohl dieser Brauch voller Narrheiten und Dummheiten war, war er es dennoch viel weniger als der, den wir in unseren Tagen befolgen. Dennoch, es gibt auch etwas Erfreuliches daran. Die Kämpfer, die ehemals für andere kämpften, wurden allgemein als verächtliche Leute angesehen. Wir haben sie abgelöst, und wir würden verachtet werden, wenn wir nicht die Rolle der für verachtenswert gehaltenen Leute spielen würden. Gab es jemals Inkonsequenzen von diesem Ausmaß? Und wenn wir zu dem Ursprung zurückkehren, werden wir sehen, daß diese Kämpfer, primitiv gesagt, nur bezahlte Mörder waren, wie man sie auch heute noch in mehreren Städten Spaniens und Italiens findet, die der beleidigte Mann bezahlte, um sich seines Feindes zu entledigen, und daß man hinterher, um diese Art von Mord, die durch die Sitte gedeckt wurde, zu mildern, dem Beschuldigten erlaubte, sich vor dem bezahlten Mörder zu schützen, indem er diesem einen ebenso gedungenen Mörder gegenüberstellte. So entstand das Duell, dessen Wiege, wie Sie sehen, in dem weisen Gesetz liegt, das allen Menschen die Rache an ihren Feinden erlaubte, wenn sie einen Kopfpreis aussetzten. Man ersetzte diesen ausgezeichneten Brauch durch einen anderen ... durch eine Dummheit, die keinem Vergleich mehr standhält, und gegen die die Vernunft sich sträubt. Kein Mensch, der einen Feind hat, soll sich also, wenn er weise ist, mit ihm messen. Denn es ist vollkommen lächerlich, sich mit dem zu vergleichen, der unter uns steht. Wenn der Beleidigte unbedingt kämpfen muß, dann ganz früh morgens. Aber er soll sich in dem Kampf so absichern, daß der Gegner, der ihm eine Genugtuung schuldet, ihn nicht von neuem beleidigen kann. Und wenn er viel gescheiter sein will, muß er morden lassen wie Molière es im ›Sizilianer‹ sagt, das ist das sicherste.

Was diejenigen anbetrifft, die dies als Ehre betrachten, so finde ich sie mindestens ebenso lächerlich wie diejenigen, die sich einfallen lassen, die Ehre in der Tugend der Frauen zu sehen. Das eine und das andere Vorurteil ist barbarisch und verdient nicht einmal eine kaltblütige Unterhaltung. Die Ehre ist ein Trugbild, das aus den menschlichen Angewohnheiten und Konventionen geschaffen wurde, die als Basis nur die Absurdität haben. Es ist auch falsch, daß es für den Menschen eine Ehre ist, wenn er den Feind seines Vaterlandes ermordet, und es ist falsch, daß er die Ehre verliert, wenn er seinen eigenen Feind massakriert. Niemals können gleiche Vorgänge ungleiche Folgen nach sich ziehen. Wenn ich rechtmäßig handele, indem ich meine Nation für die Beleidigungen, die sie erhalten hat, räche, so habe ich um so mehr recht, mich für diejenigen zu rächen, die mir galten. Der Staat, der jährlich vier- oder fünfhunderttausend Mörder dingt, um seinen Absichten zu dienen, kann mich weder von Natur aus noch durch das Gesetz bestrafen, wenn ich, seinem Beispiel folgend, ein oder zwei Leute bezahle, um mich an den Beleidigungen zu rächen, die unendlich viel konkreter sind und die ich von meinem Gegner erhalten haben kann. Denn schließlich berühren die Beleidigungen, die an diese Nation gerichtet sind, sie niemals persönlich, während diejenigen, die ich empfangen habe, direkt meine Person betreffen. Und der Unterschied ist sehr groß. Aber wird ein Mensch wagen, diese Dinge vor aller Welt auszusprechen? Man wird ihn als Feigling, als Hasenfuß behandeln, und das Ansehen von Geist und Klugheit, das er sein ganzes Leben lang genoß, wird ihm plötzlich durch einige verachtenswerte Laffen genommen, die genauso seicht wie einfältig sind und die drei oder vier Hagestolze, denen man alle Teile des Hinterns verdreschen sollte, überredet haben, daß es nichts Schöneres gibt, als sein Leben zu riskieren, wenn man das Recht hat, das der anderen zu nehmen.«

»Ich denke genauso wie Sie beide über das Duell«, sagte Olympe, »und ich hoffe, daß Sie mich hoch genug eingeschätzt haben, mich nicht mit jenen einfältigen Frauen zu verwechseln, die sich nur aus einem Mann etwas machen, wenn er wegen einer vorgeblichen Beleidigung in der Ecke einer Wiese das gemeine Metier des Gladiatoren ausübt. Ich verachte zutiefst einen Schergen dieser Art. Das kann köstlich sein für einen Zimmerdiener oder einen Soldaten, diese Leute müssen sich wie Grobiane schlagen. Aber wie kann ein Mann von Geist, ein reicher Mann auf seine Studien, seine Bequemlichkeit verzichten, um seinen Hals einem Prahlhans hinzuhalten, der kein anderes Talent hat, weil er sicher war, ihn beseitigen zu können, wie kann er seine Ehre hineinlegen, diese Art Schurken zur Vernunft zu bringen. Wie fade muß er sein, wenn er sich dieser Gefahr aussetzt! Ja, fade. Es liegt eine Niedrigkeit darin, den anderen einen Vorteil uns gegenüber einzuräumen und in einem Augenblick alle Annehmlichkeiten, alle Vorteile, die man von der Natur erhalten hat, für nichts zu riskieren. Überlassen wir diesen lächerlichen Verdienst den ungeschliffenen Jahrhunderten der fahrenden Ritterschaft. Nicht um zu raufen wie ein Soldat sind die Leute mit Begabungen geschaffen, sondern um die Künste zu ehren und zu pflegen, um sie zu ermutigen, dem Vaterland zu dienen, wenn es sein muß, und nur ihm das Blut zu opfern, das in ihren Adern fließt. Wenn ein Mensch dieser Art einen Feind hat, der unter ihm steht, muß er ihn ermorden. Das ist die einzige Art, sich des Auftrags zu entledigen, den die Natur ihm eingibt. Wenn derjenige, der ihn beleidigt hat, von gleichem Rang ist, müssen beide ihre Klagen vor ein mildes Tribunal bringen, das dafür eingerichtet worden ist, derartige Streitigkeiten abzuurteilen. Es gibt gar keine zwischen ehrenhaften Leuten, die sich nicht auf freundliche Art arrangieren könnten. Derjenige, der unrecht hat, muß weichen. Das ist das Gesetz ... Aber Blut ... Blut, das für eine Äußerung vergossen wird, eine Eifersucht ... eine Streitigkeit ... eine Persiflage ... einen Vorwurf, das ist eine empörende Absurdität. Das Duell wurde erst bekannt, als man die Prinzipien der Ehre mit denjenigen der Rache verband, und es wurde daher erst erlaubt, als die Menschen gebildet wurden. Niemals hat die Natur in das Herz des Menschen eingeprägt, sein Leben zu riskieren, um sich an einer ihm angetanen Beleidigung zu rächen, weil es keineswegs gerecht noch natürlich ist, sich einer zweiten auszusetzen, nur weil man eine erste erhalten hat. Aber es ist sehr gerecht, sehr gut, die erste mit dem Blut des Angreifers zu sühnen, ohne zu riskieren, das eigene zu vergießen, wenn er unter uns steht, und sich auf freundliche Art mit ihm zu arrangieren, wenn er über uns steht oder uns gleich ist. Keinesfalls soll man sich zum Narren machen wegen des Betragens der Frauen in dieser Hinsicht. Sie wünschen sich nicht den Heldenmut des Mannes, sondern den Triumph für ihren Stolz, wenn ein solcher Mann sich für ihre Reize geschlagen hat. Man braucht auch keine Gesetze zu machen, um diese hassenswerte Sitte auszurotten. Mit Gesetzen wiegelt man auf, man erbittert und gewinnt niemals etwas. Mit der Waffe der Lächerlichkeit muß man diese hassenswerte Angelegenheit abschaffen. Alle Frauen müssen einem Duellanten die Tür verschließen. Man muß ihn verhöhnen, lächerlich machen und mit dem Finger auf ihn zeigen. Jeder muß, wenn er ihn sieht, ausrufen: ›Das ist der Mann, der gemein und niederträchtig genug war, um das niedrige Metier des Duellanten auszuüben, und der dumm genug war zu glauben, daß Worte, die der Wind wegweht, oder Schläge, die man nur für einen Augenblick spürt, mit dem Preis eines Lebens beglichen werden sollten, das man nur einmal genießt.‹ Gehen Sie ihm aus dem Wege, er ist ein Narr.«

»Olympe hat recht«, sagte Clairwil, »das ist die einzige Art, wie man dieses infame Vorurteil zu Fall bringen kann. Man wird vielleicht entgegnen, daß der kriegerische Mut in den Herzen erlöschen wird, wenn er nicht mehr ausgeübt wird. Sei es, aber ich bin Ihrer Meinung, daß der Mut eine Tugend des Narren ist, aus der ich mir ziemlich wenig mache. Ich habe immer nur Einfaltige gesehen, die mutig waren. Der zweite der Cäsaren war zweifellos ein sehr großer Mann, und dennoch nur ein Feigling. Friedrich von Preußen war voller Geist und Begabung ... Er hatte jedesmal einen Fieberanfall, wenn er sich schlagen mußte. Ich würde nie zu einem Ende kommen, wenn ich Ihnen all die berühmten Männer aufzählen müßte, denen die Furcht Ketten anlegte. Selbst die Römer beteten die Angst an, sie errichteten für sie Altäre. Die Furcht, mit einem Wort, liegt in der Natur, sie ist geboren aus dem innersten Wunsch, sich zu erhalten, einem Wunsch, den man unmöglich nicht haben kann, so sehr ist er uns eingeprägt worden von jenem uns treibenden Wesen, das uns auf die Erde gebracht hat, nämlich von der Natur. Einen Menschen nicht zu schätzen, weil er die Gefahr fürchtet, heißt, ihn nicht zu schätzen, weil er das Leben liebt. Ich selbst versichere Ihnen, mir immer am meisten aus einem Menschen zu machen, der den Tod fürchtet. Erst von diesem Augenblick an glaube ich an seinen Geist, an seinen guten Kopf und an seine Wollüstigkeit in den Freuden. Am nächsten Tag, als ganz Paris La Luzerne für unehrenhaft hielt, weil er seinen Feind auf dem Duellplatz ermordet hatte, wollte ich mit ihm schlafen. Ich habe selten einen so liebenswürdigen Sterblichen gesehen und zweifellos keinen, dessen Kopf so gut eingerichtet war ...«

»Nur solche Leute sind charmant«, unterbrach ich lebhaft. »Je mehr ein Mensch seine Vorurteile überwindet, desto mehr Geist hat er. Der Mensch, der an die strengen Prinzipien der Moral gebunden ist, die notwendigerweise trocken und langweilig sind, der nichts zu übertreten wagt, wird monoton wie die Maxime, die er befolgt, und da wir mit der Art Phantasie, die uns die Natur gegeben hat, von seiner Gesellschaft nichts gewinnen können, sollten wir uns sorgfältig davor schützen.«

Neapel

In keiner Gegend Europas ist die Natur so schön und eindrucksvoll wie in der Umgebung dieser Stadt. Es ist nicht mehr jene triste Schönheit, nicht mehr die Einförmigkeit der Ebenen der Lombardei, die der Phantasie wegen ihrer Eintönigkeit keinerlei Anregung bietet. Hier erregt sie überall. Die Verwirrungen, die Vulkane dieser immer verbrecherischen Natur rufen in der Seele Unruhe hervor, die sie zu großen Handlungen und stürmischen Leidenschaften befähigt. »Das hier sind wir«, sagte ich zu meinen Freundinnen, »und die tugendhaften Leute ähneln jenen tristen Landschaften von Piemont, deren Gleichförmigkeit uns aufs tiefste betrübt. Wenn man dieses erstaunliche Land genau betrachtet, scheint es, daß es früher einmal nur aus einem Vulkan bestanden hat. Man sieht kaum eine einzige Stelle, die nicht das Emblem einer Umwälzung trägt. Manchmal also hat diese bizarre Natur Fehler ... Und man will nicht, daß wir sie imitieren! Was für eine Ungerechtigkeit. Die Schwefelgrube, die wir durchquerten, scheint der Beweis dessen zu sein, was ich sage.«

Wir erreichten Puzzuoli und hatten ständig die verschiedensten und malerischsten Bilder vor unseren Augen. Von dort aus entdeckt man die hübsche kleine Insel Nicette, auf die sich Brutus zurückzog, als er Cäsar ermordet hatte. Was für ein herrlicher Aufenthalt für die Art von Wollüstigkeiten, die wir lieben. Man würde sich dort wie am Ende der Welt fühlen. Ein undurchdringlicher Schleier würde vor allen Leuten die heimliche Schreckenstat verbergen, die man dort begehen möchte. Und nichts regt die Phantasie so an, nichts entflammt sie so, wie das Schweigen und das Geheimnis. Weiter entfernt sah man die Küsten von Sorrent und Massa, den Golf von Neapel, Ruinen, schöne Gebäude, fruchtbares Weinland, alles, was zu einer lieblichen Perspektive und dem angenehmsten Ausblick beitragen kann.

Puzzuoli, wohin wir zum Abendessen gingen, trägt heute kein Zeichen mehr von seinem früheren Glanz. Aber seine Lage ist trotzdem eine der herrlichsten des Königreichs von Neapel. Das grobe Volk jedoch, das dort wohnt, fühlt nicht sein Glück. Das

Übermaß an Wohlbehagen dient nur dazu, es noch barbarischer und unverschämter zu machen.

Sobald wir erschienen, boten sich eine Menge Leute an, uns die Kuriositäten des Landes zu zeigen.

»Kinder«, sagte Olympe, indem sie vor einem Dutzend dieser Schurken, die in unser Zimmer eingedrungen waren, die Tür zuschlug, »wir haben uns entschlossen, daß nur derjenige uns dient, der den schönsten Schwanz besitzt. Zeigen Sie uns alle, was Sie haben, wir werden auswählen.«

Alle willigten sofort ein. Wir zogen uns aus, wir erregten und bearbeiteten sie, sechs wurden ausgesucht, die für die Ehren des Vergnügens würdig erschienen, und der dickste – ein ganz zerlumpter Kerl, dessen Maschine dreizehn Zoll lang war und einen Umfang von neun Zoll hatte – erhielt als einziger, nachdem er uns alle drei gefickt hatte, das Privileg, unser Fremdenführer zu sein. Man nannte ihn Raphael.

Er führte uns zuerst zum Tempel des Serapis, dessen herrliche Überreste uns ahnen ließen, daß dieses Gebäude großartig gewesen war. Wir gingen durch die umliegenden Kunstwerke des Altertums, und überall sahen wir eindeutige Beweise der Herrlichkeit und des Geschmacks jener griechischen und römischen Völker, die, nachdem sie die Erde einen Augenblick berühmt gemacht hatten, verschwanden, wie diejenigen verschwinden werden, die sie heute erzittern lassen.

Die Reste eines Monumentes des Stolzes und des Aberglaubens boten sich danach unseren Augen. Trasil hatte Caligula vorausgesagt, daß er das Reich erst erobern würde, wenn er von Bayes über eine Brücke nach Puzzuoli kommen würde. Der Herrscher ließ eine Brücke von zwei Meilen aus Booten konstruieren, und er überquerte sie an der Spitze seiner Armee. Das war zweifellos eine Narrheit, aber die eines großen Mannes. Und die Verbrechen von Caligula, die in der Geschichte viel Aufsehen erregt haben, beweisen, daß der außergewöhnlichste Mensch und die ungestümste Phantasie übereinstimmen müssen.

Von der Brücke des Caligula führte uns Raphael nach Kumä. Unter den Ruinen dieser Stadt zeigte er uns die des Hauses von Lukullus. Als wir sie sahen, dachten wir ein wenig über die Pracht dieses berühmten Mannes nach. Er lebt nicht mehr ... und auch wir, sagten wir uns, werden in einigen Monaten, in einigen Jahren so wie er gelebt haben. Die Sense des Todes verschont nichts, sie rafft den Reichen und den Armen, den Tugendhaften und den Kriminellen dahin ... Streuen wir also Blumen auf jene Karriere, die wir in so wenigen Augenblicken vollenden sollen, und wenigstens mit Gold und Seide soll die Dirne unsere Tage ausschmücken.

Wir gingen in die Ruinen von Kumä, wo wir hauptsächlich die Überreste des Tempels des Apollo bemerkten, der von

Dädalus erbaut wurde, als er, vor Minos' Zorn flüchtend, sich in dieser Stadt niederließ.

Um von dort aus nach Bayes zu gelangen, durchquerten wir das Dorf Bauli, wo nach Meinung der Dichter Elysium liegt. In der Nähe sah man den alten Acheron.

»Besuchen wir die Hölle«, sagte Clairwil zu mir, als sie diese Gewässer sah. »Quälen wir diejenigen, die dort sind, und amüsieren wir uns über ihr Flehen ... Ich würde gerne die Funktionen von Proserpina ausüben, und vorausgesetzt, daß die Übeltaten vor meinen Augen stattfinden, würde ich immer die glücklichste der Frauen sein.«

Ein ewiger Frühling herrscht in diesem Tal. Inmitten von Weinbergen und Pappeln sieht man hier und dort die Grabgewölbe, die die Urnen beherbergen, und es besteht kein Zweifel, daß Charon in Miseno starb. Man möchte sich gerne von alledem überzeugen, wenn man Phantasie hat. Dieser brillante Teil unseres Geistes macht alles lebendig, und die Wahrheit, immer unter dem Trugbild stehend, wird fast überflüssig für denjenigen, der die Lüge zu schaffen und zu verschönern weiß.

Unterhalb von Bauli sah man hundert Zimmer, die alle miteinander verbunden waren. Man nannte diesen Ort das Gefängnis von Nero. Dort siechten zweifellos die Opfer der Geilheit und der Grausamkeit dieses Schurken dahin.

Ein wenig weiter sah man die herrliche Piscina liegen. Das war das Wasserbecken, das Agrippa für die Flotte bauen ließ, die gewöhnlich im Schutze des Kaps verweilte, um zum Vorgebirge von Miseno überzusetzen. Man schifft sich hier für fast dieselbe Überfahrt ein, die Charons Barke bewältigte. Dieses Kap bildet einen sicheren Hafen, dessen große Bedeutung die Römer kannten. Dort befand sich die ganze Flotte von Plinius zur Zeit des Ausbruch des Vesuvs, der ihm das Leben kostete. Einige Überreste zeigen die Wichtigkeit dieser alten Stadt. Wir stiegen von dort aus nach Bauli hinunter, wo man das Grab der Agrippina sah. Auf dem Teil des Meeres, der dieser Stadt gegenüberliegt, fand der Unfall der Barke statt, bei dem Nero seine Mutter umkommen lassen wollte. Aber die List gelang nicht. Agrippina und ihre Frauen, die von einem Fest in Bayes zurückkamen, fielen ins Wasser, aber sie ertranken nicht. Die Herrscherin erreichte das Ufer des Lukriner Sees und konnte zu ihrem Haus gelangen, was an der Überlieferung zweifeln läßt, die das Grab dieser berühmten Frau in Bauli wissen will.

»Ich liebe«, sagte mir Clairwil, indem sie von jener Geschichte sprach, »die geschickte Art, mit der Nero sich seiner Mutter entledigte. Es liegt eine Grausamkeit, eine Treulosigkeit, eine Vernachlässigung der Tugend darin, die mich Nero sehr lieb werden läßt. Er war sehr verliebt in Agrippina. Suetonius versichert uns, daß er sehr oft mit ihr gefickt hat ... Und er tötet sie. Oh, Nero, laß mich dein Andenken verehren. Ich würde dich anbeten, wenn du noch leben würdest. Und du wärest für immer mein Vorbild und mein Gott!«

Nach dieser erfreulichen Begeisterung von Clairwil durchquerten meine Freundin und ich, immer noch von Raphael begleitet – den Olympe sehr liebkoste, während wir plauderten – jene berühmte Küste, die einstmals durch viele herrliche Häuser verschönt wurde. Heute ist sie nur noch von ein paar unglücklichen Fischern bewohnt. Das erste wichtige Objekt, das man dort sieht, ist die Festung, die diesen Teil schützt. Unbemerkt erreicht man den Strand und befindet sich sodann an der Stelle jener berühmten Stadt Bayes, dem Zentrum der Freuden und Wollüstigkeiten. Hier gaben sich die Römer den heftigsten und verschiedensten Ausschweifungen hin. Nichts auf der Welt dürfte köstlicher sein als die Lage jener Stadt, geschützt vor den Nordwinden durch eine Bergkette, das Zentrum nach Süden gelegen, damit der Stern, der die Natur belebt, in dessen Schoß sich die Flamme der Leidenschaften entzündet, mit seinen heiligen Strahlen die glücklichen Bewohner dieses lieblichen Landstriches entflammen konnte. Trotz der Umwälzung, die dieses schöne Land erlitt, atmet man dort noch immer jene weiche und wollüstige Luft, Gift der Sitten und der Tugenden, herrliche Nahrung des Lasters und aller vorgeblichen Verbrechen der Geilheit. Sie erinnern sich hierbei, meine Freunde, an die Schmähungen von Seneka. Aber die Vorwürfe dieses ernsten Moralisten konnten nicht gegen die unwiderstehliche Inspiration der Natur ankommen, und wenn man diesen Philosophen liest, amüsiert man sich über die Schimpflichkeiten, die durch seine Prinzipien am meisten bestätigt werden.

Eine armselige Fischerhütte ist alles, was heute von dieser köstlichen Stadt übriggeblieben ist; und einige interessante Ruinen, die wir durchquerten, sind die Überbleibsel ihrer Großartigkeit. Venus sollte die bevorzugte Göttin einer so ruchlosen Stadt sein. Man sieht dort die Überreste ihres Tempels, aber in einem so verfallenen Zustand, daß es schwierig ist, die Vergangenheit nach der Gegenwart zu beurteilen. Keller, düstere und mysteriöse Gänge kann man jedoch noch sehen, und sie beweisen, daß dieser Ort ganz geheimen Zeremonien diente. Ein leichtes Feuer ging durch unsere Adern, sobald wir dort eintraten. Olympe beugte sich über mich, und ich sah die Geilheit in ihren Augen.

»Raphael«, schrie Clairwil, »wir müssen in diesem Tempel ein Opfer darbringen.«

»Sie haben mich erschöpft«, sagte unser Fremdenführer, »unsere Gänge haben mich ermüdet. Ich kenne aber hier in der Nähe vier oder fünf Fischer, die nichts lieber tun würden, als sie zu befriedigen.« Er sagte es, und es vergingen keine sechs Minuten, bis er uns die böseste, aber gleichzeitig auch eine sehr zahlreiche Gesellschaft brachte.

Durch die Zügellosigkeit verblendet, die uns alle drei erfaßte, hatten wir nicht die schreckliche Unvorsichtigkeit wahrgenommen, die wir begangen hatten. Was konnten in diesem dunklen und einsamen Platz drei Frauen gegen zehn Männer ausrichten, die sich unverschämt auf sie stürzten? Durch die Eingebungen des Gottes wieder beruhigt, der das Laster schützt und es gedeihen läßt, fürchteten wir uns nicht.

»Meine Freunde«, sagte Olympe auf italienisch zu ihnen, »wir wollten den Tempel der Venus nicht besuchen, ohne dieser Göttin ein Opfer darzubringen. Wollen Sie dazu die Priester sein?«

»Warum nicht«, sagte einer dieser Grobiane, indem er plötzlich der Rednerin den Rock hochhob.

»Kommt, ficken wir sie«, sagte ein anderer, indem er sich meiner bemächtigte.

Aber da wir nur drei empfangen konnten, stritten sich die sieben, die nicht ausgewählt wurden, so sehr, daß sie die Messer gebraucht hätten, wenn ich mich nicht beeilt hätte, ihnen mit ein wenig Geschicklichkeit zu beweisen, daß jede sich mit dreien beschäftigen könne. Ich gab das Beispiel. Einer kam in meine Scheide, dem zweiten präsentierte ich meinen Hintern und den dritten saugte ich. Meine Kameradinnen taten es mir gleich. Der erschöpfte Raphael betrachtete uns, und wir wurden alle drei wie Dirnen bearbeitet. Man kann sich die Dicke des Gliedes der Neapolitaner nicht vorstellen. Obwohl wir versprochen hatten, den dritten zu saugen, waren wir gezwungen, ihn zu bearbeiten, da wir sein Glied nicht in unseren Mund bekamen. Sobald sie einige Zeit lang die Stellung eingenommen hatten, in der wir sie empfingen, wechselten sie den Platz, so daß alle in unsere Scheiden und unsere Hintern kamen und alle sich wenigstens dreimal entleerten. Die Düsterkeit des Ortes, die Mysterien, die man dort zelebriert hatte, die Art Menschen, mit denen wir zusammen waren, vielleicht sogar die Gefahren, denen wir ausgesetzt waren, all das hatte unseren Kopf erhitzt, und wir wünschten uns Schreckenstaten ... Aber da wir machtlos waren, wie sollte man es anstellen, sie auszuführen? ...

»Hast du Drogen dabei?« fragte ich Clairwil.

»Ja«, antwortete sie mir, »ich gehe nie ohne welche.«

»Gut«, sagte ich, »biete sie unseren Kämpfern an.«

Olympe, die eingeweiht war, erklärte ihnen, daß diese Bonbons ihnen wieder Mut geben würden und daß wir sie einlüden, sie zu essen. Ich bot sie an. Diese Ehre wünschte ich mir in einem solchen Fall immer sehnlichst. Unsere Schurken verschlangen sie. »Noch einmal dasselbe mit jedem von ihnen«, sagte Clairwil, ohne daß man es hören konnte. »Jetzt, wo der Tod in ihrem Blut ist, lassen wir sie den letzten Samen verlieren, den die Natur ihnen geben kann.«

»Herrlich«, sagte ich, »aber können sie uns nicht das Gift übertragen, das schon in ihren Adern zirkuliert?«

»Meiden wir den Mund, aber geben wir uns dem Rest ohne Furcht hin«, sagte Clairwil. »Es besteht nicht die geringste Gefahr. Dergleichen habe ich schon oft begangen, und du siehst, wie ich mich fühle ...«

Der abscheuliche Charakter dieser Frau begeisterte mich. Ich folgte ihrem Beispiel. In meinem ganzen Leben hatte ich noch nie so heftige Freuden gehabt. Jener perfide Gedanke, die Gewißheit haben zu können, daß der Mann, den ich in meinen Armen hielt, sich durch meine Abscheulichkeit nur aus ihnen lösen würde, um in die des Todes zu fallen, diese barbarische Idee gab meinem Genuß eine so pikante Würze, daß ich während der Krise ohnmächtig wurde.

»Beeilen wir uns«, sagte ich zu meinen Freunden, sobald ich wieder bei Sinnen war, »vermeiden wir es, in diesem Keller zu sein, wenn die Schmerzen sich ihrer bemächtigen werden.«

Wir richteten uns als erste wieder auf. Raphael, der weder an den Spielen noch an ihren Folgen teilgenommen hatte, fuhr fort, uns als Fremdenführer zu dienen, und wir haben nie die Folgen einer Abscheulichkeit erfahren, deren Mittel zu sicher waren, um nicht all den Erfolg zu haben, den wir davon erwarteten.

»Gut«, sagte ich zu Clairwil, »es steht also jetzt fest, daß die Schurkerei bei dir solche Fortschritte gemacht hat, daß es dir unmöglich wird, einen Mann zu lieben, ohne ihm den Tod zu wünschen?«

»Das ist nur zu wahr«, antwortete meine Freundin.

»Man kann sich nicht vorstellen, meine liebe Juliette, was es bedeutet, mit dem Verbrechen zu altern. Es schlägt in uns so furchtbare Wurzeln, es identifiziert sich so mit unserer Existenz, daß wir nur noch dafür atmen. Würdest du glauben, daß ich alle Augenblicke meines Lebens bedauere, in denen ich keine Greueltaten begangen habe? Ich möchte nur das noch tun. Ich möchte, daß alle meine Gedanken sich mit Verbrechen befassen und daß meine Hände jeden Augenblick das ausführen, was sich mein Kopf ausgedacht hat. O Juliette, wie köstlich doch das Verbrechen ist, wie der Kopf sich bei dem Gedanken entflammt, ungestraft all die lächerlichen Fesseln zu überwinden, die die Menschen gefangenhalten. Wie gut lernt man sie beherrschen, wenn man alles, was sie uns Mäßigung auferlegen läßt, zerbricht wie wir, indem wir ihre Gesetze überschreiten, ihre Religion entweihen und ihren erbärmlichen Gott verleugnen, beleidigen und verhöhnen. Und indem wir den abscheulichen Vorschriften trotzen, die zu sagen wagen, daß die Natur bestimme, was unsere erste Pflicht sei. Mein Kummer ist nur, das habe ich dir ja schon gesagt, daß ich nichts stark genug finde. Wie abscheulich auch ein Verbrechen sein kann, es scheint mir immer noch geringer zu sein als die Pläne in meinem Kopf. Ah, wenn ich das Universum anzünden könnte, würde ich immer noch die Natur dafür verfluchen, daß sie mir nur eine Welt für meine hitzigen Begierden geboten hat.«

Gartenfest beim Fürsten von Francavilla von Neapel

Alle Gärten waren erleuchtet. Die Orangen-, Pfirsich-, Aprikosen- und Feigenbäume boten uns ihre Früchte ganz glasiert an, und wir pflückten sie von den Bäumen, während wir die köstlichen Alleen durchschritten, die diese Bäume bildeten und die uns zum Tempel des Ganymed führten. Das wenige Licht, das diesen Tempel erhellte, war in einer Wölbung versteckt und strahlte genug Helligkeit für das Vergnügen aus, ohne ermüdend für das Auge zu sein. Grüne und rosa Säulen stützten das Gebäude, Myrten- und Fliedergirlanden verbanden sie miteinander und bildeten angenehme Blumengehänge von einer Säule zur anderen.

Kaum waren wir dort angelangt, als man eine liebliche Musik hörte. Charlotte, trunken vor Geilheit und sehr erhitzt durch die Weine und Liköre, ging auf das Sofa zu. Wir taten es ihr nach.

»Sie sind an der Reihe«, sagte Francavilla zum König, »man muß sie hier gewähren lassen, allerdings mit der notwendigen Empfehlung, nur ihre Ärsche anzubieten. Nur den Hintern bietet man an diesem Ort an. Jegliche Abschweifung von diesen Gesetzen würde zu einem Verbrechen, das sie aus dem Tempel vertreibt, und die Partner, die man ihnen zur Verfügung stellen wird, würden übrigens diese Untreue gar nicht genehmigen.«

»Was macht es uns schon aus«, sagte Clairwil, indem sie sich als Beispiel für uns nackt auszog. »Wir lieben es viel mehr, unsere Hintern als unsere Votzen herzugeben, und vorausgesetzt, daß man uns während der Zeit streichelt, sichern wir fest zu, daß wir es nicht bedauern werden.«

Nun nahm Francavilla ein Übertuch aus rosa Satin fort, das das Sofa bedeckt hatte. Oh, was für ein Sitz befand sich unter diesem Schleier. Jeder Platz, es gab deren vier, zeichnete sich auf dieselbe Art aus. Die Frau, während sie sich auf die Kante des Platzes, der für sie bestimmt war, mit erhobenen Hüften und gespreizten Schenkeln niederkniete, ruhte auf den Lehnen, die mit Watte gepolstert und mit schwarzem Satin – wie alle Möbel – überzogen waren. Ihre Hände, die sich auf diesen Lehnen ausstreckten, lagen auf dem Unterleib von zwei Männern, so daß in jede Hand der Frau ein riesengroßer Apparat gelegt wurde; nur allein ihn sah man; der Rest des Körpers, der unter den schwarzen

Tüchern versteckt war, blieb unsichtbar. Geschickt angebrachte Klappen hielten diese Körper, und zwar so, daß die Schwänze sofort nach dem Entleeren verschwanden und durch andere sogleich ersetzt wurden.

Ein neuer, noch außergewöhnlicherer Mechanismus arbeitete unter dem Bauch der Frau. Indem sie sich auf den für sie bestimmten Teil des Sitzes hockte, sank diese Frau, sozusagen ohne es zu wollen, auf ein weiches und flexibles Instrument, das wie ein Glied aussah, und das sich mittels einer Feder ständig in ihr hin- und herbewegte, wobei es jede Viertelstunde in ihre Scheide eine warme und klebrige Flüssigkeit spritzte, deren Geruch und Klebrigkeit man für den reinsten und frischesten Samen hätte halten können. Ein sehr hübscher Mädchenkopf, ohne daß man irgend etwas anderes als diesen Kopf sah, das Kinn an das Instrument gelehnt, leckte mit seiner Zunge die Klitoris der gebeugten Frau und wurde auch mittels einer Falltür abgelöst, sobald er ermüdet war. Vor dem Kopf jeder Frau sah man auf runden Schemeln, die je nach den Wünschen der Frau wechselten, entweder Votzen oder Schwänze, so daß diese Frau in Höhe ihres Mundes eine Maschine oder eine Klitoris hatte, die sie ganz gemächlich saugen konnte. Aus diesem ganzen Mechanismus ergab es sich, daß die Frau auf dem Sofa, das durch die entsprechenden Federn in Bewegung gesetzt wurde, dort zuerst einmal weich auf dem Bauche lag ... von einem Instrument bearbeitet, durch ein Mädchen geleckt wurde, selbst ein Glied in jeder Hand hin- und herbewegte, ihren Hintern einem wirklichen Glied darbot, das ihn sodomieren würde, und abwechselnd, je nach Geschmack, bald ein Glied, bald eine Scheide und selbst einen Hintern saugte.

»Ich glaube nicht«, sagte Clairwil, indem sie sich ganz nackt auf diesen Sitz begab, »daß es möglich ist, etwas noch Geileres zu erfinden. Schon die Stellung erregt mich ... Ich ergieße mich schon, wenn ich mich dort hinsetze.«

Wir begaben uns alle an unseren Platz. Vier junge Mädchen im Alter von sechzehn Jahren, nackt und schön wie Engel, halfen uns dabei. Sie befeuchteten die Instrumente mit einer Essenz, damit sie leichter eindringen würden. Sie arrangierten die Stellungen. Dann, nachdem sie unsere Hintern auseinandergezogen hatten, bestrichen sie auch unser Afterloch mit Öl und blieben, um uns während der Handlung zu umsorgen.

Nun gab Francavilla das Zeichen. Vier Jungfrauen im Alter von fünfzehn Jahren zogen eine gleiche Anzahl außerordentlicher Jünglinge am Schwanz heran, der uns sogleich in den Hintern gesteckt wurde. Nachdem diese Quadrille erschöpft war, wurde sie sogleich durch eine andere ersetzt. Es umsorgten uns immer dieselben Mädchen, aber die Schwänze wurden jeweils durch vier neue herangebracht, die, nachdem sie den Platzmädchen die Schwänze, die sie gebracht hatten, übergeben hatten, einen wollüstigen Tanz um uns herum aufführten, begleitet von bezaubernder Musik, die wir nur von weitem hörten. Während dieses Tanzes besprengten sie unsere Körper mit einer uns unbekannten Flüssigkeit, die uns bei jedem Tropfen einen erregenden Stich empfinden ließ und unglaublich dazu beitrug, unsere Leidenschaften anzuregen. Sie roch nach Jasmin. Wir wurden damit überschwemmt.

Man kann sich übrigens nicht vorstellen, mit welcher Leichtigkeit, welcher Schnelligkeit alle die Variationen dieser Szene ausgeführt wurden; wir warteten keine Minute. Unter unserem Mund folgten die Scheiden, Glieder und Hintern ebenso schnell aufeinander wie das Verlangen. Und kaum hatten sich andererseits die Apparate, die wir hin- und herbewegten, entleert, wurden sie durch neue ersetzt. Unsere Streichlerinnen lösten sich mit derselben Schnelligkeit ab. Und nie waren unsere Hintern unbesetzt. In weniger als drei Stunden, während unsere Ekstase nicht unterbrochen wurde, kamen bei jeder hundert Männer in den Hintern, und während der gleichen Zeit wurden wir unablässig durch den Godmiché geschändet, der unsere Scheiden erforschte. Ich war fertig! Olympe war schlecht geworden, und man war gezwungen, sie wegzunehmen. Clairwil und Charlotte hatten allein den Angriff mit beispiellosem Mut ausgehalten. Der Samen, die Flüssigkeiten, die aus den Instrumenten gespritzt wurden, und das Blut überschwemmten uns von allen Seiten. Wir schwammen in ihren Fluten. Ferdinand und Francavilla, die uns während des Schauspiels gegenübersaßen, hatten sich mit ungefähr dreißig charmanten Wüstlingen amüsiert und baten uns, ihnen zu folgen. Vier hübsche Mädchen stützten uns, und wir traten in ein großes Lusthaus, das wie folgt dekoriert war.

In dem hinteren rechten Teil befand sich ein halbrundes Amphitheater, das sich drei Fuß über den Boden erhob, der mit dicken roten Satinmatratzen bedeckt war, auf die man sich gemütlich hinlegen konnte. Gegenüber befand sich eine Bank von mehr als einem Fuß Höhe, die dieselbe Form hatte und mit einem großen roten Velourssteppich ganz ausgelegt war.

»Ergeben wir uns hier dem Laster«, sagte der Prinz, während er uns zum Amphitheater führte, »wir werden sehen, was passieren wird.«

Nachdem wir alle sechs gefickt worden waren, wurden den zwölf Frauen, die einen Halbkreis um uns bildeten, durch eine gleiche Anzahl kleiner, wie Tartaren gekleideter Mädchen die Röcke hochgezogen. Die kleinen Mädchen knieten dabei vor den Frauen nieder und zeigten uns durch eine angenehm sichtbare Haltung die herrlichste Kollektion Hintern, die man überhaupt sehen kann.

»Das sind herrliche Ärsche«, sagte Francavilla, während ihn ein ungestümes Glied sodomierte. »Aber sie bleiben uns unglücklicherweise vorenthalten, und ich würde böse sein, meine Damen, wenn ich sehen würde, daß Sie ein großes Interesse an ihnen nehmen ... Sehen Sie doch wie dieses schöne Ensemble von Hinterbacken geformt und wie weiß es ist! Wie schade, sie so zu behandeln, wie wir es in wenigen Augenblicken tun werden.«

Die kleinen Mädchen verschwanden. Zwölf Männer im Alter von fünfunddreißig Jahren, von tierisch männlicher und abscheulicher Physiognomie, als Satyre gekleidet, mit nackten Armen und alle mit einem Auspeitschungs-Instrument von verschiedener Form bewaffnet, bemächtigten sich der Kinder, die von den Frauen getragen wurden, warfen sie durcheinander, ergriffen ihre Mütter, zogen sie an den Haaren auf die Estrade, die sich uns gegenüber befand, rissen ihnen mitleidslos die Hemden vom Leib, mit denen sie bedeckt waren, hielten sie mit einer Hand fest und fingen mit der anderen an, sie zu peitschen, und zwar auf so grausame Art und Weise und so lange, daß Blutspritzer und Fleischstücke durch die ganze Länge des Lusthauses bis zu uns gelangten.

Ich hatte noch nie in meinem Leben eine ähnliche Auspeitschung gesehen ... eine so blutige, denn die Schläge durchliefen unterschiedlos alle hinteren Teile, vom Nacken bis zur Fußsohle. Das Jammergeschrei dieser Unglücklichen konnte man eine Meile weit hören, und das Verbrechen wurde hier unverhüllt zur Schau getragen, keine Vorkehrungen wurden getroffen, um die Schreie zu ersticken. Vier dieser Frauen fielen in Ohnmacht ... fielen hin und wurden nur durch Peitschenschläge wieder hochgerissen. Als alle gepeitschten Stellen nur noch eine einzige Wunde bildeten, ließ man sie in Ruhe.

Die Narren von Salerno

Von Pompeji gelangten wir nach Salerno und wurden von dort aus in das berühmte Zuchthaus gebracht, welches sich ungefähr zwei Meilen von dieser Stadt entfernt befindet und in dem Vespoli seine schreckliche Macht ausübt.

Vespoli, der aus einem der größten Häuser des Königreichs Neapel kommt, war ehemals erster Priester des Hofes. Der König, dessen Freuden er gedient hatte und dessen Gewissen er angeleitet hatte,* übertrug ihm die despotische Verwaltung der Besserungsanstalt, in der er sich befand, und indem er ihm diese Macht gab, erlaubte er ihm, sich dort allem hinzugeben, was den kriminellen Leidenschaften dieses Wüstlings am meisten schmeicheln könnte.

* Es ist in Italien üblich, seinen Beichtvater zum Zuhälter zu machen, und nichts bindet die Großen mehr als diese beiden Funktionen, und die ein wenig intriganten Priester üben sie beide gleichzeitig sehr gut aus.

Wegen der Abscheulichkeiten, die er dort ausführte, freute sich Ferdinand, uns zu ihm zu schicken.

Vespoli, der fünfzig Jahre alt war, eine imposante und harte Physiognomie, eine große Statur und die Kräfte eines Stieres hatte, empfing uns mit den Zeichen äußerster Hochachtung. Da es sehr spät war, als wir dort ankamen, beschäftigte man sich, sobald er unsere Briefe gesehen hatte, nur damit, uns sofort etwas zu essen zu geben und uns zu beherbergen. Am nächsten Morgen brachte uns Vespoli selbst die Schokolade, und auf unseren Wunsch hin begleitete er uns bei dem Besuch, den wir seinem Haus machen wollten.

Jeder der Säle, durch die wir kamen, zeigte uns unendlich viele Gegenstände für kriminelle Wollüstigkeiten, und wir waren schon schrecklich erregt, als wir bei den Zellen ankamen, in denen die Verrückten untergebracht waren.

Der Hausherr, der bis dahin nur gereizt war, erregte sich unglaublich, als wir durch diese Absperrung gingen, und da der Genuß dieser Verrückten seine Sinne am meisten erregte, fragte er uns, ob wir ihm zusehen wollten.

»Gewiß«, antworteten wir.

»Da meine Ekstase bei diesen Worten so gewaltig, meine Handlungen so wunderlich und meine Grausamkeiten so abscheulich sind, lasse ich mir nur ungern an diesem Ort zusehen.«

»Seien deine Launen auch tausendmal ungehöriger«, sagte Clairwil, »wir wollen dich sehen, und wir bitten dich inständig, so zu handeln, als wenn du alleine wärst, und uns vor allem nichts von den köstlichen Ausschweifungen entgehen zu lassen, die deine Begierden und deine Seele so deutlich offenbaren.«

Und es schien, daß seine Frage ihn so sehr erregt hatte, daß er sie nicht stellen konnte, ohne sein Glied zu reiben.

»Und warum sollen wir diese Verrückten nicht auch genießen?« sagte Clairwil. »Deine Vorstellungen erregen uns, wir wollen sie nachvollziehen. Wenn sie nun also böse sind, werden wir uns fürchten. Wenn sie es nicht sind, werden wir uns daran erregen wie du. Beeilen wir uns, ich brenne darauf, dich bei deinen Taten zu sehen.«

Die Zellen waren hier von einem großen Hof umgeben, der mit Zypressen bepflanzt war, deren grüne Trauer dieser Einfriedung ganz das Aussehen eines Friedhofes gab. In der Mitte stand ein Kreuz, das auf einer Seite ganz mit Dornen bedeckt war. Darauf wurden die Opfer der Ruchlosigkeit Vespolis geknebelt. Vier Kerkermeister, bewaffnet mit dicken Eisenknüppeln, von denen ein einziger Schlag einen Ochsen getötet hätte, begleiteten uns aufmerksam. Vespoli, der ihre Blicke nicht fürchtete, da er gewohnt war, sich vor ihnen zu amüsieren, befahl ihnen, uns zu einer Bank im Hofe zu geleiten; zwei sollten in unserer Nähe bleiben, während die beiden anderen die Zellen der Opfer, die er benötigen würde, öffneten. Man befreite alsbald einen großen jungen Mann für ihn, der nackt und schön wie Herkules war und tausend Narrheiten machte, sobald er frei war. Eine der ersten bestand darin, uns auf die Füße zu scheißen, und Vespoli ließ es sich nicht entgehen, diese Handlung sorgfältig zu betrachten. Er bearbeitete sich selbst, berührte den Kot, rieb darin sein Glied und indem er dann zu tanzen begann und dieselben Possen wie der Verrückte machte, ergriff er ihn heimtückisch, stieß ihn auf das Kreuz zu, und sofort knebelten ihn die Wächter. Sobald er gefangen war, kniete sich der trunkene Vespoli vor seinem Hintern nieder, öffnete ihn, streichelte ihn, überhäufte ihn mit Zärtlichkeiten und nachdem man ihm die Peitsche in die Hand gegeben hatte, prügelte er den unglücklichen Verrückten, der schrille Schreie ausstieß, eine Stunde lang. Sobald der Hintern zerfetzt war, kam der Wüstling zu ihm hinein, und in der Trunkenheit, die ihn überkam, begann er zu faseln wie das Opfer.

»Oh, heiliger Gott«, schrie er von Zeit zu Zeit, »was für ein Genuß ist doch der Hintern eines Verrückten. Ich selbst bin auch verrückt, doppelt verrückter Gott. Ich komme in den Hintern der Verrückten, ich entleere mich in den Verrückten. Mein Kopf dreht sich für sie und ich will nur sie auf der Welt ficken ...«

Da Vespoli jedoch seine Kräfte nicht verlieren will, läßt er den jungen Mann losbinden. Ein anderer kommt ... Er hält sich für Gott ...

»Ich werde Gott ficken«, sagte uns Vespoli, »schaut mir zu. Aber ich muß Gott durchprügeln, bevor ich in seinen Hintern komme. Fangen wir an, fuhr er fort ... fangen wir an, Schuft Gottes ... dein Hintern ... dein Hintern ...«

Und Gott, der von den Wächtern an dem Kreuz befestigt worden war, wird bald von seiner armseligen Kreatur zerfetzt, die bei ihm in den Hintern stößt, sobald dieser zu Brei geschlagen ist. Ein schönes Mädchen von achtzehn Jahren folgt. Diese hält sich für die Jungfrau Maria. Neue Gotteslästerungen für Vespoli, der die heilige Mutter Gottes bis aufs Blut peitscht und anschließend mehr als eine Viertelstunde lang sodomiert.

Clairwil erhebt sich ganz erregt.

»Dieses Schauspiel erhitzt mich«, sagte sie, »macht es mir nach, meine Freundinnen, und du, Schurke, laß uns durch deine Wärter nackt ausziehen, sie sollen uns in die Zellen sperren, halte auch uns für Verrückte, wir werden sie imitieren. Du wirst uns ans Kreuz binden lassen, und zwar an die Seite ohne Dornen, deine Verrückten werden uns auspeitschen und uns hinterher in den Hintern kommen ...«

Der Gedanke schien köstlich zu sein. Vespoli führte ihn aus. Augenblicklich wurden zehn Verrückte, einer nach dem anderen, auf uns losgelassen. Einige prügelten uns, andere wurden von Vespoli zusammengepeitscht, da sie sich ihm widersetzt hatten.

Aber alle fickten uns, und alle, angeführt von Vespoli, kamen in unsere Hintern. Die Wächter, der Meister, alle kamen. Wir nahmen es mit allen auf.

»Entleere dich doch jetzt«, sagte Clairwil zu dem Hausherrn, »wir haben alles getan, was du wolltest. Wir haben deine Wunderlichkeiten nachgeahmt, zeige uns nun, wie du dich in der letzten Phase deiner Geilheit verhältst.«

»Einen Augenblick«, sagte unser Mann, »hier ist einer, der mir köstlich erscheint. Ich gehe nie weg, ohne ihn zu ficken.«

Auf ein Zeichen bringt einer seiner Wächter einen Alten von über achtzig Jahren, dessen weißer Bart bis unter seinen Nabel herabfällt.

»Komm, Jean«, sagte Vespoli zu ihm, indem er ihn am Bart griff und ihn so durch den ganzen Hof schleifte, »komm, damit ich mein Glied in deinen Hintern stecke.«

Der Alte wird mitleidslos festgebunden und ausgepeitscht. Sein Hintern, sein altes faltiges Pergament wird gebeugt, geleckt, man kommt hinein, und Vespoli zieht sich zurück, kurz bevor er seinen Samen ausstößt . . .

»Oh«, sagt er uns, »Sie wollen mich entleeren sehen. Aber wissen Sie, daß ich diesen Höhepunkt immer nur erreiche, wenn es das Leben von zweien oder dreien dieser Unglücklichen kostet?«

»Um so besser«, antwortete ich. »Aber ich hoffe, daß du bei deinen Massakern weder Gott noch die Jungfrau vergißt. Ich gestehe, daß ich mich köstlich entleeren werde, wenn ich dich den lieben Gott mit der einen Hand, und seine Schwiegertochter mit der anderen umbringen sehe.«

»Ich muß, wenn das so sein soll, während dieser Zeit Jesus Christus in den Hintern kommen«, sagte der infame Mensch.

»Wir haben ihn. Das ganze Paradies ist in dieser Hölle.« Die Wächter bringen einen schönen jungen Mann von dreißig Jahren; er behauptet, daß er der Sohn Gottes sei, und Vespoli läßt ihn sofort ans Kreuz binden. Er prügelt ihn aufs äußerste.

»Mut, brave Römer«, schrie das Opfer, »ich habe euch immer gesagt, daß ich nur gekommen bin, um auf Erden zu leiden. Verschont mich nicht, ich bitte euch inständig. Ich weiß sehr wohl, daß ich am Kreuze sterben muß. Aber ich werde das menschliche Geschlecht gerettet haben.«

Vespoli hielt es nicht länger aus. Er kam in den Hintern von Christus und bewaffnete seine beiden Hände mit Stiletten, um die heilige Jungfrau und den lieben Gott damit zu traktieren.

»Kommt«, sagte er uns, »umgebt mich, zeigt mir eure Hintern, und da ihr neugierig auf mein Entleeren seid, werdet ihr sehen, wie ich vorgehe . . .«

Er bewegt sich hin und her; niemals ist der Sohn Gottes so schön gefickt worden. Aber bei jedem Hüftstoß, den er zu seinem Genuß macht, werden den beiden, die rechts und links für seine

Wut zur Verfügung stehen, Schnittwunden an allen Körperteilen zugefügt. Zuerst kommen die Arme, die Achselhöhlen, die Schultern und die Seiten dran. Je mehr er sich dem Höhepunkt nähert, wählt der Barbar die zarteren Körperteile; die Brust der Jungfrau ist voller Blut. Bald mit einer, bald mit der anderen Hand zuschlagend, bewegen seine Arme sich wie das Pendel einer Standuhr. Das Nahen des Höhepunkts kann man an der Zartheit der Teile, die er auswählt, errechnen. Furchtbare Schwüre sagen uns schließlich die letzten Aufwallungen dieses verrückten Menschen an. Nun hatte er die Gesichter für seine Wut ausgesucht. Er zerfetzt sie, und als die ersten Tropfen seines Samens herausspritzen, sind es die Augen, die seine Wut ausreißt. Es ist unmöglich zu beschreiben, wie sehr uns dieses Schauspiel angeregt hatte. Wir wollten dieses Ungetüm nachahmen. Die Opfer wurden uns im Überfluß gestellt. Jede von uns vernichtete deren drei. Clairwil, trunken vor Wollust, stürzt sich in die Mitte des Hofes. Sie zieht Vespoli hinter sich her.

»Komm, fick mich, Ruchloser«, sagte sie zu ihm, »komm in die Votze einer Frau, die dir ähnelt, werde deinem Kult einmal untreu.«

»Ich kann es nicht«, sagte der Italiener.

»Ich fordere es.«

Wir reizten Vespoli, er erregt sich. Wir zwingen ihn, bei Clairwil in die Scheide zu kommen. Man zeigt ihm unsere Hintern, der Launenhafte verlangt Verrückte, und erst, nachdem einer auf sein Gesicht geschissen hat, durchtränkt dieser Schurke, von Olympe und mir bestürmt, endlich Clairwil mit Samen. Und wir verließen diesen abscheulichen Ort, ohne zu bemerken, daß wir uns seit dreizehn Stunden diesen Infamien hingegeben hatten.

Wir blieben einige Tage an diesem Ort der Verbrechen und Ausschweifungen. Danach setzen wir, nachdem wir Vespoli viel Glück gewünscht hatten, unsere Reise fort zu den berühmten Tempeln von Paestum.

Volksfest in Neapel

Einige Tage nach unserer Rückkehr machte uns der König den Vorschlag, von einem der Balkone seines Palastes aus eines der eigentümlichsten Feste seines Königreichs zu beobachten. Es handelte sich um ein Volksfest. Ich hatte schon des öfteren von dieser Narrheit gehört, aber das, was ich nun sah, wich von der Vorstellung, die ich mir gemacht hatte, erheblich ab.

Charlotte und Ferdinand erwarteten uns in einem Boudoir,

dessen Fenster sich auf den Platz öffneten, auf dem das Volksfest stattfinden sollte. Nur der Herzog von Gravines, ein sehr ausschweifender Mann von fünfzig Jahren, und die Riccia waren außer uns zugelassen.

»Wenn Sie dieses Schauspiel nicht kennen«, sagte der König zu uns, während die Schokolade eingenommen wurde, »so werden Sie es ziemlich barbarisch finden.«

»Gerade das lieben wir, Sire«, antwortete ich. »Und ich gestehe, mir schon seit geraumer Zeit zu wünschen, in Frankreich möchte es ähnliche Spiele oder Gladiatoren geben. Nur durch blutige Schauspiele stärkt man die Kraft eines Volkes, und ein Volk, das dergleichen nicht pflegt, verweichlicht. Als ein einfältiger Herrscher das alberne Christentum auf den Thron der Cäsaren steigen und den Zirkus in Rom schließen ließ, wer wurden da die Herren der Welt? . . . Äbte, Mönche oder Herzöge.«

»Ich bin ganz Ihrer Meinung«, sagte Ferdinand. »Ich würde hier gern die Kämpfe der Menschen gegen die Tiere und sogar die der Menschen untereinander wiederaufleben lassen. Ich arbeite darauf hin. Gravines und die Riccia helfen mir dabei, und ich hoffe, daß wir Erfolg haben werden.«

»Soll es auf das Leben all dieser Lumpen dort ankommen«, sagte Charlotte, »wo es sich um unsere Freuden handelt? Wenn wir das Recht haben, sie um unserer Interessen willen köpfen zu lassen, so sollten wir dieses Recht auch für unsere Ausschweifungen haben.«

»Also, meine schönen Damen«, sagte Ferdinand zu uns, »geben Sie Ihre Befehle. Je nachdem, ob ich mehr oder weniger Härte, ob ich mehr oder weniger Ordnung während der Feier dieser Orgien walten lasse, kann ich sechshundert Menschen mehr oder weniger töten lassen. Sagen Sie mir also, was Sie in dieser Hinsicht wünschen.«

»Das Ärgste, das Ärgste«, antwortete Clairwil. »Je mehr dieser Schurken Sie umbringen lassen, desto besser amüsieren wir uns.«

»Fangen wir an«, sagte der König; er gab einem seiner Offiziere einen leisen Befehl.

Sogleich hörte man einen Kanonenschuß, und wir traten auf den Balkon hinaus. Das Volk war äußerst zahlreich versammelt. Wir hatten nun eine umfassende Übersicht.

Auf ein großes ländlich dekoriertes Gerüst hatte man eine beträchtliche Menge von Lebensmitteln so aufgestellt, daß dieselben einen Teil der Dekoration bildeten. Auf unmenschliche Weise hatte man dort Gänse, Hühner und Truthähne gekreuzigt, die vollkommen lebendig und nur an einem Nagel befestigt aufgehängt worden waren und die durch ihre zuckenden Bewegungen das Volk belustigten; Brote, Stockfische und Ochsenstücke lagen da; Schafe weideten auf einem eine Wiese darstellenden Teil der Dekoration, bewacht von gut kostümierten Strohpuppen; Stoffbahnen waren zu Wellen eines Meeres drapiert, auf dem ein mit Nahrungsmitteln und Geräten für das Volk beladenes Schiff zu sehen war. So hatte man mit sehr viel Geschicklichkeit und Geschmack, den für diese wilde Nation vorbereiteten Köder angeordnet, um ihre Gier und ihre übermäßige Liebe für den Diebstahl wach zu halten. Denn wenn man dieses Schauspiel mitangesehen hat, fällt es schwer, sich nicht der Meinung anzuschließen, daß es sich viel eher um eine Schule der Plünderung handelt als um ein wirkliches Fest.

Wir hatten kaum Zeit, das Theater zu betrachten, als schon ein zweiter Kanonenschuß zu hören war. Auf dieses Zeichen hin wurde die Kette der das Volk zurückhaltenden Soldaten schnell geöffnet. Das Volk bricht los, und in einem einzigen kurzen Augenblick ist alles weggenommen, ausgerissen und geplündert, mit einer Schnelligkeit, einer Verrücktheit, die man sich unmöglich vorstellen kann. Dieser schreckliche Anblick, der mich an eine beutegierige Meute Hunde erinnerte, muß immer mehr oder weniger tragisch enden; denn man streitet sich, man will haben und seinen Nachbarn daran hindern, etwas zu nehmen, und in Neapel laufen dergleichen Auseinandersetzungen unfehlbar auf Messerstiche hinaus. Unseren Wünschen entsprechend und dank der grausamen Vorkehrungen Ferdinands brach dieses Mal die voll beladene Bühne, auf der sich sieben- oder achthundert Menschen befanden, zusammen, und mehr als vierhundert Personen wurden vernichtet.

»Ah, verflucht«, rief Clairwil und fiel wie ohnmächtig auf ein Sofa, »ah, meine Freunde, das haben Sie mir nicht angekündigt: Ich sterbe!« (Und die Dirne rief die Riccia herbei.) »Fick mich, mein Engel, fick mich«, sagte sie zu ihr. »Ich entleere mich. In meinem ganzen Leben habe ich noch nichts gesehen, was mir ebensoviel Freude gemacht hat.«

Wir gingen wieder hinein. Die Fenster und Türen wurden geschlossen, und die köstlichste aller Szenen der Wollust wurde sozusagen auf der Asche der bei dieser Ruchlosigkeit geopferten Unglücklichen vollzogen.

Der Tod der Prinzessin Borghese

Wir speisten bei der Borghese zu Abend. Alles wurde im Hinblick auf den für den nächsten Morgen vorgesehenen Ausflug zum Vesuv arrangiert. Abends waren wir in der Oper. Der König besuchte uns in unserer Loge, und so richteten sich alle Augen auf uns. Als wir wieder in der Wohnung angekommen waren, schlugen wir der Borghese vor, einen Teil der Nacht damit zu verbringen, Braten mit Zyperwein zu essen und uns zu wichsen. Sie willigte ein. Clairwil und ich trieben die Falschheit so weit, daß wir diese durch unsere Ruchlosigkeit zum Tode verurteilte Frau sich sieben- oder achtmal entleeren ließen; wir selbst erschöpften uns in ihren Armen fast ebensooft. Dann ließen wir sie schlafen gehen, so daß meine Freundin und ich den Rest der Nacht allein zusammen verbringen konnten. Bei der köstlichen Vorstellung, am nächsten Morgen alle Gefühle des Vertrauens und der Freundschaft zu täuschen, verloren wir beide noch drei- oder viermal Samen. Ich weiß, daß man Köpfe wie die unsrigen haben muß, um sich dergleichen Ausschweifungen auszudenken. Aber um jemanden, der so etwas nicht kennt, ist es schlecht bestellt; es entgehen ihm große Freuden. Ich wage zu behaupten, daß er nichts von der Wollust versteht.

Wir standen früh auf. Man schläft nicht, wenn man ein Verbrechen plant. Der Gedanke allein verwirrt alle Sinne. Man stellt es sich unter allen seinen Formen vor, man kostet es aus in allen seinen Verzweiflungen, und man genießt die Freude tausendfach im voraus, von der man sehr wohl weiß, daß sie einem die Sinne rauben wird, wenn das Verbrechen begangen ist.

Eine Kalesche mit sechs Pferden brachte uns an den Fuß des Vulkans. Dort trafen wir auf die Führer, die einen gewöhnlich an Gurte schnallen, mit denen man beim Besteigen des Berges gesichert wird. Man braucht zwei Stunden bis zum Gipfel. Die neuen Schuhe, die man bei diesem Aufstieg trägt, sind verbrannt, wenn er beendet ist. Wir waren fröhlich beim Aufstieg. Wir neckten Olympe, und die Unglückliche war weit davon entfernt, den ebenso heimtückischen wie verwirrenden Doppelsinn der Sarkasmen zu verstehen, mit denen wir sie bedachten.

Der Aufstieg ist eine schreckliche Tortur. Immer bis zum Hals in Asche, geht man auf vier Schritte vorwärts sechs zurück; dabei befürchtet man ständig, lebendigen Leibes von der Lava verschlungen zu werden. Wir kamen erschöpft an und ruhten uns aus, sobald wir den Krate erreicht hatten. Von dort aus konnten wir mit größtem Interesse die ruhige Öffnung dieses Vulkans betrachten, der in den Augenblicken seiner Wut das ganze Königreich Neapel erzittern läßt.

»Glauben Sie«, fragten wir unsere Führer, »daß es heute etwas zu befürchten gibt?«

»Nein«, antworteten sie. »Ein paar Stücke Teer, Schwefel oder Bimsstein können vielleicht ausgestoßen werden, aber es ist unwahrscheinlich, daß es einen Ausbruch geben wird.«

»Gut, meine Freunde«, sagte Clairwil, »geben Sie uns den Korb, der unsere Erfrischungen enthält, und gehen Sie getrost zum Dorf zurück. Wir wollen den Tag hier verbringen. Wir wollen zeichnen, Entwürfe machen.«

»Aber wenn irgend etwas geschieht?«

»Sagten Sie nicht, daß nichts passieren wird?«

»Wir können das nicht mit Sicherheit wissen.«

»Gut! Wenn irgend etwas geschehen sollte, so sehen wir das Dorf ja liegen, von dem aus Sie uns begleitet haben; wir werden schon sehr gut hinunterkommen ...«

Nachdem wir drei oder vier Unzen in ihre Hände hatten gleiten lassen, entschlossen sie sich, uns allein zu lassen.

Sie waren knapp vierhundert Schritte von uns entfernt, als Clairwil und ich uns ansahen.

»Sollen wir mit List vorgehen?« sagte ich leise zu meiner Freundin.

»Nein«, antwortete sie mir, »mit Gewalt ...«

Und schon stürzten wir uns beide auf Olympe. »Schurkin«, sagten wir zu ihr, »wir sind deiner überdrüssig. Wir haben dich nur hierher geführt, um dich umzubringen ... Wir werden dich bei lebendigem Leibe in die Eingeweide dieses Vulkans hinabstürzen.«

»O meine Freundinnen, was habe ich denn getan?«

»Nichts. Du langweilst uns, genügt das nicht? ...«

Während wir das sagten, stopften wir ihr ein Taschentuch in den Mund und setzten ihren Schreien und Klagen damit ein schnelles Ende. Dann fesselte ihr Clairwil die Hände mit Seidenschnüren, die sie eigens für diesen Zweck mitgenommen hatte. Ich tat das gleiche mit ihren Füßen, und als sie sich nicht mehr verteidigen konnte, amüsierten wir uns damit, sie zu betrachten. Die ihren schönen Augen entströmenden Tränen fielen in Perlen auf ihre hübsche Brust. Wir entkleideten sie, wir befingerten sie und quälten sie an allen ihren Körperteilen. Wir walkten ihre schöne Brust, wir peitschten ihren entzückenden Arsch, wir stachen in ihre Hinterbacken und enthaarten ihren Hügel. Ich biß ihre Klitoris bis aufs Blut.

Nach zwei Stunden schrecklicher Quälereien nahmen wir ihr schließlich die Fesseln ab und stürzten sie in die Mitte des Vulkans, aus dem wir mehr als sechs Minuten lang das Geräusch ihres hinabstürzenden Körpers hörten, der sich stieß und auf die spitzen Ecken aufschlug, die ihn von einer zur anderen warfen und völlig zerfetzten. Nach und nach wurde das Geräusch leiser ... schließlich hörten wir gar nichts mehr.

»Das wäre erledigt«, sagte Clairwil, die, seit sie den Körper losgelassen hatte, nicht aufgehört hatte, sich zu wichsen.

»Oh, verdammt, meine Liebe, wir wollen uns nun beide auf dem Kraterrand entleeren, eben dort, wo wir ein Verbrechen begangen haben, eine jener köstlichen, von den Menschen als abscheulich bezeichneten Handlungen. Nun wohl! Wenn es wahr ist, daß diese Handlung die Natur so sehr beleidigt, daß sie sich rächt, so soll sie es tun. Dann soll jetzt gleich ein Ausbruch von Lava unter uns stattfinden und uns verschlingen.«

Ich war nicht mehr in der Lage zu antworten. Schon selbst trunken vor Lust, gab ich meiner Freundin die Wollüstigkeiten hundertfach zurück, mit denen sie mich überhäufte. Wir sprachen nicht mehr. Eng ineinander verschlungen und uns wie zwei Tribadinnen wichsend, schienen wir unter unseren erregten Seufzern unsere Seelen miteinander zu verschmelzen. Einige Worte der Ausschweifung, einige Gotteslästerungen waren die einzigen Sätze, die wir hervorbrachten. Wir beleidigten die Natur, wir trotzten ihr und wir forderten sie heraus. Und über die Straflosigkeit triumphierend, in der ihre Schwäche und ihre Sorglosigkeit uns ließen, hatten wir von ihrer Nachsicht nur den Vorteil, uns noch stärker zu erregen.

»Nun«, sagte Clairwil zu mir, die als erste aus dem Taumel unserer gemeinsamen Ausschweifungen erwachte, »du siehst, Juliette, daß die Natur uns verschlingen könnte, wenn sie sich über die sogenannten Verbrechen des Menschen erregte; wir würden beide im Schoße der Wollust sterben . . . Hat sie es getan? Oh, sei beruhigt, es gibt kein Verbrechen auf der Welt, das fähig wäre, den Zorn der Natur auf uns zu lenken. Alle Verbrechen dienen ihr nur, alle sind ihr nützlich, und da sie uns die Verbrechen eingibt, ist nicht daran zu zweifeln, daß sie dieselben nötig hat.«

Clairwil hatte noch nicht geendet, als eine Wolke von Steinen aus dem Vulkan geschleudert wurde und wie Regen auf uns niederfiel.

»Ah«, sagte ich, ohne mir die Mühe zu machen, mich zu erheben, »Olympe rächt sich. Diese Schwefelsteine und dieser Teer sind die Abschiedsgrüße, die sie uns sendet. Sie sagt uns damit, daß sie sich bereits in den Eingeweiden der Erde befindet.«

»Nichts ist einfacher als eine Erklärung für dieses Phänomen«, antwortete mir Clairwil. »Jedesmal, wenn ein schwerer Körper in den Schoß des Vulkans fällt, wird die unentwegt in den Tiefen seiner Gebärmutter kochende Materie angestoßen, und er beschließt, einen leichten Ausbruch zu veranstalten.«

»Das soll uns nicht stören, Clairwil, wir wollen zu Mittag essen. Und glaube mir: Du irrst dich wegen des Steinregens, der auf uns niederging. Es handelt sich um nichts anderes als um die Bitte von Olympe, ihr ihre Kleider nachzuwerfen. Wir müssen sie ihr zurückgeben.«

Nachdem wir das Gold und die Edelsteine abgenommen hatten, machten wir ein Paket, das wir in das gleiche Loch warfen, das unsere unglückliche Freundin aufgenommen hatte. Dann aßen wir zu Mittag. Kein Geräusch ließ sich hören. Das Verbrechen war vollbracht, die Natur war zufrieden. Wir stiegen wieder hinab und trafen unsere Leute am Fuße des Berges.

»Ein furchtbares Unglück ist uns zugestoßen«, sagten wir, während wir mit Tränen in den Augen zu ihnen herantraten, »unsere unglückliche Kameradin ist verschwunden; sie hatte sich dem

Rand zu sehr genähert ... Oh, ihr mutigen Leute, kann man da irgend etwas machen?«

»Nein«, antworteten sie alle zugleich. »Wir hätten bei Ihnen bleiben sollen, dann wäre das nicht geschehen. Sie ist verschwunden, und Sie werden sie niemals wiedersehen.«

Unsere falschen Tränen verdoppelten sich unter dieser grausamen Prophezeiung, und wir bestiegen unsere Kalesche. Nach einer Dreiviertelstunde waren wir in Neapel.

Noch am gleichen Tage gaben wir unser Unglück bekannt. Ferdinand kam selbst, um uns zu trösten, denn er hielt uns wirklich für Schwestern und Freundinnen. Keiner, wie verderbt er auch sein mochte, kam auf den Gedanken, daß wir ein Verbrechen begangen hätten; und dabei blieb es. Wir schickten die Leute der Prinzessin Borghese sogleich mit der Nachricht ihres Unfalls nach Rom zurück und ließen ihre Familie bitten, uns anzugeben, was mit den Edelsteinen und dem Gold zu machen sei, das sich, wie wir schrieben, auf dreißigtausend Francs beliefe; tatsächlich hatte sie uns mehr als hunderttausend hinterlassen, und Sie können sich vorstellen, daß wir uns dessen längst bemächtigt hatten. Zudem waren wir nicht mehr in Neapel, als die Antwort der Familie dort ankam; wir genossen in Frieden die Plünderung, der wir unsere Freundin unterzogen hatten.

Olympe, die Prinzessin Borghese, war eine sanfte, liebenswürdige Frau, die sich in ihrem Genuß hinreißen ließ; sie war ausschweifend infolge ihres Temperaments, und voller Phantasie, aber sie hatte niemals deren Prinzipien ergründet. Sie war schüchtern und hing noch an ihren Vorurteilen; beim ersten ihr zustoßenden Unglück hätte sie sich vielleicht gewandelt. Aber diese Schwäche genügte, sie zweier Frauen nicht würdig sein zu lassen, die so verderbt waren wie wir.

Juliette und die Giftmischerin in Ancona

Wir setzten uns zu Tisch. Die Durand sagte, sie wolle mich einladen, sie könne sich ja dafür am Verdienst schadlos halten; jetzt aber dürfe ich ihr das Vergnügen nicht nehmen, so zu tun, als ob sie mich aushalte. Ich war einverstanden.

Um auf ihre Liebenswürdigkeiten zu antworten, muß ich gestehen, befleißigte ich mich desselben Zartgefühls, das sie aufwandte, um mir zu gefallen. Das Verbrechen hat durchaus seine Delikatessen. Wer das nicht versteht, der versteht die Menschen nicht.

»Ist es wahr«, fragte ich meine Gefährtin, »daß du ein Lebenselexier besitzt?«

»Dieses Lebenselexier gibt es nicht«, sagte die Durand, »und die Leute, die es verteilen, sind Betrüger. Das wahre Geheimnis, um das Leben zu verlängern, besteht darin, mäßig und nüchtern zu leben; doch wir sind allzu weit von diesen Tugenden entfernt, um auf ihre Gaben hoffen zu können.« »Ach, was soll's, meine Liebe, ist es nicht besser, ein wenig kürzer zu leben und zu genießen? Was wäre das Leben ohne die Lust? Wenn der Tod eine Qual wäre, würde ich dir vielleicht raten, dein Leben zu verlängern. Da jedoch das Schlimmste, das uns zustoßen kann, eine Rückkehr in das Nichts ist, aus dem wir hervorgegangen sind, ehe wir geboren wurden, sollte man es vorziehen, die irdische Laufbahn auf den Flügeln der Lust zu durcheilen.«

»Oh, meine Liebe, du glaubst also nicht an ein anderes Leben?«

»Es wäre eine Schande, wenn ich solche Hirngespinste mir zu eigen machen würde. Und da du selbst allzu aufgeklärt bist, als daß ich dir hier etwas beibringen könnte, setze ich voraus, daß du die Prinzipien der Philosophie kennst und die Unsterblichkeit der Seele und die Existenz Gottes in deinen Augen Hirngespinste sind, über die du dir nicht einmal die Mühe machst, nachzudenken. Die Falschheit all dieser Systeme ist erwiesen, doch es gibt eins, daß sich auf ihren Ruinen aufbauen läßt und das zweifellos einige Originalität besitzt. Ich stütze mich dabei auf eine Unzahl von Erfahrungen. Ich bin der Auffassung, daß der Schrecken, den die Natur uns vor dem Tode eingibt, nur die Frucht absurder Ängste ist, die wir uns seit der Kindheit über dieses totale Auslöschen machen. Diese Ängste lassen sich als Folge religiöser Ideen erklären, mit denen man die Dummheit hatte, unsere Köpfe zu füllen. Einmal von ihnen geheilt und über unser Schicksal beruhigt, sollten wir dem Tod nicht mehr mit Widerwillen begegnen. Ist es doch ein Leichtes, zu beweisen, daß in Wirklichkeit der Tod nichts als Wollust ist. Zunächst einmal wirst du mir in der Annahme folgen, daß der Tod eine Notwendigkeit der Natur ist, daß die Natur uns nur für den Tod geschaffen hat; wir beginnen nur, um zu enden; jeder Augenblick bringt uns dem Letzten näher; alles beweist, daß das einzige Ziel der Natur unser aller Ende ist. Und ich frage mich, wie man noch daran zweifeln kann, daß der Tod eine Wollust ist, sofern man die Erfahrung gemacht hat, daß er ein Bedürfnis der Natur ist. Haben wir nicht Tag für Tag den überzeugenden Beweis vor Augen, daß alle Bedürfnisse des Lebens Lust sind? Es gibt also eine Lust zum Tode; mit einigem Nachdenken und philosophischem Geist ist es möglich, zu fassen, daß man all die lächerlichen Todesängste in wollüstige Ideen verwandeln kann, und sogar während man an den Tod denkt und auf ihn wartet, sich mit sinnlichen Lüsten erregen kann.

Für dieses System, das völlig neu ist, spricht einige Wahrscheinlichkeit, sagte ich zu meiner Freundin, aber es wäre gefährlich, es an den Tag zu bringen. Wie viele Menschen, die jetzt nur von der Todesfurcht zurückgehalten werden, würden, wenn sie von dieser Angst befreit wären, sich allem überlassen, kaltblütig ...«

»Aber«, sagte meine wundervolle Freundin, »ich bin doch weit davon entfernt, jemanden vom Verbrechen fernzuhalten; ich arbeite im Gegensatz nur daran, die Straße des Verbrechens von allen Hindernissen, die die Dummheit dort aufbaut, zu befreien. Das Verbrechen ist mein Element; die Natur hat mich gezeugt, um ihm zu dienen, und ich möchte meine Mittel, um es zu begehen, bis ins Unendliche vervielfältigen. Das Handwerk, das ich betreibe, übe ich doch eher aus Libertinage denn aus Not aus, es zeugt von meinem Verlangen, das Verbrechen zu säen; ich habe keine feurigere Leidenschaft als die, das Verbrechen in der Welt zu verbreiten, und wenn ich die ganze Welt in meinen Fallen fangen könnte, würde ich sie ohne einen Gewissenbiß in Staub verwandeln.«

»Gegen welches Geschlecht wendet sich vorzugsweise deine libertine Gewaltsamkeit?«

»Es ist nicht das Geschlecht, das mich erregt, es ist das Alter, die Beziehungen, der Stand der Menschen. Wenn diese Voraussetzungen sich in einem Mann treffen, dann opfere ich ihn mit mehr Wollust als eine Frau, und wenn sie sich in einer Frau treffen, dann gebe ich ihr den Vorzug.«

»Aha, und welches sind diese Voraussetzungen?« fragte ich.

»Ich sollte es dir nicht sagen.«

»Warum nicht?«

»Du würdest aus diesem Geständnis tausend falsche Schlüsse ziehen, die später unseren Beziehungen hinderlich sein könnten.«

»Aha, ich begreife eine der Beziehungen, die deinen Kopf erhitzen: deine Gunstbeweise sind deine Todesurteile, nicht wahr?«

»Habe ich es nicht gleich gesagt? Hör mir gut zu, Juliette, und beruhige dich. Ich will dir nicht verheimlichen, ein Objekt, das mir zu einfachem und einmaligem Genuß gedient hat und das keinerlei Beziehung mit mir unterhält, wird schon allein aus diesem Grund von meiner Phantasie verworfen. Wenn ich aber in diesem Objekt Gemeinsamkeiten, gleiche Neigungen entdecke, wie ich sie bei dir gefunden habe, so werde ich doch keineswegs die Bande zerschneiden, die mich mit diesem Objekt verbinden; im Gegenteil, ich versuche sie mit allen mir zur Verfügung stehenden Mitteln enger zu schnüren. Im Namen unserer zärtlichen Liebe, hör auf, dich zu beunruhigen, mein Engel. Ich habe dir ein sicheres Geschäft angeboten, um dich meiner zu versichern; dein Zartgefühl hat es zurückgewiesen, jetzt laß mich aber nicht fürchten, daß dein Geist deinem Herzen widersprechen könnte. Im übrigen verfügst du nicht über genau dieselben Mittel, über die ich verfüge?«

»Gewiß verfügst du über mehr«, versetzte ich, »bin ich doch weit davon entfernt, alle Geheimnisse deiner Kunst zu kennen.«

»Das gebe ich zu«, sagte meine Freundin lachend, »aber sei versichert, meine Kunst wird niemals gegen dich angewendet werden. Es sei denn, dich zu zwingen, mich zu lieben.«

»Gut, ich verlasse mich darauf; ich weiß, daß Schurken sich untereinander niemals schaden; und ich bin davon überzeugt, daß ohne die furchtbaren Verdächtigungen*, die du mir in bezug auf Clairwil eingegeben hast, ich sie niemals geopfert hätte.«

»Höre ich Bedauern in deinen Worten, Juliette?«

»Nein, nein«, sagte ich und küßte tausendmal meine Freundin. »Wir wollen aufhören, darüber zu sprechen. Ich wiederhole, daß ich mich dir ganz überlasse, du kannst dich auf mein Herz verlassen, so wie ich mich auf deines verlasse; unsere Verbindung wird unsere Kraft sein; nichts kann sie mehr auflösen. Erzähl du mir jetzt weiter von den Details der Voraussetzungen, die dich zu einem Verbrechen inspirieren. Ich würde gerne wissen, ob sie mit meinen übereinstimmen, denn bislang sehe ich große Ähnlichkeiten.«

»Ich habe dir schon gesagt, wie sehr es dabei auf das Alter ankommt; es gefällt mir, die Pflanze in dem Moment auszureißen, wenn sie die größte Vollendung ihrer Frische und Schönheit erreicht hat: zwischen 15 und 17 Jahren. Das sind die Rosen, die ich mit Lust ernte, vor allem, wenn ihre Gesundheit vollkommen ist, und die Natur, der meine Kunst sich dann entgegenstellt, dieses Objekt so begabt hat, daß es verspricht, den gesündesten und schönsten Gipfel zu erreichen. Ach, Juliette, welch ein Genuß! Auch Verbindungen reizen mich: mit Wonne entreiße ich einem Vater das Kind, einem Liebhaber die Geliebte.«

»Und eine Tribade ihrer lieben Freundin?«

»Nun gut, du Bösartige, du hast es ja erlebt. Ist es mein Fehler, wenn die bizarre Natur mich so bösartig geschaffen hat? Wenn das Objekt mir gehört, dann verdoppelt sich die Lust. Ich sagte dir schon, daß auch der Stand der Person viel zu dem Feuer meines Kopfes beiträgt: dabei liebe ich die beiden Extreme, Reichtum und Würde oder Elend und Unglück. Im allgemeinen kommt es mir darauf an, daß der Schock eine beträchtliche Erschütterung auslöst, daß der Verlust, den ich verursache, Tränen kostet; voller Wonne genieße ich es, wenn Tränen vergossen werden. Ihr Fluß und ihre Bitterkeit bestimmen meinen Samen: je mehr sie fließen, desto heftiger ist meine Entladung ...«

»Oh, meine sanfte und süße Freundin!« sagte ich fast von Sinnen, »reibe mich, ich bitte dich, du siehst die Verwirrung, in die du mich gestürzt hast; noch nie habe ich jemanden kennengelernt, dessen Gefühle den meinen so ähnlich sind. Clairwil war neben dir nur ein Kind; du bist, was meinem Glück am meisten entspricht, du bist die Frau, die ich suchte; verlaß mich nicht mehr ...«

* Die Giftmischerin hat Juliette durch Vorspiegelung falscher Verdächtigungen dazu bewogen, ihre bislang beste Freundin und Komplicin Clairwil zu vergiften. (Anm. d. Red.)

Die Durand, die meine Erregung nutzen wollte, hatte mich auf ein Sofa gelegt und begann mich mit drei Fingern zu reiben, wie ich in meinem Leben noch nie gerieben worden war. Ich revanchierte mich, indem ich an ihrer Clitoris saugte. Und als ich sah, daß ihr Arschloch sich öffnete und sich wie der Blütenkelch unter dem sanften Einfluß des Taues wieder schloß, bemächtigte ich mich eines Godemichés, steckte ihn ihr in den Arsch und fuhr fort, sie zu reiben. Ich habe noch nie ein Loch von diesem Durchmesser gesehen. Mein Instrument hatte einen Umfang von 8 Daumen und einem Fuß Länge: kaum hatte ich es angesetzt, da verschwand es sogleich. Dann begann die Hure zu fluchen und um sich zu schlagen wie eine Strafgefangene. Ich begriff sehr rasch, daß, da sie zugewachsen war, die Natur ihr zwar nicht gestattete, die gewöhnliche Lust kennenzulernen, sie aber dafür auf das Vollkommenste entschädigt hatte, indem sie ihr statt der üblichen die allerdelikatesten Sensationen gewährte. Eines der größten Talente meiner neuesten Freundin bestand in der Kunst, Lust zu geben, während sie selber empfing; sie war so sanft, ... so beweglich, daß sie sich um meinen Körper schlang, während ich sie arschfickte, und es ihr gelang, meinen Mund zu küssen und meinen Hintern zu streicheln. Während sie zuweilen alles fahren ließ, um sich nur ihren Empfindungen hinzugeben, begann sie mit einer Kraft zu fluchen, die ich noch bei keinem Menschen wahrgenommen habe; und unter welchem Aspekt man auch immer diese ungewöhnliche Frau betrachtet, muß man sagen, daß sie als Kind des Verbrechens, der Wollust und der Schändlichkeit keiner einzigen jener moralischen oder physischen Qualitäten entbehrte, um aus ihr die einzigartigste Libertine ihres Jahrhunderts zu machen. Die Durand wollte mir alles zurückgeben, was ich ihr bot. Sie arschfickte mich, und auf das Lustvollste von ihr gerieben, ertrug auch ich den Godemiché, entlud mich dreimal unter seinen Stößen. Noch nie habe ich, wie gesagt, zwei Frauen gesehen, die sich so gut auf die Kunst verstanden, sich gegenseitig Lust zu verschaffen.

Wir setzten uns wieder zum Trinken, und als unsere Köpfe in Schwung waren, sagte die Durand zu mir:

»Komm, wir wollen durch die Straßen laufen und uns mit Libertinage beschmutzen. Wir wollen uns die Vorbereitungen zu dem Begräbnis eines fünfzehnjährigen Mädchens anschauen, das so schön ist wie der Tag. Ich habe es gestern auf Verlangen ihres Vaters vergiftet, der, nachdem er sie gefickt hatte, sich wegen begangener Indiskretionen an ihr rächen wollte.«

Wir liefen hinaus, im Kostüm der Kurtisanen des Landes. Es war Nacht.

»Ich möchte vor allem«, sagte meine Freundin«, zum Hafen laufen, um dort die Glieder der Matrosen zu reiben; es muß Ungeheuer unter ihnen geben; du kannst dir nicht die Lust vorstellen, die mich überkommt, wenn ich den Saft jener Würste ausdrücke ...«

»Ach, du Hure«, sagte ich und küßte sie, »du bist betrunken.«

»Ein wenig vielleicht; aber glaub nicht, daß ich auf die Hilfe des Bacchus angewiesen wäre, um die Flamme der Libertinage zu entzünden. Was er zu geben vermag, ist göttlich, ich weiß, und ich fühle mich niemals den Exzessen der Wollust so gewachsen, wie wenn ich die schönsten Gerichte und herrlichsten Weine zu mir genommen habe; aber ich bin nicht darauf angewiesen, es ist nicht so, daß ich nicht ohne diese Stimulantia alle Grenzen der Dezenz und der Scham überschreiten könnte: du wirst es sehen.«

Kaum waren wir im Hafen angekommen, als uns eine Horde von Taschendieben und Matrosen ansprach.

»Kommt, Freunde«, sagte die Durand, »bleibt ruhig, würdig und besonnen, wir werden euch alle befriedigen. Seht dieses hübsche Mädchen, sie ist eine Französin*; sie ist erst seit gestern in diesem Gewerbe tätig; sie wird sich dort über den Wegstein legen und euch die Seite darbieten, die euch am besten gefällt; ich werde euch währenddessen reiben ...«

Fünfzehn Männer reihten sich um uns herum und applaudierten der von der Durand aufgestellten Ordnung. Der erste wollte meine nackte Brust sehen: er war nahe daran, sie mit groben Tätscheleien zu besudeln, wenn meine Kumpanin nicht jede zusätzliche Geste untersagt hätte; er mußte sich also entschließen, sich damit zu begnügen, sie mit Samen zu bedecken; sie wurde überschwemmt. Es kam der zweite; auf dem Meilenstein sitzend, spreizte ich meine Schenkel so weit wie möglich, damit man ihn über meiner Clitoris reiben konnte. Ich bin der Dicke seines Gliedes, mit dem die Durand den Eintritt meiner Vagina durchwühlt, nicht gewachsen, doch indem ich mich mit einer unfreiwilligen Bewegung vornüber stürze, versenke ich es bis zu den Hoden. Kaum fühlt der Kauz sich derart gefangen, da ergreift er mich mit den Armen, hebt mich hoch, schürzt meine Röcke und zeigt der ganzen Truppe meinen Arsch. Einer der Wildgewordenen wirft sich über meinen Hintern, knetet ihn, fädelt mich ein, und schon werde ich von zwei Taschendieben getragen, bin das Objekt der Liebkosungen aller beider.

»Wartet«, sagte die Durand, »gebt ihr etwas, worauf sie sich stützen kann!« (Und sie gibt mir, während sie dies noch sagt, ein Glied in jede Hand.) ... »Welch wundervolle Gruppe!« sagt die Schelmin und präsentiert ihren Hintern einem fünften. »Komm, mein Freund, hier ist mein Arsch, fügen wir uns dem Bilde ein, inszenieren wir eine Episode; ich kann dir unglücklicherweise nichts anderes geben, die Natur hat es mir nicht gestattet; aber

* Die Huren französischer Herkunft sind im Ausland außerordentlich gesucht. Ihre extreme Gefälligkeit, ihre Geschicklichkeit, ihre Libertinage und ihre Schönheit verschaffen ihnen einen entscheidenden Vorrang vor den Prostituierten anderer Länder, die meist häßlich, ungeschickt und schmutzig sind.

sei versichert, daß die Hitze und die Enge meines Arsches dich großzügig entschädigen werden.

Andere Haltungen folgten rasch aufeinander. Mehr als fünfzig Rüpel gingen mir durch die Hände. Dank eines Wassers, mit dem meine Freundin sie einrieb, ehe sie mich durchdrangen, konnte ich mich ihnen furchtlos überlassen, und in weniger als drei Stunden wurde ich fünfundvierzigmal gestoßen. Die Durand schmeckte sie nur ab, dann überreichte sie sie mir, und sie brachten es je nach ihrer Wahl entweder in meiner Votze oder meinem Arsch zum Erguß. Die Schelmin lutschte sie fast alle: das war eine ihrer größten Lüste; und wie Sie sich leicht vorstellen können, versagte sie sich nichts, was ihren Kopf erhitzen konnte.

Nachdem die Banditen befriedigt waren, mußten wir mit ihnen trinken.

»So gefällt es mir«, sagte mir die Durand ganz leise. »Du kannst dir gar nicht vorstellen, wie gerne ich es in übler Gesellschaft tue, all diese Verrichtungen der gemeinen Kanaille und der niedrigsten Ausschweifung erregen mich.«

Wir waren gerade vom Essen aufgestanden, so daß wir gewiß keinen Hunger haben konnten, weder sie noch ich. Dennoch verschlangen wir beide die Riesenmahlzeit, die es diesen Schelmen gefiel, für uns zu spendieren, eine Mahlzeit, für die zwanzig von ihnen zusammenlegen mußten, und zwar gab jeder zwei Zechinen, was sich in etwa auf fünfhundert Francs belief. Dort tranken wir und aßen und ließen uns betatschen, beficken, in einem Wort, wir vertierten so sehr, daß wir uns beide auf dem Fußboden mitten in der Gaststube ausgestreckt fanden und uns diesen Schurken noch einmal hingaben unter der Bedingung, daß sie über uns kotzen, über uns pissen und über unser Gesicht scheißen würden, ehe sie uns zu stoßen begannen.

Alle taten es, und wir erhoben uns am Ende überschwemmt von Urin, von Kot und von Samen.

»Meine Kinder«, sagte meine Komplicin, sobald ein wenig Ordnung auf diese Orgien gefolgt war, »es ist schon recht, daß wir uns euch jetzt bekannt machen und daß wir aus Dankbarkeit für das gute Essen euch mit ein paar Gaben unserer Ware beglücken. Ist einer unter euch, der seine Rachegelüste, einen öffentlichen oder privaten Haß befriedigen möchte? Wir werden ihm die Mittel dazu verschaffen. Wir verfügen über die besten Gifte Italiens. Sagt uns, was ihr haben wollt und für wen ihr es braucht.«

Ist es zu glauben, meine Freunde? (Oh, gerechter Himmel, bis zu welchem Punkt ist doch die menschliche Verderbtheit gediehen!) Alle, alle wie aus einem Munde flehten uns an, ihnen unsere heillosen Geschenke zu vermachen, und es war kein einziger unter ihnen, der nicht davon guten Gebrauch zu machen gewußt hätte. Sie bekamen alle etwas. Dieser wollüstige Abend wurde vielleicht zum Grundstein von Hunderten von Morden.

»Komm«, sagte die Durand zu mir, »es ist noch nicht spät, wir können noch weiterlaufen. Außerdem muß ich unbedingt wissen, ob der Mord an dem kleinen hübschen fünfzehnjährigen Mädchen gelang . . .«

Wir umarmten unsere Gastgeber und verabschiedeten uns. Kaum waren wir auf dem Platz der Kathedrale angelangt, sahen wir auch schon einen Trauerzug daherkommen. Da es in Italien üblich ist, das Gesicht der Toten offen zur Schau zu stellen, war es für die Durand ein leichtes, die Züge des hübschen jungen Mädchens wiederzuerkennen, über dessen Tod sie sich vergewissern wollte.

»Da ist sie, da ist sie!« sagte sie überstürzt zu mir, »oh! wir wollen uns in einer Ecke reiben, während sie vorüberzieht.«

»Nein«, sagte ich, »besser wäre es, vor ihr in die Kathedrale zu kommen; dann können wir uns in der Kathedrale verstecken und dort tun, was du sagst, während wir zuschauen, wie man sie ins Grab hinunterläßt.«

»Du hast recht«, sagte Durand, »das ist der bessere Moment; gehen wir hinein.«

Es gelang uns, direkt hinter dem Beichtstuhl der Kapelle, von wo man das junge Mädchen hinunterlassen würde, ein Versteck zu finden. Wir schmiegten uns dicht an die Mauer und begannen uns während der Zeremonie zu kitzeln, hoben jedoch die Entladung auf, um sie in dem Moment kommen zu lassen, wenn man den Sarg herunterlassen würde, um der Verstorbenen, sozusagen, als Weihwasser zu dienen.

Das Grab wurde jedoch nur zur Hälfte wieder zugeschüttet, der Totengräber mußte damit eine Absicht verfolgen, die wir nicht erkennen konnten, vielleicht wollte man mit der Arbeit, da es schon spät wurde, am nächsten Morgen fortfahren.

»Mein Gott, laß uns hierbleiben«, sagte die Durand zu mir, »mir kommt ein toller Einfall. Hast du bemerkt, wie hübsch das kleine Mädchen ist?«

»Ja, und?«

»Wir holen sie aus dem Grab! Und du sollst mich über diesem süßen Gesicht reiben, über diesen charmanten Zügen, die die von meiner Hand über ihre Stirn gelegten Schatten des Todes noch nicht entstellt haben . . . Oder hast du Angst?«

»Nein.«

»Nun gut, wenn es so ist, dann bleiben wir.«

Die Kirche wurde geschlossen, wir waren allein.

»Oh, wie ich das Totenschweigen liebe«, sagte die Durand zu mir, »wie sehr entspricht es doch dem Verbrechen, wie feuert es die Leidenschaften an! Es ist das Bild der Sargesruhe, und wie du weißt, der Tod macht mich geil; komm, los.«

»Einen Augenblick«, sagte ich, »ich höre etwas.«

Rasch zogen wir uns wieder in unsere Ecke zurück . . . Beim

Himmel, was mußten wir sehen! Jemand war uns zuvorgekommen. Wer konnte es sein? Großer Gott! Welche Schande! Welche Verderbtheit! Der Vater selbst war gekommen, um das abscheuliche Verbrechen zu genießen, das er begangen hatte; der Totengräber ging vor ihm her, eine Lampe in der Hand.

»Hol sie wieder herauf«, sagte er zu ihm, »mein Schmerz ist so groß, daß ich sie noch einmal umarmen möchte, ehe ich mich von ihr für immer trennen muß.«

Der Sarg tauchte auf, der Körper wurde hervorgeholt und von dem Totengräber auf die Stufen des Altars gelegt.

»Geh jetzt, mein Freund«, sagte der inzestuöse und barbarische Vater dieses charmanten Mädchens, »deine Gegenwart beeinträchtigt meine Tränen, laß sie mich in Ruhe vergießen, du kannst mich in zwei Stunden wieder abholen. Ich werde dich für deine Mühe belohnen.«

Die Tür fällt ins Schloß. Oh, meine Freunde, wie soll ich Ihnen die Schrecken schildern, deren Zeuge wir wurden? Doch es muß sein, es sind die Verwirrungen des menschlichen Herzens, die ich hier beschreibe, und ich darf keine seiner Falten im Verborgenen lassen.

Der sich in dieser Kirche noch nicht genügend in Sicherheit wähnende Schurke verbarrikadiert sich im Innern der Kapelle, er entzündet vier Kerzen, stellt je zwei zu Häupten und zu Füßen seiner Tochter, wickelt sie aus dem schwarzen Leichentuch und breitet sie nackt vor seinen Augen aus. Unbeschreibbare Schauer der Lust durchzucken seine angespannten Muskeln, seine stoßhaften Seufzer, sein Glied, das in die Luft ragt, alles zeigt uns den feurigen Zustand seiner Seele.

»Verfluchter Gott«, schreit er, »da liegt mein Werk . . ., und ich bereue es nicht. Bild dir nicht ein, es sei deine Indiskretion, die ich bestrafen wollte, meine Schurkerei ist es, die ich befriedigt habe; dein Tod läßt meinen Schwanz aufstehen, zu oft habe ich dich schon gefickt, jetzt bin ich glücklich.«

Bei diesen Worten nähert er sich dem Körper; er knetet die Brust, er sticht mit Nadeln hinein.

»Verdammt! Sie fühlt es nicht mehr . . . unglücklicherweise fühlt sie nichts mehr . . . Ich habe mich zu sehr beeilt . . . Dirne! Welche Fülle von Qualen könnte ich dir noch auferlegen, wenn du noch atmen würdest! . . .«

Er spreizt ihre Schenkel, kneift die Lippen der Votze, sticht sie ins Innere, und als er spürt, daß sein Schwanz immer geiler wird, stößt er ihn ihr in die Votze; er streckt sich über ihr aus, küßt sie auf den Mund, versucht seine Zunge hineinzustoßen, aber das Gift hat die Zähne der Unglücklichen zusammengebissen, so daß er nicht ans Ziel gelangt. Er zieht sich zurück, dreht die Tote um, legt sie auf den Bauch und präsentiert uns die schönsten Hinterbacken, die man sich denken kann. Feurig küßt er diesen Arsch und reibt sich kräftig, während er ihr mit Küssen zusetzt.

»Ach, wie oft habe ich diesen herrlichen Arsch genossen!« schreit es aus ihm heraus. »Wie viele Lustgefühle hat er mir während der vier Jahre, da ich ihn fickte, verschafft.«

Darauf zieht er sich zurück, geht zwei- oder dreimal um den Körper herum und sagt:

»Verdammter Fick, welch herrlicher Leichnam!«

Da sein Glied in diesem Moment eine furchtbare Steife annahm, begriffen wir, daß hierin seine spezielle Passion bestehen mußte. Er fällt zurück auf die Knie zwischen die Schenkel seiner Tochter, küßt tausendmal den schönen Hintern, den sie ihm in dieser Stellung präsentiert, sticht ihn, beißt ihn, schlägt ihn wild, reißt gar ein Stück Fleisch mit den Zähnen heraus, sodomiert sie. Da erreicht sein Delirium den Höhepunkt; er knirscht mit den Zähnen, schäumt, zieht ein langes Messer aus der Tasche und schneidet, während er sich entlädt, den Hals des Leichnams durch; dann steht er wieder auf.

Mit philosophischem Geist verfolgten wir den Zustand und die Handlungsweise dieses prinzipienfesten Mannes. Ein Flachkopf, der nur dem Objekt seiner Wut und seiner Lüsternheit ergeben gewesen wäre und hier hätte verharren sollen, wäre inmitten des Schweigens und des Grabesschreckens unfehlbar von Schauern erfaßt worden. Unser Schurke jedoch bleibt ruhig und macht sich sorgsam daran, die zerrissenen Reste seiner Tochter zusammenzusammeln. Er verstaut sie wieder in dem Sarg und bleibt dann noch einige Zeit im Grab, ohne daß wir sehen können, was er dort tut. In diesem Augenblick schlägt die Durand, die die ganze Zeit ohne Unterlaß sich und mich gerieben hat, mir vor, den Stein zurück über das Grab zu wälzen, um den Mann dort samt seinem Opfer zu begraben ...

»Nein«, sage ich, »er ist ein Schurke, und wir schulden ihm unseren Respekt und unsere Hilfe.«

»Das ist richtig, aber wir wollen ihn wenigstens erschrecken. Leg du dich dorthin, wo seine Tochter gelegen hat, und zwar in derselben Position. Sobald er dann aus dem Grabe kommt, soll er als erstes dich erblicken. Das wird all seine Ideen verwirren, ihm vielleicht den Verstand rauben.«

Dieser Vorschlag erschien mir zu ungewöhnlich, als daß ich ihn nicht hätte ausführen wollen. Der Libertin kommt wieder herauf; das erste, was ihm ins Auge fällt, ist mein wohl placierter Arsch. Seine Überraschung war derart, daß er, vor Schreck zurückweichend, beinahe ins Grab gefallen wäre, wenn nicht meine Freundin, die seinen Arm zurückhielt, ihm einen weiteren Schrecken versetzt hätte, der recht vergnüglich anzuschauende Krämpfe bei ihm auslöste.

»Cordelli«, sagte die Durand, »erschrick nicht, du bist unter

Freunden: erkenn in mir diejenige, die dir das wirksame Gift verkauft hat, und in diesem schönen Mädchen eine Kumpanin, die bereit ist, sich jeder Art von Wollust hinzugeben, vorausgesetzt, daß sie nicht jener ähnelt, die du dir soeben vor unseren Augen verschafft hast.«

»Sie haben mich merkwürdig verwirrt«, sagt der Kaufmann.

»Schon recht, mein Freund, faß dich, wir haben dich gesehen, wir haben dich bewundert. Schau dir diesen schönen Arsch an, er steht dir zur Verfügung; für fünfhundert Zechinen überlaß ich ihn dir; und sei versichert, dieses wunderbare Geschöpf ist keine gewöhnliche Frau.«

»Schön ist er«, sagte Cordelli, und knetete ihn sanft mit der Hand; »aber ich bin nicht mehr geil: ihr habt meine Entladung gesehen.«

»Dieser Verlust läßt sich ersetzen«, sagte die Durand, »sei sicher, du wirst gleich wieder können. Ich habe hier in meiner Tasche einen Saft, dessen Wirkung sicher ist. Wo möchtest du, soll die Szene stattfinden?«

»In diesem Grab; kommt mit hinunter, ich kann die Überreste meines Opfers nicht verlassen, du kannst dir nicht vorstellen, wie sehr sie mich erregen.«

Wir steigen wieder hinunter. Kaum hat Cordelli das Totenlaken abgezogen, kaum hat er die leblosen Reste seiner unglücklichen Tochter erblickt, beginnt sein Schwanz sich wieder zu regen. Die Durand reibt ihm die Hoden mit dem erwähnten Wasser und schüttelt ihn. Ich zeige ihm meine Hinterbacken, er berührt sie, sokratisiert mich, küßt meinen Mund und erigiert.

»Es wäre freundlich«, sagt er, »wenn die junge Person die Güte haben würde, sich in den Sarg zu legen, um sich gänzlich mit dem Laken zu bedecken; wir werden dann hinaufsteigen, den Stein für einige Augenblicke wieder vorschieben: und ich bin sicher, in dem Moment werde ich mich am Rande des Loches entladen ...«

Die Durand schaute mich an, meine Überlegungen waren schnell gemacht.

»Wir werden uns niemals trennen, Monsieur«, sagte ich zu dem Kaufmann, »keine von uns wird in dem Grab zurückbleiben, es sei denn, Sie schließen uns alle beide ein.«

»Aha, Juliette, du mißtraust mir«, versetzte die Durand. »Gut, geh du mit Cordelli hinauf, ich bleibe hier, und denk daran, daß ich mich dir ganz allein anvertraue ...«

Meine zweite Überlegung ließ mich klarer sehen. Ich betete die Durand an, doch das leiseste Mißtrauen könnte uns entzweien. War es denn überhaupt möglich, daß man mich dort zurückließ? Mußte der Totengräber nicht ohnehin zurückkommen? Und vor allem, könnte ich nicht, falls mir nichts zustoßen würde, meiner

Freundin tausendmal mehr vertrauen? Welche Sicherheit könnte das für die Zukunft bedeuten?

»Gut«, sagte ich mit Entschiedenheit zur Durand, »um dir zu beweisen, daß sich in meine Seele kein böses Mißtrauen schleichen kann, bleibe ich hier. Du, Cordelli, tue was du willst; aber denk daran, daß ich für diese Gefälligkeit tausend Zechinen verlange.«

»Du wirst sie bekommen«, sagt der Kaufmann, »deine Gefügigkeit scheint grenzenlos, sie muß belohnt werden.«

Die Reste des jungen Mädchens werden neben den Sarg gelegt, und ich nehme ihren Platz ein. Cordelli wickelt mich in das Leichentuch, küßt mir drei- oder viermal das Arschloch.

»Welch herrlicher Leichnam«, ruft er, während er drei- oder viermal um mich herumgeht.

Dann steigt er mit der Durand wieder hinauf ... Ich gestehe, eisige Kälte ergriff mich, als ich hörte, wie der Stein sich über mir schloß ... Da bin ich nun, sagte ich mir, zwei Schurken ausgeliefert ... Seltsame Verblendung der Libertinage, wohin magst du mich noch führen? ... Diese Probe aber war notwendig. Ich überlasse es Ihnen, sich vorzustellen, wie sehr meine Beklemmung wuchs, als ich vernahm, wie die Kapelle geöffnet wurde und sich wieder schloß, und wie nach diesen beiden Lauten das schaurigste Schweigen sich einstellte ... Himmel, sagte ich mir, ich bin verloren! Treulose Durand, du hast mich verlassen! Und ich spürte, wie der kalte Schweiß mir aus den Poren trat, von dem äußersten Punkt der Kopfhaut bis zu den Fußknöcheln. Dann, wieder Mut fassend, sagte ich mir, daß es keineswegs eine tugendhafte Handlung war, die ich begangen hatte: ich hätte zittern müssen, wenn es eine gewesen wäre; hier aber ging es nur um das Laster, ich konnte also ruhig sein. Kaum war ich ans Ende dieser Überlegung gelangt, da hörte ich den Schrei der Entladung Cordellis, der Stein wurde hochgehoben, die Durand stürzte sich über mich.

»Du bist frei, mein Engel«, rief sie, »und hier die tausend Zechinen! Wirst du mir gegenüber immer noch mißtrauisch sein?«

»Nein, niemals mehr! Niemals!« rief ich, »verzeih meiner ersten Anwandlung: schließlich mußte ich ja auch noch mit Cordelli rechnen. Aber komm nach oben! Ich werde hier fast ohnmächtig.«

Cordelli, dessen heißes Sperma den ganzen Stein überschwemmte, erwartete uns ausgelaugt auf den Stufen des Altars. Wir gingen hinaus. Der Totengräber kam; Cordelli bezahlte ihn, wir zogen uns zurück. Die Durand wollte die Nacht mit mir verbringen.

»Dieses Abenteuer verbindet uns für immer«, sagte ich meiner Freundin, »es zementiert unsere Freundschaft, unser gegenseitiges Vertrauen, es festigt die Bande, die uns verbinden, für das ganze Leben.«

Der Tod von Justine

Wir verbrachten acht Tage auf Noirceuils Ländereien und beschäftigten uns während dieser Zeit mit täglich neuen Schändlichkeiten. Er wollte dort, daß ich eine der Leidenschaften der Kaiserin Theodora, der Frau Justinians, ausprobieren sollte. Ich legte mich auf die Erde. Zwei Männer streuten sorgfältig Körner auf meinen Hügel und auf meine Schamlippen; nun kamen zwölf herrliche, besonders große Gänse, um diese Körner aufzupicken; durch ihre Schnabelhiebe auf diese Körperpartie riefen sie eine so heftige Erregung hervor, daß ich im Anschluß daran gezwungen war zu ficken. Noirceuil, der das vorausgesehen hatte, überließ mich fünfzig Bauern von seinen Ländereien, die wahre Heldentaten vollbrachten. Er wollte sich gleichfalls den Hintern picken lassen und empfand dabei heftigere Eindrücke als beim Ficken. Zu diesen Ausschweifungen fügte er noch die folgende hinzu: Er befahl dem Lehrer und der Lehrerin des Marktfleckens, jeder möge dreißig von ihm unterrichtete Subjekte schicken. Er verkuppelte sie miteinander, ließ die Mädchen durch die Jungen entjungfern und endete damit, daß er sie fickte, sodomierte und allesamt vergiftete.

»O mein Freund«, sagte ich zu Noirceuil, »alles, was wir hier treiben, ist recht banal. Könnten wir unsere Orgien nicht durch irgendeine hervorragende Unternehmung krönen? Alle Bewohner dieses Dorfes haben nur Brunnenwasser. Ich kenne von der Durand ein geheimnisvolles Mittel, das innerhalb von zwei Tagen all diese Leute vergiftet. Meine Frauen und ich werden es übernehmen, sie alle um die Ecke zu bringen.«

Während ich Noirceuil diesen Vorschlag machte, wichste ich ihn, um keine Absage zu erhalten.

»O du Schurkin«, sagte der Wüstling zu mir, der seinen Samen nicht länger zurückhalten konnte, als er diesen Vorschlag hörte, »o heiliger Gott, was für eine seltsame Phantasie hat dir die Natur gegeben, Juliette! Mach, was du willst, mein Engel; die Ergüsse, die du hervorrufst, sind ein Zeichen meiner Zustimmung. Nur zu also!«

Ich hielt mein Wort. Innerhalb von vier Tagen waren alle vergiftet. Fünfhundert Personen wurden vernichtet, und fast ebensoviele wurden in solche Schmerzen versetzt, daß man sie nach dem Tod rufen hörte. Man schrieb das alles einer Epidemie zu. Die Unwissenheit der Provinzärzte schützte uns, und zwar sogar vor dem Verdacht. Nach dieser Unternehmung, die uns viel Samen gekostet hatte, brachen wir auf.

So verhält es sich also mit der glücklichen Lage, in der Sie mich sehen, meine Freunde. Ich gestehe, daß ich das Verbrechen leidenschaftlich liebe und daß nur das Verbrechen allein meine Sinne erregt; bis zum letzten Augenblick meines Lebens werde ich seinen Prinzipien treu bleiben. Da ich weder die von der Religion veranlaßte Furcht kenne, noch die Gesetze befolge, möchte ich wissen, welche göttliche oder menschliche Macht meine Begierden mäßigen sollte? Die Vergangenheit ermutigt mich, die Gegenwart erregt mich, die Zukunft fürchte ich wenig. Ich hoffe also, daß der Rest meines Lebens meine Jugend an Ausschweifungen noch weit übersteigt. Die Natur hat die Menschen nur geschaffen, damit sie sich an allem auf Erden ergötzen. Das ist ihr liebstes Gesetz, und es wird immer das Gesetz meines Herzens sein. Es ist schlecht für die Opfer, aber das muß sein. Alles im Universum zerstört sich, mit Ausnahme der profunden Gesetze des Gleichgewichts. Nur durch Missetaten erhält sich die Natur und erobert sie die Rechte zurück, die die Tugend ihr streitig macht. Wir gehorchen ihr also, wenn wir uns dem Bösen hingeben. Nur unser Widerstand dagegen ist das Verbrechen, für das sie uns niemals Verzeihung schuldet. O meine Freunde, seien wir von diesen Prinzipien nur fest überzeugt in ihrer Befolgung liegen alle Quellen menschlichen Glücks.«

Damit beendete Madame de Lorsanges die Erzählung ihrer Abenteuer, deren skandalöse Einzelheiten mehr als einmal die bitteren Tränen der reizenden Justine hervorgerufen hatten. Keineswegs die des Chevaliers und die des Marquis. Ihre erregten Schwänze bewiesen nur zu deutlich, wie unterschiedliche Gefühle sie dort angeregt hatten. Es bereitete sich schon etwas Schreckliches vor, seit Noirceuil und Chabert wieder im Schloß angekommen waren, nachdem sie, wie man sich erinnert, einige Tage auf dem Lande verbracht hatten, während derer die Gräfin ihre beiden anderen Freunde über die ihnen bereits seit langem bekannten Tatsachen unterrichtete.

Die Tränen, die über die schönen Wangen unserer unglücklichen Justine hinabliefen, ihr durch soviel Unglück gedemütigtes, anziehendes Aussehen, ihre natürliche Schüchternheit, ihre rührende, aus jedem ihrer Züge sichtbar werdende Tugend, all das erregte Noirceuil und Chabert, die diese Unglückliche unbedingt ihren schmutzigen und abscheulichen Launen unterwerfen wollten. Während der Marquis, der Chevalier und Madame de Lorsanges sich anderen ebenso ausgefallenen Wollüstigkeiten hingaben, zusammen mit den zahlreichen Objekten der Ausschweifung, mit denen dieses Schloß ausgestattet war, ließen sie sich mit ihr einschließen.

Gegen sechs Uhr abends kamen alle zurück und vereinigten sich. Nun wurde das Schicksal Justines beschlossen. Und auf die formelle Weigerung der Madame de Lorsanges hin, eine dermaßen prüde Person bei sich zu behalten, ging es nur noch darum, zu entscheiden, ob die unglückliche Kreatur zurückgeschickt oder während einiger Orgien geopfert werden solle. Der Marquis,

Chabert und der Chevalier, die der Kreatur mehr als überdrüssig waren, stimmten für den letzteren Vorschlag, als Noirceuil darum bat, gehört zu werden.

»Meine Freunde«, sagte er zu der fröhlichen Gesellschaft, »ich habe oft gesehen, daß es bei ähnlichen Abenteuern äußerst lehrreich war, das Schicksal auf die Probe zu stellen. Es zieht sich ein furchtbares Gewitter zusammen; wir wollen diese Kreatur dem Blitz ausliefern; ich bekehre mich, wenn er sie verschont.«

»Großartig!« riefen alle.

»Das ist ein Gedanke, den ich wie irrsinnig liebe«, sagte Madame de Lorsanges. »Wir wollen nicht zögern, ihn auszuführen.«

Der Blitz zuckt auf, der Wind heult, das Himmelsfeuer treibt die Wolken vor sich her und setzt sie auf furchtbare Weise in Bewegung ... Man hätte sagen können, die Natur sei ihrer Werke müde geworden und bereit, alle Elemente zu vermengen, um sie zu neuen Formen zu zwingen. Man setzt Justine vor die Tür, nicht nur, ohne ihr einen Sou zu geben, sondern nachdem man ihr auch noch das wenige geraubt hat, das ihr geblieben war. Verwirrt, durch soviel Undankbarkeit und soviel Schrecken gedemütigt, aber zufrieden, vielleicht den größten Schurkereien entgangen zu sein, und Gott hierfür dankend, erreicht sie den großen Weg, der zur Allee des Schlosses führt; kaum dort angelangt, wirft ein Blitzschlag sie nieder, der sie durch und durch getroffen hat.

»Sie ist tot«, schrien die hinter ihr herstürzenden Schurken. »Kommen Sie, kommen Sie, Madame, betrachten Sie das Werk des Himmels, sehen Sie, wie er die Tugend belohnt. Ist es also etwa der Mühe wert, sie in Ehren zu halten, wenn ihre treuesten Diener auf so grausame Weise die Opfer des Schicksals werden?«

Unsere vier Libertins standen um den Leichnam herum, und obgleich er vollkommen entstellt war, hatten die Ruchlosen dennoch schreckliche Begierden nach den blutenden Resten dieser Unglücklichen. Sie entkleideten sie; die niederträchtige Juliette feuert sie an. Der Blitz war durch den Mund eingedrungen und aus der Scheide wieder ausgetreten. Schreckliche Witze werden über diese beiden Tore gemacht, die sich das Himmelsfeuer gesucht hat.

»Man hat Grund, Gott zu loben«, sagte Noirceuil. »Sehen Sie nur, wie dezent er ist: Er hat den Arsch respektiert. Er ist noch immer schön, dieser herrliche Hintern, der soviel Samen fließen ließ. Reizt er dich nicht, Chabert?«

Der böse Abt antwortet, indem er bis zu den Hoden in das leblose Fleisch eindringt. Man folgt seinem Beispiel nur zu bald. Alle vier, einer nach dem anderen, schänden die Überbleibsel dieses lieben Mädchens. Die abscheuliche Juliette wichst sich, während sie ihnen zuschaut. Dann ziehen sie sich zurück, lassen sie liegen und versagen ihr die letzten Pflichten. Traurige und unglückliche

Kreatur! Es stand dir im Himmel geschrieben, daß die Ruhe des Todes dich nicht vor den Abscheulichkeiten des Verbrechens und vor der Verderbtheit der Menschen bewahren würde.

»Tatsächlich«, rief Madame de Lorsanges, während sie mit ihren Freunden zum Schloß zurückkehrte, »das bestätigt mir mehr als alles andere meine Karriere, der ich mein ganzes Leben hindurch gefolgt bin. O Natur!« rief sie in ihrer Begeisterung aus, »es ist also notwendig für deine Pläne, das Verbrechen, dem die Dummköpfe nicht dienen wollen! Du wünschst es dir, da doch deine Hand diejenigen, die es fürchten und sich ihm nicht hingeben, auf diese Weise straft ... Dieses Resultat bekräftigt mein Glück und vervollkommnet meine Ruhe.«

Man war kaum beim Schloß angelangt, als auf der anderen Straße ein Wagen nahte. Er fährt fast zur gleichen Zeit in den Hof ein. Eine große, kräftige, gut sich haltende Frau steigt aus. Juliette geht auf sie zu. Gerechter Himmel! Es ist die Durand. Es ist die liebe Freundin von Madame de Lorsanges, die von den Inquisitoren von Venedig zum Tode verurteilt worden und die Juliette an der Decke des Saales ihrer schrecklichen Richter hängen zu sehen geglaubt hatte ...

»Geliebte Seele«, rief sie, sich in die Arme ihrer Freundin werfend ... »Durch welches Ereignis ... Großer Gott! ... Sprich! ... Ich weiß nicht mehr, wo ich bin ...«

Man öffnete einen Salon, setzte sich, und jedermann hörte schweigend der Aufklärung eines so einzigartigen Abenteuers zu.

»Meine liebe Juliette«, sagte die Durand ruhig, »du siehst diejenige wieder, die du durch den Schrecken eines gewalttätigen Todes zu verlieren glaubtest, die dir aber dank ihrer Intrigen, dank ihres Fleißes und dank ihres Wissens reicher als je zuvor wiederbegegnet; denn neben dem beträchtlichen Vermögen, das sie selbst besitzt, ist sie noch glücklich genug, dir wiederzubringen, was man dir in Venedig abgenommen hatte ... Ja, Juliette«, fuhr diese liebe Freundin fort und legte einen Haufen Papiere auf den Tisch, »das ist die Grundlage deiner Rente von fünfzehnhunderttausend Pfund, die ich dir zurückgebe. Es ist alles, was ich retten konnte. Genieße es in Frieden und gib mir als Anerkennung die Gewißheit, daß ich mein Leben mit dir gemeinsam beenden werde.«

»Oh, meine Freunde«, rief Juliette trunken vor Freude, »wird also derjenige, der in einigen Tagen die Geschichte meines Lebens schreiben wird, etwa unrecht haben, wenn er sie ›Das Wohlergehen des Lasters‹ betitelt? Beeile dich, Durand, beeile dich, uns diese einzigartigen Tatsachen näher zu erklären, und sei versichert, daß ich es bin, die dich inständig bittet, uns solange du lebst nie mehr zu verlassen.«

Nun berichtete diese für alle Zeiten berühmte Frau der Gesellschaft in so kurzen Worten wie möglich, daß man ihr versichert hatte, eine andere Frau an ihrer Stelle hinzurichten, wenn sie versprach, alle ihre Geheimnisse preiszugeben und aufzudecken. Dieses Exempel war Juliettes wegen notwendig, deren Güter der Rat ebenso wollte wie das Nachlassen der Furcht vor Unvorsichtigkeiten. Die Täuschung glückte vollkommen, und sie hatte die Inquisitoren zufriedengestellt und in Venedig eine Epidemie hervorgerufen, in deren Verlauf mehr als zwanzigtausend Menschen ums Leben kamen. Nachdem dies vollbracht war, hatte sie um die diskrete und besondere Gnade gebeten, die Güter ihrer Freundin ausgehändigt zu bekommen. Man gewährte sie ihr. Von diesem Augenblick an dachte sie nur noch daran, Venedig zu verlassen; denn sie war überzeugt davon, daß diese perfiden, von den Prinzipien Machiavellis ermutigten Venezianer ihre Komplicin nur zu bald umbringen würden.

»Ich bin also zu dir geeilt, mein Engel«, fuhr die Durand fort. »Ich mache dich glücklich und bin selbst gleichfalls zufrieden. Lache nun über das Verhängnis des Schicksals, das mich zweimal vor dem Strang bewahrt hat. Jetzt brauche ich dieses Ende mit Sicherheit nicht mehr zu fürchten. Ich weiß nicht, welches Ende die Hand des Schicksals für mich bestimmt hat. Jedenfalls aber soll es mich nur im Schoße meiner lieben Juliette heimsuchen; dann werde ich mich niemals über seine Schläge beklagen.«

Die beiden Freundinnen fielen einander an die Brust und hörten eine Viertelstunde lang nicht auf, sich mit ehrlichen Freundschafts-, Vertrauens- und Anhänglichkeitsbeteuerungen zu überhäufen, die das Laster ebenso genießt wie die Tugend, was auch immer die kalten Anhänger jener langweiligen Gottheit darüber sagen mögen. Jedermann teilte die Gefühle der beiden zärtlichen Freundinnen, als mit großem Getöse ein Bote von Versailles im Hof ankam. Er verlangte nach Noirceuil und übergab ihm die Anordnungen, mit denen er beauftragt war.

»O Himmel«, rief dieser, sobald er das Papier gelesen hatte, »es scheint, meine liebe Juliette, daß sich heute alle Arten von Glück über unsere Häupter ergießen sollen. Der Minister hat seine Augen geschlossen. Hier ist der Brief aus der Hand des Königs, der mir befiehlt, schleunigst an den Hof zu kommen, um die Regierungsgeschäfte zu übernehmen. Was für eine übergroße Summe an Glückseligkeiten verspricht uns das! Schließen Sie beide sich mir an«, fuhr Noirceuil fort, sich an Juliette und die Durand wendend, »ich möchte mich für den Rest meines Lebens nicht von Ihnen trennen. Wie notwendig werden Sie beim Steuern jenes Schiffes, das ich führen werde, für mich sein! Ihnen, Chabert, gebe ich ein Erzbistum. Sie, Marquis, ernenne ich zum Botschafter von Konstantinopel. Ihnen, Chevalier, werde ich vierhunderttausend Pfund Rente geben. Sie werden in Paris bleiben, um unsere Geschäfte zu überwachen. Kommen Sie, meine Freunde, wenden wir uns wieder den Freuden zu; ich sehe in alledem nur die Tugendhaftigkeit des Unglücks: wenn wir einen Roman schrieben, würden wir vielleicht nicht wagen, das auszusprechen.«

»Warum sollte man sich fürchten, es zu veröffentlichen«, sagte Juliette, »wenn die Wahrheit selbst der Natur ihre Geheimnisse entreißt, und zwar bis zu einem Punkt, an dem die Menschen davor erzittern? Die Philosophie muß alles sagen.«

Am nächsten Morgen früh fuhr man los. Zehn Jahre lang krönten die größtmöglichen Erfolge unsere Helden. Nach Ablauf dieser Zeit ließ der Tod Madame de Lorsanges von der Weltbühne abtreten, wie denn alles, was auf Erden glänzt, vergänglich ist. Und da diese in ihrer Art einzige Frau gestorben ist, ohne die letzten Erlebnisse ihres Lebens aufgeschrieben zu haben, hat sie jedem Schriftsteller die Möglichkeit völlig genommen, sie der Öffentlichkeit zu schildern. Diejenigen, die es versuchen wollten, könnten dies nur tun, indem sie uns statt der Wahrheiten nur ihre eigenen Träumereien anbieten, was ein großer Unterschied wäre in den Augen der Leute von Geschmack, und vor allem in den Augen derer, die der Lektüre dieses Werkes einiges Interesse abgewinnen konnten.

Gedanken zum Roman

Als Roman bezeichnet man jenes Fabelwerk, das die besonders eigenartigen Abenteuer des menschlichen Lebens nachgestaltet. Warum jedoch wird diese Dichtungsgattung Roman genannt? Bei welchem Volk haben wir ihre Ursprünge zu suchen? Welches sind die berühmtesten Romane? Und welche Regeln muß man befolgen, um sich in der Kunst des Schreibens zu vervollkommnen?

Das sind drei Fragen, deren Untersuchung wir uns vorgenommen haben. Beginnen wir mit der Ethymologie des Wortes. Da wir nirgends etwas darüber erfahren, wie die Völker der Antike diese Gattung nannten, müssen wir uns, wie mir scheint, auf die Untersuchung beschränken, warum sie bei uns einst jenen Namen erhielt, den wir ihr noch heute geben. Wie man weiß, war die romanische Sprache ein Gemisch aus Keltisch und Latein, das unter der Herrschaft unserer beiden ersten Königsgeschlechter gesprochen wurde. Die Annahme ist begründet, daß die Werke der in Frage stehenden Gattung, die in dieser Sprache geschrieben waren, vermutlich auch deren Namen trugen. Man sagte wahrscheinlich Roman zu einem Werk, das von Liebesabenteuern erzählte, wie man ja auch die Klagen des gleichen Genres ›eine Romanze‹ nannte. Nach einer anderen Ethymologie dieses Wortes würde man vergeblich forschen. Es liegt nahe, die oben gegebene zu übernehmen, denn der gesunde Menschenverstand hat keine andere gefunden.

Wenden wir uns also der zweiten Frage zu.

Bei welchem Volk ist diese Dichtungsgattung vermutlich entstanden, und welches sind die berühmtesten Romane?

Es herrscht allgemein die Auffassung, daß der Roman seinen Ursprung bei den Griechen hatte, von dort zu den Mauren kam, von denen die Spanier ihn übernahmen, die ihn unseren Troubadours überlieferten, von denen schließlich die Autoren unserer Ritterromane ihn kennenlernten. Obgleich ich diese Entstehungstheorie gelten lasse und mich ihr stellenweise anschließe, bin ich dennoch weit davon entfernt, sie uneingeschränkt zu übernehmen: Ist es nicht schwierig, sie unter dem Gesichtspunkt aufrechtzuerhalten, daß jahrhundertelang das Reisen noch wenig verbreitet und die Verbindungen oft unterbrochen waren? – Es gibt Sitten, Gebräuche und Geschmacksrichtungen, die sich nicht übertragen lassen. Sie sind allen Menschen eigen und entstehen auf natürliche Weise mit ihnen. Überall da, wo Menschen sind, finden sich auch unverkennbare Spuren dieser Geschmacksrichtungen, Sitten und Gebräuche.

Es ist nicht zu bezweifeln, daß der Roman in einer Gegend entstanden ist, deren Einwohner sich als erste zu den Göttern bekannt haben, also in Ägypten, der verbürgten Wiege aller Religionen. Kaum hatten die Menschen sich unsterbliche Wesen erdacht, ließen sie diese auch schon handeln und reden. Seither gibt es Metamorphosen, Fabeln, Parabeln und Romane. Mit einem Wort: Seit sich die Fiktion des menschlichen Geistes bemächtigt hat, gibt es auch Werke fiktiver Art. Fabelbücher sind die Folge der Wahngebilde menschlicher Phantasie: Nachdem die zunächst von Priestern regierten Völker sich gegenseitig um ihrer phantastischen Gottheiten willen erwürgt haben, greifen sie schließlich für ihren König oder für ihr Vaterland zu den Waffen, und die dem Heroismus dargebrachte Huldigung tritt an die Stelle jener anderen, die man dem Aberglauben zollte. In kluger Folgerichtigkeit setzt man nicht nur die Heroen an die Stelle der Götter, sondern man besingt die Kinder des Mars, wie man zuvor die Kinder des Himmels verherrlicht hatte. Man schmückt die großen Taten ihres Lebens aus oder schafft, wenn man der Beschäftigung mit ihnen müde geworden ist, Gestalten, die ihnen gleichen, sie sogar übertreffen. So entstehen neue Romane, die zweifellos glaubwürdiger und für die Menschen besser geeignet sind als jene anderen, die nur Götzenbilder verherrlicht hatten. Der große Feldherr Herkules* hatte tapfer gegen seine Feinde kämpfen müssen. So kamen der Held und seine Geschichte zustande: Herkules vernichtet Ungeheuer, schlägt Riesen: Er wurde zum Gott gesteigert; die Fabel war erdacht, der Kern eines Aberglaubens war entstanden; es handelte sich jedoch um einen vernünftigen Aberglauben, denn er basierte allein auf der Dankbarkeit, die den Befreiern einer Nation gebührt, wohingegen der Aberglaube, der gar nicht vorhandene und nie erschaute Wesen erfindet, nur aus der Furcht, der Hoffnung und der Zügellosigkeit des Geistes heraus entstanden ist.

Jedes Volk hat also seine Götter, seine Halbgötter, seine Heroen, seine wahren Geschichten und seine ausgedachten Geschichten. Wir haben gesehen, daß ein Teil dessen, was über die Heroen geschrieben wurde, der Wahrheit entsprechen konnte. Alles übrige war erdichtet, war Fabelwerk, Werk der Erfindung, Roman; denn die Götter sprachen ausschließlich durch den Mund der Menschen, und diese zogen aus dem lächerlichen Betrug mehr oder weniger großen Nutzen und ließen es nicht daran fehlen, die Sprache ihrer Hirngespinste aus Bestandteilen zusammenzusetzen, die nach ihrer Ansicht am besten geeignet waren, zu verführen oder einzuschüchtern. Was am phantasievollsten war, versprach die größte Wirksamkeit. »Es entspricht einer herkömm-

* Herkules ist ein genetischer, aus zwei keltischen Worten gebildeter Name: Her-Coule bedeutet Herr Anführer. Hercoule war der Name des Armeeführers; so gab es unendlich viele Hercoules. Die Fabel schrieb dann die wunderbaren Taten vieler nur einem einzigen zu. (Peloutier: Geschichte der Kelten)

lichen Auffassung«, schreibt der Gelehrte Huet, »daß die Bezeichnung ›Roman‹ zunächst für wahre Geschichten verwendet und in der Folgezeit auf Fiktionen übertragen wurde: das beweist unwiderlegbar, daß letztere aus ersteren hervorgegangen sind.«

Es gab also in allen Sprachen und bei allen Völkern Romane, deren Stil und deren Handlung ein Abbild der nationalen Sitten und der von diesen Völkern überlieferten Ansichten darstellten.

Der Mensch ist zwei Schwächen unterworfen, die an seine Existenz gebunden sind und diese kennzeichnen: Er hat stets und überall das Bedürfnis zu beten, und überall das Bedürfnis zu lieben. Auf diesem Umstand beruhen alle Romane. Die Menschen schrieben Romane, um die Wesen darzustellen, zu denen sie flehten, und sie schrieben Romane, um die Wesen zu verherrlichen, die sie liebten. Die Romane der ersten Art diktierten ihnen die Hoffnung oder der Schrecken, und so mußten sie finster, gigantisch, voller Lügen und Fiktionen sein. Dies ist der Fall bei den Romanen, die Esdras während der babylonischen Gefangenschaft schrieb. Die anderen Romane sollten nur anmutige Empfindungen enthalten, wie etwa Heliodors Roman von Theagenes und Charicleia. Und da der Mensch immer betete, und da er, wo immer die Erde bewohnt ist, liebte, so entstanden Romane, die bald die fabulösen Wesen seines Kultes, bald die realeren Wesen seiner Liebe darstellten.

Demnach sollte man sich nicht darauf versteifen, die Ursprünge dieser Dichtungsgattung vorzugsweise bei dieser oder bei jener Nation finden zu wollen.

Man muß aus alledem vielmehr die Überzeugung gewinnen, daß alle Nationen den Roman je nach der stärkeren oder schwächeren Neigung zur Liebe oder zum Aberglauben verwendeten.

Wir wollen nun einen raschen Blick auf die Nationen werfen, die diesen Werken gegenüber am aufgeschlossensten waren, einen Blick auf die Werke und auf ihre Dichter. Wir wollen diesen Faden bis in die Gegenwart verfolgen, um unsere Leser in die Lage zu versetzen, von sich aus selbst Vergleiche anzustellen.

Aristides von Milet ist der erste Romancier, den die Antike erwähnt; seine Werke sind jedoch verschollen. Wir wissen nur, daß man seine Erzählungen die Milesiarken nannte. Ein Hinweis im Vorwort des Goldenen Esels scheint zu beweisen, daß die Werke des Aristides ein wenig obszön waren: »In diesem Stil werde ich schreiben«, sagt Apuleijus zu Beginn seines Goldenen Esels.

Antonius Diogenes, Zeitgenosse Alexanders, beschrieb die Liebe des Dinias und der Dercillis in einem züchtigeren Stil. Dieser Roman ist voller Fiktionen, Verzauberungen, außergewöhnlichen Reisen und Abenteuern. Le Seurre kopierte ihn 1745 in einem noch eigenartigeren kleinen Werk; im Gegensatz zu Diogenes begnügte er sich nicht damit, seine Helden durch bekannte Länder reisen zu lassen, vielmehr führte er sie abwechselnd in der Hölle und auf dem Mond spazieren.

Es folgten nun die ›Abenteuer des Sinonis und der Rhodanis‹ von Jamblikes, die ›Liebe des Theagenes und der Charicleia‹, die wir bereits erwähnten, die ›Ciropedia‹ des Xenophon, die Liebe von ›Daphnis und Chloe‹ von Longus, ›Ismenes und Ismenia‹ und viele andere Liebesgeschichten, die heutzutage entweder übersetzt oder völlig in Vergessenheit geraten sind.

Die Römer, die mehr der Kritik und der Bosheit, als der Liebe und dem Gebet zugetan waren, begnügten sich mit einigen Satiren, wie Petronius oder Varro sie schrieben, die man aber keinesfalls zu den Romanen rechnen kann.

Die Gallier, die den erwähnten beiden Schwächen näher waren, hatten ihre Barden, die man als die ersten Romanciers des heute von uns bewohnten Teiles von Europa betrachten kann. Wie Lukian schreibt, war es der Beruf dieser Barden, die unsterblichen Taten der Helden ihrer Nation in Verse zu fassen und diese zum Klang eines Instrumentes vorzutragen, das der Lyra glich.

Nur wenige dieser Werke sind heute noch bekannt. In unserem Bereich folgten nun die dem Erzbischof Turpin zugeschriebene Geschichte Karls des Großen und seiner Getreuen sowie die Romane der Tafelrunde, ›Tristan‹, ›Lancelot‹ und ›Parzifal‹, die sämtlich in der Absicht geschrieben wurden, berühmte Helden zu verewigen oder andere Helden nach deren Vorbild zu erfinden, die dank der Stilisierung durch die Phantasie jene anderen an wunderbaren Taten noch übertrafen. Welcher Abstand besteht jedoch zwischen diesen umfangreichen, langweiligen und vom Aberglauben verpesteten Werken und denen der Griechen, die ihnen vorausgegangen waren! Welche Barbarei, welche Grobheit folgten auf die Romane voll guten Geschmacks und angenehmer Imagination, mit denen die Griechen uns beispielhaft vorangegangen waren! Denn obwohl es auch vor jenen sicherlich schon Romane gegeben hat, kannte man damals doch nur die griechischen Vorbilder.

Was nun kam, waren die Troubadours. Obwohl man diese eher zu den Poeten als zu den Romanciers zählen müßte, gebührt ihnen wegen der Fülle der schönen, in Prosa von ihnen verfaßten Erzählungen doch mit vollem Recht ein Platz unter den Schriftstellern, von denen die Rede ist. Um sich hiervon zu überzeugen, werfe man einen Blick auf ihre Fabliaux, die zur Zeit der Herrschaft von Hugues Capet in romanischer Sprache geschrieben und später von den Italienern so eifrig abgeschrieben wurden.

Italien, dieser schöne Teil Europas, der damals noch unter dem Joch der Sarazenen stöhnte und noch weit von der Epoche entfernt war, in der er die Wiege der Renaissance werden sollte, hat bis zum 10. Jahrhundert fast keine Romanciers hervorgebracht. Sie traten dort erst fast zur gleichen Zeit auf, wie unsere Troubadours in Frankreich, und ahmten diese nach. Wir dürfen also bei der Beurteilung ihres Ruhms getrost davon ausgehen, daß die Italiener nicht unsere Meister wurden, wie La Harpe behauptet (Bd. III, S. 242), sondern daß vielmehr sie sich an unserem Vorbild schulten: Nach dem Beispiel unserer Troubadours entwarfen Dante, Boccaccio, Tasso und teilweise sogar Petrarca ihre Dichtungen. Der Stoff fast aller Novellen Boccaccios ist in unseren Fabliaux enthalten. Anders verhält es sich mit den Spaniern; sie wurden in der Kunst der fiktiven Darstellung von den Mauren unterwiesen, die diese Kunst ihrerseits von den Griechen gelernt hatten, deren sämtliche zu dieser Gattung gehörigen Werke sie in arabischen Übersetzungen besaßen.

Die Spanier schrieben köstliche Romane, die von unseren Schriftstellern imitiert wurden. Wir kommen darauf noch zurück.

In dem Maße, in dem in Frankreich die Galanterie ihr Antlitz wandelte, vervollkommnete sich der Roman. Damals, nämlich zu Beginn des vorigen Jahrhunderts, schrieb d'Urfé seine ›Astrée‹, die uns zu Recht bewog, seine charmanten Schäfer des Lignon den überspannten Recken des 11. und 12. Jahrhunderts vorzuziehen. Die Nachahmungssucht bemächtigte sich von nun an all der Leute, denen die Natur eine gewisse Begabung für diese Gattung verliehen hatte. Der erstaunliche Erfolg der ›Astrée‹, die man noch in der Mitte dieses Jahrhunderts las, hatte die Geister vollkommen gefangengenommen: Man imitierte den Roman, ohne ihn je zu erreichen. Gomberville, La Calprenède, Desmarets, Scudéri glaubten, ihr Original dadurch übertreffen zu können, daß sie Prinzen oder Könige an die Stelle der Schäfer des Lignon setzten, womit sie just den Fehler begingen, den ihr Vorbild vermieden hatte. Die Scudéri verfiel in den gleichen Fehler wie ihr Bruder: Sie wollte wie er d'Urfés Motiv veredeln, und wie er setzte sie langweilige Helden an die Stelle schöner Hirten. Statt in der Person des Cinna einen Fürsten darzustellen, wie Herodot ihn gezeichnet hatte, schuf sie einen Artamène, der verrückter ist als alle Personen der Astrée, einen Liebenden, der sich nur darauf versteht, von morgens bis abends zu weinen, und dessen Schmachten den Leser erschöpft, statt seine Teilnahme zu wecken. Der gleiche Mangel haftet ihrer ›Coelia‹ an, in der sie den Römern alle Natürlichkeit nimmt, sie dafür mit allen Extravaganzen ihrer Vorbilder ausstattet und sie dadurch mehr entstellt, als sie je zuvor entstellt worden waren.

Man gestatte uns einen Augenblick der Rückschau, um das Versprechen einzulösen und einen Blick auf Spanien zu werfen.

Die Rittertugenden hatten schon unsere französischen Romanciers inspiriert. In welchem Ausmaß aber stiegen sie zugleich auch den Schriftstellern jenseits der Pyrenäen zu Kopf! Der Katalog der Bibliothek des Don Quixote, den Miguel Cervantes so hübsch zusammengestellt hat, liefert hierfür den besten Beweis. Doch wie dem auch sei: Der berühmte Autor der Memoiren des größten Narren, der jemals der Phantasie eines Romanciers entspringen konnte, hatte gewiß keinen Rivalen. Sein der ganzen Welt bekanntes unsterbliches Werk, das getrost als der erste aller Romane betrachtet werden darf, verbürgt mehr erzählerisches Können als jedes andere Werk; es übertrifft alle anderen in der Kunst, die Abenteuer sich auf angenehme Weise durchkreuzen zu lassen und dabei in besonderem Maße unterhaltsam zu belehren. »Dieses Buch«, sagte Saint-Evremond, »ist das einzige, das ich immer wieder lese, ohne mich zu langweilen, das einzige, das ich gerne selbst geschrieben hätte.«

Die zwölf Novellen des gleichen Autors, die voller Spannung, voller Würze und voller Feinheiten stecken, geben den Ausschlag dafür, daß wir den berühmten spanischen Autor, ohne den wir vielleicht weder Scarrons bezauberndes Werk noch die meisten Dichtungen Lesages erhalten haben würden, allen anderen Romanciers vorziehen.

Nach d'Urfé und seinen Nachahmern, nach ›Ariane‹, ›Cléopatra‹, ›Pharamond‹, ›Polixandre‹ und allen anderen Werken dieser Art, in denen der Held, nachdem er neun Bände hindurch geseufzt hatte, im zehnten glücklich heiraten konnte – nach all diesem heute nicht mehr zu entwirrenden Plunder erschien Madame de La Fayette. Obgleich auch sie in den schmachtenden Ton verfiel, den sie in den Werken ihrer Vorgänger vorfand, verstand sie es, erheblich zu straffen. Und indem sie die Handlung komprimierte, erweckte sie Interesse. Man urteilte abfällig über sie, weil sie eine Frau war (als hätte dieses von Natur aus zartere und zum Romaneschreiben begabtere Geschlecht nicht größeren Anspruch auf den Lorbeer als wir). Man behauptete also, die La Fayette habe ihre Romane nur dank der außerordentlichen Hilfeleistungen La Rochefoucaulds in gedanklicher, und Segrais in stilistischer Hinsicht zustande gebracht. Nichtsdestoweniger ist nichts so spannend wie ›Zaìdat‹ und keine Darstellung ist angenehmer als die ›Prinzessin von Cleve‹. Liebenswürdige und bezaubernde Frau, mußte es Amor verwehrt bleiben, Dir zuweilen die Feder zu führen, die die Grazien Dir hielten?

Nun kam Fénelon und glaubte dadurch Interesse zu wecken, daß er den Aristokraten in poetischer Manier Lektionen erteilte, die diese niemals befolgten: Wollüstiger Liebhaber der Guion, Deine Seele wollte lieben, Dein Geist hatte den Wunsch, darzustellen. Wenn Du die langweilige Gründlichkeit oder den Ehrgeiz hättest aufgeben können, die wahre Kunst des Herrschens zu lehren, so würden wir Dir Meisterwerke verdanken, statt eines Buches, das man nicht mehr liest.

Dir, köstlicher Scarron, wird dieses Schicksal nicht beschieden sein. Bis zum Ende aller Zeiten wird Dein unsterblicher Roman

Gelächter erzeugen, und Deine Bilder werden niemals altern. ›Telemach‹, der nur für die Dauer eines Jahrhunderts lebensfähig war, wird unter den Trümmern dieses schon versunkenen Jahrhunderts zugrunde gehen. Aber Deine Komödien, Du Mans, du teures, liebenswürdiges Kind der Torheit, werden auch die ernstesten Leser erheitern, solange es Leben auf der Erde gibt.

Gegen Ende des gleichen Jahrhunderts schrieb die Tochter des berühmten Poisson (Madame Gomez) Romane, die ganz anders geartet waren als die ihrer literarischen Vorgängerinnen. Ihre Werke waren darum durchaus nicht weniger erfreulich. Ihre ›Journées amusantes‹ wie auch ihre ›Cent Nouvelles‹ werden für die Liebhaber dieses Genres stets die Grundlage ihrer Bibliothek bilden. Die Gomez verstand ihre Kunst; man kann ihr diese gerechte Anerkennung nicht versagen. Mademoiselle de Lussan, Madame de Tensin, Madame de Graffigny, Madame Elie de Beaumont und Madame de Riccoboni wetteiferten mit ihr. Ihre Dichtungen, die voll Anmut und guten Geschmacks sind, machen ihrem Geschlecht alle Ehre. Die ›Lettres Péruviennes‹ der Madame de Graffigny werden stets ein Vorbild für Zärtlichkeit und gefühlvolle Empfindungen sein. Auch die Briefe der ›Mylady Catesby‹ der Madame de Riccoboni werden all jenen stets zum Vorbild dienen, die nichts als Grazie und Verfeinerung des Stils anstreben. Aber wir wollen dort in das Jahrhundert zurückkehren, wo wir es verlassen haben, um einem dringenden Wunsch nachzugeben und einigen liebenswürdigen Frauen ein Lob zu spenden, die den Männern auf diesem Genre so treffliche Lehren erteilten.

Der Epikureismus der Ninon de Lenclos, der Marion de Lorme, der Marquise de Sévigné, Lafare, Chaulieu und Saint-Evremond – dieser ganzen charmanten Gesellschaft, die inzwischen von dem Schmachten der Göttin Cythera abgekommen und nun wie Buffon der Meinung war »allein das Physische sei das Gute an der Liebe«, veränderte bald den Ton der Romane. Die ihnen nachfolgenden Schriftsteller empfanden, daß die üblichen Fadheiten nicht mehr ausreichten, ein durch seine Regenten verdorbenes Jahrhundert zu unterhalten, ein Jahrhundert, das sich von den Torheiten der Ritter, den religiösen Extravaganzen und der Anbetung der Frauen abgewendet hatte. Sie fanden es einfacher, diese Frauen zu unterhalten oder zu verderben, als ihnen zu dienen oder sie zu beweihräuchern. Und also schufen sie Darstellungen, Bilder und Unterhaltungen, die dem Zeitgeist besser entsprachen. Sie verbargen Zynismus und Immoralität unter einem gefälligen, plauderhaften, manchmal sogar philosophischen Stil, und wenn sie auch nicht belehren konnten, so gefielen sie doch.

Crébillon schrieb ›Das Sofa‹, ›Tanzai‹, die ›Verirrungen des Herzens und des Geistes‹ und andere Romane, die das Laster lobten und sich von der Tugend abwandten, nichtsdestoweniger jedoch bei ihrem Erscheinen größte Erfolge erzielten.

Der in seinen Darstellungen originellere und feinere Marivaux schuf zumindest Charaktere; er nahm die Seele gefangen und rief Tränen hervor. Wie aber konnte jemand, der über so viel Kraft verfügte, einen so gezierten, manirierten Stil schreiben? Er bewies damit hinlänglich, daß die Natur einem Romancier niemals alle zur Vollkommenheit des Könnens notwendigen Gaben mit auf den Weg gibt.

Voltaire wollte etwas ganz anderes. Da er mit seinen Romanen nur die Absicht verfolgte, zu philosophieren, opferte er für diese Absicht alle andere auf. Mit wieviel Geschick gelang ihm das! Werden ›Candide‹ und ›Zadig‹ aller Kritik zum Trotz nicht immer Meisterwerke bleiben?

Rousseau, dem die Natur an Anmut und Empfindsamkeit mitgab, was sie sonst nur Voltaire an Geist verliehen hatte, ging mit dem Roman ganz anders um. Wieviel Kraft, wieviel Energie in der ›Heloise‹! Während Momus Voltaire den ›Candide‹ diktierte, entzündete die Fackel von Amor Rousseau all jene lodernden Seiten der ›Julie‹, und man kann mit gutem Recht behaupten, daß dieses sublime Buch niemals Nachahmer finden wird. Wenn doch diese Gewißheit die Feder aus den Händen jener Masse ephemerer Dichter winden könnte, die seit dreißig Jahren nicht müde wird, uns schlechte Kopien dieses unsterblichen Meisterwerkes zu liefern! Möchten sie doch anerkennen, daß man dazu wie Rosseau eine Seele aus Feuer und einen Verstand von der Güte des seinigen besitzen muß: zwei Dinge, die in einem Jahrhundert nicht zweimal von der Natur zusammengefügt werden.

Dieser Einsicht zum Trotz lieferte uns Marmontel Erzählungen, die er nicht etwa (wie ein Kritiker von Rang bemerkte) ›Moralische Erzählungen‹ nannte, weil diese Erzählungen Unterweisungen in der Moral gaben, sondern weil sie unsere Sitten spiegeln; sie tun dies allerdings ein wenig zu sehr in der gekünstelten Manier von Marivaux. Was hat es mit diesen Erzählungen auf sich? Es sind Albernheiten, die sich nur für Frauen und Kinder eignen, und mit denen vor Augen man niemals auf den Gedanken käme, sie stammten aus derselben Feder wie der ›Belisar‹, der allein ausreichen würde, den Ruhm dieses Autors zu begründen. Mußte jemand, der das 15. Kapitel dieses Buches schrieb, wirklich nach der fragwürdigen Ehre trachten, uns mit jenen parfümierten Erzählungen zu beglücken?

Nun endlich brachten die englischen Romane, die kraftvollen Werke Richardsons und Fieldings den Franzosen bei, daß man nicht durch die Schilderung faden Liebesschmachtens oder langweiliger Salonkonversation erfolgreich ist, sondern allein durch die Darstellung männlicher Charaktere, die uns als Spielzeug und Opfer der unter dem Namen ›Liebe‹ bekannten Wallung des Herzens deren Gefahren und deren Unglück vorführen. Nur hieraus können diese im englischen Roman so meisterlich dargestellten Entwicklungen und Leidenschaften entstehen. Richardson und Fielding haben uns gelehrt, daß nur das ernsthafte Studium des menschlichen Herzens, dieses wahrhaften Labyrinthes der Natur, den Romancier inspirieren kann. Der Roman soll den Menschen nicht nur so zeigen, wie er ist oder wie er sich gibt – das ist Aufgabe des Historikers –, der Roman soll vielmehr zeigen, wie der Mensch sein könnte; soll darstellen, was die Einwirkungen des Lasters und die Erschütterungen der Leidenschaften aus ihm machen können. Und also muß man alle Leidenschaften kennen, jede von ihnen zur Entfaltung bringen, wenn man in dieser Gattung etwas leisten will.

Von den Engländern haben wir fernerhin gelernt, daß man nicht immer Interesse erweckt, wenn man die Tugend triumphieren läßt, daß man hiernach aber nichtsdestoweniger so weit als möglich streben sollte. Diese Regel ist übrigens weder in der Natur, noch bei Aristoteles verbürgt. Sie, von der wir wünschten, daß um unseres Glückes willen alle Menschen nach ihr lebten, ist ohne jede Bedeutung für den Roman und sollte nicht einmal als Spannungsmoment verwendet werden. Denn wenn die Tugend siegt und die Dinge sich so verhalten, wie sie es sollten, so versiegen unsere Tränen, bevor sie noch zu fließen beginnen. Wenn wir dagegen sehen, wie die Tugend nach Überwindung allerhärtester Prüfungen schließlich dennoch vom Laster niedergerungen wird, so erschüttert dies unser Gemüt aufs tiefste; das Werk aber, das uns außerordentlich bewegt hat, das, um mit Diderot zu sprechen, »unsere Herzen über und über hat bluten lassen« wird unfehlbar jene Teilnahme erwecken, die einzig und allein den sicheren Beifall verbürgt.

Man sagt selbst: Wenn der unsterbliche Richardson sein Werk nach zwölf oder fünfzehn Bänden in tugendhafter Weise damit beschlossen hätte, daß er seinen Lovelace zum Guten bekehrt und ihn Clarissa anvermählt, würde man bei der Lektüre dieses im gegensätzlichen Sinne verstandenen Romans dann die köstlichen Tränen vergossen haben, die ihm von allen fühlenden Wesen gespendet werden? – Man sollte folglich, wenn man Romane schreiben will, die Natur zu erfassen suchen, man sollte das menschliche Herz, das einzigartigste ihrer Werke begreifen wollen, keinesfalls aber die Tugend. Denn die Tugend, wie schön und notwendig auch immer sie sei, ist nur eine Äußerung dieses wunderbaren Herzens, das der Roman als dessen treuer Spiegel in allen Zügen zeichnen sollte, und dessen tiefgreifende Erforschung für den Romancier daher so notwendig ist.

Prévôt, Du weiser Übersetzer Richardsons, Du, dem wir verdanken, daß alle Schönheiten des berühmten Dichters in unsere Sprache eingegangen sind, gebührt Dir nicht für Dein eigenes Schaffen ein Tribut gleich wohlverdienten Lobes? Sollte man Dich nicht zu Recht den französischen Richardson nennen? Als einziger hast Du die Kunst beherrscht, das Interesse durch Verschachtelung der Erzählungen bis zum Ende wachzuhalten, indem Du die Spannung zwar aufteiltest, sie aber immer neu erregtest. Du warst der einzige, der stets so überlegen mit seinen Nebenepisoden verfuhr, daß die Hauptintrige aus deren Vielzahl oder Verwicklungen Nutzen zog, statt Schaden zu erleiden. So ruft diese Fülle von Ereignissen, die Laharpe Dir zum Vorwurf macht, in Deinen Dichtungen nicht nur die sublimsten Effekte hervor. Sie wird zugleich zum besten Beweis für die Schärfe Deines Geistes und für Dein hervorragendes Genie. »Die ›Mémoires d'un homme de qualité‹ – (um unserer Ansicht über Prévôt die Ansicht anderer hinzuzufügen) –, ›Cleveland‹, die ›Histoire d'une Greque moderne‹, ›Le Monde moral‹ und vor allem ›Manon Lescaut‹* stecken voll von rührenden und furchtbaren Szenen, die die Gemüter bestürzen und unwiderstehlich fesseln. In diesen Werken führen die geschickt angeordneten Darstellungen Situationen herbei, in denen die Natur vor Entsetzen schaudert ...« Hier kann man sehen, was es heißt, Romane zu schreiben. Hier wurde eine Leistung vollbracht, die Prévôt in der Nachwelt eine Vorrangstellung sichert, die von keinem seiner Rivalen jemals erreicht werden wird.

Es folgten die Schriftsteller der Jahrhundertmitte: So maniriert wie Marivaux und so kalt, so wenig moralisch wie Crébillon, ist Dorat dennoch ein angenehmerer Schriftsteller als die beiden, mit denen wir ihn vergleichen. Die Frivolität seines Jahrhunderts entschuldigt die seine, und er verstand die Kunst, dieselbe gut zu erfassen.

Charmanter Autor der ›Reine de Golconde‹, vergönnst Du mir, Dir einen Lorbeerkranz zu überreichen? Selten verfügte jemand über einen gefälligeren Geist, und die schönsten Erzählungen des Jahrhunderts wiegen nicht jene auf, die Dich unsterblich macht. Du bist liebenswürdiger und glücklicher als Ovid, denn der Held und Entdecker Frankreichs beweist dadurch, daß er Dich in den Schoß des Vaterlandes zurückruft, daß er ebensowohl der Freund Apolls als auch der des Mars ist. Erfülle die Erwartungen dieses großen Mannes und hefte noch einige Rosen an den Busen der schönen Aline!

Darnaud, der Nacheiferer Prévôts, übertrifft sein Vorbild gelegentlich. Beide tauchen ihre Feder in den Styx. Darnaud jedoch heitert die seine zuweilen auf in den eleusischen Gefilden; der kraftvollere Prévôt hat die Farbtöne niemals verwässert, in denen er Cleveland malte.

* Wie viele Tränen vergießt man bei der Lektüre dieses köstlichen Werkes! Wie meisterlich ist die Natur darin gezeichnet, wie kunstvoll wird die Spannung aufrechterhalten, die stufenweise zunimmt! Wie viele Schwierigkeiten sind bewältigt worden! Wie viele Philosophen wären notwendig gewesen, um zu erreichen, daß man der Geschichte eines gefallenen Mädchens all dieses Interesse abgewinnt. Wäre es übertrieben zu behaupten, daß dieses Werk den Anspruch auf den Titel unseres besten Romans erheben darf? An diesem Roman erkannte Rousseau, daß eine Romanheldin trotz aller Unvorsichtigkeiten, trotz allen Leichtsinns dennoch Anspruch auf unser Mitgefühl erheben darf, und vielleicht hätten wir ohne ›Manon Lescaut‹ niemals ›Julie‹ erhalten.

R ...* überschwemmt das Publikum. Er benötigt eine Presse am Kopfende seines Bettes: Es wäre ein Glück, wenn nur diese unter seinen »fürchterlichen Erzeugnissen« ächzte. Er schreibt einen niedrigen und kriecherischen Stil und schildert abstoßende Begebenheiten, die stets in der allerschlechtesten Gesellschaft spielen; und er hat letzten Endes kein anderes Verdienst als das einer gewissen Weitschweifigkeit, für die einzig die Pfefferhändler ihm dankbar sein werden.

Vielleicht sollten wir hier jene neuen Romane analysieren, deren ziemlich einziges Verdienst im Zauberischen und Phantasmagorischen besteht, wobei wir den der bizarren Einbildungskraft der ›Radcliffe‹ in jeder Weise überlegenen ›Moine‹ obenan stellen würden. Diese Abhandlung würde dadurch jedoch zu lang werden. Wir wollen uns darauf einigen, daß diese Gattung ihre guten Seiten hat, was auch immer man gegen sie einwenden mag: Sie war die unvermeidliche Frucht der in ganz Europa empfundenen Erschütterungen. Für jemanden, der alles Ungemach kannte, das die Bösewichte der Menschheit aufbürden können, wurde es ebenso schwer, Romane zu schreiben, wie es langweilig wurde, sie zu lesen. Denn es gab niemanden, der in vier oder fünf Jahren nicht mehr Unglück ertragen hatte, als der berühmteste Romancier des Jahrhunderts darzustellen vermocht hätte. Infolgedessen mußte man die Hölle zu Hilfe nehmen, um interessante Titel zu erfinden, und man mußte im Reich der Chimären suchen, was man bei der Durchleuchtung der menschlichen Schicksale während dieses ehernen Zeitalters nur zu beiläufig erfahren hätte. Doch welche Unannehmlichkeiten beschwor diese Art der Darstellung herauf! Der Autor des ›Moine‹ vermied sie ebensowenig wie die Radcliffe. Hieraus folgt notwendigerweise folgende Alternative: Entweder deckt man den Zauber auf, und dann verfliegt das Interesse, oder man lüftet den Schleier niemals und verbleibt dann in der scheußlichsten Unglaubwürdigkeit. Wenn diese Art der Darstellung ein einziges Werk hervorbrächte, das gut genug wäre, ans Ziel zu kommen, ohne an der einen oder anderen dieser Klippen zu zerschellen, so würden wir es – weit davon entfernt, ihm die Mittel seiner Darstellung vorzuwerfen – als ein Musterbeispiel hinstellen.

Bevor wir uns nun unserer dritten und letzten Frage zuwenden: »Welches sind die Gesetze der Kunst des Romanschreibens?« scheint es mir notwendig zu sein, auf den ständigen Einwand einiger griesgrämiger Gemüter einzugehen, die sich den Anschein einer ihrem Herzen oft sehr fremden Moralität geben und euch ständig mit der Frage behelligen: »Worin besteht der Nutzen der Romane?«

Worin der Nutzen besteht, ihr heuchlerischen und perversen Menschen, die ihr euch als einzige diese lächerliche Frage stellt?

* Restif de la Bretonne. (Anm. d. Red.)

Sie dienen dazu, euch so darzustellen, wie ihr seid: als ehrgeizige Individuen, die sich der Feder entziehen wollen, weil sie deren Wirkungen fürchten. Da der Roman ein »Bild der säkularen Sitten« gibt, wenn man so sagen kann, so ist er für den Philosophen, der den Menschen erkennen will, von ebenso großer Bedeutung wie die Geschichte. Denn deren Meißel stellt den Menschen nur da, wenn er sich nicht verbirgt; dann aber ist er nicht mehr er selber: Ehrgeiz und Hochmut bedecken dann seine Stirn mit einer Maske, die uns nur diese beiden Laster herweist, nicht aber den Menschen. Die Feder des Romanciers dagegen erfaßt sein Inneres, zeigt ihn, wie er die Maske ablegt. Die Skizze, die da entsteht, ist sowohl viel interessanter, als auch zugleich sehr viel wahrer. Hierin besteht der Nutzen des Romans. Kalte Zensoren, die ihr ihn nicht schätzt, ihr ähnelt dem Krüppel, der einmal fragte: »Warum malt man eigentlich Porträts?«

Wenn es also zutrifft, daß der Roman von Nutzen ist, so wollen wir uns nicht scheuen, hier einige Prinzipien zu nennen, die wir zur Vervollkommnung dieser Gattung für notwendig erachten.

Ich weiß wohl, daß es schwierig ist, mich dieser Aufgabe zu entledigen, ohne damit Waffen gegen mich selbst zu schmieden: Werde ich nicht doppelt schuldig, schlecht geschrieben zu haben, wenn ich beweise, daß ich weiß, was erforderlich ist, um gut zu schreiben?

Aber ach, wir wollen doch diese sinnlosen Betrachtungen beiseite lassen; sie mögen der Liebe zur Kunst aufgeopfert werden.

Die wesentlichste Erkenntnis, die der Roman erfordert, ist sicher die des menschlichen Herzens. Was diese wichtige Kenntnis betrifft, werden gewiß alle vernünftigen Menschen unserer Meinung sein und versichern, daß man sie nur durch Unglücksfälle und durch Reisen erwirbt. Man muß Menschen aller Nationen gesehen haben, um sie gut zu kennen, und man muß ihr Opfer gewesen sein, um sie einschätzen zu können. Die Hand des Unglücks hebt den Charakter desjenigen, den sie trifft, aus der Masse heraus und rückt ihn in die richtige Entfernung zu den Menschen, die nötig ist, wenn man sie studieren will. Er sieht sie aus diesem Abstand, wie der Schiffbrüchige die aufgewühlten Wellen sich an der Klippe brechen sieht, auf die der Sturm ihn geworfen hat. Doch in welche Lage die Natur oder das Schicksal ihn versetzt haben mögen: wenn er die Menschen kennenlernen will, so soll er wenig sprechen, wo er mit ihnen zusammen ist. Man lernt nichts, wenn man spricht; man unterrichtet sich nur durch Zuhören. Das ist der Grund dafür, daß gesprächige Menschen im allgemeinen Dummköpfe sind.

O du, der du diese dornenreiche Laufbahn durchmessen willst, verliere nie aus den Augen, daß der Romancier ein Diener der Natur ist: Sie hat ihn erschaffen, damit er ihr Maler sei. Wenn er nicht zum Liebhaber seiner Mutter wird, sobald diese ihn geboren hat, so lasse er das Schreiben: Wir werden ihn nicht lesen. Verspürt er jedoch jenen brennenden Durst, alles darzustellen, öffnet er mit Schaudern den Busen der Natur, um Modelle daraus zu schöpfen und seine Könnerschaft zu üben, hat er das Fieber des Talents und den Enthusiasmus des Genies, so folge er der Hand, die ihn leitet: Er hat den Menschen enträtselt, er wird ihn darstellen können. Von seiner Imagination beherrscht, gebe er ihr nach und verschöne, was er sieht: Ein Tor pflückt eine Rose und entblättert sie; das Genie atmet ihren Duft und zeichnet sie: Die Werke dieses Menschen werden wir lesen.

Doch indem ich dir empfehle zu verschönen, verbiete ich dir, dich von der Wahrscheinlichkeit zu entfernen. Der Leser wird mit Recht ärgerlich, wenn er bemerkt, daß man zu viel von ihm verlangen, daß man ihn zum Betrogenen machen will. Seine Eigenliebe leidet darunter, und wenn er argwöhnt, daß man ihn betrügen will, so glaubt er gar nichts mehr.

Mache Gebrauch von deinem Recht, ungehemmt und von keiner Schranke zurückgehalten, Hand an alle Anekdoten der Geschichte zu legen, wenn das Vergnügen, das du uns bereitest, die Mißachtung dieses Zügels erfordert. Und noch einmal: Man erwartet nicht von dir, daß du der Wahrheit entsprichst, sondern nur der Wahrscheinlichkeit. Zu viel von dir zu verlangen, hieße den Genüssen schaden, die wir von dir erwarten. Ersetze jedoch nicht das Wahre durch das Unmögliche, und achte darauf, daß alles, was du erfindest, gut geschrieben sei. Nur in Anbetracht der bestimmten Absicht, auszuschmücken und zu blenden, verzeiht man dir, daß du deine Einbildungskraft an die Stelle der Wahrheit setzt. Man ist niemals berechtigt, sich schlecht auszudrücken, wenn man alles sagen kann, was man will. Wenn du, wie Herr R . . . nur schreibst, was alle Welt schon weiß, so spare dir die Mühe, nach der Feder zu greifen, und wenn du uns auch, wie er, vier Bände pro Monat vorlegen könntest. Niemand zwingt dich zu der Tätigkeit, die du ausübst. Läßt du dich aber darauf ein, so mache deine Sache gut. Betrachte sie vor allem nicht als eine Lebenshilfe: Dein Werk würde deine Nöte widerspiegeln, du würdest deine Schwäche darauf übertragen, die Blässe des Hungers würde es zeichnen. Es stehen ja andere Berufe zu deiner Verfügung: Werde Schuster, aber schreibe keine Bücher. Wir werden dich darum nicht geringer achten, sondern wir werden dich, da du uns nicht langweilst, vielleicht nur um so höher schätzen.

Hast du deine Skizze erst einmal aufgezeichnet, so bemühe dich beharrlich darum, sie auszuweiten, ohne dich dabei durch die Grenzen behindern zu lassen, die sie dir zunächst vorzuschreiben scheint. Denn bei dieser Methode würde dein Werk kalt und mager werden. Wir erwarten Anläufe von dir, keine Regeln. Gehe über deine Pläne hinaus, variiere sie, erweitere sie; nur während der Arbeit entstehen Ideen. Warum willst du nicht zugeben, daß der Gedanke, der dir während des Schreibens einfällt, ebensogut ist wie der, den deine Skizze dir vorschreibt?

Im wesentlichen verlange ich nur eines von dir: daß du das Interesse bis zur letzten Seite fesselst. Du verfehlst dein Ziel, wenn du deine Fabel durch Zwischenfälle unterbrichst, die entweder zu häufig wiederholt werden, oder nicht zum Thema gehören. Die Episoden, die du dir dennoch einzufügen gestattest, sollen noch sorgfältiger gestaltet sein, als das eigentliche Thema: Du bist dem Leser eine Entschädigung schuldig, wenn du ihn zwingst, das, was ihn interessiert, zugunsten einer Nebenepisode aufzuschieben. Er kann dir gestatten, daß du ihn unterbrichst, doch er wird dir nicht verzeihen, daß du ihn langweilst. Achte darauf, daß deine Episoden immer aus dem Grundthema hervorgehen und dahin zurückkehren. Wenn du deine ›Helden‹ reisen läßt, so kenne das Land, in das du sie führst, und treibe den Zauber so weit, daß ich (der Leser) mich mit ihnen identifiziere. Denke daran, daß ich in allen Regionen, in die du sie versetzt, an ihrer Seite gehe und daß ich, der ich vielleicht besser unterrichtet bin als du, weder eine Unwahrscheinlichkeit in der Darstellung der Sitten, noch einen Fehler der Kleidung und noch weniger einen geographischen Irrtum verzeihen werde. Da niemand dich zu diesen Abstechern zwingt, müssen deine lokalen Beschreibungen zutreffend sein; andernfalls solltest du deinen Winkel am Kamin nicht verlassen. In allen deinen Werken ist dies der einzige Punkt, in dem man keine Erfindungen dulden kann, es sei denn, die Länder selbst, in die du mich versetzt, seien erfunden; und auch dann würde ich immer noch Wahrscheinlichkeit verlangen.

Vermeide moralische Zimperlichkeit; denn im Roman sucht man danach nicht. Sollten die Personen, die dein Plan erfordert, zuweilen räsonieren müssen, so soll das immer ohne Affektiertheit und ohne die Neigung dazu geschehen. Niemals darf der Autor moralisieren; nur die handelnde Person darf es, und auch ihr gestatte man es nur dann, wenn sie durch die Verhältnisse dazu gezwungen wird.

Hast du den Zeitpunkt der Auflösung erreicht, so achte darauf, daß sie auf natürliche Weise und niemals gezwungen, niemals gewaltsam herbeigeführt werde, sondern daß sie sich stets aus den Verhältnissen ergebe. Ich verlange nicht von dir – wie die Autoren der Encyclopédie – daß der Ausgang dem Wunsch des Lesers entsprechen soll. Welches Vergnügen bleibt ihm denn, wenn er alles erraten hat? Die Auflösung soll so sein, wie die Ereignisse sie vorbereitet haben, wie die Wahrscheinlichkeit sie erfordert und wie die Einbildungskraft sie eingibt.

Mit diesen Prinzipien, die zu vervollkommnen ich deinen Geist und deinen Geschmack beauftrage, wirst du, wenn nicht gut, so doch mindestens besser schreiben als wir, denn – man muß es eingestehen – in den folgenden Novellen bleibt der kühne Flug, den wir uns erlaubt haben, nicht immer im Einklang mit den Regeln der Kunst. Wir hoffen jedoch, daß die extreme Wahrheit der Charaktere vielleicht für diesen Mangel entschädigen wird.

Die Natur, die wunderlicher ist, als die Moralisten sie uns darstellen, überschreitet ständig die Grenzen, die deren Absichten ihr gerne vorschreiben möchten. Einheitlich in ihren Plänen, aber unregelmäßig in ihren Wirkungen, gleicht ihr ewig unruhiger Busen einem Vulkan, aus dem in ständigem Wechsel bald dem menschlichen Luxus dienende Edelsteine, bald Feuersbrünste emporgeschleudert werden, die die Menschen vernichten. Erhaben, wenn sie die Erde mit Menschen vom Schlage des Antonius und des Titus bevölkert, abscheulich, wenn sie Andronizier und Neronen auf sie ablädt, bleibt sie doch immer überlegen und majestätisch und stets unserer Studien, unseres Schreibens und unserer respektvollen Bewunderung würdig. Denn ihre Absichten sind uns verborgen, und wir als Sklaven ihrer Launen oder ihrer Bedürfnisse dürfen unsere Empfindungen für sie niemals durch das, was wir auf Grund dieser Launen erdulden müssen, bestimmen lassen, sondern allein durch ihre Energie und ihre Größe, welche Folgen daraus auch immer entstehen mögen.

In dem Maße, in dem eine Nation sich überlebt und ihr Geist in Verfall gerät, muß man sie unter Berücksichtigung der Tatsache, daß die Natur besser analysiert und erforscht worden ist und man die Vorurteile mehr und mehr beseitigt hat, um so gründlicher zur Kenntnis bringen. Dieses Gesetz gilt auch für die Künste: Sie vervollkommnen sich nur in stetiger Entwicklung, und sie gelangen nur durch Versuche zum Ziel. In den entsetzlichen Zeiten der Unkenntnis, in Zeiten, in denen man unter dem Zwang der religiösen Ketten denjenigen zum Tode bestrafte, der die Natur zu kennen und zu beurteilen trachtete, in denen der Scheiterhaufen der Inquisition der Lohn der Talente wurde, hätte man zweifellos nicht so weit gehen können. Aber in unserem gegenwärtigen Zustand wollen wir diesem Grundgesetz getrost folgen: in unserer Zeit, in der der Mensch alle ihm entgegengerichteten Widerstände untersucht hat, in der sein Auge mit kühnem Blick alle Hindernisse mißt, in der er dem Beispiel der Titanen folgt und es wagt, mit kühner Hand gen Himmel zu greifen, in der er mit seinen Leidenschaften gewappnet, wie jene einst die Lava des Vesuvs als Waffe hatten, sich nicht mehr scheut, denen den Kampf anzusagen, vor denen er einstmals vor Furcht erzitterte, in der seine Verirrungen ihm nur noch als durch den Stand der Forschungen bedingte Irrtümer erscheinen, soll man in einer solchen Zeit nicht mit dem gleichen Nachdruck zu ihm sprechen, mit dem er selbst sein eigenes Verhalten bestimmt? Ist denn der Mensch des 18. Jahrhunderts noch immer der des 11. Jahrhunderts?

Schließen wir mit der Versicherung, daß die Novellen, die wir heute vorlegen, ganz neuartig sind und in keiner Weise auf bekannten Grundlagen fußen. Diese Eigenschaft ist in unserer Zeit vielleicht von einigem Verdienst, in dieser Zeit, in der alles als Machwerk erscheint, in der es den Anschein hat, als vermöge die erschöpfte Phantasie der Autoren nichts Neues mehr zu schaffen, und in der man dem Publikum nur noch Kompilationen, Auszüge oder Übersetzungen bietet. Indessen haben ›Der Zauberturm‹ und ›Die Verschwörung von Amboise‹ gewisse historische Grundlagen. Aus der Aufrichtigkeit unseres Geständnisses ersieht man, wie fern es uns liegt, den Leser täuschen zu wollen. Man muß in diesem Genre originell sein oder die Finger davon lassen.

Im folgenden sei also vermerkt, was in den beiden Novellen von den genannten Quellen zu finden ist.

Der arabische Historiker Abul-coecim-terif-aben-tariq, ein unseren zeitgenössischen Literaten kaum bekannter Schriftsteller, vermerkt im Zusammenhang mit dem ›Zauberturm‹: »Rodrigo, ein verweichlichter Herrscher, zog in wollüstiger Absicht die Töchter seiner Vasallen an seinen Hof und mißbrauchte sie. Unter den Mädchen befand sich Florinde, die Tochter des Grafen Julien. Rodrigo vergewaltigte sie. Ihr Vater, der sich in Afrika befand, erfuhr davon durch einen allegorischen Brief seiner Tochter. Er wiegelt die Mohren auf, sich zu erheben und kehrt an ihrer Spitze nach Spanien zurück. Rodrigo ist ratlos; seine Schatzkammern sind leer, keine Festung bietet Zuflucht. Er macht sich auf, den Zauberturm von Toledo zu durchstöbern, in dem er, wie man ihm berichtet, noch unermeßliche Schätze finden könne. Er dringt ein und erblickt ein Standbild der Zeit, das mit seiner Keule zuschlägt und Rodrigo durch eine Inschrift alle Unglücksfälle ankündigt, die ihm bevorstehen. Der Fürst tritt zur Seite und erblickt eine große Wasserschüssel, aber kein Geld. Er kehrt um und läßt den Turm verschließen. Das Gebäude verschwindet mit einem Donnerschlag. Nur Trümmer bleiben davon zurück. Der König stellt trotz dieser unheilvollen Vorzeichen ein Heer auf, kämpft in der Nähe Cordobas acht Tage lang und findet den Tod, ohne daß man seine Leiche auffinden konnte.«

Diesen Stoff haben wir der Geschichte entnommen. Man lese nun unser Werk und beurteile, ob die Vielzahl der Ereignisse, die wir dem mageren Grundbestand hinzugefügt haben, uns dazu berechtigt, diese Anekdote als unser geistiges Eigentum zu betrachten.*

* Es handelt sich hierbei um die Anekdote, die Brigandos in der ›Sainville und Leonore‹ betitelten Episode des Romans ›Aline und Valcour‹ erzählt und die den Zwischenfall des in dem Turm aufgefundenen Leichnams unterbricht. Die Plagiatoren dieser Episode haben, da sie sie Wort für Wort abgeschrieben haben, zugleich auch die ersten vier Zeilen dieser Anekdote übernommen, die der Anführer der Zigeuner erzählt. Es ist hier daher ebenso wichtig für uns, wie für alle Romankäufer, darauf hinzuweisen, daß die Werke, die bei Pigoreau und Leroux unter dem Titel ›Valmor und Lidia‹ und bei Clérioux und Moutardier unter dem Titel ›Alzonde und Konradin‹ erschienen sind, absolut identisch, und daß beide buchstäblich Satz für Satz von der Episode von ›Sainville und Léonore‹ gestohlen sind, die etwa drei Bände meines Romans ›Aline und Valcour‹ umfaßt.

Was nun die ›Verschwörung von Amboise‹ betrifft, so lese man sie bei Gariner nach, und man wird sich davon überzeugen, wie wenig wir der Geschichte entlehnt haben.

Hinsichtlich der anderen Novellen haben wir überhaupt keine fremde Anregung erhalten. Thema, Gehalt, Episoden, alles stammt von uns. Vielleicht ist daraus nicht das Allerbeste geworden, aber wie dem auch sei: Wir haben immer geglaubt und werden immer davon überzeugt sein, daß es besser sei, etwas zu erfinden, selbst wenn man es dabei nicht allzu weit bringt, als abzuschreiben oder zu übersetzen. So kann man wenigstens Anspruch auf Genie erheben, und das ist immerhin etwas. Wessen dürfte sich dagegen der Plagiator rühmen? Ich kenne kein niedrigeres Gewerbe, ich kann mir keine erniedrigenderen Geständnisse vorstellen als die, zu denen dergleichen Menschen gezwungen sind, indem sie selber zugeben, über keinen Geist zu verfügen, da sie darauf angewiesen sind, den der anderen zu entlehnen.

Was den Übersetzer betrifft, so möge Gott verhüten, daß wir seine Verdienste schmälern. Er bringt jedoch nur unsere Rivalen zur Geltung. Und ginge es dabei auch nur um die Ehre des Vaterlandes: Wäre es nicht besser, den stolzen Rivalen zuzurufen: »Auch wir verstehen zu schaffen?«

Ich muß schließlich auf den Vorwurf eingehen, den man mir machte, als ›Aline et Valcour‹ erschien. Mein Federzug, so sagte man, sei zu stark, ich habe dem Laster zu hassenswerte Züge verliehen. Will man meine Gründe erfahren?

Ich möchte nicht, daß man das Laster liebe, ich habe nicht wie Crébillon und Dorat die gefährliche Absicht, den Frauen Zuneigung zu den Personen einzuflößen, von denen sie betrogen werden. Im Gegenteil, ich will, daß sie diese verabscheuen, denn das ist das einzige Mittel, das sie davor bewahren kann, ihre Opfer zu werden. Um das zu erreichen, habe ich diejenigen meiner Helden, die der Spur des Lasters folgen, so abschreckend gezeichnet, daß sie mit Sicherheit weder Mitleid noch Liebe einflößen werden. Ich wage zu behaupten, daß ich dadurch moralischer wirke als diejenigen, die da glauben, es sei ihnen gestattet, ihre Helden zu verherrlichen. Die verderblichen Werke dieser Autoren gleichen jenen amerikanischen Früchten, die unter den leuchtendsten Farben den Tod in sich tragen. Dieser Verrat der Natur, deren Absicht zu enthüllen uns nicht gegeben ist, steht dem Menschen nicht an. Darum werde ich niemals – ich wiederhole – niemals das Laster anders als in den Farben der Hölle darstellen. Ich möchte, daß man es bloßgelegt sehe, daß man es fürchte, daß man es verabscheue, und ich kenne kein anderes Mittel, diesen Zweck zu erreichen, als es mit der ganzen Scheußlichkeit darzustellen, die es kennzeichnet. Unglück über alle, die es mit Rosen umgeben! Ihre Ansichten sind weniger rein, und ich werde ihrem Beispiel niemals folgen. Man möge mir daher auch nicht mehr länger die Autorschaft an dem Roman von J . . . zuschreiben; ich habe niemals derartige Werke verfaßt und werde gewiß niemals etwas ähnliches schreiben. Nur Dummköpfe oder Bösewichte könnten mich trotz meines authentischen Widerrufs noch immer der Autorschaft verdächtigen oder beschuldigen. Die erhabenste Verachtung wird von nun an die einzige Waffe sein, mit der ich ihre Verleumdungen bekämpfen werde.

Der Verfasser der »Verbrechen der Liebe« an Villeterque, den Follikular*

Ich bin seit langem überzeugt, daß die Beschimpfungen, die der Neid oder noch niederträchtigere Motive diktieren und die uns durch den Pesthauch eines Follikulars zu Ohren kommen, einen wahren Literaten nicht mehr berühren als der morgendliche Hinterhoflärm einen friedlichen und vernünftigen Reisenden. Folglich würde ich mir in voller Verachtung für die unverschämte Schmähschrift des Follikulars Villeterque bestimmt nicht die Mühe machen, darauf zu antworten, wenn ich nicht das Leserpublikum warnen wollte vor den ständigen Verleumdungen solcher Herren.

Die einfältige Art, in der Villeterque die ›Verbrechen der Liebe‹ rezensiert, zeigt deutlich, daß er sie nicht gelesen hat. Würde er sie kennen, so hätte er mir nicht in den Mund gelegt, woran ich niemals gedacht habe. Er hätte die Sätze, die man ihm zweifellos diktiert hat, nicht aus dem Zusammenhang gerissen, um sie willkürlich zu entstellen und ihnen somit einen Sinn zu geben, den sie niemals gehabt haben.

Ohne also mein Werk gelesen zu haben (wie ich soeben nachwies), beginnt er damit, es als »abscheulich« zu bezeichnen und zu behaupten, »in bester Absicht«, daß dieses Buch von einem Mann geschrieben wurde, der wahrscheinlich ein noch »viel schrecklicheres« verfaßt habe.

Hier fordere ich Villeterque zu zwei Dingen auf, denen er sich nicht entziehen kann: Erstens, nicht verunglimpfte, entstellte und aus dem Zusammenhang genommene Sätze, sondern vollständige Stücke zu veröffentlichen, die beweisen, daß mein Buch die Bezeichnung »abscheulich« verdient, während alle, die es gelesen haben, meinem Werk zugestehen, daß es sich auf die reinste Moral stützt. Zweitens fordere ich ihn auf zu beweisen, daß ich der Autor eines solchen noch »viel schrecklicheren« Buches bin. Nur ein Verleumder schleudert ohne jeden Beweis Verdächtigungen gegen die Rechtschaffenheit eines Menschen. Ein wirklich ehrenwerter Mann gibt Beweise und Namen an und spricht nicht nur Vermutungen aus. Villeterque denunziert nun aber, ohne zu beweisen; er läßt über meinem Haupte einen furchtbaren Verdacht schweben, ohne eine Aufklärung oder Bestätigung zu geben.

* Journalist nennt man einen gebildeten Mann, der in der Lage ist, ein Werk zu diskutieren, es zu analysieren und den Lesern durch seine klare Besprechung bekanntzumachen. Wer aber geistlos ist und nicht das zu dieser durchaus löblichen Arbeit notwendige Urteil besitzt, wer etwas zusammenschmiert, druckt, verunglimpft, erlügt, verleumdet und beschwatzt, und wer das nur tut, um sich damit einen Lebensunterhalt zu schaffen, der, behaupte ich, ist ein Follikular; und ein solcher Mann ist Villeterque. (S. seine Schrift vom 30. des Weinmonats des Jahres 9, Nr. 90.) [→ Bd. VI, Dok. III,58.]

Darum also ist Villeterque ein Verleumder; er errötet nicht, sich schon als Verleumder zu zeigen, bevor er seine Schmähschrift beginnt.

Wie dem auch sei, ich habe gesagt und ich versichere nochmals, daß ich keine »unsittlichen Bücher« geschrieben habe und daß ich keine zu schreiben gedenke; und zwar wiederhole ich das hier nicht etwa für den Follikular Villeterque, – was mir nur den Anschein geben würde, als sei ich auf seine Meinung eifersüchtig, – sondern für das Publikum, dessen Urteil ich genauso sehr achte, wie ich die Meinung von Villeterque verachte.*

Nach dieser einleitenden Artigkeit kommt der Tintenkleckser dann zur Sache. Folgen wir ihm, wenn uns der Ekel nicht aufhält; denn es ist schwierig, Villeterque ohne Abscheu zu folgen: Er erregt Widerwillen gegen seine Meinungen, gegen seine Schriften – oder vielmehr gegen seine Plagiate – und gegen sich selbst ... Gleichviel, nur Mut!

Der Dummkopf Villeterque behauptet mit »augenscheinlicher Gelehrsamkeit«, daß ich in meinen »Gedanken über den Roman« einer Unzahl von Irrtümern verfallen sei. Könnte man hier nicht schon Beweise anführen? Aber man müßte selbst ein wenig gebildeter sein, um Fehler in der Gelehrsamkeit aufdecken zu können, und Villeterque, der bald zeigen wird, daß er gelehrte Bücher nicht einmal kennt, ist bei weitem nicht klug genug, meine Irrtümer zu beweisen. Deshalb begnügt er sich mit der Behauptung, daß ich welche begangen hätte, ohne daß er sie aufzuzeigen wagt. Gewiß ist es auf solche Weise nicht schwer, zu kritisieren. Ich wundere mich nicht mehr, daß es so viele Kritiker und so wenige gute Werke gibt. Darum wären auch die meisten Literaturzeitschriften, angefangen bei der von Villeterque, keineswegs so bekannt, wenn ihre Herausgeber sie nicht genauso marktschreierisch an den Mann bringen würden, wie man Quacksalbereien in den Straßen vertreibt.

Wie man sieht, sind also meine Irrtümer gründlich aufgezeigt

* Die gleiche Verachtung ließ mich schweigen zu dem blödsinnigen und verleumderischen Gedicht eines gewissen Despaze, der ebenfalls behauptete, daß ich der Autor jenes lasterhaften Buches sei, dessen Titel man um der Sittlichkeit selbst willen niemals aussprechen soll. Ich wußte, daß dieser Gassenjunge nur ein Hochstapler war, den die Garonne ausgespien hatte und der dann nach Paris gekommen war, um die Künste unsinnig zu bemäkeln, von denen er nicht die geringste Ahnung hatte, – Werke, die er nie gelesen hatte, und würdige Leute, die sich hätten zusammenschließen müssen, um ihn mit einem Stock zu erschlagen. Ich war genau darüber unterrichtet, daß dieser zwielichtige Lumpenkerl sich nur in heimtückischer Absicht einige abgeschmackte Verse – von deren Wirkung der Bettelmann sich ein Stück Brot erhoffte – mühsam aus den Fingern gesogen hatte. Darum hatte ich beschlossen, ihn schimpflich schmachten zu lassen in seiner Erniedrigung und Schande, in die ihn sein Geschmiere immer wieder hinabstürzte; denn ich befürchtete, meine Gedanken zu beflecken, wenn ich sie auch nur für eine Sekunde an ein so ekelhaftes Geschöpf verschwenden würde. Aber da diese Herren die Esel nachgeahmt haben, die alle gleichzeitig schreien, wenn sie hungrig sind, war es unbedingt notwendig, ihnen allen unterschiedslos einen Schlag zu versetzen, um sie zum Schweigen zu bringen. Darum sehe ich mich gezwungen, sie für einen Augenblick an den Ohren aus dem Schlamm zu ziehen, in dem sie dahinsiechen, damit das Publikum sie erkennt an dem Siegel der Schmach, das ihre Stirnen bedeckt, und wenn ich der Menschheit diesen Dienst erwiesen habe, stoße ich den einen wie den anderen mit einem Fußtritt wieder tief in die stinkende Gosse, wo sie in ihrer Niedrigkeit und Würdelosigkeit auf ewig modern werden.

und nachgewiesen worden durch die Darstellung des gelehrten Villeterque, der allerdings nicht einen einzigen zu zitieren wagt. Nun geht der liebenswürdige Follikular zu meiner grundsätzlichen Gesinnung über, und hier ist er besonders gründlich: Hier brüllt und wettert er: Man kann der Schärfe und Klugheit seiner Beweisführungen nicht standhalten; weh' dem, der nicht sofort überzeugt ist, wenn Meister Villeterque seinen Mund auftut!

Ja, weiser und tiefsinniger Vile stercus, ich habe gesagt, und ich wiederhole es nochmals: Mir hat das Studium der großen Vorbilder gezeigt, daß man in einem Roman oder in einer Tragödie nicht immer Anteilnahme beanspruchen kann, indem man die Tugend triumphieren läßt; daß weder in der Natur, noch bei Aristoteles, noch bei irgendeinem unserer Dichter ausschließlich jene Regel herrscht, die alle Menschen zu ihrem Gemeinwohl streng einhalten sollten, ohne daß sie jedoch für ein dramatisches Werk, gleich welcher Art, absolut wesentlich sei. Aber das sind keineswegs meine Grundsätze, die ich hier aufzeige. Ich habe nichts erfunden; man möge mich lesen, und man wird einsehen, daß ich an dieser Stelle meiner Darstellung nicht nur den Eindruck wiedergebe, den das Studium der großen Meister hervorgerufen hat, sondern daß ich mich selbst diesen Grundregeln nicht unterworfen habe, für wie gut und weise auch immer ich sie halte. Denn welches sind schließlich die beiden hauptsächlichen Elemente der dramatischen Kunst? Haben uns nicht alle guten Autoren gesagt, daß es der Schrecken und das Mitleid sind? Woraus könnte nun aber der Schrecken entstehen, wenn nicht aus den Bildern des triumphierenden Verbrechens, und woraus entsteht Mitleid, wenn nicht aus denen der unglücklichen Tugend? Man muß also auf Anteilnahme verzichten oder sich diesen Prinzipien unterwerfen. Nichts ist einfacher, doch hat Villeterque nicht genug gelesen, um von der Güte dieser Grundsätze überzeugt zu sein. Es ist überflüssig, die Regeln einer Kunst zu kennen, wenn man nicht davon ablassen will, einschläfernde ›Nachtgedanken‹ zu verfassen oder kleine Märchen aus ›Tausend und eine Nacht‹ abzuschreiben und sie dann stolz unter seinem eigenen Namen zu veröffentlichen. Aber wenn der Plagiator Villeterque die Prinzipien nicht kennt, dann soll er sie wenigstens nicht bestreiten. Und wenn er sich auf Grund seiner Zeitung eine Eintrittskarte für die Comédie ergaunert und für seine schlechten Dienste auch noch auf einem der Gratisplätze sitzt und Aufführungen der Meisterwerke von Racine und Voltaire sieht, so sollte er doch da wenigstens lernen, daß zum Beispiel in ›Mahomet‹ Palmire und Séide umkommen, obwohl sie beide unschuldig und tugendhaft sind, während Mahomet triumphiert; er sollte sich doch bei »Britannicus« überzeugen, daß der junge Prinz und seine Braut tugendhaft und unschuldig sterben, während Nero regiert; er sollte doch das gleiche erkennen in ›Polyeucte‹, in

›Phaedra‹, usw., usw.; wenn er dann wieder zu Hause ist und Richardson aufschlägt, so sollte er doch sehen, bis zu welchem Grade dieser berühmte Engländer Anteilnahme erweckt, indem er die Tugend als unglücklich darstellt. Ich würde wünschen, daß Villeterque sich von diesen Wahrheiten überzeugte und, wenn möglich, daß er weniger gehässig, hochmütig und dumm diejenigen tadelte, die sie nach dem Vorbild unserer größten Meister in die Tat umsetzen. Aber es ist nun einmal so, daß Villeterque, der kein großer Meister ist, auch die Werke der großen Meister nicht kennt und daß der gute Mann nichts mehr anzufangen wüßte, wenn man ihm, gallig wie er ist, die Axt entreißen würde. Hören wir trotzdem den wunderlichen Kauz, wenn er darüber spricht, wie ich die Prinzipien angewendet habe. Oh, wie schön kann man hier den Pedanten reden hören!

Ich behaupte, um Interesse zu erwecken, ist es manchmal erforderlich, daß das Böse die Tugend übertrumpft; ich behaupte, daß das ein sicheres Mittel ist, Anteilnahme zu fordern, und Villeterque greift meine Moral dieses Grundsatzes wegen an. Wahrlich, wahrlich, ich sage Euch aber, Villeterque, Ihr seid genauso einfältig bei der Beurteilung von Menschen wie bei der Besprechung ihrer Werke. Ich lasse da vielleicht der Tugend das höchste Lob zuteil werden, das man ihr möglicherweise machen kann, und in der Tat, wenn sie nicht so schön wäre, würde man dann die Unglücksopfer der Tugend beweinen? Wenn ich nicht selbst die Tugend für das würdigste Ideal der Menschen hielte, würde ich dann den Dramatikern sagen: Wenn ihr Mitleid erregen wollt, so wagt es für einen Augenblick, das anzugreifen, was das Schönste im Himmel und auf Erden ist, und ihr werdet sehen, welch bittere Tränen wegen dieses Frevels fließen. Ich spende also der Tugend Lobsprüche, während Villeterque mich der Auflehnung gegen ihre Verehrung anklagt.

Aber der keineswegs tugendhafte Villeterque weiß eben nicht, wie man die Tugend anbetet. Nur den Anhängern einer Gottheit ist der Zugang zu ihrem Tempel gestattet, und Villeterque, der wahrscheinlich weder Gottheit noch Glaubensbekenntnis hat, weiß nichts von alledem. Aber wenn die folgende Seite, auf der Villeterque wie unsere großen Meister zu denken und wie sie die Tugend zu verehren behauptet, zu einem unbezweifelbaren Beweis wird, daß ich der Autor des Buches bin, in welchem sie am meisten erniedrigt wird, dann wird man zugestehen, daß dabei die Logik Villeterques in voller Klarheit zutage tritt. Ich beweise, daß ohne Tugend ein gutes dramatisches Werk unmöglich ist: Ich erhöhe sie, da ich meine und sage, daß Empörung, Zorn und Tränen die Folge der Beleidigungen sein sollen, die sie empfängt, oder der Mißhelligkeiten, die sie erleidet. Und daraus ergibt sich, nach Villeterque, daß ich der Autor eines scheußlichen Buches sei, in dem man genau das Gegenteil der Prinzipien feststellt, die ich aufstelle und zu denen ich mich bekenne. Ja, gewiß, genau das

Gegenteil; denn der Autor des besagten Buches scheint dem Bösen die Macht über die Tugend nur aus Boshaftigkeit und aus moralischer Ungebundenheit verliehen zu haben; eine heimtückische Absicht, aus der er keinen dramatischen Nutzen ziehen zu müssen glaubte, während doch die zitierten Vorbilder immer den entgegengesetzten Weg eingeschlagen haben und während ich, soweit mir meine Schwäche diesen Meistern zu folgen erlaubte, das Laster in meinen Werken nur mit den Farben zeichnete, die am besten geeignet sind, es auf ewig zu verabscheuen; und wenn ich es manchmal triumphieren ließ über die Tugend, so geschah dies nur, um sie interessanter und schöner zu gestalten. Wenn ich genau umgekehrt verfahre wie der Autor des in Frage kommenden Buches, so habe ich also keineswegs den Prinzipien dieses Autors gehuldigt; wenn ich diese Prinzipien verabscheue und mich von ihnen in meinen Werken distanziere, so habe ich sie also nicht übernehmen können. Und darum ist der inkonsequente Villeterque, der meine Vergehen genau mit dem zu beweisen glaubt, was mich gerade von ihnen reinwäscht, nichts weiter als ein feiger Verleumder, den man unbedingt entlarven muß.

Aber wozu dienen diese Bilder des triumphierenden Verbrechens? sagt der Follikular. Sie dienen dazu, Villeterque, die entgegengesetzten Bilder in ein viel klareres Licht zu stellen, und das genügt, um ihre Nützlichkeit zu beweisen. Übrigens, wo triumphiert eigentlich das Verbrechen in jenen Novellen, die Ihr mit solch großer Dummheit und Unverschämtheit angreift? Man erlaube mir nur, eine sehr kurze Analyse der Novellen zu geben, um dem Publikum zu beweisen, daß Villeterque gar nicht weiß, was er sagt, wenn er behauptet, ich gäbe in meinen Novellen dem Laster eine große Überlegenheit über die Tugend.

Wo findet sich die Tugend besser belohnt als in ›Juliette und Raunai‹?

Wenn sie im ›Doppelten Beweis‹ unterdrückt wird, sieht man hier etwa das Verbrechen triumphieren? Ganz bestimmt nicht, denn in der völlig sentimentalen Novelle gibt es nicht eine verbrecherische Gestalt. Ich gebe zu, daß in ›Henriette Stralson‹, wie in ›Clarissa‹, die Tugend unterliegt; aber wird das Verbrechen nicht von eben dieser Tugend bestraft?

Wird es nicht in ›Faxelange‹ noch strenger gestraft, und wird die Tugend nicht aus ihren Ketten befreit? Läßt der Fatalismus von ›Florville und Courval‹ das Verbrechen siegen? Alle Verbrechen, die hier unabsichtlich begangen werden, sind nur die Auswirkungen dieses Fatalismus, mit dem die Griechen die Hand ihrer Götter bewaffnet haben. Sehen wir nicht alle Tage die gleichen Ergebnisse im Unglück des Ödipus und seiner Familie?

Wo wird das Verbrechen mehr bestraft als in ›Rodrigo‹?

Krönt nicht die schönste Heirat die Tugend in ›Laurence und Antonio‹, und unterliegt hier nicht das Böse?

Wird in ›Ernestine‹ Oxtiern nicht durch die Hand des ehrbaren Vaters dieser Unglücklichen gestraft? Steigt das Verbrechen in ›Dorgeville‹ nicht aufs Schafott?

Rächen die Gewissensbisse, die die ›Gräfin von Sancerre‹ ins Grab bringen, nicht die Tugend, die sie schmähte?

Schließlich in ›Eugénie de Franval‹: durchbohrt sich der Unmensch, den ich gezeichnet habe, nicht mit eigener Hand?

Villeterque ... Follikular Villeterque, wo also triumphiert in meinen Novellen das Verbrechen? Ah! wenn ich hier irgend etwas triumphieren sehe, so ist es in Wirklichkeit nur deine Dummheit und dein gemeiner Wunsch nach Verleumdung.

Jetzt frage ich meinen verachtungswürdigen Beurteiler, mit welcher Stirn er ein solches Werk eine »Anhäufung von empörenden Abscheulichkeiten« nennt, wenn nicht einer der angeführten Vorwürfe sich begründet findet? Da dies nun bewiesen ist, was ergibt sich aus dem Urteil, das dieser unfähige Phrasendrescher vorgebracht hat? Aus der geistlosen Satire, aus der Kritik ohne Urteilsfähigkeit und aus der Gehässigkeit ohne Grund? Und das alles nur, weil Villeterque ein Dummkopf ist und von einem Dummkopf nie etwas anderes als Dummheiten hervorgebracht werden. Ich sei mit mir selbst im Widerspruch, fügt der »Pädagoge« Villeterque hinzu, wenn ich einen meiner Helden genau das Gegenteil von dem aussprechen lasse, was ich im Vorwort gesagt habe. Aber, abscheulicher Nichtswisser, begreife doch endlich, daß jede Gestalt eines dramatischen Werkes so sprechen muß, wie es der Charakter erfordert, der ihr innewohnt; daß es also die Gestalt ist, die da spricht, und nicht der Autor, und daß man sich in diesem Falle nichts Einfacheres vorstellen kann, als daß diese nur von ihrer Rolle beseelte Person etwas ausspricht, das in vollkommenem Gegensatz zu dem steht, was der Autor sagt, wenn er selbst spricht. Wahrlich, welch ein Mann wäre Crébillon gewesen, wenn er immer wie Artée gesprochen hätte, welch ein Unmensch Racine, wenn er gedacht hätte wie Nero, und welch ein Ungeheuer Richardson, wenn er keine anderen Grundsätze gehabt hätte als die von Lovelace! Oh! mein Herr Villeterque, wie seid Ihr einfältig! Das ist zum Beispiel eine Wahrheit, über welche die Gestalten meiner Romane und ich jederzeit einig sein werden, falls wir uns zufällig über Euer langweiliges Dasein unterhalten würden. Aber welche Schwäche meinerseits! Soll ich Vernunftgründe bringen, wo nur Verachtung erforderlich ist? Wahrhaftig, was anders verdiente denn ein Tölpel, der demjenigen, der überall das Böse bestraft hat, zu sagen wagt: Zeige mir einen glücklichen Halunken; denn das fehlt zur Vervollkommnung der Kunst, der Verfasser der ›Verbrechen der Liebe‹ beweist es euch! Nein, Villeterque, ich hab das nie gesagt und nie bewiesen; um dies überzeugend zu beweisen, lege ich deine Dummheit dem einsichtigen Publikum dar. Ich habe genau das Gegenteil gesagt, Villeterque, und das Gegenteil ist die Grundlage meiner Werke.

Die gemeine Schmähschrift unseres Schmierfinken schließt mit folgendem schönem Appell:

»Rousseau, Voltaire, Marmontel, Fielding, Richardson, Ihr habt nicht Romane geschrieben (ruft er aus): Ihr habt die Sitten gezeichnet; man sollte Verbrechen zeichnen!« Als wenn die Verbrechen nicht ein Teil der Sitten wären, und als wenn es nicht schlechte und gute Sitten gäbe! Aber das ist zu hoch für Villeterque, davon versteht er nichts.

Übrigens, wie können sich solche Vorwürfe gegen mich richten, der ich doch voller Achtung bin für die, welche Villeterque aufzählt, sie unaufhörlich in meinen ›Gedanken zum Roman‹ gelobt habe; und haben außerdem diese von mir immer gepriesenen Leute, die Villeterque anführt, nicht auch das Verbrechen dargestellt? Ist Rousseaus Julie ein völlig tugendhaftes Mädchen? Ist der Held aus ›Clarissa‹ ein sehr moralischer Mensch? Findet man große Tugendhaftigkeit in ›Zadig‹ und in ›Candide‹ usw., usw.? Oh! Villeterque, ich habe irgendwo gesagt, daß es besser sei, Schuhe und Stiefel zu machen, wenn man schreiben wolle, ohne das Talent für diesen Beruf zu haben; nun weiß ich nicht, ob sich dieser Rat an Euch wenden sollte. Befolgt ihn dennoch, mein Freund, befolgt ihn, und Ihr werdet vielleicht ein leidlicher Schuhmacher, aber auf jeden Fall werdet Ihr nie mehr als ein fader Schriftsteller. Ach, tröste dich, Villeterque, man wird Rousseau, Voltaire, Marmontel, Fielding und Richardson immer lesen: Deine stumpfsinnigen Spötteleien werden niemandem beweisen, daß ich diese Größen kritisiert hätte, da ich sie im Gegenteil ständig als Vorbilder hingestellt habe. Wen man aber sicher niemals lesen wird, Villeterque, das seid Ihr, vornehmlich, weil es nichts von Euch gibt, das Euch überleben könnte. Und selbst wenn man auf irgendwelche von Euren literarischen Diebstählen treffen sollte, so wird man sie lieber im Original lesen, wo sie sich in ihrer ganzen Reinheit darbieten, als befleckt von einer Feder, die so schmutzig ist wie die Eure.

Villeterque, Ihr habt gefaselt, gelogen, Ihr habt Unsinn auf Verleumdung gehäuft und Stumpfsinn auf Unwahrheit, und das alles nur, um »kaltgestellte« Autoren zu rächen, auf deren Niveau Euch Eure langweiligen Schmierereien zu Recht gestellt haben.*

Ich habe Euch eine Lektion erteilt und bin bereit, Euch eine weitere zu erteilen, falls es Euch einfallen sollte, mich nochmals zu beleidigen.

D. A. F. de Sade

* Man kennt (Gott sei Dank!) von diesem Schmierer nur die ›Nachtgedanken‹, die er »philosophisch« nennt, obwohl sie nur einschläfernd sind; ein widerliches, eintöniges und langweiliges Sammelsurium, wobei der immer ungelenke Pädagoge gerne wollte, daß wir genauso dumm wären wie er, und sein Geschwätz für Feinheit, seinen verschrobenen Stil für Geist und seine Plagiate für Einfallsreichtum nehmen würden; aber wenn man liest, so findet man unglücklicherweise nur Plattheiten, wo er selbst schreibt, und schlechten Geschmack, wo er die anderen abschreibt.

Kommentare

Die Geschichte der Juliette

Mit der Juliette führt Sade seinen Lesern nicht nur eine neue Person, sondern auch eine neue Welt vor: Italien. Der Marquis hat zwei italienische Reisen unternommen. Die erste nach der Affäre von Marseille im Juli 1772 mit seiner Schwägerin Mademoiselle de Launey. Die zweite, als er sich wegen der Aussagen »der kleinen Mädchen von Lyon« verfolgt glaubte (Juli 1775 bis Juni 1776). Mit seinem Diener Carteron besuchte er Rom, Florenz und Neapel. In Rom machte er die Bekanntschaft des »kleinen Doktors« [→ Bd. VI, Brief III,87]. Dieser hatte im Auftrag des Marquis geographische Beschreibungen und Anekdoten gesammelt. Zum Dank erinnert der Marquis sich seiner noch nach zwanzig Jahren und feiert ihn in der ›Juliette‹ als den »vrai philosoph« [→Polizeipräfekt Ghigi]. Im übrigen scheint Sade seine Bekanntschaften nicht gerade unter den einflußreichen Persönlichkeiten der oberen Gesellschaftsschicht gemacht zu haben. Wie wäre es sonst zu erklären, daß der französische Handelsbeauftragte in Neapel den Marquis, der unter falschem Namen reiste, mit einem gewissen Teissier verwechseln durfte, der achtzigtausend Pfund gestohlen haben sollte?*

Welch illustren Personen hingegen begegnet Juliette! Mit mysteriösen Empfehlungsbriefen läßt sich die schöne Dirne von Hof zu Hof reichen. In Florenz ist es Fürst Leopold I. von Toscana, den Juliette beehrt, in Neapel die Königin Charlotte (Marie-Karoline), in Rom eine Prinzessin Borghese und schließlich – in Begleitung des französischen Botschafters Bernis – der Papst höchstpersönlich.

Marie-Karoline, die von 1752 bis 1814 gelebt hat und Schwester von Marie-Antoinette war, präsentiert sich Juliette auf einem Canapé. Das ist nicht so weit hergeholt, wie es auf den ersten Blick erscheinen mag. In fast jedem älteren Lexikon kann man lesen, daß Marie-Karoline ein »unzüchtiges Leben« geführt habe, ihren Gemahl Ferdinand zur Seite drängte und zusammen mit ihrem Liebhaber Acton eine Gewaltherrschaft über Neapel und die beiden Sizilien ausübte. Auch die lesbische Neigung, die Sade ihr nachsagt, soll der Königin eigen gewesen sein. Berüchtigt wenigstens wurde ihr Verhältnis zu Lady Hamilton. So war denn manches, was Sade ausmalt, in den Zuständen und Menschen der Zeit angelegt.

Dennoch muß einen die Lässigkeit, mit der Sade die gekrönten Häupter an den ärgsten Ausschweifungen beteiligt und ihnen die obszönsten Redewendungen in den Mund legt, frappieren. Man ist überrascht, daß der Marquis es unternehmen konnte, sie entweder auf seinen Typ des Herrenmenschen oder den der wollüstigen Tribadin zurechtzustutzen. Das ist nur mit der Zeit der Abfassung der ›Juliette‹ zu erklären. Sades Schilderungen beziehen sich zwar in etwa auf die Jahre 1770/75, wurden aber erst nach der Revolution niedergeschrieben. Unverkennbar spricht aus ihnen der Zeitgeist, die allgemeine Wut auf das Haus Österreich, dem kein Laster arg genug zugeschrieben werden konnte. Eben dieses Bemühen kommt auch in dem dreibändigen

* Während die Behörden auf einen Rechtfertigungsbrief aus der Provence warteten, wurde Sade – wie Lely beschreibt – im Januar/Februar 1776 von der königlichen Polizei überwacht.

Werk von Joseph Gorani zum Ausdruck, das 1794 erschien und von Sade gewiß gelesen wurde: ›Geheime und kritische Memoiren der Höfe und Sitten der größeren Staaten Italiens‹. Das Verhältnis zwischen Karoline und Ferdinand charakterisiert Gorani mit folgendem Vorfall: Eines Tages habe sich König Ferdinand in eine schöne Duchesse verliebt, die seiner Neigung trotz hartnäckigen Werbens nicht entgegenkommen wollte. In seiner Not bat er Karoline um Hilfe. Diese aber wußte nichts Besseres zu tun, als die Dame für sieben Jahre vom Hof zu verbannen. Nicht etwa aus Eifersucht, wie Gorani präzisiert, sondern aus Ehrgeiz und Furcht vor dem politischen Einfluß einer vom König über die Maßen verehrten Frau. »Oder aber«, so schließt Gorani seine Erzählung, »war sie vielleicht nur ärgerlich, mitansehen zu müssen, daß eine Frau das Verlangen eines Herrschers zurückwies, während sie, wie Messalina, sich schamlos und wahllos den ehrlosesten und den aus den niedrigsten Volksschichten stammenden Männern hingegeben hatte?«

Unter einem ähnlichen Aspekt zeitgeschichtlicher Polemik gilt es, Sades Porträt des Papstes (1775–1799) zu beurteilen: »Braschi ist rundlich, seine Hinterbacken sind fett, fest und wohlgeformt.« Weiter sagt der Marquis dem Kirchenfürsten nach, einen Käfig mit Lustobjekten beiderlei Geschlechts in seinem Vatikan zu verbergen. Der zurückhaltendere Gorani wirft dem Papst bloß ein inzestuöses Verhältnis mit seiner Tochter vor. Gorani bezeichnet ihn überdies als »habgierig, eitel, ungerecht«, und das gewiß nicht ohne Berechtigung: Trotz der schlechten Finanzlage des Kirchenstaates ließ Pius VI. einen Riesenpalast für sich, den Palazzo Braschi, an der Piazza Navona bauen. Doch als Verfechter von Freiheit und Republik hätte Gorani Pius noch einen schwereren Vorwurf machen können: Im Frühjahr 1791 hatte der Papst die neue Kirchenverfassung öffentlich mißbilligt.

Kurz nachdem die ›Juliette‹ erschienen war, wurde Braschi abgesetzt und nach Frankreich entführt (1798), wo er im Jahr darauf starb. Sade mochte hoffen, in ihm den letzten Papst gegeißelt zu haben, den Goethe ein Jahrzehnt zuvor noch als die »schönste, würdigste Männergestalt« beschrieben hatte.

Die schwarze Messe

Schwarz ist die Haut der Neger, das Haar der Juden, die Seele der Sünder, der Ketzer und Verbrecher. Schwarz ist alles Böse, alles Hassenswerte und Verfolgungswürdige. So auch die Messe, die statt einem Gott, dem Teufel geweiht sein sollte. Erfahren kann man über sie nur etwas aus den Schriften ihrer Bekämpfer, den Bodinus, De Lancre, Remigius. Diese Leute haben sich im Zusammenhang mit den Hexenverfolgungen im 16. und 17. Jahrhundert einen Namen gemacht. Die Schwarze Messe aber ist viel älter als die Hexenverfolgungen und hat diese auch überlebt. Nicht nur in den Werken des Marquis, der die Mönche von Saint-Marie-des-Bois auf dem nackten Leib eines jungen Mädchens eine solche zelebrieren läßt. [→ »Das Fest der Jungfrau«.]*

Die Anklage, unzüchtige Messen zu feiern, wiederholt sich stereotyp durch die Jahrhunderte. Immer wieder wurde sie von den Rechtgläubigen gegen die verschiedenen Sekten erhoben. Gegen die Manichäer, Katharer, gegen die Brüder des freien Geistes, die Beghinen, die Albigenser, wobei die ge-

* In seinem Buch über »Satanskult und Schwarze Messe« (1964) schreibt G. Zacharias, daß der Name »Schwarze Messe« erst im 19. Jahrhundert geprägt worden sei. Das ist gut möglich, da gerade um diese Zeit in der Nachfolge von Sade die Schwarze Messe in der Literatur eine Rolle zu spielen begann. Vgl. dazu auch Mario Praz.

zwungenermaßen geheimen Zusammenkünfte dieser Ketzer einen realen Anhaltspunkt boten. Es war nicht immer klar, was man darunter verstand. Im allgemeinen eine sexuelle Orgie zu Ehren des Teufels. Aber auch die Vorwürfe des Ritualmordes und der Promiskuität gehören in diesen Themenkreis, das heißt, sexuelle Ausschweifungen zu Ehren eines der christlichen Dogmatik entratenen Gottes. Volle Entfaltung und Präzisierung fand die Schwarze Messe aber erst, nachdem die Kirche die Begriffe Ketzer und Hexe identifiziert und den Volksglauben der Teufelsbuhlschaft systematisch – am subtilsten im Hexenhammer – erklärt hatte. Diese unterscheidet sich ja von denen der Schwarzen Messe zugrundeliegenden Vorstellungen nur durch den Ort, das heimische Bett, und die Reduktion der Personen auf die bei sexuellen Praktiken üblichere Zahl zwei: nämlich Hexe und Teufel.

Der Sabbat, in dessen Rahmen die Schwarze Messe gehört, war ebensowenig wie die Orgie bei Sade hemmungslose Promiskuität. Er wurde nach festgesetzten Riten vollzogen, die zwar die eine oder andere Variation zuließen, im allgemeinen aber in einer bestimmten Reihenfolge zelebriert wurden, und zwar der folgenden:

Die Anbetung Satans: Nachdem sich die Hexen auf dem wüsten Schauplatz, meist Heide oder Waldlichtung, versammelt haben, rufen sie auf Knien den Teufel herbei. Bei seinem Erscheinen organisiert sich eine Prozession, an deren Spitze er tritt. Seine Gestalt variiert. Einmal wird sie so beschrieben: »Er hat auf dem Kopf eine Krone von schwarzen Hörnern, darunter eins, das so stark glüht, daß der ganze Sabbat von seinem Licht besser als vom Vollmond beleuchtet wird. Halb Mensch, halb Bock, hat er doch menschlich geformte Extremitäten, weiblich schlaff herabhängende Brüste, was aber besonders auffällt, ist sein riesiger gekrümmter Phallus, gerade wie ein mächtiger Hundeschwanz, glühend rot und in ein weibliches Geschlechtsorgan auslaufend.« Der Reihe nach entbieten die Hexen dem Meister ihren Gruß, einen Kuß aufs Gesäß, der durch einen Wind (den Heiligen Geist des Teufels) erwidert wird.*

Die Beichte: Einzeln vortretend müssen die Hexen gestehen, wann und wie oft sie Gutes getan haben. Sie beichten die Sünde der Keuschheit, der Demut, der Nächstenliebe. Nach der Buße – in Form von Geißelhieben – erteilt Satan die Absolution.**

Die Aufnahme von Neophyten: Zunächst werden die von den Hexen eingefangenen Jünger aufgefordert, Gott zu verleugnen. Dafür gab es die verschiedensten Formeln, zum Beispiel: »Ich verleugne Gott zuerst, dann Jesus Christus, den Heiligen Geist, die Jungfrau, die Heiligen, das heilige Kreuz ... ich übergebe mich in allen Stücken deiner Gewalt und in deine Hände, erkenne auch keinen anderen Gott, so daß du mein Gott bist und ich dein Knecht.« Dem Verleugnen, das gelegentlich von einem Kreuzbespeien begleitet wurde, folgt das Geloben. Der Neuling gelobt, nie wieder – außer zu unzüchtigen Zwecken – das Sakrament zu empfangen, woraufhin der Meister ihm mit der Kralle die Taufe abkratzt. Zuweilen besorgt das auch eine Satanspriesterin, »die Alte«, wie sie genannt wird, die zu dem Zweck ihre linke Hand in des Teufels Urin zu tauchen hat. Auf Gesuch des Neophyten wird dieser aus dem Buch des Lebens gelöscht und in das der Toten eingeschrieben.***

Das Opfer: Es wird ein Hund, eine Katze, am liebsten jedoch ein kleines

* Vgl. die Eingangszeremonie bei »Madame de Gernandes Geburtstag«. [→ Bd. IV, S. 184ff.]

** Vgl. die Verstöße und Strafen in den »120 Tagen« und im Kloster Sainte-Marie-des-Bois. [Bd. I, S. 79ff und Bd. IV, S. 146ff.]

*** Vgl. die Aufnahmeriten bei der ›Gesellschaft der Freunde des Verbrechens‹ [→ Bd. IV] und die Zeremonien bei den ›edlen Banditen‹ [→ Bd. III].

Kind geopfert. Eine auserwählte Hexe zerreißt das Kind, frißt das Herz, trinkt das Blut. Zuweilen zerquetscht sie auch seinen Kopf und preßt es in ihre Genitalien hinein. Etwa mit den Worten: »Gehe hinein, woher du gekommen bist.«*

Das Abendmahl: Wie in der katholischen, steht auch in der Teufelsmesse das Abendmahl im Mittelpunkt der Zeremonien, ja, es ist die eigentliche Schwarze Messe, das Kernstück des Sabbats. Das Abendmahl, im Christentum symbolisch für die Vereinigung von Gott und Mensch, gilt im Satanskult der Vereinigung von Hexe und Teufel, wobei freilich die Symbole, die dem Teufel gegenüber verwendet werden, sehr viel unverhüllter ihren sexuellen Ursprung zeigen. Nachdem die jüngste und schönste Hexe, wie eingangs die Neophyten, mit dem Urin des Teufels getauft ist, dient sie, die Königin des Sabbats, als Altar. Man zieht sie aus, legt sie der Länge nach mit dem Gesicht zur Erde, umstellt sie mit schwarzen Kerzen und knetet auf ihrem Gesäß aus Kot, Menstrualblut und Urin die verruchte Hostie. Zuweilen bediente man sich auch schwarzer Rübenscheiben oder aus den Kirchen entwendeter heiliger Hostien. »Die Alte« stellt sich mit dem Rücken zum Altar und gibt das Zeichen zur Elevation.**

Der Höllenreigen: Auch während des Tanzes herrscht noch Ordnung, wenn auch eine verkehrte. Sie tanzen links herum im Kreise, die Gesichter von der Mitte abgewendet. Dann folgt die sexuelle Orgie, die ihrerseits noch gewissen Vorschriften unterworfen ist. Es kommt darauf an, neben den gemeinen Formen der Sexualität, die vom Christentum gebrandmarkten sexuellen Beziehungen und Haltungen zu vollziehen, zum Beispiel Homosexualität und Inzest.

So etwa sah das Bild aus, das man sich im 15. und 16. Jahrhundert von der Schwarzen Messe machte. Zu weit würde es führen, hier unterscheiden zu wollen, welche Züge dieses Bildes auf Realität, Traum oder Projektion beruhen. Allein es ist festzuhalten, daß die Schwarze Messe ihre weiteste Entfaltung im Mittelalter zu einer Zeit religiöser Hochflut erfuhr. Es scheint sich dabei um eine große Versuchung des christgeprägten Menschen zu handeln.

Bei der Vergegenwärtigung der einzelnen Riten muß die überragende Rolle der Frau auffallen: Sie ist Altar, sie ist Priesterin, aus ihrem Blut wird die Hostie geknetet. Sogar der Teufel wird zuweilen mit weiblichen Geschlechtsorganen vorgestellt. Deshalb hat man immer wieder gesagt, daß die Schwarze Messe als Revolution der Frau und der vom Christentum verpönten Sexualität aufzufassen sei. Diese These läßt sich auch auf mancherlei Weise stützen. Man kann auf die geradezu viehische Behandlung der Frau in der geistlichen Literatur des Mittelalters hinweisen. Die Autoren des Hexenhammers hätten ihr am liebsten die Seele – und das hieß im Sinne des Mittelalters das Menschsein – abgesprochen. Weiter muß man an die Verbannung aller Sexualität aus dem christlichen Mythos denken, der die Frau nur als Heilige oder Hure kennt. Präziser: der die alte orientalische Liebesgöttin in Jungfrau Maria und Hure Babylon und ähnliche Figuren aufspaltete. Die Schwarze Messe wäre mithin als Revolution der unterdrückten Triebe zu verstehen. Satan erscheint in Gestalt Pans. Eine Wiederkunft antiker Bacchanalien oder germanischer Fruchtbarkeitsfeste. Was aber sind das für Bacchanalien?

In der Hauptsache bestehen sie in der Nachäffung der vom Christgott oder

* Vgl. den Kindermörder Bandole, die Verstümmelungen gegen Ende der ›120 Tage‹. [→ Bd. I.]

** In der bereits erwähnten Monographie, der ein gutes Quellenmaterial zugrunde liegt, schreibt Zacharias, daß er keinen Nachweis für die Verwendung eines Frauenkörpers als Altar anführen könne. Das ist um so merkwürdiger, da Brévannes diesen Brauch sogar schon bei den ersten Christen gefunden haben will.

seiner Diener eingesetzten Bräuche, wie Beichte oder Abendmahl. Ein furchtbarer Zwang scheint auf den Feiernden zu lasten. Ein Zwang zu Blasphemie und Verleugnung. Noch aufschlußreicher aber ist die Form, in der dieser Zwang seinen Ausdruck findet: Sie lassen sich mit der linken Hand taufen, sie schlagen das Kreuz in verkehrter Richtung, sie tanzen rückwärts im Kreis. Ihr Treiben ist von Verdrehungen, von Verzweiflung bestimmt, die sich manchmal auch so direkt äußert wie etwa in dem beschriebenen Kindsopfer. Nicht dem Leben oder der Fruchtbarkeit dient die Ausschweifung, sie dient der Negation: Hexen und Ketzer verleugnen den alten Gott und schänden geweihte Hostien, das heißt, sie sind von dem Wunsch besessen, ihn zu morden. Es ist etwas furchtbar Steriles um diese Orgien, nicht nur, weil, wie die Zeitgenossen versichern, keine Hexe vom Sabbat schwanger nach Hause kam oder weil die Sexualität sich vornehmlich in der »Perversion« austobte, sondern weil die Feiernden sich in keinem Moment von der katholischen Zeremonie zu befreien vermochten. Ihre Revolte scheint mehr als von Sexualität von Haß geprägt, wobei sich natürlich nicht ausmachen läßt, welches die treibendere Kraft war. Vielmehr scheint gerade das Ineinander von Haß und Sexualität für den mittelalterlichen Sabbat typisch. Dazu stimmt auch, daß diese Vorstellungen mit heftigster Gewalt gerade zu einer Zeit schärfster religiöser Bevormundung über die Menschen kamen. Denn: Wo viel Gehorsam verlangt wird, entsteht viel Haß.

Bei alledem fragt es sich, was Sade zu der Beschreibung einer solchen Messe veranlaßte. Und vorher vielleicht noch, was aus der Schwarzen Messe im 17. und 18. Jahrhundert wurde. Zu Lebzeiten Sades läßt sich dafür kein rechtes Beispiel finden, wohl aber während der Regierungszeit Ludwig XIV., dessen Zeitalter bis in die Jugend des Marquis rechnet.

Im 17., dem klassischen Jahrhundert in Frankreich, als die Hexenjagden allmählich aufhörten, stand die Anbetung des Teufels noch hoch im Kurs. Oft soll es vorgekommen sein, daß Priester bestochen wurden, während ihrer offiziellen Gottesdienste ein Teufelsgebet zu flüstern, oder auch bei der Messe einen dem Teufel geweihten Gegenstand zu berühren.

Der wegen der hohen sozialen Stellung der Praktikantin bekannteste Fall ist der der Madame de Montespan. Die schöne Marquise, die seit dem Frühling 1667 die Mätresse Ludwig des XIV. geworden war, versuchte mit Hilfe der Magie ihre Rivalin, Mademoiselle de La Vallière, auszustechen. Ein Priester mußte in einer Privatwohnung das Evangelium für sie lesen, und als das nichts fruchtete, übergab sie ihm zwei Taubenherzen, die er während einer öffentlichen Messe in Saint-Severin unter den Abendmahlskelch legen sollte.

Die Magie schien von Erfolg gekrönt. Mademoiselle de La Vallière wurde vom Hofe verbannt. Zwölf Jahre blieb das Herz des Königs der Montespan treu oder doch fast treu. Dann aber drohte – in Gestalt der jungen Fontange und später der begehrten Maintenon – neue Gefahr. Ratlos wandte sich Madame de Montespan an die ihr seit langem bekannte Giftmischerin La Voisin, die den ganzen Hof mit Liebestränken und Giftpaketen beliefert haben soll.*

Da die Giftmischerin und Hebamme, die sich offiziell als Magierin bezeichnete, samt einer großen Schar von Komplicen im Jahre 1680 verhört,

* Die damals üblichste Art, sich von einem unliebsamen Gatten oder Liebhaber zu befreien, bestand darin, seine Hemden mit einer Arsenlösung einzureiben. Das Resultat war eine Hautentzündung, die von den Ärzten auf die Syphilis zurückgeführt wurde, und an der der Vergiftete langsam dahinzusiechen pflegte. – Solche Praktiken waren auch dem Marquis bekannt. Er erwähnt mehrmals die La Voisin als Vorbild einer verbrecherischen Frau und hat ihr möglicherweise seine Giftmischerin La Durand [→ S. 106ffff] nachgezeichnet.

gefoltert und verbrannt wurde, kennt man viele Einzelheiten. Wir begnügen uns mit der Wiedergabe einer Schwarzen Messe, die bei ihr zu Haus in der Rue Beauregard zelebriert wurde.

Es war an einem Winterabend des Jahres 1678, als, wie verabredet, Madame de Montespan bei der Magierin eintraf. Durch einen kleinen Garten wurde sie zu einem Pavillon geführt und von dort in ein schwarz verhangenes Zimmer. Dieses war nur mäßig von schwarzen Kerzen erleuchtet, die – wie man munkelte – aus dem Fett Erhängter gegossen worden waren.

Auf dem gleichfalls mit schwarzem Tuch bespannten Altar stand das Tabernakel mit dem Kreuz. Ein 66jähriger Priester, der Abbé Guibourg, wartete, bis die Dame, ihrer Kleider entledigt, sich nackt auf den Altar gelegt hatte. Über ihren Bauch breitete er ein Tuch, auf das der Kelch gestellt wurde, das Kreuz aber fand seinen Platz auf der Brust. Als Opfer diente ein kaum geborenes Kind, das Guibourg mit den Worten über den Kelch hielt: »Astaroth, Asmodeus, Fürst der Freundschaft, ich bitte Dich, das Opfer dieses Kindes, das ich Dir darbringe, anzunehmen um der Dinge willen, die ich von Dir erbitten werde.« Guibourg schnitt ihm die Kehle durch, das Blut rann in den Kelch, während er die Worte sprach: »Dies ist mein Körper, dies ist mein Blut.« Und aus einer Rolle las er folgende Formel:

»Ich Athenais de Mortemart, Marquise de Montespan, erbitte die Freundschaft des Königs und Monseigneur, seines Bruders. Ich bitte darum, daß sie mir erhalten bleiben möge, daß die Königin unfruchtbar sein möchte, daß der König mit mir statt mit ihr Tisch und Bett teilen möge und daß meine Verwandten, Diener und Hausgenossen ihm angenehm sein möchten. Ich wünsche von den Grandseigneurs, den hohen Herren seiner Umgebung, geschätzt und respektiert zu werden, und bei den Ratsversammlungen hinzugezogen zu werden, um zu erfahren, was vor sich geht; ich wünsche, daß meine Bindung an den König in Zukunft noch stärker sein möge als in der Vergangenheit, daß der König Mademoiselle Fontange verlassen, die Königin verbannen und mich heiraten möge.«

Nachdem das letzte Wort verlesen war, riß der Priester dem Kind die Eingeweide aus dem Leib und legte sie zusammen mit dem Blut und den Resten der Hostie in ein vorbereitetes Gefäß, das er der Montespan überreichte. Man weiß nicht, was sie mit dem so gewonnenen Trank getan hat. Gewirkt hat der Zauber diesmal nicht. Der König liebte zwei Jahre Mademoiselle de Fontange und nach ihr Madame de Maintenon und ist nie wieder zu seiner alten Mätresse zurückgekehrt.*

Diese Geschichte ist interessant. Nicht nur weil sie am Hof des Sonnenkönigs spielt und die schmachvollen Neigungen hochgestellter Personen zum Gegenstand hat. Was war aus der Schwarzen Messe geworden?

Wenngleich alle Riten von den schwarzen Kerzen bis zum Kindsopfer streng eingehalten werden, scheinen die vorgenommenen Handlungen doch von ganz anderen Trieben und Empfindungen bestimmt zu sein. Schon der Schauplatz gibt zu denken. Aus der Natur zog man sich in einen Gartenpavillon der Pariser Vorstadt zurück.**

Die Sexualität scheint zu einer Geste erstarrt. Die tiefsinnige Symbolik

* Ludwig XIV., der von seinem obersten Polizeibeamten La Reynie über den Fortgang des Prozesses unterrichtet wurde, ließ diesen sofort abbrechen, als er seine nächste Umgebung und damit sein eigenes Ansehen bedroht sah. Später, im Jahr 1709, hat er sogar die Prozeßakten eigenhändig verbrannt. Wenn man heute trotzdem so genau über die Affäre informiert ist, so dank der privaten Aufzeichnungen von La Reynie.

** Es ist interessant, wie Huysmans, der in seinem Roman ›La-Bas‹ einer ebenfalls in Paris gefeierten Schwarzen Messe den alten Geist oder Ungeist zurückgeben will, diese in einem verfallenen Klosterkeller spielen läßt.

des als Altar dienenden nackten Leibes wird nicht mehr recht verstanden. Die Frau legt sich auf einen bereits vorhandenen Altar. Auch ihre Lage auf dem Rücken, das Tuch auf dem Bauch mögen – nach Belieben – als Verdrängung oder Zivilisationsgewinn angesehen werden. Von Gotteshaß und Aufbegehren kaum noch eine Spur. Dafür ist die Messe einem ganz bestimmten Zweck geweiht: der Rückgewinnung eines Liebhabers, freilich eines königlichen. Der Verlesung der Rolle wird ein großer Raum innerhalb der Zeremonie gewährt. Die Schwarze Messe wurde domestiziert und funktionalisiert. Wie man katholische Messen bezahlte, um die Seligkeit im Himmel zu erwirken, bezahlte Madame de Montespan eine Teufelsmesse, um die Seligkeit auf Erden zu erleben. Ihre Quittungen für Guibourg sind erhalten. Die Schwarze Messe war kommerzialisiert worden. Sie gehörte wie die Giftmorde und die gefährlichen Abtreibungen zu den Dessous einer »glanzvollen Epoche«.

Frappieren muß einen das hohe Maß an Aberglauben, das sich aus solchen Praktiken ablesen läßt. Fällt es einem doch schwer zu begreifen, wie die Damen der hohen Gesellschaft an einem Abend einem Molière zuhörten, um sich am nächsten einem dunklen Ritus zu unterwerfen, von dem sie sich das Glück ihres Lebens versprachen.

Der Glaube war geblieben, die sexuelle Wut geschwunden. Diese Tatsache vermag die kluge Hypothese von Ernest Jones zu stützen, der das Abflauen der Hexenepidemie nicht – wie allgemein üblich – auf die bessere Einsicht, den Wandel der Weltanschauung, sondern auf einen Wechsel in der Haltung zur Sexualität im 17. und 18. Jahrhundert zurückführt. Seiner Meinung nach hat weniger die Aufklärung als der Puritanismus für das Erlöschen der Epidemie gesorgt. Die mit ihm um die Mitte des 17. Jahrhunderts einsetzende Scheu, über sexuelle Dinge zu sprechen, war mit einer Fortdauer der Prozesse, bei denen immer wieder die Rede von Impotenz, Sterilität oder Teufelsbuhlschaft war, völlig unvereinbar.*

Um so erstaunlicher ist es, daß Sade die Schwarze Messe wieder ganz im mittelalterlichen Sinn darstellt. Schon die Notiz LVI zur ›Neuen Justine‹ in der die Szene als »messe lubrique« bezeichnet wird, weist darauf hin, daß es Sade vor allem um verbotene Sexualität, um »Unzucht« ging. Das ist, wird man uns entgegenhalten, bei einem Mann wie Sade nicht weiter verwunderlich und braucht noch lange nicht als eine Rückkehr zu mittelalterlichen Konzeptionen gewertet werden. Der Marquis geht indes in seiner Schilderung weit über das Mittelalter hinaus. Die Frau, die bei ihm als Altar dient, soll die Jungfrau selber sein. Die Mönche schmücken ein junges Mädchen mit den Kleidern und Attributen der heiligen Maria der Wälder, um sie ihr später wieder entreißen zu können. Wie beim Hexensabbat muß sie auf dem Bauch liegen und wird gar am Ende zum Opfer: »Am nächsten Morgen war von ihren Gliedern nicht die geringste Spur zurückgeblieben.« Auf diese Weise erreicht der Marquis eine unerhörte Konzentration christgeprägter Ausschweifungen. Er setzt den Punkt aufs i. Von neuem bestätigt sich seine verblüffende Intuition für psychologische Zusammenhänge.

Indes, es geht hier nicht nur um die eine, kaum drei Seiten umfassende Szene in der ›Justine‹, es geht um Sades grundsätzliches Verhältnis zum Christentum. Zunächst einmal muß es frappieren, daß man der Haltung des

* Er schreibt: »Derselbe Faktor also, nämlich die übertriebene Sexual-Verdrängung, die die Hexenepidemie einst möglich gemacht hatte, war vermutlich, nachdem seine Entwicklung einen höheren Grad erreicht hatte, bei der Vernichtung der eigenen Frucht mit größtem Erfolg tätig. Ein außenstehender Beobachter hätte im 15. Jahrhundert voraussagen können, daß die Epidemie aus inneren Gründen sich selbst ein Ende bereiten werde wie ein Fieber, weil sie wie dieses die Keime zu ihrer Heilung in sich trug.«

Christentums zur Frau und zur Sexualität, die eine Voraussetzung des Sabbattreibens ist, auch in den Werken des Marquis begegnen kann.

Auch für Sade ist ja die Frau entweder Heilige wie Justine oder Prostituierte wie Juliette, deren bestialische Sinnlichkeit sich freilich mit hoher Intelligenz paart.*

Über Sades Mysogenie haben wir anläßlich der »Verbrechen der Liebe« gesprochen und über die Paradoxie seines sexuellen Verlangens, seiner mit Haß und Rankünе begabten Sexualität im Kommentar zur »Justine« (Bd. II). Man begreift nun, daß das alles gut christlich ist und nicht so ungewöhnlich – wenn auch zweifellos bei Sade zum Extrem gebracht – wie es auf den ersten Blick schien.

Daß das Fest der Jungfrau keine ausgefallene Szene im Werke des Marquis ist, sondern in einen größeren Rahmen gehört, mochten schon die vielen Hinweise zeigen, die wir unter jeden einzelnen Sabbatritus setzen konnten. Diese lassen sich noch präzisieren und zugleich allgemeiner fassen. Fast sämtliche Sadeschen Geschöpfe kann man in bestimmten Situationen entweder als Hexe und Ketzer oder als Inquisitor charakterisieren: Die Mönche von Sainte-Marie-des-Bois zelebrieren ihre Schwarze Messe wie die Ketzer und Hexen im Mittelalter. Wie die Hexen fluchen die Freunde des Verbrechens dem Christengott, bespeien das Kreuz und feiern ihre Orgien. Mit dem Fanatismus einer Hexe glaubt Saint-Fond an den Teufel und betet ihn an [→S. 31ff]. Der Schuldirektor Roland foltert seine Schüler wie ein Inquisitor. Desgleichen wird Justine von den Mönchen und die Opfer der ›120 Tage‹ von ihren Henkern gegeißelt und gequält ohne Ende.**

Hier liegt der Schluß nahe, daß die Sadesche Welt, die man gemeinhin in Henker und Opfer einteilt, sich ebensogut mit den Begriffen Inquisitor und Hexe kennzeichnen läßt. Ja, man könnte sogar annehmen, daß ein Protagonist wie Saint-Fond, der aktive und passive Praktiken gleichermaßen schätzt, sich abwechselnd als Hexe und Inquisitor fühlt.***

Indes, so einfach läßt sich das wiederum nicht fassen. Gewiß steckt von beiden etwas in Sade und seinen Protagonisten. Doch die Jahrhunderte haben auch im Denken Sades ihre Spuren hinterlassen. Mag der Marquis auch vom Puritanismus nicht berührt sein, so gewiß doch von der Aufklärung. Wie es für den bekannten Großinquisitor Torquemada im 15. Jahrhundert obligat war zu glauben, ist es für einen Sade im 18. Jahrhundert obligat nicht zu glauben. Beide zeichnen sich durch ihre extremen Haltungen zum Christentum aus. Der Generalinquisitor und der rankünöse Aufklärer sind für dieselben Themen anfällig, sind erregbar. Beide mußten sich für die Schwarze Messe und die verrückte Sexualität ihrer Riten interessieren. Sie werden von denselben Emotionen beherrscht, die nur unterschiedliche Wertungen erfahren. Beide verbergen in ihrem Innersten – ihrem Bewußtsein nicht zugänglich – das Gegenteil dessen, was sie zu sein vermeinen. Auf die Frage, warum Torquemada ein so rastloser Verfolger und Folterer war, hat man die Antwort gefunden: Weil er des Hauptketzers nicht habhaft werden konnte, der er selber war. Ein unbewußter Revolutionär gegen den eigenen Gott. In einem ähnlichen Sinne läßt sich über die Situation des Marquis schließen:

* Weswegen man Juliette auch als eine der ersten emanzipierten Frauen in der Literatur beschrieben hat. Vgl. dazu auch die Rolle der sich emanzipierenden Eugénie in der ›Philosophie im Boudoir‹ [→ Bd. III, S. 177ff].

** Vgl. weiter die »Ostermessen« und die »Messen im Vatikan«.

*** Wie intensiv Sade selbst sich in den Zustand einer fluchenden und gefolterten Hexe zu versetzen vermochte, wie sehr er von derselben psychopathologischen Struktur wie seine Helden geprägt war, beweist ein jüngst von Lely entdecktes Dokument [Bd. VI, Dok. III,88].

Seine Werke sind so endlos, so humorlos, der Folterapparat, der sich gegen die arme kleine Justine erhebt, ist dieser so unangemessen, weil er gegen die Justine gerichtet ist, die Sade in sich selber trug. Deshalb haben seine Orgien bei allem Fleischaufwand etwas furchtbar Steriles, Hoffnungsloses, Christliches.

Der Flagellantismus

In einem seiner Diskurse zu diesem Thema verweist der Marquis auf die ›Historia flagellantium‹ des Abbé Boileau. Das im Jahre 1700 in lateinischer und im Jahre darauf in französischer Sprache erschienene Buch steht unter dem Motto: »Die Peitsche ist für das Pferd, der Knüppel für den Esel, die Rute für den Rücken des Wahnsinnigen«. Die Argumente, der der aufklärerische Abbé gegen die Geißel zusammenträgt, lassen sich etwa so summieren: Auf Schulter und Rücken zu flagellieren sei wider die Gesundheit, das Gesäß zu malträtieren wider die Scham. Denn: »... was läßt sich Indezenteres denken, als den Hintern und die nackten Schenkel in die Sonne zu strecken?« Und der gewitzte Abbé weiß auch, warum die Rute dem Wahnsinnigen so teuer ist. Er sagt das zwar nicht direkt, doch er trägt – scheinbar en passant – ein paar Anekdoten vor, von denen sich eine in einem Gerichtssaal in Lübeck abspielt. Boileau – übrigens ein Bruder des Dichters Boileau – erzählt, wie daselbst vor Gericht eine des Ehebruchs angeklagte Frau ausgesagt haben soll, daß »ihr Galan sich seiner Aufgabe nie besser entledigte und niemals so viel Kraft bewiesen habe, als wenn sie ihm vorher den Rücken mit Ruten bestrichen hätte«. Es handelt sich da offenbar um eine alte Weisheit.

Als Instrument des Strafvollzuges ist die Rute bei fast allen Völkern in Gebrauch gewesen und wird teilweise auch heute noch angewandt. Allein bei uns Christen scheint sich mit dem Empfang von Geißelhieben ein besonderes Gefühl der Ehrabschneidung, der Erniedrigung einerseits und des Märtyrertums (Vorbild der Leiden Christi) andererseits zu verbinden. In den meisten Ordensregeln spielt die Geißel als Bußwerkzeug oder auch als Vorbeugungsmittel gegen Hoffart und Unbotmäßigkeit eine Rolle. Bei den Prämonstratensern beispielsweise wurde eine Art Gerichtshof abgehalten, vor dem sich die Beschuldigten zu verantworten hatten. Verhör, Urteilsspruch und Strafvollzug folgten unmittelbar aufeinander. Auf Listen, den sogenannten »listes des fautes«, waren sämtliche Vergehen mit den entsprechenden Strafen verzeichnet. Sie reichten von Saumseligkeit bis zum Diebstahl und wurden je nachdem mit Fasten, Geißelhieben oder Psalmen abgegolten. Merkwürdig sind auch die verschiedenen Zeremonien, die dabei zu beachten waren. So etwa hatte der Delinquent den Mantelsaum des Ausführenden oder die Rute selbst zu küssen. Erst diese Zeremonie versetzte den Delinquenten in den rechten Zustand der Demut und Selbstzerknirschung, unterwarf ihn total dem über ihn hereinbrechenden Strafgericht. Erst solch rückhaltlose Anerkennung der Autorität, scheint es, vermochte ihn von seinem Sündengefühl zu erlösen.*

* Gewiß ist es nicht unerläßlich für solche Details, die Kirchengeschichte zu bemühen. Gerade über das Zeremoniell des Rutenküssens berichten auch Wagner, Pauly und Heller in ihrem Buch über den ›Flagellantismus in Amerika‹ (Hamburg 1959). Sie beschreiben es unter den spielerischen Preliminarien und Ritualen, zu denen beispielsweise auch das Knebeln und Fesseln gehört. Die Schlüsse allerdings, die sie daraus ziehen, sind auf frühere Jahrhunderte nicht anwendbar, doch interessant genug, um hier verzeichnet zu werden. Die geschilderten Rituale, meinen sie, offenbaren ein Verlangen des amerikanischen Menschen »nach Mythos«. Daneben glauben sie im Flagellantismus eine Sehnsucht nach der guten alten Zeit (der strafenden Hand der Mutter) erkennen zu können. Sie kommen zu dem Ergebnis, daß, während früher die Sexualität verdrängt werden mußte, die heutige amerikanische Gesellschaft fordert, daß die immer noch wache puritanische Moral verdrängt werde, und nun ebenso wie früher der Trieb rebelliere.

Es ist schwer auszumachen, wer dazumal die größere Befreiung davontrug, der Flagellant oder der Flagellierte. Wie übereilt es jedenfalls ist, allein das Los der armen Novizen zu beklagen, lehren die Erfahrungen, die der heilige Franz von Sales machen mußte. Er, ein Humanist unter den Geistlichen, hatte versucht, bei den Salesianerinnen die Rute abzuschaffen. Statt durch Schmerzen, wollte er die Nonnen durch Gelächter strafen. Er verlangte, daß faule Nonnen ein Kopfkissen mit ins Refektorium nehmen oder ihre Schwestern sie wie Säuglinge füttern und wickeln sollten. Den Delinquenten schienen jedoch der Ernst und die Strenge der Geißeln mehr entsprochen zu haben. Seine Bemühungen blieben ohne jeden Erfolg.

Im allgemeinen tendieren Heilige und Märtyrer allerdings eher dazu, die Klosterzucht zu verschärfen. So auch die große Mystikerin und begabte Schriftstellerin Theresa von Avila. In ihrer Autobiographie erzählt sie, wie sie schon als kleines Kind darauf brannte, gemeinsam mit ihrem Bruder zu den Arabern zu laufen, um sich als Märtyrerin von ihnen foltern und enthaupten zu lassen. Und weiter, wie sie später als junges Mädchen beim Anblick des blutüberströmten Schmerzensmannes sich endgültig zum Klosterleben bekehrte. Die phantasievolle und leidenschaftliche Frau hat dann ihr ganzes Leben daran gesetzt, den Karmeliterorden – die Barfüßer – im Sinne der ursprünglichen Strenge und Bußfertigkeit zu reformieren.

Der Gedanke der Buße steht im Mittelpunkt jeder Geißelung. Das kann man bei Thiers nachlesen, der noch im Jahre 1703 glaubte, sich für die freiwillige Geißelung im Klosterleben einsetzen zu müssen. Er sah die ihm liebe Disziplin, die der Aufklärer Boileau kurz zuvor so lächerlich gemacht hatte, in ihrem Ansehen und Bestand bedroht. Er schrieb eine regelrechte ›Widerlegung der Historia Flagellantium des Abbé Boileau‹. Nachdem er diesen mit Vorwürfen überhäuft hatte, die stets von konservativ Gesinnten gegen fortschrittlichere Geister vorgebracht werden wie: schlechter Stil, falsche Zitate, Information aus zweiter Hand, stellt er noch einmal alle Argumente der katholischen Autoritäten – insonderheit des Petrus Damianus – zur Bußdisziplin zusammen. Die Geißel soll angewandt werden:

1. Zur Nachahmung des Leiden Christi: »Imitatio Christi«.
2. Zum Beweis, daß man sich auch in Zeiten religiöser Kampflosigkeit nach dem Martyrium sehnt.
3. Zur Kasteiung des Fleisches, der besseren Unterwerfung der Leidenschaften.
4. Als Buße für eigene und fremde Sünden.

Die Geißelung kann mithin als Buße für vergangene, gegenwärtige, zukünftige, eigene und fremde Schuld gelten und zwar ausdrücklich im Namen Jesu Christi, der seinerseits die Schuld der ganzen Welt auf sich nahm.

Wie so oft glaubensharte Menschen diejenigen am heftigsten verfolgen, die nur um ein Geringes von ihrer Auffassung abweichen, so hält es auch Thiers für notwendig, sich ganz entschieden von den Flagellanten des Mittelalters zu distanzieren.

Über das Auftreten dieser Geißlergesellschaften haben wir bessere Zeugnisse als über die Dinge, die hinter hohen Klostermauern geübt wurden. Vor ihrem Treiben standen die Zeitgenossen fast ebenso verwundert, wie wir heute vor den Chroniken, die davon berichten. In einer solchen aus Österreich heißt es: »In diesem Jahr (1260) entstand in vielen Ländern eine öffentliche Buße, die für ein großes Wunder gehalten wurde. Viele Menschen, Arme und Reiche,

Dienst- und Kriegsleute, Bauern, Greise und Jünglinge gingen nackend vom Gürtel aufwärts. Das Haupt hatten sie bedeckt mit einem leinenen Tuch. Sie führten Fahnen und brennende Kerzen mit und hatten Geißeln in den Händen, mit denen einige sich schlugen bis aufs Blut, und sangen geistliche Lieder. Sie gingen von Land zu Land, von Stadt zu Stadt, von Kirche zu Kirche. Viele, die das sahen, wurden gerührt und weinten. Sie warfen sich auch mit dem ganzen Körper zur Erde nieder, selbst in Schnee und Koth. Solche Buße übte jeder dreiunddreißig Tage, zweimal täglich, des Morgens und des Abends.« Die dreiunddreißig Tage sind von den Lebensjahren Christi abgeleitet, dessen Leiden sich die Flagellanten wie die die Geißeldisziplin ausübenden Mönche zum Vorbild nahmen.

Die Geißler hatten ein regelrechtes Zeremoniell mit Predigt, Liturgie und Gesang entwickelt. Das Kernstück der Predigt war der sogenannte, immer wieder verlesene, Himmelsbrief, der vom Zorn Gottes und von dessen Entschluß kündigte, die Welt zu vernichten. Als Vorboten solchen göttlichen Strafgerichts deutete man Pest und Hungersnot, die den Menschen im 13. Jahrhundert heftiger denn je heimsuchten. Der mittelalterliche Mensch fühlte sich nicht nur etwa wegen eines Ehebruchs, sondern für Pest und Hunger schuldig und persönlich verantwortlich. Die Geißler aber waren rigoros entschlossen die Martern des Herrn auf sich zu nehmen, um seinem Strafgericht zu entgehen. Ihr Bemühen um eine Imitatio Christi kommt in dem folgenden Bericht zum Ausdruck: »Kamen sie aber in ihrem Gesang an eine Stelle, in welcher Christi Leiden erwähnt wurden, da fielen sie plötzlich vorwärts nieder, wo immer sie alsdann sich befinden mochten, auf reiner Erde oder im Koth, unter Dornen oder auf Steinen – nicht niederkniend oder sich haltend, sondern auf einmal, wie ein Klotz, und beteten auf dem Angesicht mit ausgestreckten Armen, in Cruzifixes Gestalt.« Jammervoll muß der Anblick dieser Büßer, die man auch »Kreuzbrüder« nannte, gewesen sein: »Unter Strömen von Tränen, als wenn sie mit leiblichen Augen das Leiden des Heilands sähen, riefen sie in kläglicher Weise um Barmherzigkeit zu Gott, dem Herren der Barmherzigkeit, und um Hülfe zur Mutter Gottes; sie flehten, daß er, der unzähligen Büßenden verziehen hat, auch ihnen für die erkannten Sünden Versöhnung angedeihen lassen möge.«

Sündengefühl und Bußeifer kennzeichnen die Stimmung der Flagellanten und weitgehend die des gesamten 13. Jahrhunderts. Daß solche Stimmung aber auch in eine ganz andere umschlagen konnte, vermerkt schon der erste und immer noch unersetzte Historiograph der »Geißlergesellschaften«. Förstemann schreibt: »Mit Schaudern wenden wir uns ab, wenn wir diese Fanatiker wie wüthende Thiere über die armen Juden herfallen sehen; aber mit Mitleid, Trauer und Wehmut blicken wir auf diese Menschen, wenn sie auf dem weiten Leichenfelde in erbärmlichem Aufzug unter lautem Bußgesange einherwallen, indem sie des Rächers Grimm durch Qualen, durch ihr verspritztes Blut zu besänftigen suchen.« Daß die Grausamkeit am eigenen Leib und am Leib des anderen, die Strenge, mit der man sich selbst und andere verfolgt, zumeist eine gemeinsame Wurzel haben, konnte der verdienstvolle Förstemann um 1820 noch nicht wissen. Was die geschilderten Fakten aber angeht, bestätigen sich seine Aussagen. Auch bei anderen Autoren liest man, daß die Kreuzbrüder nicht nur Judenhasser waren, sondern in vielen Städten – so in Frankfurt, Mainz und Köln – den Anstoß zum Judenbrand gaben.

Dieselbe Doppelgesichtigkeit von bußfertiger Rührung und Grausamkeit spiegeln die Predigten der Zeit. Und es ist bemerkenswert, daß man solch unerquicklicher Mischung rührseliger und blutrünstiger Empfindungen auch in den Werken des Marquis, gottlob nicht in allen, begegnen kann.*

Doch zurück zum Flagellantismus. Wie äußert sich der Marquis über den Flagellantismus, den er doch aus eigener Erfahrung kennen mußte. »Niemand zweifelt heute noch«, schreibt er, »daß die passive Flagellation große Wirkung besitzt, um die durch den Exzeß der Wollust verlorengegangenen Kräfte zu ersetzen ...« Die Peitsche stimuliert die Sexualität, das hatte der gute Abbé Boileau auch schon gewußt. Als bemühte Rationalisten und Aufklärer gehen beide der Vorstellung der Geißel als Mittel einer Selbstbestrafung aus dem Wege. Der Marquis – er ist immerhin rund 80 Jahre jünger als der Abbé – versucht dem Phänomen überdies mit der Philosophie seiner Zeit, dem Materialismus, auf die Spur zu kommen: »... das spitze Schmerzgefühl auf den geschlagenen Körperteilen aber verflüssigt und verschnellert das Blut, bringt in den Zeugungsorganen eine übermäßige Hitze hervor ...« [→ »Über den Flagellantismus«]. Seine Haltung als Materialist auch macht es ihm leicht, Argumente zu finden, um das, was der Abbé als »Wahnsinn« bezeichnet hatte zu bejahen: »Ob es sich nun um Lust oder um Schmerz handelt, stets gibt es eine gewisse Erschütterung des Nervenstroms ...« [→ »Über den Schmerz«].

An diesem Punkt unserer Überlegung angekommen, muß es verführerisch erscheinen, in den Bußpraktiken von Heiligen und Geißlern die wohlige »Erschütterung des Nervenstroms« nachzuweisen, von der der Marquis spricht. Eine solche Interpretation legen die Geißler einem selbst nahe, da sie sich ortsweise mit den Begharden zusammenschlossen, die einen sexuellen Libertinismus praktizierten. Allein, es geht um Sade. Warum sollten nicht umgekehrt die Motive der Geißler auch bei Sades Flagellantismus eine Rolle spielen? Den Bußeifer dieser Kreuzbrüder kann man, scheint mir, nicht wörtlich genug nehmen: Eifer nach Buße, Verlangen nach Strafe, Vorgreifen der Geißel Gottes, Gewissensnot und Sündengefühl. Diese Regungen, die man in der Psychologie heute unter den Begriffen Schuldgefühl und Strafbedürfnis zusammenfaßt, hätten den Marquis freilich zum Höhnen und Lachen gebracht: »Gewissensbisse sind ein Hirngespinst, ... das Murmeln einer zu schwachen Seele ... Man sollte sich daran gewöhnen, eine Tat, die Gewissensbisse hervorruft, aufgrund eines besonderen Studiums der Sitten und Bräuche aller Völker der Erde als belanglos zu betrachten. Dieser Überlegung folgend, sollte man jede beliebige Tat so oft wie möglich wiederholen. Die Flamme der Vernunft wird alsbald die Gewissensbisse zerstreuen und die dunkle Regung – Frucht des Unwissens, des Kleinmuts und der Erziehung – vernichten.« [→ Bd. II, S. 105f] Oder über die Reue: »Es liegt im Wesen der bösen Handlung, daß sie keine Reue aufkommen läßt.« Und Dolmancé rät dem Chevalier: »Was erzählst du von Gewissensqualen, können sie im Herzen desjenigen aufkommen, für den nichts ein Verbrechen ist? Ersticke sie durch Prinzipien, wenn du ihren Stachel fürchtest.« [→ Bd. III, S. 236.]

Die Zitatenreihe ließe sich beliebig fortsetzen. Außer gegen Gott und Jungfrau hat Sade gegen kaum etwas so gewettert, wie gegen die Reue und die Gewissensbisse. Doch sein Eifer hat ihn schon öfter verraten. Versucht man ihm hier – wie dort – eine Verkehrung seiner Empfindungen ins Gegenteil zu unterstellen, so könnte sich manches erhellen. Wagen wir die

* Sade hat sich übrigens auch in theoretischer Form Gedanken über den Zusammenhang von Empfindsamkeit und Grausamkeit gemacht, beziehungsweise beschrieben, warum erstere eine Voraussetzung der letzteren ist. [→ Bd. III, »Die Philosophie im Boudoir«, 3. Dialog.]

Hypothese, daß der »freieste aller Menschen« – wie Apollinaire ihn genannt hat – an einem heimlichen Schuldgefühl, ja, einem Strafbedürfnis litt.*

Ein neuerdings von Lely entdecktes Dokument [→ Bd. VI, Dok. III,88] legt den Schluß nahe, daß die Flagellation für den Marquis eine »religiöse« Bedeutung besessen haben mochte. Wie die in der Flagellation geübten Geißler bei der Erwähnung des Leiden Christi in die Knie sanken, so umgab sich der 23jährige Sade mit Darstellungen des gekreuzigten Christus, wenn er sich mit dem von ihm bevorzugten Instrument, der Klopfpeitsche, schlagen ließ. Im Angesicht der Leiden des Herrn unterwarf auch er sich dem Schmerz und wollte möglicherweise die lustvolle Aufhebung eines Schuldgefühls erleben. Auf ein solches oder ähnliches Verlangen kann man aus dem Bericht von Jeanne Testard schließen, die der Marquis gebeten hatte, ihn angesichts von drei Kruzifixen und des Kalvarienberges mit einer im Feuer erglühten Eisenpeitsche zu flagellieren. Dabei ist selbstverständlich – wie im Kommentar zur Schwarzen Messe beschrieben – die blasphemische Absicht zu beachten. Sie steht, was den offenbaren Genuß des Marquis angeht, an erster Stelle. Dennoch erfährt dieser offenbar durch die Befriedigung eines Strafbedürfnisses eine unerhörte Steigerung. Das Verhöhnen Christi gewinnt durch die gleichzeitige Nachahmung seiner Leiden geradezu ungeheuerliche Dimensionen. Imitatio und Blasphemie heben sich nicht auf, sondern vermögen sich zu steigern. Man erkennt die möglichen Auswüchse einer Neigung, die der Abbé Boileau schon um 1700 als »Wahnsinn« bekämpfte.

Gleichviel. Wie äußerte sich noch Dolmancé zu den Skrupeln seines Freundes: »Was erzählst du von Gewissensqualen? … Ersticke sie durch Prinzipien, wenn du ihren Stachel fürchtest.« Das hat der Marquis lang und ausschweifend getan. Er hat Prinzipien entwickelt und mit Hilfe dieser Prinzipien alles, was ihn heimlich quälen mochte, erstickt. Er hält seine Protagonisten an, ihre Schuldgefühle abzuwürgen. Darüber sind ihnen allerdings auch oft genug alle anderen Gefühle wie Liebe und Freundschaft erstorben, so daß seitenweise nichts zurückbleibt als das Nichts, die Lust und die Leere. Genauer episodenweise, denn in jedem seiner leidenschaftlichen Plädoyers versucht der monomane Sade einen neuen Gewissensmord. Und immer wieder müssen seine Helden neue Schuld auf sich laden, immer wieder müssen sie die Ordnung der Gesellschaft herausfordern, immer wieder Gottes Zorn und Gottes Blitze provozieren.**

Eine solche Betrachtungsweise vermag den Sadeschen Geschöpfen gerade das zurückzugeben, was ihnen Sade um keinen Preis der Welt zugestehen wollte: die Menschlichkeit. Ihre herausfordernden Tiraden bekommen einen

* Daß für Sade nicht nur die Vorstellung der Peitsche, sondern auch der übergeordnete Begriff der Strafe eine ungeheure Bedeutung hatte, ergibt sich aus den an die theoretischen Erörterungen [→ ›Über den Flagellantismus‹] anschließenden Praktiken. Obwohl die zu schlagenden Objekte Clairwil völlig ausgeliefert sind, versucht sie ihnen »Vergehen« nachzuweisen und will, daß sie die Züchtigung als »Strafe« – und zwar als zu Unrecht erlittene Strafe – empfinden. [vgl. auch »Justine«, »Im Pensionat«.] Die Vorstellung der Strafe – zu strafen und bestraft zu werden – muß eng mit Sades »Perversion« zusammengehangen haben.

Bei alledem wird man immer wieder nach dem Grund eines solchen Schuldgefühls fragen. Dieser ist natürlich nicht in den bekannten Skandalen des Marquis, auch nicht in den Abenteuern des 23jährigen in Saint-Marceau [→ Bd. VI, Dok. III,88], sondern sehr viel früher zu suchen, und das heißt soviel wie nicht mehr aufzufinden.

** In diesem Zusammenhang sei auf unsere Quelle – was die Psychologie des Strafbedürfnisses anbelangt – verwiesen. Der Freudschüler Theodor Reik schreibt: »Die Weisheit aller Völker verkündet, daß das Verbotene zur Übertretung reizt; aber sie verschweigt, daß der größte Reiz, der vom Verbotenen ausgeht, in der unbewußt vorausgesehenen Befriedigung des Strafbedürfnisses liegt. Ja, in manchen Fällen meint man zu erkennen, daß die Aufhebung des psychischen Druckes des Schuldgefühls durch die verbotene Tat bedeutungsvoller ist, als die Triebbefriedigung.«

Hintergrund, der sie zugleich kümmerlich und ergreifend erscheinen läßt. Ihre ungeheuerlichen Ausschweifungen aber enthüllen sich als ein Spiegelbild der in Kot und Dornen knieenden Kreuzbrüder.

Die Loge des Nordens

Gegen Ende der ›Juliette‹ beschreibt Sade, der die Leidenschaft seines Jahrhunderts für das Konstruieren von Gesellschaften und Lebensregeln teilte, nach der Utopie, nach dem Entwurf der Republik, nach seinen ›Freunden des Verbrechens‹ noch einmal eine Sozietät, die ihren Sitz im hohen Norden hat. Er gibt ihr einen berühmten Stammvater: Jacques Molay, den letzten Großmeister des Templerordens.

Geschichte und Prozeß des Templerordens, über die noch zu sprechen sein wird, sind von jeher mit Geheimnis und Legende umgeben worden. Einzelne Gruppen wie etwa die Freimaurer, die 1725 zuerst in Frankreich auftauchten, haben immer wieder versucht, ihren Ursprung auf die Templer zurückzuführen. Im Jahre 1808 hat man gar in Paris für Jacques Molay an dessen Todestag eine Messe in schwarz bespannter Kirche gelesen.*

Das Merkwürdigste aber, was man über die Templer lesen kann und was auch der Marquis gelesen hat, ist eine Schrift über das ›Grab von Jacques Molay‹. Sie erschien im fünften Jahr der Republik, also zwei Jahre vor der ›Juliette‹. Der Autor, Cadet-Gassicourt, verspricht darin nicht weniger als die Ursachen der Großen Revolution aufzudecken und zu erklären. Nach dem Tode Molays, so schreibt er, hätten sich Logen gebildet, deren Angehörige, als Maurer verkleidet, mit einem »ewigen Rachedurst« und dem Schwur aus Frankreich entflohen seien: »Alles dareinzusetzen, sämtliche Könige und die Rasse der Kapetinger auszurotten, die Macht des Papstes zu zerstören, die Freiheit der Völker zu predigen und eine universale Republik zu gründen.« Diesen Schwur hat Sade übrigens fast wörtlich übernommen. Cadet-Gassicourt aber erzählt weiter, wie 1789 die Wut der vermummten Nachfahren der Templer sich natürlicherweise zunächst auf die Bastille, das Gefängnis Molays, richtete und wie Robespierre und Danton, ja selbst Mirabeau ferngesteuerte Eingeweihte gewesen wären. Sein Buch ist auch insofern ein Unikum in der Templerliteratur, als es auf den Prozeß und die Anklagen gegen die Templer gar nicht eingeht.

Im Jahr 1314 war der Orden von den Gerichten Philipp des Schönen – wie Sade schreibt: auf eine »ebenso grausame wie ungerechte Weise« – verurteilt und der Großmeister Molay verbrannt worden. Die Anklage lautete auf ketzerische Umtriebe. »Ketzerisch« war damals ein so vager Begriff wie heute »zersetzend« oder »unzüchtig«. Im einzelnen wurden den Templern drei Dinge vorgeworfen:

1. Blasphemie. Die Ritter sollten bei ihrer Aufnahme in den Orden Christus verleugnet haben. Tatsächlich gestanden einige von ihnen, daß sie angehalten worden seien, ein Christusbild zu bespeien. Einer fügte beherzt hinzu, er hätte jedoch vorbeigespuckt. Und ein anderer meinte, er hätte mit dem Mund, aber doch nicht mit dem Herzen gespuckt. Auch das Kreuz sollten die Ritter – wie Sades Freunde des Verbrechens – mit Füßen getreten haben.

2. Homosexualität. Der Vorwurf des »orientalischen Lasters« hängt gleichfalls mit den Einweihungszeremonien zusammen. In einem erklärenden Begleitschreiben der Haftorder vom 13. September 1307 heißt es: »Jeder Neu-

* Selbst heute scheint das Interesse an diesem Thema noch nicht erstorben zu sein. Vor ein paar Jahren erschien – typischerweise von einem der besten Sade-Interpreten, von Klossowski – ein Roman über das Idol des Templerordens, den »Baphomet«.

aufzunehmende mußte zunächst um das Wasser und das Brot des Ordens bitten, danach führte der Kommandeur oder der Meister ihn heimlich hinter den Altar, die Sakristei oder an einen anderen Ort. Dort zeigt er ihm sowohl das Kreuz als auch eine Darstellung unseres Herrn Jesus Christus und läßt in dreimal den Heiland verleugnen ..., dann muß der Novize seine Kleider ablegen und derjenige, der die Einweihungszeremonien übernommen hat, küßt ihn am äußersten Ende des Rückgrats, unter den Gürtel, auf den Nabel, auf den Mund ...«

3. Götzendienst. Immer wieder taucht in den Verhören ein merkwürdiges Idol mit dem Namen ›Baphomet‹ auf (vielleicht eine Zusammenziehung aus Jean Baptiste und Mahomet).*

In demselben Rechtfertigungsschreiben heißt es: »Sie beten zu einer Statue wie zu Gott oder dem Heiland, und behaupten, daß ihr Idol sie retten könne, daß es dem Orden allen Reichtum verliehen habe, daß es die Bäume zum Blühen und die Pflanzen der Erde zum Wachsen bringe.« Eine Art Fruchtbarkeitsgott also. Vor Gericht haben die Ritter es immer wieder mit anderen Worten beschrieben. Zuweilen ist es ein hermaphroditisches Idol mit Bart und Busen, dann ein Dämonenkopf mit silbrigem Bart, ein Kopf mit drei Gesichtern, eine Katze, eine Frau, ein Schwein, einmal ist es kahlköpfig, ein andermal schwarzhaarig.

Weiter als eine Untersuchung über »Schuld« oder »Unschuld« der Templer, die sich nur an die auf der Folter erpreßten Geständnisse halten kann,** könnte die Frage nach dem Inhalt der Vorwürfe führen. Verleugnung des offiziellen Gottes, Anbetung eines Gottes, der gute Ernten und Reichtümer verspricht, Unzucht und Perversion: das sind dieselben Anklagen, die man – wie im Kommentar zur Schwarzen Messe beschrieben – kurz hernach Hexen und Zauberern machen sollte. Stereotyp wiederholen sie sich durch die Jahrhunderte und wurden abwechselnd gegen die Katharer, die Beghinen, Begharden und gegen die Hexen gar bis in das Jahrhundert des Marquis erhoben.

Dieser, der wie die meisten Utopisten gerne politische mit sexuellen Libertinismen mixt, läßt sich die Gelegenheit, die den Templern vorgeworfenen Ausschweifungen von seinen Protagonisten nachahmen zu lassen, nicht entgehen. Er beschwört einen Saal, den die Statue des auf dem Scheiterhaufen brennenden Molays ziert: »Da seht, da ist derjenige, den wir rächen müssen! Stürzen wir uns, während wir auf diesen glücklichen Zeitpunkt warten, in den Ozean der Ausschweifungen, die er selbst für seine Brüder bereitet hat.«

Während die einen die »Ketzer« wegen Blasphemie und Unzucht verfolgen, die anderen darüber streiten, ob diese zu Recht oder Unrecht beschuldigt werden, alle aber deren »Sünden« gerne selber denken und bei anderen suchen, identifizieren sich die Sadeschen Protagonisten mit ihnen. Sade beschreibt sie als etwas von vornherein Gegebenes, dem Menschen Ureigenes oder doch Urerwünschtes. Er bekennt sich zu den sündhaften Träumen der Menschen, die als mittelalterlich und vergangen abzutun ihm nicht in den Sinn kommt.

Zur weiteren Lektüre sei empfohlen: Pierre Klossowski, »Justine et Juliette«, in: Sade, *Oeuvres Complètes*, Bd. IV, S. 67ff; M. Horkheimer u. Th. Adorno, »Juliette oder Aufklärung und Moral«, in: *Dialektik der Aufklärung*, Neuauflage, Frankfurt a. M. 1969, S. 88ff.

* Der Templerorden hatte sich zunächst die Wiedereroberung Jerusalems, später in weiser Beschränkung die Herstellung eines freundschaftlichen Zusammenlebens von Christen und Mohammedanern zur Aufgabe gemacht.

** Man ist heute (Charpentier 1944) der Meinung, daß Einzelheiten der Anklage wie das Vorhandensein eines Idols zutrafen, sicherlich aber nicht den Anstoß zur Verfolgung gaben. Dieser ist vielmehr, wie man seit Sades Zeiten weiß – während der Aufklärung erschienen die ersten apologetischen Darstellungen des Templerprozesses –, in den ungeheuren Reichtümern des Ordens zu suchen, die nach der Urteilssprechung Philipp dem Schönen zufielen.

Gedanken zum Roman

Die theoretische Schrift erschien 1799/1800 zusammen mit den ›Verbrechen der Liebe‹. Sade verarbeitet hier einen ungeheuren Stoff, der einen Kommentar von etwa derselben Länge erfordern würde. Wir ziehen es in diesem Fall vor, dem speziell an der französischen Literatur interessierten Leser die Einführung von Jean Fabre im zehnten Band der Palimugre-Ausgabe (Paris 1964) zu empfehlen. Während die Einleitungen zu den ›Oeuvres Complètes‹ im allgemeinen eher essayistischer Art sind und keinen präzisen Bezug zum Text nehmen, informiert Jean Fabre sowohl über die Irrtümer Sades (der gröbste ist wohl seine Vermengung von Troubadourdichtung, Fabliaux, Boccaccio und Petrarka), als auch über seine Verdienste (das Erkennen der großen Bedeutung von Richardson, Fielding, Prevost). Als Literaturhistoriker vermerkt er, wie sehr Sade seiner Zeit in der Erkenntnis der Grenzen einer rationalen Erfassung des Schaffensprozesses voraus war. Er rühmt die Formel des Marquis, die bereits an romantische Dichtungstheorien erinnert: »Ce sont des élans que nous voulons de toi, et pas de règles ...« (Schwung erwarten wir von dir, dem Schriftsteller, und keine Regeln.)*

Zur weiteren Lektüre sei empfohlen: Georges May, »Novel Reader, Fiction Writer«, in: *Yale French*, Nr. 35, 1965, S. 5ff.

An Villeterque

Sades Schrift gegen Villeterque, der sowohl im ›Journal de Paris‹ als im ›Journal des Arts‹ als Redakteur zeichnete, wurde bei Nicolas Massé im Jahre IX (1800/1801) gedruckt. Es ist eine Antwort auf eine Kritik Villeterques im ›Journal des Arts‹ [→ Bd. VI, Dok. III,58], die sich auf die im Jahr zuvor erschienenen ›Verbrechen der Liebe‹ bezog. Villeterques Rezensionen waren, scheint es, gefürchtet. Auch Restif de la Bretonne fühlte sich von ihm provoziert. Zu etwa derselben Zeit verfaßte er eine Schmähschrift ›A Villeterque, vil pamphletaire‹, von der man leider weder das genaue Datum noch den Inhalt kennt.**

Villeterque wirft dem Marquis vor, »Bilder triumphierenden Verbrechens« gezeichnet und in einem noch »scheußlicheren Buch« solche Auffassung zum Prinzip erhoben zu haben. Und Villeterque hat vollkommen recht. Er macht dem Marquis das Antworten nicht leicht. Wollte dieser nicht das Gefängnis riskieren, so durfte er hier nicht sagen, was er anonym in der Einleitung zu dem »scheußlichen Buch«, der ›Justine‹, geschrieben hatte: »Es ist an der Zeit, daß die Dummköpfe endlich aufhören, das lächerliche Idol der Tugend zu beweihräuchern.«***

In der Öffentlichkeit konnte Sade sich zu der von ihm mit so viel Energie betriebenen Umwertung von Gut und Böse nicht bekennen. Es blieb gar nichts anderes übrig, als auf derselben konventionell moralischen Ebene zu antworten. Er mußte den Gegner mit den eigenen Waffen schlagen. Und er schlug ihn:

* Zu dieser Schrift gibt es eine erste Fassung, die in den *»Oeuvres Complètes«*, und auch im dritten Band der bei Pauvert erschienenen *»Crimes de l'Amour«* abgedruckt ist.

** In einer umfangreichen Anmerkung wendet Sade sich gleichfalls gegen die Spottverse von Despaze [→ Bd. VI, Dok. III,59]. Sade konnte beruhigt sein, denn als im nächsten Jahr (1802) die ›Fünfte Satire‹ von Despaze erschien, in welcher er zeitgenössische Literaten bloßstellte, wurde er derart verfolgt, daß er es vorzog, Paris zu verlassen.

*** Daß das »Böse« auch unabhängig von jeder ethischen Wertung darstellenswert ist, das hätte Sade zu seiner Zeit noch nicht einmal formulieren können, da eine entsprechende psychologische Terminologie noch nicht entwickelt war.

Mit Raffinesse geht Sade daran, die seit der Klassik wieder häufig diskutierte Theorie, daß Kunst Mitleid und Schrecken erregen müsse, für sich zu nutzen. Aus dem Zwang zur Heuchelei macht er sich ein großes Vergnügen: »Wenn ihr Mitleid erregen wollt, so wagt es für einen Augenblick, das anzugreifen, was das Schönste im Himmel und auf Erden ist ...«: Die Tugend.

Das Groteskeste jedoch – und man kann sich den Marquis bei diesen Worten nicht anders vorstellen, als hätte er sich ins Fäustchen gelacht – ist die Art, wie er seine Autorschaft an der ›Justine‹, »deren Titel man um der Sittlichkeit willen nie aussprechen sollte«, abstreitet. Der Verfasser der ›Justine‹ klagt sich selber an als »boshaft«, »heimtückisch«, ja, als »moralisch ungebunden«. Dem guten Villeterque hingegen wird alle Tugend abgesprochen, »dem Schmierfinken Villeterque«, der »weder Gottheit noch Glaubensbekenntnis hat«.

Kennt der Leser diese Zusammenhänge, so muß ihm das schwungvolle Pamphlet fast so viel Spaß machen, wie es zweifellos dem Marquis selbst gemacht hat.

Hinweise zur Sade-Literatur 1965–1970

Auch während der letzten zehn Jahre haben die Bemühungen um ein erweitertes Sade-Verständnis nicht ausgesetzt, weder in Frankreich noch in Deutschland. Peter Gorsen widmet in seinem Taschenbuch »Das Prinzip Obszön«[1] Sade ein ausführliches Kapitel. Bezeichnend für die Tendenz, die Sadeschen Gedanken einem größeren Leserkreis zu empfehlen, ist die 1970 im ›Neuen Forum‹ erschienene Serie von Michael Siegert, der die Philosophie vom Boudoir ins Schlafzimmer holen will.[2] In Frankreich ist es vor allem die Gruppe Tel Quel, die die Diskussion weitertreibt. Ihre 1967 publizierten Texte liegen inzwischen auch deutsch vor.[3] Da jedoch die Position dieser ohnehin nicht gerade verständlich schreibenden Verfasser erst durch das Manifest, das sie im Mai 1968 veröffentlicht haben, erhellt wird, soll sie hier kurz angedeutet werden.

Noch bis vor etwa sechs Jahren[4] ließen sich die Sade-Forscher im allgemeinen in zwei Lager ordnen. Auf der einen Seite die Sade-Enthusiasten, die sich mit ihrem Helden identifizierten und sich darum genötigt sahen, das, was ihnen am Bilde Sades nicht assimilierbar erschien, zu retuschieren. So versuchte Maurice Heine die latente Katholozität (Spiritualität) Sades abzustreiten. Und Gilbert Lely bezweifelte im ersten Band seiner Biographie die homosexuellen Neigungen des Marquis.[5] Auf der anderen Seite die Literaturwissenschaftler, die, ohne die Originalität der Sadeschen Konzeptionen schmälern zu wollen, ihre Vorbehalte gegenüber dem Schriftsteller Sade zu bedenken gaben.

Diese Bedenken braucht die Gruppe Tel Quel nicht zu teilen, da sie mit dem Begriff des »Schöpfers« auch den des »Kunstwerks«, des »Werkes« überhaupt, für hinfällig, für bürgerlich erklärt hat. Selbst wenn man sich noch ein wenig scheuen sollte, den Grad der künstlerischen Vollendung eines Werkes mit dem seiner Bürgerlichkeit gleichzusetzen, erweist sich die Perspektive der Gruppe gerade im Hinblick auf das Sadesche »Oeuvre« als ungewöhnlich fruchtbar. Sie fragt nicht mehr danach, was ein Autor »darstellen« oder »ausdrücken« will – womit sich auch das Problem einer möglichen Identifikation als obsolet erweist; sie fragt nach dem Text als Transformationsprodukt (d. h. als Produkt von Texten, die nicht explizit im Text enthalten sind) und danach, inwieweit der Text seinerseits transformierend wirkt. So heißt der Aufsatz von Philippe Sollers, der hier stellvertretend für die Gruppe sprechen soll, bezeichnenderweise »Sade dans le texte«.

[1] Reinbek 1969.

[2] *Die Philosophie im Schlafzimmer,* Text und Kommentar in vier Folgen, Wien, Sept. bis Nov. 1970.

[3] *Das Denken von Sade,* München (Hanser) 1969.

[4] Die *Oeuvres Complètes*, die 1962 bis 64 erschienen (Paris, 15 Bde.), brachten, was die Kommentare betrifft, kaum neue Perspektiven. Man beschränkte sich weitgehend auf den Abdruck bereits veröffentlichter Essays bekannter Autoren. Wo ausnahmsweise doch neue oder informative Interpretationen auftauchen, findet sich am Ende der jeweiligen Kommentare ein Vermerk. In den Jahren 1966/67 wurde die Ausgabe neu aufgelegt, teilweise verbessert und um einen Band erweitert, der u. a. die Aufsätze der Gruppe Tel Quel und eine umfangreiche Bibliographie enthält.
Hinweisen läßt sich außerdem auf die Sondernummer der »Yale French Studies«, Nr. 35, 1965, auf die Referate des Kolloquiums, das vom 19.–20. Februar 1966 in Aix en Provence stattfand, die 1968 in Paris publiziert wurden; außerdem auf Jean Jacques Brochier, »Le Marquis de Sade et la conquête de l'unique«, Paris 1966; schließlich auf das Buch von Roland Barthes, »Sade, Fourier, Loyola«, Paris 1971.

[5] Als die von ihm selbst zutage geförderten Dokumente ihn vom Gegenteil überzeugen mußten, revidierte Lely sein Urteil, glaubte in Band II anläßlich der »120 Tage« sich jedoch wiederum zur Distanzierung genötigt, diesmal von der Koprophagie der Libertins.

Die Gruppe Tel Quel fordert zum Denken über das noch immer ungelöste Problem der Sprache Sades heraus. Soviel ist sicher, Sade bedient sich der klassischen, der normativen Sprache seiner Zeit. Sein Schreiben hat sich in zwei Richtungen entwickelt. Einmal sind da die Erotogramme, gänzlich reduzierte, abstrahierte Gebilde, sozusagen Urbilder der erotischen Szene (vgl. die »111 Notizen«) die sich bei Sade vorzugsweise dort findet, wo er nur für sich selber schreibt. Auf der anderen Seite die aus einem grenzenlosen Begehren kommenden ekstatischen Plädoyers, die immer wieder zur Herausforderung und Überschreitung von Autorität und Institution ansetzen. Die großen Romane – wie die »120 Tage«, »Justine«, »Juliette«, – konstituieren sich durch einen Wechsel[6] von fiktiven Szenen, den ausgeschriebenen Erotogrammen, und belehrenden Dissertationen, die nahezu regelmäßig in ekstatischen Plädoyers gipfeln.

Sollers nähert sich den – impliziten – Aussagen Sades auf einem sehr überraschenden Weg. Ausgehend von der Überzeugung, daß jeder von uns hineingeboren wird in eine Welt, die ihn zwingt, ihre Sprache zu sprechen, ihre »Ursachen« anzuerkennen (als Vater, als Richter, als Gesetz), versucht er den Sadeschen Text als eine Entlarvung eben dieser Voraussetzungen zu Kollektivneurosen begreifbar zu machen. Er legt dar, wie die sexuelle Verdrängung zuallererst auf einer Verdrängung bzw. Nicht-Entwicklung der je eigenen Sprache beruht. Der Sadesche Text erweist sich somit als eine Anprangerung des Wortes, als Institution von Herrschaft, als eine Herausforderung zur Aberkennung vorfabrizierter Ordnungen und Ursachen. Dabei darf man freilich nicht vergessen, daß die Sprache Sades, die – wie Sollers exakt formuliert – die Transformation von Sexualität in Gott, in Gesetz wiedergibt, immer zugleich die Sprache eben dieses Gesetzes ist und sich als Sprache der Herrschaft manifestiert. Die Leseweise, die die Gruppe Tel Quel vorschlägt, verlangt ein bislang unerhörtes Mitdenken, Mitproduzieren von Widersprüchen.

Weiter, Freud zitierend, der die Perversion als Positiv der Neurose bezeichnet hat, möchte Sollers in der Darstellung des Perversen ein Korrektiv zum allgemein herrschenden Idealismus erkennen. Bei dieser Analyse des Perversen hätte Sollers auch zwei Schriftsteller anführen können, auf die sich die Gruppe Tel Quel ohnehin gern beruft: Klossowski, der in der sodomitischen Gebärde die perverse Gebärde par excellence entdeckt,[7] da der Perverse den eigenen – ihm von der Gesellschaft zuerkannten Körper als fremden empfindet und insofern einen Aufstand gegen die Funktionalisierung der sexuellen Bedürfnisse betreibt. Oder Bataille[8], der auf die exkrementale Gewalt der Partialtriebe – insbesondere der bei Sade einen ungeheuren Raum einnehmenden Koprophagie – hingewiesen hat. Bataille war der Überzeugung, daß die Sadesche in Kot und Schmutz (man vergleiche Sades Apologie der Häßlichkeit in den »120 Tagen«) ausbrechende, sich verschwendende Sexualität von unserer homogenen, auf dem Prinzip der Akkumulation basierenden Gesellschaft nicht vereinnehmbar, nicht kapitalisierbar sei – etwa im Gegensatz zur enttabuierten Sexualität.

Übrigens schon 1926 hat Ernst Robert Curtius festgestellt, daß Rimbaud und Lautréamont die Koprophagie zur »poetischen Materie«[9] erhoben hatten.

[6] Eine Erzählform, die man heute – nicht zufällig – in den Romanen von Klossowski antrifft, am ausgeprägtesten vielleicht in »Die Gesetze der Gastfreundschaft«, Reinbek 1966.

[7] »Le Philosophe Scélérat«, in: »Sade mon prochain«, Paris 1967, deutsch in: »Das Denken von Sade«, a. a. O.

[8] In seinen Aufsätzen »La valeur d'usage de D. A. F. de Sade« und »La vieille taupe«; beide in »Oeuvres Completes« II, Paris (Gallimard) 1970.

[9] »Indezente und laszive Bücher«, in: Die Literarische Welt, Nr. 16.

Damals glaubte er noch diese Tatsache mit einem Hinweis auf die »egalitäre Bewußtseinsdemokratie« mokant abtun zu können. Allein die unlautere Materie hat sich als erstaunlich renitent erwiesen. Sie beharrt auf ihrer Herausforderung der gesellschaftlichen Konventionen, seien es die des 18., des 19. oder 20. Jahrhunderts.

Dabei muß man freilich immer wieder darauf zurückkommen, daß die ausbrechenden Partialtriebe – Bataille hat einmal versucht, die koprophagen Triebe in soziologischen Kategorien zu denken – bei Sade in einem Kontext stehen, der eine Sexualität der Herrschaft offenbart. Eine Sexualität der Herrschaft – möglicherweise eine Umsetzung verinnerlichter Repressionen – schon darum, weil die Sadesche Erotik aus der Spannung lebt, aus der mit zerebralem Genuß registrierten, unter permanentem Zwang sich steigernden Entferung des Ich zum erotischen Objekt.

»Sade ist nur lesbar für eine Lektüre« – schreibt Tel Quel im Sommer 1968 –, »die die vielfältigen Widersprüche im Text mitdenkt und sich selbst auf der Ebene von Widersprüchen begreift ...«[10] Die Sade-Diskussion ist weit davon entfernt, als abgeschlossen betrachtet werden zu können.

[10] Marcelin Pleynet, Sade lisible, Tel Quel, Nr. 34.

Quellennachweis

Geschichte der Juliette
Titel der Originalausgabe: »La nouvelle Justine ou les malheurs de la vertu suivie de l'histoire de Juliette, sa soeur«, 10 Bde. (davon 6 Bde. »Juliette«), Sceaux (Pauvert) 1953–54.
Deutsch von Helge Koch und Manfred Unruh.

Gedanken zum Roman
Titel der Originalausgabe: »Idée sur les romans«, in: »Les crimes de l'amour«, Paris (Pauvert) 1955.
Deutsch von Jörg Joost.

An Villeterque
Titel der Originalausgabe: »L'auteur des crimes de l'amour à Villeterque, folliculaire«, in: »Les crimes de l'amour«, Sceaux (Pauvert) 1955.
Deutsch von Katharina Hock.

Kommentare
Abbé Boileau, »Histoire des Flagellants«, Amsterdam 1701. – Roland Brévannes, »L'orgie stanique à travers les siècles«, Paris 1904. – Cadet-Gassicourt, »Le tombeau de Molay«, Paris 1797. – R. W. M. Cooper, »Flagellation and the Flagellants«, London 1896. – John Charpentier, »L'Ordre des Templiers«, Paris 1944. – Paul Englisch, »Geschichte der erotischen Literatur«, Berlin 1927. – W. G. Förstemann, »Die christlichen Geißlergesellschaften«, Halle 1828. – Joseph Gorani, »Mémoires secrets et critiques des cours et des moeurs des principaux états de l'Italie«, Paris 1794. – Emile Henriot, »XVIII. siècle, II«, Paris 1945. – Hermann, »Das Gesetz der Zeugung«, Band III: »Bacchanalien und Eleusinien«, Leipzig 1899. – Ernest Jones, »Der Alptraum in seiner Beziehung zu gewissen Formen des mittelalterlichen Aberglaubens«, Leipzig und Wien 1912. – Michelet, »La sorcière«, Paris 1952 und 1956. – Georges Mongrédien, »Madame de Montespan et l'affaire des poisons«, Paris 1953. – Mario Praz, »The Romantic Agony«, New York 1956 (dt. »Liebe, Tod und Teufel«, München 1963). – Stanislaus Prybyszewski, »Die Entstehung der Satanskirche, Die Kritik«, Bd. 11/12, Berlin 1897. – Ferdinand Siebert, »Der Mensch um Dreizehnhundert im Spiegel deutscher Quellen«, Berlin 1931. – Jean Baptiste Thiers, »Critique de l'histoire des Flagellants«, 1703. – Vgl. auch Bd. VI.